KB080703

한국학의 동아시아적 지평

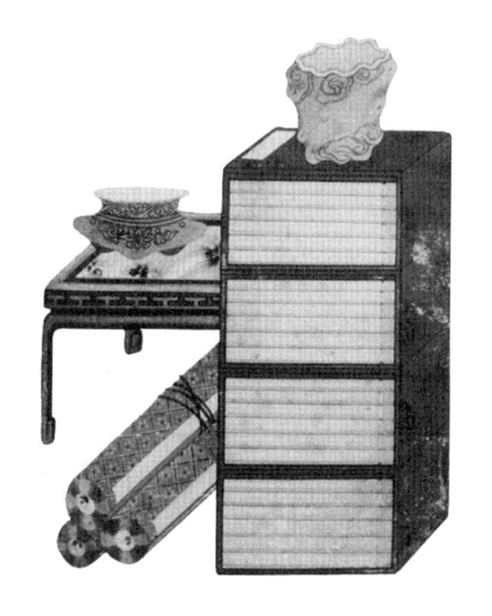

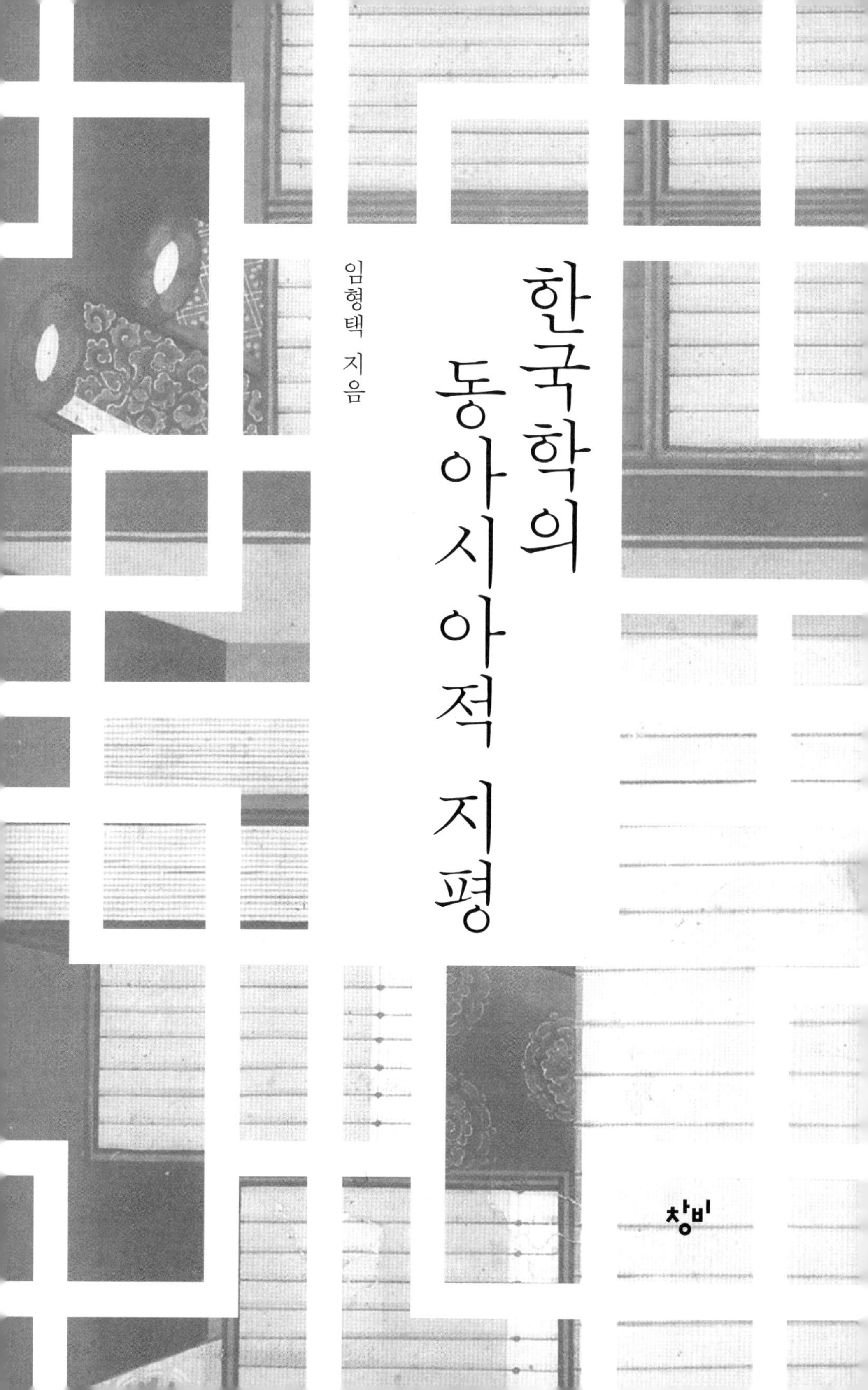
한국학의
동아시아적 지평
임형택 지음
창비

| 책머리에 |

'한국학의 동아시아적 지평'이란 제목의 이 책은 2000년에 간행한 『실사구시의 한국학』의 속편에 해당하는 것이다. 21세기로 진입하면서 새천년에 값하기라도 하듯 전변하는 세상을 경험하며 내 나름으로 공부하고 생각한 바를 담아서 써낸 글들을 묶었다. 말하자면 한국학의 실사구시를 동아시아적 지평에 서서 추구한다는 학적 의도를 표출한 것이라고 하겠다.

이 책이 취한 일관된 입장의 하나는 '지역적 인식'이다. 인식상에서 시간-역사가 종축이라면 공간-지역은 횡축으로 상정해볼 수 있다. 종횡의 축에서 우리 인간의 삶의 리얼리티는 구체적 공간에서 조성되므로, 공간은 즉 현실이다. 공간-지역을 인식의 중심에 놓은 까닭은 바로 여기에 있다. 그렇다 하여 시간-역사를 소홀히 여겨도 좋다는 의미는 결코 아니다. 역사적 현실성은 아무래도 소홀히 넘길 수 없는 문제인데, 역사적 현실이란 다른 어디가 아니고 지역적 구체성에서 이루어지는 것 아닌가.

무릇 됨됨이부터 시간과 공간을 떠나서는 단 한순간도 존립이 불가능한 것이 인간이다. 공간-지역을 중요시하자는 말은 너무나 당연해서 새삼스런 소리로 들린다. 그럼에도 이런 주장을 하는 데는 물론 까닭이 없지 않다. 돌이켜 생각해보면 한반도상에 발을 딛고 선 우리는 자기가 처한 공간을 자각하지 못한 채 살아왔던 것 같다. 대체로 두 편향에서 벗어나지 못했으니 하나는 일국주의, 다른 하나는 세계주의다. 전자의 편향은 국경을 절대적 경계로 설정하여 자민족중심주의에 사로잡히기 십상인데 그나마 시계가 분단 이남에 고착되었으며, 후자의 편향은 탈공간적으로 나아가서 서구중심주의(사실상 미국중심주의)로 귀착되고 말았다. 양자는 상호 모순되는 그대로 동시대의 공존물로서 작동하여, 현대한국의 풍속도처럼 된 실태를 익히 보아왔다.

나의 머릿속에 지역 개념이 뚜렷하게 들어오기는 지난 세기말 이래 세계화가 급속히 진행되는 상황을 눈앞에 보면서부터다. 글로벌한 환경에 주체적이고도 적극적으로 대응하기 위한 방도로서 지역적 인식을 착안하였던 터인데, 일국주의적 편향과 세계주의적 편향을 해소하려면 시야를 동아시아적 지평으로 확장하는 것이 긴요하다는 생각을 갖게 되었다.

통상적으로 동아시아라면 한반도와 접경한 중국대륙, 바다 건너 일본열도를 가리킨다. 동아시아는 이런 지리적 개념에 그치지 않고 오랜 옛날부터 하나의 역사권과 문명권을 형성했다. 그러다가 서구 주도의 근대로 진입하면서 상황이 급변하게 되었다. 더구나 지난 20세기 중반을 지나면서 동아시아는 동서 냉전체제하에서 대립과 갈등의 공간으로 바뀌었다. 한반도상의 분단선이 그 첨예한 접점이 된 것이다. 동일한 역사적·문화적 권역으로서의 동아시아는 부재한 상태였으며, 대립과 갈등의 지리적 동아시아뿐이었다. 지금 학적 사고의 논리에서 호출한 동아시아는 우리 삶과 직결된 현장이면서 한국학을 제대로 하자면 필히 요망되는 방법론으로서의 동아시아다. 동아시아적 지평은 목적지가 아니요, 세계 보편의 수준에 도달하는 계단임을 또한 염두에 두어야 할 것이다.

이 책에는 모두 19편의 글이 6부로 나뉘어 실려 있다. 맨 끝의 각 편의 발표 경위에 밝혀놓았듯 이런저런 학술행사의 요청에 응해서 기조강연이나 발제논문의 형식으로 작성한 것이었다. 일정한 주제를 갖고 체계적 연구를 수행한 결과물은 아니다. 그런 면에서 혹시 비난을 하는 분이 있다면 할 말이 없지 않다. 개인적인 연구에 집중하는 것도 좋겠으나 현실적 요구에 응답하는 것도 못지않게 의의가 있으며, 학문 발전에 기여할 수 있으리라고 생각하였다. 이때 요령은 자신의 학적 관심사와 문제의식을 밖의 요청과 어떻게 조율하느냐다. 이를 충분히 살려내지 못한 점은 스스로 아쉽게 여기지만 문제의식만은 처음부터 끝까지 놓치지 않았다고 자부한다. 각 부의 내용은 대략 이러하다.

'동아시아 근대에 대한 성찰'로 표제한 제1부는 책 전체의 서론에 해당한다. 동아시아적 차원에서 지식인들의 자기인식을 분석하였는데 3장의 부제 '동아시아 근대 읽기의 방법론적 서설'이 전체 주지를 표명하고 있다. 제2부 '17~19세기 동아시아세계의 상호교류'는 근대 이전의 동아시아 상황을 살핀 자리인데 전체의 열쇳말이라면 '흔들린 조공질서', 그리고 '이성적 대화'이다. 그 시대의 변모를 '흔들린 조공질서'라는 개념으로 포착하고 '이성적 대화'란 개념으로 진보의 가능성을 점쳤다. 제3부는 '지역적 인식논리의 구도'라고 표제한 대로 이 책 전체의 이론적 중심에 해당하는 내용이다. 1장에서 4장까지 시순으로 배치해서 학적 사고가 나아간 궤적을 드러냈는데, 아직 시론의 단계를 넘어서

지 못했다. 제4부와 5부는 나 자신의 주 전공영역을 다룬 부분이다. 4부 '문학의 근대와 문학사 인식'은 한국의 근대문학에 대한 비판적 논의이며, 5부 '문학연구의 반성과 탐색'은 한국문학의 연구현황을 한문학까지 포함해서 정리, 논평하여 발전적 출로를 탐색하고 있다. 제6부는 '한국의 오늘'의 실태를 근원적으로 성찰하면서 '학문하기'를 고민한 내용이다. 맨 끝에 놓인 '분단체제하의 한국에서 학문하기'는 딴에 충정을 담아 이 책 전체의 결론을 삼고자 했다.

여기 글들 모두 발표와 토론의 자리에서 제출된 지적과 비판 들을 대개 수정작업에 반영하였다. 이 점을 밝혀두는 것으로 고귀한 견해를 주신 여러분께 감사의 말씀을 대신한다. 성균관대 대동문화연구원과 동아시아학술원의 학술행사에서 발표했던 것이 그중에도 많은데, 이곳에서 내가 일을 보았던 까닭이다. 당시 학술기획과 실무를 담당했던 여러분께도 늦게나마 사의를 표한다.

이번에도 창비는 이 책의 간행을 맡아주셨다. 『창작과비평』과 창비는 내가 한 지식인으로 출발하여 오늘에 이르도록 학술활동의 중요한 장이 되고 끝없이 지적 자극을 주었다. 이 책의 교정을 맡아 좋은 책으로 태어날 수 있도록 꼼꼼히 보살핀 김정혜 씨에게 각별히 감사를 드린다.

끝에 덧붙여둘 말이 있다. 이 책과 함께 발간하는 『21세기에 실학을 읽는다』(한길사)는 같은 시점에 수행한 작업의 산물이다. 실학은 한국학의 뿌리이기도 하여 저자의 문제의식이 두 책에 통하고 있다. 관심을 가진 독자들께 양자를 아울러 읽으면 좋겠다는 말씀을 드리고 싶다.

2014년 3월 10일 익선재에서

임형택 쓰다

차례

제3부 지역적 인식논리의 구도

제4부 문학의 근대와 문학사 인식

제5부 문학연구의 반성과 탐색

제6부 한국의 오늘, 학문하기

일러두기

필자가 이해를 돕기 위해 덧붙인 부분은 〔 〕나 방주로 표시했다. 원주는 '— 원주'라고 표시했다.

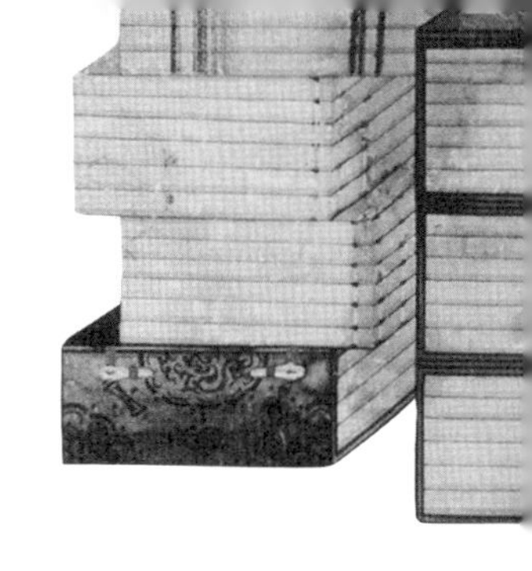

| 제1부 |

동아시아 근대에 대한 성찰

제1장

20세기 동아시아의 '국학'

동아시아적 시야를 열기 위한 반성

1. 국학을 보는 문제의식

이 글은 지난 세기 '국학(國學)'을 동아시아적 차원에서 조명해 '오늘 우리의 학문은 어떻게 나아갈 것인가'라는 물음에 대해 더불어 사고하고 토론하는 재료를 제공해보자는 취지에서 작성한 것이다.

지난 세기는 벌써 흘러간 물이 되었지만 그 시대의 부채는 한국인의 삶의 저변을 억누르고 있다. 그 상반기에 통과한 식민지적 질곡 때문에 여태껏 '정신적 포로'처럼 반응하는가 하면, 하반기의 분단상태는 '현실적 족쇄'로서 엄연히 작동하고 있지 않은가. 한국의 국학은 식민지 시기의 산물로서 분단시대에 와서 폐기처분을 당했던 터임에도 망령처럼 한국인의 뇌리에서 떠날 수 없었다. 근래 '세계화'의 대세에 쫓기는 심경에서 국학은 '한국학'이란 이름으로 부활하는 것도 같다.

우리의 눈을 이웃나라로 돌려보면 국학이라는 학술현상은 일국적인 것이 아님을 알아차리기 어렵지 않다. 일본의 경우 17세기로부터 유래한 터이고, 중국의 경우 20세기에 들어와서 국학운동이 한국에 앞서 활발하게 전개되었다. 이는 이 글에서 국학을 동아시아적 차원에서 조명하려는 역사적 근거이기도 하다. 20세기적 '근대'의 극복, 그 부채로부터 자유로워지는 문제를 당면한 과제로 생각하는바, 학문하는 사람으로서는 20세기 국학을 냉철하게 반성할 필요가 있다고 본다.

2. 역사적 상동성과 상이점

먼저 들어가는 말로, 첸 무(錢穆, 1895~1990)라는 현대 중국 학자가 자신의 저서 『국학개론(國學槪論)』의 머리에 얹은 글의 첫 대목을 옮겨보겠다.

> 학술은 원래 국경이 있을 수 없다. '국학'이란 개념은 과거에 전승한 바 없으며 장래에도 또한 존립하기 어려울 것으로 생각한다. 단지 한 시대의 명사일 뿐이다.[1]

'국학'이란 "한 시대의 명사일 뿐"이라고 단언하고 있다. 진리의 보편성에 비추어 국학의 본질적 의미를 부인한 이 논법은 십분 타당하다. 하지만 첸 무의 발언은 원론적 차원에 불과하며, 그렇기에 그 스스로도

1 錢穆「弁言」, 『國學槪論』, 北京: 商務印書館 2001. 이 책은 원래 1930년대에 간행된 것인데 1956년 홍콩 상우인수관(商務印書館)에서 재간되었고 다시 2001년에 베이징 상우인수관에서 간행되었다.

심혈을 기울여서 『국학개론』이란 저서를 쓴 것이다. 한시적 존재로 규정된 국학, 이 국학을 요청한 시대는 과연 어떤 시대였을까?

국학이라는 명사는 지난 20세기에 중국 학술사의 무대에 등장한 것으로, 국학운동은 중국 근대학문의 성립과정에서 결정적인 역할을 했다. 한국의 경우 역시 (물론 구체적인 경위는 꼭 같지 않지만) '조선학' 혹은 '국학'이 지금 우리가 수행하는 학문의 길을 개척한 것으로 여겨진다.

진리의 보편성에 대한 인식과 그 실천은 근대학문의 징표라고 말해도 좋을 것이다. 물론 근대의 기본과제가 '민족주권'에 있으므로 자국의 정체성을 의도하는 학문을 추구하려는 태도는 응당 필요하지만, 여기에는 진리의 보편성이 전제가 되어야 한다. 그럼에도 하필 국학이란 명사로 근대학문을 일으킨 저 시대배경은 문제적으로 보지 않을 수 없다. 한편으로 흥미로운 사실은, 일본에서 국학은 첫머리에 언급했듯 이미 17세기에 시작해 18세기에 이르면 뚜렷하게 하나의 학파를 형성하는데, 20세기에 와서는 도리어 이 개념이 폐기되었다는 점이다. 이런 사실을 어떻게 해석해야 할까? 실로 적잖은 의문점이다.

이 글에서 나는 20세기 동아시아 삼국에서 각기 존립한 국학, 특히 국학운동의 의미에 관심을 두어 전체적으로 논의해보고자 한다.

물론, 사안 자체가 워낙 방만한데다 중국과 일본에 대해서는 필자의 지식이 별로 미치지 못하고 있다. 한국에 관해서는 필자가 이미 다룬 터이기에[2] 논의를 간략히 하고, 이 글은 잘 모르는 중국·일본 쪽에 비중을

---

2 임형택 「국학의 성립과정과 실학에 대한 인식」, 『실사구시의 한국학』, 창작과비평사 2000.

두었다. 잘 모르므로 공부삼아 해보자고 나선 셈인데 나름으로 뜻이 있다. 오늘 우리가 학문하기를 그만두지 않는다면 지금까지 우리가 해오던 학문의 틀을 바꿔야 하지 않을까 한다. 여기서 관건은 지난 20세기 국학의 일국적 한계를 넘어서서 동아시아로 시야를 넓혀나가는 데 있다고 믿는다.

지금 동아시아 담론이 무성하다. 동아시아를 어떤 하나의 통일적 공간으로 관심하게 된 것이다. 이제 과거로 눈을 돌려 동아시아의 **'역사적 공통성'**을 인지할 필요가 생겼다. 우리가 동아시아적 시각으로 연구하고 분석한다고 할 때 어떻게 접근해야 할 것인가? 이 글에서 필자는 역사적 공통성에 유의해, 동아시아 국가들이 지닌 사회·문화의 **'상동성'** 및 상동성 가운데 차이점(**상이점**)을 분석의 착목처로 제기하고자 한다.

3. 한중의 근대 상황에서 국학운동: 1900년대

중국의 근대 학술운동사에서 『고사변(古史辨)』 편찬으로 지울 수 없는 발자취를 남긴 구 제강(顧頡剛, 1893~1980)은 중국 근대학문의 성립과 정상에 두 표점(標點)을 잡고 있다.

> 국고(國故)를 정리하자는 외침은 타이옌(太炎) 선생이 선창했는데, 궤도상에서의 진행은 스즈(適之) 선생의 구체적 계획에 의해 발동된 것이다.[3]

3 顧頡剛 「自序」『古史辨』 제1권, 北京: 北平朴社 1926.

'국고의 정리', 다시 말해 국학은 처음 타이옌, 즉 장 빙린(章炳麟, 1868~1936)이 시동을 걸었고 다음 스즈, 즉 후 스(胡適, 1891~1962)에 의해 본궤도로 진입했다는 주장이다. 이러한 학술사의 인식구도는 정론으로 받아들여지는 듯 보인다. 『중국소설서사학(中國小說敍事學)』이란 책으로 한국 학계에 알려진 천 핑위안(陳平原)이란 학자가 2005년에 『중국 현대학술의 건립(中國現代學術之建立)』이란 좋은 저서를 내놓았는데, 이 책에는 "장 타이옌(章太炎)·후 스즈(胡適之)로 중심을 삼아서"라는 부제가 붙어 있다. '국고'란 개념은 현대 한국 사람들의 귀에 생소하게 들릴 듯한데, 이해를 돕기 위해 후 스의 말을 직접 들어보자.

> 국학이란 우리들의 안목에 있어서는 '국고학(國故學)'의 줄임말에 지나지 않는다. 과거 중국의 일체 문화·역사가 모두 우리의 '국고'요, 이 과거의 일체 문화·역사를 연구하는 학문이 곧 '국고학'이니 줄여서 '국학'이라 일컫는 것이다.[4]

후 스에 따르면 '국고'는 과거 자국의 문화·역사 일체를 뜻하는바, 그것을 연구하는 학문을 가리켜 '국고학', 줄여서 '국학'이라 한다는 논지이다. 후 스의 이 개념정의를 우리가 그대로 수용할 수 있을지, 특히 국학이 포괄하는 시대범위를 과거사에 국한할 것인지의 문제는 아무래도 간단치 않다. 그렇긴 하지만 당시 중국에서 일반화된 통념이고, 한국에서도 역시 크게 빗나가지 않는 개념범주로 여겨진다. 그러면 먼저 중국

4 胡適 「發刊宣言」, 『國學季刊』 창간호, 北京大學硏究所國學門 1923.

의 국학운동을 선도한 장 빙린의 발언을 들어보자.

무릇 국학이란 국가 성립의 원천이다. 내 듣건대 경쟁시대에 처해서 국학에 의존하는 것만 가지고 국가가 자립하기에는 부족하다. 그렇지만 국학이 발흥하지 않고 국가가 자립하는 경우도 나는 들어보지 못했다. 또 국가가 망하고 국학이 망하지 않는 경우도 나는 듣지 못했다. 그러므로 오늘날 국학을 흥기(興起)시키는 자 아무도 없다면 그 영향은 곧 국가의 존망에 미칠 터이다. 이 또한 전대에 견주어 더욱더 위태롭지 않은가.[5]

이 글이 쓰일 당시인 20세기 초, 청말의 시대정황을 간략하나마 언급해둘 필요가 있겠다. 장 빙린은 신해혁명으로 청조를 타도하고 중화민국을 수립한 쑨 원(孫文, 1866~1925)과 정치노선을 함께한 인물이다. 청조체제의 보전을 주장한 캉 유웨이(康有爲, 1858~1927), 량 치차오(梁啓超, 1873~1929)와는 학문적으로뿐 아니라 정치적으로도 입장이 아주 달랐던 것이다. 장 빙린은 캉 유웨이의 정치노선을 반박하고 민족혁명을 주장하는 글을 발표한 것 때문에 감옥살이를 하고, 1906년 출옥해 일본으로 망명한다. 망명지 일본에서 쑨 원과 함께 흥중회(興中會)를 결성, 그 기관지로 『민보(民報)』를 발간했다. 『민보』에 실린 앞의 글에서 천명한 '국학강습회(國學講習會)'는 민족혁명을 고취하기 위한 학술운동이었다. "혁명은 강학을 잊어선 안 되고 강학은 혁명을 잊어선 안 된다(革命不忘講學 講學不忘革命)"는 주장이 그의 지론이었으니,[6] 혁명과 불가분

5 章炳麟 「國學講習會序」, 『民報』 제7호, 1908.

리의 관계를 갖는 강학이 스스로 국학적 성격을 띠게 됨은 당연한 귀결이라 하겠다.

앞의 인용문의 논지를 요약하면 국학은 국가 성립의 원천으로, 국가 존망에 직접 관계되는 것으로서 중요시된다. 근대학문이라면 출발단계에서부터 민족주의와 무관하지 않지만 한편으로 진리의 보편성과 방법론의 과학성을 기본성격으로 하고 있었다. 그런데 근대학문을 '국학'으로 표방한 바로 거기에 중국적 특수성이 있다고 하겠다. 다름 아닌 국민국가의 수립 초두에서 당면한 민족현실이었다.

20세기 벽두 중국에서는 '제구포신(除舊布新)'으로 표상되는 전면적 변혁과 전환이 과제였다. 게다가 제국주의 열강의 침략으로 과분(瓜分, 분할점거를 뜻하는 중국 근대사 용어)의 위기를 맞고 있었다. 이런 사태에 직면해 청조 당국은 나름으로 대응하긴 했지만, 부패와 문란으로 실정을 거듭한 나머지 위기는 더 큰 위기를 불러들여 날로 더욱 침중해갔다. 만족(滿族) 지배의 청조체제에서 벗어나는 민족혁명이 무엇보다도 긴급한 과제로 요망되는 상황이었다.

당시 중국의 급진개혁파에 있어서 '혁명'이란 말은 곧 청조체제의 전복을 뜻했다.[7] 쑨 원이 「동맹회선언(同盟會宣言)」 제1조에서 "되놈들을 몰아내자(驅除韃虜)"라고 명시한 그것이다. 장 빙린의 동지로 혁명대열

---

6 같은 글.

7 장 빙린은 "동족에 의해 〔정권이〕 교체되는 것을 '혁명', 이민족에 의해 탈취당하는 것을 '멸망'이라 하며, 동족에 의한 체제의 바뀜을 '혁명', 이민족을 몰아내는 것을 '광복'이라 이른다"고 전제한 다음, 지금 중국의 경우 이민족에 의해 멸망된 경우이므로 광복을 도모한다고 말해야 옳지만 이민족을 몰아내는 데 그치지 않고 정교(政敎)·학술 전반을 개혁해야 하는 까닭에 감히 혁명이라 부르짖는다고 천명한 바 있다(章炳麟 「革命軍序」, 鄒容 『革命軍』, 上海: 大同書局 1903).

의 선두에서 자신의 젊음을 송두리째 바친 쩌우 룽(鄒容, 1885~1905)은 『혁명군(革命軍)』이란 책자에서 자서(自序) 끝에 연도를 "황한민족(皇漢民族) 망국 후 260년"이라 적어놓고 있다. 명청이 교체된 역사를 완전히 민족의 멸망으로 의식한 것이다. 조선조에서 '숭정(崇禎, 중국 명나라 마지막 황제 사종思宗의 연호) 후'라고 기년(紀年)했던 것과 외형상으로 닮은꼴이다. 중국의 입장에서는 '한족 중심의 중화주의'의 표출로 볼 수 있다. 뿐만 아니라 자유·평등이라는 서구적 근대사상이 거기에 주입되어 있다(『혁명군』이란 책 자체가 민권사상을 고취해서 인민을 혁명의 전사로 일으켜세우려는 취지를 담고 있다). 청조체제에 억압당하고 있는 상태를 쩌우 룽은 "중국인은 노예"라고 절규한 것이다.[8] 반청(反淸)노선은 근대적인 '국민국가'의 수립방향과 일치했다. 청조에서 민국으로의 혁명적 전환은 중국적 민족 개념의 성립과정이었던 셈이다.

이 논리의 정치적 실천이 신해혁명을 불러왔거니와, 학술적 실천으로 중국의 국학이 탄생한 것으로 볼 수 있다. 요컨대 민족위기가 '국학'을 외쳐 불렀던 터이므로, 국학의 성격에 민족주의적 색채가 강렬하게 된 것 또한 필연의 귀결이라 하겠다. 국학 자체를 정의함에 있어서도 "국학이란 나라와 더불어 유래한 것이니 지리에 인연하고 민성(民性)에 근거해 잠시도 분리될 수 없는 것이다"라는 식으로[9] '일국 고유의 학문'이라고 규정된다. 국가적 자기확인의 학문이다. 그래서 당시 국학을 부르짖은 그 목소리를 대변한 잡지의 명칭 또한 『국수학보(國粹學報)』로 붙여지게 되었다.

8 鄒容 「自序」, 같은 책.

9 鄭實 「國學講習記」, 『國粹學報』 19, 1906.

그렇다면 장 빙린 등과 정치적 입장이 상반되었던 캉 유웨이나 량 치차오는 국학에 대해 어떤 태도를 취했던가? 장 빙린과 캉 유웨이가 정치적으로뿐 아니라 학문상에서도 학파를 달리했던 것은 잘 알려진 사실이다. 장 빙린이 고문학파(古文學派)의 마지막 거물로서 실사구시(實事求是)를 중시하는 입장이었던 반면에, 캉 유웨이는 금문학파(今文學派)의 저물녘의 태양으로서 경세치용(經世致用)에 역점을 두었다고 한다.[10] 이렇듯 입장이 서로 다르지만 마침 서학동점(西學東漸)과 함께 신·구학의 교체가 일어나던 시기에 신학문으로 전환하는 길의 선도자라는 점에서 양자는 역할이 같았다고 볼 수 있다. 다만, 캉 유웨이는 결코 국학이란 기치를 들지 않았다. 량 치차오의 경우에는 그 시대가 요구하는 계몽적 학술운동을 어느 누구보다도 활발하게 벌였지만 국학의식을 공유할 수 없었다. 량 치차오가 국학 개념을 수용하고 국학운동에 동참한 것은 청조가 물러난 이후의 일이었다.

이 무렵 한국의 현실은 어떠했던가? 중국과 유사한, 아니 더 심각한

10 캉 유웨이의 경세치용적 입장과 장 빙린의 실사구시적 입장은 현실에 대한 대응방법에서도 차이를 보인다. 학문의 목적을 현실적용에 두는 캉 유웨이는 '탁고개제(托古改制, 옛것에 의탁해서 제도를 개혁함)'를 주장했는데, 진리의 현실적 객관성을 중시하는 구시(求是)의 입장에서는 그런 태도가 부회착공(附會鑿空, 억지로 끌어붙이고 공연히 파고듦)으로 비치고 심하게는 곡학간록(曲學干祿, 학문을 왜곡해서 벼슬을 구함)으로 여겨졌다. 경세치용을 주장하면 결국 체제 내에서 개혁을 추구하기 때문에 근본적 개혁으로 나아가기는 어렵게 된다(陳平原 『中國現代學術之建立』, 臺北: 麥田出版 2000, 35~68면 참조). 캉 유웨이나 량 치차오가 개혁을 열심히 부르짖으면서도 끝내 청조를 부정하지 못한 데는 경세치용이라는 논리적 장애가 있었던 것으로 볼 수 있다. 장 빙린의 '강학은 혁명을 잊어선 안 된다'는 주장은 일견 구시적 입장과 정면으로 상치되는 듯하다. 그러나 장 빙린에게 있어 혁명적 현실참여는 일단 치용(致用)과 다른 차원으로 보아야 할 것이다. 학문방법론상에서 객관적 엄정성을 견지하는 구시적 입장은 체제 자체에 대한 근원적 성찰을 가능케 한 것으로 생각된다.

민족위기의 상황에 처해 있었다. 국호를 '대한제국'으로 바꿔 국가의 위상을 높여서 나름으로 근대세계에 대응하는 노력을 벌였고, '애국계몽운동'이라고 부르는, 신문물·신제도를 수용해 개혁해보려는 움직임이 폭넓게 전개되었다. 이 과정에서 신학문이 도입되고 국학의식이 강렬하게 일어났다. 중국에서처럼 바로 '국학'을 표방하고 나서진 않았지만 '본국학'이란 말이 쓰인 사례가 있으며, 내용상으로는 국학을 지향하는 학술조류가 어느정도 형성된 것으로 보인다. "나라의 근본은 인민에게 있고 인민의 근본은 학술에 있다"는 주장을 통해[11] 민주적인 방향에서 국민주의적 학문을 추구하려는 의도를 충분히 엿볼 수 있다.

우리의 말과 글에 대한 체계적 연구를 처음 훌륭하게 착수한 주시경(周時經, 1876~1914)은 "자국을 보존하며 자국을 흥성(興盛)케 하는 도(道)는 국성(國性)을 장려함에 있고, 국성을 장려하는 도는 자국의 언문(言文)을 존중해 쓰는 것이 가장 중요"함을 지적했으니[12] 국어학을 '국성'과 연관해 국가의 흥망과 불가분의 관계가 있다고 인식한 것이다. 신채호(申采浩, 1880~1936)는 구학설·구사상을 파괴하지 않으면 신습속·신제도가 건설되지 못한다고 전제하면서도 "국수(國粹)란 것은 자국 전래의 종교·풍속·언어·역사·습관상의 일체 수미(粹美)한 유범(遺範)을 지칭한 것이다. (…) 고로 파괴라 함은 국수를 파괴함이 아니요 악습을 파괴하야 국수를 부식(扶植)함이라"라고 하여[13] 과격하지만 명쾌한 논

11 이석환 「대한자강회축사」, 『대한자강회월보』 창간호, 1906.

12 주시경 『국어문전음학』, 박문서관 1908.

13 신채호 「담총」, 『대한매일신보』 1910.1.13. 신채호가 쓴 국수란 개념은 우리 귀에 익은 국수주의와는 성격이 전혀 다르다. 그가 "수미한 유범"이라고 규정지었듯 과거의 문화유산에서 일체의 아름다운 부분을 지칭하는 것이다. 중국에서 국학운동을 대변한 잡지를 『국수학보』라 일컬었던 것도 상통하는 문법이다.

조로 '국수의 부식'을 역설하고 있다. 신학문으로의 혁명적 전환을 주장하면서, 신학문을 민족적 자기확인의 학(學)으로 세우고자 한 것이다. 동시대 중국에서 제기된 국학의 논리와 상부·상통함이 얼른 느껴진다.

이상 살펴본바 20세기 초 중국과 한국에서는 신·구학이 교체되는 과정에서 공히 국학이 제기되었다. 이같은 양자의 유사성을 어떻게 설명해야 할 것인가? 물론 상호교류에 의한 영향관계도 배제할 수 없겠으나 더욱 중요하게 고려해야 할 측면은 '역사적 공통성'이다. 한중 두 나라가 역사적으로 공통의 문화배경을 가지고 있었던데다 당면한 시대상황이 유사했기 때문에 '상동성'이라는 현상이 빚어졌다고 볼 수 있다. 또한 상동성 가운데 상이점이 개재될 수밖에 없는데, 다양하게 일어난 '상이성'에 대해서도 상동성 못지않게 주목할 필요가 있음은 물론이다.

4. 한중의 근대 상황에서 국학운동: 1920, 30년대

한중 두 나라의 역사적 공통성은 주로 두 나라 사이에 지속된 밀접한 관계로 인해 빚어진 현상이다. 그 오랜 관계가 20세기 전후로 크게 성격상의 변화를 일으킨 사실에 유의할 필요가 있다. 1894년을 전환점으로 해서 이후에는 근대적 세계 상황과 연계되면서 이전과 다른 차원의 상동성이 출현한다.

20세기 초의 상황은 앞에서 이미 거론한 대로이다. 바로 1910년에 한국은 주권상실로 식민지 단계로 들어가며, 1911년에 중국은 신해혁명으로 민족혁명이 성공하긴 하지만 이후 제국주의 열강의 침략과 내부분열을 수습하지 못한 채 '반(半) 식민지' 단계로 들어가게 된다. 그리고 1945년에는 한중이 다같이 제국주의 일본에 의한 짓밟힘에서 벗어나게 된다. 그후에 자본주의와 사회주의의 이념적 갈등에 휘말려서 한국은 민족분단의 역사가 시작되며, 중국 또한 이념갈등의 내전 끝에 대륙에는 공산당정권, 타이완에는 국민당정권이 자리를 잡아 오늘에 이르고 있다.

1919년 한국에서는 3·1운동, 중국에서는 5·4운동이 각기 일어났다. 식민지 조선은 주권회복이 긴급한 과제였으므로 이른바 '만세시위'가 온 세상에 메아리쳤는데, 정치적 목표는 달성하지 못했으나 그 여파가 문화운동으로 전개된다. 지금 우리 눈앞에 펼쳐진 근대문화는 3·1운동으로 시발되었다고 할 수 있다. 중국 5·4운동의 문화운동으로서의 성과와 역사적 의미는 말할 나위 없다. 5·4운동과 함께 펼쳐진 신문화운동으로 현대중국이 출발했다고 보는 것이 통설이다.

3·1운동과 5·4운동의 동시성은 응당 주목할 사실이다. 이 동시성은 우연의 일치로만 돌릴 수 없을 터이다. 만약 우연이라 한다면 내재적 필연성의 표출일 것이다. 요컨대 역사적 공통성이 초래한 상동성인데, 거기에 상호간의 영향관계 또한 그냥 지나칠 수 없는 사안이다. 먼저 3·1운동에 대한 쑨 원의 평가의 말을 들어본다.

> 대저 나라가 망한 지 10년이 못되어서 이같은 대혁명이 일어난 일은 동서고금의 역사에 보기 드문 일입니다. 세계의 같은 인류로서 누군들 귀국의 독립을 위해 원조하기를 바라지 않겠습니까? 더구나 중국과 한국은 순치(脣齒)라, 한국이 망하면 중국도 또한 병들게 됩니다. 한국이 독립하지 못하면 중국도 독립을 보전하지 못할 것은 형세상 필연입니다.[14]

3·1운동 직후에 쑨 원이 한국의 독립운동가 김창숙(金昌淑)에게 3·1운동의 경위를 자상히 듣고 그 자리에서 했던 발언이다. 이 발언으로 3·1운동이 중국인에게 얼마나 충격과 감동을 주었던가 가늠하기 어렵지 않을 듯하다. "한국이 독립하지 못하면 중국도 독립을 보전하지 못할 것"이라는 양국관계 인식은 매우 중요한 의미를 담고 있다고 하겠다. 돌아보건대 당시 한국과 중국은 '전근대적 굴레'를 탈피해야 한다는 공통의 역사적 과제를 안고 있었다. 게다가 제국주의 일본에 의해 한국은 이미 식민화된 상태이고, 중국은 바야흐로 침략·강탈을 당하는 판이었다. 양국은 '반일'에 있어서, 그리고 '반봉건'에 있어서 공통의 과제를 안고 있었던 셈이다. 중국인이 한국을 바라볼 때 쑨 원은 '순망치한(脣亡齒寒)의 관계'라고 표현했지만,[15] 사실은 동병상련이 되어 마침 봉기한 3·1운동에 공명이 커질 수밖에 없었으니 3·1은 5·4의 자극제로 작용했다고 해도 좋을 것이다.

앞에서 중국의 국학은 후 스에 의해 본궤도에 진입한 것이라고 했는데, 이 국학은 다름 아닌 5·4운동의 학술적 반영이었다. 중국의 경우 5·4운동을 전후해서 신문학운동이 활발하게 전개된다. 먼저 신문학운동이 5·4운동을 선도했고, 이어 5·4운동의 여파가 확대되면서 신문학

14 김창숙 「벽옹 칠십삼년 회상기」, 『심산유고』, 국사편찬위원회 1973.

15 '순망치한의 관계'란 중국이 근대세계로 진입하면서 가졌던 조선관의 일면이다. 리 훙장(李鴻章)은 1876년 조선의 개항이 이루어진 시점에, 조선이 일본의 영향권으로 들어가면 자국의 동삼성(東三省)이 외부의 위협에 직접 노출된다고 하면서 바로 순망치한이란 말을 썼다. 조선을 자국의 번방(藩邦, 울타리)으로 간주하는 생각을 노정한 것이다(李鴻章 「論日本派使入朝鮮」, 야마무로 신이찌(山室信一) 『여럿이며 하나인 아시아』, 창비 2003, 105~06면 참조).

운동 또한 상승, 발전하게 된다. 신문학운동의 주장(主將)은 다른 누구도 아니고 후 스였다. 신문학운동의 주장에 의해 국학운동이 주도된 셈이다.

5·4운동 기간에 신문학운동 진영에서 "국고를 정리하자"는 주장이 제기되고 『국고(國故)』라는 학술지가 간행되기도 했다. 1923년에는 중국 근대학문의 중심부요 5·4운동의 진원지이기도 했던 베이징대학(北京大學)에서 드디어 『국학계간(國學季刊)』이 창간되었던바, 여기에 후스는 주간으로서 「발간선언(發刊宣言)」을 집필한다.

이 「발간선언」은 마오 쯔수이(毛子水)가 "국학 진흥의 최대 중요문건"이라고 높이 평가했듯,[16] 중국 학문의 근대적 전환, 즉 근대적 학문방법론을 천명한 것으로 볼 수 있다. 이는 우파적 관점이다. 1950년대 사회주의 중국은 후 스를 학풍 비판의 최대 표적으로 삼아 공격을 가했는데, 이는 그의 학술사상의 위치가 컸다는 반증이 되기도 하는 것이다. 후 스가 제시한 국학의 방법론에 대해 두가지 점을 간략히 지적해둔다.

하나는 자국 학문전통의 비판적 계승이었다. 후 스에게 있어서 국학, 즉 국고학은 자국 고학(古學)의 전통 계승에 강조점이 두어져 있다. 특히 명말에서 청말에 이르는 3백년을 '고학창명(古學昌明)의 시대'로 칭하고 이 성과를 계승해야 할 것으로 보았다. 그럼에도 "이 3백년 동안에 거의 경사(經師)만 있었고 사상가는 없었으며, 교사자(校史者)만 있었고 역사가는 없었으며, 교주(校註)만 있었고 저작(著作)은 없었다"고 냉혹하게 결함을 지적한다.[17] 그가 주장한 바 학문전통의 계승은 비판적

16 毛子水 「重印北大國學季刊前記」, 『國學季刊』 1-3, 1967.
17 胡適 앞의 글.

계승을 전제하고 있었다.

다른 하나는 '역사적 안광(眼光)'이다. 그는 주장하기를 "국고는 '국수(國粹)'를 포함하고 또 '국사(國渣, 자국 문화의 찌꺼기)'도 포함한다"고 하였다. 장 빙린이 주도하던 국학운동의 앞단계에서는 '국수'만을 중시해 국학을 대변하는 잡지의 명칭까지 『국수학보』라고 했다. 후 스는 '국수'에 '국사'까지 포함함으로써 국학의 영역이 "상하 3, 4천년의 과거 문화를 포괄하고 일체의 문호(門戶)와 기존의 견해를 타파하게 된다"고 하였다.[18] 이러한 관점을 그는 '역사적 안광'이라고 규정지은 것이다. 객관적·총체적 인식의 길을 열었다는 점에서 분명히 종래의 학문과는 방법론적으로 다름이 있다고 하겠다.

그런데 5·4운동과 국학운동을 곧바로 연계시키기에는 서로 어긋나는 측면이 있다. 5·4운동의 기본정신은 낡은 중국의 '사상혁명'이었다. 후 스가 우파측의 주장(主將)이라면 좌파측의 주장은 천 두슈(陳獨秀, 1879~1942)인데, 그는 학술을 논하는 자리에서 "성인을 존중하지 말자(勿尊聖)" "옛것을 숭상하지 말자(勿尊古)" "국가를 떠받들지 말자(勿尊國)"고 역설했다. 그리고 국학에 대해 직접 언급해서는 '국학'이란 개념 자체가 성립할 수 없는 것이라고 여지없이 비판을 가했다.[19] 중국 신문학의 최고봉인 루쉰(魯迅, 1881~1936)의 국학에 대한 관점은, 직접적 발언을 필자는 아직 찾아내지 못했으나, "선장본(線裝本, 고서의 제본형태)은 묶어서 선반에 올려두라"고 반고적(反古的) 입장을 취했던 만큼 국학운동에 부정적이었을 것이다. 그는 '국수'를 들고 나서는 데 대해 야유하

---

18 같은 글.

19 陳獨秀 「隨感錄 1」, 『新靑年』 제4권 제4호, 1918; 「國學」, 『前鋒』 제3호, 1924(『陳獨秀選集』, 天津: 人民出版社 1990, 199면).

기도 했고,[20] 장 빙린을 추도하는 글에서는 신해혁명 이후 그의 학문활동을 두고 '전투적 글쓰기' 정신이 퇴색했다는 식으로 얕잡는 논조를 펴기도 했다.

국학을 표방할 때 거기에는 이데올로기가 담겨 있게 마련인데, 다름 아닌 민족주의이다. 좌파적 입장은 국학의 이데올로기를 수용할 수 없었다. 국학의 성격은 대개 우파적 민족주의의 색채를 띤 것이었다.

그렇긴 하지만, 당시 중국의 국학운동은 천 두슈가 제창한 세가지 요목 중에서 "성인을 존중하지 말자"와 "옛것을 숭상하지 말자" 두가지는 학문의 비판정신으로 수용하고 실천하고자 했다. 루쉰의 경우 그 자신이 『중국소설사략(中國小說史略)』을 저술해 '중국 역사·문화에 대한 연구', 즉 국학에 지대한 공헌을 했던 것은 주지하는 사실이다. 자국의 '역사·문화에 대한 연구'에 좌우가 사상적 경계를 넘어서 호응하고 실천하면서, 1920년대에 중국의 근대학문은 확실하게 형성되고 있었다.

이와 같은 중국의 상황에 비추어 같은 시기 한국의 학술동향은 양상이 사뭇 달랐다. 문학 창작으로 말하면 비록 중국에서처럼 운동적 형태로 활발하게 전개되진 못했으나, 3·1운동 이후 신청년들이 주도한 동인지가 창간되고 신문·잡지 등 근대적 매체가 출현하면서 새로운 형식의 문예작품들이 봄비에 새싹이 돋듯 발표되었다. 3·1운동은 신문학을 촉발해 마침내 이 땅에 근대문학의 성립을 보게 했다고 할 수 있다. 이 점

20 청말에 제기된 "국수를 보존하자"는 주장에 대해 루쉰은 "지사들이 국수를 보존하자고 하는 것은 낡은 것을 광복하자는 의미였으며, 고관들이 국수를 보존하자고 하는 것은 유학생들더러 머리채를 자르지 말게 하자는 의미였다"라고 꼬집은 다음, '국수'를 마냥 좋다고 말하는 자들에 대해 "쇄국정책을 폐기하기 전에는 전국이 온통 '국수' 천지였으니 도리대로 말하면 응당 좋아야 했을 것이다"라고 야유했다(「隨感錄 35」, 『魯迅選集』 2, 北京: 民族出版社 1987, 151면).

에서 한국 3·1운동과 중국 5·4운동의 문학사적 의미는 상동성이 역력하다.

반면, 1920년대 학술분야는 운동적 성격의 움직임은 실로 찾아보기 어려울 뿐 아니라 개별적인 저술도 별것이 없었다. 문학연구서로는 안자산(安自山, 1886~1946)의 『조선문학사』가 특기할 것이며, 신화 및 시조·민요 등에 대한 관심이 일어난 정도로 그쳤다. 그러다가 1930년대에 들어와서 비로소 근대학문이 성립하게 된다. 국권을 상실한 까닭으로 국학이란 개념을 사용하진 못했지만 '조선학운동(朝鮮學運動)'이 펼쳐져 반향을 일으켰으며, '진단학(震檀學)'이라는 이름의 본격적인 학회와 그 학보가 출현했다. 조선어문학회가 결성되어 소설사·연극사·한문학사의 정리가 이루어진 것 또한 이 무렵이다. 드디어 한국의 역사·문화의 여러 분야에서 체계적인 연구가 이루어지고 학술저작들이 속속 간행되기에 이른다. 지금 우리가 수행하는 학문의 분과와 체계는 대체로 이 시기에 틀이 갖춰진 것으로 볼 수 있다.

한국의 학술사는 내적으로 문학사에 비해서 지각을 한 꼴이며, 중국과 견주어보면 10년 가까운 시차를 보인다. 이는 아마도 대중적 기반보다는 공적 제도에의 의존도가 높은 학술의 특수성이 주 원인일 것이다. 일제의 통제가 학술부문에는 더욱 강고하게, 효과적으로 미칠 수 있었다. 물론 구학문 쪽으로 눈을 돌려보면 한학적 전통의 거유노사(巨儒老師)들이 각지에 엄연히 버티고 있었다. 그러나 식민지 근대는 이런 학문 전통을 아예 무시했으므로 구학문은 폐기되고 신학문은 부재한, 일시 학적 공황에 빠져든 모습이었다.

근대학문의 산실은 대학이다. 한국에서도 대학 설립은 20세기 초부터 민족적 숙원사업으로 인식되었다. 애국계몽기에 대학을 설치하기 위한 시도가 있었으나 성사되지 못했는데, 3·1운동의 여파로 민립대학

설립을 위한 움직임이 다시 힘차게 일어났다. 식민통치자들은 한국인의 손에 의한 대학 설립은 끝끝내 허용하지 않고 기껏 전문학교를 존치(存置)하는 데 그쳤다. 그러나 민립대학 설립운동이 폭넓은 호응을 받아서 여론을 묵살하기 어렵게 되자 대신에 그들은 관립대학을 설치했다. 1924년에 개교한 경성제국대학(京城帝國大學)이 그것이다. 식민지적 조건이 한국에서 근대학문의 성립을 어렵게, 늦어지게 만든 것이다.

그럼에도 1930년대에 근대학문이 성립할 수 있었던 요인은 어디에 있었을까? 기본적인 요건은 학적 역량의 성장·축적에서 찾아야 하리라 본다. 신교육·신학문으로 향한 열의는 이미 애국계몽운동으로 분출이 되었거니와 국권을 상실한 이후로도 꺾이지 않았다. 교육·학문을 근대 적응의 방도 내지 국권 회복의 길로 확신하게 되면서 해외로 유학을 가는 자들이 줄을 이었다. 한국인에게 허용한 문은 좁았지만 경성제국대학에서도 소수정예의 학자를 배출했다. 1930년 무렵이 되면 해외나 국내에서 전문교육을 받아서 학문연구에 종사하는 인원이 각 분야마다 상당수에 이르렀다. 근대학문이 성립할 주체적 조건이 그런대로 갖추어진 셈이다. 아울러 고려해야 할 외적 조건으로 두가지 점을 들 수 있다.[21]

하나는 일제의 학적 지배에 따른 반응이다. 일제가 추진한 학술의 여러 방면에서 가시적인 성과가 제출됨에 영향을 받아 분발한 면도 무시할 수 없겠으며, 거기서 위기의식 또한 고조된 것이다. 식민통치자들은 왜 끝끝내 대학 설립을 허용하지 않았을까? 식민지배를 철저히 하자면 피지배자의 정신까지 지배해야 함은 물론, 피지배 시·공간의 모든 정보

21 이 대목의 논의는 필자의 앞의 글 29~31면에서 원용한 것이다.

를 장악할 필요가 있다. 일제 역시 구왕조의 문서와 전적(典籍) 들을 널리 수합해서 자기들 관리하에 둔 한편, 조선사편수회(朝鮮史編修會)를 운영했다. 그러니 그들이 고도의 전문적인 기술과 학문을 교수하고 재생산하는 대학을 피지배자의 손에 넘겨주려 했겠는가. 일제가 주도하는 '식민지학'은, 지배권력의 유리한 배경에다 예리한 방법론적 무기를 가지고 조선의 역사를 비롯해서 언어·민속·지리 등 전영역에 걸쳐 조사·연구를 진행, 이미 학적으로도 압도하는 형세였다. "'조선을 알자' '조선의 과거 및 현재를 따져서 미래의 광명을 밝히자' 하고 부르짖음이 울연(蔚然)히 일어났다. 이러한 외침에 발맞춰 지금 우리의 땅에는 수다한 학술단체가 창립 성장하고 있다."[22] 이 신문기사는 당시 사정을 생생하게 전한다.

다른 하나는 정치운동이 봉쇄되면서 찾게 된 출로이다. 1930년대는 일제가 파시즘으로 치달아 침략의 마수를 대륙으로 뻗치면서 사상적으로 경직되어 더욱 엄혹해진 시기였다. 바로 이 30년대 초에, 한국사회는 3·1운동 이후 민족전선의 좌우 분열을 통합한 조직체 신간회마저 깨지고 좌절과 실의의 늪으로 빠져들었다. 정치적 변화를 도모하는 사회운동이 차단된 상황에서 찾은 출구의 하나가 학술 쪽이었다. 조선학운동을 주도했던 잡지 『신조선(新朝鮮)』이 "정치적 약진이 불리한 시대이니 차라리 문화적 정진에로"라고 내건 슬로건은 학술운동으로 진출할 수밖에 없었던 당시 정세를 극명하게 표현하고 있다.[23]

---

22 『동아일보』 1935.1.1.

23 「권두언」, 『신조선』 1935년 1월호.

5. 일본의 근대 상황에서 국학의 행방

20세기 일본에는 적어도 개념상으로는 국학이 부재했다고 말해야 옳을 것이다. 이미 18세기에 확립된 국학은 20세기 일본의 근대 상황에서 어디로 갔을까?

마루야마 마사오(丸山眞男, 1914~96)는 현대 일본 학계의 '텐노(天皇)'라고 일컬어지는 학자이다. 그를 '학문의 텐노'로 등장시킨 첫 무대는 『일본정치사상사연구』라는 저작인데, 일본 군국주의가 극점에 다다른 1940년대에 씌어진 책으로 자국의 근대가 폭력적·독선적으로 작동하는 역사적·사상적 근원을 추구하고 성찰한, 그야말로 고뇌에 찬 작업의 결과물이란 평을 받는다. 그래서 '시국적 주제의 비시국적 접근'이라 일컬어지기도 한다.

이 문제적 저작에서 분석의 주 대상은 에도(江戶)시대의 유학(한학漢學)과 국학이었다. 국학이 일본 근대와 정신적으로 내밀한 관계에 있다고 본 것이다. 천황 중심의 국체(國體)이데올로기에 바로 국학의 이데올로기가 접목된 것이다. "미또학(水戶學)[24]의 '국체론'은 메이지유신(明治維新)의 원동력이 되지는 않았지만, 유신 뒤 정부의 관제 '이데올로기'의 지주로서는 도움이 되었다. 또다시 내려와서 1930년대 천황제 초국주의의 슬로건이 되었던 것은 우리들의 기억에 새롭다"는 카또오 슈우이찌(加藤周一, 1919~2008)의 지적 그대로다.[25] 요컨대, 국학은 근대일본을 천황제국가로 출범시키고 군국주의로 치닫게 만든 정신적 뿌리였

24 에도시대 미또번(水戶藩)에서 일어난 학파로 국학·사학·신또오(神道)의 근간에 유학사상이 결합된 것이다.

25 가토 슈이치 지음, 김태준 옮김 『일본문학사서설 2』, 시사일본어사 1996, 245면.

다고 할 수 있다.

에도시대의 국학이란 사전적 정의에 의하면 "한학에 대칭되는 개념으로 일본 고래의 정신문화를 연구해서 밝히는 학문사상"을 가리킨다.[26] 주로 자국 고대의 신화·가요·기록물 등 문학유산에 대한 문헌학적 연구에서 시작해 그 학적 성과는 괄목할 만하고 사상적 깊이까지 만만찮은 것으로 평가되고 있다. 여기에 우리로서는 물음 둘을 던지지 않을 수 없다. 하나는 일본이란 나라는 이른 시기에 국학이 어떻게 하나의 독자적 학문으로 발전할 수 있었던가, 다른 하나는 그런 국학이 근대 상황에서는 어디로 갔단 말인가 하는 것이다.

17세기 이래 동아시아의 한·중·일 삼국에서는 새로운 학풍이 제각각 발전해왔다. 그것을 한국에서는 실학으로 파악해왔으며, 중국에서는 어떤 하나의 개념을 부여하지 않고 종래 고증학적 방법론으로 중시했는가 하면 '박학(樸學, 질박한 학문이란 의미로서 한대漢代의 경학을 청대淸代에 와서 계승한 학풍을 가리킴)'으로 일컫기도 했다. 일본에 있어서는 일본적 신학풍으로 국학과 한학을 함께 보아야 할 것이다.[27]

그런데 최근 학계에서 주목할 만한 사실로 이런 한·중·일 삼국의 신학풍을 전체로 아울러 보려는 움직임이 일어나고 있는데, 여기에서는 실학이란 개념이 통일적 인식의 틀로 받아들여진 것이다. '동아시아 실

---

26 京大日本史辭典編纂會『日本史辭典』, 東京: 創元社 1990.

27 일본에서 한학이란 중국의 유학 및 중국에 관한 학문 일반을 가리키는데, 에도시대로 오면 한학이 하나의 뚜렷한 학파를 형성해 한학파(漢學派) 혹은 고학파(古學派)라고 불린다. 그리하여 한학과 국학은 에도시대에 쌍벽을 이루게 된다. 양자는 대립적인 관계로 이야기되나 한학의 방법론이 국학에 영향을 미치는 상보적 관계도 있었다 한다. 다산(茶山) 정약용(丁若鏞)은 한학파의 큰 학자인 오규우 소라이(荻生徂徠)와 다자이 슌다이(太宰春臺, 다자이 준太宰純)의 경학 저작을 읽어보고 높이 평가한 바 있다.

학'이 학술용어로서 기득권을 얻고 있는 중이다. 여기서 역사적 공통성에 의한 상동성이 뚜렷이 포착되고 상동성 가운데 상이점 또한 저절로 드러난다. 상동성은 다름 아닌 '동아시아 실학'이다. 일본에서 국학이라는 개념이 조기에 성립한 것은 일본적 특수성이지만 그것은 동아시아적 차원의 상동성 가운데 특수성으로 볼 수 있다.

중국은 예로부터 스스로를 세계의 중심으로, 아니 세계 자체로 인식해왔던 터이므로 국학을 분립할 현실조건이 근대 이전까지는 부재했다고 보아야 할 것이다. 이 점에 있어서 한국의 입장은 중국과는 전혀 다르며, 일본과 비슷했다고 하겠다. 그럼에도 한국은 왜 일본처럼 국학을 일으켜세우지 못했을까? 당시 한국에는 국학이 원천적으로 없었다고 할 수 없다. 한국의 실학은 알려진 대로 민족자아에 대한 학적 인식이 주요 부분을 이룬다. 즉 한국 실학은 국학적 성격을 내포한 것이다.

일본 학술사에서 한국 실학에 직접적으로 대응되는 성격을 찾자면 '한학'이다. 일본의 경우 한학에 대척적인 의미로 국학이 성립한 데 비추어보면, 한국에서는 한학과 국학이 미분화 상태로 있었다고 하겠다. 이 현상을 낙후성으로 판정한다면 그 관점 자체가 근대주의적인 것이다. 역시 기본적 시각은 상호간의 지리적·문화적 조건의 차이로 이해하는 데 두어야 할 듯싶다. 무엇보다도 중국과는 바다를 사이에 두고 떨어져 있으며 서세(西勢)에 먼저 접할 수 있었던 일본의 위치가 한학과 국학의 분화를 촉발한 조건으로 작용했을 것이다. 반면 한국은 중국과 지리적·문화적 거리가 가까운 것에 비례해서 분화현상이 일어나기 어려웠을 것이다. 어쨌건 우리로서는 일본의 국학이 조기에 성립할 수 있었던 근거로서 자국 고유의 풍부한 문학적 유산—예컨대 『만요오슈우(萬葉集)』 등 가요나 『겐지모노가따리(源氏物語)』 등 소설의 전통—이 있었음을 살펴보아야겠으며, 아울러 17~19세기에 국학의 위상을 세운 저들의 역사적 발돋움에 대해서도 그 내용이며 향방을 주시할 필요가 있다고 본다.

이 일본적 특수성을 상징하는 국학이 일본 근대학문의 제도상에서 모호해져버린 문제로 들어가보자. 국학의 전통은 근대국가로 개편되는 과정에서 어디로 사라졌을까? 거기에는 복잡한 우여곡절이 있다. 근대 일본의 교육과 학문의 정점이라 할 수 있는 토오꾜오대학(東京大學)이 개설되는 단계에서 야기된 사건이다.

토오꾜오대학의 개교는 1877년이며 근대국가의 개막인 메이지유신은 그 10년 전이었다. 근대적 체제개편에 대학제도도 들어 있었던바, 대학을 어떤 방향으로 정립할 것인가를 두고 심각하게 대립해 10년 동안 다투었다 한다. 국학파와 한학파에 양학파(洋學派)의 3파전이었다. 당초에는 국학파가 기세를 잡았다. 처음 문을 연 대학교의 법규에 "신전(神典) 국전(國典)에 의해 국체를 앙양하고, 한적(漢籍)을 강명(講明)해 실학실용을 이루게 할 것이다"라는 조목이 보인다. 전자는 국학에, 후자는 한학에 연계되는 것이어서, 국학은 국체의 앙양을 목적으로 하는데 비해 한학은 실용적인 차원이었다. 이 국학 중심의 대학 설계는 당시 일어난 신또오(神道)의 국교화(國敎化)운동과도 밀접한 관계가 있었다고 한다. 국학 중심에서 한학은 양학과 함께 외번학(外蕃學)으로 밀려난다. 그러나 메이지유신의 사상적 배경을 이룬 때문에 일시 세력을 떨치게 된 국학파에 대해 한학파의 반격이 만만치 않았다. 양파의 분쟁은 걷잡을 수 없이 되어 마침내 학교의 문을 닫는 사태에 이르렀다.

국학파와 한학파가 맞붙어 싸우는 단계에서 양학파는 거의 무풍상태에 있었다. 그런 가운데 어느덧 대학의 중심은 양학파에 가 있었다. 양학과는 어부지리를 얻은 셈이다. 이내 구미의 대학제도로 기울어지면서 국학 중심의 규정이 삭제되었을 뿐 아니라, 한학의 위상도 분과의 하나로 위축되었다. 양학 중심에 맞서 한학의 항의가 없었던 것은 아니지만 이번 싸움은 대세에 영향을 주지 못했다. 토오꾜오대학이 출범하면서 국학과 한학은 문학부의 제2과에 화한문학과(和漢文學科)란 이름으로 혼거하게 된다. 1886년에 화한문학과는 화(和)문학과와 한(漢)문학과로 다시 분가했으며, 1889년에 와서 화문학과는 '국문학과'로 개명(改名)이 되고 국사과(國史科)란 명칭도 함께 탄생했다. 이후 일본 학술사에서 국학은 표면상 중요한 위치로는 다시 부활하지 않았다.[28]

그렇다 해서 일본근대가 국학을 내면에서 해체하고 국학의 이데올로기로부터 자유로워졌느냐 하면, 실정은 전혀 그렇지 않았다. 근대학문이 제도적으로 국학을 폐기처분했지만 그 대신 '국어' '국사' '국문학' 등의 개념을 도입한 사실을 주목할 필요가 있다. 대학제도의 중심에 국학을 놓으려 한 것은 이데올로기적 성향인데, 국학을 끌어내리고 한학도 뒷전으로 밀어내고 서양학을 중심에 세워서 서구의 대학제도를 도입한 것은 일종의 국가전략이다. 탈아입구(脫亞入歐)와 상통하는 논리라 하겠다. 서구근대를 모범으로 삼은 이 국가전략이 성공적인 결과를 초래한 일본근대는 중국·한국과 달리 국학이란 깃발을 들고 나설 이유가 없었다. 전략적 차원에서 국학을 폐기했지만 그 이데올로기조차 폐기한 것은 아니었다. 국학은 근대학문에서 표면상으로 지워지면서 내화되었으니 국어·국문학·국사학 등은 그것이 표출된 형식이다. 이들

28 이 대목의 서술은 『東京大學百年史』, 東京: 東京大學出版部 1984~86의 해당 부분을 대략 요약한 것이다.

'국'자 돌림 또한 국학정신을 내면화하면서 서구이론으로 무장한 것임은 물론이다.

역사학을 두고 보면 중심에 '국사'를 세우고 '동양사'와 '서양사'를 배치하는 체계를 잡고 있다. '동양'이란 기실 서양에 대칭되는 의미로서 일본근대에 설정된 개념이다. 문제는 일본국가의 동양관이다. 이 대목에서 일본의 유명한 기독교 사상가 우찌무라 칸조오(內村鑑三, 1861~1930)의 말에 귀를 기울여보자.

> 청일전쟁의 구실은 동양평화를 위함이었습니다. 그런데 이 전쟁은 다시 큰 일로전쟁을 낳았습니다. 일로전쟁 또한 그 구실은 동양평화를 위함이었습니다. 그러나 이 또한 더욱더욱 큰 동양평화를 위한 전쟁을 낳을 것이라고 생각됩니다.[29]

일본이 러일전쟁에 승리해 국민적 환희로 들떠 있을 때 한 발언이다. 러일전쟁은 표면적으로 '동양평화'를 구실로 삼았다. 이 전쟁의 승리가 "더욱더욱 큰 동양평화를 위한 전쟁을 낳을 것"이라는 그의 예상은, 만주사변·중국침략에서 태평양전쟁으로 나아간 역사의 진행으로 적중하고 말았다. 어쨌건 일본근대는 한 종교사상가의 불길한 예견이 적중되는 방향으로 질주했다. 거기에 이데올로기적 분식(粉飾)을 하는 데 시녀적으로 기여한 '국어' '국문학' '국사학'이 있었던 한편, 식민지 진출에 발맞춰 나아가서 지식을 확장한 '동양사학'이 있었다는 점을 오늘의

29 內村鑑三 「일로전쟁에서 내가 받은 이익(日露戰爭より 余が受けし利益)」, 『新希望』, 1905(가토 슈이치, 앞의 책 383면에서 재인용).

우리는 마음 깊이 새겨볼 필요가 있다.

6. 맺음말

20세기로 들어오면서 동아시아의 전통적 세계상은 전도되었다. 여러 천년 동안 세계의 중심으로 자처했던 중국은 주변부로 전락한 반면 주변부 일본이 급부상한 것이다. 동아시아 전역은 지구적 세계의 주변부이긴 했지만, 이 지역 내에서는 신흥 일본의 패권이 위력을 떨쳐서 한반도가 먼저 짓밟힘을 당했고 그 발자국은 중국대륙으로 뻗어나갔다. 전도된 동아시아는 짓밟고 짓밟히는 상쟁·침탈·억압으로 갈등의 소용돌이였다.

이러한 동아시아 상황에서 성립한 중국과 한국의 국학은 민족위기에 학적으로 대응한 형식이었다고 할 것이다. 국학을 표면상 배제하고 근대학문을 수립한 일본의 경우는 침략적 제국주의의 국가의지에 국학의식이 저류(底流)했던 것으로 여겨진다.

21세기의 동아시아는 무언가 분명치 않으나 20세기와는 아주 다른 새로운 동아시아상을 모색하고 있다. 학문하는 우리로서는 새로운 동아시아상의 밑그림이라도 구상해야 하지 않을까. 이를 위해 20세기 국학을 회고해보았다.

당초 한중의 국학은 민족위기의 산물이며 빼앗기고 잃어버린 자기 정체성을 찾기 위한 것이었던 만큼 방어적·소극적 성격을 띨 수밖에 없었고, 그것의 이념적 기초인 민족주의 역시 자민족중심주의 쪽으로 편협했다. 국학의 태생적 맹점이라 하겠다. 국학은 '한시적 운명'을 타고

났던 터요, 그렇기에 20세기 당년에 '탈(脫)국학'의 방향으로 나아갔던 것 또한 당위성을 인정할 면이 넓다고 하겠다.

반면, 일본근대는 무력으로만 아니고 학지(學知)로서도 동아시아를 선도하고 압도했음을 우리는 이제 냉철하게 돌아보아, 인정할 것은 인정하고 비판할 것은 비판하는 열린 자세가 바람직하다고 하겠다. 일본의 근대학문은 침략·지배를 위한 학문으로 육성되고 발전해 다분히 제국주의적 성격을 띠었지만, 실은 그렇기에 더더욱 무서운 근대적 합리성과 치밀성을 갖추었던 터이므로, 거기에 수세적이고 편협한 '국학적 대응'을 가지고는 처음부터 승산이 없었다고도 할 수 있겠다.

근래 다시 '한국학'에 대한 요청이 제기되고 있다. 국학을 외면했던 사회주의 중국 역시 최근에는 자신의 국학을 재평가하려는 움직임이 있는 것 같다. 그렇다 해서 곧 국학의 부활을 뜻하는 것은 아니고, 또 그렇게 되어서도 안 될 것이다. 오늘 우리의 학문은 시각 및 방법론의 재정립, 그야말로 새로운 패러다임의 학문을 긴히 필요로 하고 있다. 이와 관련해서 전제해야 할 몇가지 점을 들어둔다.

첫째, 일국사적 시각을 넘어서 동아시아를 하나의 전체로서 사고하고 고구(考究)해야 한다는 것이다(동아시아학이라는 개념을 구사해야 할 것인지는 논의해야겠으나 동아시아적 시야는 필요하며, 그런 의미에서 동아시아는 방법론이다).

둘째, 우리의 학적 사고는 인류 보편을 항시 고려해 '세계적 지평'에 올라서야 하며, 세계적 수준을 생각해야 할 것이다(동아시아적 시야는 세계적 지평을 획득하는 과정이다).

셋째, 민족주의는 근대주의와 표리의 관계에 있다. 근대주의의 극복을 통해서 민족주의의 극복이 이루어져야 할 것이다.

마지막으로 계속 불거지고 있는 한중 역사분쟁에 대해 간략히 언급하는 것으로 글을 맺고자 한다. 발해는 물론 고구려까지 중국사에 귀속된다는 주장이 대다수의 한국 사람에겐 놀랍고 황당하게 들리는 것이 사실이다. 그렇지만 자국의 현재 영토 안에서 역사상 명멸했던 국가들은 모두 '지방정권'이란 개념으로 규정한 당대 중국의 논리로 보면 당연한 귀결인 듯하다. 필자는 전공은 아니라도 20세기 동아시아 국학을 반성적으로 논한 처지에서 현안에 어떻게 대응할 것인가에 대해서 침묵할 수는 없다는 생각이 든다. 고구려를 굳이 자기 역사로 싸잡아넣는 당대 중국의 논리는 현재적 입장을 무리하게 밀고 나아간 것이며 일국사적·자민족중심적이란 지적을 면할 수 없다. 여기에 한국이 민족주의적으로 맞서는 방식 또한 분란을 상승시키는 역작용을 하기 마련이다. 뿐만 아니라 동아시아의 미래를 위한 동아시아공동체를 지향하는 데 거꾸로 가기가 되기 십상이다. 역시 동아시아 과거 여러 민족의 삶과 다양한 문화를 존중하면서 하나의 전체로 파악하는 통합 동아시아사(史)를 통해서 문제가 저절로 해소되도록 방법론을 강구함이 바람직하며, 또한 이런 방향으로 시각이 조정될 필요가 있다고 본다.

제2장

19세기 말 20세기 초 동아시아, 세계관적 전환과 동아시아 인식

1. 머리말

19세기 말 20세기 초 동아시아에서 일어난 역사전환은 실로 유사 이래 초유의 대변혁으로 볼 수 있다. 요컨대 세계관의 전도와 함께 일어난 변혁이었기 때문이다. 그래서 '세계관적 전환'이란 다소 생소하게 느껴질 수 있는 말을 표제에 쓴 것이다.

이 역사전환을 경과하면서 균형이 깨진 나머지 동아시아는 불안정한 갈등의 공간으로 바뀌고 말았다. 역내의 국가·민족들 사이에는 대결과 쟁투로 지배-피지배, 정복-피정복 관계가 성립되었다. 20세기 후반으로 접어들면서 이러한 관계는 해소되었지만, 세계 냉전체제의 가장 민감한 전선이 이곳에 형성되면서 대결과 쟁투는 종식되지 않았다.

21세기로 진입한 지금, 상황은 현격히 달라졌다. 동아시아 국가들 사이에 인적·물적 교류가 활발해지면서 동아시아의 지역적 통합이, 아직은 요원하지만 자주 논의되는 단계에 도달한 것이다. 물론 상호간의 평등·자주와 우호에 입각한 통합을 어렵게 만드는 현실적 요인이 한두가지가 아니다. 대다수 동아시아 사람들의 뇌리에는 정신적 장애물이 잠복해 있어 불쑥불쑥 노정되는 것도 같다. 이 '정신적 장애물'은 질곡의 동아시아 '근대'가 남긴, 말하자면 그 후유증인 셈이다.

이 글에서는 이런 취지에서 '동아시아 근대지성의 동아시아 인식'이란 주제로 서설적인 발언이나마 제출해보려 한다. 19세기 말 20세기 초 동아시아 역사전환의 과정에 직면해서 사고하고 활동했던 몇몇 지식인의 기록을 찾아 읽은 소감을 중심으로 진술하려는 것이다. 황 쭌셴(黃遵憲, 1848~1905, 자 公度, 호 人境廬主人)의 『조선책략(朝鮮策略)』, 량 치차오(梁啓超, 1873~1929, 자 卓如, 호 任公·飮氷室主人)가 식민화된 한국에 대해 쓴 글 몇편, 그리고 일본에 한국이 병합된 직후 중국으로 망명해서 조국광복을 위해 활약했던 신규식(申圭植, 1879~1922)의 자료가 주 텍스트이다. 각기 처한 상황은 다르지만 한반도에 초점이 맞춰진 내용이란 점에서 동일한 것이다. 이렇게 한 데는 물론 까닭이 없지 않다. 필자의 관심이 자연스럽게 먼저 닿은 쪽이기도 하려니와, 한반도 문제는 한국인의 운명으로 그치지 않고 동아시아 전체의 국면과 긴밀히 연계되어 있다. 이 점은 과거사에서뿐 아니라 동아시아의 당대사에서도 마찬가지다. 지금 우리가 하필 동아시아 문제를 주목하는 요인 또한 여기에 있다.

황 쭌셴과 량 치차오의 경우 동아시아 근대지성을 대변하는 존재라고 말해도 좋을 것이다. 반면 신규식은 한국을 벗어나서 지명도를 가진 인물이 아니지만, 그의 망명지 중국에서의 활동은 동아시아 역사운동의 중심부에 닿아서 쑨 원과도 관계를 맺고 있었다. 이 점을 고려해 신규식을 포함해서 동일한 논의 선상에 나란히 놓았다.

이 세 인물이 각기 다른 단계, 다른 입장에서 조선(한국) 문제를 어떻게 바라보고 어떤 논리를 폈던가? 그것은 자기인식의 표출인 동시에 동아시아 인식이기도 하다. 거기에 투영된 각각의 동아시아상을 추출해 볼 수 있지 않을까 한다.

2. 17세기 이래 흔들린 조공질서

오늘날 통용되는 '중국'이라는 국호는 따지고 들면 한 국가의 명칭으로서는 객관성과 변별성에 있어서 문제점이 없지 않은 것으로 여겨진다. 한 도시의 이름으로서 한국의 '서울'이나 일본의 '쿄오또(京都)' 역시 보통명사임에도 고유명사로 통용되는 점에서 마찬가지다. 오랜 역사적 관행으로 굳어진 터이기에 굳이 바꿀 이유는 되지 않는다고 본다. 다만 '중국'이라는 말은 의미상에서 짚고 넘어갈 점이 있다. 그 개념 자체가 주지하듯 천하의 중심에 위치한 나라라는 뜻에서 '중국'이며, 따라서 그 바깥은 일체 '사방(四方)'으로 일컫게 되는 것이다. 북송의 학자 석개(石介)는 「중국론(中國論)」을 지어 이렇게 설파했다.

> 하늘은 위에 있고 땅은 아래 있는데 천지의 중앙에 위치한 자는 '중국'이라 부르고 천지의 변두리에 위치한 자는 '사이(四夷)'라 부른다. '사이'는 바깥(外)이며, '중국'은 안(內)이다.[1]

---

1 "天處乎上, 地處乎下, 居天地之中者曰中國, 居天地之偏者曰四夷. 四夷外也, 中國內也"(石介 「中國論」, 『徂萊石先生文集』 卷十, 北京: 中華書局 1984).

'중국'과 '사방'의 분할은 지리적 개념으로 그치지 않고 '사이'라는 인종적·문화적 개념으로 치환되었으며, 거기에 안과 밖의 명분론적 구분이 대입되었음을 보여주고 있다. 즉 중화(中華)와 이적(夷狄)이라는 문화론적 구분의식을 형성해 문명의 중심부로서의 '안'과 야만적인 주변부로서의 '밖'을 명분화한 것이다. 이른바 화이론(華夷論)이다. 존화양이(尊華攘夷)라는 이데올로기 또한 여기서 도출된 것임은 말할 나위 없다. 그리하여 중국과 사방의 관계는 '사대(事大)의 예(禮)'라는 명분으로 규정되었으니 조공(朝貢)이 그것이다. 중국을 중심으로 한 세계에는 조공이라는 형식으로 국제질서가 성립되었다고 볼 수 있다. 다름 아닌 '조공질서'이다.

중국중심의 조공질서는 동아시아세계에서 일종의 체제를 형성해 유지되었던 것으로 여겨진다. 중화주의라는 중국중심적 세계관으로 구축된 이념은 동아시아세계를 받쳐주는 기반이었다. '중국중심의 세계'의 과거를 돌아보면 한족(漢族)과 여러 변방민족들의 대립·교체의 과정이었다고 말해도 과언이 아니다. 현실적인 역학관계에 의해 중심부의 권력이 뒤바뀌는 화이의 전도(顚倒)현상은 역사상에 종종 있어왔다. 이 대목에서 우리가 유의할 점이 있는데, 화이의 전도가 중화주의의 전도를 동반하지는 않았다는 사실이다. 몽골족의 원(元)이나 만주족의 청(淸)처럼 변방민족이 대륙(세계)의 주인으로 들어선 경우라도 의연히 중국중심의 세계요, 문화적으로도 중심문화를 대체하지 못하고 기껏 중화문명의 풍부화에 기여했을 뿐이다. 청의 옹정제(雍正帝)는 자신이 중화의 주인이요, 자신의 제국은 '천하일통(天下一統)'을 보다 광역으로 수행하고 있음을 자부하면서 '화이일가(華夷一家)'를 선언했다. 중화란 개념을 인종에 귀속되지 않는 것으로 새로운 해석을 가한 셈이다. 중국중심의 세계는 현실적인 역학관계에 의해 일시 혼란에 빠지고 또 전변이 일어나긴 하지만 중화주의를 복원해서 조공질서는 지속되었다. 그것은 자기완결적인 형태로서 영속성을 지녔다고 말할 수 있다. 그러나 이 영속성은 19세기 후반 동아시아가 서구주도의 근대세계로 합류할 때까지로 한정된 것이었다.

이에 앞서 17세기 동아시아세계에는 역사전환의 드라마가 전개되는데, 이 글에서는 그 이후를 '흔들린 조공질서'라고 표현한다. 1592년 일본의 한반도 침공이 국제전으로 발전했던 7년전쟁은 그 역사드라마의 서막이었던 셈이니, 일본열도에서는 에도시대의 출범으로, 대륙에서는 명청의 교체로 서막이 열렸다. 그리하여 성립한 청황제 체제로 이후 2백년 동안 '세계'는 안정적으로 유지되었다. 하지만 성립과정에서 이미 균열이 발생했으며, 이 균열은 다시 봉합될 수 없는 상태로 잠복해 있었다. 이번의 흔들림은 끝내 복원될 수 없는 성질의 것이었다. 왜 그런가? 주요인은 그것이 '서세동점(西勢東漸)'이라는 지구적 역사운동에서 파생된 균열이었기 때문이다.

조공질서에서 애매한 위치였던 일본이 전례 없이 중심부에 도전해서 발발한 7년전쟁은 실로 심상치 않은 사태였다. 청일전쟁에서 한반도의 식민지배로, 대륙공략으로 발전한 20세기 동아시아 상황의 예고편인 듯한 느낌이 없지 않다. 이런 도전을 가능케 한 일본 군사력의 이면에 '서세'가 관여되어 있었던 것은 이미 알려진 사실이다. '서세'의 파장이 대륙의 한 모서리를 친 것이다.

다음의 명청 교체과정에도 '서세'는 개입하고 있었다. 당시 중국에 상륙한 '서세'란 선교를 목적하는 소규모였으므로 개입해보았자 별것 아니었다고 말할 수 있다. 그렇지만 저들이 제공한 신예 무기는 가공할 위력을 발휘해서 전세에 상당한 영향을 미쳤던 것으로 이야기된다.[2] 더욱 주목할 대목은 서양이란 존재가 인간의식에 미친 영향이다. 이와 관계해서, 조선과 서양의 첫 만남을 보여주는 일화 하나를 들어둔다.

만주족의 누르하치(奴爾哈赤)가 요동(遼東)을 장악하고 명과 각축전을 벌일 때 조선은 명과의 조공관계를 변함없이 유지하려 했다. 그래서 사행(使行)은 부득이 해로(海路)로 가야 했는데, 산동(山東)반도 등주(登州)에 도착한 조선사신 정두원(鄭斗源)을 예수회 선교사 로드리게스(João Rodrigues, 중국명 육약한陸若漢, 포르투갈인. 1561~1633)가 일부러 방문한다. 로드리게스는 정두원에게 참으로 놀라운 호의를 베풀어 서양의 지도와 천문서 및 망원경, 시계 등과 함께 홍이포(紅夷砲) 등 신예 무기를 제공했다. 선교사 입장에서 무기까지 제공한 것은 무슨 까닭일까? 로드리게스는 당시 등주 주둔군 사령관의 군사고문이었으며, 제공한 무기는 명군(明軍)을 지원한 바로 그 무기였다. 정두원이 서양문물을 가져온 것은 한국사에서 특기하는 사실이다. 당시 양자 사이에 주고받은 편지가 전한다. 조선인은 저들에게서 받은 책을 읽고 지적 충격이 컸던 모양이다. "태서자(泰西子)는 천도(天道)에 대해 정치하고 심오해 고금에 빼어남을 알겠노라"라고 적혀 있다.[3] 천도란 천문학의 원리를 가

---

2 이 문제에 관해서 필자는 「조선사행의 해로연행록: 17세기 동아시아 역사전환과 실학」이라는 논문을 중국 창사(長沙)의 웨루수위안(岳麓書院)에서 지난 2004년 11월에 열린 동아시아 국제실학대회에서 발표한 바 있다. 이 논문을 「17세기 역사전환과 실학: 조선사행의 해로연행록의 분석」, 『21세기에 실학을 읽다』, 한길사 2014로 개편했다.

3 "乃知泰西子, 精深天道, 獨出今古"으로 조선 역관 이영후(李榮後)가 로드리게스에게 보낸 서한의 한 대목. 역관 이영후의 명의로 되어 있지만 외교적 문서이므로 정사인 정

리킬 것이다. 서양인은 "만국지도에 대명(大明)이 중심인 듯 그려진 것은 보기에 편하라고 한 것이요, 지구로 논하건대 나라마다 중심이라 할 수 있다"고 설파한다.[4] 지구는 원래 특정한 중심이 있을 수 없음을 분명히 한 것이다.

'서세'가 가시화되면서 중국중심의 천하관은 객관적으로 허상임이 이미 판명되었다고 말해야 옳을 것이다. 그럼에도 '흔들린 조공질서'가 마냥 유지되었던 것은 허위의 망령에 집착한 꼴이다. 이런 와중에도 깨달은 소수는 없을 수 없었다. 실사구시의 실학은 바로 '허위의 지배구조'에 대한 비판으로부터 성립한 것이다. 예컨대 홍대용(洪大容, 1731~83)이 '내외지분(內外之分)'을 부정하고 제기한 역외춘추론(域外春秋論)은 "지구로 논하건대 나라마다 모두 중심이라 할 수 있다"는 그 말의 이론화인 셈이다.

그리고 또 지나칠 수 없는 문제는, 조공체제를 이론적으로 흔든 '서세동점'은 일시적으로 끝날 것이 아니었다는 사실이다. 아니, 갈수록 더 큰 형세로 밀려들고 있었다. 18세기 말부터는 선교사의 개체적 침투와 다른 차원으로, 서양국가가 외교관계로서 문호를 두드리기 시작한다. 영국여왕의 사절 매카트니 경(Earl Macartney)을 접견한 청의 건륭제(乾隆帝)가 관행적인 조공의 예를 고집한 나머지 거의 희화적인 마찰을 빚은 일은 유명한 일화로 남아 있다. 조공질서의 세계 그 바깥에서 이질적인 '세계'가 출현했는데도 중국은 거기에 대비를 하지 않았으니 객관적

두원의 의지를 대변한 것으로 보아야 할 것이다(「정두원과 로도리게스: 조선과 서양의 첫 만남」, 같은 책 참조).

4 "萬國圖以大明爲中, 便觀覽也. 如以地球論之, 國國可以爲中"으로 예수회 신부 로드리게스가 이영후에게 답한 서한(같은 책).

으로 보아 자존망대(自尊妄大)의 실착을 범했다고 말할 수 있다. 조공체제를 고수한 끝에 서양과의 외교는 코드가 맞지 않아, 중국은 '근대'세계로 향한 행보에서 무한히 터덕거리고 헤매게 되었다.

3. 황 쭌셴의 『조선책략』

중국은 1840년대에 아편전쟁의 굴욕을 겪고 나서 문호를 개방하고, 다시 영불(英佛) 연합군에게 수도를 유린당하는 사태에 경악한 나머지 1860년대부터 양무운동(洋務運動)을 시행했으며, 일본은 1854년 페리(Matthew C. Perry) 제독이 이끄는 함대에 굴복해 문호를 개방했다가 막번체제(幕藩體制)의 붕궤로 이어져서 1868년부터 메이지유신에 들어갔다. 조선은 가장 늦어서 1876년에 일본 함선의 강압에 못 이겨 비로소 문호를 개방했다. 열강이 각축해 오직 약육강식의 논리가 지배하는 근대세계에 뒤늦게 참여한 조선은 어떻게 존립할 것인가? 이 당면한 문제의 대책으로 제출된 문건이 바로 『조선책략』이다.

『조선책략』은 1880년 일본에 갔던 김홍집(金弘集)이 들고온 문건이다. 당시 조선은 일본과 조약을 맺음으로써 근대세계에 일단 끌려나오긴 했지만 국제정세가 어떻게 돌아가고 국가관계는 어떻게 해야 하는지, 말하자면 근대세계에 대한 오리엔테이션이 전혀 되지 않은 상태였다. 그래서 김홍집을 단장으로 하는 수신사(修信使)를 급급히 파견했던 바, 김홍집은 토오꾜오 주재 중국공사 허 루장(何如璋)과 참사관(參贊官) 황 쭌셴을 수차 만나서 필담을 나누었다. 김홍집은 그들에게 조선이 취할 방도에 대해 간곡히 조언을 구했고 이에 그들 또한 진지하게 응했다. 작별하기 직전의 자리에서 황 쭌셴은 "각하〔김홍집을 가리킴〕의 일정이 촉박하므로 한두번의 대면으로 뜻을 충분히 전해드릴 수 없을 줄 알고 이에 요즘 며칠 동안 힘을 들여서 초고를 작성한 것입니다"라며 이 문건을 김홍집에게 준다.[5] 첫 만남은 7월 15일이고 문건을 전한 날은 8월 2일이므로 『조선책략』은 1880년 7월 하순에 집필한 것이 된다.

『조선책략』은 당시 조선의 조야에서 크게 말썽거리가 되었지만, 어쨌건 그것은 하나의 역사적 문건으로 남았다. 그 요지는 지금 지구적 상황이 개방과 개혁을 하루빨리 서둘러서 자립자강을 도모해야 하는바, 조선이 취할 외교적 방략은 '중국과 전통적 우호를 다지고(親中國)' '새로 맺은 일본과 국교를 발전시키며(結日本) '멀리 미국과의 연계를 추진하는(聯美國)' 것이라는 내용이었다. 조선의 대신회의는 이 문건에 대해 그 건의사항을 모두 수용한 것은 아니지만, 대체로 긍정적 평가를 내렸다. 우리나라의 안위를 생각하는 진의를 평가해 "그의 말이 이같이 급박하니 어찌 한만하게 일월을 보낼 것이랴!"라고 변혁의 행보를 서둘러야 할 것이라는 데 의견을 모은다.[6] 당시 김홍집은 『조선책략』과 함께 정 관잉(鄭觀應)의 『이언(易言)』을 가져왔는데 개화를 지향하는 인사들 사이에선 이들 책이 시무·시세를 인식하는 지침서처럼 읽혔다. 반면에 수구보수적 입장에게는 특히 『조선책략』이 불온문서처럼 비쳐서 집중적 성토를 받았다. 김홍집은 그 성토에 밀려 사임하는 사태로까지 이

---

5 "憲曰: 僕, 平素與何公使〔허 루장을 가리킴〕商略貴國急務, 非一朝一夕. 今輒以其意見, 書之於策, 凡數千言. 知閣下行期逼促, 恐一二見面不達其意, 故邇來費數日之力草"(「大淸欽使筆談」, 김기수·박영효·김홍집 『수신사기록』, 한국사료총서 9, 국사편찬위원회 1971, 182면).

6 "盖此論, 以我國之安危 有關於大淸·日本故, 如是纖悉爲言. 雖在我國不可尋常看過, 而其語如是急迫, 寧容玩歲愒日乎!"(「諸大臣獻議」, 같은 책 190~91면).

른다.

『조선책략』은 역사적으로 문제적이었던 만큼 학계에서 중시되었고 상식선에서도 자주 언급되어왔다. 그런데, 이 또한 상식이고 당연한 말이지만 그 작자는 당시 중국 문학계를 대표하는 시인이며, 그 글은 경세문자(經世文字), 즉 정론적 산문에 속하는 것이다. 그럼에도 아직까지 『조선책략』 자체는 한편의 산문 내지 역사적 문헌으로 읽힌 것 같지 않으며, 그 작자에 대한 고려 또한 미치지 않았다는 점도 지적해야 할 사실이다.

중국에서는 19세기 말 20세기 초의 과도적 시대에 과도적 성격의 문학운동이 제기되는바 '시계혁명(詩界革命)'과 '소설계혁명'이다. 이 문학운동의 이론적 주도자는 량 치차오인데, 시계혁명의 경우 작품적 성과는 황 쭌셴에 의해 입증된 것으로 평가되고 있다. 그에 대해 한국의 독자를 위해서 간략히 소개해둔다.

황 쭌셴은 광둥(廣東) 자잉(嘉應)의 부유한 상인 집안에서 태어나 1867년 관인으로 진출하는데, 이때 주일공사로 부임하는 동향의 선배 허 루장을 수행해 일본으로 건너갔다. 『조선책략』을 지을 당시 그는 33세의 청년이었다. 이 시절의 시창작으로 「일본잡사시(日本雜事詩)」가 유명하다. 이후 그는 15,16년간 외교관으로 활동했던바 미주의 샌프란시스코 영사, 마카오 영사, 영국공관의 참찬(參贊) 등을 역임했다. 1894년 청일전쟁의 패배를 목도하고 조국의 참담한 현실에 발분해 캉유웨이·량 치차오 등과 자강회(自强會)를 결성, 『시무보(時務報)』 창간, 시무학당(時務學堂)에서의 활약 등 유신변법(維新變法)운동에 동참, 헌신했다. 1898년에는 광서제(光緖帝)가 그를 친견하고 일본대사로 임명했으나 무술정변이 일어나 부임도 하지 못한 채 '간악(奸惡)'이란 죄명을 뒤집어썼다. 죽임을 당할 위기를 간신히 넘기고 만년에는 고향으로 돌아가서 지역인사들과 계몽활동을 벌이다가 생을 마쳤다. 남긴 저술로는 『인경려시초(人境廬詩抄)』(11권), 『일본국지(日本國志)』(40권)가 손꼽힌다.

황 쭌셴이 스스로 "나는 동서남북인이 되어 (…) 백년의 반 너머를 사대주에서 노닐었노라"라고 술회했듯,[7] 그는 당시로서는 드물게 전지구적 경험으로 세계소식에 통한 신지식이었다. 자신의 신세계 체험, 그리하여 터득한 신사상을 바탕으로 능히 시의 신경지를 개척할 수 있었다. 이것이 시계혁명의 작품적 성과가 그에게서 이룩될 수 있었던 요인이라 하겠다. 『조선책략』은 그 자신이 '근대적 세계'로 입문한 초기의 경이롭고 참신한 충격과 식견을 담은 저작이다.

이 『조선책략』에서 먼저 해명해야 할 문제가 있다. 작자 자신의 작품으로서 어느 정도 의미를 부여할 수 있을까? 그 자료의 첫머리에 "황 쭌셴 사의(私擬)"라고 명시되어 있긴 하지만 작자가 청국의 외교관 신분이고 문건 자체도 청국공사의 지휘하에 작성된 것이었다. 더더욱 주의할 사실이 있는데, 그 핵심내용이 국가의 입장을 충실히 대변하고 있다는 점이다. 당시 청국의 대외정책은 러시아의 남진(南進)을 저지하는 데 주 관심을 두었으며, 한편으로는 한반도에 대한 일본의 영향력을 견제하기 위한 포석으로 미국을 끌어들이려 했다. 청국의 이러한 대외정책과 『조선책략』이 제시한 방안은 일치하는 것으로 보인다. 작자의 입장은 자국의 대외정책의 방향에 서 있다. 그런 가운데 개인적 안목도 발

7 "我是東西南北人,平生自是風波民. 百年過半洲遊四, 留得家園伍十春"(黃遵憲 「己亥雜詩」, 『人境廬詩草箋注』 卷九, 上海: 上海古籍出版社 1981, 800면).

휘되어 있다는 방향에서 읽어야 할 것이다.

지금 우리가 『조선책략』을 살펴보면 이런저런 오류들이 눈에 띄며, 터무니없다는 느낌을 주는 대목도 만난다. 사람의 글쓰기라는 것이 당초 오류를 완전히 배제할 수 없는 것이기도 하거니와, 그 당시로서는 불가피한 지식의 한계가 있고 인식론상의 과오도 있는 것 같다. 예로써 미국관을 들어보자. 미국이란 나라는 영국의 압제로부터 독립했기 때문에 "항상 아시아에 친근하고 구라파에 소원하다"고 적어놓았다.[8]

> 그 나라의 지세는 대동양(大東洋)에 치우쳐 있기 때문에 통상업무가 유독 대동양에서 활발하다. 그러므로 또한 동양의 국가들이 각기 보전해 무사히 유지되기를 바라는 것이다.[9]

앞의 '대동양'이란 『만국공법(萬國公法)』에 그려진 만국전도를 보면 태평양을 가리킨다.[10] 미국은 태평양국가로서 아시아 국가들의 안보를 지지하는 입장에 서 있는 것으로 인식하고 있다. 미국을 태평양국가로 규정한 것은 지리적으로 틀렸다 할 수 없겠으나 '친아시아'로 판단한 것은 아무래도 수긍하기 어렵다. 뿐만 아니라 이 나라는 "예의로 입국(立國)하였기에 남의 토지를 탐내지 않고 남의 인민을 탐내지 않는다"

---

8 "〔美國〕 盖其民主之國, 共和爲政. 故不利人有, 而立國之始, 由于英政酷虐, 發憤而起. 故常親於亞細亞, 常疎於歐羅巴"(『朝鮮策略』). 『조선책략』은 『수신사기록』에 수록되어 있으며 그 밖에도 필사본이 전하는데, 대체로 오류가 많다. 여기서는 필자 소장의 「東國圖策答」(外表題 「蜻蛉使囲四黃策」 필사본 11장)을 비롯해서 몇종의 이본을 대조해 읽고, 인용문도 참조해서 제시한다.

9 "其國勢, 偏近大東洋, 其商務獨盛於大東洋. 故又願東洋各保其國, 安居無事"(『朝鮮策略』).

10 『萬國公法』, 北京: 崇實館存板 1864.

"그러한 까닭에 미국이 다가오는 것은 우리를 해치려는 마음이 있어서가 아니고 우리를 이롭게 하는 마음이 있어서다"라고 말하고 있다.[11] 미국의 이미지가 지구상 유일하게 '정의로운 나라'로 미화되어 있는 것이다.

왜 이처럼 미국이란 국가를 지나치게 미화했을까? 물론 까닭이 없지 않을 텐데, 직접적으로는 '미국과 손잡아야 한다'는 주관적 희망이 대상을 미화시켰던 듯싶다. 그리고 본문에서 진술하고 있듯이 중국이 열강들에 대처하고 수교한 경험에 비추어 상대적으로 미국에 호감을 갖게도 되었을 것이다. 한층 근원적으로는 저자 자신의 사상에 관련이 된 것 같다. 미국이 '예의로 입국'했다 함은 '민주국'이요 '공화정'이라는 데 뜻이 있었다. 황 쭌셴이 일본에 부임했을 당시에 마침 민권론이 분분히 일어나서 그는 이를 처음에 듣고 해괴하게 여겼다고 한다. 그러다가 루쏘와 몽떼스끼외의 저술을 접하고 나서 사상이 크게 바뀌어 "태평세상은 반드시 민주에 있다(太平世必在民主)"라는 신념을 갖게 되었다는 것이다.[12] 황 쭌셴이 그린 '정의로운 미국'은 주로 자신의 '민주주의'에 대한 동경심에 의해 착색된 모습이라 하겠다.

『조선책략』의 주지가 제목 그대로 조선 문제에 있음은 물론이다. 조선 문제를 그는 왜 중요시했을까? 지금도 흔히 언급되는 한반도가 놓인 지정학적인 위치 때문이다. "조선의 땅은 실로 아시아의 요충에 위치해 있다. 서로 노리는 형세이기에 필시 다툼이 일어나게 되어, 조선이 위태

---

11 "〔美國〕以禮義立國, 不貪人土地, 不貪人人民" "然則美國之來, 非特無害我之心, 且有利我之心"(『朝鮮策略』).

12 "是時日本民權之說正盛. 先生初聞頗驚怪, 旣而取盧梭 · 孟德斯鳩之說讀之, 心志爲之一變, 知太平世必在民主也"(『人境廬詩草箋註』 附錄年譜, 上海: 上海古籍出版社 1981, 1185면).

하면 '중동(中東)'의 형세가 날로 급박하게 될 것이다."[13] '중동'이란 중국과 일본을 가리킨다. 한반도를 중국과 일본의 안위와 직결시켜 인식한 시각이다. 한반도는 열강이 각축하는 근대세계에 노출된 형국이었다. 전환을 시도하는 한순간에 '조선의 운명'이 달려 있는 동시에 '아시아의 대국(大局)'이 달려 있다고 그는 전망했다.[14]

> 근일에 이르러 북방의 호표(虎豹, 러시아를 가리킴)가 어깨와 등을 함께 억누르는 판이니 일본이 혹시라도 땅을 잃게 되면 팔도(八道)는 스스로 지킬 수 없으며, 조선에 한번 변고가 생기고 보면 큐우슈우(九州)·시꼬꾸(四國)가 일본의 소유가 될 수 없다.[15]

러시아의 위협을 전제로 한 발언이지만 한일관계를 완전히 공동운명체로 설정하고 있다. 이러한 상황인식에 근거해 '친중국'과 함께 '결(結)일본'을 제안하게 된 것이다.

동아시아 한·중·일 삼국의 관계는 순망치한(脣亡齒寒)·보거상의(輔車相依)로 표현해 상호 협력하고 의지하지 않으면 안 되는 것으로 판단하고 있다. 전통적인 조공질서에서는 '사대교린(事大交隣)'으로 설정되었던 관계다. 한일 간은 교린으로 규정된 우호·평등의 관계였으므로 적어도 이론상에서는 어려움이 없다. 그러나 중국과 한국 사이에 종래

13 "朝鮮一土, 實居亞細亞要衝, 爲形勝之所必爭. 朝鮮危則中東之勢日亟, 俄欲略地, 必自朝鮮始矣"(『朝鮮策略』).

14 "一轉移之間而朝鮮宗社繫焉, 亞細亞之大局繫焉"(『朝鮮策略』).

15 "至於近日, 則有北虎豹, 同据肩背, 日本苟或失地, 八道不能自保; 朝鮮一有變故, 九州四國亦恐非日本所有"(『朝鮮策略』).

의 사대관계를 어떻게 조정하느냐가 난제로 제기되었다. 이 문제점은 19세기의 동아시아 국제관계에서 가장 민감하고도 중대한 현안이었다. '친중국'을 거듭 강조한 『조선책략』은 조선과 중국의 관계는 응당 구무(舊務)를 더욱 다져야 할 것이라고 주장해[16] 사대관계의 연장선에 서 있다. 그러면서도 '초변구장(稍變舊章)'이라는 표현을 써서 수정의 가능성을 열어놓았다. 종래 행해오던 중국과 조선 간의 규약을 다소간 바꾼다는 의미의 '초변구장'을 어느 수준으로 할 것인가?

『조선책략』의 조선관(한국관)은 종주권을 고집했던 청의 국가적 입장과 마찬가지라고 보는 것이 통설이다. '초변구장'이란 표현이 애매한데, 이 물음의 답은 어떤 개인이 제출할 성질이 아니라고 생각된다. 다만 황 쭌셴 자신이 이 문제와 관련해서 어떤 방향에서 사고했느냐는 점을 살펴볼 필요가 있다. 이와 관련해 그의 중국관을 주목해보자.

황 쭌셴은 그의 저술인 『일본국지』에서 자국의 대표적 호칭을 무엇으로 할 것인가 하는 문제를 제기해서 고민하고 있다. 근래 대외적으로 중화(中華)라는 호칭을 곧잘 쓰고 있는데 이는 적절치 않다는 것이다. "지구상의 만국(萬國)이 각기 저마다 중심에 있다 할 수 있고 또 나를 화(華)로 남을 이(夷)로 여겨서 나는 잘났고 남은 얕잡아보는 의미가 없지 않다."[17] 그리고 한편의 시구에서 "양이론(攘夷論)을 그만 떠들어라. 동서가 다 같은 일가란다(休唱攘夷論, 東西共一家)"라고 일깨운 다음, 중화주의의 미몽을 성토해 "중화라 스스로 잘난 척하지 말라(莫自大中

16 "今日朝鮮之事中國, 當益加於舊務, 使天下之人, 曉然朝鮮與我誼同一家" "於親中國則稍變舊章"(『朝鮮策略』).

17 "近世對外人稱每曰中華. 東西人頗譏彈之. 謂環球萬國, 各自居中, 且華我夷人, 不無自尊卑人之意."(黃遵憲 「隣交志」 小註, 『日本國志』 影印本, 上海: 上海古籍出版社 1980, 51면).

華)"고 외쳤다.[18] 황 쭌셴의 중국관은 탈중화주의적이었음이 확실해 보인다. 그가 구상한 동아시아 협력체제는 중화주의를 고수한 방향은 아니었다.

황 쭌셴이 『조선책략』에서 조중관계에 '초변구장'이란 표현을 쓴 것은 전통적인 중화주의의 입장에서 탈피, 근대적인 국가관계에 대응하려는 취지를 담고 있는 것으로 판단된다.

4. 량 치차오의 한국관

황 쭌셴의 다음 세대인 량 치차오는 캉 유웨이와 더불어 변법운동의 중심에 선 인물이다. 그는 20대 젊은이로서 황 쭌셴을 만나 『시무보』를 창간한다. 변법운동이 실패하고 여러 동지들이 잡혀 죽은 1898년, 그는 일본으로 도주해 생명을 구했다. 당시 「거국행(去國行)」이란 제목의 시를 지어 "임금님 은혜, 동지들의 원수 다 갚지 못했으니 적당에게 죽는 것이 영웅이 아니라!(君恩友仇兩未報, 死於賊, 毋乃非英雄)"라고 통분과 회한의 심경을 토로하고 있다. 여기서 '적당'이란 변법운동을 저지했던 수구보수세력을 지칭한 것이다. 변혁운동이 실패했으니 동지들처럼 반대파에게 잡혀죽는 것이 떳떳하다는 생각이었다. 그러나 스스로 떳떳하지 못하게 여겼던 망명의 생존이 자신의 지적 성취를 위해서, 동아시아인의 계몽을 위해서는 큰 다행이 아니었던가 싶다.

량 치차오는 망명 초기에 『청의보(淸議報)』를 창간하더니 이어 『신민

18 黃遵憲 「大獄四首」, 『人境廬詩草箋註』 194면.

총보(新民叢報)』『신소설(新小說)』 등 잡지를 발행했고, 나중에 또 『국풍보(國風報)』를 발행했다. 그가 망명생활을 청산하고 귀국한 것은 청조가 역사적 막을 내린 이듬해인 1912년이었다. 그는 자기 생애에서 창조력이 가장 왕성하게 발휘된 15년 동안을 당시 동아시아인들의 '근대문명 학습장'이라 할 수 있는 일본 땅 토오꾜오에서 보낸 것이다. 이 기간에 그는 근대적 매체를 십분 활용해 필봉을 휘둘렀다.

량 치차오는 축적된 중국 고전 교양의 바탕에 새로 견문, 새로 섭취한 서양의 근대 사상과 학술을 배합, 가공해서 근대적 지식인으로 자기 존재를 우뚝 세울 수 있었다. 그의 지적 가공품은 중국은 말할 나위 없거니와 한국에도 지대한 영향을 미친다. 『월남망국사(越南亡國史)』를 비롯해서 『음빙실자유서(飮氷室自由書)』『중국혼(中國魂)』 등이 역술(譯述)이란 방식으로 발간되어 읽혔으며, 상하이광즈수쥐(上海廣智書局)에서 발간한 『음빙실문집(飮氷室文集)』이 직수입되어 신지식을 갈구하는 식자들 사이에서 필독서처럼 읽혔다. 그 스스로 자기 존재를 "나는 아주인(亞洲人)이요 아주의 지나인(支那人)이다"라고 규정짓는다.[19] 계몽주의자 량 치차오는 '아시아인으로서의 나' '아시아 속의 중국인으로서의 나'를 뚜렷이 자각한, 그야말로 '동아시아 근대지성'이었다.

량 치차오가 한국 문제를 전면에 다룬 글로는 「조선망국사략(朝鮮亡國史略)」과 「일본병탄조선기(日本幷呑朝鮮記)」 및 「조선애사(朝鮮哀詞)」 5율(律) 24수(首)가 있다. 이밖에도 「조선멸망의 원인(朝鮮滅亡之原因)」「조선귀족의 장래(朝鮮貴族之將來)」라는 글이 알려져 있으며, 다른 여러

19 梁啓超 「論支那獨立之實力與日本東方政策」, 『飮氷室文集』 上, 時局, 上海: 上海廣智書局 1902.

논제들 가운데서도 조선에 관련한 언급들을 산견할 수 있다. 그의 조선관(한국관)에 대해서는 앞의 세편을 통해 보면 충분하리라 여겨진다.

「조선망국사략」은 1904년 9월 러일전쟁이 일본의 승리로 종결되는 시점에서 주권을 상실한 조선의 운명에 대해 역사적으로 서술한 것이다. 당초 『신민(新民)』 지면에 발표했는데 『음빙실문집』에 수록되어 그 당시 조선의 독자들도 읽을 수 있었다. 1910년 8월 28일에 일본이 한국을 병탄한 사태를 목도하고 산문형식으로 역사적 경위를 기록한 것이 「일본병탄조선기」이며, 운문형식으로 비장한 마음을 표출한 것이 「조선애사」이다.[20] 이 두 글은 한국의 독자들에게 거의 전해지지 못했던 것 같다.

여러 천년을 서로 이웃해 있던 나라가 임종을 고한 사태에 직면해서 깊은 관심을 가지고 글을 계속 발표한 동아시아 근대지성은 량 치차오 외에는 없었던 것으로 보인다. 그러나 당연한 말이지만, 그의 글이 지닌 객관적 의미는 그의 주관적 진지성과는 별도로 따져야 할 사안이다. 이 세편은 각기 다른 내용과 형식의 글이므로 각각에 대해 검토하는 것이 순서라고 생각된다. 하지만 이 글의 구성이나 취지에 비추어 꼭 필요한 일은 아니므로 세편을 개괄해서 문제점을 논하기로 한다. 논점의 하나는 서술상의 문제이고 다른 하나는 한국관 자체에 관한 문제다.

「조선망국사략」과 「일본병탄조선기」는 19세기 말 20세기 초 한국의 역사에 해당하는 내용이다. 「일본병탄조선기」의 목차를 보면 '중국과 일본이 한국을 두고 다툰 기록'(中日爭韓記), '일본과 러시아가 한국

20 「조선애사」에 대해서는 중국 옌볜대학 김병민(金柄珉) 교수가 『민족문학사연구』 16(2000. 6)에 「양계초와 그의 「조선애사」 5율 24수」란 제목으로 소개한 바 있다.

을 두고 다툰 기록'(日俄爭韓記), '일본이 한국을 정복한 기록'(日本役韓記), '일본이 한국을 병탄한 기록'(日本幷韓記)의 네 단락으로 구분되어 있다. 시기 구분에서 한국은 오로지 외세의 쟁탈대상으로 놓여 있을 뿐이다. 「일본병탄조선기」란 표제가 뜻하듯 병탄의 주체인 일본을 본위로 한 서술이기 때문이라고 변호할 수 있을 듯싶다. 그런데 「조선망국사략」의 경우도 다르지 않다. 제1기는 조선이 중·일 양국의 조선이었던 시기, 제2기는 일·아 양국의 조선이었던 시기, 제3기는 일본의 조선이 된 시기로, 문맥은 조선을 본위로 삼은 것 같지만 내용상에서 조선이란 존재는 오로지 중국·일본·러시아가 탐내 다투는 대상이 되고 있을 뿐이다.

이 문제점은 목차상에서 그치지 않고 서술에도 그대로 투영되어 있다. 한국이 근대세계로 향해 문호를 개방한 이후의 역사에서, 중간에 자강(自强)을 도모하고 자주를 지키려 한 일체의 노력이 과연 모두 무시될 만한 일이었을까? 예컨대 개화운동으로 1884년 갑신정변이 있었으며, 1900년대에 이르러는 애국계몽운동이 전국적 규모로 확산되는 한편 외세에 저항하는 의병투쟁이 치열했다. 그러나 량 치차오의 필봉은 조선인의 애국계몽운동과 의병투쟁을 묵살했고 갑신정변의 경우 쓰면서 심히 왜곡해놓았다. 개화파와 보수파의 대립을 '일본당'과 '중국당'의 대립으로 표현해 외세의존적인 성격만으로 부각해놓은 것이다. 그리하여 갑신정변을 실제 주도한 것은 일본이라고 규정지어놓았다.

이런 서술상의 문제점은 시각에서 비롯된 것이므로 그의 한국관에 대해 묻지 않을 수 없다. 이 물음의 답은 현실적으로 그가 한국인을 어떻게 판단했느냐, 중국과 조선의 역사적인 관계를 어떻게 생각했느냐는 두 측면에서 구해야 할 것이다. 량 치차오는 흥선대원군(興宣大元君)

이라는 인물에 대해 인격적으로 극히 폄하하고 역사상의 역할에 대해서도 전적으로 부정해버렸다. 나라를 망친 장본인이라는 것이다. 대원군을 이렇듯 부정일변도로 단정할 수 있을지 의문인데, 이 편견을 확대해 대원군은 "조선 민족성질의 표본"이라는 주장까지 내놓고 있다.[21] "한인(韓人)이 자립하지 못하고 오로지 남에게 의뢰하는 것은 그들의 천성이다."[22] 한국이 일본에 합병당한 원인은 다른 어디가 아니고 한국인의 민족성에 있다는 논리로 귀착되고 말았다.

그는 조선이 근대세계로 진출한 초입에서 크게 잘못이 있었다고 진단한다. 1876년 강화도조약에서 "조선은 자주국가이며 일본과 평등한 권리를 갖는다(朝鮮爲自主之邦, 與日本國有平等之權)"는 제1조가 잘못 끼운 첫 단추라는 것이다. 이 조약이 조선측에 불리한 불평등조약이었다는 것은 공지된 터이지만 그래도 제1조는 조선을 근대적 국가로, 조선과 일본 사이를 근대적 국가관계로 규정했다는 면에서 기본적으로 정당하며, 오랜 조공질서를 이탈했다는 면에서 대단한 의미를 띠고 있음은 말할 나위 없다. 량 치차오도 누누이 지적하듯 조선을 중국으로부터 떼어내는 것이 일본측 입장에서는 조선합병의 수순이었고, 결과적으로 그렇게 된 것이 사실이다. 그렇지만 량 치차오 또한 "당시 한국인은 실로 이를 의리상 당연하게 보았다"라고 언급했듯 한국인은 자주독립을 염원하고 추구한 것으로 인지했다. 그럼에도 조선의 위상은 자주국이 아니며 국제적으로 평등의 권리를 누릴 수 없다고 주장한 량 치차오의

---

21 "其〔대원군을 가리킴〕爲人也, 好弄術智而不知大體, 喜生事而無一定之計劃, 性殘酷憍慢而內荏多猜, 實爲朝鮮民族性質之代表, 而亂之張本人也"(梁啓超 「日本幷呑朝鮮記」, 『飮氷室文集點校』 제3집, 雲南: 雲南敎育出版社 2001, 1773면).

22 "韓人之不自立, 而惟人是賴, 其天性也"(같은 책 1776면).

논리는 어디에 근거한 것일까?

요컨대 조선은 역사적으로 중국의 속방(屬邦)이었기 때문이라는 것이다. 그는 『예기(禮記)』에서 "신하된 자는 외교를 할 수 없다(爲人臣者無外交)"라는 구절을 끌어와서 근대적 국제관계를 규정하려 들었으니 시대착오라 아니할 수 없다. 그리고 "일왕(一王)의 자취 어느 때 종식되랴, 신하로서 외교를 할 수 있단 말인가?"라고 중화주의적 대일통 관념을 만세불변의 원칙인 양 되뇌고 있는 것이다.[23] 이렇듯 시효를 상실한 이론을 들먹여서까지 조선을 속방으로 묶어두고자 한 이유는 요컨대 자국이 당면한 위기의식 때문이었다.

> 유구(琉球, 오끼나와)는 이미 회복할 수 없이 되었는데 〔중국이〕 조선을 보유할 수 없게 되면 조선은 왜(倭)에 멸망당하거나 아(俄, 러시아)에 멸망당할 것이다. 법란서(法蘭西, 프랑스) 또한 월남(越南, 베트남)을 곧 집어삼키게 되니, 해외의 병번(屛藩)이 모두 철거되면 우리 중국은 어떻게 자립할 수 있을까 모르겠다.[24]

천 위수(陳玉樹, 1853~1906, 자 惕庵)라는 학자가 쓴 「논조선(論朝鮮)」의 한 단락이다. 황 쭌셴이 『조선책략』을 집필한 그 시점인 1880년에 쓴 것으로 되어 있다. 조공질서에 속해 있던 유구가 일본에 의해 병탄되고 베트남이 프랑스의 식민지로 전락하게 된 마당에 중국의 '입술'이라 할

23 "王迹何年熄! 人臣有外交?(梁啓超 「朝鮮哀詞」 제4수, 같은 책).

24 "使旣不能復琉球, 復不能保朝鮮, 則朝鮮不滅於倭, 則滅於俄. 法蘭西亦將呑我越南, 海外屛藩盡撤, 吳不知中國何而自立乎!"(陳玉樹 「論朝鮮」, 『後樂堂集』). 『중국인이 본 임오군란 자료』(해외한국학자료총서 8), 성균관대학교 동아시아학술원 2004에 수록되어 있다.

조선마저 떨어져나가는 경우 '이'가 시릴 것은 정한 이치다. 즉 '병번'이 철거되는 사태를 울도 담도 없는 집 모양으로, 중국이 자립하기 어려운 심각한 위기로 인식하고 있다. 중국의 입장에서 조선의 이탈은 결코 용인할 수 없었다. 이에 전근대의 조공질서 논리를 근대적 국제질서에 대입하여 조선에 대한 지배권을 주장하고 나선 것이다. 이는 양무운동 시기 청조의 국가의지였다. 이 논리에 의거해서 청국은 임오군란 때 조선에 군대를 파견하고 주권국 국왕의 친부 흥선대원군을 납치해가는 행동도 서슴지 않았다. 지식인 량 치차오는 이런 국가적 폭력이 다른 나라에 행사되는 데 아무런 이의를 제기하지 않았을 뿐 아니라 한술 더 떠서 그 당시 "우리 병력은 족히 조선을 흡수해 군현(郡縣)으로 만들 수 있었다. 그렇게 하였다면 화의 기미가 영구히 없어졌으리라"라고 자못 통한하는 어조의 발언을 서슴지 않았다.[25]

량 치차오의 시각에서 한국, 한국인의 처지는 고려대상이 아니었으니 '조선은 없다' 해도 과언이 아니다. 있다면 영영 사라질 조선이 있을 뿐이었다. 그가 조선의 망국을 슬퍼한 것은 조선인을 위해서가 아니요 고단해진 중국 때문이었다고 하겠다. 한국이 일본에 병탄당한 직후 한국인의 조국광복을 위한 움직임이 있음을 언급하면서도, 어떻게 진전될지 모르긴 하지만 "결과는 물어볼 것도 없다는 것을 오척동자도 다 안다"라고 막말로 단언하고 있다.[26] 이것이 '아시아의 지나인'으로 자부했던 '동아시아 근대지성' 량 치차오의 발언이라니 참으로 놀랍다. 하

---

25 "光緖八年李文忠以兵襲朝鮮, 俘大院君以歸, 命鳴武將率師駐漢城. (…) 我之兵力實足以收朝鮮爲郡縣, 則禍機可永絶"(「朝鮮哀詞」 제5수의 註, 『飮氷室文集點校』 제6집, 3738면).

26 "今報紙, 方傳其消息, 未審其進若何? 然結果旡可見, 五尺之童知之矣!"(「日本幷呑朝鮮記」, 같은 책 제3집, 1784면).

지만 근대일본을 대표하는 지식인 후꾸자와 유끼찌(福澤諭吉)가 중국과 한국을 싸잡아서 '악우(惡友)'라 지칭하고 "악우와 친하면 악명을 면하기 어렵다"고 한 발언을 상기해보면[27] 그다지 놀랄 일이 아닌지도 모르겠다.

필자가 보기에 량 치차오의 한국관은 중화주의적 자만심을 청산하지 못한 데서 애당초 문제점이 발생했고, 근대일본의 성공을 질시하면서 흠모한 데서 문제점이 증폭한 것으로 생각된다. 량 치차오가 동경한 동아시아상에서는 일본제국에 대칭적 패권을 수립한 청제국이 떠오른다.

5. 신규식의 중국과의 연대론과 쑨 원

아시아주의는 20세기에 동아시아 차원에서 한동안 유행했던 담론이다. 담론으로 그치지 않고 행동의 논리가 되기도 했다. 서구제국의 군사적 위협, 서구문명의 압도에 대응해서 '아시아인의 아시아'를 부르짖은 것인데, 아시아주의라고 범칭하더라도 워낙 구구각각이어서 사상적 스펙트럼이 넓고도 복잡한 것으로 알려져 있다. 필자는 아시아주의를 따로 공부하지 못했지만 지금 이 단원의 논지와 관련되기 때문에 부득이 거론하는 것이다.

한·중·일 삼국에서 제기된 아시아주의는 입지를 일본에 둔 것과 중국에 둔 것으로 대별해서 논할 수 있는 것 같다. 동아시아 역내에서의 근대를 일본이 선도했듯 아시아주의를 선창한 것 역시 일본이었다. 아

27 福澤諭吉 「脫亞論」, 『時事新報』 1885.3.16.

시아주의에 대해 유명한 후꾸자와 유끼찌의 탈아론(脫亞論)은 반아시아주의라고 할 것이다. 그렇지만 일본의 국가전략으로서 '탈아입구'의 목적지는 아시아였다. '탈아입구'를 통과한 '환아(還亞)'는 서구제국주의를 모방한 성격을 띠게 마련이었다. 일본에 있어서 아시아주의와 반아시아주의는 동전의 양면이었다고 말해도 좋을 듯싶다. 물론 아시아주의의 다양한 스펙트럼을 따라 침략적 본성을 드러낸 경우도 있고 평화주의로 위장한 경우도 있으며, 주관적으로 순수한 아시아주의도 있었다고 본다. 예컨대 일본과 한국의 동등한 통합을 제안한 타루이 토오끼찌(樽井藤吉)의 대동합방론(大東合邦論)은 입지를 일본에 둔 아시아주의로서 침략적 속성이 잠재되었다가 드러난 경우에 속할 것이다.[28] 한국에도 일본 중심의 아시아론자들이 적지 않았는데 일본과의 합병에 동조한 부류들의 나름의 사상적 입지는 대개 여기에 속했던 것으로 생각된다.

일본 중심의 아시아론에 대응하는 것이 중국에 기반한 아시아주의다. 이 아시아주의론의 대표자는 쑨 원으로, 그가 주도한 '민국혁명'을 지원하는 논리로서 '입지를 중국에 둔 아시아주의'가 제기된 것이다. 이 아시아주의에 찬동하고 행동한 동아시아인이 출현했던바, 일본인으로 『33년 낙화몽(三十三年落花夢)』의 저자 미야자끼 토라조오(宮崎寅藏, 1871~1922)가 손꼽히며,[29] 한국인으로는 독립운동가 신규식을 들 수 있다.[30]

28 하따다 타까시(旗田巍) 저, 이기동 역 『일본인의 한국관』, 일조각 1983.

29 孫文「三十三年落花夢序」,『革命詩文選』台修正 一版, 新北: 正中書局 1953, 57면. 미야자끼와 쑨 원이 교유한 사실은 쑨 원의 연보에 자세히 기재되어 있다.

30 신규식에 관한 자료와 논의를 모은 책으로 석원화·김준엽 편 『신규식·민필호와

신규식은 일찍이 구국의 뜻을 품고 육군무관학교를 지원, 군인이 되었다. 을사조약으로 주권을 강탈당함에 동지들과 의거하려고 하다가 실패하고 음독자살을 기도했는데 식구들의 구조로 목숨을 구했다. 그러나 약물중독 때문에 한쪽 눈을 잃어서 이때부터 예관(睨觀, 사시와 비슷한 말)으로 자호했다. 이후 애국계몽적인 활동을 전개했지만 결국 일제에 병탄되는 사태를 만남에 절망한 나머지 자살을 기도했고, 또 구제를 받아서 죽음을 면했다. 때마침 중국대륙에 혁명의 기운이 꿈틀거리고 있다는 소식에 비밀리 조국을 탈출, 상하이로 달려간 것이다. 신해혁명이 발발하기 직전인 1911년 초였다.

중국에서 그는 이름을 신성(申檉)으로 바꾸고 동맹회(同盟會)에 가입, 쑨 원을 따라 우창(武昌) 거사(擧事)에 참가한다. 한국인으로서 만청(滿淸) 타도 민국혁명(民國革命)에 참여한 첫번째 사람이 된 것이다. 국민당의 주요 인사들인 후 한민(胡漢民, 1879~1936)·쑹 자오런(宋教仁, 1882~1913)·다이 지타오(戴季陶) 등이 상하이에서 『민권보』를 창간하는데 그는 기금으로 큰돈을 쾌척했다. 뒤이어 한국의 망명동지들이 상하이로 차츰 모여들어서 동제사(同濟社)를 결성, 조국광복의 중심기구로 삼으려 했다. 나아가 한중 양국의 혁명지사의 연계를 도모해서 신아동제사(新亞同濟社)를 결성했다. 그가 무엇보다도 주력한 사업은 교육사업이었으니 어려운 중에도 박달학원(博達學院)을 운영해 인재를 양성했다. 당시 중국의 진보적 문학단체인 난서(南社)에 가입해 작품을 발

한중관계』, 나남 2003이 있다. 신규식의 생년에 대해서는 1879년과 1880년의 두가지 설이 있는데 민석린(閔石麟)이 「예관 신규식 선생 전기(睨觀申圭植先生傳記)」에서 "一八七九年 一月 十三日, 先生誕生於韓國忠淸北道 文義郡 東面 桂山里"(閔石麟 編著 『韓國魂暨兒目淚』, 臺北: 睨觀先生記念會 1955, 68면)라고 한 기록을 따랐다.

표했던 일은 특기할 행적의 하나다.[31] 1921년에는 상하이 대한민국 임시정부 특사로서 광저우(廣州)에 있는 중국 호법정부(護法政府) 쑨 원 총통을 찾아가 임시정부를 승인받고 원조를 약속받는 데 이르렀다. 그리고 그 이듬해 신규식은 회한의 생을 마친다.[32] 그의 망명지 중국에서의 행적, 사상, 정회는 『한국혼 및 아목루(韓國魂暨兒目淚)』라는 소책자에 대략 수습되어 있다.

이 소책자의 제2편은 시집으로 '아목루(兒目淚)'란 제목이 붙어 있다. 아마도 '애꾸눈〔睨目, 睨=兒〕의 눈물'이란 뜻이 아닌가 싶다.[33] 여기에는 그가 친교한 인사들과 주고받은 시편, 동지를 떠나보내는 애도의 글이 많은 비중을 차지한다. 한국의 여러 망명지사들에게 준 시편들이 소중하게 여겨지는 것은 당연하지만, 특이하고 흥미롭게 느껴지는 부분은 중국측 동지들과 관계된 시제(詩題)들이다. 쑨 원·황 싱(黃興)·쑹 자오런·다이 지타오·천 지메이(陳其美, 1877~1916)·류 야쯔(柳亞子) 등등 민국혁명 시기의 굵직굵직한 인물들과 친교하며 정감을 주고받았음을 확인할 수 있는 것이다. 그런 중에서도 특히 천 지메이와 쑹 자오런과는

---

31 난서는 신해혁명을 전후한 시기에 결성, 활동했던 근대중국의 문학단체. 민족적인 음조를 회복한다는 뜻의 "조남음불망기구(操南音不亡其舊)"에서 '난서'란 명칭이 유래했다 함. 시문학 중심의 결사체이면서 민주·민족혁명을 지향했던 것으로 평가받고 있다. 『난서총각(南社叢刻)』이란 문예잡지를 발간했는데 여기에 신규식이 작품을 게재한 바 있다(민국3년 제13집). 『南社兪劍華先生遺集』, 臺北: 三民書局 1984, 150~52면에 그의 글과 행적이 소개되어 있다.

32 『南社兪劍華先生遺集』 151~52면에는 신규식이 쑨 원 총통과 회담하고 상하이로 돌아와 얼마 지나지 않은 시점에서 천 중밍(陳炯明)의 반란이 일어나 쑨 원은 마카오로 피신해야 했는데 신규식은 이에 통분해 발병, 25일 동안 절식하다가 세상을 떠난 것으로 기록되어 있다.

33 '兒目淚'는 '예목루'로 읽어야 맞는 것 같으나 확정짓기 어려워서 '아목루'로 해둔다.

망명 초기에 만나서 의기투합의 붕우가 되었다고 한다. 이 두 인물 모두 국민당의 초기 간부로서 민국혁명 과정에서 혁혁한 활동을 벌이다가 마침내 위안 스카이(袁世凱)의 사주를 받은 자의 손에 전후로 암살을 당했다. 신규식은 쑹 자오런에 대해 "풍운은 혁명의 막을 열어(風雲開革幕)"라고 그의 혁명활동을 자못 기대하는 시구를 썼는데, 그가 암살당하자 비통해 3일을 음식도 먹지 않고 슬퍼하며 한국의 망명지사들과 추도회를 거행했다 한다.

천 지메이가 적의 흉탄에 쓰러진 직후에는 아무도 두려워 접근을 못하는데 신규식 홀로 달려가서 유혈이 낭자한 시신을 붙들고 통곡했다. 그의 죽음을 애도한 형식의 글 세편이 '아목루'에 수록되어 있다. 그중의 한편은 산문으로, 평소에 서로 진정을 토로하며 나누던 말을 적어놓은 것이다. 중국의 혁명지사 천 지메이가 한국의 망명객 신규식에게 했던 말을 옮겨본다.

> 우리가 혁명에 종사한 지 10년이 됩니다. 저 하늘이 20년의 시간을 빌려주어 건설에 진력토록 한다면 우리 민국의 전도는 크게 성공할 수 있을 것이요, 동아의 대국은 가히 정족(鼎足)의 세를 실현해 능히 열강과 맞서 평형을 이룰 수 있을 것입니다. 우방의 동지들은 끝까지 협조해 함께 힘을 모아나갑시다. (…) 〔나는〕 항상 우리나라를 사랑하는 마음으로 한국을 사랑하고 중국을 걱정하는 마음으로 한국을 걱정해왔습니다. 귀국에 대해서만이 아니고 매양 안남(安南)·인도에 대한 염려를 나의 아픔처럼 여겼습니다. 말이 겉치레같이 되었지만 실로 양심에서 나온 말이외다.[34]

이처럼 중국혁명의 과업을 일국적으로 국한하지 않고 아시아적 차원에서 사고한 것은 어느 특정한 개인의 입장만은 아니었다. (천 지메이의 경우 우정과 혈성이 남달라서 신뢰가 쌓일 수 있었겠지만) 신규식이 친교한 혁명동지들 사이에는 대체로 공감대가 형성되었던 듯하니, 바로 '아목루'의 시편들에서 실감할 수 있다. 한중연대론에 관한 구체적인 진술은 신규식이 쑨 원을 회견한 기록 「중국호법정부방문기(中國護法政府訪問記)」에 보인다. 쑨 원의 연보에도 이 사실과 함께 당시 쑨 원의 발언 내용이 실려 있다.[35] 여기에 두 기록을 참작해 요점을 소개해둔다.

중국 호법정부의 총통 쑨 원은 한국 임시정부의 전사(專使) 자격으로 방문한 신규식을 접견해 "선생은 우리의 노동지(老同志)"라고 반기며 각별한 우호를 표시한다. 신규식은 자신이 중국으로 망명한 이후 동맹회에 가입하고 제1차 혁명에 참여한 사실을 상기시키면서 "그 뜻은 대개 중한 양국의 혁명은 한 모양으로 중요하다 할 수 있으니 중국혁명이 성공하는 날은 곧 한국이 독립해방하는 때입니다"라고 전제한 다음, "귀국 정부는 저희 임시정부를 정식으로 승인해주시되 평등호혜의 입장에서 우리나라의 복국운동(復國運動)을 원조해주시길 청원"한다고

---

34 "君嘗語余曰: (…) 吾輩從事革命爲十年矣. 彼蒼如假以二十年, 使之盡瘁於建設, 民國前途, 大有可爲, 東亞大局, 可現鼎足之勢, 能抗衡〔衛로 나와 있는 것을 바로잡음〕於列强. 望友邦同志, 始終協助努力進行 (…) 故常以愛敝國之心愛貴國, 以憂中國之心憂韓國, 不僅貴國也, 每念安南印度, 若痛在己, 似屬侈談, 實出良心"(「碧浪湖畔恨人談」, 『韓國魂暨兒目淚』 59면).

35 "1921年 10月 3日 〔孫文先生〕在廣州與韓國專使申圭植談話, 表示北伐完成後當全力援助韓國的獨立運動"(陳錫祺 主編 『孫中山年譜長編』 下册, 香港: 中華書局 1382~83면). 쑨 원이 신규식을 회견한 날짜에 대해서 이설이 있다. 민석린이 기록한 「中國護法政府訪問記」에는 11월 3일로 나와 있고 중국측의 『東方雜誌』 18卷 23號의 「大事記」에는 "十月 四日 廣州正式成立中韓協會"라는 기록이 보인다. 앞의 『孫中山年譜長編』은 「大陸雜誌」에 의거해서 10월 3일로 기재한 것이다.

말한다.[36] 원조를 요청하면서도 '평등호혜'의 원칙을 강조하고 있음에 유의할 필요가 있다. 이에 대한 쑨 원의 발언 기조는 이러하다.

> 중한 양국은 동문동종(同文同種)으로 본디 형제지국이라, 유구한 역사적 관계가 있어 보거상의(輔車相倚)·순치상의(脣齒相依)로 잠깐이라도 떨어질 수 없으니 정히 서방의 영미관계와 비슷하다 하겠지요. 한국의 복국운동에 대해 중국이 응당 원조 의무가 있음은 말할 필요도 없습니다.[37]

쑨 원의 한국관은 '형제지국', 그리고 보거(輔車)·순치(脣齒) 등 표현을 써서 한국을 중국의 속방으로 간주하는 중국의 전통적 한국관의 연장선상에 놓여 있는 것이 아닌가 의심을 자아낸다. 그런데 양국의 긴밀한 관계를 영국과 미국의 사이에 비유해, 상호 평등국으로 인정하고 있다고 해석될 수 있도록 했다. 당시 후 한민(국민당의 중진으로 역시 신규식과 친교가 있었음)이 배석했는데 한국의 지정학적 위치가 '동아시아의 발칸'이라고 하면서 한국 문제를 조기에 해결하지 않으면 아시아의 평화가 유지될 수 없음을 지적한 다음, "때문에 우리 대총통은 삼민주의(三民主義)를 창안함과 동시에 대아시아주의를 들고나온 것입니다"라고 발언

---

36 "辛亥年亡命來華, 適逢中國革命, 遂入同盟會, 追隨我大總統, 參加第一次革命. 其意蓋謂中韓兩國革命同樣重要, 中國革命成功之日, 則韓國獨立解放之時. (…) 訪問護法政府諸公以表崇高敬意, 並擬請貴政府正式承認敝國臨時政府, 而在平等互惠之立場上, 援助敝國復國運動"(申圭植 「護法政府訪問記」, 『韓國魂暨兒目淚』, 103면).

37 "中韓兩國, 同文同種, 本係兄弟之邦, 素有悠遠的歷史關係, 輔車相倚, 脣齒相依, 不可須臾分離, 正如西方之英美. 對於韓國復國運動, 中國應有援助義務, 自不待言"(『孫中山年譜長編』 下, 1383면).

한다.[38] 쑨 원의 사상을 삼민주의와 아시아주의의 두 축으로 규정한 점이 주목된다. 이에 또 신규식이 자기 견해를 개진한다.

> 오늘날 세계는 백인종이 우세를 점하고 있으며 황인종은 열세에 처해 있으니, 사리와 정황을 헤아려보건대 동아의 황인종 민족들은 실로 마땅히 눈을 크게 뜨고 하나로 연합해 백인종의 침략을 막아야 합니다. 그럼에도 일본의 정치가들은 눈이 콩만 해가지고 한갓 제국주의의 야심으로 홀로 동아의 패권을 차지해야만 좋을 줄로 알고 백인종의 위협에 이르러는 관심이 없습니다. (…) 요컨대 한국은 동방의 화약고이니 아시아 평화의 관건이지요.[39]

신규식은 쑨 원의 아시아주의에 전적으로 동의하고 한국 문제에 대해서도 인식을 공유하고 있는 것으로 보인다. 그는 진작부터 그런 방향으로 사고하고 행동했다. 아시아주의에 대해서는 서구제국주의의 전지구적 횡포를 인종주의로 대응한 문제점이 있다는 지적이 가능하다. 신규식이 일본제국주의의 침략성을 아시아주의로 비판한 논리 또한 정곡을 잃은 것이 아닌가 생각되기도 한다. 이런 문제점에 대해서는 좀더 따져보아야 할 것이다. 다만 분명히 말할 수 있는바, 신규식이 지지한 중

38 "韓國乃東亞之巴爾幹, 韓國問題如不早日解決, 則亞洲局勢, 將失去均衡, 亞洲和平, 亦無法可以維持. 故我大總統手創三民主義, 並主揭大亞細亞主義, 實爲解決亞洲問題之鎖鑰"(「護法政府訪問記」, 『韓國魂暨兒目淚』 105면).

39 "現今世界, 白種佔優勢, 黃種處劣勢, 睽理度情, 東亞黃種民族, 實應放大眼光, 一致聯合, 以禦白種之侵略. 然日本政治家, 目光如豆, 徒有帝國主義野心, 必欲獨霸東亞而後快. 至於白種之患, 反不介意. 流幣所及, 黃種人自相傾軋, 自相鬪爭, 箕豆相煎, 終將同歸於盡, 曷勝浩歎! 總之, 韓國乃東方之火藥庫, 亞洲和平之關鍵也"(같은 곳).

국과의 연대혁명론은 국민국가를 기본으로 한 평등의 연대였으며, 패권적 제국주의에 맞서 동아시아의 평화를 복원하려는 의도였다.

6. 맺음말

여러 천년을 이어온 동아시아의 전통은 19세기 말 20세기 초에 중국 중심적 조공질서가 해체됨으로 인해서 여지없이 무너지게 된다. 실로 유사 이래 초유의 대역사전환에 직면한 것이다. 이 역사전환은 세계관의 전도를 수반해 일어났던 터이므로 혼란과 갈등에 휩싸인 동아시아를 어떻게 안정시키고 균형을 취하도록 할 것이며, 동아시아에 어떤 새로운 질서를 수립할 것인가 하는 사상적 과제가 당시 동아시아의 지식인에게 주어졌다고 말할 수 있다.

이 글은 이런 문제의식을 가지고 중국의 황 쭌셴과 량 치차오, 그리고 한국의 신규식을 주 대상으로 삼아 논했다. 당초에 황 쭌셴은 한·중·일이 친화하고 미국과 연계하는 동아시아를 그렸는데, 뒤에 량 치차오는 제국주의 일본에 대립각을 세운 나머지 중국중심주의로 재전도된 동아시아를 그려냈다. 한반도가 제국주의 일본에 식민화된 상황에서 증폭된 위기감을 반영한 그림이기도 하지만 량 치차오 자신의 중국관에서 문제점이 야기된 것이기도 하다. 1911년 중국대륙에서 일어난 민국혁명으로 동아시아는 신국면을 맞게 되는데, 이 단계에서 중국으로 망명한 신규식은 한국의 주권회복과 중국의 민국혁명을 연대하는 논리를 세워 행동했다. 신규식의 논리는 쑨 원의 대아시아주의와 접합될 수 있었다.

동아시아 근대역사의 각기 다른 국면에서 세 지식인이 쓴 저작을 분석하고 논평한 내용은 대략 이와 같이 정리해볼 수 있다. 우리가 처한 21세기의 동아시아 상황은 1900년대를 전후한 시대와 견주기도 어려울 정도로 변했지만, 그때 제기된 역사과제는 근본적으로 말해서 미해결의 상태이다. 왜 이렇게 되었을까? 물론 여러가지 원인을 짚어낼 수 있겠으나, 한반도상의 휴전선이 주요인으로 작용하고 있는 것으로 여겨진다. 반세기가 넘은 한반도의 정전체제를 어떻게 바꾸느냐가 관건이다. 그러나 아무리 관건적인 사안이라 해도 지금 거론할 자리는 아니므로 문제점을 언급하는 데 그친다. 끝으로 세 분석대상에 대해 기왕의 논의에서는 어떻게 다루었던가를 지적하는 것으로 맺음말을 대신해둔다.

황 쭌셴의 『조선책략』의 경우 한국에서는 중요한 문건으로 취급, 자주 거론되긴 했으나 거기에 담긴 의미에 대해 적극적으로 평가하는 논의는 없었던 것으로 알고 있다. 그렇게 된 까닭은 그 작자를 고려할 줄 몰랐고, 또 그 글 자체를 하나의 정론적 산문으로 읽지 않은 데 있었다고 생각한다. 한편으로 중국에서는 이 사실이 논의 선상에 올랐는가 여부조차도 확인이 되지 않는데, 비교적 상세하게 정리된 그의 연보에도 『조선책략』을 저술한 사실은 빠져 있다. 량 치차오의 경우 당대에 영향력이 막대했던 지식인이었던 만큼 널리 관심의 대상이 되어왔지만 그 자신의 한국관·중국관이 내포한 문제점은 거론되지 않았다. 한국에서의 관심은 주로 그의 계몽적 역할에 집중되어 있었으며, 중국 쪽의 논의를 보면 그를 개량주의자라고 비판하면서도 정작 그의 개량주의가 그 자신의 중국관에 직결되어 있음을 들여다보지 못했다. 근래 량 치차오에 대한 담론을 살펴보면 예전의 비판적 관점이 긍정 일변도로 뒤바뀐 것 같다. 그가 일본제국에 대립각으로 설정한 형태가 우선 청제국이었음을 상기할 필요가 있다. 신규식의 경우 독립운동가로서 중국 국민당의 인사들과 교유한 활동에는 관심을 가지면서도 핵심인 한중연대의 민국혁명론에는 주목하지 못했으며, 쑨 원의 대아시아주의와 접합된 측면 또한 간과하고 말았다.

왜 모두 이렇게 되었을까? 자못 이상하다는 느낌마저 든다. 필자가 생각하기로 시각상에 장애가 있었다. 동아시아의 역사진로를 전체로 보지 못한 때문이니, 문화를 공유한 전통을 고려하지 못하고 일국사적 관점에 집착해왔던 것이다. 이 또한 질곡의 동아시아 '근대'가 남긴 후유증의 한 증상이다. 동아시아 지식인들 내면의 시각장애를 교정하는 일은 21세기 오늘의 급무가 아닌가 싶다.

이 글은 동아시아를 논한다고 하면서 한·중·일에 한정했다. 그것도 한국의 입장에서 동아시아를 논했다. 야마무로 신이찌(山室信一) 교수가 쓴 표현을 빌려서 말하면 '시야협착증'의 혐의가 없지 않은 것 같다. 동아시아론의 시야를 확장해야 한다는 데 필자는 물론 공감하고 있다. 그런데 동아시아 근대의 역사운동을 살펴보자면 중국대륙에서 한반도를 거쳐 일본열도, 나아가서 미주로까지 이어진 연결고리를 주축으로 논하지 않을 수 없다. 방법론으로서의 동아시아에서 인식의 중심고리는, 다른 어디가 아니라 한반도에 있다는 것이 나의 지론이다.

제3장

1919년 동아시아, 3·1운동과 5·4운동

동아시아 근대 읽기의 방법론적 서설

1. 3·1운동과 5·4운동에 대한 시각

우리가 지금 3·1운동과 5·4운동으로 회고하는 1919년은 역사상 특별한 의미를 지닌 시점이다. 아르놀트 하우저(Arnold Hauser)는 그의 명저 『문학과 예술의 사회사』에서 "'19세기'라 일컫는 시대가 실은 1830년경에야 시작했던 것과 마찬가지로 '20세기'는 제1차 세계대전 이후, 그러니까 1920년대에 비로소 시작된다"는 지적을 하고 있다.[1] 1918년에 제1차 세계대전이 종결되고 전후처리 문제가 논의되기 시작한 1919년을 맞으면서 당시 동아시아인들도 그야말로 '인류의 신기원(新紀元)'이 도래하고 '해방의 신기운(新氣運)'이 솟구치는 듯 느꼈다.

1 아르놀트 하우저 지음, 백낙청·염무웅 옮김, 개정판 『문학과 예술의 사회사』 4, 창작과비평사 1999, 285면.

물론 하우저의 발언은 유럽적 상황을 두고 나온 것이었다. 제1차 세계대전은 전쟁의 무대가 유럽 지역이었기 때문에 당시의 보도에서는 '구주대전(歐洲大戰)'으로 일컬었다. 하지만 그 파장이 전지구적으로 펼쳐졌던 까닭에 세계대전이라는 개념이 도입된 것이다. 이는 실로 인류 역사상 초유의 사태였다. 전의 1830년만 해도 그 당시 동아시아인들에게는 소식불통이었는데, 20세기로 와서는 즉각 감지되고 있었다. 지구적 시대는 20세기에 비로소 도래한 것으로 볼 수 있겠다.

그런데 지금 돌아볼 때 동아시아 지식인들이 1919년에 느낀 '인류의 신기원'이란 한갓 들뜬 기분에 불과했다고 하지 않을 수 없다. 크게 신기원이라 할 무엇이 역사상에 기록된 것이 없으며, 식민지 억압상태로부터의 민족해방, 제반 속박으로부터의 인간해방은 아직은 먼 길이 아니었던가 싶다. 그렇지만 크게 동요하는 시공간에 처해서 거기에 적극적으로 대응하고 꿈을 꾸기도 하는 인간행위가 결코 탓할 일만은 아니다. 인류 역사의 진보는 바로 거기서 실현되는 것이 아닐까. 당시 근대의 심장부인 서유럽으로부터 가장 멀리 떨어진 극동에서, 한반도의 3·1운동, 중국대륙의 5·4운동으로 동아시아에 있어서의 '20세기'가 드디어 출발한 것이다.

3·1운동에 대해서는 종래에 민족주의에 의거한 일국사적 관점이 당연시되어왔으나 필자는 입장을 달리해 동아시아적 차원에서 중국의 5·4운동과 연계해서 문제를 제기하는 것이다. **3·1운동과 5·4운동의 역사적 동시성**을 어떻게 해석할 것인가? 양자의 동시성은 세계정세의 흐름과 연동되어 있는데, 요는 동아시아 근대의 전환과정으로 보기 위한 질문이다. 3·1과 5·4, 양자는 물론 같고 다름이 있다. **상동성 가운데 상이점, 상이성 가운데 상동점**, 이런 면모들을 찬찬히 살피고 해명하는 것이 긴요

하다. 이 연구를 통해서 비교사적 기반이 마련될 수 있을 것으로 기대해 본다.

필자는 3·1운동의 문화운동적 성격에 일찍부터 관심을 두어 이 입장을 지금까지 견지해왔다.[2] 3·1이 주권회복을 위한 정치운동임은 말할 나위없다. 종래의 연구 또한 당연히 여기에 치중해 있었다. 5·4는 문화운동으로 인식해왔지만 직접적으로는 일본제국주의의 침략에 대한 항의로 궐기한 것이다. 양자 모두 정치적 성격이 뚜렷하다. 그렇다면 한국에서 신문화운동과 3·1의 관계, 그리고 중국에서 신문화운동과 5·4의 관계를 어떻게 볼 것인가? 3·1은 물론이고 중국의 5·4와 신문화운동 또한 동일시할 것은 아니다. 운동의 목적이나 형태가 서로 다르기 때문이다. 그러나 일차적 목적은 다르더라도 궁극적으로 만날 뿐 아니라, 상호 긴밀히 관련되어 있다. 신문화운동의 과정상에 5·4가 위치하며, 3·1의 경우도 크게 보면 이와 다르지 않다. 문화운동이 정치운동을 촉발하고 다시 정치운동이 문화운동을 고취한 그런 형국이었다.

나는 한국의 3·1과 중국의 5·4가 놓인 조건이 서로 달랐으면서도 다 같이 문화운동에 연계된 사실에 주목한다. 좁은 의미의 정치운동으로서 목적론적으로만 보면 3·1이나 5·4나 실패한 운동이다. 그러나 양자를 문화운동의 측면에서 보면 그 결과는 곧 양국의 근대문화로 실현되었다고 자신있게 말할 수 있다. 그뿐 아니라 3·1과 5·4는 다른 어디보다도 문화운동의 측면에서 비교할 때 그 내용이 흥미롭고도 풍부하다.

1919년에 한반도에서 3·1운동, 중국대륙에서 5·4운동이 앞서거니 뒤

---

2 임형택 「신문학운동과 민족현실의 발견」, 『창작과비평』 27, 1973년 봄(『한국문학사의 시각』, 창작과비평사 1984에 수록).

서거니 계기적으로 일어난 현상은 20세기로 진입한 이후 동아시아의 특수성이다. 이 점을 먼저 살펴보기로 한다.

2. 1910년대의 동아시아

1894년 청일전쟁은 20세기 동아시아의 서막이었던 셈이다. 청일전쟁의 승자로서 중국을 제압하고 동아시아의 패권국으로 등장한 일본은 1905년 러일전쟁의 승리로 세계열강의 대열에 합류하면서 동아시아에서 패권적 지위를 강화하게 되었다. 그에 따라 한국은 일본의 보호국으로 전락하고 1910년에는 식민지로 병합을 당한 것이다. 다음 단계로 일본은 한반도를 디딤돌로 삼아 대륙진출에 공격적으로 나서게 된다.

한국은, 비록 실패하긴 했지만 그 직전에 자주적 국민국가를 만들기 위한 계몽주의적 열정이 고조되고 외침(外侵)에 맞선 의병항쟁이 치열했던 만큼, 주권상실에 따른 좌절감 또한 심각할 수밖에 없었다. 중국은 1911년에 신해혁명으로 일단 낡은 왕조체제를 타도하긴 했으나 국민국가로 통합을 이룩해내지 못해 혼란과 분열의 소용돌이로 빠져들었다. 때문에 중국 전역이 제국주의 열강들의 면전에 거의 무방비로 노출되어, 다투어 침탈하는 대상물로 전락한 꼴이었다. 그런 와중에 일본이 앞장서 공세를 취했기 때문에 중국인의 우환의식으로 팽배해진 외세에 대한 적대감은 일본으로 쏠려 있었다.

이와 같은 동아시아 삼국의 관계는 전지구적으로 볼 때 아주 특수한 현상이다. 우리가 알다시피 제국주의적 지배-피지배 관계는 주로 유럽(미국을 포함해서)과 비유럽 사이에서 형성된 것이다. 동아시아 역내에서 제국주의 패권국이 출현해 지배-피지배 관계가 성립된 것은 예외적인 상황이었다.

이 현상은 일본 자체가 근대국가로의 변신에 놀라운 성공을 거둔 결과임이 물론이다. 그런데 일본의 패권은 어디까지나 영국과 미국의 하위 파트너로서 동아시아 역내에서 행사되었다는 사실에 유의할 필요가 있다. 일본이 타이완을 점유하고 한반도를 식민화한 것까지는 상호 용인된 사항이었다. 그러나 거기서 만족하지 않고 욕망이 대륙으로 바다로 무한정 뻗어가는 데 대해서는 문제가 달랐다. 서구주도의 세계체제에서 일본제국주의와 영미 제국주의 사이에는 공존하면서도 언제 폭발할지 모르는 갈등요인이 잠재해 있었던 셈이다. 브루스 커밍스(Bruce Cumings) 교수는 근대일본을 "태양을 향해 날아오르는 이카루스"에 비유한 바 있다.[3] 태양에 근접하다가 끝내는 밀랍으로 접착한 날개가 녹아서 추락할 운명이었다고 할까. 이 '이카루스'의 1910년대의 실제 비행 방향은 태양이 아니라 중국대륙이었다.

설령 이카루스처럼 날아오른 근대일본이 중국대륙을 완전히 석권했더라도 예전처럼 수도를 베이징으로 옮기는 사태는 결코 벌어지지 않았을 것이다. 서구주도의 근대세계에서 동아시아 신문명의 중심은 대륙의 베이징이 아닌 일본열도의 토오꾜오였기 때문이다. 20세기에는 종래의 중국중심의 세계와는 판연히 다른, 전도된 동아시아상이 그려지고 있었다.

이런 동아시아 삼국의 관계양상에 관해서는 일단 역사적으로 사고할 필요가 있다고 본다. 20세기를 전후한 시점에 화이의 전도, 즉 동아

3 브루스 커밍스 지음, 김동노 외 옮김 『한국현대사』, 창작과비평사 2001, 199면.

시아의 전통적 질서가 붕괴된 것은 실로 유사 이래 초유의 사태이다. 중국중심의 세계에서 중심〔中華〕과 주변〔夷狄〕의 교체는 반복적인 현상이었다. 주변의 이적이 중화를 밀어내고 중심을 차지하더라도 중국중심의 체제 자체가 무너지는 것은 아니었다. 가까이 명청 교체의 경우를 두고 보더라도 만청(滿淸)이 베이징에 입성한 사실에 당시 일본 지식인들까지도 '화이변태(華夷變態)'로 인식했다.[4] 그런데 비록 만청이라도 '세계'의 주인으로 안정하고 나자 바로 '중국'이 되었다. 그러나 청일전쟁에서 일본의 승리는 과거의 역사와 전적으로 다른 의미를 초래한 것이다. 왜냐하면 다름 아닌 서구주도의 근대세계에서 일어난 상황이기 때문이다.

근대일본이 국가적 방향을 '탈아입구'로 잡았다는 것은 익히 알려진 사실이다. 기실 '탈아입구'는 중간과정에 해당하며, 그 목적지는 어디까지나 동아시아로 돌아오는 데 있었다. 요컨대 탈아→입구→환아가 근대일본의 실제 행보였다. 동아시아로 돌아온 일본은 동아시아를 일본 중심의 동아시아로 개편하고자 일어섰다. 근대일본의 국가적 지향점이었다고 보아도 좋을 것이다. 이 국가적 지향점과 관련해서 일본은 양면성을 띠었다. 평화의 일본과 폭력의 일본이다. 즉 일본은 개화(서구화)의 선도자로서 낙후한 이웃을 계도해 '동아평화'를 수호하는 사명감을 다하겠다는 것이 그 한면이며, 이웃의 땅과 인민을 폭력적으로 공격하고 정복하는 것이 다른 한면이다. 매우 모순된 양면이지만, 실천의 명분과 실천의 방법으로서 양자는 통일되어 있었다.

전통적인 중국중심의 체제에서 소원한 위치에 있었던 일본이 동아시

4 林春齋「華夷變態序」,『鵝峰文集』권90.

아를 일본중심의 동아시아로 개편하겠다고 폭력적인 방법을 구사하고 나서면서, 이런 근대일본이 이웃으로부터 강력한 저항에 부딪히게 된 것은 필연이 아닐 수 없었다. 전통적인 질서가 붕궤된 상태에서 시작된 20세기 동아시아에는 갈등과 쟁투가 무한히 일어나게 되어 있었다고 하겠다.

1910년대 일본의 한국에 대한 식민지 지배부터 그랬다. 일본의 한반도에 대한 지배방식의 기조가 동화정책(同化政策)이었다는 것은 잘 알려진 사실이다. '동아평화'라는 근대일본의 국가적 논리는 동아시아를 하나의 권역으로 의식하는 관념에서 나왔을 터다. 동화정책은 서구 제국주의국가들이 일반적으로 쓰는 식민지 지배방식과는 다른 형태인데, 이 또한 '동아평화'와 논리적으로 연계된다고 보겠다. 일본제국주의는 '일본과 조선은 하나'임을 누누이 강조하면서도 실제로는 무단통치를 강행했다. 동화정책과 무단통치가 상호 모순되는 방식임은 물론이다. 그럼에도 무리하게 무단통치를 밀고나간 것은 저항이 거세고 집요했기 때문에 불가피한 선택이었던 것으로 볼 수 있다. 한국에서도 이러했을진대, 일본의 공세가 줄곧 중심의 위치를 지켜왔던 중국으로 진입할 때 어떤 갈등, 어떤 저항, 어떤 재앙이 일어났겠는가?

앞에서 나는 1910년대 동아시아를 일본제국주의의 공세적 측면에서 묘사해보았다. 당시 상황을 주도한 쪽이 일본이었기 때문이다. 지배를 받고 공격을 당한 한국과 중국의 측면에서는 어떤 그림이 그려질 수 있을까? 이 측면에 대해서는 한가지, 중국도 한국도 서구가 몰고온 근대적 변화의 폭풍에 멍하니 앉았다가 그만 짓밟히고 잡아먹힌 그런 꼴은 결코 아니었다는 점만을 지적해두고 본격적 서술은 다음 절에서 하게 될 것이다.

3. 5·4지식인들의 3·1운동에 대한 반향

중국의 1910년대는 1911년의 신해혁명으로 개시되는데, 이를 근대중국의 출발점으로 보아도 좋을 것이다. 국민당의 중화민국은 지금까지 자기들의 기원(紀元)으로 잡고 있는 그 시점이니 말할 나위 없거니와, 공산당의 중화인민공화국 또한 신해혁명을 '자산계급 민주주의혁명'으로 규정짓고 있다. 양측의 입장 차이로 인해서 평가의 무게가 다르긴 하지만 신해혁명을 중국사의 획기적인 사건으로 보는 데는 일치한다. 문제는 신해혁명이 중국을 어떤 모양으로 만들었고, 그 당시 중국인들에게 어떤 의미로 다가왔는가 하는 것이다.

신해혁명은 노대(老大) 중국으로 하여금 황제체제의 기나긴 터널에서 빠져나와 민주공화제를 맞이하도록 했다. 그러나 민국정부가 1912년 초봄에 들어서긴 하지만 곧 쑨 원이 퇴위하고 위안 스카이가 올라서는가 하면 황제체제로의 복귀를 획책하고 그런 가운데 군벌의 할거(割據)상태로 빠져드는 등, 신해혁명 이후 중국의 혼란과 난맥상은 형언하기 어려운 지경이 된다. 1919년 당시에도 베이징의 군벌(軍閥)정부, 광둥(廣東)의 호법정부로 대립된 형국이었다. 여기서 『신청년(新青年)』을 발간해 신문화운동의 선도자로 나선 천 두슈의 고뇌에 찬 발언을 들어보자.

> 공화정〔신해혁명을 가리킴〕이 이미 8년을 경과하였으되 일반 국민은 일찍이 단 하루도 명료하고 정확한 의식의 움직임이 없었다(신해혁명은 태반이 무뢰배 도둑놈들이 광복이란 명분과 의리를 빙자해서

날뛴 것이다). 국민과 정치의 거리는 백길 천길 떨어져 있어 본국과 외국의 군벌연합의 압박에 맡겨둔 채로 추호도 항거할 줄을 모른다. 서남의 호법군(護法軍)도 끝내 국민과 분리, 격리되어 있는 상태이다.[5]

천 두슈가 한국에서 일어난 3·1운동에 대한 소회를 적은 글의 한 대목이다. 그는 1919년 신해혁명 이후 중국의 난맥상을 만든 근본 요인을 국민 일반의 흐리멍텅한 의식, 방관자적 태도에서 찾은 것이다. 이 인용문에서 괄호 속에 언급한 신해혁명의 극히 암담한 측면은 루쉰의 대표작 「아큐정전(阿Q正傳)」에서도 실감할 수 있는 문제점이었다. 「아Q정전」 자체가 신해혁명의 실패에 대한 회한에서 나온 것이며, 중국인을 향해 통매하고 반성을 촉구하는 의미가 담겨 있다. 적폐적약(積弊積弱)으로 회생할 가망이 없어 보이는 중국을 일으켜 세우자면 형식적인 정치혁명만으로 되는 것이 아니요, 중국인을 각성시키고 개조하는 정신혁명·문화혁명이 필히 요망된다고 판단한 것이다. 다름 아닌 신문화운동이다.

천 두슈가 천명한 바와 같이 "신문화의 영향이 정치상에 미쳐서 정치의 이상을 창조하길 요망"하는 것이었으니,[6] 문화운동을 통해서 정치제도로 접근하는 그런 방식이었다. 1915년에 창간된 『신청년』은 신문화운동의 구심점이요, 사령부였던 셈이다. 당시는 제1차 세계대전이 진행되는 한편 러시아에서 사회주의혁명이 발발한 시간대였으니 급박하게 돌

5 陳獨秀 「朝鮮獨立運動之感想」, 『每週評論』 14, 1919.3.23.
6 陳獨秀 「新文化運動是什麽?」, 『新青年』 6-6, 1919.11.

아가는 세계 상황에서 주의·주장과 이론이 확장, 개발되었다.

다른 한편 신문화운동이 구사상·구도덕·구문학에 맹공을 퍼붓자 이에 대한 보수진영의 저항과 반격이 동반상승하게 되었음은 물론이다. 중국의 지식계는 일대 투쟁의 전장으로 바뀌어 갈등이 고조된 상태였다. 문화운동의 측면에서 1910년대 중국을 보면 대단히 역동적인 사회였고 창조적인 시대였다고 말할 수도 있다. 바로 이런 상황에서 1919년을 맞이한 것이다.

『신청년』 그룹에서 급진파 지식인이었던 리 다자오(李大釗)는 "우리들이 경축하는 것은 어떤 한 국가 혹은 한 국가의 일부분의 사람을 위해 경축하는 것이 아니고 전세계의 서민(庶民, 지금 우리의 어감으로는 민중에 해당함)을 위해서 경축하는 것이요, 독일인을 타도했다고 해서 경축하는 것이 아니고 군국주의의 타도를 경축하는 것이다"라고[7] 제1차 세계대전의 종결에 '민중의 승리' '군국주의 타도'라는 의미를 부여하고 있다. 천 두슈는 1919년 1월 1일을 맞이하면서 "오늘은 1919년 신기원이다. 현재의 시대 또한 인류 생활 가운데 신기원이기 때문에 우리들은 환영하고 경축하는 것이다. (…) 저 신기원은 신생활·신문명·신세계를 동반하고 올 터이니 1914년 이전의 생활·문명·세계와는 크게 같지 않아 거의 몇세기를 떨어진 것과 비슷하다"라며[8] 시대의 단계를 뛰어넘은 지점으로 판단, 변혁과 쇄신의 기대에 한껏 부풀어 있다.

지금 우리가 1919년의 전후 상황을 객관적으로 논하자면 5·4지식인들은 현실을 터무니없이 낙관하고 국면을 오판했다고 말할 수밖에 없

7 李大釗 「關於歐戰的演說 三篇 ── 庶民的勝利」, 『新青年』 5-5, 1918.10.

8 隻眼 「新紀元」, 『每週評論』, 1918.12.29. 척안(隻眼)은 천 두슈의 필명이며, 이 글의 끝에 "1919 元旦"이라고 명기하고 있다.

다. 오히려 조선총독부 기관지 『매일신보(每日申報)』가 윌슨(W. Wilson)의 민족자결주의를 오해하고 확대해석해서 경거망동하지 말라고 경고했던 것이 맞다고 말할 수도 있다.[9] 그러나 '민중의 승리' 혹은 '인류의 신기원'으로 인식하게 된 그 자체는 역사의 진보를 위한 적극적 의지의 표현이라고 보아야 할 것이다. 보다 더 중시해야 할 점은 시대인식이 행동의 논리로 연계되었다는 사실이다. 그리하여 역사가 되었다.

『신청년』 그룹은 1차대전이 종결된 그 시점에 발 빠르게 적극적으로 움직였다. 『신청년』의 자매지 성격으로 『매주평론(每週評論)』을 1918년 12월 22일자로 창간한다. 그리고 베이징대학 학생 중심의 『신조(新潮)』가 월간지로 1919년 1월호를 창간한다. 이들 전위적인 매체가 중국 대지에 영향을 확대하고 중국 인민의 심금을 울렸음은 물론이다. 『신조』의 발행 주체는 베이징대학에서 천 두슈·리 다자오·후 스 등의 지도 및 영향을 받은 졸업생과 재학생 21명으로 구성되어 있었다.[10] 5·4지식인이라면 구체적으로 『신청년』 그룹을 비롯해서 『신조』의 동인들인데, 이들이 운동의 중심부를 형성한 것이다.

이런 가운데 3·1운동의 소식이 한국에서 중국의 5·4지식인들에게 전해졌다. 중국에 대해 일본제국주의는 세계가 1차대전에 휩싸인 그 틈을 노려 산둥반도의 독일 이권을 탈취하고 계속 세력을 확장하기 위해 21개조를 들이밀었다. 베이징의 군벌정부는 이에 굴복하고 말았으니 그래서 매판정부라는 악명을 듣게 되었다. 그야말로 한국에 대해 동병상련의 공감대가 형성된 중국인의 심경에 3·1운동의 소식은 어떤 충격

9 「民族自決主義의 誤解」, 『每日申報』, 1919.3.6.

10 『신조』 창간호에 사원(社員)이라 해서 21명의 동인 명단을 제시했으며, 편집주임은 푸 쓰넨(傅斯年), 간사주임은 쉬 옌즈(徐彦之)로 나와 있다.

을 주었을까? 묻지 않아도 짐작이 가는 것이다. 예컨대 천 두슈의 경우 "찬미·애상·흥분·희망·참괴(慙愧)" 등의 단어를 동원해서 그 느낌을 표현하고 있다.

『매주평론』은 1919년 3월 16일과 3월 23일 2주에 걸쳐서, 『신조』는 동년 4월호에서 각기 지면을 대폭 할애해 사실보도, 감회, 논평 등의 형식으로 3·1운동을 다루었다. 사실보도 이외에 감회나 논평의 글들은 필명을 쓰고 있는바, 천 두슈(필명 隻眼), 푸 쓰녠(傅斯年, 필명 孟眞), 천 자오처우(陳兆疇, 필명 穗庭) 등이다. 이처럼 『매주평론』과 『신조』의 지면에 지금도 생생하게 들릴 것 같은 5·4지식인들의 3·1운동에 대한 발언을 통해 그들이 한국의 3·1운동을 (1) 어떻게 평가하고 (2) 어떤 전망을 내놓았으며 (3) 이를 계기로 어떻게 자기반성을 했는지, 이 세가지로 논점을 잡아서 되도록 간략히 정리해보려 한다.[11]

1) 3·1운동에 대한 5·4지식인들의 평가

"혁명의 신기원을 열었다"는 말로 요약된다. 그렇게 판단하는 논거를 "정의·인도로 무력·강권을 타파"한 데 두거나(천 두슈), "비폭력의 순수한 학생운동이라는 점"에서 찾거나(푸 쓰녠), "인민의 주체적 의지가 발휘되고 무력을 사용하지 않은 점"을 강조하거나(천 두슈) 하는 어법의 차이는 있으나 한결같이 운동의 형태를 중시하고 있다. 5·4지식인들의 3·1운동에 대한 평가는 쑨 원의 "나라가 망한 지 10년이 못 되어서 이

11 천 두슈(隻眼) 「朝鮮獨立的 消息」 「感想錄」, 『每週評論』 13, 1919.3.16; 「朝鮮獨立運動的 情狀」, 『每週評論』 14, 1919.3.23; 「朝鮮獨立運動之感想」, 『新潮』 4, 1919.4; 푸 쓰녠(孟眞) 「朝鮮獨立運動之教訓」, 『新潮』 4, 1919.4; 천 자오처우(穗庭) 「朝鮮獨立運動感言」, 『新潮』 4, 1919.4.

같은 대혁명이 일어난 것은 동서고금의 역사에 보기 드문 일"이라는 발언과 일맥상통한다.[12] 3·1은 그 형태상의 특징으로 보면 학생이 선도하는 대중적 의사표현의 방식인데, 1960년의 4·19혁명으로부터 1987년의 6월항쟁으로까지 이어지며 한국 현대사를 바꾼, '데모'라고 일컬어지는 운동형태의 시발이 되었던 셈이다.

2) 조선 독립에 대한 전망

5·4지식인들은 조선 독립의 가능성을 낙관했다. 천 자오처우는 "저렇듯 독립정신을 지닌 민족은 결코 오래도록 남에게 굴종하지 않을 것"으로 전제하고 20세기는 약소민족·약소국가·약소계급이 강대한 민족·국가·계급으로부터 해방되는 추세라고 하면서, "조선의 독립은 조만간에 필히 이루어질 사실이다. 일본이 허용하느냐 않느냐는 문제될 것이 없다"고 매우 적극적으로 사고하고 있다. 천 두슈는 "우리들은 조선인의 자유사상이 이로부터 계속 발전하기를 희망한다. 우리들은 조선민족의 독립자치의 영광이 발현되어가리라 믿는다"라며 3·1을 결정적 계기로 보고 희망적으로 전망하고 있다. 주체적 민의의 발휘, 무력의 배제를 강조한 논법이다. 5·4지식인들은 군국주의·침략주의에 대항함에 있어 비폭력 평화주의로 세계 약소민족의 연대를 사고한 모양이다.

---

12 김창숙, 앞의 글 194면. 쑨 원이 3·1운동 직후 김창숙을 접견한 자리에서 했던 말의 한 대목이다. 쑨 원은 근대중국의 지도자로서 식민지 조선에 지대한 관심을 가지고 우호적인 견해를 누차 표명한 바 있다. 신규식과 회담한 자리에서 한 발언은 『孫中山年譜長編』 下, 1382~83면에 보이며, 따로 또 「孫文의 朝鮮問題論」이란 제목의 문건이 있다. 이 문건은 김병조(金秉祚)의 『韓國獨立運動史略』, 上海: 宣言出版社 1921에 실렸던 것이 조선과학자동맹 편 『조선해방과 삼일운동』, 청년사 1946에 전재되었다.

3) 5·4지식인들, 3·1로 중국을 돌아보다

5·4지식인들이 조선의 독립운동에 그토록 감동하고 열광한 것은 물론 자기들의 눈앞의 처지를 생각해서였다. "중국을 돌아볼 때 한탄하지 않을 수 없다. 일반의 몰자각은 말할 나위 없거니와, 저 자각했다는 이들을 두고 보더라도 심지가 박약하기 짝이 없다. (…) 때문에 나는 현재의 관료들을 탄식하지 않고 학생들을 탄식하며, 완고하고 딱한 늙은이들을 탄식하지 않고 입으로는 옳은 소리를 하고 마음은 아닌 신인물들을 탄식하노라"(푸 쓰넨). "보라! 이번의 조선인의 행동을! 무기를 가지고 있지 않다고 감히 대항하지 못해 주인의 자격을 포기해버리고 제삼자로 물러났는가. 우리들은 조선인과 비교해볼 때 참으로 부끄러워 몸 둘 곳을 모르겠다"(천 두슈). 이렇듯 5·4지식인들이 3·1의 함성에 놀라 자국을 돌아보며 한탄해 마지않고 몸 둘 곳을 모른다 한 것은 울분의 토로이기도 하겠지만 자국의 동포들을 격동시키고 분발토록 하자는 뜻이 담긴 것으로 해석된다. 특히 학생·청년의 각성을 촉구하는 데 초점이 있다.

여기서 잠깐 바로 앞단계에서 량 치차오가 한국이 일제에 병합될 당시 취했던 태도와 발언에 비교해보자. 량 치차오는 이때 「일본병탄조선기」와 「조선애사」를 지어 감회를 표출했다. 망국의 조선을 안타까워하며 지대한 관심을 기울인 것이다. 그럼에도 그는 국권을 되찾기 위한 움직임이 조선인들 사이에 일어나고 있음을 언급하면서 "결과는 물어볼 것도 없음을 오척동자도 다 안다"고 단언했다.[13] 조선은 아무런 희망도 없다는 식이었다. 량 치차오와 5·4지식인 사이에 왜 이처럼 시각차

13 梁啓超「日本幷呑朝鮮記」,『飮氷室文集點校』 3738면.

가 발생했을까? 우선 1910년과 1919년의 상황변화가 당연한 고려사항이겠지만, 양자의 사상적 입장 차이가 보다 중요하다. 량 치차오는 청조를 유지하려는 보황파(保皇派)에 속했으며, 1919년 전후로는 신문화운동에 반대하는 입장이었다. 어떤 중국을 생각하고 어떤 동아시아를 사고하느냐가 한국관에도 그대로 반영된 것이다.[14]

중국의 신지식층은 한반도에서 3·1운동의 타오르는 불길을 바다 건너 불처럼 구경하고 앉아 있을 수만은 없었다. 바로 3·1의 2개월 후에 베이징대생들이 선도하여 횃불을 들어올리자 그 불길이 중국 전역으로 확산된다. 이른바 5·4운동이다. "3·1운동은 중국으로 불길을 옮겼다"는 최근 일본의 한 신문의 표현이 적절하게 들린다.[15] 그런 한편, 중국에서 요동친 5·4의 사상·문화 개조운동은 한국 지식인들에게 즉각 심대한 영향을 미쳤다.

바로 이런 양자의 상호관계를 나는 '역사적 동시성'으로 보는 관점을 취하고 있다. 역사적 동시성은 종적으로 말하면 양국간의 오랜 역사·문화적 공통성에 닿으며, 횡적으로 말하면 당시의 세계정세 및 동아시아 상황에 엇물린 현상임이 물론이다.

14 임형택「19세기 말 20세기 초 동아시아, 세계관적 전환과 지식인의 동아시아 인식」, 『대동문화연구』 50, 성균관대 대동문화연구원 2005, 13~17면(이 책 1부 2장으로 개고·수록).

15 아사히신문 취재반 지음, 백영서·김항 옮김 『동아시아를 만든 열가지 사건』, 창비 2008, 126면.

4. 문화운동의 측면에서 3·1과 5·4의 비교론 서설

한국의 3·1과 중국의 5·4, 이 양자가 관련성이 있다는 점은 누구도 부인하지 않는 상식이다. 그럼에도 이에 관한 연구는 그다지 진전된 것 같지 않다. 일국사적 관점을 벗어나지 못한 때문이기도 하겠으나 양자의 관계를 다룬 논문들 또한 대체로는 논의가 편협하고, 활달하게 나가지를 못한 듯 여겨진다. 나는 그 요인이 다른 무엇이 아니라 동아시아를 연계해서 보려는 생각이 부족한 데 있으며, 동아시아론이 급부상한 요즘으로 와서는 문화론적 비교의 시각을 확보하지 못한 데 있다고 본다.

문화운동의 측면으로 3·1과 5·4를 비교 고찰하자면 우선 읽어야 할 자료의 분량이 광범한데다가 국가경계와 학문경계를 넘나드는 지식이 요구되며 독자적인 이론 개척까지 따라야 하는, 지극히 어려운 주제이다. 이 글은 하나의 시론이 될 수밖에 없다.

그 당시 중국에서 영향력을 크게 행사했던 잡지로 『신청년』 『신조』 『매주평론』 등이 손꼽힌다. 식민지 조선에서는 3·1 당시는 총독부 기관지를 제외하고 뚜렷한 매체가 부재한 상태였다. 3·1 이후 소위 문화통치를 실시하면서 신문과 『개벽(開闢)』 『신생활(新生活)』 등 잡지가 창간되기에 이르렀다. 여기서 중국 쪽에 대해서는 앞에서 중요시한 3종의 잡지를 분석의 대상으로 잡는다. 한국 쪽에서는 특히 『신생활』을 주목하는 한편, 당시 활발하게 일어난 여러 운동단체들이 배포한 취지문·선언서 등의 자료에 눈을 돌려본다. 『신생활』 및 선언서 등은 근래 필자 자신이 새로 접한 자료이기에, 이들을 읽어보고 얻은 견해를 정리해두려는 것이다.

3·1과 5·4는 양상이 같다고 말할 수도, 다르다고 말할 수도 없다. 같

고도 다른 것이다. 그래서 앞에서 상동성 가운데 상이점, 상이성 가운데 상동점을 비교의 포인트로 제시했던 터다.

일견해 중국은 5·4 이전에 이미 1915년부터 신문화운동으로 힘차게 진군했던 데 비해 한국에서는 3·1 이전에는 사상·문화의 개조를 위한 활발한 움직임이 포착되지 않는다. 3·1운동으로 촉발되어 문화운동이 일어난 그런 형세였다. 3·1 이후의 신문화운동 또한 상대적으로 중국보다 역동성이 떨어져 보인다. 중국만큼 사상투쟁이 격렬하지 못했고 따라서 신문학운동은 사회적 관심을 폭넓게 불러일으키지 못했던 것이 사실이다. 때문에 한국의 경우 중국처럼 뚜렷이 인식되지 못했으나, 그렇다고 신문학운동의 움직임이 아예 없었던 것은 아니다. 왜 이렇듯 서로 다른 양상이 빚어졌을까? 일차로 해명해야 할 문제점이다.

당시 한국은 식민지 상태였고, 중국은 비록 밖으로 침해를 당하고 안으로 극히 혼란스러웠지만 그래도 주권을 상실하지는 않은 상태였다. 때문에 중국에 대해서는 '반(半) 식민'이라는 용어를 써온 것이다. 식민지 조선은 일제의 엄혹한 무단통치하에서 억압과 제약을 받아야만 했다. 방금 문제점으로 거론한 상이성이 바로 당시 양국이 처한 서로 다른 현실에 기인했을 것임은 물론이다.

그런데 쑨 원이 "나라가 망한 지 10년이 못 되어서 이같은 대혁명이 일어난 것은 동서고금의 역사에 보기 드문 일"이라고 감탄했던 3·1운동은 어떻게 일어날 수 있었을까? 그것도 도리어 중국보다 선창을 한 모양으로 말이다. 똑 떨어진 답이 나올 성질의 물음은 아니나 이 문제를 통해서 비교의 논의로 들어가려 한다.

1910년대 한국에서는 식민지체제로의 개편이 급속히 진행되었다. 일제는 한반도의 사회제도를 근대적으로 재구성하면서 경제발전을 도모했다. 이른바 '식민지 근대화'를 추진한 것이다. 이때 근대화란 서구화를 뜻하는데, 일본의 경험을 한반도에 이식하는 방식이었다.

이 근대화전략은 일본제국주의가 한반도 지배의 제일 명분으로 삼은 것이었다. 요컨대 동화정책을 기조로 근대화전략을 구사하는, 다름 아닌 일본적 식민지 지배방식의 특성이었다.

1919년에 이르기까지 일제의 한반도 근대화전략은 적어도 외관상으로는 성공적이었다는 평가가 가능하다. 한반도에 대한 장악력이 확고해졌음을 의미하는 것이다. 당시 관변 통계자료나 언론 보도가 사실로 증언하고 있다. 그뿐 아니라 이광수의 『무정(無情)』에서도 확인할 수 있다. 『무정』은 끝맺는 대목에서 1910년대 한국의 현실을 두고 "경성을 더욱 머리로 해 각 도회에 석탄 연기와 쇠망치 소리가 아니 나는 데가 없"음을 일컬으며, "아아 우리 땅은 날로 아름다워간다"고 탄성을 지른다.[16] '식민지 근대화'의 성과를 찬미한 셈이다.

그런데 왜 3·1운동이 폭발적으로 일어났을까? 어떻게 그 파문이 실로 전국적·거족적이라고 이를 만큼 펼쳐질 수 있었을까? 나는 그렇게 될 수 있었던 주요인을 두 방향에서 찾고 있다.

하나는 그 선행 시기와 연관해서다. 1910년대의 선행 시기라면 두말할 나위 없이 1900년대이다. 당시가 계몽주의적 문화운동으로 약동했고 애국주의적 의병투쟁 또한 치열했던 사실은 앞에서 언급한 대로다. 한국의 1900년대가 역동적인 시대라면 1910년대는 "이 풍진 세상 만났으니 너의 희망이 무엇이냐"라는 노랫말처럼 '절망의 세월'이고 '죽음의 시대'였다. 식민지로 전락하자 운동이건 투쟁이건 다 물리적으로 거

16 이광수의 『무정』은 1917년 1월부터 6월까지 『매일신보』에 연재되었다.

세당했고 현실적으로 끝난 상태였기 때문이다. 그 전후에 운동의 주류들 상당수가 해외로 망명의 길을 택한 사실도 유의할 부분이다. 그런 한편에 또 유의해야 할 사실이 있다. 문화운동의 제반 성과가 깡그리 무화되고 애국주의 정신이 일거에 소멸될 이치는 있을 수 없다는 점이다. 망국의 좌절감 속에 언젠가 폭발할 개연성이 잠재해 있었음이 물론이다.

다른 하나는 일제의 식민지 통치방식, 그에 대한 한국인의 적응방식이다. 3·1운동을 불러일으킨 직접적인 요인이라면 바로 여기서 찾아야 할 것이다. 일제의 강압적인 동화정책은 한국인의 반발을 사고 자존심을 건드렸으며, 일제가 실시한 근대교육과 추진한 경제개발은 민족차별적이고 침략적이어서 오히려 불만과 박탈감을 고조시켰다.

나는 일제하를 살았던 한국인들이 매천(梅泉) 황현(黃玹)처럼 견결하고 단재(丹齋) 신채호(申采浩)처럼 전투적이었다거나, 다들 꼭 그래야만 했다고는 보지 않는다. 일제를 떠받친 친일세력이 적잖게 존재했다는 사실도 부인할 수 없다. 또한 대다수는 식민지 근대에 적응해 교육을 받고 경제활동을 영위했다. 이런 식민지 근대, 그 속에서 3·1운동의 기초 체력이 배양된 사실을 또 유의할 필요가 있다. 앞서 계몽주의적 문화운동으로 근대 적응의 초보적 단계를 거쳤기에, 비록 식민지하에서라도 근대를 학습하기 위해 적극적으로 나서지 않았을까 싶다. 한국인에게 근대는 질곡이요 병이었다. 이 점은 명백한 사실이다. 그런데 그 병을 치유할 약도 근대밖에 따로 있는 것이 아니고 '식민지 근대' 그 안에서, 거기에 적응해서 얻어야 했다. 역설이지만 이 또한 부인하기 어려운 형세였다. '식민지 근대'에 대항할 이론과 근대적 주체의 각성, 모두 오직 근대 안에서 터득될 수 있는 것이기 때문이다.

1919년 '해방의 신기운'이 전지구적으로 감지되던 즈음 3·1운동의 불길이 한국 땅에서 먼저 일어날 수 있었던 요인은 대략 이와 같이 설명할 수 있을 것이다. 그렇다면 중국의 경우와 달리 한국에서는 3·1 이전에 신문화운동의 움직임이 뚜렷하지 못했던 이유는 어디 있을까? 그 이유는 간명하다. 일제의 강고한 탄압과 규제로 인해서 문화운동을 펼 자리가 도무지 없었기 때문이다. 일제 통감부는 1910년 병합하기 전에 벌써 신문지법을 만들어 통제를 하더니 병합과 함께 언론의 마지막 보루였던 『대한매일신보(大韓每日申報)』를 『매일신보』로 이름을 바꾸고 조선총독부 기관지로 만들었다. 그리고 저 악명 높은 검열제도를 실시해 표현의 자유를 철저히 단속했다. 표현의 자유가 없는 상태에서 문화운동이 어떻게 일어날 수 있겠는가?

'죽음의 시대'인 1910년대를 문학사적으로 보면 앞단계의 계몽주의 문학의 종언이었다. 계몽주의 문학은 정론적 성격이 과다해, 계몽서사와 계몽논설을 문학사의 전면으로 부각시켰다. 1910년대에 와서 바로 이 계몽서사는 변질되고 정론적 산문(논설)은 조기사망을 고하게 된 것이다. 그런데 대략 1915년을 지나면서 변화의 징조가 미약하지만 차츰 나타나게 된다. 신지식층의 잡지가 등장하는가 하면 위축되었던 서사가 살아나는 징후를 엿볼 수 있다. 다만 중국의 『신청년』에서 읽을 수 있는 그런 혁명적이고 비판적인 논설, 명쾌한 주의주장은 제기되지 못한 상태였다. 1915년에서 1919년 3·1과 5·4에 이르는 한중의 문화적 동향은 상황이 현저히 상이하지만 그런 가운데서 상동점이 발견되기도 한다고 할 수 있다.

한국의 신문화운동은 3·1 이후 본격적인 단계로 진입하게 된다. 『동아일보』 『조선일보』 등 한국인의 신문이 창간되었으며, 운동성을 지향한 잡지들이 출현한다. 1920년 창간된 『개벽』과 1922년 창간된 『신생활』은 신문화운동의 중심부로서 특히 주목해야 할 잡지이다. 중국의 『신청년』이 수행한 역사적 역할을 이 두 잡지가 분담했던 셈이다. 새로운 세계를 열겠다는 취지의 『개벽』은 변혁적이면서도 모호한 성격이 적지 않은 반면, 신생활·평민문화·자유사상을 표방한 『신생활』은 급진성을 드러냈다.[17] 때문에 『신생활』은 일제 검열당국의 손에서 수명을 1년도 못 넘기고 폐간당했으며, 『개벽』은 6년을 존속할 수 있었다. 이 새로운 단계에서 근대서사로서 소설의 성격이 뚜렷해졌으며, 1910년대에 조기사망했던 계몽논설이 소생한 것이다. 나는 이전에 『개벽』을 주텍스트로 삼아서 신문학운동을 인식했던 바 있는데,[18] 여기서는 『신생활』을 주목하고자 한다.

1920년대의 신문학은 1900년대의 계몽주의 문학이 부활한 모습이라고도 볼 수 있다. 하지만 그냥 부활이 아니고 '탈계몽적'이었다. 그래서 **계몽서사**를 탈피한 **사회서사**, **계몽논설**을 탈피한 **비판논설**로 이동할 수 있었다. 3·1운동으로 촉발된 이 신문화운동은 중국의 신문화운동과 상동성을 폭넓게 공유하는 형국이었다. 당시 한국 신문화운동의 주체들은 중국의 동향에 민감했다. 그런 사례로 다음 문장을 들어본다.

---

17 『신생활』 창간호에는 자기의 취지를 밝히는 대목에 "그런즉 파괴할까 건설할까? 파괴할지요 건설할지어다"라는 말이 들어 있다. 편집후기에서는 "본지는 신생활을 제창하며, 자유사상의 고취와 평민문화의 건설을 주안으로 하야, 신사상을 소개하며 민중문예를 연구"한다는 등의 의지를 표명하고 있다.

18 필자는 일찍이 「신문학운동과 민족현실의 발견」, 『창작과비평』 27, 1973년 봄호(『한국문학사의 시각』, 창작과비평사 1984에 개고·수록)에서 3·1운동이 신문학운동으로 발전한 상황을 논하면서 『개벽』을 많이 참조했으며, 근래 「소설에서 근대 어문의 실현 경로」, 『대동문화연구』 58, 성균관대 대동문화연구원 2007도 역시 주로 『개벽』에 조회해서 입론을 했다.

아세아 주에 살진 늙은 도야지처럼 앉아가지고 4억이 넘는 식구로써 사방으로 도적을 마지면서도 사기전쟁에 간과(干戈)가 서로 떠날 날이 없이 내란이 쉬지 않는 중에 기상천외로 구도덕 배척이니 가족제도 파괴니 종교배척운동이니 공창폐지운동이니 하는 돌비적(突飛的) 문제를 들추어내가지고 시시로 세계 이목을 경해(驚駭)케 하는 것은 실로 흥미를 일으키는 연구할 만한 이야기거리들이올시다.[19]

목전의 중국을 희화적으로 드러낸 듯 읽히지만, 기실은 중국의 돌아가는 사정을 공감하면서 한 수 배우자는 취지까지 담긴 내용이다. 중국의 신문화운동에서 종교를 배격하고 비판하는 부분을 소개한 논설문으로 요는 종교와 과학의 관계 문제다. 신문화운동의 핵을 이룬 두 논점이 '데모크라시'와 '사이언스'라고 일컫거니와, 신중국을 건설하자면 제기하지 않고는 안 되는 이슈였다. 이 인용문에 나열된 '구도덕 배척'이니 '가족제도 파괴'니 '종교 배척' 등의 문제는 당시 한국사회에서도 어떤 식으로건 비껴갈 수 없는 사안이었다. 지금 여기서는 구도덕 배격과 문체개혁, 이 두가지 문제를 간략하게나마 거론하려 한다.

구도덕의 문제는 그 근거인 유교비판으로 돌아가며, 궁극에 공자(孔子)를 겨냥하게 된다. 과거 유신변법운동의 주도자 캉 유웨이가 사상적·도덕적 위기를 유교 재무장을 통해서 극복하고자 하는 공교회운동(孔教會運動)의 기치를 들었다. 수천년 동안 중국인의 정신적 지주였던 유교-공자를 놓고 일대 이념투쟁의 전선이 형성된 꼴이었다. 문학개혁 문제에 당면해서는 문체논쟁이 핵심사안으로 제기된바 요는 문어(고

19 정백 「중국의 비종교운동의 유래와 경향」, 『신생활』 7, 1922, 61면.

문체古文體)를 구어(백화체白話體)로 대체하려는 시도였다. 이 역시 여러 천년을 요지부동으로 권위를 누린 문화관습에 대한 혁명적 도전이었으므로 린 수(林紓) 등 고문파들의 강경한 반발에 부딪혔다.

유교비판과 문체 문제, 이 두가지 쟁점은 서로 다른 것이 아니었다. 중국은 여러 천년에 걸쳐서 '유교적 문화장성(文化長城)'을 구축해 20세기까지 버텨왔다. 이 '유교적 문화장성'은 중국 주변지역으로 확산되어 이른바 한자·유교문화권을 형성한 것이다. 그러나 서구주도의 근대세계에서 '유교적 문화장성'은 도전을 받고 드디어 해체되는 단계에 이르렀다. 중국 내부, 그 중심부에서 '유교적 문화장성'의 해체작업이 진행된 셈이다.

한자·유교문화권에 속했던 한국에서도 신문화운동의 주요 의제로 구도덕의 문제, 문학개혁론이 제기되었음은 물론이다. 1920년대 한국의 신문화운동을 보면 새로운 문학을 일으키자는 운동이 선도를 했으며, 신생활이다, 여성 문제다, 조혼 반대다 하는 의제들은 으레 유교와 부딪히게 되어 있었다. 잡지 『신생활』은 이 운동에 앞장섰다.[20] 그럼에

20 『신생활』지에는 염상섭이 여성 문제를 논한 것으로 「지상선(至上善)을 위해」(제7호, 1922년 7월)와 「여자단발문제와 그에 관련해」(제8호)라는 두편이 실려 있다. 「지상선을 위해」는 당시 문제작으로 조선에서도 사회적 쟁점이 되었던 『인형의 집』의 노라에 대해서 거론한 내용이다. 이 시기에 염상섭은 가족제도와 여성 문제에 적잖이 관심을 가졌음을 알 수 있다. 『신생활』과 염상섭의 관계 또한 주목을 요한다. 염상섭의 『만세전』은 원제가 '묘지(墓地)'로, 『신생활』에 연재되다가 중단되었다는 것은 이미 알려진 사실이다. 『묘지』가 당초 『신생활』에 발표된 데는 작가와 이 잡지 사이에 범연치 않은 인연이 있었다. 염상섭이 「지상선을 위해」를 발표한 그 호에서 『신생활』은 "염상섭 군이 본사의 객원으로 우리와 같이 일하게 되었습니다. 동군(同君)의 문명(文名)은 세간에 정평이 유하니 노노(呶呶)할 필요는 없거니와, 금후 군의 달필은 본지에 일대 이채(異彩)를 발할 것이올시다! 독자와 같이 기뻐하는 배외다"(113면)라는 사고(社告)를 게재하고 있다. 바로 이 호에 『묘지』의 첫회가 나간 것이다.

도 중국의 신문화운동에서처럼 유교비판과 문체 문제를 둘러싼 이념투쟁의 전선이 형성되지는 않았다. 신구 교체가 대립갈등을 불러일으키며 역동적으로 진행되지 못한 듯 보이는 대목이다. 쟁점을 빗겨갔거나 덮어버린 모양이 되고 말았다.

한국과 중국의 역사적 동시성의 신문학운동에서 이와 같은 차이점을 어떻게 설명할 수 있을까? 이 점에 관해서는 두가지 소견을 들어두는 정도로 그친다. 하나는, 한국의 경우 1900년대 계몽주의적 문화운동이 전개된 급박한 민족위기의 상황에서 이 쟁점사안이 이미 제기되어, 일차 걸러진 상태라는 사실이다. 문체 문제만 해도 문어체에 해당하는 한문을 후퇴시키고 국문체와 국한문체를 채용했다. 다른 하나는 한국이 처한 문화지리적 위치, 주변부적 조급증세와 망각증세가 이때도 일어났던 것이 아닌가 싶기도 하다.

신문화운동은 근대사에서 사상적 대립구도의 분기점으로 볼 수 있다. 동아시아의 현재 상황에 그대로 이어지는 중대한 문제의 시발점이다. 신문화운동이 진행되는 그 과정에서, 다름 아닌 자본주의를 지향하는 자유주의와 계급혁명을 지향하는 사회주의로의 이념적 분화가 일어난 것이다. 말하자면 신문화운동 내부에서 우파와 좌파가 나눠진 형국이었다. 신문화운동 이후 우파와 좌파는 정치적·문화적으로 대립각을 조성해 싸웠으며, 경우에 따라 연합이 이루어지기도 했다. 중국의 '국공합작(國共合作)'이 그것이며, 한국의 신간회(新幹會)운동 또한 유사한 성격이었다. 한반도상에서 남북분단, 중국에서 국공(國共)분열의 기원은 실로 여기에 있다고 말할 수 있다. 한국에서 사회주의 성격의 운동이 대두한 상황에 잠깐 눈을 돌려보자.

당시 급진적 성향을 대표하는 잡지 『신생활』이 내건 신생활·평민문화·자유사상, 이 세가지 의제에서 평민문화는 좌파적이고 자유사상은 우파적인 주장이라고 간주할 수 있다. 그런데 그때 마침 이광수가 발표한 「민족개조론」이 비난의 표적이 되었던바 『신생활』은 이광수에게 맹공을 가했다. “군(君)이여, 자유라는 말을 아는가? 물론 부르주아의 자유와 우리 프로레타리아의 자유가 서로 용납되지 못할 모순을 가진 것”이라고 주장한다.[21] ‘프로레타리아의 자유’에다 ‘우리’라는 표현을 쓰고 있다. 『신생활』측은 은연중에 진영 구분을 한 셈이다. “보수적이고 나태적인 정복자와 반역적이요 진취적·창조적인 피정복자의 투쟁이 공간적으로 전개된 것이 인류 역사의 굴절과 파문이며, (…) 피정복자의 반동적이며 창조적인 신문화가 건설될 것이다.”[22] 이렇듯 신문화의 방향을 신흥계급의 문화로 설정하고 있다.

3·1운동 이후 사회적으로 주목할 사실의 하나는 운동단체가 우후죽순으로 출현했다는 점이다. 필자 자신이 직접 당시의 발기문이나 선언문 등으로 확인한 운동단체만 해도 조선노동공제회, 고학생구제회, 전진회, 조선교육회, 조선경제회, 노동대회 등을 손꼽을 수 있다. 이들은 필자가 우연히 관련 문건을 입수해서 인지한 것이다. 이밖에도 조선학생대회, 무산자동지회, 신인간동맹회 등등 유사단체가 무수했다 한다. 『개벽』과 『신생활』은 주요 운동단체의 취지와 동향에 관심을 두어 소개하고 있다. “신기운의 반영인지 ‘노동’ 2자를 뒤집어쓰고 나온 단체 혹은 강습소가 다수인 듯”이라고 일시의 유행적 기류처럼 부정적으로 대하기도 한다.[23] 1945년 해방 직후 정당·사회단체의 난립상을 연상케 하

21 신일용 「춘원의 민족개조론을 평함」, 『신생활』 7, 1922.
22 신일용 「신사론」, 『신생활』 3, 1922.4.
23 신백우 「사회운동의 선구자 출래(出來)를 촉(促)하도다」, 『신생활』 창간호, 1922.4.

는데, 어쨌건 사회운동·사상운동이 활발해진 증거라고 하겠다.

조선교육회를 들어보면 그 취지서에서 "세계대전란의 결과가 신문화의 대운동을 야기하게 된 것은 특히 저명한 사실인즉 금일 우리의 사회를 침륜(沈淪) 중에서 만회할 유일의 방책은 다만 이 시대에 적응할 교육을 장려케 함에 전재(專在)하도다"라고 선언한다.[24] 조선경제회의 경우는 세계적 경제전쟁을 이기고 우리가 생존의 필수조건을 얻기 위해서는 경제연구가 중요하다고 하면서 "경제계의 복잡한 사정을 조사하고 연구하야 경제의 사상을 심후(深厚)케 하며 경제의 지식을 광박(廣博)케 하며 경제의 실력을 충만케 하야 오(吾) 조선민족의 경제상 지위를 향상"할 수 있게 함을 자기들의 목표로 제시했다.[25] 이들 운동단체들 가운데 영향력도 컸고 널리 알려진 것은 조선노동공제회이다. 후일에 "사회주의적 맹아로서의 단체"라고 역사적 위상을 인정받기도 했다.[26] "명예도 노동자에게, 황금도 노동자에게"라고 자못 선동적인 구호를 내세웠는데 실천방안을 보면 환난구제, 저축장려 등 다분히 공동체적이고 계몽적인 성격을 띠었다.[27] 『신생활』에서 이 조선노동공제회의 총회를 방청한 기록에서도 "정읍의 무감계(無感契, 장례 행사를 치르기 위한 계모임), 공주 기타에서 여행(勵行, 힘써 행함)하는 환난상구(患難相救)의 미덕이 다 잔인 쟁투 음해의 이 사회에서 상호부조의 정신을 배양하는 것을 무엇보다도 급무라고 하겠다"고 주장했다.[28] 이 견해가 조선노동

24 「조선교육회취지서」, 1920.6. 발기인은 한규설 외 90인이다.
25 「조선경제회의 주지(主旨)」, 1920.5. 유인본으로 되어 있고, 본부는 경성부 견지동(堅志洞) 88번지로 나와 있다.
26 이석태 편 『사회과학대사전』, 문우인서관 1948의 '조선노동공제회' 항목.
27 「조선노동공제회 취지서」, 1920.10.4. 발기인은 박중화(朴重華) 외 273명.
28 신뷘벌, 「조선노동공제회 제사회 총회방청기」, 『신생활』 5, 1922.4.21.

공제회에 속하는지 『신생활』에 속하는지는 불분명한데, 양자가 공감하는 부분으로 여겨진다. 급진적인 노동해방을 표방한 단체인 노동대회의 문건에서도 환난상구와 친목상애를 강조하고 있음을 읽을 수 있다.[29] 환난상구나 친목상애 같은 조목은 전통사회의 향약(鄕約)에도 약방의 감초처럼 들어 있던 보수적인 질서 유지를 위한 덕목 그것이다.

3·1운동 이후 활발하게 진행된 신문화운동은 그 자체에서 우파적 자유주의와 좌파적 사회주의의 이념적 분화가 발생했음을 확인할 수 있다. 그럼에도 한동안 운동진영 내부에 분열이 일어나지 않고 공서(共棲)하는 관계였다. 좌파적 급진사상 또한 다분히 공동체적인 유제를 간직하고 있었던 점도 눈여겨볼 대목이다.

신문화운동에서 자유주의적 우파와 사회주의적 좌파가 거의 동시에 등장해 공존한 의미는 무엇인지, 그리고 언제 어떻게 분열·대결의 양상으로 발전했는지 하는 점은 매우 주요한 사상사의 과제이다. 중국의 신문화운동 역시 기본적으로 우파적 자유주의와 좌파적 사회주의가 공서하는 관계였다. 『신청년』 제7권 제1호(1919.12)는 권두에 게재된 「본지선언(本誌宣言)」에서 그 내부에서 사상적 분열이 가지는 문제점을 해소하고 통일하려는 시도를 표명하고 있다.[30] 이는 그럴 정도로 내부의 갈등

29 "우리의 오늘날의 목적은 정신적 노동이나 육신적 노동이나 다같이 교육을 받아 지식을 발전하야 다같이 비참한 중에 일단 우리 동포를 이에서 건지고 서로 손을 이끌어 노동정신을 발휘하며 민족의 대우를 존중히 하는 큰 목적으로 노동대회를 설립하고 경성으로부터 전국에 노동동포를 일체단합해 상식적 교육과 육신적 생활을 권면지도하고 환난상구에 친목상애하난 의무를 포고하나니 (…)"('노동대회' 문건 1920.4. 이 문건의 주체는 '경성부 재동 54번지 노동대회총본부 임원일동'으로 되어 있다).

30 "본지의 구체적 주장은 종래 완전히 발표하지 못했다. 사원 각자의 지론이 또한 모두 같지 못해서 독자 여러분들은 혹 회의를 면치 못했을 것이며, 사회적으로도 이 때문에 자못 오해를 발생케 했다. 현재 제7권을 발간함에 당해서 감히 전체 사원의 공

이 고조되었음을 보여주는 것이다. 그러나 얼마 가지 못해서 『신청년』은 좌로 경사하고, 이어 잡지로서 종언을 고하게 된다. 이런 양국의 신문화운동의 진전상황 또한 비교연구가 요망되는 대목이다.

5. 1919년 이후의 동아시아

이 글은 3·1과 5·4의 1919년이 동아시아의 획기적 전환점임을 환기하면서 들어갔다. 3·1이나 5·4나 다같이 신문화운동을 동반해서 전개됨에 따라 양국에 각기 근대문화의 범주에 속하는 제반 양식이 성립하기에 이르렀다. 한국인의 경우 3·1 이후로, 중국인의 경우 5·4 이후로 '근대'를 삶의 보편적인 제도와 창조적 형식으로 추구하고 실천했다고 말할 수 있다. 이 결론은 기실 특별한 주장이라기보다 대체로 수긍하는 상식이다. 그럼에도 정설로 확실하지 않고 견해가 애매하거나 엇갈려 있다. 왜 그런지 따져보면 3·1과 5·4 이후 오늘에 이르는 동아시아 20세기의 착잡한 상황에 따른 입장들의 차이와 관련되는 것 같다.

이 점은 일단 논외로 접어두자. 지금은 본 논제의 배경, 다시 말하면 동아시아 20세기를 그 실상에 즉해서 인식하되 어떻게 성찰하느냐가 현재적으로 긴요한 문제라고 생각하기 때문이다.

나는 여기서 '근대'라는 말을 쓰면서도 딱히 역사의 시대구분을 염두에 두고 있지 않다. 우리가 살아온 지금과 시간적으로 가깝다는 뜻에서

동의 의견을 가지고 명백히 선언하는 바이다"라고 한 다음 『신청년』이 앞으로 지향할 방향을 4면에 걸쳐 천명하고 있다.

근대이다. 아직은 우리가 향유하는 일상에 그다지 생소하지 않고 문화적 간극을 느끼지 않게 된 시작이 언제부턴가 하면 자연스럽게 1920년대로 닿는다. 본격적인 의미의 20세기는 동아시아에서도 이때부터, 신문화운동을 계기로 출발했다고 보아도 좋을 것이다. 3·1과 5·4가 비록 소기의 정치적 목적을 달성하지는 못했으나 획기적인 의미를 갖는 것이기 때문이다.

'소기의 정치적 목적'이란 요컨대 외세를 배제하고 민족국가로서 자주독립하는 데 있었다. 3·1의 「독립선언서」 첫머리에서 "우리들은 이에 우리 조선의 독립국임과 조선인의 자주민임을 선언하노라"가 바로 그것이다. 중국의 경우 "우리나라는 망하려 한다. 동포여 일어나라"라고 민족적 궐기를 호소한 5·4 선언문 역시 '외쟁국권(外爭國權)'과 '내제국적(內除國賊)'을 구호로 내걸었던바,[31] 밖으로 주권을 수호하기 위해 외세와 맞서 싸워야 하는데 그러자면 안으로 매판적인 군벌관료들을 제거해야 한다는, 곧 제대로 된 민족국가 수립이 그 목표였다.

우리가 익히 알고 있듯 한반도와 중국대륙은 1919년 이후로도 계속 외세의 지배와 침탈의 대상이 되어 있었다. 동아시아의 패권국가 일본의 세력권에 들어 있었음을 뜻하는데 1930년대로 가서 일본은 공격의 고삐를 강화해서 만주사변으로, 중일전쟁으로 확장해나가 1941년에는 태평양전쟁으로 발전하고 마침내 1945년 일본제국주의의 파멸로 이르게 되었다. 다음 1945년 이후로도 제국주의의 지배에서 벗어난 한반도와 중국대륙은 또 다 같이 민족국가로 안정하지 못하고 내전을 거쳐 분

31 저우 처쭝(周策縱) 지음, 조병한 옮김 『5·4운동』, 광민사 1980, 104~05면. 1919년 5월 4일 시위현장에 배포된 문건은 제목이 「북경학계선언(北京學界宣言)」이며, 뤄 자룬(羅家倫)이 기초했다고 한다.

단상태로 남게 되었다. 이것이 20세기 동아시아 시간표의 대략이다.

20세기 동아시아 시간표는 근대적 과제인 민족국가로서의 통일과 자주에 실패한 결과로 작성된 것이라고 말할 수 있다. 그것은 또 한국의 경우 3·1운동, 중국의 경우 5·4운동이 '소기의 정치적 목적'을 달성하지 못한 때문이라고도 말할 수 있다. 이런 의미에서는 3·1이나 5·4나 실패한 운동이다. 물론 역사상의 운동은 으레 그렇듯 성패의 계산서를 뽑는 작업이 간단치 않다. 3·1과 5·4 역시 이미 살펴본바 다른 측면들에서는 획기적인 성과를 거둔 것으로 평가할 수 있다. 정치적인 면에서도 실패로만 규정짓는 것은 타당치 않다. 역사의 진행과정에 미친 영향 및 상호관계는 따져볼 대목이다. 다만 하나, '소기의 정치적 목적'을 왜 달성하지 못했던가 하는 문제는 논점으로 다시 제기할 필요가 있다고 본다.

1919년 당시 동아시아인들이 체감했던 '인류의 신기원'과 '해방의 신기운'은 제1차 세계대전이 끝나면서 일어난 전후의 기류에서 온 것이었다. 세계 상황과 관련해서 보지 않을 수 없는 사안이다. 때문에 당시 한국과 중국의 지식인들은 빠리 베르사이유에서 개최된 강화회의에 비상한 관심을 가졌던 터이다. 유림단의 빠리장서(長書)운동이나 김규식(金奎植)의 빠리강화회의 참석은 이러한 관심이 구체적으로 표출된 행동이었다. 그런데, 앞서 지적한 대로 1차대전은 세계대전이라고 일컬어지게 되었지만 기실 '구주대전'이었다. 강화회의 역시 관심이 구주 문제에 있었다. 조선 문제나 중국 문제는 의제로 채택도 되지 않았으니, 조선의 대표는 발언할 기회조차 얻지 못한 것이다. 구주에 국한해서라도 문제를 해결했느냐 하면 그것도 골칫거리만 남겨놓았다. 기실 빠리강화회의는 강대국 중심의 타협이었으며, 동아시아에 대해서는 이 지역의 강자인 일본의 권익을 확장하는 모양새로 되고 말았다. 한국의

3·1이 강화회의에 대한 환상으로 부푼 것이었다면 중국의 5·4는 빠리에서 들려오는 절망적인 소식에 분노의 감정이 끓어오른 것이었다.

결국 전후의 세계체제는 영국에서 미국으로 중심의 이동은 있었으나 제국주의 강대국들이 지구를 분할지배하는 형태를 바꾸어놓지 못했다. 난제와 갈등만 증폭시킨 꼴이 되고 말았다. 결국 제1차 세계대전 이후 출현한 세계체제, 불안정한 제국주의적 국제질서가 제2차 세계대전을 불러들였다고 보아도 좋을 것이다.

빠리강화회의에 전승국의 지위로 참석했던 일본제국은 동아시아 지역에서 기득권을 유지했을 뿐 아니라, 한술 더 떠서 전전(戰前)에 독일이 영유하던 지역의 이권을 탈취하는 호기로 삼았다. 5·4의 직접적 계기가 되었던 바로 그 문제이다. 그리고 1919년 이후 전개된 세계 상황에서 일본제국은 동아시아 지역에서의 패권을 공격적으로 확장해나가다가 마침내 1945년의 패전에 이른 것이다.

이런 일본이라고 해서 전후의 신기운이 닿지 않았을 리 없다. 일본 역시 '민중운동의 계절'을 맞고 있었다. 역사상 '타이쇼오(大正) 데모크라시'라고 일컬어지는 정치·사회의 민주화바람이 일어났다. 진보적인 지식인들을 중심으로 여명회(黎明會)가 결성되어 세계의 신기운에 발맞춰 일본의 합리적 개조를 목적하고 있었다. '문명의 서광'과 함께 '해방의 새벽종'이 울린다고 선언한다. 3·1과 5·4의 움직임은 그때 마침 진행중이던 일본의 민주화바람에 영향을 미치지 않을 수 없었다.

일본의 진보적 지식인들은 3·1과 5·4에 자극을 받고 스스로 반성해 자기들의 일본국가를 다시 사고하기도 했다. '타이쇼오 데모크라시의 대부'로 손꼽히는 요시노 사꾸조오(吉野作造, 1878~1933)는 3·1이 일어나자 "〔일본〕 국민의 어디에도 자기반성이 없다"고 깊이 탄식했다. 다음 5·4의 소식에 접해서는 "베이징학단(北京學團)의 행동에 욕하지 말라"고 경고하면서 "군벌관료의 손에서 해방되어야만 비로소 양국〔일본과 중국〕의 공고한 국민적 친선은 구축될 수 있다. 종래의 친선이라는 것은 도리어 참다운 친선을 방해하는 큰 장애물이다"라는 주장을 내놓고 있다.[32] '군벌관료'란 중국의 국가권력을 농단한 베이징의 군벌세력을 지칭하는 것이다. 군벌과 결탁하는 방식으로는 일·중 양국의 '국민적 친선'은 결코 기대할 수 없다 했는데, 그렇다면 일본 자신의 군국적(軍國的) 성격에 대해서 요시노 사꾸조오는 어떤 생각을 가졌을까? 나아가 군국과 연계된 천황제에 대해서는 어떻게 사고했을까?

메이지유신의 산물인 천황제는 민주주의와 모순되지 않을 수 없었다. 그래서 요시노 사꾸조오는 이 모순을 해소하기 위해 '민본주의'라는 개념을 도입했다. '민주'를 '민본'으로 대체한 형태이다. 민본이란 오직 군주의 선심에 의거하는 유교정치학의 개념인데, 이를 호명한 것은 철 지난 옷처럼 어색해 보인다. "공기를 압축하면 액체가 되는 것과 같이, 민주주의를 압박하면 민본주의가 된다. 전자는 물리법칙이고, 후자는 수백년간의 굴종에 길들여진 인민의 심리다"라는 야마까와 히또시(山川均)의 신랄한 비꼼이 참으로 지당하게 들리는 것이다. 비록 그렇지만, 민본주의는 일본 정치에서 민주화를 실질적으로 진전시키고자 하는 고뇌에서 나온 이론으로 평가되고 있다. 민본주의로 천황제와의 절충을 시도한 셈인데, 군국주의(제국주의)를 부정하지 못하는 선에서 그치지 않고 그것과 짝을 맞추었다. '안으로 민본주의에 밖으로 제국주

32 「권두언」, 『中央公論』, 1919. 6(강동진 『일본근대사』, 한길사 1985, 290면에서 재인용).

의'가 그것이다.[33]

근대일본의 천황제는 요컨대 정치적 모순이며, 항시 일본의 정치, 일본인의 태도를 모호성에서 벗어나지 못하도록 만드는 원천으로 작용해온 것으로 여겨진다. 근본적으로 말하면 이 점은 현재도 마찬가지다. 근대일본의 양심적이고 진보적인 지식인들은 이 정치적 모순을 극복하기 위해서 노력하고 고민해온 것으로 알고 있다. 그러나 결국 군국주의적 횡포 아래서, 근대주의적 질주 앞에서 대체로 무기력한 모습을 보였다. 나는 지금 일본 지식인의 무기력을 탓하려는 것이 아니다. 근본적인 문제제기를 하지 못하고 절충적이었던 점을 지적하는 것이고, 때문에 일본은 근본적 변화, 말하자면 밑으로부터의 혁명 같은 것은 한번도 성취하지 못한 점을 지적하는 것이며, 과거에도 오늘에도 일본의 문제에 국한되지 않는 동아시아의 문제임을 또 지적하고 싶은 것이다.

우리가 경험했던 지난 20세기 동아시아는 대립과 갈등이라는 두 어휘로 시대상을 집약할 수 있을 듯싶다. 크게 두 측면을 짚어볼 수 있다. 하나는 역사적인 면으로서, 중국중심의 전통적인 질서가 해체되고 나서 동아시아의 근대 상황은 불안정하고 혼란스럽기만 했다. 일본 중심의 지역질서를 세우려는 시도가 저항에 부딪히고 엄청난 갈등을 일으켜서 그 결과 고난과 희생을 초래한 것이다. 동아시아의 새로운 지역질서는 아직도 잡히지 않은 동아시아인의 역사적 숙제요, 현재적 과제이기도 하다. 다른 한면은 자본주의 지향의 우파와 사회주의 지향의 좌파의 대립·갈등인데, 신문화운동 과정에서 양자는 별 시차를 두지 않고

33 한상일 『제국의 시선: 일본의 자유주의 지식인 요시노 사쿠조와 조선 문제』, 새물결 2004, 142~57면. 야마까와 히또시의 인용문은 1918년 『대학평론(大學評論)』에 발표된 것이라 한다.

아울러 발생했다. 전자는 서유럽과 미국에서 선취한 시민사회를 모델로 생각한 반면, 후자는 그 직전에 러시아혁명으로 출현한 사회를 이상으로 바라본 것임이 물론이다. 자본주의제도와 사회주의제도는 역사단계를 달리한다고 인식하는 것이 종래의 통념이었는데, 한국과 중국의 경우 같은 시기에, 같은 배경에서 출현한 것이다.

문제의 중대성은 신문화운동 과정에 기원한 좌우의 사상적 대립구도가 그 90주년을 맞이한 현시점까지도 풀리지 않는 난제로 남아 있는, 한반도의 엄연한 현실에 있다. 제2차 세계대전이 종결된 이후 형성된 동서의 냉전체제에 편승해서 좌우 대립구도는 동아시아 전역에 갈등을 증폭시키고 치열한 싸움을 불러들였다. 특히 한반도는 남북의 분단이 고착되어 전지구적으로 전개된 냉전체제 전선에서 고도로 민감한 접점이 되었다. 지난 20세기 말로 와서 우리가 경험했다시피 냉전체제는 해소되기에 이르렀다. 전지구적 차원의 냉전체제 해소에도 불구하고 한반도상의 대립구도는 해소되지 않고 있다. 지구적인 냉전체제와 함께 돌아가지 않는 분단체제가 한반도상에 존속하는 것이다. 분단체제는 냉전체제의 자식이지만 어느덧 자립하게 된 꼴이다. 이렇게까지 된 데는 내적 연원과 생리가 있다. 한반도의 분계선은 당초 외세가 그어놓았고 또 냉전체제가 동족간에 죽이고 싸우도록 부채질했지만 이렇게까지 된 내적 동인이 없지 않다. 지금까지도 좌우의 대립·갈등을 극복하고 화해하지 못하고 있으니 탓을 밖으로 돌리지 말고 안으로 따져묻고 깊이 성찰할 필요가 있다.

21세기의 동아시아는 20세기의 과제를 미처 해결하지 못한 상태다. 아직 진정한 21세기로 진입하지 못하고 있다고 보아도 좋을 것이다. 작금의 세계 상황의 급격한 변화, 동아시아의 역동적인 움직임 등을 고려해볼 때 문명전환의 신세기, 동아시아의 21세기가 곧 가시권으로 들어오는 것도 같다. 한반도상의 갈등구조를 어떻게 슬기롭게 풀어갈 것인가, 이는 관건적 사안의 하나이다. 민족경륜을 사고하고 실천하는 일이 실로 급선무가 아닌가 한다.

| 제2부 |

17~19세기 동아시아세계의 상호교류

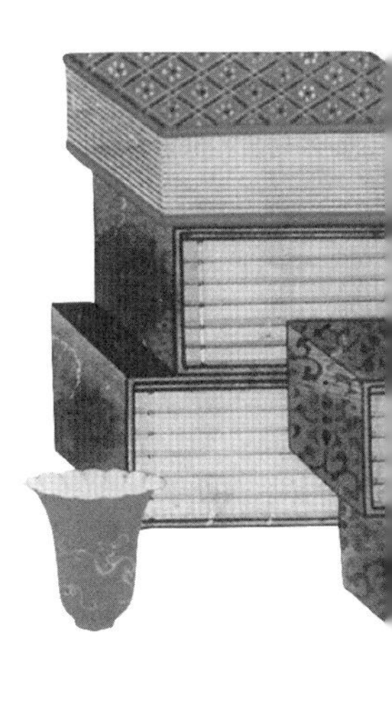

제1장
17~19세기 동아시아 상황과 연행·연행록

1. 조천과 연행

연행(燕行)이란 말은 명청 시기 중국 주변의 국가들이 중국의 수도 북경(연경)에 외교사절로 다녀오는 것을 지칭하는 일종의 역사용어이다. 이처럼 쓰이게 된 데는 경위가 있다.

당초 조선왕조 시대에 대명외교(對明外交)를 '조천(朝天)'이라고 일컬었던 데 대해서 대청(對淸)외교를 '연행'이라고 일컬었다. 관습적인 말이었다. 그리고 조천과 연행의 기록물이 수다히 산출되었던바 그 서명 역시 먼저는 '조천록(朝天錄)', 뒤에는 '연행록(燕行錄)'으로 붙이는 사례가 많았다. 그런데 지난 1960년 성균관대학교 대동문화연구원에서 연행록 자료들을 수집, 편찬하면서 『연행록선집(燕行錄選集)』이라고 서명을 붙였다. 이것이 연행·연행록이 보편적인 용어로 쓰이게 된 시초였다(『연행록선집』에는 조천록도 종이 많지 않으나 포괄이 되었다).

그때 연행·연행록으로 지칭된 것은 조선과 중국 관계에 한정되어 있었다. 조중(朝中)관계를 벗어나서는 관심이 닿지 않았기 때문이다. 근자에 조중관계와 비견되는 외교형태가 월남(越南, 베트남)과 유구(琉球, 오끼나와)에서도 행해진 사실을 고려하게 됨으로 해서 연행이라는 용어는 동아시아세계의 보편적인 역사용어로 떠오르게 되었다.

'조천'이란 대국의 황제(천자)에게 조근(朝覲)하는 행위를 가리키는 말임이 물론이다. 이에 중국측에서 오는 외교사절을 가리켜서는 천사(天使)라고 일컫게 되었다. 조천이라고 일컫던 말이 연행으로 바뀌었다 해서 내포사실이 달라진 것은 아닐 터다. 명에서 청으로 비록 중국의 주인이 바뀌긴 했지만 대국의 천자에게 '조근'하는 행위 자체는 변화가 없었다. 동일한 행위를 지칭하는 말이 달라진 것이 의식의 변화 때문임은 말할 나위 없다. 그렇게 된 데에 객관적인 상황 변화가 있었음은 물론이다. 이런 점들을 유의해야 할 것이다.

당시 연행은 그 자체가 외교행위이므로 정치적 의미가 일차적인 것임은 물론이다. 연행을 수용한 측의 입장 또한 마찬가지다. 그런데 그에 그치지 않고 연행의 의미는 다면적이고 종합적인 성격을 띠었다. 오늘날에는 경제교역이 국제관계에서 대단히 큰 비중을 차지하는데, 연행에 있어서도 그 의미가 적지 않았다. 조근이라는 행위는 예물을 바치는 조공(朝貢)과 그에 대한 답례가 필히 따르는 상호간의 물적 교류이기도 했다. 뿐만 아니라, 연행의 대열에는 으레 상인들이 끼어들어서 그 자체가 대상(隊商)의 성격을 포함하고 있었다. 그리고 문화적 교류의 측면을 들어볼 수 있다. 특히 이 측면에 의해 연행의 의미는 다양하게 확장되었던 것으로 여겨진다.

중국의 수도는 동아시아세계에 있어서는 '문명의 중심'이기도 했다.

그 당시 조선의 처지로서는 중국이 문명학습의 장이었던 셈이다. 17세기 이래 부단히 진행된 서세동점이라는 신조류를 감지하는 기회 또한 오직 연행을 통해서 얻어졌다. 중국은 조선이 서양세계를 내다보는 창구의 역할까지 겸했던 셈이다. 선진문물을 접하고 세계의 소식에 통하고 대국(大局)의 정세를 살피는 데 있어서는 연행이 그야말로 물실호기가 아닐 수 없었다. 아울러 유의할 점이 있다. 중국중심의 세계는 기본적으로 숭문주의(崇文主義)를 지향했던바 조선왕조 사회는 특히 더 숭문주의로 경도된 상태였다. 사절단의 편성에서도 인문적 교양을 우선시해서 비공식 요원들까지 문인엘리뜨를 참여시킨 것이다. 연행과정에서 지식의 소통, 문화의 교류가 폭넓게 이루어지면서, 양국 지식인들 사이에 직접적 만남으로 대화가 열리게도 되었다. 요컨대 연행은 정치적·경제적 측면까지 포괄해 전체를 '문화행사'로 간주할 수 있다. 그리하여 '연행의 문화사'가 성립하기에 이른 것이다.

2. 동아시아의 17~19세기

중국과 그 주변 국가들 사이를 책봉(冊封)과 조공으로 연계하는 방식은 저 아득한 옛날 황하유역에서 발생한 서주(西周)의 봉건제를 동심원적으로 확대한 형태이다. 기실은 유교적인 가부장제의 윤리질서에 근거한 것이었다. 하늘에 해는 하루라도 없을 수 없지만 둘이 있어도 안 되듯 집에는 어른이, 세계에는 천자가 없을 수 없고 둘이 있어서도 안 되는 법이다. 이에 대일통(大一統)과 정통론(正統論)이 성립하게 된 것이다.

물론 책봉-조공으로 구성된 체제는 그 자체가 다분히 허구적 형식일 뿐 아니라, 현실적인 힘의 논리에 의해서 뒤바뀌는 사태 또한 역사상에 종종 일어났다. 주변의 이적(夷狄)이 쳐들어와서 중국의 주인으로 올라선 경우도 있었다. 아무리 그래도 천하에는 임금이 없을 수 없으므로, 새로 등장한 황제를 중심으로 한 체제로서 재편되기 마련이다. 그렇기에 책봉-조공관계로 구성된 대일통의 체제는 영속성을 지녔던 것으로 볼 수 있다.

이 책봉-조공체제의 영속성은 19세기 말까지였다. 서구주도의 지구적인 세계체제에 동아시아가 흡수당함으로 인해서 중국중심의 체제는 해체되기에 이른 때문이다. 수천년을 존속해왔던 동아시아세계가 역사상에서 영구히 막을 내린 것이다. '연행'은 이와 함께 종식되었음이 물론이다.

조공체제가 막을 내리는 19세기 말엽으로 가는 도정에서 17세기를 하나의 전환점으로 잡아볼 수 있다. 이 시기에 19세기로 직진하는 코스로 들어선 형국이었다. 17세기 초에 일본열도에서 에도시대가 개시되었고 그 중반으로 접어들자 대륙에서 명과 청의 교체가 일어났다. 앞서 16세기 말에 일본이 한반도를 침공하고 명이 대규모 원군을 파견해서 벌어진 7년전쟁은 이후 전개된 동아시아 역사상황의 서막이 되었던 셈이다. 아울러 유의할 점은 이 7년전쟁에 서구문명이 개발한 무기가 도입되어 전세에 적잖은 영향을 미쳤던 사실이다. 서세동점이라는 전지구적 움직임이 동아시아에 진출한 것은 16세기 중엽부터로, 17세기로 내려오면 움직임이 더욱 활발해지고 그 영향 또한 차츰 확장되어 나타났다.

17~19세기는 중국중심 세계의 장구한 역사에서 끝자락에 해당한다.

동아시아 역사에서 이 단계를 어떻게 규정지을 것인가? 곧 조선의 연행이 어떤 역사적 상황에서 행해졌던가에 관한 물음이다.

나는 이 시기 동아시아세계를 '흔들린 조공질서'로 설명해왔다.[1] 당시 상황을 규정한 주요변수로서 두 측면이 있었다. 하나는 청황제 체제의 등장이며, 다른 하나는 파고를 높여서 지속적으로 밀려든 서세동점의 물결이다.

만주족의 청이 한족의 명을 밀어내고 세계의 주인으로 들어선 사태는 참으로 경악할 일이었다. 존왕양이(尊王攘夷)라는 명분론에 비추어 결코 있을 수 없는 일이 일어나고 만 것이다. 일본 지식인들까지도 화이변태(華夷變態)로 의식하고 그 귀추를 예의주시했다. 중국의 뜻있는 지식인들은 '하늘이 무너지고 땅이 꺼지는(天崩地解)' 절망감과 함께 문명적 위기의식을 갖지 않을 수 없었다. 조선의 지식인들에게 역시 엄청난 충격이고 헤어나기 어려운 고뇌였다. 더구나 조선은 남한산성의 치욕을 당했으니 반청(反淸) 감정이 끓어올랐던 것도 당연했다.

조선의 집권세력은 내부의 이런 정신상황을 고려해서 숭명반청(崇明反淸)을 체제이데올로기로 들고 나왔다. 청의 지배체제를 부정하고 보면 '북벌(北伐)'은 논리의 필연적 귀결처이다. 이미 상실한 '중화의 도'를 복원할 중심으로서 조선을 사고하고 보니 '중화'는 다른 어디가 아니고 조선에 있었다. 이른바 '조선 중화주의'이다. 이는 '탈중국적 중국

---

1 필자는 「19세기 말 20세기 초 동아시아, 세계관적 전환과 지식인의 동아시아 인식」(『대동문화연구』 50, 2005)에서 '흔들린 조공질서'란 개념을 도입한 이후 『문명의식과 실학』, 돌베개 2009; 「17~19세기 동아시아, 한·중·일 간의 지식교류의 양상: '이성적 대화'의 열림을 주목해서」, 『대동문화연구』 68, 2009(이 책 2부 2장으로 개고·수록) 등에서 논의를 이어왔다. 이 시대(17~19세기)의 역사와 사상·문화를 읽는 데 긴요한 개념이라고 나 자신 생각한 때문임이 물론이다.

중심주의'라고 하겠다. 그런데 '조선 중화주의'는 청황제 체제가 수립한 중화주의와도 역설적으로 통하는 것이었다.

청황제의 중국지배는 이내 안정을 찾고 종래의 조공체제 또한 복원되었다. 이것이 역사의 실제 방향이었다. 조선도 현실적으로는 청조에 대해 사대외교를 전과 다름없이 이행했음이 물론이다. 청의 옹정제는 '천하일통'을 다른 어떤 시대보다도 광역으로 이루었음을 자랑하면서 '만한일가(滿漢一家)'를 선언했다. 여기서 중화는 인종에 귀속되지 않는 개념으로 탈바꿈되었다. 이 '만청 중화주의'는 말하자면 '탈한족적 중화주의'이며 '조선 중화주의'는 '탈한족적·탈중국적 중화주의'인 셈이다. 그런데 우리가 분명히 해두어야 할 바는, 만청의 '탈한족적 중화주의'는 말할 것도 없지만 '조선 중화주의' 역시 중화주의로부터 탈피한 것은 아니라는 사실이다. 오히려 중화주의에 몹시 집착한 형태라고 보아야지 맞다.[2]

---

2 중국에 청제국이 들어선 이래 조선에서 일어난 '조선 중화주의'에 대해서 그 성격을 어떻게 규정하고 평가할 것인가는 하나의 논쟁적 주제다. 한국 학계 일각에서 '진정한 중화'는 중국에 있지 않고 조선에 있다는 의식을 평가해 민족주의적 의미를 부여하려는 논리가 제출된 바 있다. 이에 대한 필자의 관점은 '조선 중화주의'를 숭명반청과 분리해서 생각할 수 없다는 것이다. '조선 중화주의'는 어디까지나 '정통의 명'을 위해서 만청(滿清)은 '중화'의 자격이 없다고 부정하는 것이다. 즉 그것은 탈중화주의라기보다 도리어 중화주의의 관념적 허구에 철저히 포획된 정신상태다. 또한 그것은 당시 조선 집권층의 체제유지를 위한 이데올로기임을 간과해서는 안 될 것이다.

최근에 중국 학계에서 거 자오광(葛兆光) 교수는 「從'朝天'到'燕行': 17世紀中葉後東亞文化共同體的解體」, 『中華文史論叢』 總第81輯, 2005; 「'明朝後無中國': 再談17世紀以來中國·朝鮮·日本的相互認識」, 『東亞文化交涉研究』 別册 第1號, 2008 등 주목이 되는 논문을 발표했다. 논문의 제목이 간명하게 표출하고 있듯 그는 청조가 성립한 17세기 중엽 이래 중국중심적 동아시아세계는 해체상태에 이른 것으로 판단하고 있다. '명조 이후 중국은 없다'는 것이다. 그 중요한 논거의 하나는 바로 청조를 중화의 정통으로 인정하지 않는 당시 조선인들의 의식이다. 필자는 당시 동아시아 상황을 '문화공동체의 해

동아시아세계가 명청 교체로 인해서 크게 동요했음은 분명한 사실이다. 그 충격파는 중국과 조선의 지식인들에게 사상적 각성의 계기가 되었으며, 앞에서 거론한 '조천'에서 '연행'으로 용어가 바뀌는 계기가 바로 여기에 있었다. 하지만 명청 교체가 조공체제 자체에 어떤 근본적인 변화를 초래한 것은 아니었다. 청 중심의 조공체제로 복원되어 그 체제는 2백년 이상을 존속하지 않았던가. 그런데 바깥에서 동아시아세계로 진입해 운동을 시작한 서세는 이와는 문제의 차원이 달랐다.

서세의 출현은 그 자체로서 중국중심주의의 이론적 기반을 무너뜨렸다. 중국중심의 세계관은 천원지방(天圓地方)이라는 우주관에 입각하고 있거니와, 둥근 지구를 돌아서 온 서세의 존재는 벌써 천원지방이 실상에 어긋난 오류임을 확실히 입증한 셈이었다. 마떼오 리치(Matteo Ricci)는 『곤여만국전도(坤輿萬國全圖)』를 그려서 그것을 지리적으로 확

체'로 판단하는 거 자오광 교수의 견해에 문제점이 있다고 본다. '동아문화공동체'란 중국중심 세계에 다름 아닌데, 만청의 등장이 심각한 충격이고 정신적 질곡의 요인이 되었음은 사실이나, 그렇다 해서 '동아문화공동체의 해체'로 간주하는 것은 사태에 대한 과장 내지 오판으로 여겨진다. 비록 '명조 이후 중국은 없다' 해도 '명조의 중국'(본원적 중국)은 조선인의 관념 속에서, 또 관념이 낳은 조선의 현실에서 영원한 존재였다. 다시 말하면 '청의 중국'이 없는 것이지 '명의 중국'(전통적 중국, 문화공동체의 중국)이 없는 것은 아니었다. 뿐만 아니라, 조선사회 내부에서 '숭명반청-조선 중화주의-북벌(北伐)'의 허위성과 폐쇄성의 문제점을 통렬히 비판한 지식인들이 출현했고, 나아가서는 '청의 중국'에 현실주의적으로 대응해 교류를 확대하고 선진문물을 적극 수용하려는 움직임이 확대되고 있었다. 이런 엄연한 사실들이 거 자오광 교수의 논지에는 간과되고 있는 것이다. 물론 17세기 이후의 동아시아 상황은 안정상태가 아니라 체제적 동요가 발전하는 국면이었다. 그래서 이 시간대를 '흔들린 조공체제'로 규정한 것이다. 이 글의 기본논지이기도 하다. 또한 동아시아세계의 해체를 논하자면 세계사적 관점에서 서세동점의 추세를 응당 살펴야 할 것이며 마지막 해체로 가기까지 단계적 인식이 필요할 텐데, 이런 측면들을 거 자오광 교수는 고려하지 않은 것 같다.

인시켰으며, 예수회 선교사 로드리게스는 "지구로 논하면 나라마다 중심이 될 수 있다"고 설파해서 중국이 천하의 중심이라는 관점이 허구임을 일깨우기도 했다. 서세의 출현으로 중국중심의 체제에는 치유될 수 없는 균열이 이미 발생한 것이다. 하지만 인간의 관념은 한번 굳어지면, 그것이 틀렸음이 분명하고 논리적으로 입증이 된다 해서 곧장 바뀌지는 않는다. 갑자기 나타나서 문을 두드리고 교역을 요구하는 서양제국들에 대해서도 청국은 조공외교의 틀을 적용하기를 고집했던 것이다.

그런데 서양제국이 조공외교의 방식에 맞춰 들어오기는 어려운 노릇이었다. '둥근 구멍에 모난 나무 박아넣기'처럼 어긋날 수밖에 없었다. 건륭제 때 영국여왕의 외교사절로 특파된 매카트니 경이 의전 문제로 다투다가 국서도 전달하지 못하고 돌아간 것은 유명한 일화이다. 결국에 중국은 아편전쟁에서 무릎을 꿇고 나서 영국과 치욕적으로 국교를 맺게 되었다. 이어 동아시아의 국가들이 서양제국의 강압에 의해서 개항을 하거나 식민화되면서 중국중심 세계의 조공체제는 지구상에서 소멸한 것이다.

17~19세기 동아시아세계에 있어서 조공질서의 흔들림은 주요인이 외풍에 있었는데, 그 현상은 동아시아 내부에서는 일본에서 가장 뚜렷했다. 앞서 언급한 7년전쟁은 중국중심의 세계질서에 대한 도전이었으니, 이후로 중일 간에 조공관계의 복원이란 있을 수 없는 일이 되었다. 일본은 중국중심의 체제로부터 이탈했다. 이 사태를 어떻게 해석해야 할 것인가? 일본측의 견해지만 17세기 이후 동아시아를 중국과 일본의 대립구도로 보기도 한다. 이 관점은 중국중심적 조공체제가 해체상태임을 전제할 때에 성립하는 것이다. 과연 그렇게 볼 수 있을까?

일본의 입장에서 보면 에도시대 일본은 다분히 '탈중국중심적'이었다고 말할 수 있다. 그러나 문화적인 측면에서도 그렇다고 할 수 있을까? '조공질서의 흔들림'이 아직은 한자문명권의 해체로까지 진행되지 않았으며, 에도시대의 일본은 당시 조선과 마찬가지로 한자문화의 세계에 소속했음이 분명하다. 일본의 경우 본디 중국중심의 체제에서 아주 느슨한 고리였다는 점을 또한 유의할 필요가 있다. 일본은 서세동점의 전지구적 변화의 물결을 타고 조공질서를 흔드는 역할을 앞장서 수행했던 셈이다. 그러나 이 시기 조공체제는 심히 흔들리면서도 아직 해체단계에 이르지는 않았다. 이런 상황에서 조선은 일본에 통신사(通信使)를 계속 파견해 '사대교린'이라는 동아시아세계의 전통적인 국제관계를 지속해갔다. 일본 또한 조선과의 통신사외교를 통해서 조공체제에 간접으로 참여했다.[3]

3. '흔들린 조공질서'하의 연행

알맞게 비 내리고 바람 불어 사해가 봄이거늘,
위대한 청제국 만방이 다 조공을 왔도다.
동문동궤(同文同軌, 동일한 문명권)의 바깥에 무엇이 있을쏘냐?
모든 인류가 빠짐없이 친화하도다.[4]

『황청직공도(皇淸職貢圖)』란 책의 첫머리를 장식한 건륭제 자작시의

3 임형택 「17~19세기 동아시아, 한·중·일 간의 지식교류의 양상」, 12~13면.

4 "累洽重熙四海春, 皇淸職貢萬方均. 書文車軌誰能外? 方趾圓顱莫不親"(『皇淸職貢圖·御製詩』, 1763; 國家圖書館琉球資料, 北京: 北京圖書館出版社 2000).

전반부다. 이 책은 건륭제 치세에 만국이 내조(來朝)한 상황을 글과 그림으로 과시한 내용이다. 이 시구는 청조가 천하일통을 이룩함에 역내는 물론 역외(域外)의 모든 인종과 국가 들이 빠짐없이 내공하여 직공도(職貢圖)의 굉장한 화폭이 그려지게 되었다는 의미이다. 청조의 위엄과 덕화를 자랑하는 내용이지만 나름으로 세계평화라는 인류적 이상을 표현하고 있다고 하겠다.

앞의 시구 원문에서 '서문거궤'란 서동문(書同文) 거동궤(車同軌)의 준말로, 한자를 공용하고 중국적인 제도를 수용한 문화적 공동체를 뜻하는 표현이다. 그런데 한자를 공유하고 중국적인 제도를 수용한 나라가 직공도에 그려진 국가들 중에서 정작 몇이나 될까? 기껏 안남국(베트남)·유구국에 조선국이 해당하는 정도다. 일본국은 앞서 말한 대로 문화적 공동체에 소속한다고 볼 수 있으나, 조공의 대열에는 참여하기를 거부해 '배반과 복속을 거듭하는(叛服無常)' 것으로 폄훼되었다.[5] 하긴 일본국은 명초에 일시 조공을 오고 나서 이후 그 길을 계속 끊었던 터이니 청조로 들어와서 비로소 그런 것도 아니었다. '서동문 거동궤'를 문자 그대로 적용해보면 중국중심의 세계는 사실상 허상(虛像)에 가깝다. 청대로 와서만이 아니라 본디부터 허상이거나, 아니면 다분히 과장된 모습이었다. 그렇다 해서 조공질서 체제가 픽션이라거나 역사상에 실재하지 않았다고는 말할 수 없다. 중국을 중심으로 한 세계, 조공질서의 체제는 느슨하지만 자족적인 형태로 항구성을 유지하고 있었다. 그런 자체를 특성이라고 규정지어도 좋을 것이다.

5 "明洪武初, 常表貢方物, 而夷性狡黠, 時剽括沿海州縣, 叛服無常. (…) 亦習中國文字, 讀以土音"(『皇淸職貢圖·日本國』).

'서동문'의 한자세계로는 방금 거명한 안남국·유구국·조선국 및 일본국이 손꼽힌다. 오늘의 동아시아와 대개 일치하는 셈이다. 17~19세기에 이들 국가가 어떤 상황이었던가를 돌아보면, 유구국의 경우는 1609년에 일본의 사쯔마번(薩摩藩)에 공략당해 복속상태에 놓여 있으면서 중국과의 전통적인 관계를 지속하고 있었다. 양속(兩屬)관계라고 일컫는 것이다. 그러다가 1879년 일본에 병합을 당해 지금처럼 오끼나와현(沖繩縣)이 되었다. 안남국의 경우 19세기로 와서 응우옌조(阮朝)가 국력을 신장해 메콩델타 지역을 장악, 통일국가를 이루지만 프랑스의 침략으로 19세기 중후반에 식민화의 길로 빠져들었다.

청국 또한 아편전쟁에 패한 이후 서양이 주도하는 만국공법의 질서를 수용하지 않을 수 없는 처지였다. 이렇듯 동아시아의 전통적인 체제는 19세기 역사의 진행과정에서 걷잡을 수 없이 급속한 분해과정으로 빠져들었다. 이런 상태에서도 중국과 주변국 사이의 조공관계는 막판의 파탄지경에 이른 시점까지 존속되고 있었다.

이 대목에서 다시 조중관계로 돌아가보자. 조선국은 조공질서의 세계에서 대단히 특별한 위치에 놓여 있었다. 무엇보다도 양국 사이에 오간 사행의 횟수가 뚜렷이 증명하는 사실이다. 『황청직공도』에 오른 인종과 나라 들은 중국 역내와 역외에 걸쳐 수도 많으며, 그 수를 정확히 세기도 애매한 부분이 있다. 대개 조공은 5년에 1회, 2년에 1회 정도로 규정되어 있고 매년 1회 오는 경우는 아주 드물다. 그런데 조선에서 청으로 파견한 사절단은 총 478회(사행의 명목이 겹친 경우는 따로 셈하지 않은 수치)이고 청에서 조선으로 온 사절단은 168회로 헤아린다. 중국 주변의 다른 어느 나라와도 비교할 수 없을 만큼 월등히 많은 수치이다. 조공의 행렬에서 조선은 언제고 선두에 위치했으니 『황청직공도』에서도 역시 맨 앞에 그려진 것은 조선이었다.

다른 한편, 명대의 시를 총정리한 『명시종(明詩綜)』이란 책을 보면 맨 끝에 역외의 한시작품을 수록하고 있다.[6] 역외시 부분에서 조선편은 순서가 맨 앞이며, 수록 편수도 비교할 수 없을 만큼 월등히 많다. 조선국이 중국중심 세계에서 우위에 놓였던 것은 청대에만 그랬던 것이 아니고 명대, 원대로 소급해볼 수 있는 현상이었다. 중국중심의 세계에서 조선은 외교적으로 가장 친밀하고 문화적으로 우수한 국가로 인정받았다고 단언해도 좋을 것이다.

조선이 '소중화(小中華)' 혹은 '예의지방(禮義之邦)'이라고 자부하고 객관적으로도 그런 일컬음을 받았던 것은 주로 이 때문이었다. 이런 사실을 두고 근대 이전에는 큰 자랑으로 삼았지만, 근대 이후로 와서는 별로 내세우고 싶어하지 않거나 심지어 혐오스럽게까지 여겼다. 지금에 와서 이런 실상을 어떻게 볼 것인가? 일단 그 실상 자체를 객관적으로 인지하되, 의미에 대해서는 깊고 열린 식견을 가지고 살펴볼 필요가 있다는 것이 필자의 지론이다.

지금 이 자리에서는 17~19세기의 '흔들린 조공질서' 속에서 지속된 연행에 조선 지식인들이 어떤 자세로 임했던가를 간략히 거론해본다. 연행·연행록을 고찰하기 위한 서설이 되었으면 한다.

조선의 연행에 있어서 획기적인 전환점은 1636년의 청조 성립이다.

---

6 『명시종』은 청대에 주이존(朱彝尊)이 편찬한 책으로 100권에 이르는 방대한 문헌이다. 이 책의 권95에 속국부(屬國部)를 두어 역외의 한시를 수록했는데, 고려와 조선의 한시를 작가별 연대순으로 정리해서 수록한 것이 95권의 대부분을 차지한다. 이밖에는 말미에 안남 7수, 점성(占城, 참파) 2수, 일본 4수가 붙은 정도이다. 이 권의 첫머리에 "고려는 문교가 다른 지역에 비해 훨씬 빼어나다(高麗文敎 遠勝他邦)"라는 언급이 보인다.

연행의 상대국이 명에서 청으로 바뀐 시점이다. 이 시점으로 넘어오기 직전 단계에 조선은 명의 요청으로 심하(深河)싸움에 파병(1619), 정묘호란(1627), 병자호란(1636)으로 이어진 전란을 겪었다. 이 과정에서 명과의 전통적인 외교를 계속하기 위해 해로연행이라는 특수한 상황이 벌어지기도 했다. 연행의 역사에서 특기할 시간대로서, 이때에도 연행록들은 씌어졌다.

어쨌건 1636년 이래 조중관계는 새로운 단계로 진입한 것이다. 실상 이후 2백년은 조중관계가 다른 어느 시기보다도 안정적이고 활발하게 교류가 이루어진 시간대다. 조선 사람들은 정신적으로 청을 부정하면서 현실적으로 청과 친밀히 교류했다. 안으로 숭명반청을 외치면서도 밖으로 청과의 사대관계를 부지런히 수행하다니 그야말로 자가당착이 아닐 수 없다. 이 단계의 연행은 정신적 질곡상태에서 행해진 셈이다. 그 질곡의 실상은 어떠했고, 그 질곡을 어떻게 극복해갔던가?

> 청인들이 중국 땅에 들어가 주인이 된 이후로 선왕(先王)이 마련한 문물제도는 온통 변해 야만으로 바뀌었으되, 압록강을 경계로 수천리 동국의 땅만은 홀로 선왕의 제도를 지키고 있다. 이야말로 압록강 동쪽에 아직 명나라가 존재함을 밝힌 것이다. 비록 국력이 부족해서 오랑캐를 축출하고 중원을 숙청해 선왕의 훌륭한 제도를 회복하지는 못하지만, 모두 숭정(崇禎) 연호를 받들어 쓰는 것은 '중국'을 보존하려는 뜻이다.

『열하일기(熱河日記)』의 첫머리 「도강록(渡江錄)」에 실린 말이다. 『열하일기』는 표제와 같이 일기의 형식이다. 그러므로 당연히 연월일을 써야 하는바 명나라의 마지막 연호인 숭정으로 연대를 쳐서 "후삼경자(後三庚子)"라고 시작한 데 대해 해명하는 발언이다. 조선 사람의 마음에 청은 야만이며, 결코 '중국'이 될 수 없다. 따라서 중국(명)을 회복하자면 북벌이 필수의 과업인데, 역부족이기 때문에 실시하지는 못하지만 그 대신 마음속의 중국을 보존하려는 취지로 숭정이란 연호를 계속 사용한다는 것이다. 앞의 문면으로만 보면 대륙에는 중국이 없다. 서술 주체인 박지원의 사고가 바로 이렇다고 말할 수 있을까?

나는 『열하일기』의 서술 주체가 고도의 글쓰기 전술로서 이 대목을 첫머리에 올려놓은 것이라고 보고 있다. 『열하일기』는 발표될 당시에 오랑캐 연호를 쓴 글이라 하여 노호지고(虜號之稿)라는 비난을 받기까지 했다.[7] 이 대목은 『열하일기』를 삐딱하게 여기는 시선을 의식해서 의도적으로 적어넣은 것이라고 볼 수 있다. 일종의 보호막인 셈이다. 그런 한편에 숭명반청의 이데올로기가 만들어낸 실상을 선명하게 드러내 이념적 질곡을 은연중에 느끼도록 한 것으로도 읽힌다. 『열하일기』 전체의 문제의식을 첫머리에 역설적인 수법으로 던져놓은 것이 아닌가 싶기도 하다.

『열하일기』를 쭉 읽어보면 청조 지배하의 중국을 부정하고 야만시하는 우리 쪽의 관념과 태도가 얼마나 터무니없고 잘못된 것이며 자기발전을 저해하는 요소인가를 지적하고 일깨우는 언표와 논리가 전면에 깔려 있음을 감지할 수 있다. "지금 청나라가 겨우 4대밖에 되지 않으나

7 蓋彼所謂虜號之稿者, 拈熱河日記中書康熙乾隆年號云耳. 先君〔여기서는 연암을 가리킴〕未嘗對人辨說, 嘗抵書芝溪公略謝其招謗之由而已. 見文集中〔『연암집』 권2에 실린 「답이존중서(答李存中書)」를 가리킴〕, 讀者可按而知也"(朴宗采 『過庭錄』 권2, 『한국한문학연구』 6, 1982, 96면).

문치무비(文治武備)가 썩 훌륭하니 (…) 이 또한 하늘이 보낸 명리(命吏)가 아닌가도 싶다"고 청조 전반기 황제들의 치적을 대단히 평가하는 한편,[8] 숭명반청의 논리를 두고서는 "공담존양(空談尊攘, 존왕양이라는 명분론을 공허하게 주장함)"이라고 매도하기도 한 것이다.[9]

『열하일기』는 요컨대 청황제 체제하의 중국에 대한 조선 사람들의 이념적 질곡을 제거하려는 데 주지가 있었다. 그리하여 북벌론을 북학론으로 대치한 것이다. 북학(北學)의 본뜻은 주변부의 처지에서 선진문화를 배우자는 의미이다. 조선의 입장에서 청의 선진문물을 배우고 받아들이는 것이 긴히 요망된다. 그렇다 해서 중화주의로 복귀하자는 의도는 아니었다. 여기에는 중대한 사상사적 전환의 의미가 있다. 『열하일기』에서 제창한 북학론은 자아의 각성에 따른 주체의식이 전제된 것이다. 화이지분(華夷之分)이라는 명분론의 틀은 인간세상의 편견일 뿐, 하늘의 공평한 안목으로 보면 그런 차등이 있을 수 없다고 천명한다. 『열하일기』와 쌍벽으로 일컬어지는 『담헌연기(湛軒燕記)』의 저자 홍대용 또한 지체(地體, 땅덩이)는 둥글며, 둥근 지체가 하늘을 돈다는 과학적 우주관에 입각해서 화이론의 내외지분(內外之分)을 상대적인 것으로 설파해 유명한 역외춘추론을 제기한다. '숭명반청-조선 중화주의'의 극복과정은 사상의 자유를 지향한 이론투쟁의 과정이기도 했다.

홍대용과 박지원의 18세기를 지나 정약용과 김정희의 19세기로 내려오면 대청관계가 이념적 질곡에 의한 고질적인 정신장애로부터 탈피한 모습을 보여준다. 정약용의 경우 자신이 연행할 기회를 얻지 못했으나

8 『熱河日記』「關內程史」虎叱跋.

9 『熱河日記』「口外異聞」羅約國書.

대청외교를 정상적으로 발전시키기 위해 『사대고례(事大考例)』를 저술했으며,[10] 김정희의 경우 청조의 일류 지식인들과 폭넓게 친교하고 중국 학계와 호흡을 같이해 실사구시의 학을 선도한 것이다.

19세기로 와서 '연행의 문화사'는 정상에 오른 것으로 보인다. 나는 이 시점에 조중의 지식인들 사이에 직접적인 만남이 활발하게 이루어지고 이를 통한 지식의 소통이 확대되었던 사실을 주목하고 있다. 이런 과정에서 국경과 인종을 넘어선 우정이 싹트고 '이성적 대화'의 길이 열리고 있었다.[11]

이 절은 '흔들린 조공질서'하의 연행을 통관하기 위해 설정했다. 이상의 소략한 논의를 정리하는 취지에서 17~19세기 연행의 역사를 소시기로 구분지어 보는 견해를 제시해둔다.

제1기 명청 교체기, 해로사행

제2기 반청의식에 사로잡힌 시기

제3기 실학적 각성의 시기

---

10 임형택 「『사대고례』와 정약용의 대청관계 인식」, 『다산학』 12호, 2008.

11 동아시아 국가들 사이에서 지식인들 간의 '이성적 대화'가 싹트는 문제에 필자가 처음 착안한 것은 「계미통신사와 실학자들의 일본관」, 『창작과비평』 85, 1994년 가을호(「실학자들의 일본관과 실학」으로 개고하여 『실사구시의 한국학』, 창작과비평사 2000에 재수록)에서다. 그후 「17~19세기 동아시아, 한·중·일 간의 지식교류의 양상: '이성적 대화'의 열림을 주목해서」에서 좀더 구체적으로 논의를 전개했으며, 따로 또 제9회 동아시아출판인회의 전주대회(2009.10.29) 석상에서 '동아시아 지식교류의 역사를 돌아본다'라는 제목의 강연을 통해 '이성적 대화'의 역사성과 현재성을 거론한 바 있다. '이성적 대화'는 동아시아의 전통적인 체제가 동요하는 역사 상황에서 열리긴 했으나 오늘에 이르도록 여러 장애요인 때문에 제대로 발전할 수 없었다. 이런 사실에 유의하면서 동아시아인과 동아시아국가들의 진정한 우호와 연대를 위해 '이성적 대화'는 무엇보다도 중시해야 할 것으로 여긴 것이다.

제4기 조공체제 해체의 시기

제1기와 제2기 사이는 1636년으로 구획선이 분명하며, 그 종결시점 또한 청일전쟁이 일본의 승전으로 돌아간 1894년으로 잡힌다. 그런데 제3기 실학적 각성의 시기의 출발점과 종착점은 언제부터 언제까지라고 단언하기 어렵다. 문제의 성격상 모호할 수밖에 없기 때문이다. 제3기는 한국 학술사에서 설정하는 실학시대와 대략 일치한다고 본다. 연행록의 성과 또한 이 시기에서 정점에 도달한다. 즉 영·정조 시기에 해당하는바 그 앞에서도 반성적·비판적 안목을 더러 찾아볼 수 있으며, 뒤로는 실학과 함께 19세기로 이어진다. 제4기 조공체제의 해체현상은 19세기 중반으로 접어들면서 뚜렷해지는데, 일본과의 통신사외교의 마지막이 된 1811년은 사대교린이라는 외교의 틀이 깨졌다는 면에서 조공체제 해체의 중요한 징표이며, 중국이 아편전쟁 패전으로 인해 영국과 난징(南京)조약을 맺게 된 1842년에 이르러 그 결정적 국면에 들어선 것으로 말할 수 있다.

4. 조선의 연행록

연행록이란 연행에 직접 참여한 인사들이 연행과정에서의 견문 및 감회, 의론 등을 기록한 문건을 지칭하는 것임이 물론이다. 공적 보고의 형식으로 작성된 문서도 응당 있었으나 조선에서 연행록이라고 하면 대개 사적인 성격의 저술들을 지칭한다. 그런 만큼 기록자의 개성적 안목과 창작적 역량이 발휘될 가능성이 컸을 것으로 여겨진다.

조선의 연행록류는 이루 다 헤아리기 어려울 정도로 품종이 많고 분량 또한 한우충동(汗牛充棟)으로도 채우기 힘겨울 지경이다. 최초로 대동문화연구원에서 수집, 간행한 『연행록선집』(상하 2책)에는 총 20종이 수록되어 있다. 다음 임기중 교수가 편찬한 『연행록전집(燕行錄全集)』(동국대 출판부 2001)은 380종의 자료를 100책에 망라한 거질이었다(이 380종 속에는 『연행록선집』에 수록된 20종도 포함되어 있다). 그리고 2000년에 대동문화연구원에서 『연행록선집보유(燕行錄選集補遺)』(상중하 3책)를 편찬한바, 20종의 신자료를 발굴, 소개한 것이다. 현재 학계에서 파악된 연행록류는 대략 400종이 된다. 아직도 어딘가에 파묻혀 있는 것이 없지 않을 터이니, 앞으로 더 발굴될 여지가 있다고 보아야 할 것이다.

연행록은 조공체제의 동아시아세계에서 국제적 교류의 산물이다. 이러한 성격 자체가 곧 그것의 특별한 문헌적 가치이기도 하다. 연행록류에 대한 국제적 관심이 근래 와서 상승하고 있다. 우리의 연행록류는 민족문화의 특이하고도 소중한 부분임이 물론이지만, 동아시아적 차원에서 공유하고 탐구해야 할 대상임을 아울러 염두에 둘 필요가 있다. 이제 연행록이란 문헌이 한국의 고전으로서 갖는 위상과 특성, 나아가 동아시아적 차원에서 어떻게 평가해야 할 것인가를 언급하는 것으로 이 글의 결론을 대신할까 한다. 저 방대한 연행록류에 접근하는 시각을 잡기 위한 하나의 시론이다.

1) 조선조에서 연행록은 해행록(海行錄)에 대조를 이룬 문헌이다. 조선이 취한 외교는 '사대'와 '교린'이 기본 구도였다. 바다 건너 에도에 통신사로 다녀오는 것을 해행〔海槎〕, 그 상관 기록물을 해행록〔海槎錄〕

이라고 일컬었다. 해행이 연행에 비해 빈도가 훨씬 낮았던 데 견주어볼 때 해행록류의 성과는 실로 놀라웠다. 하지만 연행록류의 방대한 축적에 멀리 미치지 못한 것은 불가피한 형세였다.

2) 연행록을 연행의 상관 기록물이라고 하면 그 형식은 여러가지가 존재했다. 기행시와 기행산문이 기본적인 글쓰기 형태이며 기행가사(紀行歌辭)로 표현하기도 했다. 뿐만 아니라 조헌(趙憲)의 『중봉동환봉사(重峰東還封事)』나 박제가의 『북학의(北學議)』가 그렇듯 논설적인 저술도 있다. 기행가사로는 해행에서 김인겸(金仁謙)의 『일동장유가(日東壯遊歌)』, 연행에서 홍순학(洪淳學)의 『연행가(燕行歌)』가 대표적이다. 남용익(南龍翼)의 『장유가(壯遊歌)』라는 작품은 해행과 연행을 두루 한 자신의 체험을 살려 양자를 연계해 노래로 엮은 것이다. 이들 기행가사는 주로 여성독자들을 위해서 국문으로 쓰였으며, 부녀층의 요구에 응답해서 연행록들이 국문으로 번역된 사례도 더러 있었다. 홍대용의 『담헌연기』는 국문본으로 『을병연행록』이 따로 전하는바 단순한 번역이 아니고 독자성을 지닌 것이다. 『연행록선집보유』 제3책에는 국문연행록류 4종을 새로 발굴해 수록하고 있다. 한문연행록이 동아시아세계의 보편적인 형식으로 표현된 것임에 비해 국문연행록은 자국 고유의 형식으로 표현된 점에서 따로 중요시할 필요가 있다.

3) 동아시아세계에서 행해진 조공외교의 상관 기록물로는, 당연한 말이지만 조선의 연행록만 있는 것은 아니다. 안남국의 연행록, 유구국의 연행록도 존재하고 있다. 최근 중국에서 『월남한문연행문헌집성(越南漢文燕行文獻集成)』(上海: 復旦大學 文史硏究院 2009)이 간행된바 53인의 79종의 자료가 25책에 수록된 것이다.

조공외교는 중심과 주변의 종속적 관계이긴 하지만 오고가는 상호적인 관계이다. 그렇기 때문에 중국의 사절단도 책봉사(冊封使) 등의 명목으로 조선국·안남국·유구국 등에 파견되었다. 따라서 중국의 사절단으로 왔던 인사들 중에서 기록을 남긴 사례가 없지 않다. 그중에도 송대에 서긍(徐兢)의 『선화봉사고려도경(宣和奉使高麗圖經)』, 명대에 동월(董越)의 『조선부(朝鮮賦)』가 유명하다. 조선에서는 명의 칙사가 오면 으레 접반사(接伴使)가 나가서 처음부터 끝까지 상대를 하는데, 그 과정에서 서로 어울려 수창한 시편들을 『황화집(皇華集)』이란 이름으로 정리, 간행하기도 했다.

중국이 유구국에 사신을 파견한 것은 명대에는 17회, 청대에는 8회에 불과했다. 조선에 비해보면 극히 희소한 편인데, 흥미롭게도 유구국을 다녀온 중국 사신은 관련 저술이나 여행기록을 남기는 경향이 있었다는 것이다.[12] 타이완에서 간행한 사유구록류(使琉球錄類)가 여러 종 확인되며, 중국에서도 『국가도서관장유구자료(國家圖書館藏琉球資料)』란 표제로 몇차례 편찬, 간행된 바 있다.

4) 앞서 연행에 관련한 글쓰기는 기행시와 기행산문이 기본 형태였음을 지적한 바 있다. 그중에도 시 형식이 보편적으로 통행한 것이었다. 한시는 동문세계(同文世界)에서 널리 유행했던 그야말로 보편적인 문학형식이며, 일종의 국제적인 사교수단이기도 했기 때문이다. 조중 외교의 부산물로 『황화집』이 편찬된 것도 이 때문이었다. 앞서 거명한 『월남한문연행문헌집성』에 수록된 자료 79종의 대부분이 시편으로 채워져 있다. 월남측의 연행 문헌에서 흥미로운 사실의 하나는 베이징에서

12 후마 스스무(夫馬進)의 저서 『연행사와 통신사』, 정태섭 옮김, 신서원 2008에 중국측의 『사유구록(使琉球錄)』과 『사조선록(使朝鮮錄)』을 비교해서 특질을 논한 한 장이 들어 있다.

조선 사신과 만나 한시를 수창하는 것이 하나의 관례처럼 되었던 점이다. 때로는 유구국의 사신도 함께 끼어서 "천지 사이의 동문지국(天地間同文之國)"임을 확인하기도 했다.[13]

5) 동아시아세계에서 보편적으로 행해진 조공외교의 상관 기록물로서 연행록이 조선에서만 산출된 문헌은 아니지만 조선의 연행록류는 일견해서 두가지 특성을 지니고 있다. 첫째는 조공외교에 참여한 다른 어느 나라와도 비교가 안 될 정도로 양적으로 방대하다는 점이며, 둘째는 시 형식으로 기록된 것들도 물론 적지 않지만 산문 형식이 압도적이라는 사실이다. 후자의 산문적 특성은 시대를 내려올수록 비중이 커진다. 이런 두가지 점은 피상적으로 보고 넘길 현상이 아니요, 심층적인 고찰을 요하는 문제이다. 한시 형식이 한자문명권에서 보편적인 표현수단이자 사교의 수단이었던 만큼 연행에서는 한시가 산문에 앞서 쓰였고 뒤에까지도 한시를 빌려서 견문과 소회를 표현했다. 연행에 참여한 인사들의 문집에 대개 연행의 한시가 다량으로 보이는 것은 이 때문이다. 그런데 언제부턴가 연행의 경험을 산문으로 기록하는 문학적 관행이 성립했다. 16세기 후반기 허봉(許封)의 『하곡조천기(荷谷朝天記)』에서부터 19세기 후반기 김윤식(金允植)의 『영선일기(領選日記)』에 이르기까지 그 사이에 보고된 연행록의 걸작·명품 들은 모두 산문으로 되어 있다. 이 현상은 세계에 대한 구체적 인식과 현실에 대한 비판의식을 실현하기 위해서 산문 형식이 요구된 것으로 해석할 수 있다. 산문정신의 발전이자 실현이었다.

13 越南 李文馥 「見琉球國使者幷引」, 『越南漢文燕行文獻集成』, 上海: 復旦大學 文史研究院 2009.

제2장

동아시아세계의 지식교류 양상

1. 동아시아세계: 한자문명권의 특성

'동아시아세계'란 이 지역이 전지구적 세계로 합류한 19세기 말경까지로 한정해서 쓴 개념이다. 그 세계는 중국중심의 체제를 형성해 조공이라는 형식으로 질서를 유지해왔다. 문화적으로는 한자문명권(유교문명권)으로 규정지을 수 있다.

엄밀히 따지면 중국중심의 세계-조공질서 체제-한자문명권, 이 세 개념의 지역범위가 꼭 일치한다고 말하기는 어렵다. 조공에 참여했던 여러 인종과 나라 들 가운데 중국으로부터 문명적 영향을 입지 않은 경우도 허다하다. 가령 티베트나 몽골, 중앙아시아 지역은 아득한 옛날부터 오늘까지 중국중심 세계와의 관계가 밀접한 편이었고 그 대부분 지역이 이미 중국 판도에 통합된 터이지만, 한자문명권에 속한다고 말하기 어렵다. 일본은 한자문명권임이 분명하지만 조공질서 체제로 보면 위상이 애매하다. 이런 문제점들은 따로 검토해야 할 사안이다.

그런데 동아시아를 하나의 권역으로 인식하는 데 대해서 회의적인 견해가 일찍이 제기된 바 있다. 고(故) 고병익(高柄翊) 선생이 1993년에 발표한 「동아시아 나라들의 상호 소원과 통합」이란 논문인데, 서론에서 동아시아는 "문화권으로서의 장구성과 계속성"이 있어왔음을 일단 전제하면서도 이렇게 적어놓았다.

> 그러나 이러한 지역적 통합성이 오래 지속되어왔다는 사실로 말미암아 종래 우리는 하나의 착각 내지 허상에 사로잡혀왔음을 인정해야 한다. 즉 동아시아의 세 나라가 역사상 근대에 이르기까지 계속해서 긴밀한 관계와 접촉을 유지하고 문화적으로 밀접한 교류를 지속해왔다고만 생각하기 쉽다. 그러나 천여년 전의 고대에 있어서 당(唐)나라의 중국, 신라의 한반도, 그리고 나라(奈良)·헤이안(平安) 시대 일본의 3국은 훨씬 긴밀하고 우호적인 관계를 유지했었지만, 시대가 내려와서 근세 이전 여러 세기에 걸쳐서는 상황이 크게 달라져서 서로의 내왕도 접촉도 교류도, 그리고 교역도 거의 단절되다시피 해서 오히려 서로를 멀리하고 소원한 관계가 되어왔다는 사실이 잘 인식되어 있지 않다는 것이다.[1]

그리고 본론으로 들어가서는 ① 접촉기회의 근소, ② 생활상의 차이, ③ 공통어의 결여, 이 세가지 점을 들어서 근대 이전에 동아시아 국가들

1 고병익 「동아시아나라들의 상호 소원과 통합」, 『창작과비평』 79, 1993년 봄호, 267~77면. 이 논문은 정문길 외 엮음 『동아시아, 문제와 시각』(동양학술총서1), 문학과지성사 1995에 전재되었다.

이 상호 소원했던 배경과 실상을 구체적으로 설명하고 있다. 동아시아 국가들은 사실상 서로 생소하고 격절된 상태에 있었기 때문에 하나의 권역으로서의 동질성·통합성이 부족하며, 따라서 하나의 문명권이라는 상식이 성립할 수 있느냐는 근본적인 회의를 불러일으킨다고 문제를 제기한 것이다.

이 논문은 세계 냉전체제의 해체에 맞물려 '죽(竹)의 장막'이 열림에 따라 중국과의 교류와 소통이 가능하게 되고, 이에 따라 동아시아에 대한 관심이 일어난 시점에 발표된 것이었다. 더욱이 그 필자의 학계에서의 위상에다 내용의 해박한 식견 및 균형잡힌 관점으로 해서 지식인들 사이에서 상당한 반향이 일어났던 것으로 기억된다. 동아시아의 과거와 현재를 다시 성찰할 수 있게 했다는 점에서, 나는 지금도 이 논문을 높이 평가하고 있다. 그러나 논지의 많은 부분에 동의하면서도 나는 이러저런 이견이 있었다. 지금 돌이켜 생각해보면 나 자신 고 선생께서 회의적으로 제기한 그 문제점에 (꼭 의식하지는 않았지만) 관련된 작업을 수행한 경우가 많았다.

동아시아는 '문화권으로서의 장구성과 계속성'을 지녔음에도 왜 상호간에 소원했을까? 나는 상호 소원했다는 지적에 동의하면서도 이 점은 근원적인 물음이 요망되는 사안으로 생각하고 있다. 고 선생은 주로 유럽세계를 염두에 두고 동아시아 국가들, 그 사이에서 인간들의 소원을 지적하신 것으로 생각된다. 유럽의 라틴문명권에 견주어 동아시아의 한자문명권은 상호 소원했던 것이 사실이다. 그러나 이러한 현상의 차이는 상이한 문명권 간의 특성의 차이로 해석할 필요가 있다고 여겨진다.

하나의 사례로 언어소통의 문제를 들어보자. 앞의 논문에서는 "동아

3국에서는 한자의 사용이 공통적이었음에도 불구하고 의사를 소통할 공통의 언어는 결여되어 있었다"고 하면서,[2] 비록 한문고전에 정통하더라도 회화적 소통은 불가능했던 사실을 지적했다. 이 지적은 물론 맞다. 한자가 문어체계(文語體系)를 형성했기 때문에 구어적 소통에 있어서는 제한적일 수밖에 없었다. 하지만 문어이기 때문에 갖는 이점도 많았다. 문어를 이용해 지식의 소통이 쉽게 인종과 국경을 넘어서 이루어졌거니와, 필담(筆談)이 한·중·일 지식인들 사이에서 통용되었음은 물론, 중국 내에서도 방언차가 워낙 컸기 때문에 필담으로 소통이 가능했음은 잘 알려진 사실이다. 오히려 한자라는 문어체계를 발전시킴으로 해서 광활한 중국의 내적 통합이 가능했고 외적 영향력을 확장할 수 있었다고 말하는 편이 실상에 맞다.

요컨대 동아시아세계의 한자문명권은 하나의 권역으로서 그 특성을 실상에 접근해서 파악하고 묘사하는 것이 요망되는 작업이다. 17세기 이후로 19세기 말에 이르는 기간은 동아시아 전통세계의 끝자락이다. 나는 이 서설적인 글에서 당시 조선의 지식인들이 중국과의 지식교류를 어떻게 확대해나갔는지, 그리고 다른 한편 일본과의 이성적 대화가 시작된 단초는 무엇이었는지를 주의해서 보고자 한다.

2. 17세기 이후 동아시아의 '흔들린 조공질서'

중국중심의 세계, 즉 조공질서 체제는 나름으로 자기완결적인 형태

2 같은 글 279면.

로서 영속성을 지녔다고 말할 수 있다. 다만 그 영속성은 19세기 말 동아시아가 서구주도의 근대세계로 편입할 때까지였다. 나는 그 전 단계로서 17~19세기의 시간대를 '**흔들린 조공질서**'로 설정하는 견해를 누차 거론한 바 있다. 학계 일반에 아직 받아들여지고 있진 않으나, 나의 소견으로는 이 시기 동아시아의 역사와 문화를 읽는 데 유효한 인식틀이 아닌가 한다. 그래서 기회가 닿을 적이면 거론하게 된 것이다.

17세기의 동아시아가 역사전환점에 있었다 함은 객관적인 사실이다. 일본열도에서 에도시대의 출범으로부터 중국대륙에서 명청의 교체로 이어진 것이다. 한반도에서는 외관상으로 이에 준하는 변화가 일어나지 않았으나 역사변동의 장 가운데, 그 중심에 들어 있었다. 그런데, '흔들린 조공질서'라는 규정은 당시 동아시아세계가 역사전환점에 놓여 있었다는 측면만으로 도출된 것은 아니다.

물론 만주족의 청나라가 '세계'의 주인으로 등장한 현실은 그 시대의 지식인들에게는 경악할 사태였다. 화이관념에 비추어 도저히 긍정할 수 없는 사태에 직면한 것이다. 그렇지만 중국중심 세계의 과거를 돌아보면 화(華)와 이(夷)의 교체는 역사상 거의 반복적인 현상이었다. 어제까지 변방의 '이'라도 중심을 차지해 안정하고 보면 곧 중국이었다.

그럼에도 이 시간대를 굳이 '흔들린 조공질서'로 규정하는 까닭은 과연 어디에 있는가? 다름 아닌, 당시 역사전환의 배경에 서세동점이라는 세계사적인 움직임이 관련되어 있었기 때문이다. 유럽발(發)의 서세가 극동에 도착한 것은 우리가 알다시피 16세기 중후반으로 와서다. 바로 그 16세기 말의 7년전쟁은 다음 세기 동아시아 역사전환의 서막이었던 셈이다. 일본이 주도한 한반도상의 7년전쟁, 그리고 명청이 각축한 17세기의 전쟁에서 서양문명이 개발한 신무기가 도입되어 전세에 상당한 영향을 미쳤던 사실도 간과할 수 없는 일이다. 나는 이보다도 서세가 몰고온 사상적 파장에 비상히 주목하고 있다.

하나의 사례를 들어보자. 조선이 서양문명과 접촉한 것은 동아시아 국가 중에서도 일본이나 중국에 비해 훨씬 늦은 편이었다. 1631년에 정두원이 인솔한 조선사절단이 중국 산동반도의 등주에서 서양 선교사 로드리게스를 조우하는데, 이것이 조선과 서양의 첫 만남으로 기록되고 있다.[3] 조선사절단은 저들과 대화를 해보고 또 기증받은 천문·지리 서책이며 무기·관측기기 등을 접한 다음 "중국의 바깥에서 이런 인물, 이런 교화(敎化), 이런 제작(製作)이 어떻게 나올 수 있단 말인가"라고 놀라운 마음을 감추지 못했다. 여태껏 개물성무(開物成務)의 창조는 성인의 공능(功能)으로 믿어왔던 때문이다. 중국 바깥에도 이런 문명이 있다니 너무도 놀라워 "이는 누가 만들었고 누가 전했는가"라고 일대 의혹을 제기했다.

정두원 등이 일으킨 의혹은 중국이 세계의 중심이냐는 데로 가지 않을 수 없었다. 이 물음에 대해 로드리게스는 "만국전도에 대명(大明)이 가운데 그려진 것은 단지 보기 편케 하기 위해서일 뿐이요, 지구로 논하면 나라마다 중심이 될 수 있다"고 선명하게 답을 주고 있다.[4] 서양인이 배를 타고 눈앞에 나타난 그 사실 자체로 땅이 둥근 것을 증명하고 있다고 보겠거니와, 이론적으로 지구의 중심이 따로 있을 수 없음을 선언한 것이다. 그야말로 사상적 충격이다. 이 사상적 충격은 중국에 먼저 들어

---

3 임형택 「조선사행(朝鮮使行)의 해로(海路) 연행록(燕行錄): 17세기 동북아의 역사전환과 실학」, 『한국실학연구』 9, 2005.

4 "萬國圖以大明爲中, 便觀覽也. 如以地球論之, 國國可以爲中"(로드리게스가 정두원을 수행한 역관에게 보낸 서한. 같은 글 31면).

왔다가 조선으로 파급된 것이었다.

17세기 이래 서세가 출현, 작동함으로 인해서 동아시아세계는 이념적 기반이 흔들렸고 체제 내부에 균열이 발생했다. 그럼에도 청황제 체제는 2백년 가까이를 안정적으로 유지되었다. 하지만 그 성립과정에서 이미 균열이 발생한 터에, 이 균열은 다시 봉합될 수 없는 상태로 잠복해 있었다. 더구나 균열을 낳은 문제적 파장은 시간의 경과를 따라 파고를 높여서 계속 밀려왔다. 그래서 마침내 19세기로 내려와서 아편전쟁을 유발하고 영불(英佛)연합군의 베이징 입성(入城)으로 발전한 것이다. 뿐만 아니라 일본열도와 한반도의 개항으로 이어졌다.

요컨대 서세의 충격파는 한시적인 것이 아니고 이후 강도가 계속 높아졌던 터이므로 동아시아의 조공체제는 불안정한 상태로 존속했다고 진단을 내렸던 것이다. 조공체제의 흔들림은 여기저기서 여러모로 확인할 수 있겠으나, 다른 어디보다도 일본에서 뚜렷했다.

본디 중국중심적 체제에서 느슨한 고리였던 일본은 16세기 말에 그들이 주도한 7년전쟁으로 인해서 조공관계의 복원이란 있을 수 없는 일이 되고 말았다. 이 사실은 조공체제에 균열이 발생한 현상으로 보아야 할 것이다. 그런데 조선의 경우 주지하다시피 대륙에서 명청 교체가 일어남에 '반청'을 국시로 내세웠으나, 그것은 정치적인 구호였을 뿐 청에 대한 사대외교는 그대로 이어나갔다. 일본과도 전쟁의 당사국이었지만 이내 교린관계를 복원했다. 조선이 취한 '사대교린'의 외교로 동아시아세계-한·중·일 사이의 전통적인 국제질서가 파국으로 치닫지 않았다고 보아야 할 것이다.

일본은 중국과 국교는 단절된 상태였으며, 청이 취한 해금(海禁)조처로 중국과의 교역이 한동안 막혔다가 18세기 이후에 민간 차원의 교역이 비교적 활발하게 진행되었다. 일본의 입장에서 동아시아 중심부와의 한 끈이 조선과의 교린관계였다면 다른 한 끈은 중국의 동남방으로 차츰 확장된 경제적·문화적 교류였다.

에도시대의 일본은 서세동점의 세계사적 신조류에 한국이나 중국에 비해 보다 적극적으로 대응한 나머지 중국중심의 조공질서를 흔드는 역할을 앞장서 수행했던 셈이다. 그렇다고 해서 이 시기의 일본이 '탈중국'의 방향으로 나간 점을 들어서 동아시아 상황을 중국중심의 체제가 해체된 것으로 간주하기는 어렵다.[5] 더욱이 문화적 측면에서는 중국중심성의 강도가 높은 편이었다. 물론 일본의 경우 자국의 정체성을 추구하는 국학(國學), 서양 학술을 수용한 난학(蘭學)이 성립했지만 전반

5 일본 학계 일각에서는 17~19세기의 동아시아 국제관계를 중국과 일본의 대립구도로 인식하는 견해가 있다. 이 견해는 전통적인 조공질서 체제가 붕괴된 상태임을 전제한 것이다. 에도막부의 일본이 중국과 책봉관계를 맺지 못하고(않고) 결국 조공체제에서 이탈하게 된 사실에 근거한 주장이다. 지난 2009년 1월 31일 성균관대학교 대동문화연구원 주최 '17~19세기 동아시아 지식정보의 유통과 네트워크'라는 주제의 학술회의에서 필자는 이 글을 기조발제로 했던바 그 자리에서 함께 발표된 일본 쿄오또대학 교수 후마 스스무의 논문 「국교두절하 조선 유구 사절의 북경에서의 접촉」은 바로 이러한 일본 학계 일각의 주장을 담은 내용이었다. 후마 교수는 이 시기의 동아시아 국제관계를 인식하는 데 유구국의 존재를 특히 주목하면서 구체적으로 세가지 사례를 제시했는데, 중국에 대등한 위치로 부상한 일본의 존재를 조선이 의식한 나머지 유구국과의 관계 갖기를 의도적으로 기피했다는 것이 요지였다. 당시 학술회의에서 이 논문의 토론을 맡은 김명호(金明昊) 교수는 후마 교수가 제시한 세가지 논거를 하나하나 검토해 증거력을 갖지 못한 것임을 변파했다. 확실한 자료적 근거를 가진 반론이었다. 문제는 17~19세기에 동아시아 국제관계를 어떻게 인식하느냐는 것이다. 유구국에 초점을 맞춰 보더라도 일본에 (그것도 막번체제하에서 하나의 번에) 종속된 한편으로 중국과 전통적 관계 또한 단절된 상태가 아니었다. 유구국이 일본의 한 현으로 전락한 19세기 말과는 단계적 구분이 없을 수 없다. 필자는 이런 유구국의 특수한 처지를 포함해서 동아시아의 제반 상황을 '흔들린 조공질서'로 설명하는 것이 타당하다는 생각이다.

적으로는 한자문명권에서 이탈하지 않고 그 틀의 경계에서 문화가 발흥했던 것으로 여겨진다.

17세기 이후 동아시아세계의 역사 동향이나 학술·문화의 신기운은 이 '흔들린 조공질서'와 어떤 식으로건 관련된 것으로 볼 수 있다. 특히 간과할 수 없는 사실은 이 기간 동안 '흔들린 조공질서'에서 한·중·일 삼국간에 '땅과 바다의 길'이 확장되고 '지식정보의 유통'이 활발해진 사실이다. 그 일단이 되겠는데, 조선의 실학파 지식인들에 의해서 시도된 국경을 넘어선 지식교류의 양상에 대해 주목해보고자 한다.

3. 조선 실학파 지식인들의 대청의식의 전환과 지적 교류의 진전

동아시아세계-조공질서의 체제에 명을 대신해서 만청이 주인으로 등장한 사태는 중국 지식인들에게는 그야말로 천붕지해(天崩地解, 하늘이 무너지고 땅이 꺼짐)처럼 의식되었거니와, 존왕양이의 명분론을 굳게 신봉한 조선의 지식인들 역시 도저히 있을 수 없는, 있어서는 안 될 일로 받아들여졌다. 만청이 베이징으로 들어가서 세계의 주인으로 자리잡은 당시 22세의 청년이었던 유형원(柳馨遠, 1622~73)은 이 사태를 천하피발(天下被髮)·인의충색(仁義充塞)으로 의식했다. 야만의 천지가 되고 정의는 실종되었다는 절망감이다. 이러한 정신상황에서 당시 집권세력은 숭명반청의 이데올로기에 입각한 북벌론을 내세웠던 것이다. 이것이 국시(國是)였다. 현실에서는 청과의 조공관계를 어김없이 이행하면서 청 중심의 체제를 부정, 쳐서 없애겠다는 것은 중대한 모순이 아닐 수 없었다. 이 모순은 심각한 정신적 질곡이었으니, 그 정신적 질곡이 조선 후기 사회의 문화적·정치적 질곡으로 작용했음은 물론이다.

북벌론이 가지는 문제점을 18세기에 앞서 양득중(梁得中, 1665~1742)이란 학자는 숭식허위(崇飾虛僞)라고 비판하면서 실사구시를 제창했거니와, 그후로 이용후생(利用厚生)을 강조한 박지원(朴趾源, 1737~1805)은 북벌을 북학으로 대치했다. 정신적 질곡으로부터 벗어나고자 하는 실학파 지식인들의 고뇌에 찬 모색이었다. 그런데 18세기를 지나서 19세기로 들어오면 지식인들 사이에서 대청의식의 변화가 현저해지고 실제로 양국간의 지적교류가 전에 비해서 활발하게 일어났다. 이런 현상과 관련해서 다산(茶山) 정약용(丁若鏞, 1762~1836)의 『사대고례』 편찬과 추사(秋史) 김정희(金正喜, 1786~1856)의 실사구시학을 거론하려고 한다.

1) 정약용의 대청관계 인식[6]

『사대고례』는 대청외교에 관한 지식정보를 체계화한 문헌이다. 최근에 발굴되어 학계에 소개된 책인데 "전(前) 사역원정(司譯院正) 이시승(李時升) 엮음"으로 되어 있으나 실제로는 정약용이 주재하고 중요한 대목은 직접 집필했으며, 제자 이청(李晴)이 실무를 맡아서 만들어진 문헌이다. 다산학단(茶山學團)의 중요한 성과의 하나이다.[7]

---

6 이 절에서 서술한 내용은 필자의 「『사대고례』와 정약용의 대청관계 인식」에서 요약한 것이다.

7 『사대고례』에 관해서는 정약용의 연보에 기록되어 있으며, 그의 문집에는 「사대고례제서(事大考例題敍)」(『與猶堂全集』 권12 장3~4. 권15)라는 글이 수록되어 있다. 원제는 '사대고례산보(事大考例刪補)'로 10권 10책으로 되어 있다. 이 책이 간행된 사실은 확인되지 않으며, 현전하는 유일한 필사본이 일본 오오사까부립 나까노시마 도서관(大阪府立中之島圖書館)에 수장되어 있다. 이것을 『다산학단문헌집성(茶山學團文獻集成)』,

이 책은 기본적으로 대청외교를 정상적으로 발전시키자는 취지에서 편찬된 것이다. 이로써 그토록 치유되기 어려웠던 청에 대한 정신적 질곡에서 벗어난 듯 느껴진다. 박지원의 명작 『열하일기』는 청의 연호를 썼다 해서 '노호지고'라는 비난을 받은 일이 있었다. 기실 『열하일기』의 작가의식의 요지는 '반청'이라는 비현실적 이데올로기에서 탈피하자는 데 있었다. 『열하일기』로부터 한 세대 뒤에 나온 『사대고례』는 청의 연호를 채용할 수밖에 없이 된 바로 그 시점(1636)에서부터 '사대'라는 개념을 적용, 양국의 외교관계를 정리한 내용이다. 『사대고례』에서는 반청의식 자체가 해소된 상태로 보인다. 이런 변화를 어떻게 해석할 것인가?

이 의문점은 다른 어디가 아니고 19세기 조선의 지적 풍토에서 해답을 구해야 할 사안이다. 18세기에서 19세기로 오면서 청의 선진문물을 배우자는 움직임과 함께 문인·학자들과의 교류·소통이 활발하게 일어났다. 청에 대해 해묵은 심리적 장애물이 제거된 모양이었다. 숭명반청이란 이념이 도학자들을 중심으로 완강하게 고수되고 있었지만 서울의 진취적인 지식인들 사이에서는 지적 분위기가 달랐던 것이다. 추사 김정희는 바로 이런 풍토에서 탄생할 수 있었다.

그렇다면 『사대고례』에서 조공체제는 어떻게 인식했던가? 나아가서 '조공체제의 극복'이라는 당시 역사에서 요청된 사상사적 과제와는 어떻게 관련지어 볼 것인가? 그런데 실은 『사대고례』가 이 물음의 답을 구하기에 적절한 자료는 아니다. 『사대고례』는 본디 외교실무를 위한

대동문화연구원 2008에 포함시켜 영인으로 공간한 바 있다(제8,9권). 이에 대한 해제를 필자가 작성했다.

책이므로 청황제 체제를 일단 긍정하고 들어간 것이기 때문이다. 조공체제야 더 말할 나위 없지 않겠는가. 따라서 조공체제에 대한 문제제기를 이 책의 문면에서 기대하기는 어렵다.

그렇긴 한데, 청황제 체제를 명분론이 아니라 현실적으로 사고한 점에 유의하고 싶다. 바로 이 사고의 지점에서 『사대고례』는 편찬된 것이다. 다시 연호 문제로 돌아가보자. 『사대고례』는 범례의 한 조항에서 "사정이 대국에 중점을 두는 경우는 중국의 연호를 쓰고 아국에 중점을 두는 경우는 아방(我邦)의 연차(年次)를 쓴다"는 것을 서법(書法)의 원칙으로 명시하고 있다. 중국중심도 자국본위도 아닌, 피아(彼我)의 균형을 취한 형태이다. 저 『춘추(春秋)』의 대일통적인 원칙과는 변별되는 다른 하나의 원칙이다.

조공체제란 책봉관계에 의해서 성립하는 중국중심의 국제질서이다. 대국(중국)과 소국들 사이를 군신(君臣)의 관계로 명분화한 점이 중국중심 체제의 특징적인 형식이다. 가부장적 윤리질서를 국제관계로 확장시킨 형식이다. 따라서 신자(臣子)의 위치인 소국은 군부(君父)의 위치에 있는 대국에 대해서 종속적인 관계에 놓이는 것이 명분으로서 당연한 도리이다. 이러한 조공체제의 종속적인 관계에 비추어, 중국과 자국에 '피아의 균형'을 취한 『사대고례』의 서술법상의 원칙은 주목할 필요가 있다. 비록 조공체제의 틀이 지속되고 있지만, 실상에 있어서는 중국중심에 매몰되지 않고 '나'의 경계를 발견하고 균형을 취하고자 한 것으로 보인다. 이는 다른 무엇이 아니고 대청관계를 명분론을 탈피해 현실주의적으로 사고한 결과로 해석해야 할 것이다.

2) 김정희와 실사구시

18,19세기 조선의 지식인들 중에서 청조의 학술·문화에 가장 정통했던 인물로는 단연 추사 김정희가 손꼽힌다. 동시대의 중국 학계와 직통해 보조를 같이했다. 말하자면 당대 제일의 중국전문가였다. 그 스스로도 이 점을 자부했던 듯싶다. 그는 이 땅의 사람으로 베이징에 가서 교유를 활발히 한 경우로 매양 담헌 홍대용을 거론하지만 기실 소루했던 것으로 평하면서 "담헌뿐 아니라 박초정(朴楚亭, 박제가, 1750~1805) 같은 분도 도처에 착오가 보여서 사람을 몹시 안타깝게 만든다"고 털어놓은 것이다.[8]

김정희는 동시대 청조의 지식인들과 폭 넓게 교류하며 저쪽의 새로운 학문과 예술에 심취한 나머지 적극적으로 수용하려 했던 점이 주목된다. 그가 중국 학계와 직통해 보조를 같이한 학문의 성격은 실사구시라는 개념으로 파악해도 좋을 것이다.

당시 조선의 학계에서 실사구시를 학문의 종지(宗旨)로 세운 것이 김정희이다. 실사구시를 표방한 경우와 그렇지 않은 경우 학문경향에서 다름이 없을 수 없었다. 김정희는 정약용을 동시대의 선배학자로서 존경했지만 학문방법론상에서는 동의하기를 끝내 유보했다. 정약용은 경세치용을 학문의 종지로 사고했기 때문에 김정희처럼 실사구시를 학문의 제일 요목으로 내세우지 않았으며, 청조의 고거학적(考據學的) 성과에 대해서도 김정희와 달리 비판적 거리를 두었다.

청조의 선진문물과 학술을 배우자고 주장한 점에 있어서 박지원과 김정희는 상통한다. 그러면서도 양자간에는 상이점이 있다. 이 상이점

8 『阮堂全集』 권8 장15.

은 궁극적으로 당대 중국-청황제 체제에 대한 시각 차이에서 비롯된 것이다. 김정희의 청에 대한 관점을 주의해서 보면 박지원과의 시각차가 크게 나는 것을 발견하게 된다. 김정희는 앞서 박지원이 가졌던 청황제 체제에 대한 고민이 사라진 상태여서 비판적 언급이라고는 찾아보기 어렵다. 예컨대 청조의 문화적 대업인 『고금도서집성(古今圖書集成)』과 『사고전서(四庫全書)』의 편찬을 두고 박지원은 문화주의적 기미정책(羈縻政策)이라고 날카로운 비판을 가했는데, 김정희는 부정적 인식을 일절 거두고 높이 평가하는 데 인색하지 않았다.

이렇듯 박지원으로부터 정약용을 거쳐 김정희로 오면 '숭명반청'이라는 고질적인 정신장애에서 탈피한 모습이다. 이런 과정을 통과하면서 한중 사이에 지식인의 교유, 지식의 소통이 차츰 확대되었으며, '이성적 대화'의 길이 훨씬 넓어졌다.

4. 한일 간의 이성적 대화의 발단

17세기 이후에 조선왕조와 에도막부 사이의 통신사외교는 간헐적으로 행해지다가 19세기로 들어와서는 비정상적으로 한번 행해지고 나서 중단되고 말았다(조선통신사가 에도까지 다녀오는 것이 관행이었는데 1811년의 신미통신사는 쯔시마對馬島에서 돌아왔다). 청과 조선 사이의 교류가 18세기에서 19세기로 접어들면서 활발해진 상황에 비추어 한일 간에는 역주행을 한 꼴이다.

그러나 한편 돌이켜 생각하면 17~18세기만큼 한일 양국이 평화적으로 교류한 시기는 있었던 것 같지 않다. '흔들린 조공질서'의 동아시아

상황에서 양국은 '불안정의 안정'을 누렸던 셈이다. 그 2백년 사이에 기껏 10회에 그쳤던 양국의 외교사절은 문제점을 크게 안고 있었지만 그 의미와 성과는 결코 간과할 부분이 아니다. 문화적인 측면에서, 특히 지식교류와 정보의 소통이 이루어진 점에서 그렇다.

여기서는 필자 자신이 기왕에 중시한 바 있는 정약용의 경우를 다시 들어본다. 정약용은 직접적인 일본경험이 없었음에도 일본에 관련해서 언급이 많은 편이며, 따로 『일본고(日本考)』를 편찬하기까지 했다. 나는 특히 일본 학술에 대한 그의 관심을 주목하고 있다. 그는 이또오 진사이(伊藤仁齋), 오규우 소라이(荻生徂徠, 1666~1728), 다자이 준(太宰純) 등 고학파(古學派)의 학술과 문장을 높이 평가한 나머지 "찬연히 아름답다"고 극찬하는 말을 남겼으며,[9] 자신의 경학에 이들 고학파 학자들의 저술을 수용했다. 이에 관해서는 최근에 두루 관심을 끌어 연구가 많이 진행되었다. 앞서 든 '이성적 대화'란 나 자신 바로 이 정약용의 학문태도를 주목해서 도입했던 개념인데 이렇게 논평했다. "그는 자신의 학적 작업의 안에 청조 학자들의 학설과 함께 일본 학자들의 견해를 두루 포괄해서 논의를 전개하고 비판을 가하고 한 것입니다. 일본 학자와의 '이성적 대화'가 비로소 시작되고 있습니다."[10]

정약용에 있어서 일본 학자들과의 '이성적 대화'란 기실 책을 통한 간접적인 방식이다. 비록 그렇더라도 '이성적 대화'가 싹튼 데는 몇가지 배경적 요인을 짚어볼 수 있다.

첫째, 동아시아에는 '보편적 고전'이 통행해서 '보편적 지식의 세계'

9 丁若鏞「時論」,『與猶堂全集』詩文集 권12 장3~4.
10 임형택「계미통신사와 실학자들의 일본관」, 앞의 책.

가 형성되어 있었다는 점이다. 중국 고대의 경전과 한문학작품이 그 주변국가에까지 보편적 지식, 보편적 교양으로 통용됨에 따라 한자문명권이 성립했다. 그래서 보편적인 지식체계가 인종과 국가를 넘어 형성되었던 터이니, 이것이 이성적 대화를 가능케 한 기본조건이 되었다.

둘째, 17세기 이래 통신사의 왕래로 일본의 서책이 들어오면서 지식정보를 어느정도 접하게 되었다는 점이다. 정약용이 탄생한 그 시점(1763)에 수준 높은 문인재사로 구성된 계미통신사(癸未通信使)가 일본을 다녀왔다. 그런 결과로 여행기를 비롯한 일본 관련 저술들이 다양하게 출현했는데, 실학자들의 일본 지식은 주로 이들의 견문에 힘입은 것이었다. 정약용의 경우는 다른 소식통도 없지 않았으나, 역시 계미통신사의 견문에 많이 의존하였다.

셋째, 성호학파(星湖學派)의 대일(對日)관계론과 연관지어 볼 수 있는 점이다. 성호 이익(李瀷)은 일본과 관행적으로 진행되는 외교관계의 문제점들을 지적하면서 ① 상호주의에 입각할 것(조선측의 사행은 일본 수도까지 가고 일본측 사행은 부산에 그치고 내륙으로 들어오지 못하도록 한 점), ② 정례화할 것(일본측의 요청에 따라 부정기적으로 이루어졌음), ③ 상호 격을 맞추도록 할 것(조선의 국왕과 일본의 막부 쇼오군(將軍)을 동격으로 하고 있는데 천황의 존재를 고려하면 명분상으로 문제가 있다는 견해)을 제기했다. 이익의 문제제기는 중국중심주의의 관점에서 일본을 야만시하거나 해묵은 감정으로 적대시하는 편견에서 벗어나 양국 관계를 정상적으로 발전시키자는 취지를 담은 것으로 해석할 수 있다. 정약용의 일본 학자들과의 '이성적 대화'는 성호 이익의 일본관에 기맥이 통하는 것으로 여겨진다.

일본 학술을 존중해 '이성적 대화'를 시작한 것은 실학자의 양식이지만 거기에는 세계관의 문제까지 개재되어 있다. 중국중심의 세계에 매몰된 상태에서는 자아를 망실하게 됨은 물론, 중국도 일본도 바로 보이지 않는다. 제대로 보지 못하면서 어떻게 진정한 이해와 우호가 생겨날 것인가? 연암학파의 경우 역시 민족의 자아와 자주를 각성함으로써 일본에 대한 객관적 시야를 확보하게 되었다. 하지만 일본을 적성국가로 간주하는 관점을 바꾸지 않았기 때문에 일본으로 향하는 개방의 길을 제시하지는 못했다. 일본관에 있어서는 성호학파가 보다 진취적이고 개방적인 면을 보였던바 정약용에 이르러 비로소 '이성적 대화'가 열린 것이다. 그러나 이 역사상 초유의 '이성적 대화'는 책을 통해서 시작되는 데 그쳤고 현실화될 계제를 얻지 못했다. 19세기로 진입해서 통신사 교류마저 1811년에 갔다가 1812년에 돌아온 것을 마지막으로 중단되었다. 이후 개항에 이르기까지 한일 간의 국교는 단절상태로 들어갔다.

5. 맺음말

조선 실학파 학자들의 동아시아세계로 향한 '이성적 대화'는 일본 쪽에 대해서는 정약용 이후로 발전하지 못했다. 반면 중국 쪽으로는 사정이 많이 달랐던 만큼 중국 지식인과의 사이에는 경우에 따라서는 상당한 수준으로 '이성적 대화'가 진행되었다. 예컨대 김정희의 실사구시학은 청조의 건가학파(乾嘉學派) 학자들과의 깊은 교유에서 개발된 바가 적지 않다는 사실은 앞서 지적했던 터다. 그보다 앞서 홍대용, 그리고 박지원은 베이징에 발길이 닿았을 때 중국 지식인들과 만남으로써 활발하고 깊이있는 학술토론이 벌어졌다. 실로 '이성적 대화'의 현장이라고 이를 만했다.

홍대용이 연행을 한 것은 1776년인데 항주(杭州)에서 올라온 세 지식인 육비(陸飛)·엄성(嚴誠)·반정균(潘庭均)과 친교해 그 기록이 『회우록(會友錄)』이란 책으로 엮어진다. 박지원은 1780년에 연행을 해서 불후의 걸작 『열하일기』를 남기는데, 그 가운데 「망양록(忘羊錄)」「곡정필담(鵠汀筆談)」 등을 보면 중국 지식인들과의 필담으로 진행된 대화를 마치 연극 대본처럼 재현해놓고 있다. 이 대화록에서 박지원이 제기한 주제가 하필 지동설·우주무한론이었다는 점도 의미심장하다. 그런데 박지원은 홍대용의 『회우록』에 서문을 써서 홍대용과 중국 세 지식인의 관계를 진정한 우정으로 대단한 의미를 부여하고 있다.[11] 국경과 인종을 초월한 우정이 성립한 것으로 중시한 것이다. 홍대용의 세 친구 중에서 엄성은 37세의 젊은 나이로 타계한다. 엄성의 임종을 지켜보았던 주문조(朱文藻)란 사람이 홍대용에게 부음을 전하는 장문의 편지를 보내오는데, 그의 임종 장면을 묘사한 대목을 여기에 옮겨본다.

"〔엄성이〕 병세가 위중해진 날 저녁에 저는 병상 옆에 앉아 있었지요. 그가 이불 속에 있던 족하(足下)의 편지를 꺼내 읽어달라고 해 읽기를 마치자 눈물을 주르르 흘리더니 또 이불 속에서 족하가 편지와 함께 보냈던 먹을 찾아내서 그 묵향을 좋아해 코에 대보더니 이윽고 다시 이불 속에 간직하는 것이었습니다. 이때는 벌써 그의 손이 떨리고 기운이 다해서 눈이 감기고 입이 돌아가 몸을 지탱할 수 없이 되었

11 朴趾源 「會友錄序」, 『燕巖集』 권1. 필자는 「박연암의 윤리의식과 우정론의 성격」, 『한국한문학연구』 1, 1976(『한국문학사의 시각』에 재수록)에서 이 자료를 주목한 바 있다.

습니다."[12]

실로 참다운 우정이 연출한 감동적 장면이라고 하겠거니와, 참다운 '이성적 대화'는 이런 우정에서 열리는 것이 아닐까. 홍대용이 보낸 이 편지와 먹을 엄성의 관 속에 함께 넣었다 한다. 당시 동아시아세계는 비록 '흔들린 체제'였지만 아직 진정한 의미의 보편성은 부재한 세상이었다. 있었다면 소우주적 보편성이 있었다. 소우주의 중심부에서 일방적으로 내세운 것이 보편성으로 통용되었을 뿐이다. 각기 자율과 평등에 기초한 것이 아니면 진정한 의미의 보편성은 될 수 없으리라 여겨진다. '이성적 대화'는 진정한 의미의 보편성으로 가기 위한 정신운동이다. 이 시기에 활발하게 진전된 경계를 넘어선 지식정보의 소통은 '이성적 대화'를 여는 필요조건이었다.

12 "疾革之夕, 文藻坐床側, 被中出足下書令讀之, 讀竟淚下, 又于被中索得足下所惠墨, 愛其古 香, 取而臭之, 仍藏被中, 其時已手戰氣逆, 目閉口斜不能支矣"(朱文藻 「愚弟朱文藻頓首頓首奉書」, 『후스츠카의 추사연구자료』, 과천문화원 2008, 81~84면).

제3장

동아시아 국가간의 '이성적 대화'에 관한 성찰

1. 문제의 소재

우리가 방금 통과한 지난 20세기의 전반기 동아시아 상황은 국가간에 대립·갈등으로 싸움이 끊이질 않았다. 정복과 피정복, 지배와 피지배의 도정을 이 지역의 사람들 모두 온몸으로 경험해야 했다. 그 후반기로 들어와서도 여전히 소 닭 보듯 아무 관련이 없는 것처럼, 혹은 개가 원숭이를 대하듯 서로 질시, 반목하더니 세기말로 접어들면서 드디어 관계가 호전되었다. 그리하여 상호간의 인적·물적 교류가 급속하게 진전하여 오늘에 이르렀다. 지금 21세기로 진입해서 동아시아는 지구적 중심으로 새롭게 부상하는 추세가 역연하다. 바야흐로 서구주도의 근대세계로부터 커다란 방향전환이 일어나는 것도 같다.

그렇다 해서 지금의 동아시아 상황을 장밋빛으로 낙관할 단계는 아니라고 본다. 물론 과거에도 그랬던 것처럼 앞으로 세계 대국(大局)의 변화와 관련된 사안이기도 하지만, 동아시아의 내부에 '하나의 동아시아'로 향해 가기 어려운 난관들이 중첩되어 있다. 가시적 장애물로서 한반도상의 분단선을 첫손에 꼽아야겠거니와, 눈에 보이지 않는 장애인 자로서 크게 문제를 삼아야 할 점이 한가지 있다. 20세기 동아시아의 근대가 남긴 후유증이다. 아직도 한편에서는 중화주의의 부활을 우려하는가 하면 다른 한편에서는 일본의 군국주의가 어떤 형태로 꿈틀거릴까 경계심을 갖기도 한다. 그리고 세 나라 국민들에게는 제각기 심리적 후유증에다가 자민족중심주의가 깊숙이 도사리고 있어서 행동양식으로 노정되곤 하는 것이다. 인적·물적 교류의 확대에 따라 지식교류도 활발하게 전개되는데 과연 진정한 의미의 '이성적 대화'가 이루어지는지 회의적인 느낌이 들 때가 많다.

동아시아의 오늘, 상호간의 우호와 연대를 가로막는 '심리적 장애물'은 요컨대 이 지역이 서구주도의 근대세계로 편입된 19세기 말 이후로 형성된 것이다. 그런데 유의할 점은, 그전의 18,19세기에 '이성적 대화'가 싹트고 있었다는 사실이다. 이 시기는 전통적인 동아시아 질서가 동요한 단계로 볼 수 있는데 삼국간의 제한적인 지식교류의 과정에서 '이성적 대화'가 어느정도 진척을 보였다. 말하자면 동아시아의 새로운 가능성을 예감케 하는 현상이었다.

2. 동아시아에서의 '이성적 대화'

동아시아론에서 '이성적 대화'라는 문제의식을 나 자신이 갖게 된 것은 오래전부터인데 나름으로 지속적인 관심을 두어왔다. 당초에 일본

쪽을 보면서 이 문제의식을 착안했던바 두 단계가 있었다. 16세기 말의 7년전쟁 때 일본군에 포로로 잡혀갔다가 귀환한 강항(姜沆, 1567~1618)이라는 학자와 한국 실학의 집대성자인 정약용의 일본인식이 그것이다. 강항의 경우 일본에 주자학(朱子學)을 전파하는 역할을 자임했으며, 정약용의 경우 일본의 학술을 높이 평가했다.

조선의 지식인 강항은 정유재란 때에 포로의 몸으로 끌려가서 일본열도를 밟게 된다.[1] 그의 눈앞에 펼쳐진 일본의 산하는 아름답고 들판은 비옥하기 그지없었다. "어찌하여 하늘은 저들에게 이토록 좋은 땅을 주셨나요?" 그가 부르짖은 탄식이었다. 그는 종전까지 일본인이라면 인면수심(人面獸心)으로 치부했던 터였다. 우리의 국토와 인민을 야수적으로 유린했을 뿐 아니라, 자기의 일가족이 붙잡혀 끌려오는 과정에서 말 못할 일을 당해야 했다. 때문에 하늘의 뜻을 회의했던 것이다. 그런데 도중에 그가 만난 일본의 민중들은 더없이 친절하고 부드러웠다. 일본 땅에서 살아가는 보통 사람들을 보고 그는 하나의 깨달음을 얻게 된다. "왜놈들도 본성이 이렇거늘 어찌 죽기를 좋아하고 죽이기를 즐겨하리오. 다만 법령으로 내몰기 때문이다."[2] 일본인의 호전성·잔혹성은 저들의 본성이 아니고 통치권력에 의해 왜곡된 결과라고 판단하기에 이르렀다.

강항은 일본에서 사람을 발견한 것이다. 전부터 왜놈이라고 야만시해 짐승 차원으로 모멸하고 증오하던 관점을 직접 경험을 통해서 교정

1 여기의 견해는 『파산급문제현집(坡山及門諸賢集)』, 아세아문화사 1982의 해제에서 『수은집(睡隱集)』 부분의 진술을 요약한 것이다. 이 글은 필자의 『우리 고전을 찾아서』, 한길사 2007에 수록되어 있다.

2 "倭奴中至性如此, 豈好死喜殺? 特法令驅之耳"(姜沆 「涉亂事跡」, 『睡隱看羊錄』).

하게 되었다는 면에서 의미가 각별하다고 보겠다. 이는 '사해형제(四海兄弟)'라는 유교적 보편주의에서 발상된 것으로 볼 수 있다. 저들도 본디 선량한 사람이지만 통치권력이 법령으로 내몰면 얼마든지 비뚤어질 수 있다는 그의 생각은 일종의 정치적 각성이라고 간주할 수 있다. 여기서 그가 내놓는 해법은 "한결같이 성현의 참된 가르침을 따르도록 하면 부상일역(扶桑一域, 일본 땅을 지칭하는 말)도 동주(東周)로 바뀔 수 있다"는 것이었다.[3] '동주'는 중국적 문명구를 뜻하는 표현이다. '성현의 도'로 잘 교도하면 일본도 문명구로 변화할 수 있다는 취지다.

강항은 포로의 신세로 일본 땅에 머문 동안에 순수좌(舜首座)라는 쇼오꼬꾸지(相國寺)의 승려를 만나게 된다. 그가 다름 아닌 일본 주자학의 개창자가 된 후지와라 세이까(藤原惺窩, 1561~1619)다. 그는 자(字)가 염부(斂夫)여서 강항의 기록에는 순수좌 혹은 염부로 나온다. 강항은 그와 여러 달을 사귀어 그 인간과 학문에 대해 전적으로 신뢰하는 뜻을 담은 글들을 남기고 있다. 그리고 사서오경(四書伍經)을 송유(宋儒)의 해석에 의거해서 일본식으로 훈해(訓解)하는 작업을 도왔다. "일본 사람들은 송유를 알지 못하는데 오직 염부가 나서서 표출하니 염부가 없으면 〔일본에〕 송유가 없을 것이다."[4] 그의 책 발문에다 강항은 이렇게 적었다. 앞에서 주목한 "성현의 참된 가르침을 따르면 부상일역도 동주(東周)로 바뀔 수 있다"는 발언 또한 이 발문에 들어 있다.

강항이 문명구를 '동주'로 표현한 것은 물론 언어적 관습이긴 해도 다분히 중국중심적이다. 그는 인간의 심성(心性)을 중시하는 주자학이

---

3 "一以聖訓從事, 則扶桑一域未必不爲東周"(姜沆 「四書新註跋」, 松田甲 「藤原惺窩と姜睡隱の關係」, 『續日鮮史話』 제1집, 朝鮮總督府 1931에서 재인용).

4 같은 글.

일본인들의 호전적 성격을 변화시키는 데 주효하리라고 생각했다. 그런데 주자학은 이(理)의 철학으로서 심성을 중시한다 해도 기실 인간의 정감을 배제한 추상론이며, 특히 화이론을 강조한다. 조선 지식인 강항과 일본 지식인 후지와라 세이까의 만남은 한일 양국의 지식교류의 역사에서 대단히 뜻깊은 일이 되었지만 이 만남이 '이성적 대화'로 진전하기 위해서는 넘어서야 할 단계가 있었다.

강항의 시대로부터 2백년 후에 등장한 정약용은 일본에 대한 직접적 체험을 가질 기회가 없었다. 정약용이 세상에 태어난 바로 그 이듬해 1763년에 통신사가 일본으로 떠나 1764년에 돌아온다. 계미통신사라고 일컬어지는 이들은 일본 본토를 밟은 통신사로는 마지막이었다. 조선 실학파 지식인들 사이에서 형성된 일본인식은 대개 계미통신사가 가져온 지식정보에 의거했던 것으로 보인다.[5]

일찍이 이용후생을 역설했던 박제가는 일본의 발전상을 소개하면서 "주관(周官, 주례周禮를 가리키는데 여기서는 이용후생의 제도가 구비되어 있음을 뜻함)한 부가 도리어 섬나라에 있을 줄 몰랐다"고 놀라워했다.[6] 그리고 해외무역을 적극적으로 추진할 것을 주장하는데, 대외개방이 발전을 가져온다는 자기 이론을 그는 일본의 현실을 들어서 입증하려 했다. 그러나 일본과의 교역을 확대할 것을 제안하지는 않았다. 이에 비해 한국 실학의 계보에서 박제가와 유파를 달리하는 정약용의 경우에는, 기술과 교역을 중시하는 면에서는 다르지 않으나 일본의 학술에 눈을 돌려 긍

5 이에 대해 필자는 「계미통신사와 실학자들의 일본관」에서 다루었고 뒤에 이 논문을 「실학자들의 일본관과 실학」이란 제목으로 개작했다. 여기 진술한 견해는 이 두 논문에서 요약한 것이다.

6 朴齊家 「宮室」, 『北學議』 內篇, 『貞蕤集』 400면.

정적으로 평가했다는 것에서 차이가 있다. 이는 박제가를 비롯한 연암학파에서 찾아볼 수 없는 대목이다. 정약용은 일본 학술이 한국보다 앞섰다고 보고 자기의 경학 저술에서 이또오 진사이나 오규우 소라이 등 학자들의 견해를 인용, 논평했다. 이런 점은 정약용이 속한 성호학파의 일본관에 관련지어 볼 수 있다.[7]

정약용의 대일외교에 관한 그의 획기적인 제의는 중화주의의 관점에서 일본을 야만시하는 편견이나 해묵은 감정으로 적대시하는 좁은 소견에서 벗어나 가까운 이웃나라와의 관계를 정상적으로 발전시키자는 취지로 해석할 수 있다. 이와 같이 정약용에서 싹튼 '이성적 대화'는 유감스럽게도 현실화할 계기를 얻지 못한 채 교린외교 자체마저 조선통신사가 1811년에 쯔시마를 다녀온 것으로 막을 내리게 된다.

중국 쪽으로 시선을 돌려보면 사정이 사뭇 달랐다. 서울과 베이징 사이에는 이른바 '연행'이라고 일컬어지는 외교사절단의 내왕이 빈번했고, 그 과정에서 '이성적 대화'라는 개념을 부여하기에 부족하지 않은 양국 지식인들 사이의 학술교류가 이뤄질 수 있었다. 18세기 후반의 홍대용과 박제가, 19세기 초반의 김정희 등이 대표적인 사례로 알려져 있다. 그야말로 국경과 인종을 초월한 우정이었고 거기서 '이성적 대화'도 열린 것이다. 이런 관계를 가리켜 천애지기(天涯知己)라고 표현하기도 했다. 홍대용의 경우 항주에서 올라온 세 지식인 육비·엄성·반정균과 북경에서 만나 서로 마음이 통해 깊은 우정을 맺기에 이르렀다. 그 관련 기록이 『회우록』이란 책으로 묶인 것이다. 박지원은 『회우록』에 붙인 서문에서, 국내에서도 진정한 우정은 성립하기 어려운 실정인데

7 이 책 2부 1장 149면 참조.

만리타국의 낯선 사람들과 어떻게 친교가 가능했느냐고 묻는다. 이에 홍대용은 "우리 국내에 붕우로 삼을 만한 사람이 없다고 생각하는 것이 아닙니다. 실로 신분에 제약을 받고 습속에 구애되니 답답할 따름이지요"라고 하며 서글픈 표정을 지은 것으로 적혀 있다.[8] 그의 답은 원천적으로 억압구조인 신분제도와 고질적인 당파싸움 때문에 국내에서는 인간관계가 평등하고 자유롭게 발전할 수 없다는 사회적 질곡을 고민한 것으로 읽힌다. 지식인의 국제적 연대의식으로 확대해석할 소지도 있겠다.

박지원 또한 1780년에 연행을 해 불후의 걸작 『열하일기』를 남겼던 바 그 가운데 중국 지식인들과 필담 형식으로 나눈 대화록은 '이성적 대화'가 깊이를 가지고 폭넓게 진행된 전형적 사례라고 할 것이다. 이 대화록에서 박지원이 제기한 주요 의제의 하나가 지구설·지동설이었다는 사실은 실로 의미심장하다.[9]

그런데, 지식교류가 비교할 수 없는 정도로 활발했던 중국 쪽보다 일본 쪽에 먼저 관심을 두어 '이성적 대화'라는 문제의식을 갖게 된 데는 내 나름으로 까닭이 있었다. 첫째는 일본 쪽으로는 원래 교류가 희소하고 편견이 컸기 때문에 오히려 먼저 관심이 갔던 터요, 둘째는 근대로 넘어와서 동아시아에서는 일본이 패권국으로 등장, 상황을 주도했기 때문이다. 이 글에서도 관심을 일본 쪽에 두고 일본측 자료를 분석하려 한다.

---

8 朴趾源 「會友錄序」, 『燕巖集』 권1.

9 이에 관해 필자는 「박지원의 주체의식과 세계인식: 『열하일기』 분석의 시각」, 『실사구시의 한국학』에서 먼저 거론하였으며, 다시 『문명의식과 실학』의 제2장 「중국중심 천하관과 그 극복의 과제: 『열하일기』의 문제제기를 통해」에서 다루었다.

지금까지 필자는 지식교류와 '이성적 대화'를 거론하면서도 상대방의 문건을 조사해본다든지 저쪽의 입장을 구체적으로 살핀다든지 하지를 못했다. 물론 나 자신의 견문의 한계로 일본측 자료를 접하지 못했기 때문이다. 근래 통신사에 관련한 연구가 부쩍 늘어서 일본측 자료들도 많이 알려졌다. 이 글에서 논의의 대상자료는 5종이다. 하나는 오규우 소라이가 조선에 관련해서 쓴 몇편의 글이며 다른 것들은 통신사행의 과정에서 일본 지식인이 각기 조선 지식인을 만나서 남긴 기록물들이다. 에도시대를 대표하는 학자의 조선관은 어떠했던가, 양국 지식인이 직접 만났을 때 '이성적 대화'는 어느 정도로 나갔던가에 초점을 맞추고 있다.

3. 오규우 소라이의 대외인식과 조선관

오규우 소라이는 학문방법론을 수립한 것으로 일본 학술사에서 획기적인 존재이다. 그가 추구한 방법론은 고문사학(古文辭學)에 입각한 것이었다. 고문사학은 중국 명대에 등장했던 문학유파가 제창한 것으로 후세에 의고주의(擬古主義)라는 비판을 받아왔다. 조선에는 17세기를 전후해서 수용되어 상당한 영향력이 있었다. 이런 고문사학이 후일에 일본에도 접수되어 위상이 뚜렷해진 사실은 특이한 현상이며, 따라서 비교사적으로 주목할 필요가 있는 대목이다.

오규우 소라이는 고문사를 통해서 '선왕(先王)의 도(道)'로 들어가고자 했다. 여기에 그의 독특한 방법론이 있는바, 요시까와 코오지로오(吉川幸次郎)에 의하면 그는 고전어로 쓰고 생각함으로써 비로소 중국 고

대언어의 이해가 가능하며 육경(六經)의 정신을 파악할 수 있다고 여겼다는 것이다.[10] “정주(程朱) 같은 분들은 걸출한 학자이긴 하지만 고문사를 알지 못했기 때문에 육경을 읽어서 알 수 없었다”고 오규우 소라이는 주장했다. 그리고 “선왕의 도는 선왕이 만든 것이요 천지자연의 도가 아니다”라고 그는 잘라 말했다.[11] 그가 생각한 도란 당위의 선험적인 도리가 아닌, 인간이 만든 것이다. 그것은 오직 성인의 작위(作爲)이다. 그의 방법론적 각성은 이기(理氣) 중심의 형이상학적인 송학(宋學)을 해체하는 의미를 갖게 되었다.

오규우 소라이의 방법론이 문예양식상의 고전주의를 유교의 해석으로 확대한 면에서 독창적이었다는 요시까와 코오지로오의 평가는 수긍할 수 있다. 또한 그가 추구했던 ‘선왕의 도’는 마루야마 마사오에 의해서 ‘정치의 발견’이란 정치학적 의미를 부여받았다.[12]

동아시아 실학의 지평에서 거론하자면 오규우 소라이의 학문방법론은 곧 일본 실학의 길을 닦은 것이라고 말해도 좋다. 한국 실학의 정약용은 오규우 소라이와 입각점을 달리했지만 ‘선왕의 도로 돌아가자’는 면에서, 인간의 구체적 실천의 길에서 도를 발견했다는 점에서 공통되

10 미나모토 료엔(源了圓) 지음, 박규태·이용수 옮김 『도쿠가와 시대의 철학사상』, 예문서원 2000, 83~84면.

11 “程朱諸公, 雖豪傑之士, 而不識古文辭, 是以不能讀六經而知之”(「辨道」 1, 『荻生徂徠』, 日本思想大系, 36, 東京: 岩波書店 1982, 200면); “先王之道, 先王所造也, 非天地自然之道也(「辨道」 4, 같은 책 201면).

12 마루야마는 오규우 소라이의 『태평책(太平策)』을 마끼아벨리의 『군주론』에 비견해서 논한 다음, “근세 유럽에 있어서 과학으로서의 정치학을 수립한 영예를 『군주론』의 저자가 안고 있는 것처럼, 일본의 토꾸가와 봉건제하에 있어서 ‘정치의 발견’을 소라이학에 돌린다 하더라도 부당한 것은 아닐 것”(『일본정치사상사연구』, 통나무 1995, 198면)이란 결론을 내리고 있다.

는 것으로 볼 수 있다. 그런 점에서 양자는 다 같은 고전주의(상고주의)이다. 한 세기 후에 조선의 정약용이 오규우 소라이가 남긴 경학의 저술을 만나서 '이성적 대화'가 가능했던 것은 이에 연유하는 것이다.

오규우 소라이와 그의 저작들은 그의 사후에 두 차례 일본열도를 밟았던 통신사절단에 알려졌다. 그는 일본이 학술적인 면으로 제일 자랑하고 싶은 존재였던 것으로 보인다. 그러나 1763년 통신사 때 제술관으로 갔던 추월(秋月) 남옥(南玉)은 그의 문집을 보고서 "우리나라 사람들을 기롱하고 폄하하는 말이 많다"고 하였으며, 그의 학문경향에 대해서도 "온 세상을 현혹시켜 기치를 세우"는 것이라고 악평을 던졌다.[13] 남옥의 오규우 소라이에 대한 부정적 인식은 그의 학문이 반주자학적 성격을 띠었기 때문이었지만 그가 조선을 좋지 않게 말한 데서 먼저 형성이 되었을 듯싶다.

오규우 소라이의 생존 기간에도 조선 사행이 수차 일본을 방문했는데 그가 학자적 명성을 날리던 와중인 1711년과 1719년 두 차례 있었다. 통신사행이 2백년 동안에 12회로 그친 데 비추어 이때는 잦았던 편이다. 조선의 통신사행은 일본열도를 후끈 달아오르게 만든 문화적 성사였다. 글하는 자들은 천리를 멀다 않고 찾아와서 조선의 문인을 만나 시를 수창하고 필담을 나누었다. 일종의 문화적 풍속도였다. 오규우 소라이는 이 문화적 성사에 전면으로 나서려고 하지는 않았던 것 같다. 그러나 한발 물러서 있으면서도 관심의 끈을 놓지 않았다.

그의 시문집인 『소라이집(徂徠集)』 30권에서는 조선에 관련한 언급

13 남옥 지음, 김보경 옮김 『붓끝으로 부사산 바람을 가르다』(원제 『일관기日觀記』), 소명출판 2006, 435~36, 582면.

들을 심심찮게 접할 수 있다. 거의 모두 통신사행에 연관해서 쓴 것으로, 조선에 대한 본격적인 저술로 볼 수 있는 내용은 아니다. 여기에서는 그중 「미즈따리씨 부자 시권서(水足氏父子詩卷序)」(권8)와 「여노희마가(麗奴戲馬歌)」(권1), 그리고 「쯔시마 서기 우백양에게 주는 글(贈對書記雨伯陽敍)」(권10)의 세편을 추려서 읽은 소회를 진술해본다. 오규우 소라이가 조선을 어떻게 인식하고 있는가를 구체적으로 알게 하는 좋은 사례라고 여긴 때문이다.

「미즈따리씨 부자 시권서」는 미즈따리 헤이잔(水足屛山, 이름 安直, 屛山은 호)과 그 아들 하꾸센(博泉)이 조선 통신사절단의 신유한(申維翰, 1681~1752, 호 청천靑泉)을 오오사까(大阪)에서 만나 창수, 필담한 책에 붙인 글이다. 그 책은 『항해헌수록(航海獻酬錄)』이라는 서명으로 전하는데 이 내용에 관해서는 뒤에 논의하려 한다. 미즈따리 헤이잔은 히고주(肥後州)에서 문학(文學)이란 관직을 맡고 있던 인물이다. 히고주는 지금의 쿠마모또현(熊本縣)으로 다름 아닌 카또오 키요마사(加藤淸正)의 영지이다. 카또오라면 임진왜란 때 최고로 악명을 떨친 인물로 조선 사람들에게 기억되었는데, 작중에서 역시 "지금도 고려 사람들은 '귀신장군이 온다' 하면 울던 아이도 울음을 뚝 그친다"는 속담을 소개한다. 그런 히고주도 어느덧 문학을 숭상하는 고장으로 바뀌었다는 것이다.

"히고 사람들이 한(韓)을 만나면 예전에는 무(武)로 싸웠는데 지금은 문(文)으로 싸우고 있다. 이 어찌 난세에서 치세로 바뀐 효과가 아니겠는가!" 이렇게 된 까닭은 백여년 평화가 지속된데다 막부정권이 우문(右文)의 정치를 편 결과로 소라이는 생각했다. "옛날의 싸움은 무사의 싸움이지만 지금의 싸움은 군자의 싸움이다."[14] 소라이는 일본사회가 '숭무'에서 '숭문'으로 변화한 것을 일단 환영하면서도 한일 간의 문

마상재(희마도戱馬圖) 중 '두 필 말에 올라타기'. 국립중앙박물관 소장.

학적 교류에 대해 싸움의 틀로 설정하고 있는 것이다. 이 점이 눈여겨볼 대목이다.

「여노희마가」는 조선의 재인(才人)이 마상재(馬上才) 놀이를 하는 것을 보고 그린 특이한 장편시이다. 마상재는 통신사행이 일본 땅에서 벌이던 연희 중 가장 장관이었던 행사였는데 일본인들은 이를 쿄꾸바(曲馬)라고 불렀다 한다. 1719년 사행이 에도에 머물 적에 서성문(西城門) 밖에서 놀이판을 굉장하게 벌였는데 쇼오군이 임석했다. 이 장면을 아라이 하꾸세끼(新井白石)의 제자인 코오 겐따이(高玄岱, 후까미 겐따이深見

14 "嗚呼, 肥人之於韓, 昔以武爭, 今則文爭, 豈非世治亂之效也! (…) 昇平百年, 加以憲廟右文之治, 烝烝乎覃遐方, 才者輩出不讓中土. 昔之爭也武夫, 今之爭也君子"(荻生徂徠 「水足氏夫子詩卷序」, 『徂徠集』 권8).

玄岱를 말함. 호 天漪)라는 문사가 「곡마행(曲馬行)」이란 제목으로 역시 장시를 지었다.[15] 오규우 소라이는 추측건대 현장을 참관하고 지었을 것으로 보인다.

당시 사행의 제술관(製述官)이었던 신유한은 마상재를 두고 “재주 부리는 자는 강상주(姜相周)인데 말 두필에 몸을 의지해서 나는 듯 내달으며 말 등의 오른쪽 왼쪽으로 뛰어오르는가 하면 두필 말 등을 밟고 서서 하늘을 쳐다보고 껄껄 웃다가 몸을 옆으로 붙이고 다시 불끈 일어서는 등 온갖 재주를 부리”는 것으로 묘사하고 있다.[16] 이렇듯 신바람 나는 묘기를 오규우 소라이와 코오 겐따이는 생동감있게 시적으로 표출한 것이다. 그런데 오규우 소라이의 시 제목에서 ‘여노(麗奴)’란 ‘고려놈’으로 풀이되는 말이다. 오규우 소라이는 조선을 지칭해서 ‘고려’나 ‘고구려’ 또는 ‘한(韓)’이나 ‘삼한(三韓)’ 등 여러가지 말을 동원해서 표현했다. 이는 별다른 이유가 있는 것이 아니고 그의 호고(好古) 취향으로 여겨지는데 여기서는 왜 ‘고려놈’이라고 썼는지 우리의 고개를 갸웃하게 만든다. 코오 겐따이의 「곡마행」은 관념의 군더더기를 붙이지 않고 묘기를 묘기로서 한판 보고 즐기는 것으로 끝을 맺는다. 오규우 소라이의 경우 마상재 자체를 천기(賤技)로 치부하는 관념이 개입되어 있다. 이는 그 자신의 조선에 대한 의식과도 무관하지 않다.

또 보지 못했는가, 풍왕의 십만 병사들
풍뢰를 울리며 바다를 건너가

15 松田甲 「江戸城に於ける朝鮮人の曲馬」, 『續日鮮史話』 제1집에 「曲馬行 并序」의 전문이 인용되어 있다.

16 申維翰 『海遊錄』, 『海行摠載』 1, 朝鮮古書刊行會 1914, 214면.

열흘도 못되어 두 도읍 함락하고
팔도를 석달에 석권한 일을.

저 기술은 단지 도주하는 데 유리할 뿐
진 치고 싸우는 데 당당하게 쓰일 것은 못되지.
황화(皇和)는 지금 어질고 밝은 군주를 만나
백년의 태평세상 전쟁의 기운 사라졌네.

교린유원(交隣柔遠)의 도가 행하나니
험한 바다 건너오길 마다 않고
먼 곳의 소인까지 사신을 따라와서
겨우 천한 기술로 옥안(玉眼)을 즐겁게 하누나.[17]

여기에서 '풍왕'은 토요또미 히데요시를 지칭하고, '황화'는 위대한 일본국을 뜻하는 표현이다. 7년전쟁을 어디까지나 일본의 입장에서 위무를 떨친 것으로 과시하고 있다. 그후로 전운이 사라지고 태평세상이 도래한 것을 '밝은 군주'의 큰 공덕으로 칭송한다. '밝은 군주'는 토꾸가와 막부의 쇼오군을 가리킨다. 한일 간에 국교가 재개된 것 또한 쇼오군의 유화정책으로 칭송한다. 지금 눈앞에 펼쳐진 마상재는 비록 쓸모없는 천기이긴 해도 이웃나라와의 유화정책의 일환으로서 일시 "옥안을 즐겁게 하"기에 그냥 봐줄 만하다는 어조이다.

17 "又不見豊王十萬兵, 叱吒風雷度大瀛, 二都浹旬拔, 八道三月平. 此技祗云奔亡資, 難與堂堂陣爭衡. 皇和今値仁明君, 百年昇平息戰氛. 交隣柔遠賴有道, 不厭航海梯山勤. 遐方小人伴長官, 聊以賤技娛玉顔"(荻生徂徠「麗奴戱馬歌」, 『徂徠集』).

이제 「쯔시마 서기 우백양에게 주는 글」을 들어보겠다. 쯔시마의 서기로 있는 아메노모리 호오슈우(雨森芳洲, 1668~1755. 이름 東, 자 伯陽, 호 芳洲)에게 오규우 소라이가 지어준 글이다. 따라서 이 글에서는 조선이란 존재가 다뤄지면서 오규우 소라이의 조선관이 드러나 있다. 동시에 일본의 자기인식과 대외인식을 엿볼 수 있다. 그런 점에서 매우 주목할 내용이다.

오규우 소라이는 "무릇 우리가 변방이라고 일컫는 곳이 네 곳이다"라고 한다. 그가 말한 동서남북의 네 변방은 일반적인 공간 개념과 달리, 해외로 들고나는 그 방향을 기준으로 잡고 있다. 쯔시마는 조선을 출입하는 관문이므로 북쪽이 되며, 키요오(崎陽, 나가사끼長崎를 가리킴)는 중국을 포함해서 서양이나 동남아 지역과 통하므로 일괄해 서쪽으로 잡은 것이다. 이 네 변방에서 북쪽이 중요하다는 것이 그의 견해이다.

"동쪽 이웃은 모인(毛人)인데 마쯔마에씨(松前氏)가 다스리며, 남쪽은 중산(中山)에 통하는데 사쯔마번이 관할하는 곳이다. 이 두 곳은 이미 우리의 신첩(臣妾)이 되어 있다." 모인이란 아이누이고, 중산은 오끼나와(琉球)를 지칭하는바 '신첩'이란 표현을 써서 일본에 복속되었음을 드러내고, 아울러 저들은 약소한 것들이기에 무시해도 좋다는 식으로 말하고 있다.[18] 약자라면 무시해버리는 관점이다.

"서쪽은 키요오인데 해외의 화이만국(華夷萬國)이 몰려드는 곳이요, 해내의 오민(五民)들이 다투어 모여들어서 가장 다스리기 어려운 곳이다. 국가에서 특별히 전대(塡臺)를 설치하고 두 후국(侯國)의 군대가 방

18 "夫我之稱邊者四, 東隣毛人, 松前氏治焉; 南通中山, 薩藩之所轄. 之二者業已爲臣妾於我焉. (…) 有事則不足煩一旅, 亡事則不敢自從諸候之後"(荻生徂徠 「贈對書記雨伯陽敍」, 『徂徠集』 권10).

어하며, 또 때때로 참정집법(參政執法)의 신하를 파견, 안찰(按擦)하고 있다. 다른 변방에 견주어 어찌 이곳이 중요하다고 하지 않으랴!" 그럼에도 "내가 보기로 쯔시마부(府)만큼 중요하지 않다"고 그는 주장한다. 자기대로 논리적 근거를 가진 주장임은 물론이다. "대저 제이(諸夷)들은 하잘것없는 것들이다. 화하(華夏)의 경우 영락(永樂) 이후로 명나라가 우리와 단절을 했고 우리 또한 청나라와 단절을 한 상태이니, 전쟁이건 우호건 아무런 관계도 이뤄지지 않고 있다. 그러니 예사(禮辭)가 어디에 소용될 것인가. 오직 민간 차원에서 상호간에 교역해 이익을 다투고 있을 뿐이다."[19]

앞에서 '제이'란 표현은 동남아 지역에서 서방세계까지를 포괄한다고 보겠는데, 그는 서세동점이라는 세계사적 신조류로 출현한 서양의 존재도 '하잘것없는 것들'에 싸잡아넣은 것이다. 그리고 '화하', 즉 중국은 명의 영락제 이후로 오늘의 청에 이르기까지 국교가 단절된 상태이며, 다만 민간 차원에서 무역이 행해지고 있으므로 거기에 '예사'는 불필요하다고 말한다. '예사'란 외교사령을 가리킨다고 볼 수 있으니 중국과도 문사(文士)의 역할이 요청되지 않는다는 뜻이 된다. 명청과의

---

19 "西則崎陽, 海外華夷萬國所來湊, 海內伍民所爭趨, 最稱難治, 而國家特設塡臺, 戍以二侯國之兵, 時時又遣參政執法之臣, 以巡按之. 是其於諸邊, 豈可不謂重乎! 然以予觀之, 宜莫若對府重焉乎爾. 夫諸夷瑣矣. 華夏永樂之後明旣絶我, 我又絶淸, 廖廖乎莫有戎好之交, 尙何用禮辭? 亦唯民與民之交征利"(같은 글). 오규우 소라이가 당시 일본이 해외제국과 교역하는 상황을 서술한 다른 글의 한 대목을 참고로 여기에 덧붙여둔다. "지금 키요오란 곳은 서해안의 대도시로서 이하(夷夏)가 교류하는 곳이다. 가까이로 조선이나 유구, 멀리 구락(歐駱, 유럽)으로, 남쪽으로 불제(佛齊)·불랑(佛狼)·과와(瓜哇)·발니(渤泥) 등 제이(諸夷)가 모두 다 오고 있다"(「送釋玄海崎陽序」, 같은 책 권10). 여기서 불제는 스리위자야(Sriwijaya, 수마트라섬에 있었던 나라), 과와는 자바, 발니는 브루나이로 추정되며, 불랑은 어딘지 미상이다.

외교관계의 단절을 오규우 소라이는 냉정하게 사실 차원에서 말하고 있을 따름이다. 동시기의 조선 지식인에 견줘본다면 아주 상이한 태도이다. 그는 고전적 중국은 대단히 숭상하면서도 현재적 중국에는 냉담한 태도로 나오는 모순을 보인 것이다.

> 쯔시마부는 그렇지 않다. 대개 우리 북문(北門)을 관장하고 있으니 〔조선과의〕 거리가 2백리 정도이다. 한(韓)은 북쪽으로 흉노(匈奴)와 닿고 서쪽으로 화하와 땅을 연해 있어 두 큰 나라 사이에 낀 것이 춘추시대의 정(鄭)과 비슷하다. 정이 사명(辭命)으로 나라를 유지했던 것처럼 한도 사명으로 나라를 유지하고 있다. 그래서 이 나라 사람들은 문학에 능숙하다. 이 나라는 '우리와 땅이 비등하고 형세도 대적이 되고' 있다. 또한 풍왕이 무력을 행사한 나머지 저들은 우려하는 것이 심각하고 주밀한데 오직 우리나라가 유수지덕(柔綏之德)을 펴서 저들 역시 세왕지례(世王之禮)를 지키고 있다. 만일 틈이 벌어진다면 제왕구세지지(齊襄九世之志)가 없지 않을 것이다.[20]

오규우 소라이의 조선관이 표명된 대목이다. 그는 일본과 조선을 선린관계로 인식하며, 양국의 선린관계는 지속되어야 할 것으로 생각한다. 앞의 글 끝부분에서 '세왕지례'는 『상서(尚書)』에 출전을 둔 말인데, 조선국은 일본에 대한 경계심을 늦추지 않으면서 일본국의 유화책에

20 "對府則不然, 蓋實司我北門管籥, 相距韓二百里而近. 韓, 北接匈奴, 西連壤華夏, 其介乎二大國, 猶之春秋鄭乎. 鄭以辭命, 韓亦以辭命, 其人迺嫺於文也. 然其于我也, 以地則醜, 以勢則敵. 又承豊王威龕之餘, 其所以慮我者深且備矣. 唯我國家柔綏之德也, 而彼猶且秉世王之禮, 萬一釁啓, 毋迺弗有齊襄九世之志乎!"(같은 글).

끌려서 왕업을 보전하기 위해 일본과 외교관계를 유지한다는 뜻으로 이해된다. '제양구세지지(齊襄九世之志)'는 씻기 어려운 원수가 된다는 의미로, 일본과 조선의 사이는 다시 불화해 틈이 벌어지면 영구히 원수지간이 될 것이라고 전망한 것이다. '제양구세'는 임진왜란을 겪은 이후로 조선 지식인들이 일본에 대해 쓴 문자이기도 했다. 1719년의 통신사행에 앞서 1711년 통신사행의 단장인 조태억(趙泰億)에게 누군가 지어준 시에도 "제양구세의 원수 어찌 차마 잊으랴!(忍忘齊襄九世讐)"라고 읊었던 것이다.[21]

오규우 소라이는 한일 간에 가로놓인 해묵은 감정이 불공대천의 원수처럼 악화되지 않으려면 선린관계를 이어가야 한다는 발언을 분명히 하였다. 그럼에도 이웃의 조선과 우호관계를 발전시키려는 어떤 사고의 열림도 찾아보기 어렵다. 다분히 자국중심적 입장을 취한 것이다. 그의 자국중심주의는 일본열도를 하나의 '배타적 전체'로 사고하는 방식이다. 거기에 타자를 배려하는 생각은 부족할 수밖에 없었다. 그의 의식 속에서 고전적 중국과 현실적 중국 사이에 뒤틀림이 발생하게 된 것도 이 때문이 아니었던가 싶다. 중화주의를 탈피한 일면이 보인다. 이는 당시 일본의 막번체제가 취했던 탈중국적 행보와 통하는 관점이기도 하다. 그의 사고의 논리에는 이웃 조선을 중요하게 배려하긴 하면서도 '선린'이 '우호'로 가는 통로가 가로막혀 있다. 조선과는 물론 중국과도 '이성적 대화'가 열릴 가능성은 보이지 않는다. 오규우 소라이가 일찍이 가졌던 대외인식상의 문제점은, 역사적으로 확대해보자면 근대국가 일본이 취한 방향과도 무관한 것이 아닐 듯하다. 이 문제점과 관련해서

21 李正臣 「贈別通信正使趙泰億大年」, 『櫟翁遺稿』 권1.

는 뒤에 다시 언급할 것이다.

4. 한일 지식인 사이에 싹튼 '이성적 대화'

문예의 동산에 신선한 시편
한일 간의 우호가 이뤄지는 즈음에 펼쳐지는데
저술의 바다에 맑은 물결,
고금의 학술이 여러 분파로 나뉘어 흐르놋다![22]

난구우 타이슈우(南宮大湫, 1728~78, 이름 岳, 자 喬卿, 호 大湫)가 1764년 조선 통신사절단의 문사들과 시를 수창하고 편지로 문답한 내용을 정리해서 발간한 책자인 『강여독람(講餘獨覽)』의 표지에 제시된 연구(聯句)이다. 바야흐로 행해진 한일 간의 교류로 '문예의 동산'에는 꽃이 활짝 피고 저술의 바다에는 토론으로 학술이 펼쳐진다는 의미로 해석된다. 책을 선전하기 위한 광고 문구에 해당하지만, 오히려 그렇기 때문에 당시 독자층의 취향을 대변한다고도 말할 수 있겠다. 한일 문사들이 어울린 한시 수창을 백화제방(百花齊放)이나 되는 듯 뽐내고 학술토론에 대해서도 여러 학술유파가 다채롭게 일어나는 것처럼 자랑한다. 상당히 과장된 표현으로 보이는데, 그것은 독자들에게 다가가기 위한 전술이었던 셈이다. 어쨌건 조선사행의 내방이 계기가 되어 지식교류가 일어난 현상을 긍정하고 기대도 하는 모습이다. 필자가 관심을 갖는 한일

22 "藝苑新葩, 開列和韓通好之際會. 翰海清流, 派分古今爲學之異同"(『講餘獨覽』).

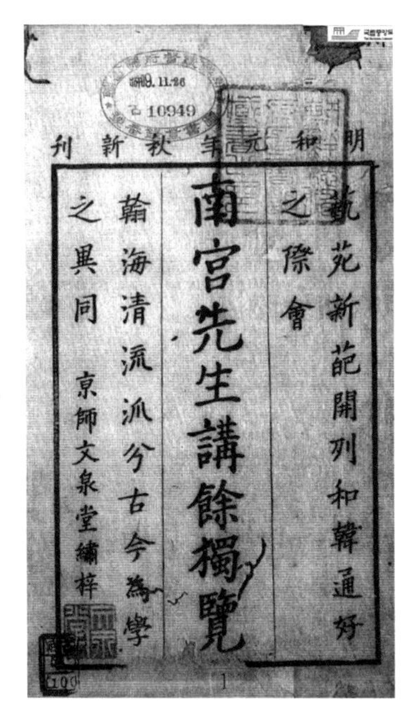

난구우 타이슈우가 지은 『강여독람』(1764, 목판본)의 표지.

지식인들 사이의 '이성적 대화'의 싹을 여기서 발견할 수 있다.

1719년 기해통신사행이 일본을 다녀오고 30년이 되는 1748년에 홍계희(洪啓禧)를 단장으로 한 무진통신사행, 다시 16년 후인 1763~64년에 조엄(趙曮)을 단장으로 한 계미통신사행이 있었다. 계미통신사행은 단원의 구성 자체가 그야말로 '드림팀'이어서 풍부한 문화적 성과를 거두었다. 필자는 앞에서 언급했듯 「계미통신사와 실학자들의 일본관」이라는 논문을 써서 계미사행의 학술적 교류가 한국 실학의 형성에 어떤 의미가 있었던가를 논했다.

이 단원에서 필자는 『강여독람』을 특히 주목해서 논지를 전개하려는데, 이에 앞서 『항해헌수록(航海獻酬錄)』 『홍려경개집(鴻臚傾蓋集)』 『동사여담(東槎餘談)』을 먼저 거론한다. 모두 일본측 자료인데 『항해헌수록』은 기해사행 때의 기록으로 오규우 소라이가 서문을 쓴 바로 그 책이다. 『홍려경개집』 『동사여담』은 미야세 류우몬(宮瀨龍門)이란 인물이 무진사행과 계미사행 때에 연이어 조선 지식인들을 만나서 교류한 기록을 각기 따로 정리한 내용이다. 당시 통신사행이 계기가 되어 이루어진 양국 지식인들의 만남의 성과물이 소책자 형태로 속속 발간되어 독자들에게 선을 보였다. 모두 상업적 출판이었다. 조선사행이 일본을 떠나기 전에 벌써 발간된 사례도 있었다 한다. 그 종수가 적잖은 것으로 알려져 있으나 여기서 다루는 대상은 그중의 일부이다. 일종의 사례분석으로서 당시 한일 간의 지식교류의 실상을 구체적으로 짚어보는 방도가 될 것이다.

1) 1719년 미즈따리 헤이잔과 청천 신유한의 만남

『항해헌수록』은 히고주의 지식인 미즈따리 헤이잔이 오오사까의 니시혼간지(西本願寺)에서 기해사행의 네 문사들을 만나 시를 수창하고 따로 청천 신유한과 필담을 나눈 기록이다.[23] 청천은 당대 일류 시인으로 이 통신사행의 견문을 『해유록(海遊錄)』이라는 기록으로 담았는데 이 또한 해행록 중에서 명저로 손꼽힌다. 『항해헌수록』의 전체 내용을 보면 오규우 소라이가 '싸움의 틀'로 인식했던 것처럼 대결의식을 가지고 칼을 붓으로 바꿔든 것으로는 읽히지 않는다. 빈관(賓館)에서 밤늦게까지 계속된 만남이 화기에 넘치고 "여러분의 시는 조어(造語)가 묘

23 『항해헌수록(航海獻酬錄)』은 기해통신사행 때의 필담·창화집들을 모아서 1721년에 간행한 『한사창화훈지집(韓使唱和壎篪集)』에 수록된 것이다. 오규우 소라이의 서문에는 서명이 『미즈따리씨 부자 시권』이라고 되어 있었으며, 필자는 쿠마모또현립도서관(熊本縣立圖書館) 소장의 필사본을 영인한 자료를 참고한바 이 책은 내표제가 『항해창수부필어(航海唱酬附筆語)』로 되어 있다.

해서 신출귀몰하는 것 같다"는 헤이잔의 찬사는 겸손을 내포한 진정성이 느껴지는 것이다.

헤이잔이 묻고 신청천이 대답하는 방식의 이 책에서 나는 필담 부분을 중시하고 있다. 헤이잔은 무엇을 물을지 미리 준비해왔을 터지만 이 역시 딱히 지식의 대결을 의도한 것으로 여겨지지 않는다. 질문의 내용이 모두 조선 성리학에 관해서인데, 그의 조선 성리학에 대한 향념이 담겨 있는 것이다. 질문은 매우 구체적이었다. 문항 중에는 퇴계(退溪)의 시 「도산팔절(陶山八絶)」에서 '영금주소(零金朱笑)'[24]가 무슨 뜻인지, 퇴계의 저술에 『송계원명리학통록(宋季元明理學通錄)』이 있다고 어디서 얼핏 보았는데 이 책이 존재하는지 하는 물음이 들어 있다. 신유한은 전자에 대해서는 모르겠다면서 어름어름 넘어갔고 후자에 대해서는 전해지지 못한 것으로 답변한다. 물론 여행 중에 충실한 답을 하기는 누구도 어렵겠으나, 『송계원명리학통록』에 관해서 신유한은 오답을 한 것이다. 실은 시학을 전공한 신청천은 그런 질문에 답할 적임자가 아니라고 볼 수 있겠다.

그 당시 헤이잔은 13세의 아들을 데리고 왔다. 이미 경전과 역사서에 통하고 글을 곧잘 짓는 신동이기에 이 아들을 국제적으로 자랑하고 안목을 넓혀주고도 싶었을 듯싶다. 신청천에게 아들의 자(字)와 호(號)를 지어주기를 청하자 청천은 흔쾌히 그의 안방(安方)이라는 이름에 맞추어 자를 사립(斯立), 호를 박천(博泉)이라 하고, 또 아침에 길을 떠나는 바쁜 일정임에도 「자호설(字號說)」을 지어준다. 하나의 아름다운 일화

24 '영금주소'는 『퇴계속집』 권2에 "零金朱笑覓爐邊"으로 나와 있는 것이다. 이 구절에 대해 『退溪文集攷證』 권8에서 朱子 「答陳同甫書」의 "今乃無故棄舍自家光明寶藏, 而奔走道路向鐵爐邊, 查礦中, 拔取零金, 不亦誤乎?"를 출전으로 인용해놓고 있다.

가 된 것이다.

그런데 이 과정에서 필자가 보기로는 그냥 지나칠 수 없는 점이 있다. 헤이잔이 청천에게 청을 할 적에 조선의 유선(儒先)인 정여창(鄭汝昌)이 8세 때 그 아버지가 데리고 명의 사신으로 온 장녕(張寧)을 만나 아이의 이름을 지어주도록 청했던 고사를 들면서 "공은 오늘의 장천사(張天使)입니다" 하고 간절히 요망한 것이다. 헤이잔이 청천을 보고 '오늘의 장천사'라고 말한 데는 배경이 있다. 일본 사람들은 조선사행을 가리켜 '조선인'이라고 부르지 않고 '당인(唐人)'이라고 부르는 관행이 있었다 한다. 왜 그러냐고 아메노모리 호오슈우에게 신청천이 묻자 "나라에서 객인 혹은 조선인이라고 부르도록 명령하는데 일본의 대소 민속이 예로부터 귀국 문물은 중화와 같다고 해서 '당인'이라고 칭하는 것입니다. 이는 사모하는 뜻입니다"라고 그는 대답했다.[25] 조선 사람에게 듣기 좋으라고 하는 말인 듯도 싶은데 '조선인'을 '당인'이라고 일컫는다 해서 참으로 우리를 존대하는 것으로 생각할 수 있을까? 당시 일본인들에게 있어서 조선은 중국과 정식수교를 할 수 없는 처지에서 '꿩 대신 닭'이었던 셈이다. 조선을 조선으로 인식한 것은 아니라는 말이 된다.

1719년 조선 통신사행의 상관물로서 일본측 자료인 『항해헌수록』을 통해서 한일 양국간에 우호적인 대화가 이루어진 귀중한 사례를 확인

25 아메노모리 호오슈우가 먼저 신유한에게 귀국은 우리와 국교를 하고 있는 터에 왜 우리를 가리켜 '왜적(倭賊)'이나 '만추(蠻酋)' 같은 모멸하는 표현을 쓰느냐고 항의조로 말하자, 신유한은 임란의 악감정이 남아서라고 대답한다. 이어서 신유한이 "귀국에서는 우리를 일컬어 당인이라 부르며, 조선인의 필첩에다 당인필적이라고 적으니 무슨 영문입니까?" 하고 되묻는다. 이 물음에 아메노모리 호오슈우는 "國令, 則使稱客人, 或稱朝鮮人, 而日本大小民俗, 自古謂貴國文物與中華同, 故指以唐人. 是慕之也"라고 대답했다(『海遊錄』, 앞의 책 358면).

할 수 있다. 하지만 이 학술대화가 '이성적 대화'로 진전하기는 어려웠을 것으로 여겨진다. 한일 간에 학술교류가 가능한 접점은 성리학(주자학)이었다. 토꾸가와 막부가 주자학을 국학(國學)으로 공인함으로 해서 한일 간 대화의 기반이 조성되었다고 할 수 있다. 하지만 중화주의의 테두리에 갇혀 있는 주자학을 가지고는 '이성적 대화'로 진전하는 데 한계가 있을 수밖에 없었다. 그나마도 조선측은 일본과의 문화교류를 한시 형식 중심으로 대응하고 학술적 대화에는 관심이 미치지 못하였다.

2) 1764년 미야세 류우몬과 우상 이언진의 만남

미야세 류우몬(宮瀨龍門, 1719~71, 성을 미야宮, 혹은 유우劉라고도 했으며, 이름 維翰, 호 龍門)은 기해사행이 일본 땅을 밟은 그해에 태어나, 무진사행 때는 30세였고, 우상(虞裳) 이언진(李彦瑱, 1740~66, 호 松穆館, 자 虞裳)과의 만남은 그의 나이 46세에 이루어졌다.

류우몬은 소라이학파의 고문사학을 신봉하는 인물이다. 앞서 신청천과 만난 미즈따리 헤이잔이 주자학을 신봉하는 인물이었던 것과는 대조를 보인다. 그 스스로 표명하기를 자신은 "어려서부터 '모노씨(物氏)의 학'〔소라이의 성이 모노노베物部이기 때문에 소라이학을 이렇게 표현한 것임〕에 뜻을 두어 천리를 멀다 않고 와서 여러 군자들을 따르고 있다" 했는데 그가 받들어 모시는 스승은 오규우 소라이의 제자들 중에 문학으로 손꼽히는 핫또리 난까꾸(服部南郭, 1683~1759)였다. 그는 소라이와 난까꾸를 아울러 대단하게 일컬어 "우리나라 개벽 이래 두 선생 같은 인물은 일찍이 있지 않았다"고 조선사행들 앞에서 자랑해 마지않았다.

그가 에도에 와 있었기 때문에 1748년과 1764년 두 차례 조선 지식인들과의 만남은 에도의 빈관에서 이루어졌다. 그는 전후의 조선사행을 비교하여 진술하고 있는데 "무진사행 때는 우리의 필봉(筆鋒)을 〔조선측이〕 대적하지 못해 피하는 태도를 보였다"는 것이다. 조선측은 일본이 무를 숭상하기 때문에 문에는 약할 것으로 예상했다가 낭패를 보았던 것을 경계 삼아 계미사행 때는 "옛날 유세룡(柳世龍, 유성룡柳成龍의 오기로 보임. 유성룡은 『징비록』을 지었음)은 무사(武事)로 징비(懲毖)했는데 이번에는 문사(文事)로 징비했다"는 것이다. 이러한 진술을 액면 그대로 접수할 수는 없겠으나 일본측의 문학적 수준이 괄목상대할 만큼 향상됐던 것은 사실이며, 일본측이 한일 간의 만남을 싸움의 구도로 추구했던 것 또한 분명하다.

1748년의 기록인 『홍려경개집』은 원문이 10장에 불과한 소책자이다. 역시 창수와 필담으로 편성된 것인데 창수도 필담도 활발하게 어울리지 못하고 있다. 해고(海皐) 이명계(李命啓)가 대변인처럼 나서서 "우리들이 10여일 수응(酬應)하느라고 침식도 제대로 하지 못해 심신이 몹시 지친 상태입니다"라고 쓰는데, 이는 핑계가 아니지 싶다. 결과적으로는 일본측 필봉에 대적하지 못한 모양이 된 것은 사실이었다.

류우몬은 필담에서 일본의 문학 내지 학술의 유래와 경향을 자랑하는 어조로 소개한다. 앞에서 진술한 소라이학에 관한 언급은 여기에 들어 있었다. 그의 마무리 발언은 조선으로 방향을 돌려서 기왕에 문학을 숭상해온 귀국에는 "송유의 고루한 학문을 버리고 복고의 문호를 따로 개척한 사례는 없느냐"고 묻는다. 그의 발언에 대해 이명계는 간략히 대응하는바 "귀국의 문장경술(文章經術)은 대략 보았다"면서 평가에 당해서는 인색한 편이다. 류우몬이 일본의 개벽 이래 최고라고 칭송했던 오규우 소라이나 핫또리 난까꾸를 두고도 상대적 우월성을 인정한 정도이며, 이또오 진사이에 대해서는 "잡초가 많고 싹이 드물다"는 식으로 평가절하했다.

이런 식의 답변에 류우몬으로서는 응당 불만이 컸을 테지만 필담의 현장에서는 반박을 하지 못했다. 대신 후일 자료를 정리하면서 이 대목에 안설(按說)을 붙이는 것으로 불만을 달래고 있다. “살피건대 한인들은 관습이 본디 달라, 저들은 정주(程朱)를 떠받들기를 공자보다 더한다. 그리고 우리를 으레 기송속유(記誦俗儒, 글귀 외우기나 일삼는 속된 지식인)로 취급해 성인의 도와는 거리가 멀다고 본다. ‘둥근 구멍에 모난 나무 박아넣기(圓鑿方枘)’이니 더불어 논할 수가 없다”는 것이다. ‘둥근 구멍에 모난 나무 박아넣기’라는 이 지적은 맞다. 이 문제점은 쌍방에 다 있었다고 봐야 할 것이다. 조선측을 두고 말하면 일본의 학술경향을 이해하려 들지 않고 문장론적 측면에서만 접근한 것이 첫째 문제점이다. 그리고 17세기 말 이래 조선 학계 일각에서 주자학의 고루(固陋)로부터 다른 길을 모색하는 지적인 움직임이 없지 않았으니, 이런 경향을 소개하면 대화를 활발하게 풀어갈 수 있었을 것 아닌가. 일본측을 두고 말하더라도 류우몬 역시 고문사학의 입장에 맞는 것만 찾으려고 했다. 편협한 것은 피차일반이다. 조선측은 대화를 하려는 노력이 애초에 부족했고 일본측은 자기 코드에 맞추려고만 든 모양새였다.

류우몬의 1764년 기록인 『동사여담』은 본문이 2권 26장인데 필담 위주로 엮었고 창수시는 끝에 부록으로 몇장 들어가 있다. 조선 지식인들과의 만남이 전에 비해서는 양적으로 풍부한 기록을 남긴 셈이다. 서문은 『강여독람』의 저자인 난구우 타이슈우가 썼다.

여기서는 류우몬이 조선 지식인들과의 대화에 보다 더 적극적이고 대화를 끌어가는 방식도 훨씬 능숙해졌음을 볼 수 있다. 그가 나름으로 동원한 수단이 있었다. 전번에 그는 자기 성을 미야(宮)라 하더니 이번에는 유우(劉)라고 하면서 본디 한나라 황족으로 한나라가 망할 때 일본으로 망명해왔노라고 밝히길 잊지 않았다. 그러면서 "제 조상이 〔일본으로〕 파천(播遷)하지 않았다면 저는 청나라의 오랑캐 복식과 변발을 면치 못했을 것이외다"라는 말까지 덧붙이곤 했다. 이런 발언에 조선인들이 감격해 마지않으며 아주 호의를 갖게 되었음은 물론이다. 류우몬은 이런 수단을 구사해서 '해외지교(海外之交)'를 넓히는 효과를 거뒀지만, 맞는 코드를 찾는 태도는 여전했다. 이번에는 코드 찾기에 용케 성공을 한 것이다. 우상 이언진과의 만남이었다.

이우상은 중국어 통역관으로 수행한 인물이다. 그는 일본을 다녀오고 두해 뒤에 27세의 나이로 죽은 천재시인이었다. 연암은 그의 요절을 더없이 슬퍼해 「우상전」을 지었는데, 여기에서 연암은 그가 일본에서 문명을 날려 저 땅의 유명한 승려며 귀인들이 "운아(雲我) 선생은 국사(國士)요 무쌍(無雙)이라"라고 칭송했다는 소식을 전하고 있다.[26] 운아 선생이란 이우상이니 『동사여담』에서도 운아라는 호로 일컫는다. 류우몬은 이우상의 존재를 뒤늦게야 알고 만시지탄을 하며 달려와서 "당신이 운아자(雲我子)요? 저는 유우 류우몬(劉龍門)이라오" 하고 필담을 시작했다. 류우몬이 이토록 반가워했던 것은 이우상의 문학적 취향이 자기와 같다고 들었기 때문이다. 이우상이 류우몬을 대해 한 발언이다.

> 저 또한 손으로 베껴쓴 책이 여러 상자인데 왕이(王李, 명대에 고문사학을 일으킨 왕세정王世貞과 이반룡李攀龍을 가리킴)의 것이 대부분이라오. 알아주는 자 적고 알아주지 못하는 자 많으며, 나를 칭찬하는 자 적고

26 朴趾源 「虞裳傳」, 『燕巖集』 권8 장14.

나를 폄훼하는 자 많습니다. 군자는 그래도 독립무민(獨立無悶)의 자세를 견지해야지요.

류우몬이 고문사학을 위주로 공부한다는 말에 이우상이 크게 공감하여 이와같이 자신의 문학적 입장을 표명한 것이다. 조선의 문학적 풍토에서 고독히 자아를 지켜야 했던 이우상은 해외에서 지기를 만난 셈이다. 류우몬이 "공은 학술에 따로 어떤 견해가 있습니까?" 하고 논제를 돌리려 하자 이우상은 "우리 국법이 송유의 학을 벗어나서 경전에 대해 논하는 것을 엄히 제약하고 있소. 이런 문제는 함부로 발설할 수 없으니 청컨대 문학에 대해 논하기로 합시다"라고 하여, 그 천애의 만남은 주제가 문학에 한정되었다.[27]

27 『동사여담』에는 이언진 연구에 관련해서 중요한 기록들이 보인다. 류우몬과의 필담에서 이언진이 직접 쓴 대목이므로 신빙할 자료로 생각된다. 이언진은 자신의 저술구상을 밝혀 "나의 행낭에는 초고가 많습니다. 귀국 후에 『산호철강(珊瑚鐵綱)』이란 이름으로 한 부의 저서를 하고자 합니다. 일본 땅의 기인재사며 영산가수(靈山佳水), 보배로운 것들 풀 하나·꽃 하나·돌 하나·새 하나, 기이한 짐승까지도 빠트리지 않으려 합니다"라고 한 것이다. 서명까지 이미 『산호철강』이라고 정해놓았으며, 내용은 일본 견문기로서 저서작업이 구체적으로 들어간 것으로 추정되는데 그 자신이 요절해서 완성을 보지 못한 듯하다.

다음은 이언진의 문학경향이다. 이언진의 문학은 대개 공안파(公安派)에 닿는 것으로 알려져 있는데, 특히 왕세정·이반룡을 애호한다는 것이다. 그리고 자신의 문학은 전적으로 스승인 탄만(耽晚) 이용휴(李用休) 선생의 가르침을 받아서라고 고백한다. "저는 우리 스승의 가르침을 받들어 따로 특별한 수완을 생각해 왕·이로 나가 특별한 경지를 개척하려 한다(思別出手眼, 就王李, 別開一洞天)"는 것이었다. 이용휴에서 이언진으로 이어진 문학계보는 일본의 고문사학파와 통하는 문학세계를 추구했다는 의미로 해석되는바 주목을 요하는 대목이다.

3) 1764년 난구우 타이슈우와 추월 남옥의 만남

앞에서 보았듯 한일 간 지식인들의 만남을 일본측은 '싸움의 틀'로 의식하고 있었다. 하지만 실제는 꼭 승부를 겨루는 싸움의 구도로 전개되었다고 말하기 어렵다. 물론 만남에서 비중이 컸던 한시 창수는 문예로 겨루는 것이었으니 오늘의 스포츠경기와 비슷한 면이 있었다. 필담으로 오면 성격이 차츰 달라지는 양상이 나타났다. 대결의식을 강하게 보였던 류우몬만 해도 코드에 맞는 대화 상대를 열심히 찾으려 한 것이다. 『강여독람』의 난구우 타이슈우의 경우 질문서를 보내 토론을 걸어온 방식이었다. 조선사행이 미노(美濃)의 이마스(今須) 역정(驛亭)에서 묵고 있을 때 난구우 타이슈우는 친구들 편에 시와 질문서를 보내와서 답변을 청했다. 몸이 아파 직접 오지 못했다고 변명을 하고 있으나 의도적이었던 것으로 보인다. 필담은 오히려 학술토론을 차분히 하기 어렵다고 판단하지 않았을까. 그때는 2월 중순이었다.

『강여독람』은 계미사행이 다녀간 바로 그해 1764년 9월에 헤이안쇼린(平安書林)이란 데서 간행된 본문 20장의 소책자이다. 당시 일본사회에서 출판이 얼마나 신속하게 이루어졌는지 실감케 한다(이 책에는 "佐倉府 文學 正孝德"이라고 기명한 서문이 실려 있다). 『강여독람』에 서문을 쓴 시부이 타이시쯔(澁井太室, 1720~88)는 고문사학파와는 입장이 다른 문사다. 서문은 이렇게 시작한다.

> 지금의 이른바 고학(古學)으로 일컬어지는 자들은 알 만하다. 전일순수(專一純粹)하기로 말하면 동중서(董仲舒)·가의(賈誼)·공융(孔融)·정현(鄭玄) 같은 것이 아니요, 박문강식(博聞強識)으로 일가의 문장을 이룬 것으로 말하면 사마천(司馬遷)·반고(班固) 같은 것이 아니

다. 사설(師說)만을 고수해 스승이 주장한 학설이 과연 어찌해서 자기와 다른 것을 힘써 배격하는지 알지 못하고, 또 자기와 다른 것이 과연 어찌해서 학설로 주장하려 드는지를 살피지도 않는다. 그래서 그 고수하는 학설은 자기와 다른 것이 옳은지 그른지 제대로 따져서 옳고 그르고를 얻은 것이 못된다.[28]

앞에서 논박하는 대상은 고학의 기치를 든 소라이학파이다. 그 에피고넨들이 사설이라고 맹종하는 태도를 여지없이 공박하는 논지인데 진리를 추구하는 자세는 선명하다. 소라이학파가 내세운 고학은 한학을 위주로 하고 있었기에 한대의 학술·문학을 대표하는 동중서 등과 사마천 등을 들어서 진정한 고학과는 거리가 멀다고 비판한 것이다. 이 서문을 쓴 시부이 타이시쯔나 『강여독람』의 저자 난구우 타이슈우는 한송절충파(漢宋折衷派)로 알려진 학자들이다. 18세기 당시 일본 학계는 여러 학파로 대립해 자못 역동적인 모습이었다.

시부이 타이시쯔는 조선사행과의 지식교류의 실태에 대해서도 비판적인 지적을 하고 있다. 한국인과 교류한 책자들이 쏟아져나오는데 "시로 감회를 붙인 것이나 문(文)으로 여행의 노고를 위로하는 따위이며, 자리를 마주해서 응대하는 경우에도 설령 의견이 다르더라도 그냥 수긍해 넘기고 논쟁이 일어나지 않기를 바랄 뿐이다"라고 생산적인 학술교류의 장이 되지 못하고 있음을 지탄한다. 『강여독람』은 한일 지식인

28 "今之所謂稱爲古學者可知已. 非純粹專一如漢董賈孔鄭, 又非博聞强識成一家言如司馬遷班固, 固守師說, 而不知師之所以爲說者果如何務排異自己者, 而不省所以異自己者, 亦果如何欲見求所以爲說者. 而守之說, 察異自己者是邪非邪, 而是其是·非其非者, 不可得也"(井孝德 「講餘獨覽序」, 『講餘獨覽』 卷首).

의 만남이 상투적인 창수나 듣기 좋은 말잔치로 끝나던 관행과 달리 학술토론을 벌이려고 작심하고 나섰다. 일본 학계의 역동적인 양상이 한일 지식인의 만남의 장으로 전이된 꼴이었다. 타이시쯔가 이 책을 접한 일성은 "참으로 고학(古學)을 하는 자는 이 사람이다"라는 것이었다.

난구우 타이슈우는 자기 소개서 및 질문서를 보내왔으니, 이 경우는 글을 통한 만남이 되었다. "풍속이 다른 구역이라 말하지 마오. 동문(同文)에 힘입어 일가가 되었지요(莫論風俗稱殊域, 幸賴同文作一家)." 제술관인 추월 남옥에게 증정한 시의 한 대목이다. 타이슈우는 조선 지식인에게 보편문어를 공용하고 있음을 일깨우고 있다. 동문세계의 연대의식을 보인 것이다. 오규우 소라이에게선 좀처럼 찾아볼 수 없었던 정신자세가 아닌가 한다.

타이슈우가 조선사행과 교류한 것은 이것이 처음이 아니다. 류우몬처럼 1748년의 조선사행을 그 역시 직접 와서 만났다 한다. 그런데 당시 필담을 나누는 자리에서 해고 이명계가 대뜸 "그대도 반주자학도인가?" 하고 묻더라는 것이다. 그는 질문서의 서두에서 이 사실을 들추며 "돌아보건대 우리나라는 한두 선현(先賢)이 다른 소견으로 기치를 세워 후생을 교도하기 때문에 후생들 또한 필히 선현을 따라 배웁니다. 그래서 주자를 배척하면 당신들로서는 취할 점이 없다 해도 어찌 온통 다 그른 것이겠소? 지금 그걸 옳지 않다 해서 모두 다 반주자라고 축출하겠습니까?"라고 일깨운 다음, 주자의 가르침을 인용하고 있다. "범속한 자들의 학문은 하나의 이치에 치우쳐서 한 학설만 주장하여, 그런 까닭에 주변을 살피지 못하고 논란만 일으킨다." 주자주의에 사로잡힌 조선 지식인들에게 주자의 말씀을 끌어와서 일침을 가한 셈이다. 그러고 나서 "더구나 우리 일본은 주자학을 이미 국학으로 삼고 있는데 자양가(紫

陽家, 주자학을 지칭함)의 말을 배척할 필요가 없습니다. 다만 저만 옳다고 자신해 분분히 말씨름을 일삼더라도 끝내는 한 마당의 논쟁일 뿐이니, 아무리 그래도 선왕의 도를 배우자는 것입니다." 일본 학계의 실정을 설명해 너그러운 이해를 구한 타이슈우의 진술은 학술토론의 장에서 일반적으로 동의할 수 있는 태도이다.

타이슈우의 질문서를 대략 검토해보면 고금 학문의 같고 다름을 조목조목 나열하면서 자기의 입장을 밝히고 상대방의 의견을 묻는 식이었다. 그러자니 글도 제법 장문이 되었다. 앞서 살폈던 미즈따리 헤이잔이 필담으로 물었던 바와 달리 중국의 한대에서 명대에 이르는 학술사를 논쟁적으로 제기한 것이었다. 이 질문서를 접수한 남추월은 "나열한 것이 조리가 있고 의론이 다 근거가 있으니 일본에 온 이래 처음으로 학술을 강구한 논설을 얻었소이다. 이 기쁨은 어찌 '한산(寒山)에서 편석(片石)을 발견한' 데 그치리오?"라고 크게 환영하면서도[29] 답변은 추후에 하겠노라고 미룬다. 바쁜 여정 때문이기도 하겠지만 질문에 얼른 답을 하기도 쉽지 않았을 듯싶다. 남추강은 에도에 당도해서 과연 질의에 대한 답변서를 작성해 보낸다. 이 답변서에 타이슈우는 승복하지 않고 즉각 반론을 제기한다. 조선 지식인의 답변에 대응해서 조목조목 따진 일본 지식인의 반론은 또 역시 장문이었다. 그런데 당시 통신사행단의 한 사람이 일본인에게 살해당하는 불의의 사건이 발생해서 이 반론에

29 '한산편석(寒山片石)'은 특별히 빼어난 문장을 이르는 말. 남북조 시대에 북주(北周)의 유신(庾信)이 남조에 사신으로 다녀왔는데, 그곳에 훌륭한 문장이 있더냐는 물음에 별다른 것이 없고 다만 한산사(寒山寺)의 돌에 새겨진 글은 볼 만하더라고 대답한 데서 유래한 것임. 그 비문은 온자승(溫子昇)이 지은 글이다. 조선 통신사행이 일본 문사의 글을 칭찬할 때 곧잘 이 문자를 끌어다 쓴 것을 볼 수 있다.

대한 재답변서는 보낼 계제가 되지 못했다. 한일 지식인간의 학술토론은 일본측의 문제제기에 조선측이 답변을 하고 다시 일본측이 반론을 제기한 그 상태에서 중단된 것이다.

이제 쌍방간에 주고받았던 학술토론의 내용을 다룰 차례인데, 여기서는 핵심쟁점을 거론하는 것으로 그친다. 핵심은 학문의 종지를 한학에 두느냐 송학에 두느냐에 있었다. 한학이냐 송학이냐 하는 학문방법론상의 문제는 기실 18세기 당시 동아시아적 차원에서 커다란 이슈가 되었던 사안이라고 말할 수 있다. 청조의 학계는 한학적인 고증학과 송학적인 성리학에 절충파로 대립하는 형국이었으며, 조선의 학계에서는 성리학이 주류를 이룬 가운데 신학풍으로 등장한 실학은 한학에 가까운 편이었다. 난구우 타이슈우가 제기한 반론 중에는 다음과 같은 말이 들어 있다.

> 엎드려 바라옵건대 족하는 너그러운 아량으로 오로지 복고(復古)로 마음을 써서 고의(古義)를 취하되 신주(新注)를 폐하지 말고 '신'과 '고'를 아울러 비춰보아야 할 것입니다. 그러면 귀국의 문물이 훌륭해지고 인재도 잘 양성되어 그 성과는 전에 비해 배가될 것이외다.[30]

조선의 학풍은 송학(성리학) 일변도가 되어 경직상태임을 충고하는 뜻이 담겨 있다. 앞의 논지는 한송절충의 입장인데 한학(고학)의 기반에서 송학의 장점을 수용하는 태도이다. 이는 일본 학계의 한송절충론

30 "伏冀足下寬懷雅度, 專以復古爲心, 乃取古義, 且不廢新注, 新古幷照, 則貴邦文物之盛也, 人才之成也, 其化必有倍古昔者矣"(南宮岳「再復秋月南君」, 『講餘獨覽』).

을 대변한 것이다. 당시 청조의 한송절충론은 대체로 송학을 중심으로 한학을 절충하는 입장이었다. 조선 학계에서 한송절충론을 표방한 경우는 그렇게 뚜렷하지 않으나 역시 송학을 위주로 한 절충이었다. 동아시아세계의 세 나라에 한송절충론으로 호칭할 학문경향이 공존했으되 구체적인 내용으로 들어가서 살펴보면 국가 간에 차이점이 분명했던 것으로 여겨진다. 앞으로 고찰을 요하는 거창한 사안임을 지적해두고 여기서 논의를 줄인다.

타이슈우가 제안한 학술토론에 나선 조선측의 입장은 난감했을 것으로 짐작된다. 성리학 비판의 장에 들어가는 것처럼 되어서 부담스러웠을 것이다. 그럼에도 저쪽이 학술적으로 진지하게 나온 데 환영해, 기본적으로 성리학을 옹호하는 입장을 견지하면서도 상대방의 장점을 수용하고 논의의 접점을 찾으려 한 태도는 평가할 수 있다. 학술교류를 '이성적 대화'의 첫 단계로 올라선 것으로 간주할 수 있지 않을까.[31]

---

31 이 논문을 발표한 학술회의 석상에서 미야지마 히로시(宮嶋博史) 교수가 토론을 담당해 몇가지 중요한 문제를 제기했다. 그 하나는 "'이성적 대화'의 문제를 생각할 때 그 대화의 주체들이 어떤 지위에 있었던가에 따라서 대화의 내용도 다양하게 나타났을 것이라고 생각되는데 그러한 의미에서는 조선 쪽도 일본 쪽도 다양한 수준에서 이루어진 대화의 모습을 별도로 검토할 필요가 있다"는 지적이었다. 일본측에서 대화에 나선 인물들은 대체로 번유(藩儒)로서 하급무사 신분이었다. 미야지마 교수는 미즈따리 헤이잔이 "1722년에 사망하게 되었는데 그것은 어떤 무사에 의해 살해당했기 때문이었다. 그리고 아들인 하꾸센도 같은 해에 자살하는데 이유는 아버지가 살해당했는데도 그것을 막을 수 없어 문약(文弱)이라는 이유로 무사 신분이 박탈되었기 때문이라고 한다"고 비극적인 가족사를 알려주었다. 그리고 "이러한 이야기를 소개한 이유는 일본에서는 유자라고 해도 번유 같은 무사 신분을 갖고 있는 한 문약을 이유로 자살까지 하게 되었다는, 한국이나 중국의 유학자와는 전혀 다른 상황에 있었다는 것을 상기시키기 위해서이다"라는 설명을 덧붙였다. 필자는 미야지마 교수의 문제제기에 전적으로 동의하며, 앞으로 연구의 한 과제로 삼아야 할 것으로 본다. 한국측으로 보더라도 대화의 주체라면 실제로 사문사(四文士)인데, 이들은 서계

남추월과 난구우 타이슈우의 학술토론은 아쉽게도 중도반단으로 끝났다. 이후로 그만한 정도의 학술토론은 다시 성사될 수 없었다. 1763년의 통신사행이 돌아오고 반세기가 다 된 1811년 우여곡절 끝에 통신사행이 있었으나, 이때는 쯔시마까지밖에 가지 못했고 활발한 토론도 기대하기 어려웠다.[32]

5. 맺음말

17~19세기는 역사적으로 장기간 존속했던 동아시아세계의 마지막 단계이다. 이 시기에 동아시아의 중국중심적 체제가 동요하는 현상이 일어났고 이 현상을 필자는 '흔들린 조공질서'로 설명하였다.

중국중심적 체제는 지난 역사를 돌아보면 누차 도전을 받고 무너졌는데 그때마다 복원되는 재생력을 발휘해왔다. 17세기의 명청 교체까지도 그러했다. 그런데 16세기 이래 계속 파고를 높여서 밀려왔던 서세동점의 물결은 조공질서의 흔들림에 결정적인 작용을 했다. 지구적 세계를 인식하게 되고 자아각성을 하게도 되었다. 이때 중국대륙에서 굴기한 만청은 종전처럼 중국중심체제로 복원될 수 있었지만 동아시아 지식인들에게 심각한 문제의식을 느끼게 하고 사상적 각성을 하게 만드는 계기가 되었다. 이 글에서 주목한 '이성적 대화'는 바로 이런 역사

(庶系) 신분에서 시적 재능으로 선발되었으니 학문적 역량은 논외였던 셈이다. 한일간의 '이성적 대화'는 애초에 한계가 있을 수밖에 없었다고 봐야 할 것이다.

32 신로사 「신미통신사(1811년)를 통한 한일교류와 그 이면: 『후사록』과 『의답의문』을 중심으로」, 『한국실학연구』 22, 2011.

과정에서 싹튼 것으로, 다시 말하면 '흔들린 조공질서'의 정신적 투영으로 볼 수 있다.

우리가 익히 알고 있다시피 전통적 동아시아세계는 서구주도의 근대세계로 편입되면서 해체되기에 이르렀다. 그리하여 지난 20세기에 '갈등의 동아시아'가 도래한 것이다. 동아시아세계의 '흔들린 조공질서'가 붕궤·해체로 들어가는 데에는 몇단계가 있었다. 그중에 하나의 중요한 단계는 1811년의 통신사를 끝으로 한일 간의 교린외교가 종막을 고했던 사실이다. 중일 간의 국교는 명대부터 이미 단절상태로 들어갔으나 한일 간의 교린외교가 지속되어서 흔들린 상태로나마 조공질서의 틀은 유지되고 있었다. 불안정했던 그 틀이 다른 새로운 체제로 이행하지 못한 채 드디어 깨지고 만 것이다. 이후로 동아시아 조공질서는 파국으로 직진했다.

앞에서 살펴보았듯 1763년 통신사행에서 한일 지식인 간의 '이성적 대화'는 초보단계에 들어섰다. 이후로 조선 학계에서는 실학이 활발하게 일어났던바 이 실학의 학문에서 일본 학자들의 학문성과가 긍정적으로 포착되기도 했다. 그러나 1811년의 쯔시마에 그친 통신사행을 마지막으로 한일 간의 교린외교는 어정쩡하게 끝난 것이다. 물론 한일 간의 학술교류도 끝이었다. 양국 사이의 '이성적 대화'는 맹아적 상태에서 성장할 현실적 기반을 상실하고 말았다.

반면 한중 간에는 사정이 달랐다. 양국 사이에는 우리가 알다시피 전통적인 관계가 막판까지 지속되었으며, '이성적 대화'는 현상적으로 확장 추세였다. 하지만 전지구적 변화의 파도가 이 지역을 휩쓰는 국면에서, 조공질서 체제가 이미 해체로 들어간 단계에 한중 간의 '이성적 대화'는 그 자체로 아무리 뜻깊은 일이라도 어떤 적극적·창조적 의미를 갖는다고 보기는 어렵지 않은가 한다. 19세기 중엽을 지나면서 한·중·일 세 나라는 마침내 문호를 개방해 근대세계로 진입하게 된다. 경위와 시점은 세 나라가 각기 다른데, 한국의 경우 가장 늦었고 그나마 일본의 압박에 의해서 이루어졌다. 여기서 한번 돌이켜보면 지금 통용되는 동아시아나 동양이란 술어는 이때 비로소 개념이 부각되었던바 특히 한국의 존재가 문제의 중심에 놓인 것이다. 그도 그럴 것이, 한반도의 지정학적 위치가 중국대륙과 일본열도를 연계하는 고리이기 때문이다. 근대세계로 와서 이 연결축으로 대륙세와 해양세가 부단히 부딪치고 작동을 했는데, 대륙세에는 중국과 러시아가 포괄되며 해양세는 일본을 거쳐 미국으로 이어졌다. 근대적 동아시아, 근대적 동아시아 담론의 시발점은 1876년 한국의 개항으로 잡을 수도 있을 것 같다.

이와 관련해서 덧붙이자면 요컨대 한반도가 불안정하고 제 역할을 능히 하지 못했기 때문에 정복-피정복, 지배-피지배의 불행한 동아시아 근대사가 전개되었던 것 아닐까. 한국으로서는 남의 탓을 하기에 앞서 먼저 자기반성을 요하는 대목이다. 아울러 18세기 조선의 지식인들이 선각적으로 제기했던 '이성적 대화'를 발전시키고 그 싹을 키워내려는 경륜과 지략이 부재했던 사실에 대해서도 우리 스스로 역사적 성찰이 필요한 대목이다.

필자는 이 글을 일본 지식인 오규우 소라이와 중국 지식인 량 치차오에 관련해서 문제점을 언급하는 것으로 끝맺고자 한다. 오규우 소라이에 대해서는 본론에서 자국중심주의로 일본열도를 '배타적 전체'로 사고하는 특성을 보였던 점을 지적했다. 그의 이런 사고의 특성은 중국관을 뒤틀리게 만들었고, 조선과 우호의 길을 원천적으로 차단했다. 이 문제점은 근대국가 일본이 취한 방향과도 무관하지 않다고 보았다. 오규우 소라이라는 존재는 일본 근대성의 뿌리로 인식되었음에도 정작 그의 이 문제점에 대해서 비판적 논의가 제출되었다는 소식을 접하지 못했다.

량 치차오는 본론에서 논의의 대상이 아니었지만, 지난 20세기 초에 일본으로 망명, 근대 매체를 이용해서 문필가로 눈부신 활약을 한 '동아시아의 근대지성'이었다. 그는 '동아시아 근대지성'답게 일제에 의해 식민화된 조선에 대해서도 비상한 관심을 표명했다. 근대세계로 진입해서 조선이 몰락한 원인은 1876년에 문호개방을 하면서 자주국가로 나선 것이 잘못 끼운 첫 단추였으며, 임오군란으로 청국 군대가 조선에 진주했을 당시 "조선을 흡수, 군현(郡縣)으로 만들"지 않은 것이 돌이킬 수 없는 실책이었다고 주장했다. 량 치차오는 조선에 관심을 표현했으되 그의 눈에 조선은 없었다. 그 눈에 크게 들어왔던 것은 오직 제국주의 국가로 발돋움한 일본이었고 이의 대칭으로서 청제국을 사고한 것이다.[33] 이전에 사회주의 중국은 량 치차오에 대해 개량주의자라고 비판하면서도 그의 개량주의가 그 자신의 패권주의적 중국관에 직결되어 있었던 점은 지적하지 못했다. 요즘 와서 중국 학계는 량 치차오를 복권시켜 근대적 사상가로, 국학의 큰 스승으로 받들고 있다. 한국 또한 량 치차오에 관심을 두면서도 정작 그의 한국관-중국관의 문제점에 대해서는 대체로 간과하고 있다.

지금 동아시아 국가들은 물적·인적 교류와 함께 학술적 교류도 전에 없이 활발하지만 진정한 연대·우호로 가기에는 거리가 멀며, '이성적 대화'는 아직 제대로 진행되지 못하는 상태다. 여기서 오규우 소라이와

33 임형택 「19세기 말 20세기 초, 세계관적 전환과 지식인의 동아시아 인식」, 앞의 책.

량 치차오의 사고의 논리에 내재한 문제점을 굳이 들추어내는 까닭은 그것이 현재적 문제점으로 되고 있기 때문이다.

| 제3부 |

지역적 인식논리의 구도

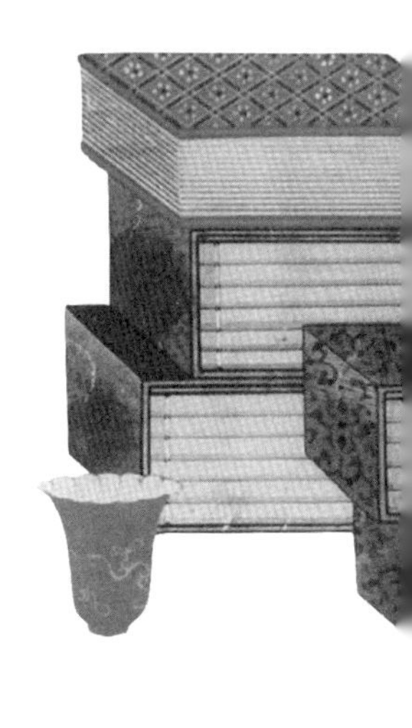

제1장

동아시아에서 유교문화의 의미

동아시아학의 주체적 수립을 위한 모색

돌아보건대 동아시아는 과연 지난 1945년 이래 지리적 개념에 그치지 않는, 의미있는 하나의 공간으로서 존재했던가? 부정적인 대답이 그 실상인 것 같다.

소우주적 한자문명권의 분해는 세계사의 진보이다. 그러나 시야(視野)와 족적(足跡)이 동양적 한계를 넘어서 지구적으로 확대된 반면, 우리 땅을 포함해서 가장 가까운 이웃이 가장 멀고도 으스스한 곳처럼 되어버린 사실은 지극히 부자연스런 일이며, 막심한 고통과 불편을 주는 문제이다. 그뿐 아니라, 대륙을 등지고 바다 건너로 지향하는 교제(交際) 역시 굴욕적·매판적으로 밀착되어 민중의 무한한 반감을 일으키는 상태이다. 이러한 동아시아 현실의 복잡한 모순·대립관계를 묶어놓은 매듭은 한반도의 분계선상에 쳐진 철조망이다. 풀어야 할 매듭은 바로 우리 땅에 있는 것이다.[1]

필자가 이 발언을 한 시점은 1985년이다. 지금 읽어보면 실로 격세지감이 느껴진다. 그 사이에 소련 사회주의의 붕괴와 함께 동서 냉전체제는 해체되었다. 한국과 중국 간에도 수교가 이루어져서 인적·물적으로 활발하게 오고간다. 그럼에도 오직 동아시아를 모순·대립의 관계로 묶어놓았던 원죄적 매듭, 그것은 아직 풀리지 않고 있다. 물론 2000년의 6·15공동선언으로 냉전체제의 전지구적 해체에도 녹지 않는 '얼음골' 같았던 한반도상의 분단구조 또한 풀릴 기운이 감돌지만, 완전한 화합과 통일로 가기에는 어렵고 먼 길이 앞에 있음을 응당 유의해야 할 것이다.

이런 일련의 상황 변화를 따라 동아시아 담론이 일어나서 관심을 끌고 있다. 하지만 담론이 무성한 데 비해 알맹이는 얼마나 튼실한지 적이 의심스럽다. 이 글의 주제는 동아시아에 대한 우리의 관심을 담론적 차원을 넘어 학문의 길로 넓혀보자는 취지에서 잡은 것이다.

'동아시아학'이란 어찌 보면 대단히 새삼스럽지만 기실은 지난한 과제이다. 동양학 혹은 동아시아라는 이름이 붙은 학술기관이나 책자를 우리는 허다히 보아왔다. 문제는 동아시아의 역사와 문화에 기반한 사고와 논리로 구축하되, 인류 보편의 차원에서 의미를 갖고 동아시아 여러 민족국가들의 우호 연대에 기여할 수 있는 그런 학문으로 수립해야

1 필자는 최원식 교수와 함께 『전환기의 동아시아 문학』(창작과비평사 1985)이라는 한 권의 책을 엮어냈던바 그 책머리에 붙인 말이다. 한자문명권에 속했던 한·중·일 3국의 문학이 근대전환이라는 역사적 코스를 다같이 거치면서 어떤 변혁과 창조를 이룩했던가를 공통적으로 고찰한 내용이다. 동아시아의 통일적 인식을 불가능하게 만든 현실상황에 저항하고 또 극복하려는 학적 의지를 담아보고자 한 것이었다.

하는 어려움이다. 유럽중심의 학문체계에 어떻게 대항할 것이며, 미국적인 지역학으로서의 동아시아학(Eastasian Studies)에 대해서는 또 어떤 변별성을 확보할 것인가? 이 글에서는 동아시아학에 대한 학적 인식을 위해 우리가 더불어 생각하고 토론할 자료로 동아시아와 유교문화에 대한 개인적인 소견을 진술하고자 한다.

1. 동아시아 역사운동을 종관하는 패러다임

우리 자신의 삶의 과거와 현재, 그리고 미래로 이어질 한반도가 위치한 시공간인 동아시아를 주제로 삼아 논의하자면 일단 중국대륙을 놓고서 말머리를 꺼내는 것이 순리가 아닐까. 왜냐하면 예전에는 역사적으로 동아시아세계의 중심부가 중국이었고, 오늘에도 그 위치는 지도 가운데 크게 차지하고 있기 때문이다.

서구주도의 '근대적 세계'는 지금 미국 헤게모니가 전지구적으로 관철되는 '세계체제'를 형성하고 있다. '근대적 세계'로 진입하기 이전의 이 지구상에는 권역별로 자기완결적인 형태의 소우주가 각기 형성되어 있었다. 서유럽세계, 인도세계, 동아시아세계 등등. 그렇긴 하지만, 서로 완전히 격절된 채 소식불통으로 지내왔던 것만은 아니다. 유라시아 전역에 걸치는 역사운동이 지금으로부터 1천년을, 아니 더 1천년을 소급해서부터 비록 제한적이고 단속적이긴 해도 그럭저럭 진행되어 근대에 이른 것이다. 따라서 유라시아라는 거대한 대륙을 하나의 역사운동의 무대로 인식하는 편이 보다 총체적이고 역동적일 뿐 아니라 실상에도 가깝지 않은가 싶다. 중국은 유라시아적 대(大)역사운동의 동쪽 중심부였던 셈이다.

중국을 중심으로 진행된 역사운동은 거시적으로 보자면 동서남북의 사방으로 운동축을 설정할 수 있다. 서방축은 중앙아시아를 거쳐 인도, 그리고 소아시아를 지나 유럽으로 통하는 저 유명한 육상 실크로드이며, 북방축은 주로 흉노·몽골과 각축하던 선이고, 남방축은 중국이 동남아로 진출하고 서세(西勢)의 물결이 상륙한 선이다. 그리고 동방축은 바로 우리의 한반도를 경유해서 일본열도로 연결되는 선이다.

중국이라는 역사·문화공동체는 2천여년이나 소급되는 옛날로부터 오늘에 이르도록 이 사방축의 작동을 따라 기복이 일어나면서 흥망성쇠를 거듭해온 셈이다. 14세기 원(元)제국의 멸망에 이르기까지는 서북축이 역사를 주도하다가 그 뒤부터는 동남축이 주도한 것으로 볼 수 있겠다. 서북축의 향방은 대륙이며 동남축의 향방은 해양이다. 대륙으로 향한 축은 유목문화와 농경문화의 대립이 배경을 이루었던 터이니, 해양으로의 기본축 이동은 곧 유목문화의 쇠퇴를 의미했다. 이에 해양으로 향한 축은 '근대적 세계'와의 접점으로 되었다.

대개 공인하는 바처럼 15세기 이래로 진행된 서세동점의 조류는 전지구적 대세를 이루었다. '근대적 세계'가 서구주도였다는 점은 누구도 부인할 수 없는 현상이지만 그렇다 해서 동아시아세계가 피동적·수세적인 입장이었던 것만은 아니다. 서세와의 경쟁에서 수세로 밀려 근대로 향한 역사행보에서 주도권을 빼앗기고 말았으나 처음부터 끝까지 뒷전에서 앉아 있지만 않았던 것 또한 실제 사실이다. 서북축으로부터 동남축으로 기축의 이동이 바로 근대로 향한 동아시아적 행보의 극명한 표현이다. 나는 한국의 18,19세기 실학을 세계사적 시야로 보면 서세의 진출에 맞선 사상적·학문적 대응으로서 해석할 필요가 있음을 역설해왔거니와, 15세기 명의 정화(鄭和) 선단(船團)의 해양 진출을 '동세서점(東勢西漸)'의 움직임으로 거론해보기도 했다.[2] 여기에 덧붙여 17세기 이래 겉으로 드러나지 않았지만 거대한 형세로 진행된 화교(華僑)의 동남아 진출 또한 이런 측면으로도 주목할 현상이다.

근대로 향한 역사행보에서 남방축이 먼저 활발하게 움직였다. 이 축을 따라 마떼오 리치가 상륙했고 아편전쟁이 발발했으며, 그 흔적으로 마카오와 홍콩이라는 기이한 '보석'을 남긴 한편, 타이완으로부터 동남아 지역에 걸쳐 한족의 광범한 형세가 현존하게도 되었다. 16세기 말 한반도를 무대로 펼쳐진 전쟁(임진왜란)은 동방축의 심상치 않은 미래를 슬쩍 보여준 인상적인 예고편이었던 셈이다. 그리고 이후 수세기 동안 동방축의 운동은 소강상태로 들어간 모습이었다. 그러다가 19세기 말 청일전쟁을 전환점으로 해서 역사운동의 기축은 남방에서 동방으로 이동하게 된다. 이 과정에서 동진한 러시아가 몽골을 대체해서 북방축을 새롭게 구축하며, 그에 따라 대륙세와 해양세의 각축(러일전쟁)이 벌어졌던 것 또한 특기할 사실이다.

중국대륙→한반도→일본열도의 동방축은 태평양을 건너 미주로 닿는다. 바꾸어보면 미국의 동진정책이 태평양 건너 일본을 기착지로 해서 연계된 선이다. 이 동방축은 20세기 세계의 헤게모니를 장악한 미국의 아시아 진출과 부딪힌 접점이 되기에 이르렀으니, 20세기의 대국을 좌지우지하게 된다. 1945년까지는 일본의 패권이 한반도를 경유해 대륙으로 작동했으며, 1945년 이후로는 미국의 패권이 일본열도를 기착지로 삼아 대륙을 겨냥하고, 이에 북방축과 연합한 대륙의 사회주의

2 임형택 「계미통신사와 실학자들의 일본관」, 『창작과비평』 85, 1994년 가을호.

진영이 맞서 한반도에는 드디어 한랭전선이 형성되기에 이르렀다. 한반도상의 분단선은 냉전체제의 고도로 예민한 접점인 동시에 기존의 운동축으로 작동한 동방축의 불안정한 상태를 반영한 현상이기도 하다. 1950년의 전쟁, 냉전체제의 해제에도 불구하고 해제되지 않은 한반도의 분단체제, 그리고 장차 도래할 분단체제의 해체 문제까지도 동방축의 운동과정이 될 것이다.

21세기 새 천년을 맞이하면서 동아시아는 지난 백년에 견주어 밝고 좋은 국면으로 들어섰다고 전망할 수 있을 것이다. 그러나 불안정한 상태에서 완전히 벗어났다고 말하기는 어렵다. 중국은 '화하신주(華夏神州)'가 과분(瓜分)을 당하고 5천년의 문명이 해체될 위기, 유사 이래 없었던 고비를 넘기고서 바야흐로 대약진을 하는 중이다. 반면에 동방축의 헤게모니를 잡았던 일본은 경제대국으로서 결코 기선을 양보하려 들지 않을 것이다. 동방축의 연결고리인 한반도는 새 천년으로 진입하는 시공간에서 역시 긴요한 결절점(結節點)이다.

이 동아시아는 역사적으로 한자문명권을 형성하고 있었던바 한자문명의 정신적 기반이 유교였음은 말할 나위 없다. 이 글에서는 먼저 유교문화를 주제로 삼아 과거를 돌아보고 현재를 생각해보고자 한다.

2. 막스 베버의 동양관에 대한 비판

막스 베버(Max Weber)의 『유교와 도교』는 유구한 문명의 전통을 가지고 있는 중국사회에서 왜 자본주의가 발생하지 못했느냐는 문제의식으로부터 출발한 책이다.[3] 이 문제의식은 오직 서유럽과 미국에서 자본주의가 발생해 세계를 지배하게 된 현상의 설명과 하나로 연계되어 있다. 디오니소스적인 변혁을 이룩할 문화기반의 결여를 지적했으니 다름 아닌 자본주의를 시동할 메커니즘이 이쪽에는 원천적으로 없었다는 논법이다. 동양사회는 자본주의라는 '역사의 아들'을 잉태할 수 없는 불임증에 걸려 있었던 셈이다. 베버의 동양관은 자본주의를 출산할 고유한 바탕이 부재하다고 보는 점에서 칼 맑스(Karl Marx)와 일치한다. 당초 서구의 자본주의가 탄생한 배경을 맑스는 역사적 조건과 물질적 배경에서 찾은 데 반해 베버는 인간의 종교적 심성에서 찾았다. 그래서 베버는 동양사회로 눈을 돌려서는 특히 유교를 주목했다.

베버가 중국을 마냥 정체된 역사로만 바라본 것은 아니다. 특히 17~19세기 중국사회에서 인구의 증가와 함께 물질적 상태가 극히 양호했다는 점을 인정한 것이다. 그럼에도 불구하고 바로 이 기간에 "중국의 정신적 특성은 전혀 변화되지 않았을 뿐" 아니라, 경제적인 면에서도 표면적인 현상과 달리 "근대 자본주의적 발전으로의 극히 미세한 싹"도 찾아볼 수 없었던 것으로 단정짓고 있다.[4]

베버가 진단한 중국사회의 고질적인 '자본주의 불임증'은 유교에 원인이 있는바 유교정신의 체현자인 독서인(讀書人)에게로 책임이 돌아가는 것은 논리상으로 당연하다. "전형적인 퓨리턴은 돈을 많이 벌고 적게 소비하면서, 금욕을 통해 애쓴 절약의 결과로서 자기의 소득을 다시 합리적인 자본주의적 경영에 투자하였다." 저쪽의 이러한 청교도적 태도에 반해서 이쪽의 "전형적인 유교도는 자기가 문학적인 교양을 얻

3 맑스 베버 지음, 이상률 번역 『유교와 도교』, 문예출판사 1990.
4 같은 책 85면.

고, 시험을 위해서 학업을 쌓아, 신분적으로 고귀한 토대를 얻기 위해서 자기와 자기 가족의 저축을 소비하였다"는 것이다.[5] 여기서 '시험'이란 과거를 통과해서 관인으로 출세하는 절차를 가리킨다. 베버가 중국사회의 특질을 숭문(崇文)으로 간주하고 과거제에 주목한 것은 요점을 잘 짚었다고 생각한다. 그런데 문제는 사계층(士階層), 즉 독서인이 과거제에 몰두해 '가산제적 권력'에 참여하는 것을 영광으로 생각하고 종내 현세와의 안이한 타협에 머물고 말았다는 결론이다.

과연 맞는 말인가? 그 논리의 기독교적 유럽중심주의의 편견은 일단 접어두자. 그의 진단은 현상적 타당성이 있다. 하지만 그렇지 않은 여러 측면에 눈을 감아서는 안 될 것이다. 베버는 기독교 자체가 자본주의 정신과 부합한다고 보지 않았다. 종교개혁에 의해 변신을 도모한 프로테스탄티즘에서 자본주의정신을 추출한 것이다. 그런데 중국사회는 여러 물질적 조건의 변화에도 불구하고 "정신적 특성은 전혀 변화되지 않았"다고 단정지었다. 과연 그러했던가? 대답은 이미 나와 있다. 근래 중국사 연구는 자본주의의 맹아가 명말 시기에 싹텄음을 밝히고 있거니와, 황종희(黃宗羲)·고염무(顧炎武)로부터 대진(戴震)을 거쳐 위원(魏源) 등에 이르는 학자들의 변혁을 위한 개신유학적인 사상의 풍부하고도 고뇌에 찬 전개를 통해서 '정신적 특성의 변화'를 인지하고도 남음이 있다. 나는 여기에 더해 문예의 새로운 전개에 눈을 돌리고 싶다. 4대기서(奇書)로 일컬어지는 『삼국지』『수호전』『서유기』『금병매』는 세계문학에서 유례를 찾아보기 드문 장편소설의 선구적인 대작이며, 『홍루몽』의 예술적 성취는 인간정신의 창조적 고도를 높여놓은 것이다. 이들

5 같은 책 349~50면.

작품을 읽어보고도 '정신적 특성'은 그대로 정체되어 있었다고 주장할 수 있을까? 나는 베버가 17~19세기의 중국에 대해 구체적 지식을 가지고 있지 못했던 것으로 짐작한다. 『유교와 도교』는 앞에 거명한 사상과 문학에 대해서 일언반구도 비치지 않았다. 일부러 묵살한 것은 아니었겠지만 선입견을 바꾸어야 할 정보에 마음의 눈이 열리지 않았기 때문이리라.

이제 시선을 우리 한국사회의 전통으로 돌려보자. 중국과 한국 두 나라는 유교문화를 공유하며 긴밀했던 상호의 관계로 미루어 생활문화가 유사했을 듯싶다. 하지만 들여다보면 실은 생각보다 훨씬 다른 양상을 드러낸다. 의식주의 형태에서 기본적인 차이점이 있다. 가령 한국인은 중국에 없는 온돌에서 기거하며 문화를 가꾸어왔다. 종교사상을 보면 한국사회에서 도교는 지식층에 정신적으로 수용되긴 했으나 종교의 형식으로는 부재했으며, 반면 성리학은 중국보다 한국사회에서 폭넓게 뿌리 내릴 수 있었다. 이런 모든 차이점을 간과해서는 안 되겠지만, 하여튼 베버의 중국사회의 전통에서 도출한 이론틀이 한국사회에도 해당될 것임은 물론이다. 따라서 그에 대한 비판의 논리 역시 대략 같은 방향에서 이루어질 수 있는 것으로 생각된다.

나는 이 대목에서 박지원의 『옥갑야화(玉匣夜話)』를 거론해볼까 한다.[6] 다소 뜬금없다는 인상을 줄지 모르겠으나 나 자신 문학전공자인데다가 좋아하는 작품이기에 일부러 끌어들이고 싶어진 것이다. 『옥갑야화』는 주인공 허생과 함께 변씨가 흥미로운 인물이다. 허생은 '남산골

6 『옥갑야화』는 '허생전'이란 제목으로 널리 알려진 작품이다. 박지원이 중국여행을 하고 지은 『열하일기』 속에 '옥갑야화'라는 제목으로 수록되었다. 『옥갑야화』는 여러 편의 이야기가 함께 엮인 형태로서 「허생전」이 그 중심을 이루고 있다.

딸깍발이'로 일컬어진 독서인의 한 전형이다. 그의 상대역인 변씨는 역관(譯官) 가계로 국제무역을 통해 성장한 일종의 금융자산가(자본주의가 성숙한 단계에서의 그것과는 물론 양상이 크게 다르지만)로 간주할 수 있는, 17세기의 실제 인물이었다.[7]

> 국중의 재물을 다루는 자들은 우리 집에서 〔돈이〕 나가고 들어오는 것을 보아 고하(高下)를 삼고 있으니 이 또한 국론이다.

변씨 자신의 발언이다. 이 문맥은 두가지로 해석될 수 있다. 원문의 '고하'가 금리의 고하냐, 물가의 고하냐에 달려 있다. 전자로 해석하면 '국중(서울)의 재물을 다루는 자'는 시중에서 돈놀이 같은 금융 부문에 관계하는 사람들이 되며, 후자로 해석하면 시전 상인을 지칭하는 것이 된다. 그 어느 편이건 당시 서울에서 변씨의 경제적 영향력이 막중했음을 보여준다. 그의 금융 부문에서의 위상과 함께 신흥계급의 부상을 감지할 수 있는 대목이다. 허생이 변씨로부터 자금을 대출받아서 사업에 대성공을 거두게 된 경위는 누구나 아는 이야기다. 독서인 허생은 부를 추구하는 사업가로 변신했다. 그런데 사업가로서 대성공을 거두고 자본을 자본으로 운용해 확대재생산을 도모하는 것이 아니라, 사업을 해서 얻은 막대한 자금을 절반은 바다에 던지고 나머지 절반을 가지고 빈민구제로 흩은 다음, 나머지 10만금으로 대출자금을 이자까지 후히 쳐

7 변씨 가계의 인물로서 변승업(卞承業)이 손꼽힌다. 변승업은 1623년 출생, 1645년 역과(譯科)에 합격했던바 여기에 인용한 대목은 변승업이 했던 말이며, 허생 이야기에 등장하는 인물은 변승업의 윗대로 추정된다. 그의 부친은 변응성(卞應星)인데 『역과방목(譯科榜目)』에 의하면 1613년 중국어 역과시험에 합격했다.

서 상환했다. 그러고 나서 허생은 독서인으로 원위치한다.

> 재물로 인해서 얼굴색이 달라지는 것은 그대들의 일이다. 만 금이 어찌 도를 살지게 하랴!

'그대들'이란 변씨로 대변되는 이익을 추구하는 자산가 부류이다. 허씨는 변씨 부류와 독서인(士)인 자신을 스스로 준별하고 있다. 허생의 원위치를 우리는 어떻게 평가할 것인가? '사'의 근본적 한계이며, 자본주의로 향한 행보에서 넘어서지 못할 숙명적 한계인가? 막스 베버의 논리를 보강하는 사례의 하나로 알맞은 것인가? 무엇보다 허생은 독서를 본업으로 하는 사였다는 점을 다시 고려해야겠다. 아무리 자본주의 세상이라도 학자가 연구실을 버리고 떠나 기업가로 전신해야만 근대인다운 행동이라 할 것인가. 허생은 스스로 과거시험을 통과해서 관인으로 출세하는 길을 단호히 거부했다. 그 대신 사업가로 일시 변신해 자신의 경륜을 시험해보았던 것이다. 그리고 다시 사로 돌아와서 집권세력의 이데올로기적 허위로 가득 찬 국책인 북벌(北伐)에 통절한 비판을 가하고 끝내 권력과의 타협을 거부한 것이다. 사로서 자신을 최고도로 각성한 존재인 허생은 근대적 지식인들에게 오히려 경종을 울리고 있다고 하겠다. 부 자체의 추구를 목적으로 삼고 있는 변씨(자산가)와 자신을 준별한 지식인 허생, "만 금이 어찌 도(道)를 살지게 하랴" 하며 정치권력에 대해서뿐만 아니라 새롭게 대두하는 자본의 위력에도 흔들리지 않았던 그 주체의 지향은 과연 어디로 향해 가는 길이었던가?

3. 박지원과 정약용의 실학적 논리

허생이라는 인물형상은 그 작가의 정신적 투영이라고 보아도 좋겠다. 허생을 발견하면 곧 박지원을 발견하게 되는 것이다.

허생의 그 고도로 각성된 인간주체는 유교의 극기복례(克己復禮) 혹은 수기치인(修己治人)의 자세에 근거하고 있다고 여겨진다. 공자는 "새 짐승과는 한 무리로 어울릴 수 없나니 내가 이 인류와 더불어 하지 않고 누구와 더불어 하리오?"라고 이르며 인간현실로부터의 이탈, 고립을 경계하면서 참여 속의 개혁을 강조했다.[8] 발전론을 원천적으로 거부하고 인간세상으로부터 이탈을 종용한 노장(老莊)의 가르침과 정면으로 배치되는 것이다. 이러한 유교적 자아는 불교와도 다르고 기독교와도 구별됨을 막스 베버가 이미 명쾌하게 지적했고, 미국의 중국계 학자 두 웨이밍(杜維明) 또한 다시 소상하게 설명하고 있다.

"인도문화의 입장에서 보면 '자기'는 가장 내재적이고 외화될 수 없는 진아(眞我)이다. 이 진아는 사회와 아무런 관계를 가지지 않으며 직접적으로 브라만, 즉 최후의 진리와 결합할 수 있다." 이는 불교의 경우다. "유대교의 전통으로부터 하느님에 대한 경외라는 관념이 출현한 이후 서양에서는 어떠한 개인의 인격적 완성, 혹은 구원도 신앙과 하나님의 은총에 의해서만 달성할 수 있게 되었다."[9] 이는 기독교의 경우다. 반면에 유교의 도는 인간과 인간의 사이, 즉 사회적 실천 속에 있다. 그렇다고 인간현실을 안이하게 낙관하고 지상천국을 실현 가능한 것으로

---

8 "鳥獸不可與同群, 吾非斯人之徒與而誰與?"(『論語』「微子」).

9 두 웨이밍 「유가철학과 현대」, 정문길 외 『동아시아, 문제와 시각』, 문학과지성사 1995, 339면.

믿은 것 또한 아니다. "천하에 도가 행해지고 있다면 나는 개혁하려고 들지 않았을 것이다"라고 거의 절망하면서도, 공자는 절망적 현실과의 대결에 사명감을 다지고 있다.[10]

이러한 공자의 참여와 개혁의 정신이 18세기 조선의 실학자들에게서 부활한 셈이다. 박지원은 "한 사가 독서를 함에 혜택이 사방에 미치고 공적이 만세에 드리워진다"고 천명한다.[11] 허황한 소리로 들리기도 하겠지만, 이것은 있었던 사실의 해설이라기보다는 '있어야 할' 최대 목표치라고 이해하는 편이 옳다. '천하문명'이라는 인류적 과제를 독서하는 사의 고유한 임무로서 고도로 자각한 것이다. 또한 농·공·상이 바로 사의 실학이 되어야 한다고 그는 갈파했다.

허생이 스스로 돈벌이에 나섰음에도 마침내 돈을 경원시했듯 박지원 자신도 결코 돈에 집착한 삶을 영위하지 않았다. 『양반전』을 보면 양반의 행실을 규정한 가운데 "돈을 만지지 말고 쌀값을 묻지 말라"는 조목이 들어 있기도 하다. 하지만, "군자(君子)는 이재발신(以財發身)이라"라는 말이 예로부터 전하는 격언이었다. 『옥갑야화』의 허생 또한 돈이 있어야 사업도 하고 포부도 실현할 수 있다는 사실을 자세히 그려놓지 않았던가. 박지원은 화폐 문제에 관심을 기울여서 거의 전문가적인 이론을 개진하고 있었다.

박지원은 "〔물화가〕 천한 데서 귀한 데로 옮겨가도록 하는 일은 상인의 권능이니 인민과 나라가 그에 힘입게 된다"고 말한다. 화폐를 매개로 이뤄지는 통상교역을 적극적으로 강구하면서도 관에 의한 인위적

10 "天下有道 丘不與易也"(『論語』「微子」).

11 "一士讀書, 澤及四海·功垂萬歲"(『燕巖集』「原士」).

간섭을 배제하고 시장의 자율적 기능에 방임해야 할 것으로 보았다. 이를 비유적으로 묘사해 "물밑에 있는 모래가 물살에 흔들려서 가지런히 펴지고 움푹짐푹 되지 않는 것이 자연스런 형세인 것과 마찬가지다"라고 설파했다.[12] 애덤 스미스의 '보이지 않는 손'을 연상케 하는 진술이다. 이 자연스런 추세를 거역해서 가로막고 조종을 하려 들면 폐단이 일어나게 된다는 것이다. 그는 물화의 활발하고 자유스런 유통에 의해 농업이 진흥되고 공업이 개발되는 사회경제 상태를 염두에 두었던 것으로 해석할 수 있다. 이런 사회상을 그려낼 수 있었던 사고의 근저에는 상인의 이윤추구의 속성이 자연법적인 자체조절 기능으로 국리민복에 유익한 결과를 가져온다는 사상이 깃들어 있다.[13] '주체적인 자아'의 한 실천형태다. 돈에 주체적 거리를 둠으로써 오히려 화폐경제에 대해 근원적 사고를 펼 수 있었다고 하겠다.

정약용의 경우 '주체적 자아'의 확립을 위해 육경(六經)·사서(四書)를 연구해 경학의 정신세계를 열었고 '실천적 자아'의 구현을 위해 『경세유표』 『목민심서』 『흠흠신서』를 저술했다. 이 3부의 저작 중에서 국가기구를 개조하려는 기획에 해당하는 것이 『경세유표』이다. 이 『경세유표』의 거대 기획에서 극히 미세한 부분인 도화서(圖畵署)에 잠깐 눈을 주어보자.[14] 도화서란 '회화의 일'을 관장하는 국가기구로 기록화의 필요성 때문에 둔 것이다. 조선왕조의 법제에서는 도화서가 예조에 소

12 박종채 『과정록』 권1, 임형택 「자료: 과정록 전(全)-해제(解題)」, 『한국한문학연구』 6, 1982.

13 같은 책. 박지원의 화폐유통론에 대해서 필자는 「박지원의 실학사상과 문학(『사상』 1992년 겨울호)에서 주목해 다룬 바 있으며, 「한국실학의 화폐에 대한 두 시각」(제6회 동아시아 실학 국제심포지엄 발제문, 『민족문학사연구』 18, 2001에 '화폐에 대한 두 시각과 소설'로 제목을 바꾸고 개고해서 수록)에서 재론했다.

속되어 있었는데 『경세유표』의 체계에서는 이를 공조(工曹)로 돌려놓고 있다. 근대적 분류 개념에 비추어 말하더라도 회화의 일이란 교육·문화에 소속됨이 마땅한데 굳이 기술공학 부문으로 옮겨놓은 배경은 어디 있었을까? 정약용은 "『주례(周禮)』에 회화의 일은 동관(冬官)의 고공기(考工記)에 갖추어 보인다"는 것으로 설명을 대신하고 있다. 말 그대로 보면 고대적 원형의 회복이다. 그럼에도 도리어 파격이라 하겠는데, 초현대적이라는 느낌마저 든다. 이렇듯 고대적 회귀를 시도한 그 내막에 기획자의 사고의 논리가 숨어 있음은 물론이다. 미학적인 것을 공학과 연계해 실용성 쪽으로 끌어간 데 초점이 있다. 여기서 그가 자기 아들에게 준 글의 한 대목을 인용해본다.

> 생계를 도모할 방도를 주야로 생각해보아도 뽕나무를 심느니보다 좋은 것은 없다. (…) 과일 판매는 본디 맑은 이름을 얻는 일이었으되 아무래도 장사치에 가깝다. 양잠으로 말하면 유자의 이름을 잃지 않으면서 큰 장사의 이득을 취하기로 천하에 다시 이런 일은 없다.[15]

처자식을 먹여살리는 문제로부터 발단이 되었다는 점에서 정약용의 이 글이나 『옥갑야화』는 마찬가지다. 양쪽이 다 부를 획득하기 위해 경영적 사고를 도입한 점까지 마찬가지인데, 정약용은 『옥갑야화』의 허생과 달리 가정경제를 위해서 쓴 것이다. 『옥갑야화』에서 허생 이야기를 제보한 사람으로 밝혀져 있는 윤영(尹映)은 "허생의 처는 다시 또 굶

---

14 윤희순이 일찍이 「이조의 도화서 잡고」(『조선미술사연구』, 서울신문사 1945)라는 논문에서 정약용이 도화서를 공조에 소속시킨 문제를 주목해 거론한 바 있다.

15 丁若鏞 「示學淵家誡」, 『與猶堂全書』 제1집 권18.

주렸을 거야!"라고 탄식했을 것으로 전한다. 수신제가(修身齊家)로부터 출발하는 유교의 기본자세에 입각해 볼 때 허생의 태도는 비난을 받을 소지가 없지 않다. 반면 가정경제에 경영적 방식을 도입한 정약용의 사고는 그 동기로 보면 유교의 원리에 충실하며, 유자(독서인)의 현실에 긴절한 것이었다는 평가 또한 가능하다.

앞의 글에서 뽕을 심어 누에 치는 일은 "유자의 이름을 잃지 않으면서 큰 장사의 이득을 취하기로" 천하에 다시없는 방도라고 역설한다. 과일에 대해서는 주저하는 듯 언급했지만, 아들이나 가까운 제자들에게 생활과 학문에 지침을 주기 위해 쓴 다른 여러 편의 글들에서 과수재배를 포함해 원예 및 목축, 양어 등 사업을 권장하고 있다. 이익의 극대화를 노리면서도 모쪼록 '유자의 맑은 이름'을 지키라고 한 것이다. '돈을 만지지 않는다'는 결벽주의에 제약을 받고 있는 동시에 상업을 천시하는 의식이 도사리고 있다. 두 마리 토끼를 잡겠다는 약은 수작같이도 보인다. 바로 이 대목은 기실 정약용의 고뇌처인 동시에 그의 사고의 특징이 십분 발휘된 곳이다.

거기에 관류하는 사유의 특징을 들어보자면 하나는 자연을 대함에 있어 구획하고 부단히 연구, 실천하는 정신이다. "원포(園圃)에 뽕, 삼, 소채와 과일, 화훼, 약초를 재배함에 있어 네모지게 반듯반듯 배치해야 잘 자라고 보기에도 좋다"고 가르친다.[16] 토지의 이용에 다분히 인공적으로 반듯반듯 네모나게 하고 쪽 고르고 평평하게 할 것을 강조하고 있다. 생산성 증대와 미학적 고려를 아울러서 한 셈이다. 가령 또 닭을 키우려면 농서를 열심히 읽어 좋은 양계법을 취해 시험해보고 나아가서

16 丁若鏞「寄兩兒」, 『與猶堂全書』 제1집 권21장12~13.

는 양계의 경험을 살리는 한편, 따로 광범하게 자료를 수집해 『계경(鷄經)』 같은 저서를 집필하는 것이 필요하다는 당부까지 붙이고 있다. 다른 하나는 속(俗)에서 아(雅)로 지향해야 한다는 것이다. "속무(俗務)에 임해서 맑은 취향을 띠는 이런 방식, 모름지기 매사에 이것으로 준칙을 삼아야 할 것이다." 속무란 인간이 먹고사는 데 직결되는, 원포를 경영한다거나 축산을 한다거나 하는 일이다. '맑은 취향'이란 예컨대 꽃을 심어서 소득도 올리고 그 아름다움을 감상한다거나 축산을 힘쓰되 그 방면의 전문가적 지식을 쌓아 저술을 하는 그런 자세를 가리킨다. 닭을 치는 일에 붙여서 "시를 짓되 닭의 정경을 그려서 객회를 풀 수 있을 것이다. 이런 방식이 독서자의 양계다"라고 적시하는 것을 잊지 않았다.[17]

나는 정약용의 이 글들을 박지원의 문학이론과 함께 실학의 현실주의 미학으로 거론한 적이 있다.[18] 실용성·과학성에 심미적 요소를 통합한 점이 대단히 문제적이고 흥미롭다고 생각했던 것이다. 기실 실학의 현실주의적 논리는 근대적 의미의 현실주의(리얼리즘)와 통하는 접점이 없지 않으나 한자리에서 논하기 어려울 정도로 계보며 성향이 같지 않다. 지금 이 자리는 문예미학상의 문제를 논평할 계제가 아니므로 접어두겠거니와, 정약용의 '속'에서 '아'로 나아가란 논리는 이익추구의 현실에 대한 불철저성으로 비치기도 한다. 그렇지만 정약용이 뜻하는 '맑은 취향'은 속무의 경험을 살린 연구·저술을 포함하고 있다. 확실히 서구적 근대의 잣대로 재기 어려운 무엇이 거기에는 있는 것이다.

17 丁若鏞「寄遊兒」, 같은 책 권21 장21.

18 임형택「실학사상과 현실주의 문학」, 『제4회 동양학 국제 학술회의 논문집』, 대동문화연구원 1991(『한국문학사의 논리와 체계』, 창작과비평사 2000에 재수록).

4. 당대 현실에서 유교전통과 동아시아학

지난 세기 1980년경부터 아시아적 가치가 거론되는가 하면, 한편에서 유교문화를 재평가하는 논의가 제기되었으며, 서방세계의 지식인들 사이에서도 동양에 대한 인식전환이 일어난 것으로 이야기되고 있다. 여기에는 대개 두가지 요인을 짚어볼 수 있다.

하나의 측면은 서구문명에 대한 환멸 내지 위기의식에서 출발한 것이다. '근대적 세계'가 서구주도로 형성되었으며 문명이라는 개념 자체가 철저히 서구적이어서, 비서구권의 문명은 처음부터 인정하려고 들지 않았다. 그러다가 눈을 돌려서 동양의 가치를 나름으로 발견하게 된 것이다. 이 동양관에는 서양에서 잃은 것을 동양에서 찾으려는 보상심리가 바탕에 깔려 있다. 서양-물질에 대비해서 동양-정신으로 양극화한 나머지, 역은 역으로 통하거나 근본주의로 환원되기 십상이다.

다른 하나의 측면은 동(남)아시아 국가들의 경제발전이다. 1980년대 전후 '네마리 용'으로 일컬어진 신흥공업국가의 출현은 유교자본주의론의 현실근거가 되었다. 90년대로 와 한국과 타이완은 경제발전에 상응해서 정치제도의 민주화도 진전했다. 동남아의 경제발전을 후(後) 후발로 추진하는 국가들도 여기에 추가될 수 있을 것이다. (아시아의 유교전통을 가지고 있는 구공산권 국가들의 현황 역시 이런 식의 논리를 펼치자면 함께 거론할 수 있으리라고 본다. 우리가 알다시피 공산권의 연쇄붕괴에도 불구하고, 이들 아시아의 사회주의국가들은 시장경제를 도입해 개혁개방을 추진하면서도 사회주의체제를 유지하고 있지 않은가.) 이러한 상황 변화를 초래한 문화적 기반으로서 인간심성의 내부에서 작용해온 유교의 전통을 고려하게 된 것이다.

그렇다면 동아시아 사회에서 유교는 자본주의적 발전의 정신적 장애물이었던가, 아니면 유용한 정신적 촉진제였던가? 20세기 초엽의 막스 베버의 논리와 20세기 말엽의 유교자본주의론자들의 주장은 정면으로 엇갈리고 있다. 하지만 양자가 결과론이라는 점에서는 완전히 일치한다. 결과론을 받쳐주는 것은 물론 근대주의요, 발전논리다. 홍콩 중원대학(中文大學)의 진 야오지(金耀基) 교수는 "베버의 논점에 대한 가장 큰 도전은 이론에 대한 새로운 해석으로부터 주어진 것이 아니라 하나의 거대한 경험적 현상으로부터 주어졌다"고 사뭇 의기양양하게 주장했다.[19] 그러나 '거대한 경험적 현상'이 흔들릴 경우 유교자본주의론도 함께 흔들릴 것은 정한 이치다. 근래 실제 상황으로 아시아 경제에 위기가 도래하자 한 논자로부터 "유교자본주의는 이제 또다시 역사적으로 비난받는 '정실자본주의'로 바뀌었다"는 비아냥거림을 받기도 한 것이다.[20]

이 쟁점과 관련해 박지원과 정약용의 논리로 다시 돌아가보자. 내가 두 실학자를 들춰낸 것은 굳이 베버의 주장에 대한 반론의 근거로 삼기 위함은 아니었다. 앞에서 확인했듯 실학적 사고의 논리는 그것이 사회구조적 변화와 맞물릴 경우 역사변혁을 추동할 수 있는 정신적 자질을 풍부하게 함유하고 있다. 아무리 그렇더라도, 누군가 '죽은 자식 고추 만지기' 아니냐고 비아냥거린다면 실로 답변할 말이 궁해질 것이다.

문제는 결과론에 있다. 반성적 사고가 끼어들 여지가 없는 것이 결과

19 진 야오지 「유가 윤리와 경제발전」, 정문길 외, 앞의 책 404면.
20 아리프 딜릭 「동아시아 정체성의 정치학」, 정문길 외 엮음 『발견으로서의 동아시아』, 문학과지성사 2000, 92면.

론의 특징이다. 20세기 초엽의 결과론은 몰락한 아시아, 서구자본주의에 짓밟혀서 사경을 헤매던 아시아를 보았다. 그래서 서구우월적인 편견에 사로잡혔음은 물론, 자본주의를 절대당위의 척도로 생각한 것이다. 반면에 20세기 말엽의 결과론은 한때 경제성장의 기적으로 칭송받은 아시아를 보았다. 그 기적이란 사회주의 대륙에서 분립한 대결의 조그만 공간에서 일어났으니 '반공의 보루'로 조성된 것이라는 견해도 타당성이 없지 않은 듯하다. 이 경우에도 자본주의는 발돋움한 키를 재는 척도였으니 '반서구적 서구중심주의'라는 비판 또한 면키 어렵다.

그런데 실학적 사고의 논리에 대해 유교자본주의론자들은 대체로 냉담한 편이었다. 일부러 끌어대자면 근친성이 있어 보이는데, 유교자본주의론자들은 왜 그랬을까? 유교자본주의 담론은 고전유학과 신유학(성리학)에 거점을 둔 반면 17세기 이후 개혁유학(실학)의 역동적인 사상 전개에는 외면하는 태도를 보였다. 이는 유교자본주의론이 곧 유교부흥론으로 지목되듯 그 자체의 보수적인 사상경향과 무관하지 않은 것으로 이해된다. 유교를 비역사적 관점에서 옹호하려 든 것이다. 때문에 그들이 주장하는 아시아적 가치는 추상적이고 부실한 인상까지 주었을 뿐 아니라, 서구중심주의로부터 참으로 벗어날 길을 열지 못했다.

앞에서 거론한 역사운동의 동방축은 미국의 세계 헤게모니와 각축한 접점을 이루어 20세기의 역사를 주도했거니와, 21세기로 들어선 지금에도 주도축으로 작동하리라는 것이 거의 확실시되고 있다. 동방축이 주도한 20세기의 역사는 대립과 갈등으로 점철된 나머지, 유감스럽게도 자기의 과거와 과거의 문화를 상실한 시대로 기록되기에 이르렀다. 과연 우리가 지금 이 문제점을 수술하고 바로잡을 도리는 없는가? 여기에 일차적인 관건은 한반도의 통일 문제이다. '풀어야 할 매듭'을 어떻게 푸느냐는 과제는 동아시아의 민족국가들을 예전의 반목과 질시에서 벗어나 화해하고 협조하는 관계로 나가는 데 결정적인 계기이다. 이 '매듭 풀기'의 작업은 결코 단순한, 물리적인 일이 아니다. 그렇게 되어서도 난감한 일이다. 남북의 이질적 체제와 이데올로기의 대립을 뛰어넘어 화해·화합하는 방도를 찾는 과업은 동아시아 학지(學知)의 선무이자 요무(要務)이다.

이용후생이란 개념은 박지원 사상에서 근간을 이루며 정약용 또한 적극적으로 수용한 부분인데, 이는 근대성에 기맥이 닿는다고 보겠다. 그런데 이용후생에는 원래 정덕(正德)이 앞에 놓여 있다. 이 정덕이 좁은 의미의 윤리도덕에 국한되는 개념은 아니겠으나 유교의 기본정신을 견지하는 성격임에 분명하다. 박지원이 말한 자본의 위력에 흔들리지 않는 인간주체나 정약용의 주체적 자아를 위한 경학은 바로 이 정덕에 통하는 것이다. 정덕을 앞에 놓은 이용후생의 길을 다시 열어야 하지 않을까? 정약용은 인간도 사람인 이상 먹고사는 속무를 중요시해야 하지만 그것은 '청아(淸雅)'를 지향해야 한다고 말했다. 기술발전 및 물질적 추구와 함께 인간의 삶과 자연 생태를 도덕적·심미적으로 고려하는 이런 발상은 다분히 비근대적으로 보이기도 하지만, 근대적 병리를 치유하는 묘방이자 근대를 넘어서는 사상적 자원으로 해석할 수 있는 여지가 광활하다.

이러한 사고의 틀은 박지원과 정약용의 저술 속에서도 한 부분을 적출한 데 불과하다. 길고 넓은 시공간에서 형성, 축적된 유교문화의 광맥에서 발굴하고 활용할 소지는 안목과 역량에 따라서는 거의 무궁무진하다고 하겠다. 요컨대 고(古)를 어떻게 금(今)에 통하도록 하는가의 문제로서, 고에 대한 해석의 심화도 요망되지만 주로는 어떻게 고를 금에 접목시켜 창조적으로 활용할 것인가에 달려 있다.

나는 근래 '실사구시의 한국학'을 학계에 제기했던바, 한국학의 실사구시는 동아시아의 지평에서 추구되어야 할 것임을 끝으로 지적해둔다.

제2장
한국학과 호남학

호남학연구단의 창립 기획 학술회의에서 발제를 맡게 되어, 저 자신 매우 뜻깊게 생각합니다.

호남 지역 학문교육의 주요 본산인 전남대학교는 이미 1960년대 초에 호남문화연구소를 발족해, 이후 오늘에 이르도록 이 지역의 역사·문화 등 여러 분야에 걸쳐 조사·연구활동을 수행해온 것으로 알고 있습니다. 이번에 보다 적극적이고 전향적인 방향으로 확대한 호남학연구단의 출범은 이 지역을 대표하는 대학으로서는 21세기 신문명사회의 변화에 시의적절한 대응이라고 판단됩니다.

'왜 호남학인가?' 새 출발을 하는 호남학연구단으로서는 반드시 제기해야 할 문제일 것입니다. 하지만 막상 문제를 찬찬히 사고해보면 쉽게 풀릴 물음이 아닙니다. 호남학이란 개념이 애초에 성립할 수 있는가? 호남학은 어떤 학문체계와 내용을 갖는 것이어야 하는가? 이런 난제들이 꼬리를 물고 일어납니다.

저 자신 이 고장 출신으로서, 고향사에 모른 척할 처지는 아닙니다. 이 지역에 대한 학적 관심은 저의 머리 한 구석을 떠나지 않고 있지만, 체계적인 연구를 수행하지는 못했습니다. 제기된 문제에 충실한 답을 할 만한 준비가 되어 있지 않은 상태입니다. 저의 설익은 소견을 진술하려고 하는데, 앞으로 추진하는 사업에 다소간 참고가 되면 크게 다행이겠습니다. 호남학은 한국학을 떠나서 따로 성립할 수 없다고 봅니다. 한국학과의 관련 속에서 호남학의 개념이 성립하는바, 호남학의 독자적 의미와 체계는 진지하게 모색해야 할 과제입니다.

1. 20세기의 국학과 21세기의 한국학

저는 20세기의 시대에는 민족주의의 사상적 기초 위에서 국학이 존립했는데, 21세기의 '지구적 시대'에는 한국학이 요청되고 있다고 봅니다. 국학이건 한국학이건 대개 통용되어온 말이긴 하지만 이것이 정당한 명칭인가는 따져 물을 필요가 있습니다. 원론적으로 말해서 진리에는 국경이 있을 수 없다고 합니다. 자국에 관한 학문이라고 해서 구역을 따로 설정한 명사를 붙이고 보면 보편적 의미를 상실할 우려가 확실히 있습니다. 그럼에도 지난 20세기에 우리의 근대학문은 조선학(국학)을 존립하도록 했으며, 지금 21세기로 넘어와서도 한국학이란 개념이 요구되고 있는 것입니다. 물론 그렇게 된 데에는 현실적 조건, 어떤 특수성이 있겠지요.

먼저 20세기 한국의 정신적 유산인 국학에 대해서 간략히 논해보겠습니다. 우리의 근대학문은 대체로 1930년대에 성립합니다. 자국의 언어·문학·역사 등에 대한 정리연구가 본격적으로 이루어졌으며, 여러 전문분야의 학회 또한 이 무렵 결성된 것입니다. 오늘에 이르도록 우리가 하고 있는 학문의 분과와 체계는 바로 이 시기에 대략 갖춰진 것으로 볼 수 있습니다.

하필 이때 와서 근대학문이 성립할 수 있었을까요? 일제의 조선에 대한 식민지배 방식은 기본적으로 동화정책이었습니다. 1930년대에 이르면 파시즘으로 치달으면서 식민지배는 날로 강도를 높여갑니다. 문헌정보를 가능한 한 모두 자기들이 장악하고 역사를 편수했으며, 언어를 말살하고 문화를 변질·왜곡시켜나간 것입니다. 민족 자체의 소멸을 우려해야 하는 위기의식이 심각한 수준에 도달했습니다. 이의 대응책으로 '조선을 알자' '조선의 과거 및 현재를 따져서 미래의 광명을 밝히자'(『동아일보』 1935.1.1) 등의 구호와 함께 '조선학운동'이 널리 호응을 받으며 일어난 것입니다. 드디어 조선학의 성립을 보게 되는바 당시는 주권이 없었기 때문에 '국학'으로 쓰지 못하고 '조선학'으로 표방할 수밖에 없었습니다.

1945년의 광복과 함께 '국학'이란 언어주권도 회복한 셈입니다. 따라서 국학의 진흥이 당연시되었으나, 실상은 달랐습니다. 한때 국학이 일어나는 듯싶었지만 이내 시들해져버리고 국학이란 명사마저 퇴색하게 된 것이 사실입니다. 그러면서도 어정쩡하게 국어학·국문학·국사학 같은 국학적 용어들이 분과학문의 명칭으로는 온존해 지금까지 통용되는 상태입니다.

그렇다고 지난 20세기 후반기의 한국에서 국학이 완전히 퇴출당했거나 시효를 다해서 소멸한 것으로 판단되지는 않습니다. 비록 서구추수주의적 경향에 밀려서 주변부적인 존재로 전락하긴 했어도 분단의 민족현실 때문에 국학의식을 말짱히 털어버릴 수도 없어 그런대로 존속이 되었던 것입니다. 그런데 20세기의 막장에서 21세기로 진입하는 세기 이월기에 국학에 대한 관심이 다시 일어나게 됩니다.

이런 현상은 최근 대학사회에 불고 있는 인문학의 위기감을 국학 분야 종사자들이 더욱 절실하게 체감한 역반응이라고도 설명할 수 있겠습니다. 그런 측면으로만 보면 이 현상은 수세적 자구책인 셈인데, 저는 각도를 달리해서 전망하려 합니다. 세계화라는 큰 흐름에서 평가하자는 취지입니다.

지금 우리가 경험하는 세계화는 미국의 헤게모니를 전지구적으로 관철하는 과정이라고 대개 진단합니다. 그렇다 해도 한국이 세계화의 조류에 동참하느냐 불참하느냐는 양자택일식 선택의 문제는 아니라는 점입니다. 멀리 갈 것 없이 우리 개개인의 삶 속에 세계화는 벌써 속속들이 들어와 있는 실정입니다. 다른 한편으로 생각해보면 지구촌의 사람들이 막힘없이 서로 교류하고 하나로 어울려나가는 방향이라면 그것은 인류의 이상이기도 합니다. 진정한 세계화라면 인류의 이상에 합하는 길입니다. 세계화 시대에 어떻게 대응할 것이냐가 더없이 중요한 과제인데, 우리로서는 이 과제와 관련해서 한국학이 관건적 의미를 내포하고 있다고 여기는 것입니다.

21세기 '지구적 시대'(진정한 세계화를 지향하자는 취지에서 지구적 시대로 표현해본 것입니다)의 한국학은 20세기에 존립한 국학과는 다른 배경에서 성립하는 것입니다. 물론 민족국가가 해체되기 어렵고 특히 민족 문제를 해결하지 못한 우리의 현실에서 민족주의를 그냥 포기해버릴 수 없지만, 민족주의에 우리의 사고와 행동이 매여 있을 수도 없습니다. 민족 문제를 포함해서 민족적 경륜 또한 세계 대국(大局)에서 기획하고 실천하는 것이 요망됩니다. 지구적 시대에 상응해서 먼저 용어도 객관성을 결여한 국학 대신에 한국학으로 대치하는 것이 좋고, 국어니 국문학이니 하는 용어는 이제 그만 한국어, 한국문학으로 하는 편이 좋겠습니다.

정작 지구적 시대에 왜 한국학이 필요하고 중요한가에 대해서 명확히 해두지 않았습니다. 이 점을 간단히 언급하면서 아울러 한국학의 방향을 생각해보겠습니다.

오늘의 세계화 시대에 있어서는 행동은 전지구적으로, 사고는 국지적으로 해야 한다는 말이 공감을 불러일으키기도 했습니다. 인간의 행동과 사고가 꼭 이런 식으로 양분되지야 않겠지만 세계화의 진로에서 오히려 지역적 의미가 중시된다는 점을 강조한 어법일 것입니다. 전지구가 하나로 통하고 교류·교역하며 삶을 영위하면서, 자신의 정체성을 되묻게 되고 대개 자신의 공동체로의 귀속의식도 점증하는 경향을 보입니다. 비근한 예를 하나 들자면, 세계화된 시장에서 자기의 고유 브랜드를 내세우는 것이 필요한데 아무래도 자국의 문화전통에서 찾지 않을 수 없겠습니다. 요컨대 지구적 시대로 진전하면 학문 패러다임의 개편이 불가피할 터인데, 거기에는 지역적 개념이 매우 중요하게 자리잡으리라고 봅니다. 우리의 입장에선 한국학, 그리고 동아시아학이 그것입니다.

21세기에 부상하는 한국학은 20세기의 국학을 승계한 형태이긴 하지만 국학의 재판으로 되어서는 좋지 않습니다. 새로운 사고에 의한 학문의 논리를 요망하는바 두가지 점을 지적해둡니다.

첫째, 일국적 시각에 사로잡히지 말고 동아시아 국가들과 상호관련해서 사고하고 고구할 필요가 있으며, 나아가서 전지구를 시야에 넣는

'세계적 지평'을 확보해야 한다는 것입니다. 20세기의 국학만 해도 한국에서 고유하게 성립한 것으로 생각되기 쉽지만, 그것은 일국적 현상이 아니었으며 중국에서 먼저 발생했습니다. 역사환경이 유사한 데서 비롯된 상동성입니다. 이는 하나의 사례에 불과하며, 전통사회에서 근대에 이르기까지 이웃 중국·일본과 부단히 관계를 긴밀히 가지면서 역사가 전개되어왔습니다. 오늘의 현실에서도 동아시아 국가들 간의 상호교류는 밀접하고 중요합니다. 한국학은 동아시아적 시각이 필수적인 것입니다. 그리고 전지구적 시대에 한국학이 자족적·자폐적으로 나가서 안 된다는 점은 더 말할 것도 없지요. 한국학은 인류 보편성을 항시 고려해야 하며, 세계적 수준도 생각해야 할 것입니다.

둘째, 한국학은 사회적·문화적으로 긴요한 존재가 되어야 한다는 것입니다. 근대학문은 과학성을 추구하고 실용성은 소홀히 본 경향이 있었습니다. 종래에는 학문의 순수성을 지키는 것을 가장 미덕으로 여겼습니다. 국학의 경우도 현실적·실용적 연계를 가지려는 노력을 처음부터 하지 않았지요. 앞으로 한국학은 세계 속에서 나의 주체성, 우리의 지역성을 객관적으로 풍부하게 인식하고, 신문명 사회에서 문화적 가치를 창출하는 데 구체적으로 실용적으로 필요한 공작을 기울여야 할 것입니다. 그렇지 않으면 존재의의를 갖지 못할 것이기 때문입니다.

2. 호남학의 한국학과의 관계 및 필요성

호남학은 한국학을 전제로 그 하위 구성체로서 성립하는 것입니다. 이 경우 한국학이란 21세기에 부상한 지역학적 의미의 한국학입니다.

원래 지역학이라고 하면 썩 좋은 의미로 비치지 않았습니다. 지난 시대에 제국주의국가들이 식민지 경영을 위해 피식민지에 대한 조사·연구를 수행하거나 제1세계에 속하는 선진국들이 제3세계의 후진지역을 대상으로 한 학문연구를 지역학으로 통칭했던 것입니다. 반면에 구미세계를 대상으로 구미인에 의해서 이루어진 학문이라야 보편적 학문이요, 거기서 도출한 이론이라야 보편적 이론으로 인정을 받았습니다. 지역학은 제국주의의 부산물이요, 서구중심주의적 편견에 의해서 제정된 것입니다. 그런데, 지구적 시대는 서구중심을 해체해 지구의 전역을 다원적·상대적·등가적으로 보려고 합니다. 물론 전지구적 차원의 평등은 오늘의 현실과는 거리가 먼 이상이지만 탈서구중심의 방향에서 학문의 패러다임을 개편·혁신하는 것은 급무입니다. 서구중심주의적 학문체계로부터 상대적 다원주의의 학문으로 전환하자면 새로운 지역학 개념을 도입할 필요가 있습니다.

한국학은 전지구적 차원에서 지역학의 의미를 갖는바 한국적 차원에서는 또 여러 지역학적 단위를 설정해볼 수 있겠습니다. 그런 의미에서 호남학은 한국학의 한 구성단위가 되는 것입니다.

"호남이 없으면 조선이 없다"는 고로(古老)들의 언전(言傳)이 있습니다. 임진왜란시 곡창지대인 호남을 잃지 않았기 때문에 장기전을 능히 수행할 수 있었던 데서 나온 말이라고 합니다. 호남의 중요함이 어찌 국난이란 특수 상황 때뿐이겠습니까? 저 고대로부터 현대에 이르기까지 한반도상에 존속한 국가공동체에서 호남의 위상은 굳이 강조할 필요조차 없습니다. 그렇다고 어찌 호남만이 중요하겠습니까? 영남, 영동, 관서, 관북 역시 우리의 국가공동체에서 각기 몫이 있었고 각각의 중요성을 인정해야 할 것입니다.

지구적 차원에서 서구중심주의를 부정하듯, 한국적 차원에서는 서울중심주의로부터 탈피할 필요가 정히 있습니다. 한국의 무엇에 대해 연구한다 해서 막연히 범론(汎論)하지 말고 지역적 구체성을 파고드는 것이 좋습니다. '연구의 지역화'는 지구화 시대의 학문이 마땅히 취해야 할 하나의 요령입니다.

호남학은 한국의 역사와 사회, 문화 전반에 걸쳐 인식을 구체화하는 데 큰 몫을 할 수 있을 것입니다. 중앙중심적 관점을 탈피해서 영역별로 이루어진 삶의 실태며 나름으로 가꾸어온 문화를 조명함으로써 상대적 중요성을 발견하고 한국학의 균형을 취하게도 될 것입니다. 그런데 이 호남학은 일차적으로 호남 지역에서 긴요한 것이 되고, 이 지역의 수요에 응해야 존재의미를 갖게 됨이 물론입니다. 한반도상에서 호남의 역할을 설계하고, 동아시아에서 호남의 위치를 잡아주는 큰 경륜은 호남학이 감당해야 할 제일 과제라고 봅니다. 또한 호남의 자기정체성 인식에 학적 노력이 투여되어야 하며, 도·시·군 단위 지자체들의 발전과 균형을 이루도록 하는 기획에 참여하고 주민들의 문화적 욕구와 행복한 삶을 위해 지식정보를 제공하는 등의 일은 이 지역 소재의 대학으로서는 당연한 임무로 감당해야 할 것입니다.

한국의 근대는 중앙집권적인 방식으로 유지되어왔습니다. 지방자치제가 시행된 이래 중앙적 획일화는 시정될 길이 열렸다고 볼 수 있겠으나 중앙집중화에는 제동이 걸리지 않아서 지방사회의 황폐화·공동화 현상을 심각하게 고민해야 할 단계에 이르렀다고 하겠습니다. 한편으로는 지자체마다 개발전략을 수립하고 축제 등 문화적 행사가 다투어 열려서 적어도 외관상으로는 활발해 보입니다. 전국이 일일 생활권으로 시공이 단축됨에 따라 경쟁도 치열하게 벌어집니다. 지역에 기반한 대학은 응당 자기 지역의 제반 문제를 끌어안고 해결하는 데 연구역량을 집중해야 할 것입니다.

3. 호남학 수립을 위한 주요 과제

호남학이란 무엇인가? 호남 지역의 역사나 문화, 민속 등을 다루면 곧 호남학인가? 그렇다면 굳이 따로 개념을 부여할 필요가 있겠는가? 먼저 이런 근원적 물음에 답해야 할 것입니다. 이 지역을 조사·연구의 대상으로 잡은 것을 지칭하는 단순한 소재적 차원이 아니고 독자적 의미를 갖는 학문을 추구한다면, 그 준거가 또렷해야 하고 학문으로서의 독자적 체계를 갖추어야 할 것입니다.

호남학이 기반하는 준거는 다른 어디가 아니고 당해 지역의 역사와 현실에 있습니다. 호남이 역사적으로 구역의 한 단위가 되어왔다는 사실입니다. 먼 옛날의 신석기시대나 삼국시대로까지 소급해서 볼 수도 있겠지만, 가까이 조선조에 전라도로 구분된 영역이 중요한 준거입니다. 근대로 와서 남도와 북도로 나뉘긴 했어도 호남을 하나로 묶은 인식단위가 성립된 것이지요. 호남이란 지역단위는 과거에서 현재로 이어지면서 변별적으로 의식되고 있는 것입니다.

호남이란 공간의 과거와 현재를 연계해볼 때 범위를 어떻게 잡느냐는 문제가 제기됩니다. 과거에 호남이라면 전라남북도로 분리되지 않았고 제주도 및 지금 충청남도에 소속된 금산군 지역까지 포괄하고 있었습니다. 조선조에 전라도의 주·군·현은 모두 56개 고을이었지요. 이 사안에 대한 제 견해는, 호남학이라 하면 전라북도까지 포함하는 것이 타당하며, 호남학의 역사적 고찰에서는 떨어져나간 제주도 등지까지 아울러서 논하는 것이 옳다고 봅니다.

이와 같이 호남학이 한반도상의 과거에서 오늘에 이르기까지 지방 행정단위로 존속했다는 사실이 일차로 그것의 객관적인 준거입니다. 그러나 이 일차적 준거만으로 호남학이 성립한다고는 말할 수 없습니다. 역사적 구분에 상응하는 전통이 규명되어야 하며, 지역학적 의미를 갖는 내용을 갖추지 않으면 안됩니다.

호남학이 하나의 학문범주로 존재해야 하는 내용적인 준거를 모색하고 확충하는 일은 앞으로 해야 할 기본과제입니다. 독자적 전통의 측면을 언급해보자면, 호남의 학맥이 어떻게 이어졌으며, 경기도 혹은 경상도와 성격이 다른 이곳의 특색 있는 학문풍토는 어떤 것이 어떤 모양으로 있었던가 하는 질문을 던질 수 있겠습니다. 예컨대 경상도는 성리학이 특징적으로 발전했던 반면 호남은 문학이 성황을 이루었습니다. 실학의 경우 주로 서울을 포함한 근기(近畿) 지역에서 발전했고 영남 지역에는 실학적 학풍이 조성되지 않았는데, 호남 지역에서는 실학의 성과를 확인할 수 있습니다. 민중문화 쪽으로 눈을 돌리면 굿과 놀이, 이야기와 노랫가락 등을 광범하고도 다양하게 발견할 수 있습니다. 약간 특수한 부문으로 상업출판을 두고 보면, 완판본(完板本)이라고 일컬어지는 전주의 출판문화는 널리 알려진 터이지만, 조그만 고을이었던 태인현에서 상업출판물이 아주 일찍이 출현했으며, 유명한 소설 『구운몽(九雲夢)』의 가장 빠른 간본은 1725년 간행의 나주판으로 밝혀진 것입니다. 이런 등등의 역사·문화 전통을 발굴하고 파악하는 작업은 호남의 정체성을 풍부화하는 동시에 호남학의 근거를 마련하는 일이기도 합니다.

호남학의 체계를 수립하는 문제는 기존의 학문의 틀에 맞출 수 없다는 데 난점이 있습니다. 근대학문은 지식의 분화에 따라 여러 전공영역으로 세분되어 있습니다. 대학의 학과들은 이에 의거한 제도입니다. 호남학을 근대학문의 틀에 끼워맞추자면 역사학이나 국문학 혹은 지리학 등으로 분할될 수밖에 없으며, 기존의 분과체계에서 소속이 애매한 부분이 있기 마련입니다. 우리 근대학문의 분과는 그 실상과는 다르게 서구적 학문체계에 따라 자의적으로 쪼개고 나눈 것입니다. 따라서 근대학문의 틀을 해체하여 통합하고 재편하는 지적 노력을 요망합니다. 요컨대 지역학적 개념으로서의 호남학은 근대학문을 넘어선 새로운 학문의 패러다임에 담아야 한다는 생각입니다.

지금 근대학문의 패러다임에 대한 전면적인 조정 내지 개편이 논의되면서 대학의 구조개혁, 학문제도의 개혁이 급물살을 타고, 때문에 이런저런 갈등이 대학 내부에서 빚어지고 있습니다. 이는 세계적인 추세로, 한국의 대학, 이 땅의 학문이라고 변하지 않고 그대로 있을 수는 없는 상황인 듯합니다. 중요하게 고려해야 할 점은 각기 처한 조건에 맞게, 적절히 바꾸어가는 데 있다고 봅니다. 그래서 저는 서두에서 호남지역의 중심대학으로서는 호남학에 중점을 두는 것이 타당하다는 취지로 말씀드렸던 터입니다. 결론적으로 21세기에 요망하는 호남학은 새로운 학문의 틀을 만들어야 하는 실험적이고 창조적인 과제를 안고 있습니다. 이 과제와 관련해서 사견이지만 몇가지 제안을 해둡니다.

1. 호남 지역의 문헌자료 및 생활사자료, 민속자료, 민요·민담 같은 구비자료의 조직적 조사·수집·관리

유형·무형의 유산들은 현지에서 파악하고 보관하는 것이 원칙인데,

근대적 변화를 거쳐 전통이 해체되면서 이미 대부분은 산일되고 유출된 상태입니다. 호남학이 성립하는 기반은 자료에 있다는 점을 생각하여 아무쪼록 급선무로 삼아야 할 것입니다.

2. 한국학과의 관련성, 다른 지역과의 비교의 시각

호남학이라고 해서 이 지역에 국한된 안목으로 연구를 수행해서는 고식에 빠지기 쉽고 소기의 성과를 거두기도 어렵습니다. 우리가 가장 경계해야 할 점은 지역주의에 빠지는 일입니다. 지역감정은 지금 한국인의 고질병이고 극복해야 할 심리적 장애요인으로 생각됩니다. 호남학이 지역주의에 편승해서는 참으로 곤란합니다. 이 난점의 해결책과 관련해서 인식론적인 처방을 들어봅니다. 한국이 전체적 보편성인 데 대해서 호남은 지역적 특수성입니다. 보편성과 특수성의 관계를 항시 염두에 두어 호남학은 한국학과의 관계에서 규명될 필요가 있는 것입니다. 언제고 자기는 타자에게 비추어보아야 제대로 보이는 법입니다. 한국 내의 경기도나 경상도를 등가적으로 여기는 비교의 시각이 열릴 필요가 있습니다. 그리고 보편과 특수의 관계를 확대해서 세계적 보편성에서 호남의 특수성을 따질 수도 있겠습니다.

3. 대학제도 속에서 호남학

호남학이 대학제도 속에 정착하려면 그에 상응하는 학제 개편이 따라야 할 것입니다. 호남학의 주체가 될 학자 양성, 그 재생산구조를 갖추는 것 또한 중요한 과업입니다. 이 문제는 민감한 사안인데, 호남학의 성패와 관련된다는 점을 지적해두는 것으로 제 발제를 끝내겠습니다.

제3장
동아시아에 대한 지역적 인식논리

1

이 글에서 동아시아는 방법론적으로 사고하기 위한 공간이다. 그래서 동아시아를 새로운 '앎'을 추구하는 학문기획으로 제기하는 것이다.

종전까지 동아시아학이라고 하면 지역을 인식단위로 구획한, 그야말로 지역학 개념이 되기 마련이었다. 이 점에 있어서는 한국학 또한 마찬가지다. 필자는 21세기의 변화된 세계 상황이 종전과 다른 의미의 지역적 관심을 촉구하고 있다는 판단에 근거해, 지역적 인식논리에 의한 동아시아 학지(學知)를 구상해보았다.

지역적 인식논리로 지역학적 동아시아학과는 차원이 다른 학지를 추구하겠다니, 말이 앞뒤가 맞지 않는 것처럼 들린다. 이렇게 사고하게 된 이유는 다른 무엇보다도 지금 '전지구적 세계'에 처한 인간들의 삶에서 공간의 의미가 크게 달라졌다고 생각하는 데 있다.

필자는 최근 세계화가 피할 수 없는 대세로 밀려든 사태에 직면해서 학문하는 주체로서 나름의 학적 대응을 시도해왔다. 이 글에서는 동아시아와 관련해서 나 자신의 소회의 일단을 털어놓으려 한다.

2

방금 동아시아는 방법론이라고 말했지만, 방법론이기 이전에 현실이다. 동아시아인에게 있어서 동아시아는 발을 딛고 선 삶의 공간이요, 과거로부터 미래로 이어질 역사적 현재이기도 하다. 이 점은 명명백백한 사실이다. 때문에 동아시아를 방법론적으로 사고할 필요가 있다고 여긴 것이다.

그런데 가만히 생각해보면 인간이란 본디 공간과 시간을 떠나서는 자체의 존재를 잠시도 지속할 수 없지 않은가. 이토록 기본 필수에 속하는 요소를 중시하겠다는 것은 지극히 타당한 일이라서 새삼스럽고 싱겁기 짝이 없는 것도 같다. 실상이 그렇다. 물속의 고기가 물을 잊고 지내듯 우리 인간들 또한 자신의 시공간을 자각하지 못하고 살아가는 것이 일상으로 되어 있지 않은가.

그런 속에서 자신이 생존하는 공간(지역)을 과연 어떻게 생각해왔는지 한번 뒤돌아보자. 거기서 대개 두가지 서로 모순되는 편향을 지적해볼 수 있을 것 같다. 한쪽은 국가주의로 치우쳐 있다면 다른 한쪽은 세계주의로 치우쳐 있는 것이다. 전자는 자신이 속한 국가를 인식의 경계로 삼는 일국적 편견이며 후자는 인식의 기반을 이탈한 탈공간적 편견이라 할 수 있다. '일국적 편견'은 자족적인 민족주의에 사로잡힌 형태이며, '탈공간적 편견'은 사실상 서구중심주의(한국에서는 미국 본위로 작동하고 있음)로 귀착되기 마련이었다. 양자는 상호 모순되면서도 동시대의 공존물이라는 점에 유의할 필요가 있다. 양극을 시계추처럼 오락가락하는 사례들이 우리 눈앞에서 늘 전개되었다. 1945년 이후로 두드러진 한국사회의 정신현상이라 할 것이다.

이런 까닭으로 지난 20세기 중·후반기 한국인의 공간 개념에는 동아시아가 없었다고 말해도 과언이 아니다. 중국은 반공이데올로기에 의해서 금기의 영역이 되었고, 일본은 반일이데올로기에 의해서 지워진 영역처럼 되었다. 실상이 쭉 이러했다. (일본에 대해서는 정치적·경제적으로 유착관계를 유지하는 한편 반일적 국민감정을 끊임없이 부추기는 아이러니가 연출되고 있다.)

한반도는 동서대결의 민감한 접점으로 지구적 차원에서 냉전체제의 최전방이었기에, '자유세계'의 수호라는 의식이 주입되면서 세계주의로 빨려들어갔다. 하지만 '자유세계'는 현실이 아닌 환영이었으므로 그 빈자리를 곧잘 반일이데올로기를 불러들여서 메꾸도록 했던 것이다. 따지고 보면 세계적 차원의 냉전체제하에서 세계주의(서구중심주의)로의 편향이 주류를 이룬 가운데 부추겨진 민족주의가 종속변수로서 완화제의 기능을 한 것으로 해석할 수 있겠다.

그러다가 한국인의 시야에 동아시아가 다시 들어온 것은 지난 1990년경부터였다. 냉전체제가 해체되면서 중국과 통하는 길이 한번 열리자 막혔던 봇물이 터지듯 인적·물적 교류가 급속도로 증대해 오늘에 이른 경위는 우리가 경험했던 대로다. 중국을 인식하게 되면서 아울러 일본을 돌아보게도 되었다. 마침내 한국은 동아시아 국가로 복귀해 중국과 일본, 그 사이에 놓인 한국을 발견하게 된 셈이다. 이에 따라 동아시아 담론이 활발해지고 동아시아에 대한 지역적 관심도 부쩍 일어났다. 동아시아는 이제 비로소 우리에게 현실이 된 것이다.

그러나 다시 우리를 돌아볼 때 동아시아가 오늘의 한국인에게 어떤 형태로 의식되고 있는지는 의문이다. 연전에 백영서 교수는 "중국에 〔동〕아시아가 있는가"라는 질문을 중국 지식인들에게 던져서 신선한 반향을 일으킨 바 있었다.[1] 질문이 도전적이었기에 반성적 사고를 유발한 계기가 된 것이다. 이 질문을 그대로 우리 자신에게 던지면 솔직히 어떻게 대답할 수 있을까. 냉전체제하에서 동아시아는 지워졌거나 왜곡된 형태였음을 방금 언급한 터이지만, 지금 눈앞에 크게 들어온 동아시아는 한국인의 머릿속에서 몹시 흔들리고 갈등하는 상태가 아닐까.

냉전체제의 해체로 인해서 중국과 교류하고 소통하는 길이 열린 것은 사실이다. 하지만 냉전체제의 해체에도 풀리지 않는 한반도의 분단은 대륙으로 통하는 길목을 차단하고 있는 형세다. 이것이 동아시아 전체에 장애와 불안의 요소로 걸려 있다. 이보다 중대하고 결정적인 문제점은 미국이 주도하는 신자유주의적 세계화의 흐름이다. 세계화(미국화)의 열풍에서 한국은 장차 어디로 향할 것인가? 당국이 취하는 외교노선도 노선이지만 국민적 심리가 온통 미국화로 쏠린 듯 보인다. 우여곡절 끝에 가까스로 발견한 동아시아는 세계화의 열풍에 휩쓸려 다시 사라질 것도 같다.

이럴 때일수록 냉철한 자세가 절실하다. 남이 장에 간다고 나도 덩달아 나설 노릇은 아니지만 시대의 큰 흐름을 혼자 거역하는 것도 득책이

1 백영서 「중국에 '아시아'가 있는가?: 한국인의 시각」, 『동아시아의 귀환』, 창작과비평사 2000.

될 수 없다. 호랑이에게 물려가도 정신을 차리면 산다고 했거니와, 호랑이를 잡기 위해 굴속으로 들어가는 적극성이 때에 따라서는 긴요하다. 호랑이에 물려가도 정신을 차린다 함은 주체의 확립을 뜻하는 것이다. 주체를 어디에 세울 것인가? 주체는 다른 어디가 아닌 구체적 시공간에 세워야 하는바 곧 자신이 처한 지점이고, 자신이 존재한 시점이다.

인식론의 중심에 지역을 배치하는 것은 바로 이 때문이다. 지역을 인식의 중심부에 놓고 시간을 종으로 배치하는 구도이다. 오늘의 지구화 시대에 있어서는 행동은 전지구적으로, 사고는 지역적으로 할 필요가 있다고 말한다. 물론 인간의 사고와 행동이 이런 식으로 양분되지는 않겠지만 전지구적 세계에서는 지역의 의미가 중시된다는 강조어법일 터다. 지역학의 수요가 높아진 현상 역시 그 유력한 증거로 제시할 수 있을 것이다.

21세기에 도래한 전지구적 세계를 부정적으로 전망할 일만은 아니라는 게 필자의 소견이기도 하다. 지구촌 사람들이 막힘없이 교류하고 하나로 어울리는 세상이라면 그건 인류적 이상이 아닐까. 지금의 미국주도의 세계화가 그렇다는 말은 결코 아니지만, 인류적 이상으로 가는 길을 일깨운 의미는 있으며, 나아가서는 호랑이 굴속에 들어가듯 그 길로 들어가서 역이용할 수도 있지 않을까. 결국 지금 이 세계화 시대에 어떻게 대응하느냐가 관건이다.

그래서 필자 나름으로 '지역적 인식'이란 사고의 논리를 제기한 것이다. 오늘의 '전지구적 세계'는 서구중심을 해체해 지구 전역을 다원적·상대적·등가적으로 보려는 경향이 있다. 물론 전지구적인 화합과 평등은 실현가능성이 아직은 요원한 이상이지만 탈서구중심의 방향에서 학문의 패러다임을 개편, 혁신하는 것은 요망되는 과제이다. 서구중심주의적 학문체계로부터 상대적 다원주의의 학문으로 전환하자면 새로운 지역적 개념을 도입하는 것이 바람직하다는 것이 나의 지론이다. 그래서 지역학적 개념임에도 한국학 혹은 동아시아학이라고 쓰기를 주저하지 않게 된 것이다. 여기에는 역시 같은 인식논리로 유럽이나 미국을 상대화한 유럽학, 미국학 등의 개념도 가능하다는 관점이 전제되어 있다.

3

앞에서 제기한 바 공간이라는 요소를 중심으로 잡고 시간이란 요소를 고려하는 인식방법은 기존의 학문체계를 해체하려는 의도를 담고 있다.

근대학문으로 성립한 역사학 등 분과학문의 경우 어디까지나 일국적으로 구획된 시공간에 갇혀 있다. 그리고 요즘 유행하는 지역학의 경우에는 시간성을 배제한 현재적 공간에 시선을 붙잡아두기 때문에 목전의 실용주의로 경사해 반성적 사고는 개입할 여지가 비좁아 보인다. 지금 시대는 월러스틴(Immanuel M. Wallerstein) 교수가 제기한 방법론대로 '인식론적으로 재통합된 지식체계'의 수립을 요망하고 있다. 이 과제를 실현하기 위한 매개로서 필자는 '지역적 인식'을 사고한 셈이다.

근래 인문학의 위기에 대해서 사회적 공감대가 폭넓게 조성되고 있다. 그만큼 문제의 심각성이 확산되었다는 증거이다. 그런데 인문학뿐 아니라 사회과학의 위기, 심지어 자연과학의 위기를 호소하는 소리들도 심심찮게 들려온다. 아니, 학문이 무엇이고 어떤 의미를 지녀야 하느냐는 근본적 물음을 던져야만 할 단계가 아닌가도 싶다.

근대학문을 개편, 혹은 해체하려는 움직임이 여러모로 나타나고 있다. 이런 시대상황과 관련해서 나는 신학문을 염두에 둔 새로운 동아시아 학지를 모색하자는 주장을 내놓았지만, 그것은 장차 개척해야 하는 '실천적 과제'이다. 그야말로 창조적 예지의 밑받침이 없고는 성과를 기대하기 어려운 난감한 일이다.

여기서 동아시아는 '지역적 인식론'을 적용한 사례로 거론한 것이다. 방금 실천적 과제라고 말했듯 아직은 어떤 모형이 마련되어 있지 않다. 다만, 모색하고 추구하는 방향이 기존의 근대학문의 인식논리와 어떤 변별성을 갖게 될 것인지는 대략 밝혀둘 수 있을 것 같다. 몇가지 들어보자.

첫째, 중심과 주변의 관계를 해체하고 상대적으로 인식한다. 종래 중심부와 주변부는 종속적 관계로 이어졌으며, 인식론적으로 중심부를 당연의 중심으로 고정하고 있었다. 예컨대 전통적인 중화주의체제하에서 중화와 변방(사이四夷)의 관계가 그러했고, 근대적인 서구중심주의에서 서구와 비서구의 관계 또한 그러했다. 국내에 있어서 중앙과 지방의 관계도 마찬가지였다. 사고의 출발선을 자신의 삶의 공간, 즉 구체적 현실로부터 잡아서 중심을 상대화하고 중심주의를 해체하는, '인식론적 반역'을 감행해가자는 취지이다.

둘째, 근대적 편견에서 벗어나는 효과를 얻을 수 있다. 우리는 근대국가의 제도와 관념에 익숙해왔다. 근대가 구획한 지리적 경계뿐만 아니라 문화적·정신적 경계 속에서 사고하고 문제를 바라보는 경향이 농후하다. 근대로 진입하기 이전을 근대적 경계로 재단하는 것은 그야말로 근대적 편견이 아닐 수 없다. 또한 탈근대적 상황에서, 세계화가 진행된 마당에 일국주의에 고착된 사고를 털어버리지 못하면 이 역시 시대착

오이다. 한국과 중국의 사이에서 이미 제기되었고 또 앞으로 예상되는 역사분쟁들은 근대적 편견에서 비롯된 경우가 허다하다. 가령 중국에서 쓰는 '지방정권'이라는 개념이나 발해사의 귀속 문제는 전형적 사례라고 하겠다. 지역적 인식론을 적용하면 이런저런 근대적 편견 내지 자국중심적 독단이 해소될 가능성이 높다.

셋째, 근대적으로 분할된 분과학문의 벽을 허물고 여러 지식의 영역이 서로 소통할 수 있는 가능성이 열린다. 이 점에 대해서는 앞서 논한 터이므로 말을 줄인다. 한가지 덧붙이자면, 인문학과 사회과학의 통합이 지역 개념에 의해 인식론적으로 진전되는 데에서 지역학의 강점인 실용성 혹은 현실대응력의 확보를 기대할 수 있을 듯싶다.

그리고 이와는 다른 문제로 특히 주의해야 할 점을 언급해둔다. '나'의 현실로서 지역이라는 요소를 인식의 중심에 둔다고 할 때, 자칫 지역주의로 오도되거나 자기중심으로 빠져들 우려가 없지 않다. 당초 이런 문제점을 극복하려는 뜻에서 출발했던 터지만 오히려 이기심을 부추길 위험마저 있다. 그렇다고 이기심을 버리라 해서 문제가 해결될까? 당초에 실현가능성이 없는 공론이다. 상호간에 이해의 접점을 찾는 것이 첫번째 요령일 것이다. 학문하는 자세는 공청병관(公聽倂觀)이 기본이요, 지피지기(知彼知己)가 요령이다. 공청병관이 팔이 안으로 굽는 인간됨됨이로 미루어 어렵다고 하면 지피지기라도 필히 힘써야 하지 않을까.

4

중국-한국-일본으로 연계된 동아시아 지역은 역사적으로 현재적으로 그 바깥과 격리된 공간이 아님은 물론이다. 근대 이전의 시대에도 유라시아 대륙으로 연계된 역사운동이 지속되어왔거니와, 근대 이후로 와서도 이 지역에는 미국 혹은 러시아(소련)의 영향이 압도적인 시기가 있었고, 이는 지금도 중요하게 고려하지 않을 수 없는 형편이다. 앞에서 동아시아 학지에 초점을 맞추어 논했지만 이런 제반 관계를 인식상에서 배제할 수 없음이 물론이다. 어줍지 않게 감히 거대담론의 도식을 펼치는 꼴이지만, 이 글을 매듭짓는 뜻에서 방금 제출한 사안을 포함해 동아시아의 과거와 현재를 통관하는 인식의 틀을 제시해볼까 한다.

동아시아는 중국이 지리적으로나 역사적으로나 중심이었다. 중국중심의 관점과 별도로 객관적 상황의 측면을 지적한 말이다.

유라시아라는 거대한 대륙을 하나의 역사운동의 무대로 설정하는 편이 총체적이고 역동적일 뿐 아니라 실상에도 가깝지 않은가 한다. 중국은 유라시아적 대역사운동의 동쪽 중심부였던 셈이다.

나는 이곳을 중심으로 사방의 운동축을 설정해본 바 있었다. 중국이 인도 그리고 유럽으로 교통한 서방축, 중국과 흉노·몽골 등이 각축한 북방축, 서세가 상륙하고 중국이 동남아로 진출한 남방축, 중국이 한반도를 경유해서 일본열도로 연계된 동방축이 그것이다.

요컨대 중국이라는 역사·문화공동체는 예로부터 오늘에 이르도록 이 사방축을 따라 작동해 기복이 일어나면서 흥망성쇠를 거듭해왔다. 14세기 원제국의 멸망에 이르기까지는 서북축이 역사를 주도하다가 그 이후로는 동남축이 주도한 것으로 볼 수 있다. 서북축의 향방은 대륙이며 동남축의 향방은 해양이다. 대륙으로 향한 축은 유목문화와 농경문화의 대립이 배경을 이루었던 터이니 기본축의 해양으로의 이동은 곧 유목문화의 쇠퇴를 의미하는 것이다. 이에 해양으로 향한 동남축은 '근대적 세계'와의 접점이 되었다.

이 사방축은 인식론적인 틀로서 가설이긴 하지만 솔직히 말해 너무 커서 부황하다는 느낌마저 드는 것을 굳이 그려 보인 데는 물론 나름으로 뜻이 있다. 나 자신이 발을 딛고 선 한반도를 염두에 두어서다. 동방축이 20세기 전후부터 남방축을 제치고 주축으로 운동하고 있는 점에 주목하여 학적 관심을 집중할 필요가 있다고 생각한 때문이다.

동방축의 중국대륙→한반도→일본열도의 동선에서 대륙 쪽으로는 러시아가 동진하여 가세하게 되고, 해양 쪽에서는 미국이 태평양을 건너서 출현한다. 그리하여 종래의 중국중심적 동아시아세계는 해체되면서 동방축을 따라 유사 이래 볼 수 없었던 새로운 상황이 펼쳐지고 놀라운 사태들이 일어난 것이다. 우리가 잘 알다시피 20세기의 전반기에는 일본이 이 지역의 패권국가로 등장, 한반도를 식민지로 지배하고 중국대륙을 공략하였으며, 후반기에는 이 지역이 동서 냉전체제의 최고로 민감한 접점이 되었다. 서구주도의 근대세계로 와서 동방축의 동선은 종전과 달리 해양→일본열도→한반도→대륙으로 역방향을 연출한 것이다.

우리 한반도는 동방축의 핵심고리다. 그런 지정학적 이유로 한반도를 '동방의 화약고'이자 '아시아 평화의 관건'이라고 일컫게 되었다.[2] '고래 싸움에 새우등 터진다'는 격으로 해양세력과 대륙세가 한반도상에서 부딪쳐 전란에 휩쓸리고 한반도의 주민들은 시련과 고난을 무한히 겪어야만 했다. 앞서 청일전쟁, 러일전쟁으로부터 뒤에 6·25전쟁으로 이어졌다. 6·25는 종결되지 못하고 반세기를 훨씬 넘긴 지금에 이르

2 이 책 1부 2장 72면 참조.

도록 정전상태이니, 언제 다시 터질지 모르는 휴화산이다.

21세기로 들어오면서 중국의 존재가 급부상함에 따라 동방축의 동선에 영향이 미칠 것은 필지의 형세다. 대륙↔한반도↔일본열도↔미국의 쌍방선이 예상되는 그림이다. 동방축이 주도한 20세기의 역사는 유감스럽게도 대립과 갈등으로 점철되었거니와, 21세기에 재구성되는 동방축은 앞으로 어떻게 작동할 것인가. 새롭게 굴기하는 중국, 이에 대립각을 세우는 일본, 초강대국으로서 패권을 잃지 않으려는 미국, 그리고 약화된 영향력을 회복하여 돌아온 러시아, 그 결절점에 우리 한반도가 위치해 있다. 이 상황에서 동아시아 학지를 어떻게 추구할 것인가? 지금 이곳의 학인들에게 부과된 과제이다.

제4장

20세기의 국학과 21세기의 한국학

이번 대동문화연구원 50주년을 기념하는 학술행사에서 발제를 하는 저 자신의 입장을 먼저 밝혀두는 것이 순서일 것 같습니다. 제가 이 학술모임을 준비하면서 제시한 말이 있습니다.

돌아보건대 21세기 지식정보화 시대, 세계화가 급속하게 진행되는 상황에서 인문학은 역할이 위축되고 있을 뿐 아니라, 존재 자체가 크게 흔들리는 실정입니다. '인문학을 되살려야 한다'는 주장들은 여기저기서 들리는데 공허하기만 합니다. 문명적 반성과 함께 무엇을 해야 할 것인가에 대한 근본적 물음을 빼놓고 하는 때문이 아닌가 합니다.

이번 50주년 기념 학술회의의 주제는 '21세기 인문학의 창신과 대학'으로 잡았습니다. 대동문화연구원과 아울러 동아시아학술원의 진로 모색을 학문의 보편적 차원과 연계해서 사고해보자는 취지입니다.[1]

대개 이와 같은 취지로 학술회의를 준비했습니다만, 이 모임을 기획·제안한 측의 발언이 없을 수 없다고 생각되었습니다. 그래서 저 자신 지금까지 공부하면서 도달한 학적 논리의 일단을 간략하게 개진하려 합니다. 근래 대동문화연구원과 동아시아학술원의 학문사업에 줄곧 관여한 터이기에 이런 자신의 처지가 이 발제문에 반영되기도 할 것입니다.

1. 20세기 한국의 국학

20세기 한국근대의 정신적 유산인 국학은 식민지 시기인 1930년대에 '조선학운동'으로 성립한 것입니다. 당시는 국학이란 개념을 쓸 수 없었기 때문에 조선학으로 표방을 합니다. 국학은 근대학문 일반과 함께 출발하는데, 근대학문의 중심이라고 보아도 좋을 것입니다. 이에 대해 자세한 논의는 줄이고 해방 이후로 넘어가보겠습니다.

한반도상에서 한국인의 대학은 1945년 식민지로부터의 해방과 함께 창설된 것입니다(일제하에서 유일한 대학은 식민당국이 설립한 경성제국대학이지요). 한국의 주요 대학들의 개교년도가 대부분 1946년, 해방 이듬해인데, 이는 정부수립보다도 앞선 시점입니다. 대학에 대한 한국인의 열망이 얼마나 뜨거웠던지 짐작이 가고도 남습니다.

이 대목에서 한국의 유수한 대학부설 연구기구에 대해 잠깐 살펴볼까 합니다. 연세대학교(당시 명칭은 연희대학교) 국학연구원은 1949년에

---

1 대동문화연구원 50주년 기념 학술회의 발제자·토론자들에게 보낸 서한.

동방학연구소로 출범해서 1977년에 국학연구원으로 개편되었습니다. 한국의 대학사회에서 인문학 분야 연구소로 선편을 잡은 것입니다. 동방학연구소는 기본 취지를 "한국문화를 중심으로 동아시아의 여러 민족의 문화를 연구"하는 데 두었습니다. '동방학'이라는 지역학적 개념을 사용했음에도 중심은 국학이었습니다. 일제하에서 조선학의 기반으로서 역할을 했던 연희전문학교가 전신이었기에, 이 전통을 살리고 발전시키자는 뜻이 있었다고 봅니다. 저는 당초에 왜 동방학연구소란 이름으로 출범했는지, 그리고 한동안 지나서 국학연구원으로 개명을 했는지 그 경위나 배경은 알지 못합니다. 어쨌건 후일에 '국학'을 표방한 것은 원래의 국학정신을 적어도 언어표현으로는 회복한 것으로 보입니다.

성균관대학교는 한국 근대의 대학에서 특이한 존재입니다. 조선왕조의 국학(國學, 국립대학에 해당하는 성균관을 가리킴)에 기원한 긴 역사가 앞에 있기 때문이지요. 하지만 근대 대학으로 출발한 과정은 한국의 대학들과 마찬가지로 1946년입니다. 그리고 10여년이 지난 시점에 대동문화연구원이 설립됩니다. 이 역시 한국의 대학들이 해방 이후의 혼란, 전쟁으로 인한 황폐화로 인해 어려움을 겪다가 비로소 학문의 전당으로서의 책무를 챙기게 된 1950년대 후반기 대학사회의 정황과 맞물려 있습니다. 다만 대동문화연구원으로 정체성을 세우려고 한 데서 성균관대학교의 특수성이 드러났다고 보겠습니다. 대동문화연구원은 "유학을 위시해 우리나라 문화를 조사연구"하는 데 그 목적을 두고 있음을 명시하고 있습니다.[2] 유학을 내세운 것은 곧 국학(성균관)에 근원한 이 대학교의 정체성의 표현인데, 유교를 문화적으로 인식한 점이 흥미롭기도

2 「창간사」, 『대동문화연구』 1, 1964.

합니다. 그리고 일국적 한계를 넘어서 동양 전체를 고려한 점이 또한 주목됩니다. "우리를 중심한 인방과의 문화관계, 즉 널리 동방문화를 연구"해야 한다고 주제와 범위를 잡은 것입니다.[3] 이 대동문화연구원이 지난 2000년 신세기를 즈음해서 동아시아학술원으로 확대, 개편을 단행했는데, 기존의 대동문화연구원은 그대로 존치하고 영역을 확장하는 모양이었습니다.

서울대학교의 경우 문리과대학 부설로 동아문화연구소가 1961년에 발족합니다. 이 연구소는 "국학 및 동양학 전분야를 망라"하는 것으로 자임했지만[4] 실제는 국학(한국학) 위주로 운영되었습니다. 1960년대부터 70년대 초까지는 한국 학계에서 학술사업을 활발하게 하는 연구소로 손꼽혔습니다(하바드-옌징연구소가 지원하는 연구비에 힘입은 바 컸다는 사실도 눈여겨볼 대목입니다). 한가지 특기할 점은 한국학 개설서에 해당하는 영문책자를 "*KOREAN STUDIES TODAY*"라는 제목으로 편찬한 것입니다. 지역학적 개념의 한국학을 수용하려 했다고 보이는 대목입니다. 한편으로 1970년대 초에는 한국문화연구소가 발족합니다. 한국문화연구소는 당초에는 임의단체로서 열악한 형편이었으나 점차 발전, 위상도 높아져서 2000년대로 들어와서는 규장각(奎章閣)과 통합하고 서울대학교를 대표하는 한국학 중심으로 우뚝 서게 된 것은 주지하는 사실입니다.

고려대학교의 경우 일찍이 1957년에 지역학 개념의 아세아문제연구소가 개설되었습니다. 그리고 따로 1963년에 민족문화연구소란 이름으

3 같은 글.
4 「동아문화연구소 창립문」, 1961.

로 국학적 성격의 연구소가 창립되었는데, 최근에 역시 민족문화연구원으로 확대, 개편되어 한국학의 대표적인 연구소로 자리잡았습니다.[5]

국학(한국학)은 대학의 학과 편제에서는 각 전공영역으로 분할된 상태로 위상이 뚜렷하지 못했으나, 연구소 차원에서는 비중이 큰 편이었습니다. 서구적 보편주의의 지식구조와 학문체계에서 국학(한국학)은 설 자리가 불분명했는데 연구기구에서 챙겨지는 그런 상태였지요. 이 경우의 한국학은 지역학의 틀 속에 놓인 꼴이었습니다. 불가피한 형세라고 할 것입니다. 이러한 지역학적 한국학은 한국인의 주체의식 내지 자존심에서 아무래도 받아들이기에 탐탁지 않았던 때문에 그 위상과 존재는 모호할 수밖에 없었고, 활성화되기도 어려웠던 것 같습니다.

그런데 20세기의 마지막 10년에서 21세기로 진입하는 세기 이월기에 당해서 국학(한국학)에 대한 관심이 다시 일어나는 현상이 나타납니다. 이 시점에 와서 국학이라는 개념이 부활한 사례도 있었으나[6], 한국학이라는 개념이 통용되었습니다. 한국학을 일으켜야 한다는 목소리가 정부 차원에서도 중점지원 분야의 하나로 인정됩니다. 바로 이 단계에서 앞서 언급한 대로 기존의 대학 부설 연구기관의 확대개편이 일어나는가 하면, 여러 대학에서 연구기관이 신설되기도 한 것입니다.

이 현상의 배경적 요인은 다른 어디가 아니고 당시 급속히 진행된 '세계화'에 있었습니다. 세계화가 피할 수 없는 대세로 진전됨에 따라

5 고려대학교 민족문화연구소는 1957년에 고전 국역을 목적으로 한 연구소를 기점으로 잡고 있다.

6 광복 50주년 국학자대회는 1995년 12월 한국정신문화연구원이 주관하여 국학 관련 주요 연구기관이 참여한 형식으로 개최되었다. 그 결과물이 『광복 50주년 국학의 성과』, 한국정신문화연구원 1996으로 간행되었다.

한 측면은 인문학의 위기로 다가왔는데, 그로부터 우선 한국학은 구해내야 한다는 주장이 사회적 공감대를 넓힌 것입니다. 다른 한 측면은 세계화에 대응하는 학문적 전략으로 학술정보 시장에서 경쟁력있는 분야로 한국학이 손꼽히게 된 것입니다.

2. 지역적 인식논리에 의한 새로운 학문구도

지금 제기한 한국학 및 동아시아학은 고정된 무엇이 아니고 방법론입니다. 다시 말하면 인식의 논리에 의해 학문작업으로 이루어지는 실천적 개념이라고 말할 수 있습니다.

그런데 한국학이나 동아시아학이라고 하면 본디 지역학에 속하는 것입니다. 종래 지역학이라면 우리에게는 선뜻 달갑게 다가오는 개념이 아니지요. 지난 시대에는 제국주의국가들이 식민지 경영을 위해 피식민지에 대한 조사·연구를 수행하거나 제1세계에 속하는 선진국들이 제3세계의 후진지역을 대상으로 한 학문연구를 지역학으로 통칭했기 때문입니다. 반면에 구미세계를 대상으로 구미인 자신들에 의해서 수행된 학문이라야 보편적 학문이요, 거기서 도출한 이론이라야 보편적 이론으로 인정을 받았습니다. 지역학이라면 우선 제국주의의 학적 공작이라는 혐의가 짙습니다.

게다가 또 한국학이라고 하면 우리로서는 쓰기에 부담스런 면이 있습니다. 자국에 대한 학문연구를 스스로 특화한 것이 되기 때문입니다. 그뿐 아니고 한국은 분단상태의 현실에서 남과 북을 아우르는 호칭이 아니므로, 한국학이라면 한쪽을 배제하거나 무시한 것처럼 됩니다. 국학이란 개념은 이런 부담을 덜어내는 이점이 있지요. 그렇다 해서 오늘날 새삼스레 국학을 호명할 수야 없지 않은가 합니다. 21세기 지구적 시대의 새로운 환경에서는 이런 문제점들을 대승적 차원으로 털어버리고 사고의 논리를 비상할 필요가 있다는 생각을 하게 되었습니다.

그래서 지금 '지역적 인식'이란 사고의 논리를 제기하는 것입니다. 오늘의 '전지구적 세계'는 서구중심을 해체해 지구 전역을 다원적·상대적·등가적으로 보려는 경향이 있지요. 물론 전지구적인 화합과 평등은 실현가능성이 아직 요원한 이상이지만, 탈서구중심의 방향에서 학문의 패러다임을 개편, 혁신하는 것은 긴요한 과제입니다. 서구적 학문체계로부터 상대적 다원주의의 학문으로 전환하자면 새로운 지역학적 개념을 도입하는 것이 요망된다는 것이 필자의 근래 지론인바, 지역학적 개념임에도 한국학 혹은 동아시아학이라고 쓰기를 주저하지 않게 된 것입니다. 역시 같은 인식논리로 유럽이나 미국을 상대화한 유럽학, 미국학 등의 개념도 가능하다는 생각이 전제되어 있습니다.

저는 최근에 딜릭(Arif Dirlik) 교수가 동아시아 근대를 접근하는 데 '지역적 관점'을 제시한 글을 접한 바 있습니다. "필자의 연구가설은 지역은 역사에서 주어진 지리적 단계인 물리적 실체일 뿐 아니라 그 자체가 지속적인 구성과 재구성에 의해 영향을 받는다는 것이다."[7] 이 주장을 듣고서 제 소견에 한층 더 자신감을 갖게 되었습니다.

저 자신 새로운 차원의 지역학 개념을 방법론으로 사고하기까지에는 나름으로 과정이 있었습니다. 지난 2005년에 저는 호남학연구단의

7 아리프 딜릭 「동아시아에서 근대성과 혁명: 중국 사회주의에 대한 지역적 관점」, 2007.11. 12. 동아시아학술원의 해외석학 초청강좌에서 발제문으로 제시된 것이다.

창립을 기념하는 학술회의에서 주제발표를 맡게 되었습니다. 호남학을 하나의 학적 개념으로 정립해야 하는 과제가 주어진 셈이었습니다. 그 발제에서 했던 말입니다.

> 호남학은 한국의 역사와 사회, 문화 전반에 걸쳐 인식을 구체화하는 데 큰 몫을 할 수 있을 것입니다. 중앙중심적 관점을 탈피해서 영역별로 이루어진 삶의 실태며, 나름으로 가꾸어온 문화를 조명함으로써 상대적 중요성을 발견하고 한국학의 균형을 취하게도 될 것입니다. 그런데, 이 호남학은 일차적으로 호남 지역에서 긴요한 것이 되고, 이 지역의 수요에 응해야 존재의미를 갖게 됨이 물론입니다. 한반도상에서 호남의 역할을 설계하고, 동아시아에서 호남의 위치를 잡아주는 큰 경륜은 호남학이 감당해야 할 제일 과제라고 봅니다. 또한 호남의 자기정체성 인식에 학적 노력이 투여되어야 하며, 도·시·군 단위의 지자체들의 발전과 균형을 이루도록 하는 기획에 참여하고 주민들의 문화적 욕구와 행복한 삶을 위해 지식정보를 제공하는 등의 일은 이 지역 소재의 대학으로서는 당연한 임무로 감당해야 할 것입니다.[8]

저는 이런 호남학을 주장한 논리의 밑받침으로서 '연구의 지역화'라는 문제를 먼저 제시했습니다.

> 지구적 차원에서 서구중심주의를 부정하듯, 한국적 차원에서는 서

8 이 책 3부 2장 224면 참조.

울중심주의로부터 탈피할 필요가 정히 있습니다. 한국의 무엇에 대해 연구한다 해서 막연히 범론(汎論)하지 말고 지역적 구체성을 파고드는 것이 좋습니다. '연구의 지역화'는 지구화 시대의 학문이 마땅히 취해야 할 하나의 요령입니다.[9]

각각의 지역단위에서 이루어진 인간들의 삶의 진실과 문화의 활력을 제대로 포착할 때 비로소 한국학의 구체성을 그려낼 수 있다는 생각이었지요.

인간이란 됨됨이 자체가 시간과 공간을 떠나서는 애초에 존립할 수 없는 것입니다. 시간과 공간, 이 기본 필수의 두 축에서 시간은 추상적인 반면에 공간은 구체성을 지닌다고 할 수 있습니다. 즉 삶의 리얼리티, 인간의 애환·득실·이해 등등에 다가가자면 지역성을 고려하는 것이 긴요합니다. 따라서 구체적 인식을 위해서라면 보다 공간을 중시하는 것이 당연합니다. 지역적 인식은 기실 원론이요 당위라고 하겠습니다.

저 자신 문학작품을 해석하거나 어떤 대상을 파악함에 있어서 역사적 현실성을 중시해왔지요. 그런 의미에서 역사주의의 입장을 취한 셈입니다. 그런데 '역사적 현실성'에 참으로 핍진하자면 공간적 구체성을 파고드는 것이 필수적입니다. '역사적 현실성'에서 현실성은 공간에 귀속된다고 볼 수 있지요. 시간-역사라는 종축에 못지않게, 아니 보다 긴요하게 공간-장소-지역이란 횡축을 중시하는 것이 요망된다는 학적 사고를 하게 된 것입니다.

그러고 보면 '연구의 지역화'는 인식론적인 원칙이라고 말할 수 있는

---

9 같은 곳.

데, 지금 21세기 세계 상황에 당면해서 시선을 돌리게 된 것입니다. 요컨대 '연구의 지역화'라는 방법론은 지구화 시대의 현실에 대응하는 하나의 학적 사고의 논리입니다. 그것은 다름 아닌 '중심'과 '주변'의 관계 양상을 다원적·상대적인 방향으로 해체하려는 사고로부터 출발한 것이었지요. '지역'이란 개념으로 중심을 포괄한 나머지 중심이 상대화되고 마침내 지역이 인식의 주요 단위로 놓인 형태, 그것입니다. 지역 개념으로 국가의 경계를 넘나들 뿐 아니라, 동서가 소통하는 광역의 인식단위로도 설정될 수 있습니다.

저는 호남학의 이론적 정립이란 문제에 부딪힌 것을 계기로 대략 이와 같이 중심주의를 해체하는 방향에서 지역적 인식을 착안하게 된 것입니다. 그런데 방법론으로서 지역적 인식은 저 자신이 수행한 학문작업 속에 이미 들어와 있었다고 볼 수 있어요. 한자문명권을 진작부터 중요하게 고려했던 터이며, 동아시아적 시각의 필요성을 강조한 그 자체가 곧 지역적 인식에 해당하기 때문입니다. 실은 또 동아시아학술원이라는 그 자체가 지역적 인식의 학문기획임이 물론입니다. 동아시아학술원의 창립을 기념해서 '동아시아학의 모색과 지향'이란 제목으로 국제학술회의를 개최했는데, 서구중심주의에서 성립한 지역학 개념과 변별되는 주체적 성격의 동아시아학을 수립하기 위한 학적 시도였습니다. 그 자리에서 저는 기조발제를 맡아 동아시아 지역을 하나의 인식단위로 설정, 동아시아의 과거와 현재를 통관하는 패러다임을 구상해보았습니다. 우리가 동아시아학을 주체적으로 수립한다고 할 때 지역적 관점으로 접근할 필요가 있음을 생각한 것입니다.[10]

10 성균관대학교 동아시아학술원 개원 기념 국제학술회의는 '동아시아학의 모색과

이어서 그다음 해 개최한 학술회의는 주제를 특화해서 '동아시아 서사학의 전통과 근대'로 잡았습니다. 동아시아 민족국가들의 경계를 넘어선 공통 서사를 발견, 동아시아 문화의 유형적 특징을 해석하려는 취지였습니다.[11]

우리가 지역학적 개념으로 주류적 현실인 서구중심주의, 그리고 역사적 부채인 중국중심주의에 저항하고 '중심'과 '주변'으로 고착된 종속적 관계를 해체한다는 학문전략은 역설처럼 비치기도 합니다. 그럼에도 한국학 또는 동아시아학을 당당히 들고나올 수 있게 만든 것은 글로벌한 오늘의 세계 상황입니다.

요컨대 지금 거론하는 지역적 인식의 새로운 학문의 틀은 시공간 속에서 연속적으로 이루어지는 인간들의 생활과 문화의 리얼리티를 포착해 실체적 진실을 그려낼 수 있는 가능성이 높다고 봅니다. 그리고 일국주의로 구획된 근대적 경계를 넘어서 지역을 인식의 중심에 놓고 나면

지향: 그 사상적 기저'란 주제로 2000년 11월 23, 24일에 성균관대학교 600주년 기념관에서 열렸다. 당시 발제문이 책자의 형태로 나왔는데, 후에 그 성과를 정리해서 '동아시아학술원총서 I'로 간행했다(김시업·이인섭 편『동아시아학의 모색과 지향』, 성균관대학교 출판부 2005). 필자의 기조발제논문「동아시아와 유교문화의 의미: 동아시아학의 주체적 수립을 위한 모색」은 *Sungkyun Journal of East Asian Studies*, Vol.1, No.1에 영문으로 발표된 바 있다(Lim Hyong-taek, "The Meaning of East Asia and Confucian Culture: In Search of Independent Approach to East Asian Studies," 2001).

11 2001년 10월 26일에 '동아시아 서사학의 전통과 근대'란 주제로 가졌던 국제학술회의는 한국측에서 필자와 최원식·박희병, 중국측에서 천 핑위안(陳平原)과 스 창위(石昌渝), 일본측에서 후지이 사다까즈(藤井貞和), 그리고 미국 학자로 앤드루 플락스(Andrew H. Plaks)가 참여해서 6편의 논문이 발표되었다. 그 성과는 역시 영문으로 *Sungkyun Journal of East Asian Studies*, Vol.2, No.1에 실렸으며, 이후 '동아시아학술원총서 2'로『동아시아 서사학의 전통과 근대』(성균관대학교 출판부 2005)에 수렴되었다. 필자는 여기서 '동아시아 서사학 시론:『구운몽』과『홍루몽』을 중심으로」를 발표했다.

이미 있었거나 예상되는 역사분쟁을 자연스럽게 해소하는 방도가 될 수 있을 것으로 기대합니다.

3. 근대성의 문제

인식론상에서 '중심'과 '주변'의 관계는 여러 층위로 설정할 수 있습니다. 일국적으로는 중앙과 지방의 관계가 문제시되지만 여기서는 논외로 접어두렵니다.

세계적 차원으로는 중국과의 관계에서 성립한 중국중심주의, 유럽 또는 미국과의 관계에서 성립한 서구중심주의가 문제시됩니다. 중국중심주의는 서구주도의 근대세계로 진입하는 과정에서 일단 해소된 것임에 비해서 서구중심주의는 근대와 함께 영향력을 발휘해서 오늘에 이른 것입니다. 서구중심주의의 극복은 학문적 주제이면서 동시에 문명사적 과제이기도 한 현안이라고 말할 수 있겠습니다.

반면에 중국중심주의 극복이란 문제로 말하면 어디까지나 역사적인 과제입니다. 중국중심주의는 동아시아 국가들이 서구주도의 근대세계로 편입됨에 따라 해체되었던 터이므로 현실적 의미는 이미 사라진, 그야말로 과거사에 속하는 것이기 때문입니다. 따라서 전근대적 중국중심주의가 다시 부활할 이치야 없겠으나, 그것의 청산작업을 거치지 않았던 까닭에 정신적 부채로 남아 왜곡 혹은 변종의 형태로 출현할 가능성을 배제할 수 없다고 봅니다. 가령 21세기 중국의 '대국굴기(大國崛起)'라는 국가전략은 근대로 와서 잃어버린 중국의 옛 명예를 회복하려는 의도가 엿보입니다. 이 경우에도 서구중심주의에서 전이된 형태로 나타날 가능성이 있습니다. 이 점은 앞으로 주시해야 할 사안이지요. 그러므로 결국 당면한 문제는 역시 서구중심주의입니다.

요컨대 서구중심주의는 자본주의적(서구적) 근대와 더불어 우리를 엄습한 것입니다. 지금 도피할 수 없는 대세로 진행되는 세계화는 서구적 근대의 종결편이 아닌가도 싶습니다. 그 종결편으로 와서 인류적·문명적 위기의식이 증폭되고 있습니다. 이런 한편, 위기의식의 상승폭에 비례해 근대를 반성하고 초극하려는 움직임이 학술과 운동의 형태로 확산되고 있습니다. '근대 다시 보기'를 시작한 것입니다. 서구중심주의적 지식체계를 개편, 초월하는 과제는 그것의 핵심사안이 아닐까요.[12]

서구의 시간과 공간 위에 만들어진 근대, 그것은 전지구상에 독존적인 위상을 갖는 것이었습니다. 서구적 기준이 역사적 가치요 문화적 가치로서 인류 보편처럼 통용되어왔습니다. 21세기 오늘까지 주류적인 형세입니다. 이는 물론 서구적 특수성이고 서구인들의 자기본위의 논리이지만, 비서구 지역에서도 보편적 준거로서 수용하고 추종하도록 되어 있었지요. 자본주의가 맹아적 형태로 동양 국가에서도 출현했다고 하는 이른바 내재적 발전론은 비서구에서 근대의 자생성을 입증하려는 시도였습니다. 이 역시 서구적 역사인식의 틀에 끼워맞춘, 서구중심주의의 덫에 걸린 꼴이라는 비판을 면하기 어렵습니다. '근대 다시

---

12 '근대 다시 보기'와 관련해서 필자가 참고한 논문으로는 미조구치 유조(溝口雄三) 「동아시아 연구의 시각에 관한 모색: 중국 연구를 중심으로」, 김시업·이인섭 편, 앞의 책; 미야지마 히로시 「평화의 시각에서 다시 보는 일본의 '근세화': 탈아적 역사이해 비판」, 『창작과비평』 136, 2007년 여름(『일본의 역사관을 비판한다』, 창비 2013에 수록); 김상준 「중층근대성: 대항적 근대성 이론의 개요」, 『한국사회학』 41, 2007 등이 있다. 그리고 딜릭 교수가 동아시아학술원의 초청을 받아 왔을 당시 비공식적 담화의 자리에서 대원제국의 씨스템을 근대성으로 설명하는 주장을 접한 바 있다.

보기'는 서구중심성의 해체에 인식론적 지향점을 두고 있으므로, 근대는 목적지가 될 수 없습니다.

이 탈서구적 논리는 지구적 다양성의 옹호에 주안점이 있습니다. 지구상에 존재했던 다종의 역사·문화를, 그 각각의 역사문맥에 따라서 각기 문화특질을 옹호하는 입장입니다. 근대가 오직 서구에서만 발생했다고 보지 않으며 인류 역사에서 근대는 오히려 비서구에서 먼저 발생했던 것으로 보는 주장도 있습니다. 동아시아의 경우 남송시대의 사회에서 근대를 발견하는가 하면, 원제국의 다민족으로 구성된 역동적인 사회문화에서 여러모로 근대성(modernity)을 해석하기도 합니다.

저는 이런 등의 '근대 다시 보기'에 동의하는 편입니다. 저 나름으로도 적극적으로 그런 방향에서 학적 사고를 해온 셈이고요. 그럼에도 한 가지 유의할 점이 있다고 생각합니다. 지난 19세기로부터 20세기로 이어진 역사에서 서구적 근대의 선도성·주도성은 부인할 수 없는 객관적인 상황입니다. 그리고 또 서구적 근대가 보편성으로 치환된 것은 잘못이지만, 그 속에 인류적으로 평가할 문화적 가치가 내재해 있다는 측면도 간과할 수 없을 뿐 아니라, 우리 한국의 입장에서는 여러모로 짚어보고 따져볼 필요가 있다는 생각입니다. 그래서 저는 동서가 만나는 지점을 각별히 주목하여 학적 인식에서 주요 거점으로 잡고 있습니다.

동서의 만남의 역사를 어떻게 볼 것인가? 16세기 이래 서세동점의 물결은 계속 파고를 높여서 19세기 중엽을 지나면 동아시아 전역을 석권하는 형세로 발전하였습니다. 이 지구적 현상을 침략사적인 관점에서 인식할 수도 있을 것입니다. 현상을 부정적으로 인지한 것이지만 충분히 수긍이 되는 견해입니다. 이와는 각도를 달리해서 수용사로 인식할 수도 있지요. 동서교류가 서구문명의 동방이식이란 결과를 초래했다는 점에서 이 또한 타당성이 있는 견해입니다. 그러나 양자는 관점이 상반되면서도 수세적으로 동양을 설정하는 점에서는 마찬가지입니다. 동서의 만남을 동아시아적 입장에서, 교류사·관계사의 차원을 넘어서 재조명할 수는 없을까?

앞에서 저는 지역 개념을 "동서가 소통하는 광역의 인식단위"로 확대해보기도 했습니다. 유라시아 대륙을 하나의 역사운동의 장으로 파악하려는 취지에서 한 말이었습니다. 실크로드는 동서교류의 오랜 과거를 입증하는 터이거니와, 몽골족이 중심이 된 대원제국은 유라시아 대륙에 걸친 세계체제였던 셈입니다. 요는 지역적 인식을 지구적 차원으로까지 확장할 필요가 있다는 것입니다. 그 확장된 시야 안으로 동서의 만남이 들어오는 것은 당연하다고 하겠습니다.

유라시아대륙의 동쪽과 서쪽의 움직임을 둘러보면 서세동점만 있었던 것이 아니고 동세서점의 기류도 여러모로 감지됩니다. 그렇긴 하지만, 문제는 동서 접점의 어디에 포인트를 두어 읽느냐는 거지요. 물론 상호 이질적인 문명이 부딪히는 경우 낯가림이 있기 마련인데, 대립·갈등으로 사뭇 복잡하고 혼란스런 양상이 빚어진 것은 불가피했다고 보아야 할 것입니다. 그런 와중에서 특히 사상적 충격을 준 측면에 초점을 맞추고 싶습니다.

동아시아 지역에 상륙한 서세는 다분히 학술·사상(종교를 포함해서)으로 인식되었습니다. 18, 19세기의 조선에서 서세를 '서학(西學)'이라고 지칭한 것은 이 때문이지요. 동양의 지식인들은 대체로 서학의 과학기술을 경이로움으로 받아들였는데, 서학이 종교로서 운동하자 거센 탄압을 불러일으키게 됩니다. 서학은 당시 중국과 조선, 일본의 지식인들에게 사상적인 반성을 촉구했고, 학문적인 대응책을 강구하도록 자극했습니다. 그런 결과로 신학풍이 발흥하게 됩니다. 17세기 이래 동아시아 국가들에서 각기 새로운 학문경향이 등장하는바 공통의 개념을 부여하자면 실학입니다.

이 대목에서 하나의 사례로 19세기 한국이 낳은 위대한 두 학자, 다산 정약용과 혜강(惠岡) 최한기(崔漢綺)의 경우를 들어보겠습니다. 한국의 대표적인 두 사상가는 서학에 맞서 어떻게 학적 대응을 했던가? 그것은 곧 서구사상을 어떻게 수용했는가라는 문제이기도 합니다. 서세가 눈앞에 위협으로 다가선 시대에 당면해서 정약용은 경학(經學)으로 학문의 체계를 수립했고 최한기는 기학(氣學)으로 학문체계를 수립했습니다. 동서의 만남이 동쪽에 무한한 갈등과 고통을 안겨주었지만, 오히려 그렇기에 창조적 계기로도 작동했음을 확인할 수 있습니다.

다산학(경학)은 현실개조의 근거를 경학에 두었다는 점에서 '경전적(經典的) 고대'로의 복귀라 할 수 있고, 그런 의미에서 상고주의(尙古主義)입니다. 반면에 동양 전래의 기 개념과 서양의 근대과학을 접목시킨 혜강학(기학)은 성인의 권위를 부정하는 탈경학적 방향이었고, 따라서 상고주의를 거부하는 입장이 선명했습니다. 이 상반된 양자를 어떻게 평가할 것인가?

'인격신적 주재자'로서 천(天)의 존재를 고대의 경전에서 발견함에 따라 다산학은 경학으로 학문의 근본을 삼았습니다. 사유의 출발점에서 '도덕적 실천의 담보자'로 천의 존재를 분리시켜놓은 나머지 다산학에서는 우주자연의 이치를 그 자체로 인식할 수 있는 가능성이 열리게 됩니다. 반복고적인 혜강학은 기 개념에 기초함으로써 천인합일(天人合一)이란 동양적 사고의 틀을 탈피하지 못하고 있습니다. 양자는 결코 단순논리로 우열을 가려낼 성질이 아님을 알 수 있습니다. 더구나 서양적 잣대로 판정해서는 곤란합니다. 다산학의 상고주의는 동아시아적 르네상스로 해석할 소지가 풍부하지요. 혜강학의 궁극적 지향점은 '만국일통'(萬國一統, 세계의 하나됨)과 '우내녕정'(宇內寧靖, 온누리의 화평)인데, 거기에 항시 자연과의 조화를 고려하고 있었습니다. 이렇듯 실학에는 근대성과 탈근대성의 정신적 자원이 공존하고 있습니다.[13]

지금 우리는 문명사적 반성과 함께 학문의 획기적 전환을 요망하는 단계에 와 있습니다. 이는 곧 인문학의 진정한 과제이기도 합니다. 학문하는 처지로 이런 중대사에 당면해서는 사고의 매개적 거점이 필요한데, 실학은 미래로 향한 우리의 학적 사고에 있어서 긴요한 매개적 거점이 아닌가 싶습니다.

4. 덧붙이는 말

결론을 대신해 오늘의 한국 대학에서 부설연구소가 감당해야 할 역할에 관해 몇마디 언급해두고자 합니다.

지금의 대학은 제도개혁이 진행되는 중입니다. 대학 스스로 판단해서 개혁을 추진하고 있다기보다는 시대의 변화바람을 타서, 정책당국의 견인을 받아서 바뀌고 있습니다. 이 개혁이 과연 실효를 거두고 장차 성공할 것인가를 묻는다면, 유감스럽지만 긍정적인 답이 나오기 어려운 것으로 판단됩니다. 그렇다 해서 중단해버리고 과거로 돌아가면 그

13 임형택 「정약용의 경학과 최한기의 기학」, 『대동문화연구』 45, 2004; 「개항기 유교 지식인의 '근대' 대응논리: 혜강 최한기의 기학을 중심으로」, 『대동문화연구』 38, 2001.

만이냐 하면 그럴 상황도 아닙니다.

근대국가의 체제에서 필수적 부분의 하나로 수립된 대학은 이미 근대체제의 변화에 따라 바뀌지 않을 수 없는 운명에 처한 때문입니다. 근대적(서구적) 분과학문 체계 자체가 흔들려서 그대로 유지하기는 불가능합니다. 또한 대학에 대한 당대 사회의 요구가 크게 달라졌을 뿐 아니라, 기존의 학문형식은 지금 인간들의 정서에 어울리지 않게 된 것입니다.

오늘의 대학 상황에서 연구소가 감당해야 할 임무, 창조적 몫이 커졌다는 것이 저의 판단입니다. 대학의 제도개혁이 난관에 봉착하는 요인의 하나는 대학의 주체인 교수들, 분과학문의 전문지식을 갖춘 인력이 분과학문 체계에 배치되는 대학의 기존 틀을 바꿔야 한다는 사실에 있습니다. 대학의 주체가 도리어 대학 개혁에 걸림돌이 되어버린 형국입니다. 이런저런 저항에 부딪히고 실효를 거두기 어려운 것은 오히려 불가피한 형세라고 하겠습니다. 다른 한편, 예전과 달라진 오늘의 대학에서는 전문학문의 전수가 이루어지기를 기대하기는 이미 어렵게 되었습니다. 학부의 전공은 거의 의미를 상실하였습니다. 이런 사정을 고려해 볼 때, 연구소는 미래지향적인 방향에서 학문의 융합과 소통을 과감하게 시도할 수 있을 것입니다. 근대적 학문제도를 발본적으로 개혁한 신학문의 창출이 기대되는 곳입니다. 그러자면 연구소는 새로운 학문을 전수해 차세대 학자를 양성하는 교육기능도 부분적으로 갖출 필요가 있다고 봅니다.

끝으로 덧붙일 말이 있습니다. 방금 대학과 학문이 달라져야 한다는 데 치중해서 말했습니다. 또한 저는 학문하기에 있어 달라지는 것만 능사가 아니고 항상성이 없으면 곤란하다는 점을 역설하고 싶습니다. "근대적응과 근대극복의 이중과제"를 한국사회는 짊어지고 있다는 백낙청(白樂晴) 교수의 지적은 다른 어디보다도 학문영역에 해당하는 것으로 보입니다.

한국에서 근대학문은 열악한 조건에서 출발했거니와, 그동안에 양적으로 비대해지긴 했지만 부실하기 짝이 없음을 자인하지 않을 수 없습니다. 근대학문으로서 튼실하지 못한 상태에서 건너뛰기를 감행하다가 조야한 과격성을 빚어낸 사례들이 과거에 이미 많았고, 앞으로 더 악성으로 재현될 우려마저 십분 있습니다. 일반 학회와 달리 대학 부설의 연구소는 학문연구를 효율적으로 조직화할 수 있는 이점을 가지고 있습니다. 연구소는 근대학문의 가치를 착실하게 체득한 기반 위에서 근대극복을 위한 학문적 창조의 길을 개척해야 할 것입니다.

| 제4부 |

문학의 근대와 문학사 인식

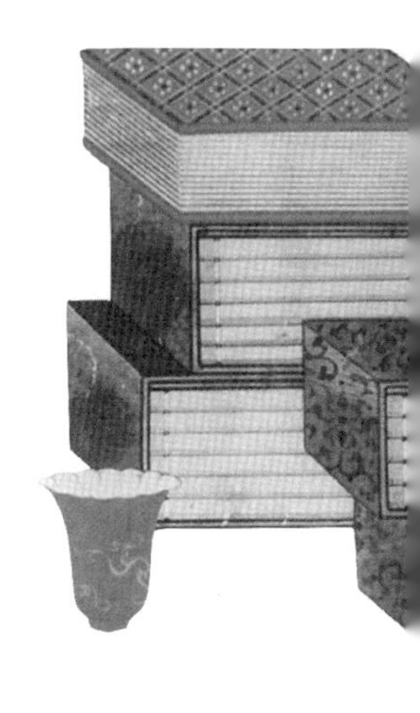

제1장

신채호와 변영만

변영만을 통해 본 문학사의 한 풍경

1. 20세기 초 계몽주의자로 등장한 신채호와 변영만

변영만(卞榮晩, 1889~1954)은 자신과 신채호의 관계에 대해서 "신단재와 나와는 약관시부터의 구요(舊要, 인연이 오랜 사람)인 만큼 양인 상호(相好)의 정도가 비유를 불허하니 만큼—나는 단재 숙지자로는 제2인은 아니다"라고, 세상에 둘도 없이 가까운 사이임을 강조해 말하였다. 신채호는 나이가 변영만의 십년 위이다. 이런 두 분이 어떤 연유로 그토록 친밀한 사이가 되었을까? 그 경위를 밝혀주는 자료를 나는 아직 찾지 못했으나 추정해볼 근거는 가지고 있다.

역시 변영만이 남긴 기록으로 「나의 회상되는 선배 몇분」에서 수당(修堂) 이남규(李南珪, 1855~1907)는 자기의 선친 변정상(卞鼎相)과 막역한 친구임을 일화를 들어 진술한 다음 "그는 자미두수(紫薇斗數)란 중국 사주법을 독자 연구하여 그 조예가 매우 깊었던 모양인데 행술(行術)은 아마 고 신채호와 필자 두 군데뿐일 것이다"라고 적었다.[1] '자미두수'란 사주 보는 법은 나의 관심사가 아니다. 내가 착안하는 바는, 수당이 오직 신채호와 변영만 이 두 사람을 위해서만 자신이 독자 연구한 방법으로 사주를 보아주었다는 대목이다. 수당이 신채호와 변영만을 남달리 촉망하였음을 확인할 수 있다. 이들 사이에는 수당을 꼭짓점으로 한 삼각의 인간관계가 그려지는 것이다.

한국근대의 정신적 거목인 신채호의 성장사에는 뚜렷이 해명되지 않은 점이 한가지 있다. 그는 전통의 뿌리에서 자라나, 계몽주의자로 변신한 존재이다. 그럼에도 그의 사승(師承)관계는 확실하지 못하다. 수당의 문인으로 알려져 있긴 한데 확증이 없어 한 자락 의문이 가시지 않은 상태이다. 방금 발견한 수당을 꼭짓점으로 한 삼각형은 변영만과 신채호 사이에 밑변이 그어진다. 수당은 유교문명을 지켜야 할 가치로 확신한 나머지 근대 매체에 접근을 거부하였음은 물론, 글쓰기에 국문을 혼용하는 방식을 마땅치 않은 일로 치부하였다.[2] 이에 반해 20세기의 급박한 시대환경에 처해서 계몽주의자로 탈바꿈한 두 제자는 정신적으로 거의 환골탈태를 하였을 뿐 아니라, 그 스승과 전혀 다른 자기표현의 방식을 구사하게 된다.

변영만이 근대적 문필가로 등장한 것은 1908년이다. 『정법학계(法政學界)』 및 『기호흥학회월보(畿湖興學會月報)』에 계몽적 성격의 글을 발표하는 한편, 『세계삼괴물(世界三怪物)』과 『20세기의 대참극 제국주의』라는 2종의 책을 같은 해에 근대적 출판물로 공간한 것이다. 그는 나이

1 변영만 「나의 회상되는 선배 몇 분」, 『신동아(新東亞)』 1936.1.

2 임형택 「수당 이남규와 그의 주의(奏議)에 대한 이해: 근대 전환기의 한 대응 논리」, 『한문학보』 1, 1999(『한국문학사의 논리와 체계』에 수록).

불과 19세의 청년으로 계몽주의자의 기치를 선명히 들었다. 이 대목에서 신채호와 변영만의 관계에 주목할 사실이 있다. 신채호의 『을지문덕전(乙支文德傳)』에는 변영만이 서문을 쓰고 변영만의 『세계삼괴물』에는 신채호가 서문을 쓴 것이다. 서로 품앗이하듯 친교를 과시하였는데, 양자간에 관점의 차이가 엿보여서 자못 흥미롭게 여겨진다.

『세계삼괴물』이란 책의 제목은 자본권력과 군비확장 그리고 제국주의가 전지구적 위협으로 되고 있다는 의미를 상징적으로 표출한 것이다. 이 '삼괴물'은 19세기 서구가 잉태한 것으로, 서로 밀접한 인과관계를 맺고 있다고 한다. 당장 한반도에까지 가공할 위협으로 작동하는 삼괴물은 제국주의 하나로 집약해서 인식해도 좋을 것이다. 『20세기의 대참극 제국주의』는 곧 『세계삼괴물』의 후속편이라는 점을 그 제목으로 여실히 드러냈다고 보겠다. 계몽주의자로 등장한 변영만은 다른 무엇보다 자신이 맞서 싸워야 할 주요 과제로 제국주의를 포착한 셈이다. 이런 면으로 보면 『제국주의론』을 저작한 레닌과 문제의식이 상통했다고 하겠으나, 변영만의 경우 자신의 눈으로 제국주의를 분석할 능력이 미치지 못했기에 주요 관심사를 역술(譯述)이라는 당시 유행한 하나의 방식으로 표현할 수밖에 없었다.

『세계삼괴물』에 붙인 신채호의 서문은 내가 보기에는 1900년대 국한문체로 걸작이라고 생각된다. 당시 국한문체가 계몽주의와 함께 등장하여 신문·잡지 및 단행본 출판에 두루 통용되었으나 격식을 갖추어야 하는 성격의 서문과 같은 글은 여전히 한문체로 쓰는 것이 관행이었다. 변영만이 신채호의 『을지문덕전』에 붙인 서문이나 『20세기의 대참극 제국주의』에 붙인 자서 역시 한문체를 사용하였음이 물론이다. 신채호의 「세계삼괴물 서(序)」의 국한문체는 이례적인데, 웅건하고 심각한데다 민담의 마귀 이야기를 원용하여 충격적 효과를 발휘한다. 변영만은 국한문체에서 장지연(張志淵)·유근(柳瑾)·박은식(朴殷植)을 3대 거성(巨星)으로 지목한 다음 신채호는 이들이 따라가지 못할 경지로 나갔다고 가장 높이 평한 바 있다. 당초「세계삼괴물 서」 같은 명편을 읽고 그런 판단을 하게 되지 않았을까.

그런데 바로 이「세계삼괴물 서」에 적힌 신채호의 사상적 지표는 변영만이 공감할 수 있는 그런 것이 아니었다. 문제의 초점은 제국주의에 대한 입장이다. 다같이 괴물이란 말을 쓴 만큼 근대를 악마적인 것으로 인식한 점에서는 두 분의 관점이 일치하였다. 이 악마에 어떻게 대처하느냐에서 서로 입장이 엇갈린 것이다. 신채호는 "오호, 독자여! 이 괴물의 괴(怪)도 괴타 말며 역자의 호괴(好怪)도 괴타 말고, 당신들 또한 오직 괴를 배우며 오직 괴를 꿈꾸며, 이를 곧 본받으며 이를 곧 따라가"야 할 것으로 역설한 다음, "백두산 아래가 곧 제일의 큰 괴물의 굴이 되고 청구민족(青丘民族)이 곧 제일의 큰 괴물종자라 하며, 세계 삼괴물의 주인공이란 칭호를 우리나라로 돌리도록 함이 어떠하뇨?"라고 전문을 끝맺고 있다. 괴물의 위협으로부터 자기를 방어하기 위해서는 우리 자신이 괴물이 되어 맞서야 한다는 논법이다. '이에는 이' 정도가 아닌 사자의 이빨, 아니면 독사의 이빨이 되자는 식이다. 반면에 변영만은 이 괴물을 우리로서는 원수로 보아 적극적으로 제어할 방도를 생각하는 것이 "천부의 양심으로 일어나는 당연한 일"이라고 결연히 주장하였다.

그리고 『20세기의 대참극 제국주의』의 자서에서도 변영만은 "내가 이 책을 역술한 뜻은 어찌 우리나라로 하여금 영국·러시아·독일·미국과 같이 제국주의를 실시하자는 것이겠는가?"라고 분명히 말했다. 제국주의를 소개한 의도는 '정면'에 있지 않고 '반면'에 있다는 것이다.

즉 그 악마성을 폭로해서 국민 일반에 경각심을 고취하는 반면교사로 삼는 데 있었다. 신채호의 「세계삼괴물 서」 또한 반어적 의미를 내포하고 있음은 물론이다. 우리도 제국주의국가를 본떠서 악마로 둔갑하자고 곧이곧대로 접수할 것이 아니요, 국민적 각성·분발을 노린 충격요법으로 이해할 수 있다. 그렇긴 하지만, 부국강병의 근대국가를 동경하는 제국주의적 논리가 신채호의 의식 속에 어느덧 들어와 있는 상태이다. 일종의 근대주의라고 할 것이다.

이런 신채호적 근대주의를 변영만은 동의하지 않고 못마땅하게 여긴 듯 반박하는 논조를 특히 『20세기의 대참극 제국주의』의 자서에다 담은 것으로 읽혀진다. 후일에 남긴 기록이지만 변영만은 신채호가 "초기의 애독물로 『음빙실문집』이 그 중심이었다"는 사실을 그의 한 결점으로 지적한 바 있다.[3] 이 시기 신채호의 근대주의에는 량 치차오로부터 받은 영향이 컸다고 보는 때문이다.

1910년 일제 식민화로 주권을 상실하면서 이 땅의 계몽주의자들은 다시 또 어떤 형태로건 자기 변신을 하지 않을 수 없는 상황에 놓였다. 변영만은 1910년대에 중국대륙으로 건너가서 방황하다가 귀환, 1920년대에 문필가로 복귀하는데 이후 끝까지 민족지절을 지켰다. 신채호의 경우 익히 알려진 대로 일제와의 비타협·투쟁노선을 견지하여 독립운동의 전사로서, 역사가로서 근대주체를 확립한 것이다. 신채호가 『음빙실문집』에 경도되었던 사실을 한 병폐로 지적했던 변영만은 "그러나 그것은 모두 지나간 고담일 뿐이고 지금의 군(君)인즉 일체의 질곡과 일체의 인습과 일체의 타협을 몰수(沒數)히 탈각하여버렸고 다만 삼

3 변영만 「파심어(婆心語) 14: 단재의 윤곽」, 『조선일보』 1931.6.12.

생심중(三生深重)한 인연상 '조선'만이 그의 최후의 몽흔(夢痕)인바 신채호는 자유를 잃어 목하 영어중(囹圄中)의 한 사람이다"라고 하여 당시 이역의 뤼순(旅順) 감옥에 갇혀 있던 신채호를 클로즈업해놓고 있다.[4] 신채호는 철저한 민족주의자로 변신한 모양이다. 이 '철저한 민족주의자'를 변영만은 누구보다도 사랑하고 흠모하면서도 자신의 사상적 입장은 그에 꼭 동조한 것은 아니었다. 변영만은 민족과 세계, 전통과 근대, 동양과 서양을 왕래, 소통한 근대 지식인이었다고 할까? 이러한 정신적 편력은 그 나름의 글쓰기 형식으로 이어졌음이 물론이다.

2. 변영만이 취한 글쓰기 형식

한국의 근대 상황에서 1900년대의 계몽주의자가 1920~30년대에까지 활발하게 활동을 펼쳐나간 경우는 그리 흔치 않았다. 그도 그럴 것이, 우선 글쓰기 방법부터 피상적으로 보면 1900년대나 1920년대나 국한문체를 썼다는 면에서는 마찬가지지만, 계몽주의의 국한문체와 신문학의 국한문체는 판연히 달랐다. 전 단계의 국한문체는 한문에 토를 단 정도라고 느낄 만큼 한문체에 종속된 형태였지만 신문학 시기의 신문·잡지에 채택된 국한문체는 국문체를 기본으로 하고 단어 차원에서 한자를 삽입한 방식이었다. 이는 표기형태상의 변화만이 아니었다. 아무리 식민지치하라도 밀려오는 현대조류, 사회주의와 모더니즘을 외면하고 고립해 있을 수 없는 노릇이었다. 요컨대 3·1운동 이후 신문학이 발전하

4 같은 글.

고 사회주의운동이 일어나기 시작함에 따라 창조주체는 이 새로운 상황에 대응하자면 또다시 자기혁신이 불가피해졌던 것이다.

변영만은 앞서 주목했듯 계몽주의 단계에서 이미 예봉을 드러냈고 다시 1920, 30년대로 와서 능히 창조적 글쓰기를 수행하였다. 유사한 경우로서 그의 선배 신채호가 있으며, 그와 동년배로서 1년 위인 홍명희(洪命熹), 1년 아래인 최남선(崔南善), 3년 아래인 이광수를 손꼽아볼 수 있다. 최남선과 이광수는 당대에 명성이 높아 종래 문학사에서 특필되었다. 하지만 변영만의 안목에 이 두 사람의 문필활동은 아주 형편없이 비쳤다. 최남선의 저술내용에 대해서는 '매국문학'이라고 매도해버렸거니와,[5] 이광수를 두고서는 '묘이불수자(苗而不秀者)'라고 하여 신문학의 싹을 틔웠으나 제대로 열매를 맺지 못했다는, 다시 말하면 빈 쭉정이라고 혹평한 것이다.[6] 홍명희는 1900년대에 계몽주의자로서의 활동은 뚜렷한 편이 아니었는데 신문학 시기에 오히려 창조적 글쓰기로 위대한 결실을 이룬 사례에 속한다. 물론 이 여러 인물들이 남긴 글쓰기의 성과는 각기 걸었던 길과 도달한 경지가 상이한 만큼 일률로 재단하기 어렵다. 따라서 각기 다른 성격과 의미를 논평하는 것이 필요한데, 변영만의 경우는 글쓰기 형식이라는 측면에서 그야말로 '변영만적 세계'를

5 변영만 「뇌음중계록(雷音中繼錄)」; 「중간노선의 의의」, 『민중일보』, 1947.10.28~1.11, "'조선인은 모두 소잔명존(素盞鳴尊)의 혈손(血孫)이다'라 갈파하고, 뒤받쳐 '神(잔낭아라—원주)의 道'라 하는 매국문학의 최고봉인 일서(一書)를 역작하여 막대한 모리를 수행한 남선(南善, 조선 구례舊例에 의하여 거성去姓함—원주)이가 요즈음 의연히 그 문홍을 억제치 못하고 '독립운동사'이니 무엇이니 무엇이니 하는 등 다수의 출판물을 간행하여 천만원 이상의 수입이 있었다 하는 정보가 입문(入聞)되고".

6 변영만 「사기(私記)」, 『산강재문초(山康齋文鈔)』, 용계서당 1957; 『변영만 전집』 중권, 대동문화연구원 2006, 335면.

구축하였다.

변영만이 취한 글쓰기 형식은 국한문체와 한문체로, 양쪽을 자유롭게 넘나들어 다채롭게 펼쳐간 점이 특이하다. 전통교양을 체득하여 한문학의 튼튼한 기량을 갖춘 세대로서는 자연스런 현상인 듯싶지만 꼭 그렇지만도 않았다. 신채호와 홍명희 역시 한문학의 기반 위에서 계몽주의자로 일어섰는데 이 두 분의 문필활동은 방향이 '탈한문학'으로 잡혔다. 반면에 변영만은 방향을 선회해서 한문학이 본령으로 된 꼴이었다. 변영만처럼 한문체와 국한문체를 함께 구사한 경우로는 위당(爲堂) 정인보(鄭寅普)를 들어볼 수 있다. 정인보는 변영만보다 4세 연하로 계몽주의자로 활동한 경력은 없지만 두 분이 서로 대조적이어서 쌍벽으로 일컬어져왔다.

변영만에게 있어 한문학으로의 복귀 현상을 정신적 퇴화로 보아야 할 것인가? 그 개인의 차원을 넘어서서 우리의 근대문학-자국어문학이 발전하는 단계에서 산출된 한문학을 어떻게 평가할 것인가? 변영만의 글쓰기 형식이 제기한 첫번째 문제점이다. 그리고 정작 중요한 문제로서 변영만의 한문체와 국한문체를 넘나든 그 특유의 글쓰기 정신과 방식을 거론해야 할 것이다.

변영만의 글들을 읽어보면 고금이 서로 통하고 있음을 느끼게 된다. '금'에 '고'가 녹아 있고 '고'는 '금'에 엇물려 있다. 국한문체에서만 그런 것이 아니고 한문체에서도 마찬가지다. 그의 글쓰기에서 한문체는 전래의 구형식이라 하여 따로 떨어져 있는 것이 아니었다. 그뿐 아니라 서양의 사상과 문학 또한 그의 내면에서 이미 경계가 허물어져서 섭취, 용해하려는 자세를 취하였다. 이데올로기로서의 유교는 그의 마음에서 지워진 지 오래였거니와, 한문학을 무척 좋아하면서도 영문학에 심취했던 것이다. 그가 영어를 무사독학으로 학습해서 영문학에 정통했던 것은 알려진 사실이다. 그 스스로 술회하기를 영문 서적을 폭넓게 읽는데 거기서 지대한 즐거움을 느낀다는 것이다.[7] 그리하여 깨달은 점을 다음과 같이 토로한다.

> 대개 동양의 성인과 서양의 성인은 심성과 술지(術志)가 일찍이 서로 하나로 합하지 않은 것이 없었으며, 동양의 글과 서양의 글은 성광(聲光)과 신미(神味)가 일찍이 서로 소통하고 밝아지지 않을 것이 없다. 그런데도 무식한 무리들은 함부로 배척해 말하길 "해행지문(蟹行之文, 게 걷는 모양의 글자, 즉 로마자)은 선왕의 유물이 아니므로 읽을 것이 못된다"고 한다. 그렇다면 창힐(蒼頡)의 문자는 유독 우리 선왕의 문자라고 말할 수 있는 것인가. 아, 한편에는 식견이 천박하고 표피적인 무리들만 있고 다른 한편에는 눈을 감고 이로움을 거부하는 무리들만 있으니 서양학이 발전하지 못하는 것은 설령 해로울 것 없다 치더라도 그 때문에 통달한 식견을 갖춘 인물이 나오지 못함을 족히 보게 될 것이다. **통달한 식견을 갖춘 인물이 나오지 못하고 보면 통한으로 여길 사태는 서양학이 밝혀지지 못하는 데 그칠 것인가? 아울러 우리 '동방의 학문' 또한 제대로 밝혀지지 못할 것이다.** 한번 깊이 고민할 문제이다.[8]

지난 세기의 한국을 되돌아보면 구학문을 추종하는 사람들은 동양편향으로 위축되는 반면, 신학문을 추구하면 서양편향으로 질주하였다.

---

7 "予嘗無師而自習英文, 由英文而汎讀西籍, 諷咏反復而不置者, 已十年于玆矣. 而因以亦得 至大之樂於其間焉"(같은 책 338면).

8 같은 글. 강조는 인용자, 이하 같음.

사실상 후자의 노선이 주류를 형성, 근대를 주도했던 터이니 한국의 근대풍경은 곧 서구편향으로 그려지게 되었다. 변영만은 구학문에 뿌리를 박고 있으면서도 이와 같이 종교사상의 측면에서는 동서의 합일을 말했으며, 높은 경지의 문학은 상통하는 것으로 이해하고 있다. 그의 사고 속에서 서양학이 주요과제로 떠오른 것이다. 이 인용문에서 '식견이 천박하고 표피적인 무리'란 서양을 피상적으로 인식하는 부류를 가리킨다. 그리고 '동방의 학문'이란 다름 아닌 한국학이다. 서양에 대한 제대로 된 공부, 그것은 서양학의 정립만이 아니고 한국학의 개발을 위해서도 필요하다는 요지의 발언은 오늘에도 긴요한 하나의 깨우침으로 들린다.

> 사마천(司馬遷)·괴테·블레이크 등은 지금으로 말하면 고대인이나 근대인 이상의 근대인이요, 쇼·웰스·롤랑 등은 자칭 근대인이나 고대인 이상의 고대인이다.[9]

짧은 한 문장이지만 완결된 전체이다. 그야말로 촌철살인의 아포리즘이라 하겠다. 원래 긴 설명을 요하는 내용임에도 작가가 의도적으로 일절 생략한 것을 지금 필자가 덧붙이고 싶지는 않다. 다만 그 사고의 논리를 거론하려는데, 시간과 공간의 경계가 사라져서 동서를 불문하고 고대는 현대에 숨쉴 수 있고 현대는 고대로 올라갈 수 있음을 발견한 것이다.

변영만에게 있어서 고금과 동서를 회통하려는 사고의 논리는 그 자

9 변영만 「오수극필(午睡隙筆)」, 『문예월간(文藝月刊)』 2, 1931.12.

신의 글쓰기 형식으로 실현되고 있었다. 한문학을 근대라는 시간 속에 다 장례 지내고 '굿바이'할 일인가? 그는 전혀 그렇게 생각하지를 않았다. 당시 한문학의 노대가로 이름 높았던 심재(深齋) 조긍섭(曺兢燮)은 변영만의 작품을 평하여 "내가 그의 글을 대해서 처음에는 놀랐고 중간에는 의심하였고 끝에 가서 시원히 마음이 풀렸다. 변군은 창조에 뜻을 둔 것임을 알았기 때문이다"라고 말하였다.[10] 변영만의 한문학 창작은 노대가의 눈에 '창조의 낯설음'으로 비치기도 했다.[11]

한문학에 근대적 생명을 불어넣으려 했던 그의 창작적 시도는 국문문학 쪽에서도 볼 수 있다. 구래의 노랫가락인 시조를 단형의 서정시 형식으로 부활시키려는 노력을 기울인 것이다. 그리고 국한문체의 글쓰기 전반에 걸쳐 나름으로 실험적 작업을 펼쳐 보였다. 1930년대로 와서 신문·잡지 지면에 비교적 활발하게 발표했던 잡문 단평들은 그 구체적인 성과라고 보겠으며, 소설 「이상한 동무」는 실험정신이 특히 돋보인다.[12] 「이상한 동무」는 한문판에 해당하는 「시새전(施賽傳)」이 따로 있

10 변영만 「산강재문초 서」, 『산강재문초』.

11 1920년대 당시 한문학계에서 최고의 노대가로 공인받은 인물은 중국 난퉁(南通)에 망명해 있던 창강(滄江) 김택영(金澤榮)이었다. 창강은 변영만이 '제자위체문(諸子僞體文)의 언론'에 침혹한 나머지 문학적 견해가 평형을 잃었으며, 다분히 경박한 것으로 지적한 바 있다. 참고로 창강이 변영만에 대해 언급한 대목을 제시해둔다. "聞卞生以足下文爲疎陋無法, 此其語可知. 蓋卞生惑醉於諸子僞體文之言論. 故其於文, 見平馴條達者, 則認之爲野; 見神味淡宕者, 則認之爲淫; 見壯雄馳騁者, 則認之爲狂; 見枯槁蕭颯者, 則認之爲古, 見擁腫勾棘者, 則認之爲法. 而足下之文, 溫雅平馴爲學問家之正體, 其安得免於謗詆哉! 後生少年纔得一解, 便已開口罵前輩, 薄俗之所由來亦已久矣"(『借收亭雜收』, 乙丑(1925)文錄, 「答河叔亨牘」). 창강의 이 발언은 변영만의 문학적 안목에 관련된 것이지만, 변영만의 한문체에 대해서도 호감을 갖지 못했을 것으로 짐작된다. 창강은 「답하숙형독(答河叔亨牘)」에서 서울의 후배 문학가로 윤희구(尹喜求)를 제일로, 그 다음을 정인보로 치고 변영만에 대해서는 부정적으로 언급하는 데 그쳤다.

거니와, 잡문 단편은 양식적으로 한문학의 연장선이다.

이처럼 변영만 특유의 글쓰기 형식에서는 한문체와 국한문체를 넘나들 뿐 아니라 양자의 양식적 합일이 이루어지기도 하였다.

3. 변영만의 문학론과 비평

지난 20세기 초입에 부국강병의 민족국가를 확실한 목표로 설정한 신채호의 사고방식이 현실적이고 역사적이었다고 한다면, 근대를 '괴물'로 인식, 제국주의를 부정의 대상으로 설정한 변영만의 사고방식은 사물의 본질을 파고들며 다분히 회의적이었다는 점에서 철학적이고 문학적이라고 말할 수 있다. 과연 그다음 단계에서 신채호는 역사가로서

12 「이상한 동무」는 변광호(卞光昊)란 필명으로 『동광(東光)』 1932년 10월호부터 1933년 1·2월호까지 3회에 걸쳐 연재되었다. 조용만(趙容萬)은 이 작품을 비상하게 주목하여 「신춘소설총평(新春小說總評)」(『조선일보』 1933.4.26~30)에서 논평한 바 있다. 그 한 대목을 소개한다. "유모어 소설! 우리들은 일찍이 한 개의 유모어 소설도 갖은 일이 없다. 조선문학사상에 있어서 몇 개의 열녀효자의 '마지메'한〔'맞춤형'이란 의미의 일본어〕 권선징악의 역설(力說)을 가진 이외에 유교의 엄혹한 질곡 밑에서 우리들의 조상은 실답지 못한 웃음을 모르고 살아왔다. 근대에 이르러 신문학의 수입이 있은 이후 초창의 십년을 지나 바야흐로 가열띤 꽃을 피우려 할 때에 어느덧 쏠려드는 사회정세의 급박으로 인하여 살벌한 프롤레타리아 문학의 발흥을 보게 되어 문학은 또다시 수난의 와중에 헤매게 되었다. 변광호씨의 이 유모어 소설이 가진 의의는 무잡(蕪雜)과 살벌 속에 핀 한 떨기 웃음의 꽃임에 있는 것이다. 진지한 사색과 정치(精緻)한 계부(計簿)와 냉정한 이지(理智)가 우리들에게 필요함은 물론이지만 우리들도 인간인 이상 때로는 실없는 '유모어'와 바늘끝 같은 '아이러니'를 갖고 싶다. 진정한 씬세리티(Sincerity)를 가진 사람이라야 비로소 진정한 유모어와 아이러니를 이해할 수 있는 것이다. (…) 우리들이 씨의 작품을 읽은 뒤에 먼저 느끼는 것은 그것이 희유(稀有)의 누심각골(鏤心刻骨)의 노작(勞作)이었다는 것이다."

혁명투사의 길을 걸었는데 변영만은 문학가로 활동하였다.

문학가로 나선 변영만은 자신의 주체 확립을 위해서 문학이란 무엇이고 어떻게 써야 하느냐는 물음에 답을 해야 했다. 마침 그가 처한 시대는 이 땅에 근대문학을 수립해야 하는 과제를 안고 있었다. 근대적 '조선문학'의 건설과 직결된 과제이기도 했다. 1920년대에 신문학으로 출범한 우리 근대문학은 좌우대립의 이념적 갈등을 겪으면서 1930년대에 이르러서는 자못 다양하게 발전하였으며, 그에 따라 이런저런 문제들이 제기되었다. 변영만은 당대의 문학현실에 비평적 개입을 할 필요성도 느끼게 되었다. 그는 문학에 관한 담론 또한 그 특유의 글쓰기 형식인 잡문 내지 단평을 빌려서 펼쳤다. 따라서 평론이나 논문처럼 체계적이고 논리적인 진술은 아니지만, 이 역시 송곳으로 콕 찌르거나 죽비로 딱 때리는 그런 것이다. 경이로운 깨달음과 함께 날카로운 통찰로 지적 쾌감을 만끽할 수 있는 글이다. 지금 관련 자료들을 모두 수렴해서 논하기는 쉽지 않으므로, 주요 논점 세가지를 잡아서 원문을 직접 인용하고 약간의 논평을 덧붙여둔다. 육성을 들려주듯 변영만 글쓰기의 묘미를 독자들에게 조금이나마 맛보이고 싶어서다.

'문학이란 무엇인가'하는 물음

종교에게 예속된 예술이 진정한 의미에서의 문예될 것이 없음과 같이 제왕에게 예속되어도 그러할 것이요, 자본주의에게 예속되어도 그러할 것이요, 사회 내지 무정부주의에 예속되어도 그러할 것이다. 전문거랑 후문영호(前門拒狼 後門迎虎, 앞문으로 이리를 몰아내고 뒷문으로 호랑이를 받아들임)—무슨 이익이 있겠는가?

그러나 '예술을 위한 예술'은 예속 이상의 해화(害禍)가 있을 것이고 '인생을 위한 예술'은 무예속(無隷屬) 이상의 공덕이 있을지니 예술에 예속이 요구된다 하면 오직 '인생에'만이 있을 뿐이고 일층 명백히 표시하자면 인생은 즉 예술, 예술은 즉 인생임으로 이명동체(異名同體)——하등 종속의 관계가 없는 바다.[13]

문학예술이 어떤 무엇에 이용되거나 예속되어서는 진정한 의미의 문학예술이 아니다. 문학은 문학 자체로서 가치를 가지고 있다는 관점이다. 유교의 문학관-도본문말론(道本文末論)에 대한 전면적 부정이라는 면에서 근대적 의미를 부여할 수 있겠는데, 비판의 칼날은 사회주의적 문학관을 겨눈 것으로 읽힌다. 당시 기세를 올리고 있던 프로문학의 목적문학론에 대해 '앞문으로 이리를 몰아내고 뒷문으로 호랑이를 맞아들인 격'이라고 비꼰 것이다.

문학의 독립성·자주성 옹호는 논리가 '예술을 위한 예술'로 가는 것이 지름길이었다. 그런데 여기에 전개된 논리는 '예술을 위한 예술'은 그 폐해가 오히려 더 심각할 것이라면서 "'인생을 위한 예술'은 무예속 이상의 공덕이 있을지니"라고 설파하고 있다. 그리하여 "인생은 즉 예술, 예술은 즉 인생"이라는 선문답 같은 말을 던졌는데, 이는 무슨 뜻일까? 그는 역설하여 "문학적 자유경지에 도달되지 못한, 그 사람은 아직까지 그의 전생의 수면(睡眠)으로부터 깨지 못한 사람이라 말할 수 있다"고 한다. 그런 까닭에 "문학은 '완전생활'에 부수적 조건이 아니다. 적어도 기본적 필요조건이다"라고 문학의 가치를 최상으로 강조하였

13 변영만 「문예랍잡담(文藝拉雜談)」, 『문예월간』 1931.11.

다. 따라서 문학은 취미나 오락이 아니요, 사교의 수단으로 삼을 것도 아니다.

그는 문학의 감수와 관련해서도 이렇게 경종을 울리고 있다. "문학연구의 취의(趣意)는, 결코 여유의 시간을 오락화하려 함이 아니라, 자기의 일신을 성각(醒覺)하려 함이요, 산 사람다운 생명을 발휘하려 함이다. (…) 그러므로 문학에 대한 정명(精明)한 감식은, 세계에 대한 정명한 감식 그것이 되나니, 즉 인류 생활의 종합적 지도라고 말할 것이다."[14] 변영만의 문학관은 철저한 '문학주의'라고 규정지을 것인데, 그것은 '인생주의'에 다름 아니었다. 그가 추구한 문학의 도는 중세적 문학관을 부정하는 데서 출발하였던바 문학과 인생의 통일적 고양에 있었다.

근대적 의미의 '조선문학' 건설

(A) 문학이 우리에게 '떡' 한 개도 주지 못함은 100퍼센트의 명백한 사실이나 일 민족이 소생함에는 반드시 그 문학의 선행적 소생을 기대하게 되는 법이니 문학은 즉 인중(人衆)의 진핵수(眞核髓)인 것이다. 동천(東天)이 새자 하면 조기(早起)의 조가(鳥歌)가 벌써 들리는 것이고 기독(基督)에 앞질러서 세례 요한이 먼저 '요단' 강안에 출(出)하였다. 운운[15]

(B) 아아! 태양은 벌써 솟았다. 수천년 이래의 전통적 희미한 안개

---

14 변영만 「문학오강(文學五講)」, 『여명문예선집(黎明文藝選集)』, 여명사 1928.

15 변영만 「오수극필」, 앞의 책.

는 벌써 걷히기 시작되었다. 한 두자미(杜子美)가 새 단장으로 다시금 이 나라에 나타나려 한다. 한 박지원이 먼 바다의 외딴 섬으로부터 다시금 살아 돌아오려 한다. 한 디킨스가 조선에 태어나려 한다. 한 휘트먼이 디킨스의 뒤를 이으려 한다. 그리고 뮤즈의 아홉 여신은 방금 안개 낀 산과 시름의 바다를 멀리멀리 넘어와 근역(槿域)의 상공에서 미소 배회하면서 향가, 시조, 아악(雅樂)의 삼위일체인 진주람(眞珠籃)에 그 보금자리를 치려 하는 중이다. 그러나 '님의 길'을 평평하게 준비하여야 하겠다(즉 소탕).[16]

(A)는 식민지의 암담함 가운데 광복의 예언자인 문학을 대망한다는 언표인데 (B)에서는 한걸음 나아가 민족의 서광인 문학을 어떻게 맞이할 것인가를 제언하고 있다. 문학의 실존적 의미를 인간의 '완전생활'을 위한 '기본적 필요조건'으로 보았던 변영만의 사고논리에 비추어 당연한 귀착지라고 하겠다. (B)의 끝에 "'님의 길'을 평탄하게 준비하여야 되겠다. (즉 소탕)"에서 소탕이라니, 도대체 무엇을 소탕해야 한다는 말인가? 소탕해야 할 것은 이른바 '불량문학'이다. "춘정(春情)이라고 불량은 아니며, 골계라고 불량은 아니며, 날풍(辣諷)이라고 불량은 아니며, '난센스'라고 불량은 아니고서 근맥(根脈)은 따로 있는 법이니 즉 가령 설교문(說教文), 권학문(勸學文), 애국적 시가, 부모 연모기록 등 남이 시비를 걸어보기 좀 편편치 못한 문자일지라도 불량성 즉 인류 장해성(戕害性)을 가질 수 있다"고 주장한다.[17] 역시 탈종교·탈도덕의 방향에

16 변영만 「파심어 3: 불량문학의 말로」, 『조선일보』 1931.5.23~26. 인용자가 원문의 한자어들을 풀어썼다.

17 같은 글.

서 '문학의 길'을 닦으려 한 것이다.

나는 항상 우리 조선 향토문예에 대하여 그 유산의 빈약함을 느낀다. (…) 한문학 방면으로 말하여도 모두 소위 당송팔가문(唐宋八家文)의 재팽(再烹) 복제(複製)일 뿐이다. 어리석은 자존심은 아무 소용도 되지 못하는 것이다. 오직 비통한 반성 하에서 위대한 건설이 생겨날 것이니 조선문학의 건설은 금후의 일이다.[18]

중세의 부정은 고전 고대의 발견이었고 그것은 곧 근대의 창조로 통했다. 한문학에 대해 당송팔가의 재탕이라고 여지없이 폄하한 진술 또한 '님'을 맞이하기 위한 발언인 셈이다. 우리 문학유산의 빈곤함에 대한 자기인식으로 '비통한 반성'을 촉구한 것은 그의 말대로 위대한 '조선문학의 건설'을 위한 길닦이였다. 변영만이 의도한 '조선문학'은 지금 개념으로는 '민족문학'이다. 변영만은 민족문학 또한 동서고금의 회통에 의해 이루어져야 할 것으로 생각했음을 앞의 인용문은 증언하고 있다.

정지용의 시에 대한 논평

근일 '모씨 시집'이 대단히 유행되어 '천재!' '보옥!' 등 찬사가 자못 문단 일각에서 요란하게 일어나는 모양이다. 나는 그것을 통독하여보았다. '방인불식(傍人不識)' 류의 교오(驕傲)는 없느니 만큼 매우

18 변영만 「오수극필」, 앞의 책.

종용하고 세소(細小)하고 애매하고 혼명(昏冥, 冥은 원래 安으로 나와 있음)하고 오묘하고 연취(軟脆)하고 불확실하여 나는 미상불 재미있게 생각하였다. 그러나 이 시집 속에는 '향료(香料)로운' '미(美)한' 등 명형사(名形詞)의 착환(錯換)이 이루 셀래야 셀 수 없이 하도 풍부한 즉 나의 과문으로는 그 용법을 알 수 없고, 또 이러한 지엽의 논은 그만두고라도 이 시집은 그 성질됨이 한 '소품의 기분시'밖에는 아니 됨으로 아직 그다지 찬상(讚賞)할 가치가 없다.

그러나 나는 한 의견이 있다. 이 시집의 작자가 그 누구의 말한 바와 같이 한 성공한 월터 드 라 메어가 될는지 모르겠으되(된다 해도 반가울 일 없고) 한 유망한 성장도중의 윌리엄 블레이크이다. 그러한데 블레이크가 됨에는 애매, 혼명의 낡은 의상을 벗어버리고 청웅(淸雄), 명징(明澄)한 이 악곡(樂曲)에 호흡하여야 되겠다. 모두들 블레이크는 신비의 시인이라 하지만 신비는 독자의 독후감인 것이고 작자의 작전(作前) 감(感)인즉 항상 명건(明健)하였을 뿐이다. 나는 이 '시집' 속에서 그 전환의 가능성을 충분히 간취하고 무한히 기대하여 둔다.[19]

'모씨 시집'이란 『정지용 시집』을 가리킨다. 정지용의 첫 시집으로 당시 평판작이고 문학사적으로도 손꼽히는 것이다. 딱히 대상을 지칭하지 않았으나 실명 비평과 다름없었을 텐데, 변영만의 글쓰기로서는 문학현장의 작품비평으로서 드문 예이다.

이 원문에서 "'방인불식'류의 교오"는 설명을 요하는 대목이다. "결

19 변영만 「'어비터 딕터' 우초(偶草) 팔종(八種)」, 『조광(朝光)』 2-8, 1936.8.

에 사람은 나의 마음속의 즐거움을 알지 못하고(傍人不識余心樂), 한가로움을 훔쳐 젊은이를 배우려냐고 하네(將謂偸閒學少年)"라는 북송의 학자 명도(明道) 정호(程顥)의 「춘일우성(春日偶成)」의 시구를 지칭한 것이다. 명도 선생은 온 세상이 우러러보는 도학자인데다 특히 이 시구는 지고한 학문과 인품에서 저절로 흘러나온 것이라 하여 만인의 칭송을 받아왔다. 그처럼 명구로 일컬었던 것을 두고 변영만은 오만에 찬 '가짜 시'라고 여지없이 매도하였다.[20] 문학적 우상의 파괴작업이다. 정지용 시를 비평하는 자리에 하필 명도 선생의 시구를 끌어들인 데는 나름으로 계산이 있었을 터임이 물론이다.

변영만의 『정지용 시집』에 대한 논평은 기본적으로 '가짜 시'가 아니라는 점을 긍정하면서도 주로 결점과 한계를 들추고 비판하는 논조이다. 시어 구사에 관한 회의적 지적은 관점차로 간주할 수도 있겠으나[21] '소품의 기분시'란 평가는 세상의 호평에 찬물을 끼얹은 것도 같다. 그러나 부정은 더 큰 긍정을 위한 것이었으니, 변영만은 "나는 이 '시집' 속에서 그 전환의 가능성을 충분히 간취하고 무한히 기대"한다고 밝힌 것이다.

20 같은 글 "'방인불식여심락(傍人不識余心樂), 장위투한학소년(將爲偸閑學少年)', 이 14자가 시될 수 없는 이유는 결코 그 수사상의 결점, 혹은 그 성률(聲律)상의 불비(不備)가 아니라 '의사의 누악(陋惡)'이 그 전책임을 짊어지게 되는 바이니 왜 그런고 하니 소위 '여심(余心)'이란 원래부터 기문(幾文, 몇푼)의 가치가 없을 뿐더러 그것을 짐작하지 못하였다고 방인(傍人)의 존엄이 손상될 까닭이 도무지 없는 바다. 더구나 '학소년(學少年)'이라니! 그게 무슨 말번인지 요량대일 수도 없다."

21 앞의 인용문에서 명형사의 용례로 제시한 시구는 "이마에 시며드는 香料로운 滋養!"(「毘盧峰」), "그 손님의 얼골은 실로 美하니라"(「悲劇」)이다. 변영만의 지적처럼 이런 우리말 사용이 부자연스런 느낌을 주는 것은 사실이다. 정지용은 우리말을 시어로 살려내기 위해 의도적으로 실험해본 것이리라.

변영만은 자신이 대망해 마지않은 '조선문학 건설'의 유망주로서 정지용을 주목하였다. 그런데 윌리엄 블레이크(William Blake, 1757~1827)를 끌어와서 정지용을 책망한 것이다. 당대의 월터 드 라 메어(Walter de la Mare, 1873~1956)를 신통치 않게 말하면서 전대의 윌리엄 블레이크가 되기를 촉구한 변영만의 의도는 어디 있었을까? 역시 해답이 간단히 나올 물음은 아닌데, 정지용에게 책망한 요지는 '소품의 기분시'를 넘어서 윌리엄 블레이크가 일찍이 성취했던 예컨대 '진정한 인간의 모습'을 찾아 '인간의 공동체를 복원하는 창조적 작업'으로[22] 문학의 본령에 도달하는 이런 경지를 상정한 것은 아니었을까.

4. 맺음말

지난 20세기에 문학가로 활동한 변영만은 한국 근대문학의 도정에서 거의 묵살된 존재이다. 그의 문학적 발언은 울림이 크지 못했고 남긴 작품들도 독자들의 관심을 크게 끌지 못한 것이 사실이다. 이렇게 될 수밖에 없었던 데는 그 자신에게도 책임이 없지 않았다고 본다. 그는 문학창조의 현장에 서서 문제를 장악하고 선도하는 역할을 하지 못했을 뿐 아니라, 혼신의 열정이 집적된 문학적 성과를 내놓지 못한 것이 사실이다. 그러나 보다 중요하게는 그가 처한 시대에서 살펴볼 점이 있다. 변영만이란 존재를 주류로부터 비켜서도록 만들고 묵살한 한국근대의 생리이다.

22 영미문학연구회 엮음 『영미문학의 길잡이 1』, 창작과비평사 2001, 269면.

나는 한국의 근대문학이 변영만을 제치고 묵살함으로 해서 어떤 문제점을 야기하였던가에 관해 한마디 언급하는 것으로 이 글을 맺고자 한다. 한국 근대문학은 변영만 특유의 글쓰기 형식과 창작정신이 지향한 고금동서의 회통을 밖으로 돌려놓았다. 이 때문에 한국 근대문학의 풍경은 무언가 잃어버린, 하나의 편향으로 그려지게 되었다. 21세기로 진입한 지금 근대문학이 다시금 발본적 쇄신과 전환이 불가피해진 상황에서, 변영만의 문학적 시도를 되새길 필요성이 발생한 것 같다.

제2장

한국근대의 '국문학'과 문학사[1]

1930년대 조윤제와 김태준의 조선문학 연구

1. 한국문학 연구사에서 1930년대

우리가 지난 세기에 경험해서 알고 있다시피 국문학이라는 지식의 영역이 확정된 것은 1945년 이후다. 그 이듬해 1946년 하반기에 한국의 유수한 대학들이 설립되는데, 이때 대학의 제도로서 국문학이 위치하게 된다. 그것은 '국가 만들기'의 일환이었다. 북조선의 경우도 사정이 대략 비슷했던 것으로 알고 있다. 식민지 상태로부터의 해방이 국토의

1 필자는 이 글에 관계된 논의를 여러차례 편 바 있다. 특히 「일제저항기의 국문학」(『한국학연구입문』 1981; 『한국문학사의 시각』에 재수록)에서 처음 관심을 두어 다루었으며, 다음 「한국문학의 인식체계: 그 개념정립과 한문학의 처리 문제」(『백영 정병욱의 인간과 학문』 신구문화사 1977; 『한국문학사의 논리와 체계』에 재수록)에서 보다 논의를 구체화했다. 이 글은 2010년 10월 5일 성균관대학교 비교문화연구소가 주최한 '문학사의 근대, 고전의 근대: 문학사의 이념과 20세기 한일사상'이란 주제의 국제학술대회에서 발표한 한국측 기조발제 논문을 수정, 보충한 것이다.

분단으로 이어져서 남과 북에 각기 체제를 달리하는 국가권력이 수립되어 오늘에 이르렀지만, 국문학/조선문학이란 개념으로 파악하는 정신적 유산을 남북이 공유해 양쪽 공히 학문제도로서 도입된 것이다.

물론 이때 와서 국문학이란 학문이 갑자기 생겨난 것은 아닐 터다. 1930년대에 이미 그것은 근대학문의 한 분과로서 성립을 했다. 또 기원을 찾아가면 1920년대, 더 올라가서 1900년대로 소급해볼 수 있다. 그러나 20세기 이전의 단계로 시발점을 끌어올리기는 어렵다고 본다. 요컨대 한국의 국문학은 1930년대 당시 '조선학운동'으로 수행된 일련의 학적 공작에 의해서 비로소 텍스트가 갖춰지고 학적 논리가 구축된 것이다. 그것이 지향한 종합적 체계로서 문학사가 있었다. 당시는 식민지로 주권이 없는 상태였기 때문에 '국문학'이란 용어를 쓰고 싶어도 쓰지 못하고 '조선문학'으로 표현했다. 1945년 해방과 함께 확립된 '국문학'은 1930년대 '조선문학' 연구의 성과와 학적인 틀을 승계한 형태이다.

국문학은 지난 20세기의 산물이다. '국문학'으로 호명된 지식의 영역이 출현한 것이 바로 20세기이며, 학문과 교육의 제도로 자리를 잡은 것 또한 20세기의 일이기 때문이다. 이 국문학은 20세기에서 21세기로 들어오면서 틀을 바꿔야 한다는 압력을 받고 있으며, 해체될 위기마저 없지 않다. 근본적인 반성이 필요한 시점에 우리는 지금 서 있다.

필자는 이 글에서 1930년대에 수행된 조선문학 연구에 주목한다. 우리의 근대에 대한 나름의 성찰이다. 식민지적 질곡하에서 국문학을 개척한 학문활동 및 그 사상을 살피는데, 두가지 차원을 염두에 두고 있다. 하나가 한국근대의 과정상에서의 문제제기라면 다른 하나는 근대를 극복하고자 하는 문제의식이다.

1945년 이후 남한의 국문학은 비록 1930년대 조선문학 연구를 승계한 것이라 해도 온전히 물려받았다고 할 수 없으며, 그 사이에 배제의 논리가 물리적으로 작동했고 왜곡도 일어났다. 좌우의 이념갈등과 남북분단으로 인한 내전을 겪으면서 나타난 현상이다. 1930년대 조선문학 연구에 대한 관심은 국문학의 '분단적 성격'을 반성하는 의미를 함축한다. 국문학-문학사라는 인식의 틀은 인간정신의 표현형식 가운데 하나로서 문학을 특권화한 동시에 민족국가(nation-state)를 역사적 유기체로 상정함으로써 비롯된 것이다. 이때의 문학은 근대적으로 규정된 문학인데 국가를 단위로 하는 사고의 방향은 다분히 일국사적이었음이 물론이다.

국문학이란 용어에 대해서 언급해두어야겠다. 국문학은 한국근대가 자국의 문학사를 인식하는 틀로서 채택한 용어지만, 이 자체가 한국근대의 문제점을 집약해서 드러내고 있다. 그것은 말하자면 '자폐적 주체성'이다. 한국문학의 학(學)을 뜻하는 국문학은 그만 용도폐기를 하되 다만 한문문학에 상대되는 국문문학으로 의미를 한정해서 쓰자는 것이 필자의 평소 지론이다. 이 글의 표제에서 국문학은 20세기적 용법임을 이해해주기 바란다.

2. 1930년대 '국문학'의 발견

〔우리 문학연구에 발을 들여놓은〕 이래 20여년, 나는 나의 힘을 다 바치어 순탄치 못한 나의 학구의 생활을 계속해왔다. 원체 시작한 것이 황무지라서 처음에는 어디서부터 손을 대야 될지 참말로 아득하였다. (…) 2년 3년이 가도 앞길이 보이지 않았다.

조윤제의 필적. "篤好實學 甲辰 初秋 碧史同學 雅正 陶南(독호실학. 1964년 초가을에 제자인 벽사 이우성에게 써준다)". '독호실학' 네 글자에는 도남 국문학의 연원이 담긴 것 같다.

국문학 1세대의 대표자 조윤제(趙潤濟, 1904~75)의 대표저서인 『국문학사(國文學史)』(후일 『한국문학사韓國文學史』로 개제) 「자서」의 일절이다. 이 『국문학사』는 저자가 밝혔듯 자신의 국문학/조선문학 연구 20년의 결산으로서 내용과 체제를 구비한 한국문학사의 첫번째로 손꼽히는 책이다. 앞의 술회에 국문학의 선구자·개척자로서의 고뇌가 역력하다. 그런데 한가지 의문점이 있다. 그때까지 이 땅에 생존한 사람들의 역사가 이어져온 것은 부인할 수 없는 사실이니 이 땅의 사람들이 창조하고 향유한 문학 또한 분명히 있지 않았겠는가. 그럼에도 왜 국문학의 실체를 포착하지 못하고 "황무지라서 처음에는 어디서부터 손을 대야 될지 참말로 아득하였다"고 막막함을 호소했을까? 이 의문점과 관련해서 조윤제와 쌍벽을 이룬 다른 한 분의 국문학 1세대 대표자 김태준(金台俊, 1905~49)의 발언을 들어보자.

> 조선문학이란 것이 순전히 조선문자인 '한글'로서 향토 고유의 사상·감정을 기록한 것이라고 할진대 다만 조선어로 쓴 소설·희곡·가요(歌謠) 등이 이 범주 내에 들 것이요, 한문학은 스사로 구별될 것

이다.[2]

조선문학을 학적 연구의 대상으로 파악하자면 무엇이 조선문학인가라는 문제가 제기되기 마련이다. 여기에 "조선문자인 '한글'로서 향토 고유의 사상·감정을 기록한 것"이라고 명시된바, 조선문학의 개념규정을 하고 보니 한문학은 저절로 제외될 수밖에 없었다. 그 얼마 전까지 문학이라면 당연히 한문학이었다. 한문학이라야만 어엿한 문학으로 인정을 받았던 터여서, 한문학은 실로 천년도 훨씬 넘는 동안 '문화권력'을 누렸다. 따라서 한문학의 유산은 산적해 있는 상태였다. 이런 한문학을 제명하고 나자 조선문학의 실체를 찾을 곳이 막막해진 것은 불가피한 노릇이었다. 그랬던 만큼 국문학 선구자·개척자의 길은 어려울 수밖에 없었으니, 무에서 유를 만들어내듯 창조적이었음에 유의할 필요가 있다.

앞의 인용문에서는 조선문학의 신개념에 상응하는 범위에 "조선어로 쓴 소설·희곡·가요 등"이 포함된다고 한정짓는다. 표기법의 특수성을 전제조건으로 명시하면서 시·소설·희곡이란 문학장르의 체계에 준거하고 있다. 이는 서구문학의 삼분법을 보편적인 원형으로 접수한 모양새다. 다만 조선어문으로 된 시는 부재했고 오직 노래로 불러왔던 실상을 감안해서 시를 가요로 대치한 것이다. 더구나 희곡(연극)의 경우 민속적인 놀이의 형태로 전승되었던 까닭에 문학으로 인식되기 이전의 상태였다. 김태준은 이렇게 주장한다.

2 김태준 「서론」, 『조선한문학사』(조선어문학총서 1), 조선어문학회 1931.

인류의 한 세포단체인 조선 사람에게도 당연히 연극이 있었을 것이며, 그 연극은 또한 반다시 어떠한 체계적 발달을 하였을 것은 의문의 여지가 없다. 그렇다. 생활이 있는 곳에 담소·해학도 있고 그를 되풀이해보는 연극도 있었을 것이니 인형극(꼭두각시극)·가면극(산대희山臺戲)에서 신극까지의 경로가 환연(渙然)히 있는 것이다.[3]

연극이라는 예술장르를 인류 보편의 차원에서 필히 존재하고 당연히 존재해야 하는 문화형식의 하나라고 사고하고 있다. 우리 민족의 경우 인형극(꼭두각시놀이)·가면극(산대놀이)을 이 연극 부문에 해당하는 것으로 파악하였다. 따라서 그 발달과정을 체계적으로 인식할 것이 요망되기에 이른다. 다름 아닌 연극사이다. 앞의 인용문은 김태준이 조선학운동의 반려자로 가깝게 지냈던 김재철(金在喆, 1907~33)의 『조선연극사(朝鮮演劇史)』(1933)에 김태준이 붙인 글이다. 앞서 김태준이 『조선한문학사(朝鮮漢文學史)』(1931)를 발간했는데 거기에는 김재철이 서문을 썼다.

조선에는 섹스피어와 씽클레어 같은 문인도 없었고 『파라다이스 로스트』와 『파우스트』와 같은 작품도 없어 그 문단은 낙엽의 가을과 같이 소조하고 눈 나리는 겨울밤과 같이 적막하였다. (…) 이와 같이 문헌이 부족한 것은 조선문학 연구에 막대한 지장이다. 그러나 매몰된 문학을 영구히 땅속에 파묻어둘 수는 없다. 이것을 발굴해 과거 우리의 문학을 연구하는 것을 단순히 '골동품'이라고만 할 수 없으며

3 김태준 「조선연극사 서」, 김재철 『조선연극사』, 조선어문학회 1933.

장차 신문학을 건설하고 세계문예시장에 진출하는 데 토대가 되고 도움이 될 것이다.[4]

서구 근대문학의 높은 성과를 보편적 가치로 의식하고 있음을 여실히 보여준다. 자국 문학의 현황을 "가을과 같이 소조"하고 "겨울밤과 같이 적막"하다고 느끼는 그만큼 역으로 문화적 빈곤과 결손을 채우고자 하는 열망이 고조되어 있다고 보아야 할 것이다. 끝단락에서 "장차 신문학을 건설하고 세계문예시장에 진출하는 데 토대가 되고 도움이 될 것"이란 발언은 연구의 목적에 해당하는 내용이다. 연구의 목적을 '신문학 건설'에 둔 것은 일응 수긍이 가는데 '세계문예시장에 진출'이라 한 것은 무슨 의미인지 애매하다. 우리 문화상품을 세계시장에 수출하자는 그런 말은 아무래도 아니겠다. 자기 존재를 문화적으로 과시하고 싶은 소망으로 읽힌다.

그런데, 앞의 글에서 조선문학의 빈곤과 결손은 원래 그랬다기보다 문헌 부족에 탓이 있는 것으로 간주하는 듯하다. 한 측면은 자료가 전하지 못하고 많이 일실된 때문이요, 다른 한 측면은 관련 기록이 희소한 때문이라고 생각한다. 이는 조선문학을 역사적으로 재구하기 위해서는 극복하지 않으면 안 되는 난관이었다. 이에 문헌고고학적 조사·발굴 및 정리작업이 필수로 요망되었고 1930년대 조선문학 연구자들에 의해 이 일련의 작업이 수행되어서 조선문학의 텍스트가 성립한다. 고전의 발견이요, 정전의 설정에 다름 아니었다. 문헌고고학적 작업이 수행되는 것과 거의 동시에 그 사적 체계화를 통한 이론작업도 이루어졌다. 『조

4 김재철 「조선한문학사 서」, 김태준, 앞의 책.

선소설사』『조선연극사』, 그리고 조윤제의 『조선시가사강(朝鮮詩歌史綱)』(1937) 등은 그 결과물이다.

이렇듯 당시 연구작업은 문학의 삼분법 체계에 의거해서 부문별로 진행되고 있었다. 그런 중에도 특히 시가(김태준의 용어로는 '가요') 부문이 조선문학 연구의 중심을 이루었으며, 학적인 성과 또한 다양한 바 있었다. 다양성의 사례로 신귀현(申龜鉉)의 『역대여류시가선(歷代女流詩歌選)』(학예사 1939)과 김소운(金素雲)의 『조선구전민요집(朝鮮口傳民謠集)』(東京: 第一書房 1933)을 잠깐 들어보자. 전자는 조선문학에서 최초로 여성적 시각을 취한 것으로 주목되거니와, 후자는 "이것은 조선민족의 공동시집이다"라고 선언했듯[5] 민족을 민중으로 해석하고 구비전승의 형태가 조선문학의 범위에 합류할 길을 연 것이었다.

당시 조선문학 연구에서 중심은 시가 부문에 있었다. 그 까닭은 시 장르를 중시하는 보편적 관념과 결부해 볼 수 있겠으나, 가요 유산이 다른 부문에 비해 상대적으로 많이 전하고 있다는 현실적인 사정에 관계된 바가 컸다. 이른바 '순수 조선문학'의 전개과정은 가요 양식을 빼놓고는 사적 구성 자체가 불가능한 실정이었다. 저 상고시대에 이미 '시구당사(詩搆唐辭)·가배향어(歌排鄕語)'라고 분명하게 지적했듯,[6] 한자시와 국어노래의 이원구조가 성립했다. 이 한자시와 국어노래의 이원구조는 근대로 진입하기까지 지속되었다. 그래서 위로 『삼국유사』에서 향가의 잔편을 발견할 수 있고, 『악학궤범(樂學軌範)』과 『악장가사(樂章歌辭)』에 고려가요가 실려 전하게 되었다. 가까운 시기에 이르러는 『청구영언

5 金素雲 「序」, 『朝鮮口傳民謠集』, 東京: 第一書房 1933.

6 "詩搆唐辭, 磨琢於五言七字; 歌排鄕語, 切磋於三句六名"(赫連挺 「均如傳」).

(靑丘永言)』『해동가요(海東歌謠)』 등이 가집(歌集)으로서 국문학의 실체를 비교적 풍부하게 보여준 것이다.

이들 가요는 어디까지나 노랫말이기에 문학적 가치는 고려할 대상이 아니었다. 그런데 17, 18세기로 와서 문인·지식인들 사이에 관심이 미친 사례가 아주 드물게나마 있었다. 실학자로 유명한 홍대용은 『대동풍요(大東風謠)』라는 서명으로 직접 가집을 편찬하고 그 서문에서 "나무꾼 노래, 농부의 소리가 참으로 자연스럽게 흘러나온 것이라면 사대부들의 다듬고 고치고 해 표현은 세련되어 보이지만 천기(天機)를 상실하기 알맞게 된 것들〔한시문을 가리킴〕보다 훨씬 훌륭하다"고 설파한 것이다.[7] 홍대용에 앞서 일찍이 국문소설 『구운몽』을 창작한 김만중(金萬重)은 한시문이란 '앵무새의 사람 말 흉내내기(鸚鵡之人言)'라고 하면서 국어노래의 가치를 높이 평가했다. 자국 문학에 대한 깨달음으로 해석할 수 있는 대목이지만 그것은 소수자의 개명적 사고로 그쳤다. 본격적 관심과 체계적 정리는 1930년대에 이르러 비로소 이루어졌다. 김태준이 엮은 『조선가요집성(朝鮮歌謠集成)』(1934)은 신라향가에서 고려가요, 이조가사에 이르는 자료를 두루 정리한 성과이다. 그 서문에서 편자는 이렇게 쓰고 있다.

> 중국의 『풍아송(風雅頌)』〔『시경』을 가리킴〕, 일본의 『만엽집(萬葉集, 만요오슈우)』·『고금집(古今集, 코낀슈우)』과도 같은 존재, 조선에 다만 이것이 있다. 과거의 유일한 문학유산이었고 또 사회사이었다. 서투른 외국문학의 직역에서 형식을 구하지 말고 자래(自來)로 전하는 우리

7 洪大容 「大東風謠序」, 『湛軒書』 권3.

의 문학에서 얻은 것으로 먼저 튼튼한 토대를 닦으라.

중국은 『시경』, 일본은 『만요오슈우』와 『코낀슈우』를 내세우는데 우리로서는 당당히 내세울 것이 무엇인가. 민족의 문화적 자긍심을 살리는 것으로 이 『조선가요집성』을 엮어냈다는 뜻이다. 이것을 민족의 '유일한 문화유산'으로 자부하면서, 민족의 생활을 표현하고 있다는 의미에서 '사회사'라고도 썼을 것이다. 식민지배하 당시 비록 국민국가로서의 주권은 부재했으나, 오히려 그렇기에 자국의 문화적 정체성과 자부심을 증명할 무엇이 절실히 요망되었다. 일본이란 국가는 당시 조선인에게 있어서 식민지배자로 엄중히 군림하는 존재였지만 동시에 국민국가의 모델처럼 의식되었던 것도 사실이었다. 김태준은 일본이 항용 '국민적 시가집'으로 과시하는 『만요오슈우』 『코낀슈우』에 대응할 고전으로서 이 『조선가요집성』의 편찬작업에 치력한 것으로 간주할 수 있겠다. 그리고 미처 언급하지 못했지만 근대한국에서 '국민적 시가'로 가장 부각되고 조선문학 연구에서도 중요시되었던 것은 어느 무엇보다도 시조다. 시조는 1920,30년대에 가(歌)에서 시(詩)로 전환되는 한편, 시조부흥운동이 일어나기도 했던바 "우리 종래 문학에 시가가 으뜸이었고 시가에도 시조가 으뜸"이라고 여겨졌다.[8] 시조는 민족고유의 정형시 형식으로 치부되어 일본이 '국민적 시가'로 내세우는 와까(和歌)에 은근히 견주어졌던 것이다.

앞의 인용문은 후반부에서 전통의 계승 문제를 언급하고 있는바 이 문제는 조윤제의 발언에서 좀더 구체화된다. 조윤제의 『조선시가사강』

8 이병기 「서(序)」, 『역대시조선』, 박문출판사 1940.

은 1930년대 시가 부문을 대표하는 역작인데, 「자서」에서 이 문제를 제기하고 있다.

> 근대라 하면 문화적 표준이 전연 뒤바뀌어 문학의 혁명이 일어나고 동시에 자국문학을 절규한 시대이었으나, 이러한 졸변지시(猝變之時)에는 미처 시들은 과거의 문학을 계승하야 배양할 사이도 없고 위선 고도한 외국문학을 인수(引輸)하야 모방하지 않을 수 없었든 것이다. 그러나 그러는 동안에 자연히 고대문학과 현대문학의 사이에는 험극(險隙)이 생기고 연락이 끊어져, 다시 새로운 어떠한 공작이 여기에 일어나지 않으면 아니 되었으니, 이것이 곧 고대문학의 연구라는 형식으로 나타나게 되었거니와, 우리는 늘 장래의 힘찬 건설은 반드시 그 과거의 역사를 배경으로 하지 않으면 아니 될 것을 안다. 여기에 있어 역사는 편편(片片) 고기록(古記錄)의 단순한 나열이 아니고 장차로는 새것을 생산할 생명을 가진 것이거니와, 이 조그만한 아직 불철저한 소론저(小論著)가 감히 중대의 사명을 이룰 수 있을까 없을까.[9]

한국근대의 특징이자 고질이라 할 수 있는 전통단절이라는 문제점을 인식해 '고대문학 연구', 즉 조선문학의 역사적 연구에 착수하게 되었다는 것이다. 임화(林和)의 유명한 '이식문화'라는 명제와도 통하는 논지이다. 근대의 전환점에서 "자국문학을 절규"했음에도 서구문학의 수입에 의존했던 현상 자체를 조윤제는 일단 사실로 인정하며, 그것을 꼭

9 조윤제 「자서」, 『조선시가사강』(정정판), 박문출판사 1946.

부정적으로 바라보지 않는다. 다만 '고대문학'과 '현대문학' 사이의 단층은 해소해야 할 문제점으로 보아 '고대문학'의 존재 의미를 "새것을 생산할 생명을 가진 것"으로 내다보고 있다. 민족의 문화를 생명적 연속체로 인식하는 관점이다. '도남 국문학'에 있어서 개성적인 민족사관이 이때 이미 착안이 된 것으로 보인다.

3. 국문학에서 제기된 쟁점: 한문학의 처리 문제

당연한 말이지만, 자국의 문화적 자존심을 세우려는 것은 근대에 와서 비로소 생겨난 현상이 아니다. 전근대에 장구한 기간 지속되었던 중국중심의 세계-한자문명권에 있어서도 자아를 문화적으로 형성하고 그것을 밖으로 현시하고자 하는 의식과 행위는 거의 항시적이었다. 예컨대 조선왕조가 국가적 사업으로 편찬한 『동문선(東文選)』을 들어보면 그 자체가 자아를 문화적으로 향상시키고자 했던 노력을 총합한 형태인데, 『동문선』의 편자는 이는 "한당(漢唐)의 글도 아니고 송원(宋元)의 글도 아니고 곧 우리 동국의 글이다"라고 천명했다. 당시 중국중심의 세계에서 한문학은 실로 보편적인 문명형식이었다. 따라서 『동문선』이야말로 동방의 나라에서 성취한 '문명의 꽃'이요, '세계'에 내세울 최적의 자랑거리였음이 물론이다. 그러나 서구가 주도한 전지구적 '세계'로 이동해서 민족국가를 건설해야 한다는 과제 앞에 서자 한문학에 대한 제척(除斥)의 논리가 강하게 탄력을 받았다.

우리 근대문학은 3·1운동 이후 전개된 신문학운동으로 1920년대에 성립되었다. 신문학의 창출과정은 탈한문학의 과정이기도 했다. 조선문학의 학적 성립은 그 창작적 성립보다 10년 정도 늦은 편인데, 탈한문학의 노선이 학적 개념에 그대로 적용되었다. 앞에서 살펴보았듯 조선문학의 고전이 새롭게 구축되면서 한문학은 탈락, 도태되는 운명에 처해지기에 이르렀다. '근대적 전도현상'이 극적으로 일어난 것이다.

그런데 한문학의 처리 문제는 조선문학의 구축과정에서처럼 사안이 그렇게 간단치 않았다. 한문학은 조선문학의 경계 안에 있는가, 경계 밖에 있는가? 이 문제는 1930년대 조선문학 연구에서 최대의 쟁점사안으로 떠올랐고, 1945년 이후 국문학에서 역시 최대의 쟁점이 되어 오랫동안 해결을 보지 못한 난제 중의 난제였다. 조선문학/국문학에서 한문학의 처리 문제는 문학사의 주제이다. 하지만 거기서 그치지 않고 크게 보면 한국근대의 실현 방향과도 무관하지 않은 것으로 여겨진다. 이 문제를 놓고 국문학 1세대의 두 대표자 조윤제와 김태준은 매우 고심했던 것으로 보인다. 먼저 김태준의 견해를 청취해보자.

> 한문학도 그 어떤 부분은 제이의적(第二義的)으로 조선문학이라고 가정할 수 있다. 이 가정을 하고 보니 일즉 잡지 『신생(新生)』에 쓴 이춘원의 「조선문학의 개념」이 생각난다. 씨는 왈(曰) "조선문학을 위해서는 태학관(太學館)은 이야기책 보는 촌가(村家) 사랑방만 못하였고 대제학(大提學)·부제학(副提學)은 무당과 기생만 못하였든 것이다. 조선문학이란 무엇이뇨? 조선문으로 쓴 문학이다"라고 순수한 민족문학은 그 민족의 문자로 그 민족의 사상·감정을 그린 것이란 말이니 아마도 이것이 정론일 것이요, 나의 가정은 다소의 예외를 가설하는데 지나지 못한다. 왜 그러냐 하면 우리는 과거에 중국문자로 불완전하나마 우리네의 제이국자(第二國字)처럼 자유스럽게 씌어온 특수한

사정이 있고 한글 발명 이전 장구한 시일에 중국문자를 가차(假借)해서 우리네의 생각을 기록하였기 때문이다.[10]

김태준이 조선문학의 개념범주에 한문학을 편입시키는 문제를 놓고서 얼마나 주저하고 조심스러워했는지 십이분 느껴진다. 한문학 유산에서 '어떤 부분'이라는 제한조건을 굳이 명시한 다음 그나마 조선문학으로서 '제2의적'이라고 차등을 두었으며, 그러고도 '가정'한다는 유예적 수사법을 쓴 것이다. 한문학은 조선문학이 될 수 없다는 것이 대원칙이며, 그것은 절대 어길 수 없는 철칙으로 생각하고 있음을 드러낸다. "조선문학을 위해서는 태학관은 이야기책 보는 촌가 사랑방만 못하였고 대제학·부제학은 무당과 기생만 못하였든 것이다"라는 이광수의 충격적인 발언은 그야말로 근대적 전도를 실감케 한다. 이 말은 이광수의 「조선문학의 개념」이라는 글에 들어 있는 말로써 당시 경성제국대학의 조선문학 강의 교재로 하필 『격몽요결(擊蒙要訣)』을 채택한 데 반발해서 공박의 필봉을 들었던 것이라고 한다. "조선문학이란 무엇이뇨? 조선문으로 쓴 문학이다." 이광수는 이렇듯 명쾌한 규정을 제시하고 "한문으로 쓰인 모든 문학, 최고운(崔孤雲)·정포은(鄭圃隱) 이하로 신자하(申紫霞)·황매천(黃梅泉)에 이르기까지 싸잡아 중국문학 제작자였다"라고 일갈한다.[11] 천여년에 걸쳐 축적된 한문학 유산을 단칼로 잘라서 국경 밖으로 내던진 것이다. 조선문학의 개념규정에 속문주의(屬文主義)와 속인주의(屬人主義)의 두가지 기준이 있다고 할 때 이광수의 논리

10 김태준 「조선가요개설: 가요와 조선문학」, 『조선일보』 1933.10.21. 강조는 인용자.
11 이광수 「조선문학의 개념, 『신생』 1929.1.

는 속문주의에 철저했다고 하겠다.

김태준은 이광수의 이러한 생각에 이의를 제기할 생각은 감히 못하고 있다. 그의 주장을 '정론'으로 접수하고 단지 약간의 예외로서 한문학을 조선문학의 범주에서 부차적인 성격으로 용인할 수 있지 않을까 타진해보는 정도였다. 김태준에 앞서 조선문학의 개념 문제를 본격적으로 거론한 것은 조윤제였다.

이광수의 「조선문학의 개념」이란 논고는 당시 일제 관학자들의 협루(狹陋)한 관점에 일침을 가하면서 '조선문학이 무엇인가'라는 문제제기를 했다는 면에서 획기적인 의의를 갖는 것이었다. 하지만 지금 읽어보면 다분히 관념적 과격성을 노출한 것으로 여겨진다. 뿐만 아니라 그가 편 주장은 당시 본격적인 조선문학 연구자 입장에서 도저히 그대로 수용하기 곤란한 내용이 아닐 수 없었다. 문학사의 실제를 고려할 때 뭔가 변통의 방법을 강구해야만 했다. 조윤제는 이광수의 「조선문학의 개념」이 발표된 직후에 「조선문학과 한문과의 관계」라는 논문을 발표했다. 여기서 조윤제는 "한문을 외국문으로 생각하지 아니하고 자국문으로 승인하야왔다는 것은 사실"임을 전제하고 있다. 이 한문관은 김태준이 "제2국자처럼 자유스럽게 씌어온 특수한 사정"을 감안한 것과 견해가 일치한다. 한문학 처리 문제에 조윤제가 내린 결론은 이렇다.

> 조선문학 연구에서 한문 작품을 단연(斷然)히 구축하야 버리지 아니하면서 이를 서자(庶子)의 지위에 두고 그 안에 침재(沈在)하야 있는 조선문학이라는 정체를 보자 하는 것이다.[12]

12 조윤제 「조선문학과 한문과의 관계」, 『동아일보』 1929.2.23.

국문작품과 한문작품을 동등하게 조선문학으로 대우할 수 없으니 양자의 관계에 적서(嫡庶)의 개념을 적용하자는 생각이다. 조윤제의 논리에서 한문학은 조선문학의 경계 밖으로 축출당하는 운명은 면했으나 서자 취급을 당한 꼴이었다. 김태준이 한문학을 '제2의적'으로, 즉 부차적으로 용납한 것과 유사한 논법이다. 물론 조윤제의 '서자론'도 김태준의 '제2의론'도 다같이 한문학을 소외시키자는 데 진의가 있는 것은 아니다. 한문으로 쓴 것은 조선문학이 될 수 없다는 대원칙을 부정하지 못하면서 아무쪼록 조선문학으로 포용해보자는 고충이 어려 있다. 김태준도 조윤제도 절대적 규범처럼 의식되어 부정할 수 없었던 대원칙이란 대체 어디서 온 것일까?

그 원형으로 말하면 서구근대에 닿겠으나, 일본근대가 수립한 '국문학'의 논리를 직수입한 형태였다. 일본 최초의 근대적인 문학사로 손꼽히는 『일본문학사』(1890)에서는 "한 나라의 문학은 국민이 국어로 그 나라 특유의 사상·감정·상상력을 글로 표현한 것"이라는 정의를 내린다.[13] 국민문학적인 개념인데 이를 보편적인 원칙으로 말하고 있다. 바로 이 개념규정에 입각해서 일본의 '국문학'이 구축된 것이다. 1930년대 조선문학의 개척자들은 일본의 '국문학' 이론을 보편적이고 당연한 철칙으로 여기고 있었다. 결국 거기에 스스로 얽매여 이론적 족쇄가 된 꼴이었다. 조윤제와 김태준은 우리 문학의 개념 문제를 놓고 고민하고 해법을 찾긴 했으나, 이론적 족쇄에서 탈피하지 못한 나머지 해법으로

13 三上參次·高津鍬三郎 『日本文學史』 上, 仙台: 金港堂 1890, 29면(하루오 시라네·스즈끼 토미 엮음, 왕숙영 옮김 『창조된 고전』, 소명출판 2002, 98면에서 재인용).

제시한 논리가 구차하고 절충론이란 비판을 면할 수 없게 되었다.

당시 국어학 분야에서 성과를 올렸고 해방 이후 북조선 학계에서 크게 역할을 했던 홍기문(洪起文, 1903~92)도 이 논쟁에 개입했는데, 조윤제나 김태준과는 입각점이 달랐다. 홍기문은 "조선문학 자체의 규명을 떠나 조선문학을 정의하려는 것은 한갓 형이상학적 사물관찰법"이라고 개념정의의 첫 출발에서 인식론적 이견을 제기했다. 조선문학은 응당 조선의 역사 속에서 개념이 도출되어야 한다는 생각이다. "역사는 어디까지나 역사로 보아야 할 것으로 감정을 따라 임의로 개찬하지 못한다." 이렇듯 역사주의적 입장이 확고하다. 그래서 역사의 실상을 떠나 개념을 규정하려고 덤벼드는 태도는 관념의 조작에 불과한 것으로 공박을 하고 있다.

> 조선의 한문학은 조선 양반의 문학이다. 조선 역사에서 양반의 시대를 절거(切去)하기 이전 조선 민족문학으로서 한문학을 부인치 못한다.[14]

홍기문은 한문학의 성격을 '조선 양반의 문학'으로 규정짓는다. 계급적 관점을 취한 논리다. 조선의 역사에서 양반시대를 잘라버릴 수 없듯 양반문학의 존재 또한 결코 부인할 수 없다는 주장을 편 것이다. 한문학에 대해 '조선 민족문학'이란 개념을 부여한 점도 눈길을 끈다. 조금 전에 인용했던 김태준의 글에도 "순수한 민족문학은 그 민족의 문자로 그 민족의 사상·감정을 그린 것"이란 대목이 나왔는데 그냥 지나쳤었다.

---

14 홍기문 「조선문학의 양의」, 『조선일보』, 1934.10.28~11.6.

김태준이 쓴 민족문학이나 홍기문이 쓴 민족문학이나 개념이 꼭 다른 것 같지는 않다. 김태준의 경우 '순수한 민족문학'으로 국문문학을 지칭하고 있는데, 홍기문의 경우 '조선 민족문학'에 국문문학이 들어가는 것은 당연하고 한문문학도 제외할 수 없다는 그런 취지이다.

홍기문은 이 「조선문학의 양의(兩義)」라는 글에서 "조선문학의 광(廣)·협(狹) 양의를 인정해 광의로 민족별을 의미하고 협의로 언어별을 의미하더라도 좋고, 또는 조선의 한문학을 '조선한문학'이라고 해 협의의 조선문학과 구별해도 좋을 것 아니냐"라고 국문문학과 한문문학을 조선문학이란 개념으로 포괄하는 융통성있는 논리를 제시한다. 표제의 '조선문학의 양의'란 바로 이를 의미하고 있다. 조선문학의 개념규정에서 속문주의와 속인주의의 모순을 해소하면서 한문학을 무리없이 조선문학/국문학으로 용인할 수 있도록 한 것이다. 역사적 현실성을 중시한 역사주의의 입장에서 국문학 연구의 초창기에 제기된 최대의 난제를 해결한 이론으로 볼 수 있겠다.[15]

4. 1945년 이후 조윤제와 김태준

이상에서 1930년대에 수행된 조선문학 연구를 조윤제와 김태준에 초점을 맞추어 거론했다. 당시는 피식민지로서 주권을 상실한 처지였기에, 민족의 문화적 정체성을 규명, 정립하는 과제는 특별한 의미를 갖는

15 임형택 「한국문학의 인식체계: 그 개념 정립과 한문학의 처리 문제」, 『한국문학사의 논리와 체계』 469면.

일이었다. 1945년 해방 이후 한반도의 남쪽에 대한민국이 수립되었고 국문학이란 용어로 1930년대의 조선문학 연구를 이어받았다. 이제 국문학은 드디어 대한민국의 학문과 교육제도 속에 자리매김된 것이다.

이 단계에서 조윤제와 김태준이 세운 조선문학의 논리의 행방은 어떻게 되었던가? 이 점을 간략히 언급하는 것으로 이 글의 결론을 대신하려는데, 먼저 그 직전인 일제 말부터 해방을 맞기까지의 시점에서 이 두 학자의 개인사적 족적에 잠깐 눈을 돌려볼까 한다. 이른바 암흑기로 일컬어지는 시간대이다.

조윤제의 학문적 입장에 대해 공인받은 대로 민족사관이라고 부른다면 김태준은 진보사관으로 호명할 수 있겠다. 이 두 학자는 경성대학 문학부의 동학으로서 1930년대 초에 조선어문학회(朝鮮語文學會)를 결성, 함께 국문학의 개척적인 학문활동을 벌여나갔다. 양자는 한문학의 처리 문제에서 드러나듯 조선문학의 인식논리가 서로 다르지 않았으며, 학문적 입장차도 별로 뚜렷하지 않았다. 그랬던 것이 시일이 경과하면서 주의주장과 방법론이 달라졌고 그에 따라 실천노선 또한 크게 벌어진 것이다. 언제부터 그렇게 되었을까? 조윤제의 경우 앞서 『조선시가사강』을 발간한 1937년부터 민족사관에 착안한 것으로 보았다. 일제의 중일전쟁이 태평양전쟁으로 확전됨에 따라 민족위기가 절박해진 상황에서 민족사관은 그 자신의 내면으로 공고해진다. 김태준은 1930년대 전반기의 학문적 성과를 가리켜 자기 자신을 포함해서 전반적으로 "순수문학적 연구의 입장에 서 있었다"고 술회한 다음, "다소 진보적 입장에서 서술된 것"으로 임화의 『신문학서설』 『조선신문학사』와 함께 자신의 「춘향전의 현대적 해석」을 들었다.[16] 「춘향전의 현대적 해석」은 1935년 초에 발표된 것이다. 김태준의 경우 자신의 입장을 진보사관으로 정립한 것은 1935년 이후로 여겨진다.

김태준은 그야말로 암흑기인 인류적·민족적 위기의 상황에서 "문학연구니 역사연구니 언어연구니 하는 것은 우리 정부가 수립된 후의 일이니 당분간 이 방면의 서적은 상자에 넣어서 봉해두자"고 결심한다. "상자에 넣어서 봉해두자"고 말했지만, 실은 "근 20년을 수집해온 역사·문학의 자료"를 팔아서 탈출자금을 마련했다고 한다.[17] 그리하여 항일투쟁의 전선인 중국의 옌안(延安)으로 만난을 무릅쓰고 밀입을 감행했던 것이다. 정치적 행동이 그가 20년 동안 오롯이 바쳤던 학문연구의 길을 접도록 만든 셈이다. 반면에 조윤제는 학문의 길을 고수했다. 문학사를 완성해야 한다는 학적 사명감이 그를 꽉 붙잡았다.

> 생활은 어디까지나 살아있는 것이고, 이 살아있는 생활을 표현한 문학도 또한 살아있는 것이니, 문학사는 모름지기 그 '삶'의 연속체가 되지 않으면 아니 될 것이다. 과거 어느 때 어떠한 문학이 있었고, 또 어느 때는 다른 어떠한 문학이 있었다는 연대기적 기록만으로는 문학사가 될 수 없을 것이다. (…) 그러므로 문학사는 실로 이러한 상호간의 관계를 밝혀서 그 모든 문학적 사상(事象)이 한 생명체임을 잊지 말고, 그 생명을 살려나가지 않으면 안 될 것이다.[18]

조윤제는 문학사를 문학적 사실들의 연대기가 아닌 하나의 유기적

16 김태준 「문학유산의 정당한 계승방법」, 조선문학가동맹 『건설기의 조선문학』, 1946, 131~32면.

17 김태준 『연안행』, 『문학』 창간호, 1946, 189~92면.

18 조윤제 「서론」, 『국문학사』, 동방문화사 1949, 2면.

조윤제 『국문학사』 초판본 표지. 1949년 동방문화사(東邦文化社) 발간. 글씨는 조윤제의 친필이다.

생명체로 만들어야 한다고 사고했다. 문학사는 "그대로 현실의 우리의 생명과 완전한 한 생명체가 되지 않으면 아니 될 것"으로 확신하고 있다. '문학의 생명체'는 곧 '민족의 생명체'이다. 조윤제의 문학사 방법론은 스스로 '민족사관'으로 일컬은 것이었다.

조윤제의 『국문학사』는 파시즘의 인류적 폭력과 민족적 위기에 학적으로 대응한 산물이다. 1930년대부터 본격적으로 시작된 조선문학 연구의 민족주의적 입장의 총결산이라고 할 것이다. 이에 비해서 김태준의 경우에는 그가 응당 감당해야 했고 또 그에게 기대되기도 했던 진보사관의 문학사가 영영 탄생하지 못하고 말았다. 김태준은 분류사에 해당하는 『조선소설사』[19] 『조선한문학사』 『조선가요론』을 이미 1930년

19 김태준의 『조선소설사』는 1930년대에 세 차례 간행이 이루어졌다. 처음에는 신문

朝鮮小說史 (1)

金台俊

筆者의머리말

目次

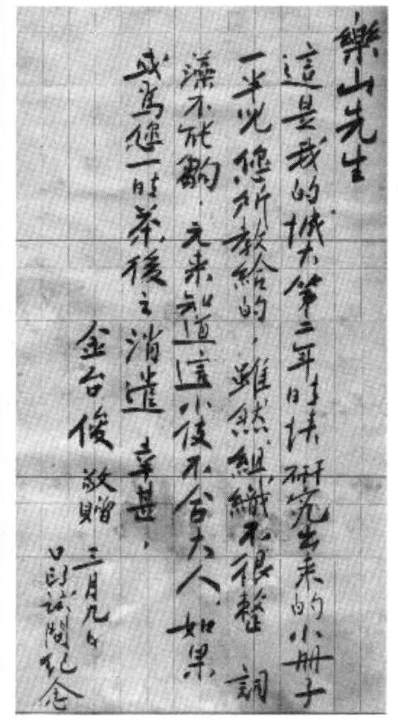

樂山先生
這是我的城大第二年時候研究出來的小冊子
一半兒是您所教給的, 雖然組織不很整, 詞
藻不很夠. 元來這樣小技不合大人, 如果
成為您一時茶後之消遣 幸甚.
金台俊 敬贈 三月九日
口頭試問紀念

『조선소설사』 신문연재 첫회분과 김태준의 필적. 동아일보 1930.10.31~1931.2.14에 연재한 『조선소설사』를 저자 자신이 스크랩하여 요산(樂山, 중국문학자로서 경성대학 교수로 재임 중이던 카라시마 타께시辛島驍로 추정됨)이란 분에게 기증하면서 쓴 글. 백화문체를 썼는데, 번역하면 이러하다. "요산 선생, 이것은 나의 성대(城大) 제2학년 시기에 연구한 소책자입니다. 반쯤은 선생이 가르쳐주신 바입니다만, 짜임이 정돈되지 못했고 표현도 미급한 수준입니다. 원래 이런 하찮은 것은 대인께 합당치 못한 것인 줄 아오나 선생이 차를 마신 후 한때 소일거리로 삼으신다면 다행이겠습니다. 김태준 경증. 3월 9일 구두시문(口頭試問) 기념." 이 글의 작성연도는 1931년. 『조선소설사』는 김태준의 대표적 저술이자 학술사적 의의가 큰 것으로, 그 신문연재는 조선학운동의 첫 고동이라 할 수 있다.

대 전반기에 열정적으로 저술, 발간했다. 이들 분류사는 각기 한국문학사의 인식에 초석이 된 저작이다. 조선문학 연구를 진보사관으로 종합

연재로 『동아일보』 1930.10.31~1931.2.14에 발표되었다. 두번째는 1933년에 '조선어문학총서 2'로 단행본으로 출간되었다. 세번째는 『증보 조선소설사』란 이름으로 1939년에 학예사에서 조선문고로 출간된 것이다. 이 세차례 과정을 통해서 수정·증보작업이 이루어졌다.

한 문학사를 집필할 시간을 1945년 전후의 현실은 그에게 제공하지 않았다. 아니, 그의 진보적 문학사관이 그의 육신을 계속 정치적 행동의 장으로 끌어내서 마침내 비극적 최후를 당하게 만들었다고 말할 수 있겠다.

이제 조윤제와 김태준의 학문적 성과와 이론이 대한민국의 제도 속의 국문학에 어떻게 수용되었던가 하는 문제를 말할 차례다. 김태준은 1949년 9월 30일 대한민국의 법정에서 사형선고를 받고 형장의 이슬로 사라졌다. 그의 육신이 조국의 어디에 묻혔는지 묘연하며, 그의 탁월한 학문적 성과 또한 국문학에서 금기시되고 말았다. 김태준과 달리 조윤제는 대한민국 학계의 원훈으로서의 지위를 누리긴 했지만 어느덧 뒷전으로 밀려난 형세였다. 무엇보다도 '도남 국문학'의 정채(精彩)인 민족사관이 학문 이전의 감상처럼 취급받았던 것이다.

앞에서 역점을 둔 한문학 처리 문제를 이때 어떻게 받아들여졌는지에 국한해서 보자. 앞절에서 살펴보았듯 1930년대 조선문학 연구에서 제기된 한문학 처리 문제는 이론적으로 말하면 그때 이미 결판이 났던 셈이다. 김태준과 조윤제는 이 문제에 견해가 거의 일치했으며, 홍기문에 의해서 한 차원 높게 한문학을 조선문학의 범주에 통합하는 논리가 갖춰졌다. 주목할 점은 1945년 이후 김태준과 조윤제에게서 모두 한문학에 대한 인식이 보다 진전된 내용으로 개진되었던 사실이다. 김태준은 한문학에 차등을 두었던 관점을 철회했으며,[20] 조윤제는 '큰 조선문

20 김태준은 1946년 제1회 전국문학자대회에 발표한 보고논문 「문학유산의 정당한 계승방법」에서 조선문학의 연구대상으로 "『구운몽』 『춘향전』 『심청전』류와 같은 이야기책(고대소설)과 (…) 『용비어천가』 『일동장유가』 (…) 등의 가사와 『청구영언』 『가곡원류』와 같은 시조집"과 함께 "계월상택(谿月象澤)·삼당(三唐)·여한십가(麗韓

학'이란 범위로 한문학을 포용하고 있다.[21] 그런데 1945년 이후 국문학계 일반은 이 1세대 국문학자들의 논리를 경청하지 않았다. 묵살했다고밖에 말할 수 없다. 그리하여 한문학이 국문학의 범위에 들어올 수 있느냐는 문제가 새삼 재연되어 그 논쟁은 1970년대까지도 설왕설래했던 것이다. 논쟁 자체가 비생산적임은 물론, 한문학은 말하자면 자격시비에 걸린 모양이어서 그에 대한 학문연구가 착수되지를 못했다. 그래서 한문학은 학문과 교육의 현장에서 줄곧 방치되었다.

한문학을 제척하는 의식이 작동한 때문인데, 이는 무엇을 뜻하는가? 여러 각도에서 설명할 수 있겠으나, 나는 냉전체제하에서 구미 편향으로 나간 한국근대의 정신적 반영으로 이 현상을 해석하고 있다. 북쪽으로 대륙과 차단된 현실 공간은 시간적으로 한문문화의 전통을 단절시켰던 것이다.

지금 한국문학 연구는 1930년대 그 초창기로 다시 돌아갈 필요가 있다. 1945년 이후 전개된 국문학이 30년대 조선문학 연구를 승계한다고 하면서 무엇을 도태시켰고 무엇을 왜곡했는지 똑똑히 따져야 할 것이다. 그렇다고 오늘 당면한 한국문학 연구의 애로와 위기가 저절로 풀리지는 않을 터이다. 20세기 국문학의 일국주의적·근대주의적 틀을 쇄신하지 않고서는 21세기 학문으로 부활하기 어렵다고 생각하는바 이 문제를 여기서는 미처 거론하지 못했다.

十家)와 같은 조선한문학 등"을 열거하고 있다(『건설기의 조선문학』).

21 조윤제 『국문학개설』, 동국문화사 1955, 36면.

제3장
임화의 문학사 인식논리

1. 문학사가로서의 임화

나는 오래전부터 임화(林和, 1908~53)에 대해 가진 의문점이 하나 있었다. 그의 『개설 신문학사』를 읽어보면 담긴 견해가 탁월할 뿐 아니라, 학적인 방법론과 체계가 자못 정연하다. 학문하는 사람이라면 누구나 절감하는 터지만, 근대 학문의 글쓰기는 결코 재주만 가지고 되지 않으며 상당기간 제대로 훈련을 받아야 가능하다. 그런데 임화의 학력을 보면 중등과정 5년이 전부이고 학문제도에 입문한 기간은 보이지 않는다. '가방끈'이 짧아도 한참 짧은 그가 어떻게 손색없는 학술적 글쓰기를 수행할 수 있었을까?

임화 전공자들을 만나면 이 문제를 화제로 떠올려보았으나 신통한 답이 나오질 않았다. 이 풀리지 않는 의문점의 해답은 다른 어디가 아니고 임화 그에게서 찾을 도리밖에 없지 않은가 한다. 그 자신 평론적 글쓰기로 벼린 두뇌와 솜씨가 학문적 글쓰기로 전용될 수 있었던 것이 주체적 조건이 되었을 것이요, 마침 1930년대 조선학이 발흥했던 사실이 객관적 조건이 되지 않았을까.

문학에 대한 역사적인 조사·연구가 바야흐로 착수되면서 조선문학/국문학이란 개념을 사고하게 되었다. 이 초창의 과정에 그가 처음부터 참여했던 것은 아니고 학적 성과가 차츰 제출되는 것을 보고 뛰어들었다. 그가 남긴 신문학사의 저작을 읽어보면 학습능력이 비상한 사람임을 짐작할 수 있다. 그토록 학습효과가 비상하게 발휘될 수 있었던 데서 보듯 필시 내면에서 학습의욕이 불탔을 것이다.

그 시절에는 요즘 흔히 연구와 비평을 겸업으로 하는 것과는 사정이 달랐다. 임화가 박사학위를 받아 교수가 되려고 열심히 신문학사를 썼겠는가. 당시는 조선학/국학의 첫 출발과 더불어 우리 문학에 대한 학적인 접근이 시도되는 단계였다. 당대 문학을 두고서는 누구도 학적 대상으로 돌아보지 않았다. 좌파문학의 현장이론가인 그가 문학사로 시선집중을 한 데는 무언가 각별한 동기와 의미가 있었을 것으로 보지 않을 수 없다. 그의 문학사 관련 작업은 1939~42년 사이에 이루어졌다.[1] 앞서 1935년에 「조선신문학사론 서설」이란 글을 발표하는데 첫장이 '문학사적 연구의 현실적 의의'다.

---

1 다음과 같은 글들이다. 「조선신문학사론 서설: 이인직으로부터 최서해까지」, 『조선중앙일보』 1935.10.9~11.13; 「개설 신문학사」, 『조선일보』 1939.9.2~10.31; 「신문학사」, 『조선일보』 1939.12.8~29; 「속(續)신문학사」, 『조선일보』 1940.2.2~5.10; 「개설 신문학사」, 『인문평론』 1940.11~1941.4(4회 연재); 신문학사의 방법」, 『동아일보』 1940.1.13~20(연재시 제목은 '조선문학연구의 과제: 문학사의 방법론'이었는데 그의 『문학의 논리』에 수록하면서 바꾼 것임); 「백조(白潮)의 문학사적 의의: 전형기의 문학」, 『춘추』 1942.11.

우리가 문학사적 사업에 요구하는 과학적 엄밀성은, 일층 가혹하고 또 고도의 것이다. 왜 그러냐 하면, 오늘날에 있어서 처해지는, 근소한 과학적 부정확성은, 명일에 볼 수 있는 우리의 문학적 창조에 있어 실로 금일에 앉아 상상키 어려운 심대한 결과를 초래할, 출발점이 되는 때문이다.[2]

현실에서 문제의식이 발단한 것이다. 자신이 취한 좌파이론가의 논법으로 지금의 창조적 현실에서 내일을 심각하게 걱정하고 있다. 문학사 작업의 '과학적 엄밀성'은 문학의 실천적 방향을 설정하는 데 중요한 일임을 더없이 강조한 논리다. 당대현실을 그는 어떻게 진단한 것일까?

현재 우리 조선의 프롤레타리아 문학이 어떠한 조건하에 있으며, 또 그외의 건전한 문학 전반이 미증유의 심각한 역사적 국면 위에 서 있다는 것은 다언을 요치 않을 것이다.[3]

1930년대 중반의 시점에서 프로문학이 어떤 조건에 놓여 있었으며,

---

2 임화 「조선신문학사론 서설」, 『임화문학예술전집』 전8권 중 2권 『문학사』, 소명출판 2009, 374면. 『임화문학예술전집』은 임화 탄생 100주년을 기념하여 발간한 책이다. 그중 제2권 『문학사』는 임규찬(林奎燦)이 책임편집을 담당했고, 제4권 『평론 1』은 신두원(辛斗遠)이 담당한 것이다. 이하 이 책들은 각기 『문학사』 『평론 1』로 줄인다. 본고에서 임화의 글은 『임화문학예술전집』을 인용 대본으로 하면서 원자료를 참고하기도 했다.

3 같은 글 375면.

그밖의 '건전한 문학'이라고 지칭한 것이 어떤 미증유의 심각한 국면에 있었던지 그는 "다언을 요치 않는다"고 했지만, 오늘의 우리에게는 설명을 필요로 하는 대목이다.

1920년대가 전지구적으로 희망과 진보의 시대였다면 30년대는 불안과 퇴행의 시대였다. 당시 태풍처럼 휩쓴 대공황으로 1차대전의 종결과 함께 약동했던 '해방의 신기운'이 종식되고 파시즘이 맹위를 떨치기 시작한 것이다. 일제의 식민지였던 한반도는 그 직격탄을 맞았다. 비록 식민지 억압 아래였지만 20년대에 사상문화운동이 제법 활발해 신간회운동으로 역량이 집결되는가 싶었으나, 이마저 실패하여 군국주의의 진군에 짓밟히고 일체의 진보적인 사상문화운동이 금지된다. 앞에서 "조선의 프롤레타리아 문학이 어떠한 조건하에 있으며"라 함은 카프(KAPF) 조직이 일제 관헌에 의해서 해체되고 프로문학이 더는 존립할 수 없게 된 사정을 뜻하는 것임이 물론이다.

프로문학이 일제의 물리적 탄압에 의해 퇴장하게 된 이 시기는 문학사에서 대개 '예술파의 득세'로 특징짓고 있거니와, 프로문학 진영 내부에서도 "잃은 것은 예술이요, 얻은 것은 이데올로기라"는 식의 투항주의적 발언이 나오기도 했다. 이뿐 아니라 예술이기를 포기한 속화·타락 현상이 만연했다. 임화는 그런 현상을 '근대문학의 위기'로 진단했던바 앞에서 "건전한 문학 전반이 미증유의 심각한 역사적 국면 위에서 있다" 함은 바로 이를 염두에 둔 표현이다. 그가 가장 심각하게 우려한 것은 이른바 '복고주의의 탁류'였다.

그는 1936년 초두에 「조선문학의 신정세와 현대적 제상(諸相)」이라는 주목되는 평론을 발표한다. 「조선신문학사론 서설」을 기고한 1935년의 문학적 현황을 비판적으로 분석한 내용이다. '복고주의의 탁류'라는 한장을 보자.

> 이병기, 최남선, 정인보, 한용운 씨 등의 동록(銅綠)이 슨 유령들은 더불어 새삼스러이 논할 것도 없지만, 그들 없이는 그 연대의 찬연한 신문학을 상상할 수도 없는 김동인, 이광수, 이은상, 윤백남, 김동환, 김억 등 제씨의 근황이야말로 문학을 사랑하는 사람의 가히 교훈받을 바이다.[4]

앞에서 정인보(鄭寅普)와 한용운(韓龍雲)까지 싸잡아서 옛날에 관심을 두었다고 "동록이 슨 유령"이라고 타기(唾棄)한 것은 무분별이었음을 지적하지 않을 수 없다. 다만 당시 그가 복고주의적 경사(傾斜)에 얼마나 민감했던지 십분 짐작게 하는바 우리 신문학의 건설자인 이광수·김동인(金東仁)·윤백남(尹白南)이 통속적인 역사물로 퇴행한 사실을 고발한 다음, 이렇게 질타한다.

> 이들〔이광수·김동인·윤백남〕은 모두 문학자, 예술가로부터 대도예인(大途藝人)=야담사로 타락하고, 김동환, 김억 씨 등은 시인으로부터 창가사(唱歌師)라는 비참한 지경에 이르러 이미 문학비평의 권외에 선 것이다.[5]

"대도예인=야담사로 타락"했다는 인물은 주로 김동인과 윤백남에

4 임화「조선문학의 신정세와 현대적 제상」,『평론 1』, 557면.
5 같은 곳.

해당하는데, 이들의 타기시된 행적도 침을 뱉을 일만은 아니라고 여겨진다.[6] 어쨌건 임화의 안목에 당시 팽배한 복고주의적 경향은 심각한 정도를 넘어서 침통하게 비친 것이다. "부르주아 문학의 복고주의는 근대로부터 중세에의, 문명으로부터 야번(野蕃, 비문명의 '야만')에의 후퇴"로 판단한 것이다.[7] 복고현상을 그는 "카프운동 조락(凋落) 후 대두한 공연(公然) 또는 은연(隱然)한 후퇴운동의 일 결실"로 간주했다.[8] 지금 논의 선상에 올려놓은 「조선신문학사론 서설」은 '이인직으로부터 최서해까지'라는 부제가 명시하듯 프로문학을 목적지로 잡고 있으나, 근대문학의 전반적 위기로 정세판단을 하고 변증법적 논리에 입각해서 근대문학 전체에 대한 역사적 고찰을 서두른 것이다. 그 결과가 신문학사 저술로 제출되었다.

임화의 신문학사는 이후 70년이 경과해 허다한 연구물이 퇴적된 현재 우리가 다시 읽어도 저자의 학문에 대한 열정이 느껴질 뿐 아니라 통찰력과 탁견이 곳곳에서 번득인다. 생명력과 현재성을 잃지 않은, 부정적인 측면까지 포함해서 문제적 저작이다. 나는 그 인식논리를 비판적으로 검토하려 한다. 우리의 근대문학에 대해 논하는 데서 나아가 '근대 다시 보기'가 되기를 희망하는 것이다.

---

6 1920년대 말부터 일어난 야담의 부활을 지칭하는 것이다. 야담운동은 김진구(金振九)가 시작했는데 윤백남이 『월간야담(月刊野談)』, 김동인이 『야담』이란 전문잡지를 발간했다. 야담가들이 대중을 상대로 직접 야담을 구연하기도 했던바 '대도예인'이란 이에 대한 비아냥거린 투의 표현이다. 관련하여 필자는 「야담의 근대적 변모」, 『한국한문학연구』 창립 20주년 특집호, 1996라는 논문을 발표한 바 있다.

7 임화, 앞의 글 554면.

8 임화 「복고현상의 재흥」, 『평론 1』 781면.

2. 신문학사의 인식논리와 문제점

우선 먼저 임화가 쓴 신문학이란 개념을 거론해야 할 것 같다. 신문학이란 근대문학의 동의어로서 구문학에 대칭되는 말이다. 그의 특허품은 아니다. 중국에서는 일찍부터 보편적으로 사용했으니 후 스·루쉰 같은 근대문학의 주역들이 직접 나서서 성과를 체계적으로 정리한 책이 『중국신문학대계(中國新文學大系)』(1935)였다. 우리 역시 최초의 문학사 저작인 안확(安廓)의 『조선문학사』에서부터 신문학이란 말이 등장하여[9] 대개 관행적으로 써왔는데, 이 개념으로 사고하고 사적(史的) 체계를 수립한 것은 임화다.

그는 "신문학이란 개념은 그러므로 일체의 구문학과 대립하는 새 시대의 문학을 형용하는 말일뿐더러 형식과 내용상에서 질적으로 다르고, 새로운 문학을 의미하는 하나의 개념이 될 수 있다"고 전제한 다음, "따라서 신문학사는 조선에 있어서의 서구적 문학의 이식으로부터 시작하는 것이다"라고 주장했다.[10] 임화의 문제적인 '이식사관'은 신문학 개념에 논리적으로 직결되어 있다.

동아시아 지역은 주지하는바 개항으로 근대세계에 진입했으며, 서구의 압도적 영향 아래에서 근대사회·근대문화가 형성된 것은 부인할 수 없는 사실이다. 그 이전의 일체를 구문학으로 돌리면서 신문학이란 개념이 성립하게 되었다. 임화는 이런 객관적 사실을 접수하면서 신문학

9 안확 『조선문학사』, 한일서점 1922, 125면.
10 임화 『개설 신문학사』, 『문학사』 15~16면.

개념을 구사한 것이다. 다만 임화적 특성이라면 거기에다 이식사관을 도입한 인식논리다.

임화적 이식사관을 전통단절론 내지 종속논리라고 마구 폄훼하는 것은 타당하지 않다. 신두원의 주장대로 '이식과 창조의 변증법'이라고 해석할 수 있다.[11] 그러나 '이식'으로 규정한 임화의 인식논리에 문제점이 없지 않다고 본다. 나는 이 점을 기왕에 지적했던 터이기에 재론하지 않겠으나,[12] 논의하는 과정에서 아무래도 언급이 나오게 될 것이다. 이제 임화가 세운 우리 문학사 전체의 구도로 들어가보자.

임화가 시선을 집중한 곳은 20세기로 들어와서 전개된 근대문학(신문학)이지만, 이 신문학사의 구도는 응당 우리 문학사 전체 속에서 잡아야 했다. 신문학의 전사(前史)가 되겠는데, 원래 우리 문학은 존재형태가 어떠했던가? 우리가 알다시피 종래의 문학이라면 외래적인 한문으로 쓴 한문문학과 자국어로 쓴 국문문학이 병존해왔다. 조선문학/국문학의 개념을 어떻게 규정지을 것이며, 신문학과 사적인 관계를 어떻게 설정할 것인가? 우리 문학에 대한 학적 접근이 시작되면서 제기된 일대 쟁점사안인데, 임화 역시 이 문제를 깊이 사고해 내린 결론이 있었다.

> 단적으로 말하면 조선문학 전사(全史)는 향가로부터 시조, 언문소설, 가사, 창곡에 이르는 조선어문학사를 중심으로 해 강수, 김대문,

---

11 신승엽 「이식과 창조의 변증법: 임화의 '이식문학론'」, 『창작과비평』 73, 1991년 가을호.

12 임형택 「민족문학의 전개와 그 사적 전개」, 『민족문학사강좌 1』, 창작과비평사 1995. 민족문학사연구소 『새 민족문학사강좌 1』, 창비 2009에 개고 수록.

> 최치원으로부터 강추금, 황매천, 김창강 등에 이르는 한문학사와 우리 신문학사를 첨가한 삼위일체일 것이다.[13]

우리 문학의 개념범위를 설정함에 당해서 한문학을 제외한 것이 국문학 연구사에서 1970년대에 이르도록 주류적 견해였다. 그런데 임화는 일찍이 한문학을 우리 문학으로 인정하는 쪽으로 사고해 우리 문학사의 체계를 세우고 있다. 물론 이렇게 가닥을 잡기까지 그 자신 여러모로 고심하고 궁리했을 텐데, "그렇지 않으면 조선반도에 사는 수천년간의 역사를 가진 한겨레의 문화로서의 문학의 역사는 기대할 수 없"음을 신중하게 고려한 때문이었다.[14] 그리하여 제시한 도표가 있다.

조선언문학사(朝鮮諺文學史)	신문학사(新文學史)
조선한문학사(朝鮮漢文學史)	

이 도식에 임화는 "신문학사는 신문학의 선행하는 두가지 표현형식을 가진 조선인의 문학생활의 역사의 종합이요 지양(止揚)이다"라는 해석을 붙이고 있다. 이상의 도식과 해설에 의거해서 말하면 신문학사는 선행의 언문문학사와 한문문학사의 통일이라는 것이 임화의 인식논리이다.

나는 임화의 이 문학사 인식논리가 당시는 물론 이후의 학계 상황에 비추어 특출한 고견이라고 자신있게 주장한다. 이렇게 평가하는 이유

13 임화, 『문학사』 20면.

14 같은 책 21면.

는 두가지인데, 하나는 우리 문학의 범위 설정에서 일대 난관이요 쟁점이었던 한문학의 처리 문제를 일거에 해소한 점이고, 다른 하나는 전체 문학사의 체계에서 근대 이전과 이후의 단층을 무난히 극복한 점이다.

그런데 여기에 적잖은 의혹이 일어나지 않을 수 없다. 그가 제기한 문학사의 체계는 자신이 제기한 이식사관과 논리적으로 모순을 일으키고 있다. "조선인의 문학생활의 역사의 종합이요 지양이" 다름 아닌 신문학사라고 규정했으니, 이식사관과는 배치되는 논법이다. 이를 어떻게 설명할 수 있을까? 나는 바로 이 점에 유의하고 싶다. '이식의 극복'이라는 창조적 변증법은 임화에게 있어 신문학사에서 실천된 현실이 아니다. 그것은 미래의 방향이었으며, 현실의 신문학사는 의연히 수입되고 이식된 역사다. 임화의 입장에서 돌아보면 '이식의 신문학사'를 냉철하게 인식하고 이를 극복할 창조적 변증법을 고민했다. 거기에는 불가피했던 시대적 한계와 함께 인식론상의 문제점이 있었다고 여겨지는 것이다.

임화가 실제로 지면을 대폭 할애해서 기술한 신문학사는 앞에서 언급했듯 1900년대이다. 이 단계를 그는 '과도기'로 설정하고 있다. "과도기란 항용 어느 하나의 시대가 몰락하고 다른 하나의 시대가 발흥하는 중간의 시기"라고 명확히 규정짓는다. 따라서 과도기는 "독립되고 완결한 일 시대이지 못하고 두 시대가 교체"하는 지점이다.[15] 임화는 과도기로 이 시기를 파악함에 당해서 이웃의 일본, 그리고 중국과 비교 검토를 수행했다면서, "평범한 과도기란 용어를 사용함은 (…) 객관적으로 이 시기를 보고자 하는 미의(微意)가 있었다"고 한다.[16]

15 같은 책 132면.

〔일본에 있어서〕 개화기라 함은 구시대를 몽매기라 해 그것이 문명개화됨에 중대한 역할을 연(演)한 서구 외래문화를 중히 평가한 데서 온 결과 같고, 〔중국에 있어서〕 문학혁명이라 함은 신문학에 주관적 입장을 설정해 구문학을 개혁했다는 의미에서 이 시기를 보아, 새 문학의 탄생과 구문학의 몰락에 있어 서구 외래문화의 큰 역할을 몰각(沒却)한 것 같아 취(取)치 아니했다.[17]

동시기를 일본의 경우 '개화기'로, 중국의 경우 '문학혁명기'로 표현하고 있는데, 자기의 견해로는 양자 모두 문제점이 있다는 것이다. 그의 지적에 나는 각각 다른 차원에서 덧붙일 말이 있다. 일본이 채용한 개화기에 대해 임화는 구시대를 몽매기로 자인하는 듯해 꺼려진다고 했다. 임화가 이렇듯 부적절하게 본 개화기라는 용어가 이 시기를 지칭하는 개념으로 오늘날까지 두루 통용되고 있으니, 솔직히 한심한 느낌마저 든다. 중국에 대해서는 임화에게 약간의 오해가 있는 것 같다. 문학혁명기는 중국문학사에서 5·4운동(1919) 전후를 지칭하며, 그 전 시기에는 적용하지 않고 있다. 어쨌건 임화는 '새 문학'의 탄생을 혁명적 변화의 측면에서 고려하지 않았다는 점을 확인할 수 있다.

내가 신문학사에서 쓰는 과도기라는 말은 육당의 신시(新詩)와 춘원의 새 소설이 나오기 이전 그리고 한문과 구시대(이조적인—원주)의

16 같은 책 134면.
17 같은 곳.

언문문학이 지배권을 상실한 중간의 시대를 지칭하는 좁은 의미에 한정된다.[18]

이처럼 임화는 신문학사의 본격적인 출발선을 최남선의 신시 「해에게서 소년에게」와 이광수의 '새 소설' 『무정』으로 잡는다. 교과서적 통설로 굳어진 그것이다. 그 이전에서 갑오경장까지가 과도기에 해당한다. 이 과도기를 임화는 단연 이인직(李人稙) 중심으로 파악하고 있다. "신소설 시대의 작가 중에서도 가장 현대문화에 가깝고 또한 현대문학의 생탄을 위해 직접의 산모가 된 이인직 같은 작가는 초기에 가졌던 절충성을 종합적·통일적인 방향으로 발전시켜온 것이다."[19] 그렇기에 "현대소설의 건설자인 이광수가 계보적으로 연결되는 사람은" 오직 이인직이라고 단정하게 된다.

그(이인직)는 그의 소설에서도 볼 수 있듯 사상적으로 개화주의자였고 정치적으로는 친일당(親日黨)이었다.[20]

임화가 이인직을 신소설의 최고봉으로 치켜든 논거는 소설의 형식과 사상 양면 모두였다. 그는 이인직 평가에서 '사상적 개화주의'가 당연히 높은 점수를 받도록 했거니와, '정치적으로 친일당'이었다는 사실은 감점요인으로 작용하지 않았다. 이인직이 "모사(謨士)로서 혹은 정치가로서 한일합병에 적지 않은 공로"가 있었다고[21] 그의 매국적 행각을 적

18 같은 책 133면.
19 같은 책 318면.
20 같은 책 183면.

시하면서도 별로 괘념하지 않은 것이다. 왜일까? 다른 어디가 아니고 과도기를 바라보는 그 자신의 시각에 왜곡현상이 일어난 결과가 아닐까. 임화는 당시 신교육이 발흥한 상황을 소개하면서 총독부 시학관(視學官)을 역임한 일본인의 기록을[22] 전재하고 있다.

> 차등(此等) 사립학교는 명(名)을 학교에 적(籍)했으나 조금도 그 실(實)이 무(無)하고 부질없이 청소년들을 모아 유희(遊戲), 조련(調練)을 일삼고, 정치와 교육을 혼동해 불량한 교재를 사용하고 불온한 사상을 주입해 써 학생 생도의 전도(前道)를 그르침이 파다해 (…)[23]

1900년대 당시 애국계몽운동의 일환으로 사립학교가 우후죽순처럼 출현했으며, 이 논자가 지적한 대로 부실한 학교도 있었던 것은 사실이다. 하지만 신랄한 어조로 비꼰 부분은 뒤집어 읽어야 할 내용이다. "청소년들을 모아 유희, 조련을 일삼"는 것은 체력과 기상을 향상시키려는 취지였고, "불량한 교재를 사용하고 불온한 사상을 주입"한다는 것은 신지식과 함께 애국적인 정신을 고취했음을 말한다. 임화는 식민지 교육관료의 글을 인용하고서 "사립학교 교육의 대강을 짐작할 수 있을 것이다"라고 액면 그대로 접수하는 태도였다. 당시 활발했던 애국계몽운동에 대해서는 간과하거나 아니면 착시를 범한 셈이다.

임화는 신구 문명이 혼효·착종해서 문명적 갈등을 일으킨 과도기적

---

21 같은 책 183면.

22 타까하시 하마끼찌(高橋濱吉)라는 인물인데 『朝鮮教育史考』(帝國地方行政學會 朝鮮本部 1930)를 저술했다. 임화는 이 책에서 인용한 것이다.

23 같은 책 65면.

상황의 리얼리티를 읽어내지 못하고 일본제국주의에의 병탄으로 귀결되고 만 사실만을 결과론적으로 인식한 것이다. 그리하여 친일 개화주의로 도색된 이인직의 신소설을 과도기의 중심에 놓고 신문학의 선구자로 치켜세웠다. 이 문제점은 따지고 보면 임화만의 것이 아니라 식민지시기에 주도적이고 일반화된 논조였다. 이는 실은 한국의 근대 상황이며, 지금껏 여기서 벗어났다고 보기도 어렵지 않은가 싶다.

다음에 3·1운동 이후 문학의 동향을 임화가 어떻게 인식했는지 보자. 이 지점은 우리 문학사에 있어서 신문학, 다시 말하면 한국적 근대문학의 양식이 수립된 단계이다. 우리의 3·1과 중국의 5·4는 시기적으로 합치하지만 양쪽이 제각기 문화운동으로 연계되었던 점에서도 역사적 상동성을 갖는다. 한국의 신문화운동은 (기본적으로 식민지 치하라는 현실적 제약이 있었으므로) 중국의 신문화운동처럼 혁명적 형태로 전개되진 못했으나, '문화열'이라 일컬을 정도로 대단히 활발했다. 임화는 역시 이 지점을 중요한 고비로 인식하면서도 당시 출현한 문학의 성격을 자연주의로 규정한다. 물론 평가절하한 것이니 요컨대 3·1운동 이후로 "민족 부르주아지가 그 역사적 진보성을 포기한" 데 기인한 것으로 임화는 판단하고 있다.

> 사실 이 시대에 있어 기미(己未, 1919년) 전의 고조되었던 정치열은 급작히 문화열 내지 산업열이란 것으로 변형되어 전후 양자의 차이는 실로 당목(瞠目)할 바 있었다. 이곳에는 단지 조선 사람의 문화적 성각(醒覺)이란 피상적 관찰을 불허하는 한개 본질적 내용의 것이 있다. 그것은 기미 대풍을 중심으로 민족부르 계급이 역사적 도정 가운데서 연(演)하는 바 역할과 차지한 위치의 근원적인 변화가 내재한

다. 다름 아니라 그것은 기미에 이르기까지 이 계급은 다소간이나 진보적이었고 전진운동의 일우(一隅)에 처해 있었음에 불구하고 대풍은 그들을 곧 이 반대자로 전화시킨 것이다.[24]

임화는 3·1운동 이후 일어난 '문화열'과 '산업열'을 '정치열'의 변질된 모습으로 단정해 여지없이 매도한다. 까닭은 민족부르주아지가 진보적 역할을 포기했다는 데 있다. 3·1의 큰바람이 그들을 "반대자로 전화"시켰다고 보니, 곧 반동이 되었다는 뜻이다. 논지가 목적론적이고 다분히 좌파적 편견으로 느껴진다.[25] 이처럼 그는 당시의 문화열풍을 환멸하면서도 상당한 점수를 준다.

결국 자연주의는 이인직, 이해조 등의 정론적·계몽적인 문학 이래 이광수에 이르기까지 근대적 발전이란 이상만을 추구해 질주하던 문학에게 비로소 현실을 보라!고 소리친 문학이요, 실제로 부정의 면을 확대 제시함으로 편벽되게나마 현실을 그려 보인 문학이다.[26]

3·1 이후의 단계를 자연주의로 인식한 것은 그의 지론이었다. 그가

---

24 임화 「조선신문학사론 서설」, 같은 책 398~99면.

25 3·1운동 이후로 조선의 시민계급은 타협주의로 흘러 반동화되었기 때문에 역사의 진로는 프롤레타리아의 주도로 넘어가게 되었다는 논법은 임화만의 개인적인 견해가 아니다. 일제하에서 좌파 일반이 취했던 관점이며, 지금 북한의 공식적인 입장이기도 하다. 이 문제는 우리 근대사의 인식구도에서 매우 중대한 쟁점사안인데, 필자는 당시 조선의 현실이나 세계사적 상황, 이후 역사의 전개과정에 비추어 결코 그렇게 재단할 수 없다고 생각해왔다.

26 임화 「백조의 문학사적 의의」, 같은 책 471면.

규정한 바 3·1 이후의 자연주의는 이인직으로부터 이광수를 거쳐서 발전한 신문학의 궤적이다. 그렇긴 한데 그가 붙인 자연주의라는 표지판은 한계가 분명함을 표출한 것이다. 앞서 인용한 「조선신문학사론 서설」이 '이인직으로부터 최서해까지'라고 부제를 붙였듯 프롤레타리아 문학이라는 목적지로 향해 가는 중간지점이며, 거기에는 결함을 내포한 문학이라는 부정적 의미가 전제되어 있다. 3·1 이후 신문학의 성과를 과연 자연주의로 폄하할 수 있을까? 실상이 자연주의적 성향을 띤 면모도 없지 않으며 감상과 퇴폐로 흐르기도 했다. 그러나 염상섭(廉想涉)·현진건(玄鎭健)의 우수한 소설작품을 싸잡아서 자연주의로 평가절하하기 어렵다는 점은 긴 설명을 요하지 않을 터다. 그럼에도 왜 임화는 무리하게 자연주의로 단정했을까?

> 소시민의 문학으로서의 자연주의는 대시민층과 향배(向背)를 달리하기에 이르렀다. '이것이 생활이냐?'(염상섭 소설 『만세전』—원주)라고 한 자연주의 문학의 대표적 작가 염상섭의 심히 히스테리컬한 부르짖음은 정히 이러한 기분의 표현이다.[27]

임화의 논리에서 자연주의는 시민문학의 변질된 성격이다. 그가 조선의 자연주의 문학의 대표적 작가로 손꼽은 염상섭의 대표작 『만세전』에서 임화는 소시민문학으로 전락하게 되는 뚜렷한 징표를 제시한다. "이것이 생활이냐?"라는 부르짖음은 극심한 스트레스의 표출임이 분명하다. 그렇다고 이 언표를 자연주의적으로 읽고 말 것인가? 그것은

27 같은 책 469면.

'묘지'로 상징되는 식민지 조선의 현실, 봉건적 유제로 얼룩진 조선인의 삶의 리얼리티의 절박한 부르짖음이 아니겠는가. 그럼에도 자연주의로 폄하한 까닭은 임화가 이 지점을 목적지로 가는 도정의 한낱 디딤돌로 본 때문이다. 지식인들이 흔히 범하기 쉬운 역사적 '조급증'으로 느껴지기도 한다.

앞의 애국계몽기에서 이인직에 대한 과대평가가 근대주의적 편향이었다면 뒤의 3·1 이후 신문학운동에서 『만세전』에 대한 과소평가는 진보주의적 편향이었던 셈이다. 이처럼 모순을 일으키면서 인식상의 오류와 왜곡을 범한 것은, 각각의 역사단계에서 역동적 실상의 의미를 그 자신이 제대로 읽어내지 못한 때문이었다고 보겠으나, 이 또한 궁극적으로 보면 서구중심주의에 매몰된 정신현상이다.

3. 임화의 '구문학'에 대한 관심

임화의 문학사 작업은 근대문학에 국한되어 있었다. 따라서 근대 이전의 문학에 대해서는 본격적으로 거론하지 않았지만, 의외로 관심의 폭도 넓고 경청할 발언도 없지 않다.

임화에게 있어 근대 이전의 문학은 신문학의 대척점으로서 구시대의 문학, 즉 구문학이다. 이식사관의 입장에서 부정의 대상일 뿐이었다. 반면 앞에서 주목했듯 그는 '언문문학'과 '한문문학'의 종합이자 지양으로 신문학이 위치한 문학사 체계를 그려냈다. 임화가 구도한 문학사 체계는 분명히 신구 문학이 통일되어 있는 형국이다. 그 자신의 인식논리 내부에서 모순을 일으키고 있는데, 구문학에서 어떤 존재의미를 발견했는지 살펴보자.

"우리에게 있어 전통은 새 문화의 순수한 수입과 건설을 저해하였으면 할지언정 그것을 배양하고 그것이 창조될 토양이 되지는 못했다."[28] 이처럼 구문학을 부정적으로 치부한 것은 그 자신이 취했던 관점에서는 당연한 귀결이다. 하지만 이 현상을 '행복'으로 여긴 것은 결코 아니었다.

> 이 불행은 어디서 왔느냐 하면 그것은 결코 우리 문화전통이나 유산이 저질의 것이기 때문이 아니니다. 단지 근대문화의 성립에 있어 그것으로 새 문화 형성에 도움이 되도록 개조하고 변혁해놓지 못했기 때문이다. 그것은 우리의 자주정신이 미약하고 철저히 못했기 때문이다.[29]

우리 근대에서 문화적 불행을 초래한 요인은 전통이나 유산에 원죄가 있어서가 아니요, 그것을 "개조하고 변혁해놓지 못했기 때문"이라 한다. 결국 그가 과도기로 설정한 20세기 전후의 시점에서 잘못된 것으로 간주했다. 이 대목에서 아주 흥미롭게 여겨지는 점이 있다. 임화는 구문학에서 역사적 가능성을 들여다본 것이다.

> 아무도 시조류(時調類), 고소설, 잡가 등속을 당당한 국민문학이라고 떠받칠 용기는 없을 것이며, 또 춘향전, 그 타(他) 대표적인 문학작

28 같은 책 57면.

29 같은 곳.

품도 엄밀한 의미에서 보면 근대 조선소설의 한개 단초에 지나지 않는다. 그곳에는 명확히 상업자본의 발달에 인(因)한 시민적 의미의 인생관이 표시되었는 것으로, 이것 등은 과학적으로는 조선문학사 서론에 기재될 것이다.[30]

이 글은 약간의 해설을 요한다. 논의의 초점이 된 '『춘향전』, 그밖의 대표적 문학작품'이란 판소리계 서민소설을 가리키며, '과학적 의미의 문학사'란 근대문학사, 임화적 개념으로 신문학사에 해당할 것이다. '국민문학' 역시 근대문학의 특성을 지칭할 텐데, 일반적인 시조·소설·잡가 등은 국민문학이라고 내세우기 도저히 곤란하다고 본다. 반면 『춘향전』 같은 작품은 조선의 근대문학사의 서두로 잡아도 좋다는 것이 그의 소견이다. 이렇게 평가하는 근거는 『춘향전』에 "명확히 상업자본의 발달에 인한 시민적 의미의 인생관이 표시"된 데 있다. 임화는 분명히 『춘향전』에서 근대성을 착안한 것이다. 이러한 『춘향전』 해석은 『조선소설사』로 국문학을 개척한 김태준의 견해에 닿아 있다.

임화의 글은 1936년 초에 발표한 「조선문학의 신정세와 현대적 제상」의 한 대목이다. 바로 전해에 김태준은 「춘향전의 현대적 해석」이란 논문을 발표했다. 사적 유물론을 적용해 우리 고전을 해석한 첫 사례로서 연구사적 의의를 갖는 논문이다. 김태준은 『춘향전』에 묘사된 생활실태를 분석해서 "의식기완(衣食器玩)이 호사를 다한 시민들의 손에 근대적 소유관계의 맹아를 보게 되는 것이요, 이러한 의식기완도 다소 종래보담 개량된 기계로 다소 상품적 전제하에 가공하는 수공업의 맹아

30 임화 『평론 1』 543~44면.

도 보게 되는 것이다"라고 천명했다.[31] 상품경제에 기반한 신흥세력의 등장을 말한 것이다. 그리하여 『춘향전』의 문학적 성격을 "종래의 봉건적 형식을 전수하야 집대성한 저수지를 이뤄서 다음 시대의 중계적 역할을 한 것"이라고 규정짓게 된다. '다음 시대'란 곧 근대이다. 즉 『춘향전』의 문학사적 위상을 근대 이전과 이후의 문학을 연결하는 가교로 보았다. 임화는 김태준의 『춘향전』 해석을 수용한 것이다.[32] 김태준과 임화는 1930년대에 문학사를 사고하면서 근대문학의 자생적인 싹을 발견한 셈이다. '자본주의 맹아'란 표현을 직접 쓰진 않았으나, 두 문학사가는 『춘향전』에서 근대로의 길, 근대문학의 가능성을 읽어냈다.

비서구사회가 자기발전의 논리에 의해서 역사적 '근대'로 진입할 수 있는가? 그 당시에는 실제로 사례가 없었고 이론적으로 불가능하다고들 생각했다. 우파건 좌파건 불가능하다고 보는 점에서는 마찬가지였다. 좌파 쪽이 오히려 이론적 장애가 심했던 것으로 보인다. 거기서 벗어난 것은 1960년대에 이른바 '자본주의 맹아론'이 제기되면서다. 1930년대에 선각적으로 자생적 근대를 감지한 것은 당시 발흥한 조선학에서 최고의 창조적 대목이 아닌가 싶다. 거기에는 조선학의 기원으로서 실학이 존재했다.

임화 역시 실학을 신문학의 태반으로 중시한다. 실학자를 "조선 신문화를 건설한 급진적 인텔리겐차의 선구", 실학의 실사구시를 "개화문명

---

31 김태준 「춘향전의 현대적 해석」, 『원본 춘향전』, 학예사 1939, 21면.

32 김태준의 「춘향전의 현대적 해석」은 『동아일보』에 1935년 1월 1일부터 10회에 걸쳐 연재된 것이다. 임화는 1939년 문학사를 집필, 연재하는 한편, 따로 문고를 기획·발간했는데(학예사의 조선문고) 그 제1부 제1책이 『춘향전』이었다. 임화가 『춘향전』을 얼마나 중시했는지 짐작게 한다. 이 책에 권두논문으로 김태준의 「춘향전의 현대적 해석」을 전재하고 있다.

사상과 실증정신의 모태"라고 높이 평가한 것이다.[33] 요컨대 그는 실학사상을 '새로운 시대의 정신적 준비'로 인식하고 있다.

> 실사구시의 정신은 단순히 청조 고증학의 모방이 아니라 성리(性理)에 대립해 사실을 신성시하는 만큼 당연히 과학정신, 과학적 진리탐색의 길에까지 미치는 것으로 지나와 내지(內地, 일본을 가리킴), 구미 등으로부터 유입하기 시작한 근대 서양과학에 대한 무한한 흥미와 호기심과 동경과 학득욕(學得欲)을 감추지 못하였다.[34]

여기서 실학의 실사구시 정신은 성리학에 대립되는 학문자세로 이해된다. 실사구시를 "과학적 진리탐색의 길"이라고 간주한 것은 과잉해석으로 여겨지는바 이는 "사실을 신성시"한다는 데서 도출된 논리이다. 실증주의라는 혐의가 없지 않다. 그리고 앞의 인용문에도 비치지만 실학이 서학으로부터 받은 영향을 과도하게 인정한 것은 더 큰 문제점이다.

임화가 주시한 실학자는 이 땅에 신문화를 건설한 인텔리겐찌아의 선구요, 실학의 학풍은 개화사상의 모태였다. 그런데 임화는 이 실학의 결정적 계기를 서학의 유입에서 찾은 것이다. "이것(서학)은 봉건조선에 최초로 그러면서도 가장 뿌리깊이 내리박힌 근대정신의 대철추(大鐵鎚)다."[35] 물론 그 특유의 과장적 수사지만, 그런 과장적 수사를 구사할 만큼 '근대'를 서양의 압도적 영향으로 사고하고 있었다. 그 결과 실학

33 임화 『평론 1』 32면.
34 임화 『문학사』 50~51면.
35 임화 『평론 1』 32면.

의 성립에 미쳐서도 서양의 영향을 과다하게 인정한다. 인식론적으로 서구중심주의라고 보지 않을 수 없다.

그런데 임화는 왜 자기의 인식논리 내면에서 스스로 모순을 일으키면서까지 이식사관을 철회하지 못했을까? 요컨대 20세기 전후 근대계몽기의 신구 문명이 혼효·착종하는 과정의 창조적 혼돈을 간파하지 못한 때문이다. 그리하여 그는 한국 근대문화의 전통단절이라는 '불행'을 일으킨 단초를 이 단계에서 잘못한 데 있다고 단정했다. 당시 애국계몽운동이 결과적으로 무위로 돌아가고, 식민화된 다음 일제하의 어두운 민족현실이 그의 시야를 제약하기도 했다. 그래서 나는 임화의 이식사관에는 그 자신의 인식론상의 문제점과 함께 시대적 한계가 있었다고 평했던 것이다.

4. 맺음말

이 글은 임화의 신문학사를 비판적으로 읽은 것이다. 그의 문학사 인식논리는 당시 학계의 눈높이에 비추어 대단히 탁월하면서도 적잖은 문제점을 내포하고 있다. 나 자신 한국문학사를 공부하면서 임화의 신문학사는 오랫동안 접할 수 없었다. 분단체제하에서 금기시된 때문이다. 만약 이 저술들을 연구자들이 자유롭게 읽고 논평할 수 있었다면 국문학의 인식수준 자체가 현저히 달라졌을 것으로 생각된다. 임화 신문학사를 어떻게 계승, 극복하느냐는 과제는 한국문학 연구자들에게 중요한 사안의 하나다.

끝으로 하고 싶은 말이 있다. 임화의 인식논리에서 문제점으로 거론한 면들은 대체로 오늘에 이르도록 해결되지 못했거나, 심지어 문제점이 증폭되기도 했다. 특히 두가지를 들어둔다. 하나는 근대주의의 자장에서 벗어나지 못한 점이다. 그 자신 자본주의를 부정하는 입장이었지만 결국 정신적으로 근대주의 내지 서구중심주의에 포획된 상태였다. 다른 하나는 진보적 입장의 문제점이다. 진보를 관념적으로 사고해 현실에서 실사구시를 못하고 조급증세를 드러낸 경향이 없지 않았다. 이제 임화가 문학사를 사고했던 시점에서 70여년이 지났다. 그럼에도 지금 이 두 문제점은 지식인들의 정신현상처럼 되어서 사고와 행동에 부단히 작용하고 있는 것 같다.

| 제5부 |

문학연구의 반성과 탐색

제1장
한국문학 연구의 동아시아적 시각과 세계적 지평

1. 논점의 방향

이번 학술대회의 주최측으로부터 받은 제목은 '국문학과 세계문학의 통합과 확산'이었는데, 발제자의 입장에서 논제를 구체화해 이와 같이 제목을 조정한 것입니다. 본 기획안을 보면 "새로운 세기에 국어국문학의 위상은 어떠해야 하는가"를 문제로 제기해, 국어국문학 안팎의 학문·학자 상호간의 통합과 확산을 모색하려는 취지를 가지고 있는 것으로 밝혀놓았습니다.

국어국문학회가 50년의 나이를 먹은 지금 스스로 쇄신을 모색하는 몸짓은 바람직한 일이겠습니다. 마침 당면한 21세기는 학문영역마저도 '상아탑'으로 놓아두질 않고 변화의 물결 속에 한데 휘몰아치는 상황임을 느끼지 않을 수 없게 된 것입니다. 오늘의 '세계화' 추세는 이미 우리가 일상으로 먹고사는 데까지 파고들어왔음을 체감하는 터요, 눈부신 정보기술의 발전에다 신의 조화를 무색케 만드는 생명공학의 '반역'은 어디까지 나갈지 실로 두렵기까지 합니다.

혹자는 지금 이 시대를 '근대' 이후로 보는 것 같습니다. 그러나 역사적 의미의 근대는 자본제사회라는 관점에서 말할 때, 아직은 근대를 넘어선 역사단계로 규정지을 수 없는 듯합니다. '세계화'는 자본주의의 전지구화를 향한 마지막 행보인데, 거기에 초강대국의 헤게모니를 전일적으로 땅끝까지 관철하려는 음모가 담겨 있다는 점도 부인할 수 없는 사실일 것입니다. 그런데, 지난 19세기 말 20세기 초의 한반도상에서 위정척사론(衛正斥邪論)이 취했던 것처럼 '세계화'를 막무가내로 거부하고 외면하는 방식은 (그때도 큰 의미를 갖지 못했지만) 이제 취하기 더욱 어려운 상황이 되었다고 봅니다. 그런 한편으로 자본주의는 거의 극에 다다라 거대자본의 횡포 및 제어능력을 상실한 발전 일변도의 부작용이 너무나 현저해져서 '이거 큰일이구나' 하는 위기의식으로 인한 공감대가 지난 백년 전에 견주어 지구적으로, 인류적으로 확산되었다고 판단됩니다. '세계화'의 추세를 전인류의 화합과 우주자연의 안녕(安寧)으로 활용하는 지혜를 희구하고 있는바 그것은 꼭 불가능하지만은 않다는 생각을 해봅니다.

한편에서 인문학의 위기를 우려하는 목소리가 들립니다. 신자유주의가 판치는 사회, 지식정보화 시대에 있어서 인문학의 설 자리는 자꾸 좁아드는 것이 또한 현실입니다. 물론 지금의 위기는 인문학의 바깥에서 일으킨 것이지만 인문학 자체에도 반성할 소지가 적지 않다고 봅니다. 근대학문의 체계 속에서 분절화·기능화된 인문학이 스스로 인문정신을 팽개치고 '얼치기 과학'으로 위장한 점을 먼저 지적해야 할 것입니다. 근대라는 환경에 순응하다보니 인문학의 본바탕을 상실하고 마침내 존재의의마저 스스로 잃어버린 꼴입니다. 문제는 지금의 위기 국면에 처해서 대응능력—인문정신을 되살리기 어렵게 되었다는 것입니다.

저의 개인적인 소견입니다만, 인문학의 의미를 회복하는 데 관건은 다른 어디가 아니고 인문학과 문학의 재결합에 있다고 봅니다. 우리가 잘 알고 있듯 인문학과 문학은 당초에 하나였습니다. 문학은 '상상적 글쓰기'라고 근대적으로 규정되면서 인문학으로부터 분리되었던바, 문학을 분가시킨 인문학은 결국 문학성의 탈각이 인문정신의 상실로 이어지지 않았던가 합니다.

지금의 상황은 인문학뿐 아니라 문학 또한 위기를 맞고 있다고 보겠습니다. 문학은 근대적 교환경제의 구조 속에서 문화상품의 일종으로 발전해왔습니다. 때문에 문학의 의미 또한 '예술로서의 문학'으로 규정되기에 이른 것입니다. 이때 '상품적 가치'와 '문학적 가치'는 모순을 일으키기 마련인데, 양자의 모순의 접점에서 묘하게 창조성이 발휘되곤 했음을 허다히 보아왔습니다. 아슬아슬하지만 그런대로 균형을 이룬 경우들입니다. 그런데 오늘의 신기술 발전으로 문학의 기반인 인쇄매체가 뒷전으로 밀리는 한편, 편향된 발전논리·경제논리에 의해서 '문학적 가치'는 살아남기 어렵게 되어갑니다. 상품적 가치로 편향해 종래의 아슬아슬했던 균형마저 깨어지는 지경입니다.

인류사회에서 '문학적 가치'란 왜 꼭 옹호되어야 하는 것이며, 인문정신은 굳이 애써 찾을 것이 무엇이냐? 확실히 이런 의문도 제기해봄직합니다. 사실 또 현대사회의 주도적 논리는 문학이나 인문학의 진정한 의미 따위는 염두에도 두고 있지 않지요. 저는 바로 이 점이 문제라고 지적한 바 있습니다. 인간 고유의 양심·양지(良知)를 되살리고 인간과 자연이 더불어 길이 생생(生生)을 누려갈 방도를 모색하자면, 우선 문학이 왜곡된 인간 본연의 정감을 불러일으키고 인문학이 반성적 사고를 일깨워야 한다고 여기는 때문입니다. 그런 뜻에서 반인문·반문학에 대항해 인문학과 문학의 재결합을 제의하는바 한국문학의 학적인 존재의의 또한 바로 이 대목에서 추구해야 할 것으로 판단하는 터입니다.

제가 이 글의 논제를 '한국문학 연구의 동아시아적 시각과 세계적 지평'이라고 붙인 것은 한국문학의 학(學)은 '세계화'에 대응해 '동아시아적 시각'으로 추스르고 새로운 '세계적 지평'을 열어가자는 그런 취지입니다.[1]

2. 학적 사고의 안과 밖

필자는 일제 식민지 시기의 끝자락에 태어났는데 앞세대 일반에 대해 가졌던 의문점이 하나 있었습니다. 저 세대는 일제의 교육제도하에서 일본어로 교육을 받았으면서도 왜 일본사 전공자는 찾아볼 수 없고, 일본문학을 즐겨 읽으면서도 학문적으로 접근하려 하지 않았을까? 실

1 필자는 평소 자신이 하는 학문에 대해 스스로 반성도 하고 어떻게 해야 할 것인가 고민해서 나름의 견해를 기왕에 누차 표명한 바 있다. 논문형식의 글로는 「국문학, 무엇을 어떻게 할 것인가」, 『창비 1987』, 1987(『실사구시의 한국학』에 재수록); 「분단 반세기의 남북의 문학연구 반성: 실사구시의 관점에서」, 『민족문학사연구』 1, 1991(『한국문학사의 논리와 체계』에 재수록); "The Meaning of East Asia and Confucian Culture: In Search an Independent Approach to East Asian Studies," *Sungkyun Journal of East Asian Studies* Vol.1 No.1, 2001, 이 책 3부 1장으로 수록)을 들 수 있으며, 좌담형식을 통해 발언한 경우로는 「한국문학연구와 동아시아문학」, 『민족문학사연구』 4, 1993과 「지구화시대의 한국학: 민족주의와 탈민족주의의 긴장」, 『창작과비평』 96, 1997년 여름호를 들 수 있다. 이 글은 이들에 표명된 견해 및 논리를 수렴하되 당면한 상황을 고려해 논의를 진전시켜보고자 한 것이다.

로 그 세대는 일본을 잘 안다고들 자부하면서 일본을 정작 학적으로 인식할 줄은 몰랐다고 보아야겠지요. 물론 일본에 대한 감정적 거부반응이 요인이 되었겠습니다. 뿐만 아니라 일제 식민지 통치가 조선인들을 그쪽으로는 유도하지 않았으며, 조선인들 또한 일본교육을 추종하면서도 배우는 목적지는 일본의 학술·문화가 아니고 서구의 학술·문화에 있었습니다. 이런 등의 사정으로 미루어 대략 이해가 되긴 합니다만, 나를 지배하는 타자에 대한 체계적 인식이 결여된 사실은 문제점이 아닐 수 없습니다. 이 자체를 우리는 식민성의 결과라고 반성해야 할 것입니다.

이 사실을 일본측의 식민지 조선에 대한 조사·연구에 견주어본다면 어떤가요? 각 분야에 걸쳐서 샅샅이 파고든 저들의 조선학의 실적은 지금에도 놀라운 바 있습니다. 조선을 확고히 지배하기 위한 식민지학으로서의 성격을 띤 것임이 물론이지만, 오히려 그렇기에 "지피지기(知彼知己)면 백번 싸워도 위태롭지 않다(百戰不殆)"고 한 『손자병법(孫子兵法)』 모공(謀攻)편의 격언을 떠올려볼 때 이모저모로 깊이 생각게 합니다.

근대 이전의 단계에서 중국인식은 어떠했을까요? 조선은 중국과는 실로 오랜 기간 관계를 맺고 문화적으로 가장 활발하게 교류해 그야말로 '소중화'라 일컬어질 정도였습니다. 옛날 지식인이라면 중국고전을 입이 닳도록 외우고 한문을 능수(能手)로 쓸 줄 알아야 했습니다. 하지만, 엄밀한 의미에서 중국에 관한 주체적 학문은 부재한 상태였다고 말해야 옳을 듯합니다. 달달 외운 중국의 역사, 중국에 관한 지식은 조선인의 입장에서 연구, 조사된 것이 아니었으니까요. 일본에 관한 학문의 부재 자체가 '식민성'의 한 현상이라고 간주할 수 있겠거니와, 근대 이전의 중국에 대한 태도 역시 중국중심주의에 매몰된 결과 아닐까요. 양자 모두 '노예성'입니다. 타자를 객관화해서 자기 눈으로 보지 못하는데 자기 자신인들 어떻게 객관적으로 살필 수 있었겠습니까? 『손자병법』을 다시 인용하면 "상대를 모르고(不知彼) 자기를 모르면(不知己) 싸울 적마다 필패한다(每戰必敗)"고 했으니, 무자각 상태에서 굴종이 있었을 뿐이라 하겠습니다.

이런 유형의 중국인식과 실학(實學)은 차별화해서 그 의미를 평가할 필요가 있다고 봅니다. 실학에서는 주체의 자각이 뚜렷해, 그 학문적 성과가 실학이란 이름을 얻게 된 것입니다. 유형원의 『반계수록(磻溪隨錄)』으로부터 정약용의 『목민심서(牧民心書)』, 그리고 최한기의 『인정(人政)』에 이르는 경세적인 저작들은 오늘의 개념으로는 사회과학에 해당합니다. 중국고전에 대해서도 본격적인 연구·분석이 시작되어 경학(經學)이란 학문을 실로 방대하게 축적합니다. 경학과 경세학은 주체의 확립과 주체의 실현이라는 안과 밖의 관계를 갖는 것이었습니다. 주체적인 자아인식과 객관적 세계인식은 표리의 관계를 갖습니다.

여기서 사례의 하나로 박지원의 『열하일기』를 들어보겠습니다. 『열하일기』는 요컨대 한 실학파 지식인의 중국기행문입니다. 이에 대해 높이 평가하고 많이들 거론해왔지만, 근대의 분화된 지식체계에는 유감스럽게도 그것을 전체로서 파악할 틀이 없었습니다. 학술과 문학을 통일적으로 인식하지 못해서 성격 자체를 애매하게 넘겼을 뿐 아니라, 문학으로 인식하는 경우에도 분류체계 어디에도 끼워넣기 마땅찮았던 것입니다. 말하자면 그것을 인지할 코드가 없어 장님이 코끼리 만지는 식이 된 셈입니다. 국문학은 「허생전(許生傳)」과 「호질(虎叱)」이란 제목으로 그 속에서 2편만을 자의적으로 분리, 특별취급했던 사실을 우리는 익히 알고 있습니다.

『열하일기』는 북학(北學)의 명저라는 것이 학계의 통설입니다. 저 역시 이 통설을 부인하진 않습니다. 중국은 동아시아세계의 전통적 중심부일 뿐 아니라, 서세동점이란 새로운 세계사의 조류를 인지하는 데도 당시 조선으로서는 거의 유일한 창구였습니다. 바야흐로 세계 대국(大局)이 어떻게 변하느냐? 거기에 조선은 어떻게 대응하고 참여할 것인가? 중국을 직접 답사한 박지원 시각의 초점은 바로 여기에 있었습니다. 「허생전」이 들어 있는 『열하일기』의 「옥갑야화」에서는 허생의 입을 빌려 우리나라의 지식인들 및 상인들을 중국의 선진지역으로 진출시킬 것을 제안합니다. 동아시아의 변혁을 위한 진보 세력의 국제적 연대를 구상한 듯 보입니다. 『열하일기』에서 북학의 논리는 '천하대세의 전망'이란 대주제에 딸린, 대국적·정치적 변혁의 물적 기반으로 제기했던 것으로도 해석할 수 있습니다. 그럼에도 왜 『열하일기』를 논할 때 대주제는 덮어둔 채 북학만을 대서특필했을까요? 이는 한국근대의 정신적 문제점을 고스란히 보여준 사례라고 하겠습니다. 저는 기왕에 『열하일기』를 분석하면서 이 점을 크게 거론한 바 있습니다.

> 그런데 왜 오늘날 우리들은 『열하일기』를 중시하면서 그것의 핵심 주제를 간과하였을까? 해답이 간단히 떨어질 물음은 아니겠으나 이 또한 우리의 특수한 현재적 상황의 반영으로 생각된다. 오늘날 미국과 긴밀한 관계를 맺어왔고 학계 및 일반의 관심과 유행이 온통 그쪽에 경도되어 있음에도 아직 『열하일기』에 비견되는 주제의식을 담은 '미국기행'이 한권도 나오지 않은 현재의 한국적 풍토와 무관하지 않을 것이다.[2]

북학이란 요컨대 중국의 선진기술을 도입하자는 의미를 담은 개념입니다. 지난 반세기 오직 서양 따라가기에 바빴던 근대화 논리가 『열하일기』를 북학의 측면으로만 치우쳐 과장하여 보도록 만든 것입니다. 한국근대의 특수한 사정이 안으로 주체적 자각을 애매하게 만든 나머지 밖으로 세계인식 또한 모호하게 만들었다고 보겠습니다. 자아와 세계는 인식론적으로 각각 떨어져 있는 것이 아닙니다. 『열하일기』의 경우 그 작가의 자아각성이 남달리 선명했기에 세계인식이 또한 가능해서 위대한 작품으로 쓰일 수 있었다는, 일종의 성공사례로 평가할 수 있겠습니다.

제가 지금 『열하일기』를 거론한 목적은 『열하일기』 자체에 있지 않습니다. 『열하일기』에서 작가정신의 최대 고심처요 해석의 관건어(關鍵語)인 세계인식에 대한 몰각, 이 엄연한 현상은 자아의 결여와 일맥상통합니다. 바로 한국 근대학문의 맹점을 여지없이 드러낸 대목입니다. 『열하일기』의 위대한 성취를 가능케 했던 안과 밖의 인식을 명색 근대지식인으로서 해득하지 못한 이 맹점을 일깨우고자 한 것입니다.

자아는 타자에 비추어야 보이는 법입니다. 한국문학은 세계문학의 조명을 받아야 한다는 논리가 성립합니다. 이 점에 있어서 우리가 연구하고 가르치는 '국문학'이란 개념부터 재고할 필요가 있겠습니다.

'국문학'이란 용어 자체가 벌써 자아의 객관화를 차단합니다. 제가 직접 눈으로 본 사실 하나를 들어보겠습니다. 벌써 40년이 지났습니다만 제가 대학에 처음 입학해 과 연구실에서 학과 소개를 받는데 이상한

---

2 임형택 「박지원의 주체의식과 세계인식: 『열하일기』 분석의 시각」, 『실사구시의 한국학』, 154면. 이 논문은 원래 대동문화연구원 제3회 국제학술회의논문집 『동아시아 삼국 고전문학의 특징과 교류』(1985)에 발표된 것이다.

것들이 눈에 들어왔습니다. 과 연구실 한쪽 벽의 서가가 일본문학 관련 서적들로 잔뜩 채워져 있는 것입니다. 먼지가 듬뿍 앉은 상태로. 그 방은 경성제국대학 시절의 국문학과(國文學科) 연구실이었답니다. 해방 후 서울대학으로 출발하면서 그 연구실을 배정받은 것입니다. 일제 식민지하에서 '국어국문학'은 일본어문학이었고 우리의 어문학은 '조선어문학'으로 불렸습니다. 민족주권을 회복하자 '국어국문학'이란 학문 주권을 회복한 셈입니다. 이는 일단 당연한 귀결이라고 보겠지만 여태껏 '국어' 혹은 '국문학'으로 통용되고 있는 것은 이모저모 반성할 점입니다.

따지고 보면 이들 용어는 일본어의 '코꾸고(國語)'와 '코꾸분가꾸(國文學)'를 차용한 것입니다. '코꾸(國)' 돌림자들은 일본이라는 근대국가가 안으로 국수적인 천황제 체제를 견지하고, 밖으로 침략적인 제국주의로 발전하는 과정에서 정착된 것이라 지적되고 있습니다.[3] '코꾸시(國史)'와 함께 '코꾸고'나 '코꾸분가꾸'에는 분명히 이데올로기가 묻어 있으며, 그 이데올로기는 우리만 아니라 동아시아, 그리고 범인류적 차원에까지 질곡으로 작용했던 터입니다. 일제 잔재의 청산에 무척 열을 올려왔지만, 정신적 얼룩들이 씻기지 않고 남아 있다고 하겠습니다.

지금 한국에서 국어니 국문학이니 하는 용어들은 국가제도상에서 중대한 위상을 차지하는 개념이며, 또 누구나 별다른 생각 없이 관행적으로 쓰고 있습니다. '국문학'은 분명히 민족주의와 상관관계가 있는 개념입니다. '국문학'을 그대로 통용하는 한국의 민족주의는 객관을 결여

3 이에 관해서는 Gomori Yoichi, "Nationalism in Modern Japan", *Sungkyun Journal of East Asian Studies* Vol.1, No.1, 2001에서 지적된 바 있으며, 한국문학의 반성적 문제제기는 최원식「한국문학의 안과 밖」,『민족문학사연구』17, 2000에서 이루어진 바 있다.

하고 있는바 그나마 일제의 잔재를 무비판적으로 수용한 것이라는 혐의를 떨쳐버릴 수 없습니다.

필자는 개인적으로 국문학은 한문학에 대칭적 의미로 한정해 쓰고 우리 문학 전체를 가리키는 경우는 '한국문학'으로 표현하고 있습니다. 지금의 '세계화' 시대에 대응하자면 '한국문학'을 정식용어로 채택하는 것이 불가피하다고 봅니다. 단순히 개념상에서 그칠 일이 아니요, '국문학'을 '한국문학'으로 이름을 바꾸는 데 따르는 학적 사고의 일대 전환이 요망되는 것입니다.

3. 한국문학의 동아시아적 시각

한국문학 연구가 일국적 시계를 넘어서 세계문학에 비추어보고, 인류 보편의 차원에서 의미를 갖도록 하는 과제는 방법론적으로 지난한 일입니다. 그야말로 천장지구(天長地久)의 시공간에 무수한 민족국가들의 고금의 문학을 도대체 무슨 수로 다 살피고 따져서 논한단 말입니까? 모쪼록 정직하게, 부디 서두르지 말고 아는 만큼 지식을 펼치되, 요는 사고의 틀(패러다임)을 어떻게 잡느냐가 긴요합니다.

한국문학의 연구자 입장에서 밖을 고려할 때 사고의 틀을 일단 두 단계로 나누어서 설정할 필요가 있다고 봅니다. 본고의 제목으로 내세운 '동아시아적 시각'과 '세계적 지평'이 그것입니다. 이 단원에서는 동아시아를 사고의 틀로 잡은 배경 및 그 현실적 중요성, 그리고 그것을 한국문학 연구에 적용하는 문제를 대략 검토해볼까 합니다.

동아시아라고 하면 통상적으로 한·중·일 삼국을 가리키게 됩니다.

문화적 개념으로 동아시아라면 응당 베트남까지 포함해야 할 것입니다. 이 동아시아는 서구주도의 근대로 진입하기 전에는 한자문명권(정신적 측면으로 보면 유교문명권)이라는 하나의 세계로 존속해왔습니다. 근대 이후로 동아시아 문명권은 급속히 해체되는 길을 걸었는데, 그 과정에서 상호간의 유사점·차이점은 비교의 시각을 제공하고 있습니다. 아울러 상호관계가 밀접하면서 갈등을 일으켰던 사실도 유의해야 할 문제점입니다

동아시아를 하나의 인식단위로 설정하는 것은 매우 타당한 듯 보입니다. 그러나 실제에 있어서는 그렇지 못했으며, 근래 와서 동아시아 담론이 자못 성행하고는 있지만 알맹이가 부족하고 다분히 겉도는 인상입니다. 동아시아를 지리적 의미에 그치지 않는 하나의 문명권으로서 실감하고 하나의 공동체라는 인식을 공유하게까지 되려면 아직 요원합니다. 지구상에서 역사적·문화적으로 동아시아와 대칭을 이룬 곳은 유럽입니다. 유럽공동체와 같은 수준의 우의와 연합을 동아시아에서는 생각조차 하기 어려운 상태인데, 그 원인은 어디 있을까요? 물론 동양과 서양은 역사적 배경이 워낙 다르고 현실적 조건이 판이해서 '(동)아시아 공동체'는 앞으로도 쉽게 출현하기 어려우리라고 봅니다. 그렇지만 동아시아라는 데 대해 적어도 상호 인식의 공유는 있어야 할 것입니다. 바로 이 인식의 공유를 가로막는 결정적 요인이 동아시아 내부에 있습니다.

중국은 역사적으로 동아시아세계의 중심부였거니와 현재적으로도 워낙 거대합니다. 중국인들은 과연 동아시아의 여러 국가들 가운데 하나로 상대적 위상의 중국을 인식하고 있는가? 저들의 머릿속에는 동아시아란 개념이 당초 입력되어 있지 않은 듯합니다. 중국에서 일반적으

로 통용되는 '중서(中西)'라는 표현에서 단적으로 드러나지요. 동아시아와 서유럽을 범칭하는 동서(東西)란 말을 중국인들은 거의 쓰지 않고 으레 '중서'라 하고 있습니다. 중국인 일반의 의식구조에 중국중심주의가 청산되었는지 의심을 자아내게 하는 대목입니다.

동양이란 말을 서양의 대척적인 개념으로 처음 등장시킨 것은 근대 일본입니다. 일본인의 경우 동양이란 개념은 중국중심주의에 대한 청산적·대체적(代替的) 의미를 내포하고 있는바 거기서 그치지 않고 대륙으로 영역을 확장하고자 하는 야욕을 키워갔습니다. 이른바 대동아공영권(大東亞共榮圈)의 논리로 귀착되기에 이른 것입니다. 허구적·침략적인 20세기의 대동아공영권 논리가 21세기에 다시 부활하긴 어려울 것으로 생각하지만, 그것은 연대·화해를 위한 동아시아의 개념에 상흔으로 남아 있습니다. 문제는 그 원인 제공자인 일본이 안으로 깊이 반성하려 하지 않고 밖으로 피해자들에게 솔직히 사과하지 않는다는 데 있습니다. 이는 과거의 일로 그치지 않고 현대일본의 우경화와 정신적·현실적으로 연계되어 있기 때문입니다. 일본 지식인들은 중국 지식인들과 달리 동아시아 담론에 관심을 두는 편이지만, 그 저의를 들여다보면 20세기 동아시아에서 자기들이 누렸던 우위를 견지하려는 뜻을 숨긴 것 아니냐는 의구심을 해소시키지 못하고 있습니다.

이렇듯 동아시아적 시각은 회의적으로 비치는 측면이 없지 않으며, 실효 또한 낙관하기 어렵습니다. 그렇다면 동아시아를 인식의 틀로 고려할 필요가 없는가? 역설 같지만 저는 그렇기 때문에 도리어 동아시아적 시각을 똑바로 일으켜세우고, 그 방향으로 진로를 힘차게 밀고 나갈 필요가 있다고 감히 주장합니다.

한반도가 지정학적으로 중요하다는 점은 너나없이 말하고 있습니다.

중국과 일본 사이에서 균형을 잡아주는 역할은 한반도에 있습니다. 지난 세기에 한반도상의 남북분단의 갈등은 한반도뿐 아니라 동아시아 민족국가들의 대립·반목을 초래했으며, 동아시아적 시각을 차단하는 주요인으로 역기능을 했습니다. 분단 갈등의 해결 또한 동아시아적 시각에 의해 풀어야 할 21세기의 우선과제입니다.

한국문학 연구에서 동아시아적 시각은 어떻게 학적 구체화를 성취할 것인가? 이 실천적 과제를 수행함에 당해서 따로 정해진 원칙이 있을 수 없겠으나, 워낙 복잡하고 만만찮은 과제이므로 거기에 요점과 요령은 있어야 할 것입니다. 이에 관한 저 자신의 견해를 들어두겠습니다.

1) 한자문명권 안에서의 보편성과 특수성의 양상

동아시아 국가들의 제반 양상은 근대 이전과 이후로 판연히 구별됩니다. 근대 이전의 시대에는 한자문명권에 속해 있었다는 사실이 무엇보다 중시되어야 할 점입니다. 보편적 문어(한문)를 사용하여 보편적 형식으로 글쓰기를 했기에 한자문명권이라고 부르는 것입니다. 근대 이전의 동아시아 국가들에는 보편적 문학이 확실히 존재했습니다. 중국의 고전문학, 한국·일본·베트남에서 두루 수용되어 발전했던 한문학이 그것입니다. '보편적 문학'과 함께 각기 자국의 고유한 문학형식이 따로 또 존재했습니다. 한국의 경우 시와 산문 같은 한문학에 대해서 시조·가사류의 국문학이 그것입니다. '보편적 문학'에 대해서는 응당 한자문명권의 보편성을 기본전제로 해야 할 것입니다. 비교문학의 관점은 이 점을 고려하지 않았던 것 같습니다. 기왕의 비교문학 연구에서 문제점의 하나로 지적할 사안입니다. 동아시아 각국의 보편성과 특수성의 관계양상은 흥미로운 비교의 시각을 열어줍니다. 그리고 보편성과 특수성의 관계는 여러 층위로 설정해볼 수 있습니다. 보편적 형식이 각국의 사회·문화적 조건, 작가 자신의 개성에 따라 수용, 창출된 양상 역시 보편성과 특수성의 관계로 분석할 필요가 있습니다. 예컨대 중국 당대(唐代)에 성립했던 전기소설(傳奇小說)은 동아시아의 보편적 문학형식으로 되어 한국·일본·베트남의 문학사에 각기 어떻게 수용되었으며, 어떤 창조적 변용이 일어났는가? 이 연구주제는 각국의 자국어 문학에까지 관련이 있는 사안입니다. 당대의 전기소설에서 처음 선보인 재자가인(才子佳人)적 인간형은 한국의 『금오신화(金鰲新話)』 등 한문소설, 그리고 『구운몽』 등 국문소설에 두루 등장하고 있으며, 그 잔영은 이광수의 『무정』에까지 지워지지 않고 있습니다. 저는 이런 등의 사실에 주목해 동아시아 서사학을 과제로 제기해본 바도 있습니다.[4]

2) 근대 이후 문학의 전개과정 비교

동아시아는 근대적 전환을 거치면서 한자문명권의 전통이 급속히 해체되고 서구의 문물·제도가 전면적으로 수용되었습니다. 동아시아세계의 전통적 관계는 분해되었는데, 그럼에도 오히려 근대적으로 변화된 환경에서 상호간의 인적·물적 교류와 함께 문학적 교류도 자못 활발했던 사실을 간과해서는 안 될 것입니다. 이런 과정에서 각국의 독자적인 근대문학이 탄생한 것입니다. 이 근대문학의 단계로 와서는 상호관계의 양상이 크게 달라졌으므로 그에 대한 시각도 응당 조정해야 할 것입니다. 동아시아 각국의 근대문학은 자국어에 기초해 각이한 얼굴을

4 임형택 「동아시아 서사학 시론: 『구운몽』과 『홍루몽』을 중심으로」, 『대동문화연구』 40, 2002. 이 논문은 영문으로 "On the East Asian Narrative: the Case of *Hongloumeng and Guunmong*", *Sungkyun Journal of East Asian Studies* Vol.2, No.1에도 발표된 바 있다.

하고 있지만 단계적 공통성이 있어, 상호간의 유사점·차이점은 비교의 대상으로서 서로를 비추어 보는 거울이기도 합니다. 특히 동아시아적·한문학적 전통의 해체과정을 주목해야 할 것이요, 이어서 서구의 사상·문학에 접목해 각기 '신문학'을 창출, 발전시킨 과정을 주목해서 살펴야 할 것입니다. 예컨대 '계몽주의 시기'를 동아시아 삼국에 공통적으로 설정하고 계몽문학의 서로 같고 다른 성격을 규명해볼 수 있겠습니다. 그리고 시대를 내려와서 사회주의적 계급문학이나 자유주의적 모더니즘이 한·중·일 삼국에 나란히 수용된 양상 또한 비교의 시각이 유효할 것입니다. 조선의 카프가 일본 나프(NAPF)의 영향하에 성립한 것은 주지하는 사실입니다. 물론 근원적으로 쏘비에뜨의 코민테른의 세계전략 및 사회주의 문예학이 제기한 과제이므로 세계사적 고려가 먼저 있어야 할 테지만 식민모국의 계급문학과 피식민지의 계급문학의 서로 다른 추이는 자못 흥미롭기도 하며, 이후 양국 문학의 상이한 전개과정을 설명하는 데도 요긴할 것입니다. 또 그리고 중국으로도 눈을 돌려서 계급문학이 수용되는 단계에서 빚어진 이런저런 갈등을 살펴서 상호 대비해볼 수 있겠습니다.

방금 제기한 비교의 시각은 종래의 비교문학적 관점과는 같은 것이 아닙니다. 영향 수수(授受)의 관련 양상을 고려하되 영향을 준 자와 받은 자 사이에 전제되기 마련인 문화적 우열의식을 경계하고 배제하는 입장입니다. 그리고 비교문학의 방법론이 흔히 빠지기 쉬운 박식 자랑에 그치는 식을 경계하지요. 비교의 시각은 겉으로 드러내기보다는 내화되는 편이 바람직합니다. 동아시아의 여러 나라 문학에 대해서는 지구상의 다른 지역과 달리 통일적으로 인식하는 도리를 모색할 필요가 있다고 봅니다.

과연 통일적 의미를 갖는 '동아시아문학'이란 존재 가능한 것인가? 앞서 근대 이전의 시대에는 동아시아의 보편적 문학이 존재했다고 말했습니다. 그것은 옛날 옛적의 모습이니 이미 흘러간 물입니다. 20세기 동아시아 국가들의 근대문학, 각국의 국민문학이 독자성을 가지면서 하나로 묶일 어떤 동질성 내지 보편성을 확보했는가를 묻는다면 아무래도 부정적인 답밖에 나올 것이 없습니다. 이는 동아시아의 근대 상황을 여실히 반영한 현상으로 생각됩니다. 지금 역설하는 동아시아적 시각은 장차 하나의 동아시아문학을 수립하기 위한 창조적 모색이라고도 할 수 있겠습니다.

4. 한국문학의 세계적 지평

한국문학 연구에서 '세계적 지평'은 학문 주체의 지향점입니다. 그것은 21세기에 당면해서는 '세계화'에 대응하는 우리의 학문전략이기도 한데, 앞서 위대한 학문을 성취한 실학자들의 기본 자세와 통한다는 점을 잠깐 짚어보고 싶습니다. "우주간(宇宙間)의 일이 곧 나의 일이요, 나 자신의 일이 곧 우주간의 일"임을 주희(朱熹)의 이학(理學)에 맞서 심학(心學)을 제창한 학자 육구연(陸九淵)은 일찍이 갈파했습니다. 정약용은 이 말을 원용한 다음 "우리의 인간된 본분은 스스로 범상한 것이 아니다"라고 공부하는 자들을 인간 본연의 자세로서 일깨운 바 있습니다. 박지원 또한 천하문명(天下文明)을 인류 보편의 과제로 인식하고 이 과제는 오직 독서하는 사(士)의 주체적 참여에 의해 성취될 것으로 천명했습니다. '나'를 세계의 주체로 세우는 일은 독서(학문)에서 출발한다

고 확신한 것입니다.[5]

실학자들이 일깨운 주체의식은 근대학문에서 어디로 가버렸는가? 필자는 학창시절에 어떤 노학자로부터 들은 "요즘 것들은 좀팽이가 되었다"는 말이 뇌리에 지워지지 않고 남아 있습니다. 이는 이 땅의 근대인들의 왜소성에 대한 탄식인 것입니다. 물론 실학자들의 주체의식을 근대 주체와 동일시할 수 있느냐는 반론이 가능합니다. 하지만 우리로서는 엄숙히 반성해야 할바, 그것이 근대 주체냐 아니냐를 따지기에 앞서 명색 근대학문을 한다면서 주체의식이 흐리멍덩해진 나머지 민족유산으로 자기 앞에 있는 실학의 주체성이 갖는 의미를 새겨들을 마음이 없었다는 데 있습니다. 다름 아닌 정신의 식민성, 학문의 종속성에서 탈피하지 못한 때문입니다.

동아시아적 시각과 세계적 지평은 별개의 사안이 아닐 것입니다. 이 글에서는 다만 논리적 순차로서 나누어 설명하고 있을 뿐입니다. 그렇지만 동아시아의 경계를 호도하거나 간과해서는 안 된다고 봅니다. 동아시아는 서구주도의 근대세계에서는 주변부에 속했습니다. 서구적 가치가 인류 보편의 가치로 통용되고 우리가 수행하는 학문 자체도 서구중심적 지식구조에서 유래한 것임을 부정하기 어렵습니다. 동아시아적 가치는 전지구적 의미로 격상시키기 결코 쉽지 않을 뿐 아니라 동아시아 내부에서도 확실치 못한 상태입니다. 정히 동아시아적 시각의 한국문학 연구가 세계적 지평에 발돋움이나 해볼 수 있을까 겸허하게 생각하면서 본 사안을 추구할 필요가 있다고 봅니다. 왜냐하면 '나'의 주체

5 임형택 「국문학, 무엇을 어떻게 할 것인가」, 『실사구시의 한국학』 445면; 「한국문화에 대한 역사적 인식논리: 동아시아 전통과 근대세계와의 관련에서」, 같은 책 62면.

적 학문은 서구중심주의와의 싸움이 불가피한데, 그 싸움이 결코 만만치 않은 일이기 때문입니다.

서구중심주의의 극복이란 과제를 논하기에 앞서 서구 근대문명이 갖는 인류사적 의미를 생각해봅시다. 서구에 의한 근대 주도는 자본주의 문명의 세계지배를 뜻합니다. 그것은 지난 역사이면서 아직 현실입니다. 서구극복(근대극복)은 자본주의의 극복에 다름 아닙니다. 20세기에 자본주의의 안티로서 사회주의가 출현했으며, 제3세계론이 등장하기도 했습니다. 그런데 우리가 지난 세기말에 경험했듯 쏘비에뜨 체제의 사회주의 실험은 실패했고, 제3세계론 또한 일시 유행하다가 시들해지고 말았습니다. 자본주의적 세계체제는 지금 전지구를 석권하고 있으니, 이 대세에 무작정 등을 돌리고 거부하기는 어려운 실정입니다. 그리고 근대서구가 산출한 학문과 문학은 전지구적 역사운동을 주도한 만큼 선진적인 면이 있고 인류적 가치를 풍부하게 내장하고 있다는 점 또한 무시할 수 없습니다. 서구극복의 지혜로운 방안은 서구의 학문과 문학에 눈을 감는다고 능사가 아닐 터이므로 그것을 받아들여 소화해서 극복의 역량으로 삼자는 논리가 설득력을 얻고 있습니다. 분별지(分別智)와 함께 호랑이를 잡기 위해 호랑이 굴속에 들어가는 적극성이 동시에 요망된다 하겠습니다.

한국문학을 연구하는 입장에서 서구의 문학이론과 미학적 기준을 어떻게 대하느냐는 문제를 거론해보렵니다. 여기에는 두 상반된 태도, 즉 인식의 기준을 서구 이론에 두는 추수주의적 경향과 배타적으로 안에서 찾는 회고적·국수적 경향이 있어왔습니다. 양자 모두 바람직하지 않다는 점을 필자는 누차 지적했던 터이지만, 후자 역시 서구중심주의의 역반응으로 기실 서구중심주의의 덫에 걸린 현상임을 주의해야겠습니다. 그렇다면 어떻게 해야 할까요? 하나는 서구의 학문과 문학을 우리와 이웃들의 삶의 요구와 문학의 실상에 맞추어 비판적으로 해석하는 문제요, 다른 하나는 서구적 잣대를 상대화해서 활용하는 일입니다. 서구적 가치를 상대화할 때 동아시아적 시각과 조응할 수 있을 뿐 아니라 지구상의 다른 여러 지역의 다양한 문화들을 이해하고 화합하는 여유도 생길 것입니다.

과연 우리가 힘쓰는 한국문학의 연구와 해석이 세계적 지평으로 올라갈 수 있을까? 결코 만만한 과제가 아닙니다. 한국문학 연구의 목적은 세계문학의 보편적 이론 수립에 있다는 입장이 있습니다. 지당한 견해로 생각되고, 만약 그렇게만 되면 한국문학 연구는 세계적 지평에 도달하고도 남을 것입니다. 그런데 그 목적지가 고도의 추상적 차원이어서 성과나 실현가능성이 다 함께 의문시됩니다. 그럼에도 서두르다보면 '바늘허리 매어 못 쓴다'는 식으로 망용자대(妄庸自大)가 되지 않을까 우려됩니다.

여기서 필자가 평소 염두에 두는 요점을 간략히 진술해두겠습니다. 우리는 한국문학을 공부하고 논의함에 있어서 특히 인류 보편의 의미와 정서, 인간의 자유와 평등을 향한 역사를 염두에 두고 세계적으로 소통 가능한 담론을 만들어내기에 힘써야 한다는 것입니다. 이 역시 추상적이고 고도가 너무 높아 보일 듯합니다. 하지만 내가 하는 일에 있어 인류 보편을 생각하는 자세는 이미 옛 성인들이 그러했고 참학문, 참지식에 뜻을 둔 사람이라면 누구나 이 점을 소홀히 하지 않았습니다.

사례의 하나로 한시를 거론합니다. 한국의 한시는 자연시(自然詩)의 비중이 큰 편입니다. 종래 흔히 음풍농월이라 해서 유한적·퇴영적이라고 지목한 그 부분입니다. 이 역시 근대적 편견의 하나입니다. 자연시는 오늘의 생태위기에서 문명론적으로 새롭게 조명할 소지가 광활해 보입니다. 그것은 동아시아 전통문화에서 보편적인 서정양식으로, 오랜 기간에 걸쳐 풍부하게 창출된 한국의 산수자연의 시세계는 동아시아의 보편적인 형식과 미학에 기반하면서 자못 특이하고도 다채로운 풍격을 구현하고 있습니다. 어떤 면에서 진정한 자연시는 조선조의 문인들에게서 나올 수 있었다는 생각이 듭니다. 명청 시기 중국의 문인들은 생활이 대개 성시(城市)에서 이루어졌으므로 그네들이 즐겨 읊은 자연은 가공적인 자연 아니면 허위의 자연이기 쉬웠습니다. 반면 생활현장이 산수자연과 혼연일체를 이루었던 조선의 문인들은 자기들 나름의 취(趣)를 살려서 자연시를 창작한 것입니다. 자연과의 화합을 실생활에서 체인(體認)한 그 서정적 언어를 놓고 동아시아적 보편성에서 한국적 특수성의 미학적 현현을 분석할 수 있고, 아울러 현대인이 잃어버린 자연성을 회복하는 어떤 촉매제를 거기서 혹 찾아낼 수 있지 않을까 하는 것입니다.

다음으로 우리의 귀에 친숙한 『춘향전』을 들겠습니다. 주인공 춘향의 형상을 봉건적인 도덕관념의 화신으로 간주하는가 하면 하층의 신분상승 욕구를 대변한다는 식으로 규정하기도 했고, 심지어는 '저항 없는 춘향'이라고 얕잡는 부정적 관점도 있었습니다. 이 모두 요컨대 인간해방의 도정이라는 사회현실적·인간 보편적인 문맥에서 『춘향전』을 읽지 못한 때문에 빚어진 곡해입니다. 권력의 횡포에 맞서 "충신 열녀 상하 있소?"라고 외치며 끝내 자아를 지킨 저 춘향의 형상은 조선조 내부에서 자생한 인권의식의 투영입니다. 이 주인공은 자주·평등의 의미를 부여해서 해석할 수 있는 인물입니다.

5. 두가지 제언

이 글은 우리 학계에 두가지 제의를 하는 것으로 결론을 대신하렵니다.

하나는 이미 거론한 바 한국어·한국문학 등을 일반 용어로 확정짓는 문제입니다. 저 자신도 국어국문학이라는 말이 입에 익고 향수를 느끼기도 하지만, 아무래도 학술용어의 객관성은 소홀히 넘길 수 없다고 봅니다. 한국문학이라 할 때 분단상황에서 북조선문학을 무시하는 듯해 마음에 걸리는데, 남한의 처지에서는 불가피하지 않은가 합니다. 보다 중요한 현안은 남한문학과 북조선문학이라는 분단을 어떻게 극복, 통합을 이루느냐에 있습니다. 이 글에서는 계제가 닿지 않아서 이 현안을 제대로 거론하지 못했는데, 따지고 보면 지난 20세기 후반기 동아시아적 시각을 차단했던 직접적 계기는 한반도상의 분단에 있었습니다. 동아시아적 시각의 정치적인 우선 목표는 동아시아의 대립구도를 화해구도로 전환시키는 데 있으니, 시각을 똑바로 관철하면 한반도상의 분단을 해소하고 통일로 가는 방향이 보일 것입니다.

다른 하나는 한국문학 연구자들이 동아시아적 시각을 확보하고 세계적 지평을 획득할 수 있도록 대학제도를 마련해놓아야 한다는 것입니다. 최근 추진되는 대학개혁은 문제점이 많고 특히 순수학문의 입지가 위축되고 있는 점은 우려할 사태입니다. 그렇지만 기존의 분과학문으로 나누어진 대학제도가 그대로 존속하기 어려운 현실도 일단 인정해야 할 것입니다. 차제에 한국문학을 동아시아 어문학 및 사상·문화와 함께 공부하고 나아가 세계로 학습과 인식의 폭을 넓혀주는 교육제도를 차세대에 제공하는 방법을 적극적으로 강구할 필요가 있습니다. 동아시아학부로 개편하는 것이 바람직한 방안의 하나입니다. 한편으로는 학문간의 장벽을 트면서 학문과 실용이 함께 가는 길을 모색할 필요가 있습니다. 우리의 연구대상이 과거에 있으므로 회고의 늪에 빠져들기 쉽고, 문학과 학문의 근대적 개념이 순수주의로 흘러 현실·실용과의 소통이 이루어지지 못한 폐단이 없지 않았습니다. 이제 그야말로 개방적이고 창조적인 한국문화학부를 기획해볼 수도 있을 것입니다.

제2장

21세기 현실에서 한국문학 연구의 방향 재론

1. 시작하는 말

한국문학 연구의 방향을 어떻게 잡을 것이냐는 물음은 오늘의 현실에서 우리가 전공하는 학문을 발본적으로 성찰·모색하기 위해 제기하는 것이다.

무릇 자신이 하는 일을 근본적으로 따져보는 것은 지극히 인간다운 도리라고 말할 수 있겠으나, 또한 세기 전환점을 통과한 이후로 급변하는 지금의 세계 상황에 대응하는 의미를 갖고 있다. 눈앞에 모든 것이 달라지는 판에 우리도 변신하지 않고는 살아남을 수 없다는 일종의 생존전략이다. 이번 학술모임의 주최측이 제시한 문건에서도 "사회 변화는 학문연구의 방향에 영향을 줄 만한 제반 요인을 포함한 개념"이라고 지적한 다음, "각종 매체환경의 변화와 다문화사회로의 진입, 교육환경의 변화 등"을 예시하고 있는 것이다.

그러나 필자는 이 주제에 당면해서 개인적으로 곤혹스런 점이 있다. 본 주제와 관련된 논의를 기왕에 여러 차례 구두와 지면으로 펼친 상태이기 때문이다. 20세기에서 21세기로의 전환은 새 천년의 시작이기도 해서 학계에서도 관련된 기획이 잦아 그런 요청에 부응했던 터이지만, 이 문제에 내 나름으로 관심이 각별하기도 했다. 어쨌건 이 사안에 대해 내 머리에서 짜낼 수 있는 것은 거의 다 짜낸 상태이기 때문에 지금 새로 나올 수 있는 생각이란 별로 없다는 것이 솔직한 고백이다.

그런데, 지금 돌아보건대 일껏 발표했던 견해와 주장 들이 과연 얼마나 반향을 일으켰고 실효를 거두었느냐고 묻는다면 아마도 '별무영향'이라고 자평해야 맞을 것 같다. 물론 나의 논리가 설득력이 부족했던 탓도 있겠으나, 아무리 공개적 형식으로 중요한 발언이 나오더라도 메아리 없이 공중으로 사라지는 것이 근래 한국 학계의 생리인 듯싶다. 그렇다고 해서 체념하고 그만둘 수야 없지 않겠는가.

이 글에서 나는 기왕에 자신이 표명한 견해와 주장 들을 두가지로 가닥을 잡아 진술하면서 약간의 언설을 첨부하고자 한다. 오늘의 한국은 선진사회로 가는 기로에 서 있다고 대개들 생각하는데, 선진문화의 수립 또한 아울러 강구하지 않으면 안 되는 주제이다. 선진사회, 선진문화란 어떤 내용과 형식을 갖춘 것이어야 하는가? 이 물음과 연관해서 인문학을 중심으로 문학 연구자가 기여해야 할 몫이 적지 않다는 생각이다. 연구주체의 문제는 지금 상황에서 다시 사고할 필요가 있다고 본다. 한편으로 한국문학(학)의 생존전략에는 소통의 문제가 매우 긴요한 과제라고 여긴다.

2. 일국주의 극복 및 근대극복의 과제

필자가 전에 했던 발언들은 대략 세 층위에서 이루어진 것이었다. 한국문학(학)의 차원에서 펼친 논의를 중심으로 경우에 따라 학문론 일반으로 폭을 넓히기도 했으며, 주 전공인 한문학으로 폭을 좁히기도 했다. 물론 이 세 층위는 상호 연계되어 있다. 다음에서 각기 논점과 주장을 일국주의의 극복과 근대극복이란 두 주제로 약술하면서 학계의 관련 현황을 덧붙여둘까 한다.

1) 일국주의 극복의 과제: 동아시아적 시각과 세계적 지평

한국문학이란 기실 국민국가를 인식단위로 설정한 개념이다. 이 국민국가는 근대사회에서 도입된 제도이므로 한국문학 또한 근대적인 것이다. 우리 조상들은 예로부터 이 땅에 살면서 노래를 부르고 이야기도 하고 글을 썼던 터이므로, 문학 자체는 아득히 상고로부터 존재해왔음이 물론이다. 다만 거기에 대해 국가를 인식의 단위로 설정, 자국의 정체성을 부여한 것은 근대로 진입하는 과정에서 이루어진 일이었다. 이는 세계 보편적인 현상인데, 한국의 경우 지난 20세기 전반기에 창작적 실천과 함께 학적 연구를 시작해서 개념이 확립된 것으로 볼 수 있다.

그 과정을 간략히 정리하자면, 1900년 초의 근대 계몽기에 맹아적인 형태로 출현한 1920년대 신문학운동을 통해 창작적 의미의 한국문학이 성립했으며, 학문적 의미의 한국문학은 조금 늦어 1930년대의 조선학운동을 통해 성립, 1945년 이후 '국가 만들기'의 일환으로 대학들이 설립되면서 근대학문의 체계 속에 자리를 잡게 되었다. 우리가 익히 알다시피 1930년대 일제 식민치하에서는 '조선문학'이란 개념으로 일컬어졌고, 다음 1945년 이후 오늘까지 '국문학'이란 개념으로 통용되고 있다.

이 대목에서 우리가 유의해야 할 사실이 있다. 앞서 지적했듯 문학 현상에 대한 국가단위의 개념은 근대라는 시대가 요청한 것이었다. 역사적 근대에서 '국민(민족)국가의 수립'이 정치적 과제였다면 '민족문학의 수립'은 문학적 과제였다고 말할 수 있다. 그런데 우리의 경우 국민국가 수립에 실패하고 식민지 상태를 경과해야 했으며, 식민지로부터 해방된 이후에 남북분단이 되고 그 분단이 고착화되어 오늘에 이르렀다. 식민지 상태에서는 국민국가가 부재했고 분단상태에서는 분단국가가 출현했다. 온전한 의미의 국민(민족)국가는 아직 확립하지 못한 미해결의 숙제이다. 한국근대의 문제적 현실이다.

우리의 근대는 정치적 과제뿐 아니라 문학적 과제 역시 미해결 상태에 있다고 보아야 할 것이다. '한국문학'이라는 개념 자체가 전체를 아우르는 통일적 의미를 띠지 못한 것이 객관적인 사실이다. 임을 향한 마음은 임이 옆에 있지 않을 때 그리움이 고조되는 법 아닌가. 그렇듯, 주권 상실의 식민지 상태와 결손국가의 분단상태에서 국가단위의 문학 개념이 민족주의적 성향으로 편협해진 것은 자연스런 추세라고 하겠다. 여태껏 통용되는 '국어'와 '국문학'이란 개념은 그런 특성을 단적으로 드러낸다. 이 자국중심적 용어들은 일본근대가 채택해 식민지 조선에까지 강요한 것임을 주의할 필요가 있다. 해방과 더불어 이들 용어는 주권을 회복한 셈이었는데, 따지고 보면 일제 용어를 답습한 그 자체가 식민성의 유산으로 '밖'과의 소통을 제약한 역기능을 한 면이 있다.

필자는 이런 문제점과 관련해서 "자기를 객관화하지 못한 나머지 서구이론을 추수하는 반대의 편향이 도리어 쉽사리 일어나기도 했습니다. 국문학은 '소재적 일국주의'와 '이론적 추수주의'의 사이에서 지리

멸렬하게 되었다는 부정적 평가를 내릴 수 있으리라 봅니다"라고 지적 한 바 있다.[1] 자기중심적 태도는 말하자면 '자폐적 주체성'이다. 더구나 세계화로 진전하는 오늘의 글로벌한 환경에서 일국적 경계를 넘어서는 문제는 급선무가 아닐 수 없다.

그리고 일국주의 극복의 과제와 관련해서 필자는 학계에 두가지 제의를 한 바 있었다.

우선 용어상의 문제로, 바로 이 '국문학'이란 호칭과 함께 '국어국문학과'라는 학과명부터 바꾸자는 주장을 한 것이다. '국문학'이란 개념은 한국문학사에서 '한문학'의 대칭으로 의미를 한정해 쓰자는 견해를 덧붙였다. 일국주의를 어떻게 극복할 것인가는 방법론적인 문제이다. 이 문제와 관련해서 필자는 학적 인식의 논리로 '동아시아적 시각'을 일관되게 주장했다. 한국문학을 연구하더라도 일국적 경계를 넘어서 역사적으로 밀접한 관계가 있었던 중국문학 및 일본문학과의 역사적 공통성에 착안해 서로 같고 다름을 파악해서 논리를 구성할 필요가 있다고 생각한 것이다. 나아가서 세계적 보편성을 확보하지 않으면 안 된다고 사고했다. 일국주의의 극복이 한국문학을 해체하자는 것이 아니며, 동아시아문학이라는 큰 범주에서 한국문학의 위치를 파악하고, 그 위치에서 '세계적 지평'과 소통하고 세계문학에 참여하자는 그런 취지이다. 이 취지를 살리자면 실제로 이를 가능케 하는 교육씨스템의 개편이 요망된다는 점을 강조해서 말하기도 했다.

세기 전환기를 맞아 대학들이 앞을 다투어 제도적 개편을 추진했고 학계 또한 변화의 바람을 탔던 것이 사실이다. 그런 과정에서 필자의 발

1 임형택 「한국문학 연구자는 지금 어떻게 할 것인가」, 『고전문학연구』 25, 2004.

언도 제출된 것이다. 그런데 나를 보고 근래 대학과 학계의 움직임에 대해 논평을 하라고 한다면 다분히 회의적이라고 하겠다. 국문학과 국어국문학과라는 명칭부터 여전하다. 물론 명칭만 문제가 아니다. 내용의 변화가 일어나지 않는 때문이다. 한국문학의 동아시아적 인식과 세계적 지평을 열어가는 문제를 두고 보더라도, 동아시아 담론은 유행하는 추세이고 세계화는 대세로 다가와 있지만 그런 방향으로 가기 위한 교육씨스템은 정착하지 못한 실정이다.

요즘 들어서 외적인 영향관계를 중시하는 문학연구가 다시 일어나 학계의 관심이 되고 있는데, 이 방법론의 특성에 대해서 언급해두겠다. 이는 예컨대 조선조의 어떤 문학사상이나 작품형식에서 명청문학을 학습, 수용한 흔적을 열심히 찾아 영향관계를 중시해 설명하는 경향이다. 앞서 강조되었던 내재적 발전론의 비판 내지 대안처럼 비친다. 분명히 말하지만 영향받은 바 구체적인 내용을 탐색하는 것은 전혀 탓할 일이 아니다. 문제는 그 관점이다. 학술사상이나 문학의 국제적 교류 및 영향의 수수관계가 중요한 측면임은 말할 나위 없다. 그렇지만 비교문학적 방법론으로 퇴행하는 태도는 바람직하지 못하다.

비교문학적 방법론은 기본 입장이 문화제국주의와 무관하지 않은 것이었다. 이들 외적 영향관계를 중시하는 연구태도는 동아시아의 역사·문화적 공통성과 개별성에 대한 고려가 결여되는 문제점을 노출하는 경우가 많다. 필자가 여기서 주장하는 일국주의의 극복이란 한국문학연구에 있어 문화적 공통성 및 상호 교류했던 중국·일본과의 관계를 아울러 인식하자는 데 중점이 있다. 요컨대 비교문학적 관심 또한 마땅히 동아시아적 시각과 세계적 지평으로 수렴되어야 할 것이다.

2) 근대극복의 과제: 근대적 학문관·문학관의 틀을 넘어서기

지난 20세기는 '근대'에 포획된 시대였다고 말해도 좋다. 근대는 실로 도달하지 않으면 안 되는 이상적 지점으로 의식되었던 터라, 근대화는 국가적 목표요 문화적 지표였다. 근대주의를 형성한 것이다. 이 자본주의적 근대는 서구에서 발전한 형식으로 전지구를 석권하기에 이르렀다. 따라서 '근대화'란 '서구화'에 다름 아니다.

동아시아는 서구주도의 근대세계에 편입되면서 중국중심의 질서가 무너짐에 따라 대립·갈등의 공간으로 바뀌었다. 우리가 지난 세기에 온몸으로 체험한 동아시아의 근대 상황이다. 앞서 거론했던 '국민국가 수립'의 과제에 당면해서 고래의 종주국 중국이 파산의 위기에 놓인 반면, 주변부의 일본은 성공해 역내의 새로운 패자로 등장했다. 그 사이에 위치한 한국은 근대전환에 연착륙하지 못한 나머지 일본의 식민지로 전락해서 일본의 패권이 중국대륙으로 진출하는 발판이 되었다. 이렇듯 대립·갈등의 동아시아 근대는 1945년 이후 상황 변화로 인해서 모양이 달라졌으나 일그러진 상흔은 아직 그대로다. 다른 어디가 아니고 한반도상의 분단선이 대립·갈등의 결절점으로 되고 있다.

분단의 남과 북은 제도와 이념을 서로 달리하고 있기 때문에 이질화가 심화되어 오늘에 이른 상태지만 근대가 왜곡된 형태로 작동하는 측면에서는 상통하는 모양이다. 남측이 '자본주의 근대'라면 북측은 '사회주의 근대'라고 할 수 있을 것이다. 주체사상에서 선군정치로 체제를 고수하는 북측은 '고난의 행군'을 강행해 그 고난이 인민의 삶에 고스란히 전이되고 있다. 남측은 경제성장으로 물질적 풍요를 누리는데다 민주화의 진전으로 '좋아졌다'는 말이 자못 실감을 주기도 한다. 하지만 분단의 남측 현실은 대미(對美) 의존도가 높아서 근대화는 더욱더

서구화로 치닫고 생활의식의 미국 종속화가 확대일로이다. 성장이 오히려 문제를 가중시키는 형국이다. 최근에 불고 있는 국민적인 '영어열풍'은 그 단적인 현상이라 하겠다. 앞에서 문제시한 일국주의는 남북이 모두 마찬가지인데 (북측이 더 경직된 형태로) 한반도의 왜곡된 근대가 초래한 양상이다. 일국주의는 폐쇄적 민족주의 그것이지만 근대주의의 일면이기도 하다. 그래서 대외종속성의 추수주의와 자폐적 민족주의(일국주의)의 양 편향을 오락가락해왔다. 일국주의 문제 또한 결국 근대극복이라는 보편적 과제에 귀결되는 사안이다.

21세기 오늘, 포획된 근대로부터 어떻게 탈출하느냐는 문제를 대개들 관건으로 생각하고 있다. 자본주의적 근대의 꼭짓점에서 시급히 변통을 도모하지 않고는 인류가 공멸하고 지구가 도궤(倒潰)하고 말리라는 위기의식이 팽배한 때문이다. 한반도상에서 왜곡된 근대가 초래한 문제점 또한 아무래도 근대를 넘어서 해법을 찾아야 하지 않을까 여겨진다. 여러 문제들이 모두 근대극복의 과제로 수렴되고 있다 하겠다. 예컨대 탈근대·탈식민주의 및 서구중심주의의 극복 등 근래 유행하는 담론들도 대체로 근대극복의 과제와 맥락을 같이하는 것이다.

이 근대극복이라는 대주제와 관련해 필자는 한국문학 연구자의 입장에서 특히 근대적 학문관·문학관의 틀에서 벗어나는 문제를 제기한 바 있다. 우리가 수행하는 학문제도, 대상인 문학 자체에 대해 근본적 성찰을 촉구한 것이었다.

우리들 자신 전문학자란 이름으로 직업을 얻고 활동하고 있다. 이는 근대적으로 분화된 지식체계가 대학의 분과제도로 이어진 결과이다. 일차로 여기에 문제제기를 한 것이다. "지식의 근대적 분업체계는 문·사·철을 통합한 동양적 지식체계와 다름은 물론, 인문주의로 출발한 서양의 근대정신으로부터도 빗나갔다고 보겠습니다."[2]

이미 제도화되어 굳어진 전공영역에 의해 분화된 지식체계 및 대학제도가 바람직하지 못하며 어떤 식으로건 손을 대지 않으면 안 된다는 점을 인정하는 학자들이 많은데다 정책당국도 문제의 심각성을 인지하고 있다. 그래서 정책당국이 앞장서 대학개혁을 유도하는 실정이며, 대학과 연구주체들도 호응해 전공의 틀을 벗어나려는 노력들을 각기 나름으로 벌이는 판이다. 거기에 등장한 용어들도 다양해서 '학제간 연구'니 '학문분과 가로지르기'를 주장하더니, 요즘은 '융합학문'이나 '학문의 통섭'을 들고나오는 추세다. 외관상 매우 활발하고 따라서 성과물도 양산이 되어 일단 평가할 수 있다고 본다. 그러나 과연 소기의 목적에 얼마나 접근했으며, 학문의 쇄신과 대학의 개혁이 실효를 거두고 있는가? 기존의 전공영역을 넘어선 연구단 구성이나 통합연구 기획들은 기껏 물리적 동거의 수준이지 화학적 결합이 이루어진 상태라고 말하기 어려운 경우가 대부분이지 싶다. 학문의 경계를 넘어서고 지식체계의 구조개혁으로 가기에는 아직 요원하다.

왜일까? 물론 그 특성상 어려울 수밖에 없고 원인도 여러가지로 짚어볼 수 있다. 무엇보다도 일 자체가 패러다임을 바꾸어야 하는 이론적인 문제인데 편의적·기능적으로 접근하는 까닭에 제반 문제들이 발생한 것으로 생각된다.

다음으로 근대적 문학관의 틀에서 벗어나는 사안은 문학이 무엇인가라는 원론적인 문제에 속한다. 한국문학 자체가 근대적 문학관으로 규정된 형태이다. 창작적 실천에 직결될 뿐 아니라 연구대상 또한 그 틀에

2 같은 글.

서 획정되기 마련이다. 근대적 학문관과 근대적 문학관 이 양자는 물론 같은 것일 수 없지만, 근대성이라는 점에서는 상동성을 지니고 있다. 그래서 지금 근대극복을 공통의 과제로 제기하게 된 것이다.

학문은 진(眞)을 추구하는 과학이 되어야 하며, 문학은 예술의 하나로서 미(美)를 추구하는 것이어야 한다. 선(善)은 따로 학문과 문학이 개입하지 않는 별도의 영역으로 분리시켜놓았다. 이것이 곧 우리에게 당연한 상식으로 된 근대적인 개념규정이다. 학문은 어디까지나 진리를 엄정하게 추구해야 하는 것이므로 고고한 '상아탑'의 학문주의가 형성되었고, 문학은 미를 절대적 가치로 표방해서 예술 자체로 환원되는 예술주의-문학주의를 형성하기에 이르렀다. 학문관에 관련해서는 앞에서 분과학문의 체계와 제도의 틀을 깨는 문제를 주로 논했다. 궁극적으로는 진·선·미를 분리해놓은 근대적 지식구조를 여하히 해체하고 재통합하느냐로 귀착되겠는데, 지금 그쪽으로 논의를 펼칠 자리는 아니다. 그리고 문학주의가 한국문학의 창작 현실에 어떻게 작동했고, 일반 사람들의 문학을 사고하는 머리에 어떤 영향을 미치는지를 살펴볼 필요도 있겠으나 역시 생략하고, 여기서는 문학연구로 논의를 좁히기로 한다.

우리가 수행한 문학연구의 대상으로 포착된 텍스트들이 근대적으로 규정된 문학임은 다시 말할 나위 없다. '근대적 심판'을 거치는 과정에서 전근대 문학의 주류였던 한문학을 타자화한 대신 주변부를 포괄해서 범위를 설정하고 문학사를 재구한 것이다. 그래서 한문학은 한국문학의 범주 밖으로 추방당하고 다만 한문소설은 소설이란 이유로 특별 취급을 받아서 수용이 되었다. 이렇게 처리한 사고의 논리를 따지자면 한문학 전반을 배제한 근거는 속언어주의(屬言語主義)에 있으며, 한문소설만을 특별 취급해 구제한 근거는 문학의 허구성·형상성을 중시한

데 있었다. 근대적 문학관이 자의적(비역사적)으로 작동한 사례라고 하겠다.

한국문학사에서 한문학을 배제해왔던 편향은 우여곡절 끝에 교정되어 한문학은 이제 한국문학 연구에서 가장 활발하고 널리 관심을 끄는 분야의 하나로 일어섰다. 하지만 여전히 한문학과 국문학은 따로따로이며, 인식론적 통일은 이루어지지 못한 문제점이 있다. 이 문제점 또한 한문학의 수용이 다분히 편의적이었고 이론적 고민을 수반하지 않은 데 기인한 것으로 보인다. 역시 근대적 편견, 다시 말하면 근대주의 극복에 귀결되는 사안이다. 궁극적으로는 문학 개념의 재정립이 요망되는데, 여기서는 연구방법론으로서 문화론적 인식을 거론하고자 한다.

> 문화론이라고 해서 종래 문학론적 접근과 전혀 다른 길을 가자는 것은 아니다. 문학론적으로 보기보다는 더 시계를 넓게 잡는 것이 문화론적 보기라고 하겠다. 그렇다고 눈만 크게 뜨면 다는 아닐 터다. 문화론적 인식은 근대적인 문학 개념에 대한 문제의식으로부터 출발하는 것이 바람직하다.[3]

이 인용문은 한문학에 대한 인식에 직결해서 작성한 것이지만 통상적 구분의 고전문학이나 현대문학에도 해당할 내용이다. 기실 문화론적 인식은 서구문학 연구에서 진작 제출된 방법론이다. 필자는 그와 다른 각도로 한문학 연구의 입장에서 문화론적 인식의 필요성을 제기한 것이다.

3 임형택 「한문학 유산과 그 문화론적 인식 방향」, 『한국한문학연구』 37, 2006.

요즘 유행하는 문화론적 경향의 연구 및 담론들을 보면 대개 일상과 문화란 이름으로 대중의 흥미에 영합해 다분히 속류적인 것으로 비치는 경우가 많다. 또한 근본적인 문제점으로 탈역사적 인식태도를 지적하지 않을 수 없다. 인간의 문화, 인간의 삶을 인간의 역사를 고려 밖에 두고 인간사회에 대한 문제의식을 사상한 채 다분히 현상적으로 해설하는 식이다. 그래서 시류나 독자의 요구에 맞춰 과장 혹은 미화하게도 되는 것이다. 요컨대 오늘의 문화론적 경향은 한편에서 상업주의, 다른 한편에서 문화주의로 경사하는 문제점을 드러내고 있다.

필자가 역설한 근대극복 과제의 일환으로서의 문화론적 인식은 근대문명(서구문명)에 대한 근본적 반성을 전제한다. 그래서 "동양의 문(文)에 기초한 문명에서 산생된 한문학 유산은 문화론적 인식을 통해서 그 가치가 보다 폭넓게 해명될 수 있"음을 천명한 바 있다.[4]

3. 문학연구의 사회적 의미와 삼통

이제 21세기 현실에서 한국문학(학)이 가치를 상실하지 않고 영향력을 발휘하는 존재로 되기 위해서 긴요하게 가다듬어야 할 사항이라고 생각하는 세가지를 거론하려 한다. 1) 선진사회로 가기 위해 한국문학(학)의 몫을 챙기자는 주장은 새로 제출하는 의제이며, 2) 소통의 방도는 기왕의 논의를 발전시키는 것이고, 3) 주체 문제는 필자가 누누이 강조해온 터인데, 오늘의 당면한 시대상황은 주체의 정립에 대해 다시 묻

4 같은 글 42면.

고 있다고 생각한 것이다.

1) 선진사회로 가는 데서 한국문학(학)의 몫

'선진국 진입'은 21세기 대한민국의 국가적 목표라고 말해도 좋을 것이다. 국민적 염원이기도 한 이 목표를 부정하고 고개를 돌려버리기 어렵지만, 무조건 동조하고 나설 일만도 아니다. 올해(2008) 베이징 올림픽에서 한국이 세계 7위의 쾌거를 올리자, 집권여당은 7대 강국 진입이라는 국가적 목표와 직결시켜서 기염을 토하기도 했으며, 그런 언설이 일각에서 빈축을 사기도 했다.

선진국으로 가지 말고 후진국으로 처져 있자면 말이 되지 않을 터다. 문제는 어떤 선진국을 건설하느냐에 있다. 선진국이란 부국강병을 내용으로 하는 전형적인 국민국가(근대국가)의 상(像)이다. 21세기 지구화 시대의 탈근대적인 상황에서 근대국가의 이상에 더욱더 집착하는 태도는 냉철하게 바라보면 이상한 느낌이 들기도 한다. 스포츠 몰입은 근대국가의 낡은 환상에 열광하는 꼴이라는 비판도 가능하리라고 여겨진다. 하지만 쉽게 지워지지 않는 위력적인 현실이다. 이런 현실을 감안해 '선진국'이란 말을 피하고 대신에 '선진사회'라고 표현한 것이다.

선진사회는 국민국가를 부인하는 것은 아니지만 그 너머를 상정해 독존이 아닌 공존을, 대립이 아닌 화해를 지향하는 성격이다. 선진사회로 가기 위해서는 선진화된 시민이 중심으로 서야 할 것이요, 선진문화가 필수요건이 될 것이다. 그런 만큼 학술, 특히 인문학이 제 몫을 다하는 것이 긴절한 사안이다.

올림픽 금메달을 논의에 끌어들인 김에 노벨상에 대해서도 잠깐 언급해보자. 이번에도 노벨문학상을 기대하는 국민적 염원은 허탈하게 지나갔는데, 마침 이웃나라 일본에는 여러 분야의 노벨상이 돌아갔다. 노벨상에 최고무상의 가치를 부여한 나머지 과도한 관심을 불러일으키게 만드는 언론의 보도태도나 덩달아 일어나는 반응도 문제가 확실히 있다. 하지만 노벨상이 해당 분야의 국제적 기준이 되고 선진사회로 가는 데 올림픽 금메달 못지않게, 아니 훨씬 큰 의미를 갖는다는 점은 부인할 수 없을 것이다. 그런데도 스포츠 분야의 국제적 성취도에 견주어 학술·문예 분야는 왜 멀리 미치지 못할까? 물론 국가적 지원이나 국민적 관심이 스포츠를 따라가지 못해왔던 사실 등 이런저런 요인을 집어낼 수 있을 것이다. 나는 무엇보다도 창조적 가치가 제대로 발휘되기 어렵게 만드는 제도적인 맹점 내지 한국사회의 구조적 병리가 작용하고 있지 않은가 한다.

돌아보건대 한국사회에서 학술과 관련해 끊이지 않고 크게 이슈가 되었던 사안은 오직 한가지, '표절시비'였다. '우열 문제'가 사회적 쟁점으로 떠오른 일은 기억에 없다. 학문하는 입장에서 표절 문제는 초보 중의 초보적인 문제이다. 정작 학자의 필생의 노력이 바쳐지고 고뇌가 깃든 창조적 저작이 사회적으로 상찬을 받고 그에 상응하는 보상과 대우를 받는 사례는 찾아보기에 흔치 않다. 그런 성과를 제대로 알아보지 못한다는 것은 사회적 문제이다. 뿐만 아니라 평가제도가 문제를 키우고 있다. 즉 평가가 제대로 이루어지지 못하는 점은 직접적인 문제이다. 공적 기구를 통한 학술지원이 크게 확대되었는데, 여기에는 으레 평가가 따르며, 대학마다 논문 평가를 인사에 중요 항목으로 반영하는 실정이다. 이런 평가들이 질적 평가로 들어가지 못하고 외형적인 양적 평가에 머물고 있는 것이다. 양적 평가에 그쳐서는 결코 일류 학문이 나올 수 없으며, 선진사회로 가는 데 결정적 장애요인이 되리라는 점은 분명하다.

선진사회로 가고 선진문화를 이루기 위한 학문이라면 진정 어떤 내용과 형식으로 되어야 할까? 아마도 근대적 명제인 부국강병의 선진이 아닌 인류적 화해와 지구적 안녕으로 향하는 길에서 선진이 되어야 할 것이다. 그러자면 근대학문에서 부상한 과학(자연과학)과는 패러다임을 달리하고 사회학을 넘어서 인문학의 부활을 생각하지 않을 수 없다. 21세기 인문학의 새로운 부활과정에서 한국문학(학) 또한 그 가치를 발견할 수 있지 않을까 한다.

2) 소통의 방도: 삼통의 제언

소통이란 유래가 사뭇 오랜 말이다. 『예기(禮記)』 경해(經解)편에 보이는 '소통지원(疏通知遠)'은 소통을 통한 인식의 확장을 뜻하며 『사기(史記)』 오제본기(五帝本紀)에는 "고요히 침잠해서 지모가 있고 소통해서 사무의 방도를 안다(靜淵以有謀 疏通而知事)"고 해, 소통의 문제가 주체의 실천자세와 연계되어 있다. 세상만사가 소통하지 않으면 정체하고 고식에 빠지기 마련이겠지만 학문상에서도 소통은 그 존재가치를 발휘하도록 하는 생도(生道)이다.

여기서 나는 학문의 현실적 의미를 살리고 활력을 고취하기 위한 방도로서 소통을 강조하는바 삼통(三通)을 제안하고자 한다.

시대현실과의 소통: 한국문학 연구는 기본적으로 텍스트와의 소통이며, 작가와의 대화이다. 또한 그 결과물은 인간과 소통해야만 비로소 존재의미를 가질 수 있다. 사회와의 소통, 현실과의 소통, 시대와의 소통은 불가결의 요건이다. 시대현실과 적극적이고도 부단한 소통을 도모

해야만 연구 내용에 생기가 돌고 그 결실이 활물(活物)로 될 수 있을 것임은 자명하다.

독자대중과의 소통: 우리가 수행하는 학문연구는 글쓰기로 표현되기 마련이다. 그래서 논문이나 단행본의 형태로 발표되는데, 이는 기껏 해당 전문연구자들 사이에서나 읽힐 뿐 일반 독자와의 소통은 거의 이루어지지 못하는 실정이다. 연구자들 사이에도 극히 한정된 몇사람이 읽는 정도이며 일반인들은 아예 눈길조차 주지 않는다. 그들만의 일이 되었다. 오직 연구자들 자신의 업적평가로, 연구단 혹은 대학의 과시용으로 의미를 가질 뿐이다. 논문이란 형식은 죽은 글쓰기다. 연구자들 중에 더러 대중성을 의도한 글쓰기를 선보이는 경우가 있는데, 대체로 아직은 수준이나 성과가 미흡하다. 앞에서 지적했지만 초장부터 속류화로 떨어진다. 학문연구의 독자대중과의 소통을 적극적·창조적으로 모색하되 학문적 내실이 전제되어야 한다는 점을 강조하는 것이다. 연구 성과물이 제대로 된 상품으로 부가가치를 창출할 수 있다면 거부할 이유가 없다. 선진사회로 가는 데 학문의 독자대중과의 소통은 긴요한 과제다.

학문 경계의 소통: 분과학문의 제도를 넘어서기 위해 학제간 연구니 융합학문이니 하는 등 실험이 행해지고 있으며, 학술당국이 적극 권장하는 방향이다. 하지만 그 성과는 모호하며 회의적이다. 요는 내면의 소통이 되지 않은 상태에서 표면적인 결합을 서두른 때문에 발생한 문제점이다. 우리 한국문학을 두고 말하면 고전·현대·어학의 고질적인 삼분체계에 한문학 분과가 어정쩡하게 끼어 있는 형국이다. 상호불통으로 공존하면서 각기 소영역 내에서 다시 세포분열이 일어나 이미 고립분절이 심각한 수준에 와 있다. 필자는 연구주체부터 학문 경계를 소통하는 지식역량을 갖추고 그 스스로 소통의 논리를 선명하게 세우고 시

작할 때 진정한 학문 경계를 넘어서는 소통이 가능하리라 본다.

3) 지구화 시대의 주체 재건

학문연구란 그 속성이 당초에 주체를 떠나서는 있을 수도, 가치를 가질 수도 없는 것이다. 21세기 오늘의 현실은 주체의 위기라고 진단해도 과장이 아닌 듯하다. 세계화가 전면적으로 진행되는 추세 속에서 주체를 내세우는 것이 유행에 뒤떨어진 듯 느껴지며, 지식정보의 신매체를 바쁘게 쫓아다니다보면 나를 돌아볼 겨를조차 없는 형편이다. 실로 정신을 차리기 어려운 상황이라서 정신을 차리자, 자아를 찾자는 소리는 어느덧 먼 옛날의 흘러간 노랫가락처럼 되었다. 그래서 오히려 '지구화 시대의 주체 재건'이라는 뜬금없게 들리는 명제를 제기하는 것이다.

인간의 주체는 처음부터 타고나는 것도 아니고 누가 붙들어서 세워주는 것도 아니다. 각기 개인의 투철한 판단과 각고의 노력에 의해서 자기 내면에 수립되는 그런 것이다. 지금 이미 뿌리까지 뽑히고 진작 망각된 주체를 어디서 찾아 어떻게 세울 것인가? 물질적 풍요에 신기술의 현란한 발전으로 도달한 안일한 일상에서 이른바 '삶의 질'을 높이느라 저마다 바쁜데 '진정한 너를 찾자'는 말이 심금을 울릴 것인가 회의적인 감이 든다.

나는 이렇게 생각한다. 한국문학(학)을 자기 온몸을 걸고 하겠다는 결심을 했다 하면 그 사람은 벌써 오늘의 주도적 시대현실에 저항하겠다는 뜻을 가졌을 터다. 이것이 바로 '지구화 시대의 주체'이다. 그렇다고 학적 주체는 주관적인 의지만 가지면 확립될 수 있는 것은 아니다. 내용의 확충이 필수이다. 즉 공부를 해야 한다는 말인데, 이 공부란 무엇보다도 독서의 힘에 의해 내공이 쌓여서 확고하게 되는 그런 것이다.

4. 맺음말

연구자들에게 주문하고 학계에 제의하는 성격의 발언으로 이 글의 끝맺음을 삼을까 한다. 두가지 문제를 제기하는바 학문의 기본에 속하는 사안이어서 새삼스럽다는 느낌을 줄 것 같다. 그럼에도 한국문학의 연구수준을 제고하고 학계에 활기를 불러들이자면 필수로 요망되는 사안이라고 생각한 것이다.

하나는 선배·동학의 업적을 존중하고 기존의 학적 견해를 간과하지 않는 태도를 가져야 한다는 점이다. 너무도 지당한 말이지만 정히 다시 일깨울 필요가 있다고 여겨진다. 근래 쏟아지는 논문들을 보면 기왕의 관련 연구들을 나열하고는 있지만 구색 맞추기이고, 정작 중요한 논문이나 학설은 묵살하고 넘어가는 사례가 허다하다. 후배의 논저를 접해서 불쾌해지거나 심지어 내가 왜 연구를 했는가 허탈감이 드는 경험을 가져보지 않은 학자가 드물 것으로 짐작된다. 실로 학문의 기본윤리에 해당하는 문제인데, 이를 따르지 않으면 결국에는 연구자의 자해행위가 될 것이다. 진지한 학자의 학문하는 보람을 잃게 만들 뿐 아니라, 연구자 자신의 학문발전에도 저해가 되지 않을 수 없기 때문이다. 어느 한 주제로 논문을 작성하자면 그 주제가 연구사에서 어떤 위치에 있게 될지 응당 판별해야 할 것이요, 또 학적 견해와 논리의 최상급을 파악해서 스스로 소화하고, 나아가서는 극복해야 할 것이다. 이렇게 하지 않으면 그 성과는 아무래도 하승(下乘)에서 저회하고 말지 않겠는가.

다음은 비평의 풍토가 조성되어야 한다는 점이다. 문학 창작에서는 비평의 위상이 뚜렷한 반면 학문연구 쪽은 비평이 거의 부재한 상태다.

연구논문은 심사절차를 거쳐 논문집에 수록되고 논문집은 논문집대로 등급이 매겨진다. 심사절차가 최소한의 거름장치는 된다고 보겠으나 공개적인 형태의 비평과는 거리가 멀고, 논문집들의 등급은 이미 지적했듯 계량적이고 질을 담보하지 못하는 상태이다. 학문영역에서 비평의 역할을 살려내는 것이 요령이다. 논쟁적 글쓰기를 유도하는 것도 좋고, 서평뿐 아니라 논문에 대한 비평을 논문집 지면에 대폭 할애하는 것도 방안이 되리라고 여겨진다. 비평이 살아 있는 곳에 학문이 생기를 얻어 저절로 수준이 향상될 것이다.

한국문학(학)이 비판적 방향으로 나갈 때 오직 생도(生道)가 있고, 거기에서 필생의 열정을 바친 학자의 보람도 찾을 수 있지 않을까 한다.

제3장
한문학, 그 학적 성립과 발전의 방향

1. 한국 한문학의 역사적 위상과 학문적 성격

한문학은 우리의 근대학문으로서는 후발주자라고 말할 수 있다. 한문학이란 그 자체는 실로 기나긴 시간대에 걸쳐 형성된 것이지만 그에 대한 학적 인식은 한국의 다른 여러 분과학문들에 비해서 지체되었기 때문이다. 오랜 전통을 가지고 후발 학문이 된 한문학은 일단 출범한 이후엔 비교적 활발하게 전개되고 있으며, 현대 사회와 문화 전반에 기여하고 기대되는 바 또한 적지 않은 것으로 여겨진다.

'우리 학문 어디에 서 있는가?'라는 주제하에 한문학의 경우를 다루는 이 글에서 나는 한문학이 근대학문으로 성립한 경위를 살펴본 다음, 그 연구의 발전상황을 개괄하고자 한다. 이 글은 한문학 전공자를 고려하면서도 보다 더 일반 독자 내지 다른 학문의 연구자들을 염두에 둔 것으로, 한문학을 한국 근대학술사의 일부로서 논하는 것이다.

본론으로 들어가기에 앞서 한문학이 어떤 것인가를 언급해두고자 한다. 곧 학적 대상으로서의 한문학이 지닌 역사적 위상, 학문의 한 분과로서 한문학이 갖는 성격에 대해 해명하는 말이 되겠는데 이 역시 일반 독자를 위해서이다.

한국의 한문학은 한자문명의 특성, 한국이 한자문명권에 속해 있었던 역사적 사실, 이 두 조건에 의해서 존재하고 또 그 위상이 결정되기에 이른 것이다.

중국에서 발원한 문명의 개념은 애당초 중심이 '문(文)'에 있었다. 문은 본체이고 명(明)은 그 발현형태이다. 문이 고도로 실현된 상태, 그것을 일러 문명(文明)이라고 한 것이다.

중국을 중심으로 한 세계, 동아시아의 문명은 그 특성을 '문의 문명'이라고 규정지을 수 있다. 이때 문은 표현수단, 즉 도구적 의미 이상의 의미를 담고 있다고 하겠다. 중국 최고의 고전적 비평서인 『문심조룡(文心雕龍)』에는 문명을 입언(立言)에 직결해서 말한 대목("立言而文明")이 나온다. 입언이란 덕을 세우는 입덕(立德), 공을 세우는 입공(立功)과 나란히 예로부터 삼불후(三不朽), 즉 불멸의 가치를 지닌 세가지 중의 하나로 일컬어왔다. 언어·문자적 실천인 입언은 문명에 다름 아니었다. 그래서 '문장(文章)'이 최고의 가치로 중시되었으니, 문명=문장=인문이란 등식이 성립한 것이다. 이런 숭문적(崇文的) 전통에서 문학이 우위에 놓이고 중요시된 것은 당연한 논리였다.

중국대륙에서 발원한 '문의 문명'이 그 주변부에 위치한 한반도에 유입된 역사는 아득히 기원전으로 소급되는데, 특히 고려왕조 5백년, 조선왕조 5백년을 거치면서 발전일로에 있었다. 한국은 문화적으로 보편적인 한자문명에 경도한 셈이다. 그리하여 한자문명권의 세계에서 위상이 확고했으며, 그런 결과로 한국은 굉장히 방대한 한자문화의 유산을 소유하게 되었다.

여기서 지적하고 갈 점이 한가지 있다. 이렇듯 한국이 한자문화에 경도된 현상은 중국에 의해 강요된 일도, 바람이 불어오는 대로 좇아서 일어난 일도 아니라는 사실이다. '용하변이(用夏變夷, 중화의 문명으로 주변부를 교화한다는 의미)'가 중국이 취한 기본방향이었다고 볼 수 있겠으나 실제로는 주변부를 문명화하는 사업에 중국은 그다지 관심을 두지 않았다. 조공질서의 범위와 한자문명권이 일치하지 않은 것을 보면 알 수 있다. 중국 서북의 광막한 지역은 역사상 중국과의 상호관계가 밀접했음에도 한자문화를 받아들이지 않았다. 반면에 일본의 경우 조공질서 체제로 보면 관계가 소원했으나 한자문화를 열심히 받아들여 오늘날까지 버리지 않고 있지 않은가.

한국인이 한자문화 수용에 적극성·능동성을 띤 것은 지난 역사가 증명하고 있다. 시대를 내려올수록 그 강도가 더해졌다. 한반도는 중국대륙에 인접한 지리적 조건 때문에 정치적·군사적 영향이 직접 와닿았거니와, 문화면에서는 이쪽에서 자발적으로 찾아들어간 것이다. 이는 한국인의 문명지향으로 해석해야 할 현상이다.

한자문명권에 속했던 민족국가라면 중심부의 중국, 그리고 한국과 일본에 베트남을 포함시킬 수 있는 정도다. 오늘날 말하는 동아시아지역이다. 한문학은 바로 이 한자문명권에서 성립했던 문학이다. 그런데 일반 관행이 중국문학을 한문학이라 부르지 않으므로 한문학이라면 한국과 일본 및 베트남에 역사적으로 존재했던 것을 가리키게 된다.

요컨대 우리 조상들이 근대 이전에 한자문화를 적극적·창조적으로 수용하고 활용한 결과물로서 한문으로 기록된 각종 문헌 및 한문학 텍스트가 엄청난 질량으로 축적되기에 이르렀다. 역사가 이곳에 있고 사상이 이곳에 있고 문학이 이곳에 있다. 뿐만 아니라, 근대 이전에서 우리가 알아보고 싶은 지식은 대부분 이 한문기록에서 찾아야 한다. 이 또한 한국 문화유산의 한 부분임이 물론이다. 나는 우리 문화유산 중에서 가장 방대하고 빛나는 부분은 한문학을 포함한 한문문헌으로 보고 있다. 사견이긴 하지만 가장 방대하다는 점은 계량적으로 쉽게 확인할 수 있는 사실이며, 가장 빛나는 부분이라는 점은 관점에 따라 다를 수 있겠으나 과거 동아시아문명이 '문의 문명'이었다는 특성을 고려해보면 대체로 수긍할 수 있을 터이다. 한국이 한자문명권에 속함으로 해서 우리가 지금 물려받은 한문문헌에서 가장 빛나는 꽃은 한문학이다. 이 또한 '문의 문명'의 특성이다.

바로 이 한문학을 정리하고 연구하는 전공분야가 다름 아닌 한문학이다. 학문으로서의 한문학은 기본적으로 고전학에 속하며, 다른 한편으로는 한국문학의 학(學)에 속한다.

한자문명권은 근대세계로 진입하면서 해체되었다. 한문 글쓰기와 함께 한문학은 역사 속으로 넘어갔다. 그에 따라 한문은 '현실어'가 아닌 '고전문'이 되었으며, 한문학을 포함한 한문 일체는 고문헌이요, 그것을 대상으로 삼고 있으니 고전학이다. 정리, 번역, 분석 등등 고전학으로서 감당해야 할 몫이 실로 지대하다. 아울러 한문고전을 기초교양으로 널리 보급하고 교육하는 임무를 맡아서 수행하는 것 또한 소홀히 할 수 없는 노릇이다.

한문학은 한국문학사를 구성하는 주요 부분이다. 다시 말하면 한문학은 한국문학으로 존재했던 것이다. 한문학이란 자체가 한자문명권의 보편적 문자와 형식으로 이루어진 것임에 대해서 '국문학'은 자국의 고유한 어문과 형식으로 이루어진 것이다. 한국은 근대세계로 진입하기 이전에는 한자문명권의 보편성을 지향했기 때문에 한문학이 주류적으로 발전했으며, 국문학은 형세가 미약한 편이었다. 그래도 한문학과 국문학은 공존상태를 계속 유지하고 있었다. 한국문학사는 기본적으로 한문학과 국문학의 이원구조로 전개되다가 근대문학으로 와서 비로소 양자가 통합되기에 이르렀다. 따라서 한문학은 한국문학 연구의 일환이 되고 있다.

고전학(즉 한문고전학)과 한국문학(학)에 속하는 한문학, 이 양자의 범주가 동일한 것은 아니다. 그렇지만 상호 밀접히 연관되며, 학자들의 실천과정에서 겹치기 마련이다. 나는 양자를 이론적으로 분리하기보다는 실천적으로 통합할 필요가 있다고 보아, 지금 한문학의 범위에 한문고전학을 포괄해서 다룬다.

2. 20세기 한국에서 한문학의 운명

우리가 방금 통과한 한국의 20세기는 한문학의 입장에서 돌아보면 대단히 특별한 시대였다. 왜냐하면 천년, 아니 2천년 동안 생존, 발전해 왔던 한문학이 임종을 고한 시점이요, 그에 따라 존재형식을 달리한 한문학의 학적 부활이 이루어진 시점이기 때문이다. 그런데 사망의 시점은 20세기 초엽이며 부활의 시점은 그 마지막 4반세기로 와서다. 그 사이에 공백기가 있었다. 이 공백기가 생긴 문제점을 지금 따져보려 한다.

예로부터 인간사에서는 상사(喪事)를 가장 큰일로 여겨왔다. 무려 2천년을 제도와 문화의 중심에 놓여 있던 '한문학의 사망', 그것은 실로 엄청난 사태가 아닐 수 없었다. 나는 한문학의 임종기에 해당하는 19세기 말에서 20세기 초를 두고 유사 이래 최대의 전환점이란 표현을 쓴 바 있다. 생각해보면 그 이전까지 역사를 기록해온 문자(한자) 자체가 퇴출당하고 말았으니 그야말로 유사 이래란 표현은 아주 적합하다고 하겠다.

문제는 한문학의 '사후처리'이다. 한문 표기법의 퇴출과 한문학의 사망선언으로 인해서 엄청난 문화유산이 버려질 위기에 처했거니와 밀려난 '한문 글쓰기'의 빈자리를 어떻게 채울 것이며, 잃어버린 그 기능을 무엇으로 대체할 것인가? 한문학의 '사후처리'가 얼마나 중대하고 복잡한 문제를 수반했던가는 짐작하기 어렵지 않다. '문화적 퇴적물'을 처리하는 일만을 가지고 잠깐 생각해보더라도 그것을 역사적 유산으로 파악, 승계하는 문제가 응당 제기되어야 할 것이며, 따라서 정리하고 연구하고 번역하는 등 제반 작업이 수행되어야 했을 것이다. 그러나 당시의 실상은 이런 문제가 제기된 사실조차 없이 지나치고 말았다. 왜 그렇게 되었을까? 이는 곧 한국근대에 대한 물음으로 통한다.

한문학의 퇴출은 한자문명권의 붕괴와 직결된 현상이다. 우리가 익히 알다시피 1894년 중일전쟁에서 중국이 패배함으로 인해서 중국중심의 체제가 결정적으로 붕괴되기에 이르렀고, 그에 따라 전통적인 제도와 문화 일체가 뒤바뀌게 된 것이다. 이 역사과정을 일본이 주도하며, 일본은 드디어 동아시아의 패권국으로 일어서게 된다. 전지구적 차원에서 보면 중국중심의 전통세계가 서구주도의 근대세계로 이동하는 과정이었다. 다만 일본이 지역의 맹주로 등장해서 그 과정을 주도했던 사실에 동아시아의 특수성이 있었다. 이런 역사적·지구적 전환으로 인해서 한문은 사어(死語)로 전락하고 한문학이 퇴출당하기에 이른 것이다. 곧 20세기에 피할 수 없었던 한문학의 운명이다.

한문학의 '근대적 추락'에 대해서 대개는 역사의 진보로 바라보았다. 이 관점이 잘못이라고 지탄할 일은 아니다. 중국중심적 조공질서하의 왕조체제를 청산하고 민족적인 국민국가를 수립하는 일은 근대가 추구하는 방향이 아니었던가. 아울러 중국중심적 보편주의 문화형식을 탈피, 자국 어문에 기초한 글쓰기의 실현과 함께 민족문학을 창출하는 일은 문학사의 과제였다고 말해도 좋을 것이다(지난 20세기에 한국은 피식민지에서 남북분단으로 이어졌으니 근대사의 기본과제가 미해결의 숙제로 남아 있는 상태이므로, 문학사의 과제는 그런 상태에서 수행되어 오늘에 이른 셈이다). 지금 거론하는 문제는 '근대적 추락'으로 인해 발생한 문화적 퇴적물이 방치되었다는 데 있다. 다름 아닌 한문학의 '사후처리'가 전혀 이루어지지 않았다는 의미이다. 한문학을 위해서가 아니라 한국 근대문학을 위해서요, 나아가서 한국근대 자체의 문제점을 지적하고 싶은 것이다.

이 문제점을 '국문학'이란 개념에 주의해서 거론하려 한다(국문학이란 용어는 근대학문의 한 분과를 지칭하는 경우와 한문학의 대칭으로 쓰는 경우가 있는데 이를 분간해주기 바란다). 한국근대는 '한국문학의 학'을 국문학이라는 개념으로 정립하고 제도화한 것이다. 이 국문학은 국어학·국사학과 나란히 한국근대가 수립한 국학의 세 분과다. 국가 만들기가 근대의 정치적 과제라면 자국의 언어·문학·역사를 근대학문의 방법론을 적용해서 연구하고 해석하는 임무는 한국근대의 학문적 과제라고 할 것이다. 이때 국사나 국어로 언표하고 '한국문학의 학'을 국문학이란 개념으로 정립한 데 한국근대의 특징이 있었다고 보겠다.

한국 근대학문의 주요한 분과의 하나로 자리잡은 국문학은 1930년대에 조선학으로 출발할 당시 조선문학으로 명명되었음이 물론이다. 필자는 '국문학'이라는 통용되는 개념에 누차 이의를 제기한 바 있다. 국문학이라고 칭하면 아무래도 자민족중심주의로 비치며, 더구나 전지구가 하나로 통하는 시대에 부적절하다는 점이 요지이다. 이에 덧붙여 국문학은 개념 자체가 한문학을 배제하는 문제점이 있음을 거론하려고 한다.

국문학이란 용어의 원산지는 기실 일본이다. 일본근대가 이 용어를 채택한 데는 자민족중심주의가 논리의 바탕에 깔려 있다. 자민족중심주의는 당연히 자국의 고유한 정신 내지 문화를 강조하게 된다. 그에 따라 한문학 텍스트는 일본문학사에서 제외되었음이 물론이다. 나는 한국근대가 일본의 근대학문에서 국문학이란 개념을 따다 쓴 자체를 두고 못마땅하게 여기는 것은 아니다. 어디서나 누구에게나 배울 점이 있다면 배워야지 않겠는가. 공청병관이 학인이 취할 자세이다. 요는 국문학이란 개념에 내포된 국가주의적 성격, 폐쇄적 민족주의를 문제점으로 제기하는 것이다.

앞의 일본문학의 개념규정에서 보편이론으로 삼았던 그 논리는 한국문학의 개념규정상에도 대체로 준용된 것이 아닌가 한다. 무언가 우리만의 고유한 특성을 찾으려 들거나, 그러다가 우리는 일본처럼 무언가 자랑할 만한 거리가 부족하다고 자기비하를 일삼는 등의 태도는 일본근대에서 물든 일종의 식민성의 잔재로 간주된다. 뿐만 아니라, 일본근대가 구성한 문학사에서 한문학을 배제한 것은 저들 나름으로는 근거가 있다. 한학(漢學)에 대척적인 '국학(國學)'이 이미 에도시대부터 학문적 전통을 형성했거니와, 한문학에 대립되는 국문학이 꾸준히 발전해서 저들의 국문학 작품목록은 한국에 비교가 안될 만큼 풍부하다. 한문학을 배제하고는 문학사의 체계를 세우기 어려운 한국의 실정과는 경우가 달랐다. 그럼에도 우리가 한문학을 배제한 국문학을 규정한 것, 그에 의거해서 문학사를 체계화하려 들었던 것은 근대주의적 편견에다가 객관적 실상을 무시한 인식론적 오류였음을 지적하지 않을 수 없다.

한문학이 근대학문의 분과체계에서 친연성이 있는 곳은 국문학인데 국문학에서 축출을 당했으니 한문학은 갈 곳이 아무데도 없었다. 1930년대의 조선학운동에서 이미 그랬다. 한문학을 최초로 정리한 김태준은 자신의 저서 『조선한문학사』에서 "조선문학이란 것이 순전히 조선문자인 '한글'로서 향토 고유의 사상 감정을 기록한 것이라고 할진대 다만 조선어로 쓴 소설·희곡·가요 등이 이 범주 내에 들 것이요, 한문학은 스스로 구별될 것이다"라고,[1] 한문학을 조선문학(국문학)의 범주 밖으로 밀어냈다. 이 논리는 일본문학사에서 채용한 일반 이론 그것이었다. 조윤제는 국문학의 개척자로서 첫손에 꼽히는 학자인데 한문학을 배제하고는 문학사 구성이 불가능한 실제 사정을 고려해서 '순수 국문학'에 폭을 넓혀서 한문학을 포괄하는 절충론을 제출한 바 있다. "조선문학 연구에서 한문학 작품을 단연히 구축하야 버리지 아니하면서 서자의 지위에 두고 그 안에 침재하야 있는 조선문학이라는 정체를 보자 하는 것이다."[2] 한문학을 부정하는 일반 이론의 굴레에서 벗어나지 못하면서도 그것을 어떻게 해서라도 수용하고자 하는 고뇌가 엿보인다. 한문학을 서자의 지위로 인정하자는 논법은 비록 한문학을 끌어안으려는 수사적 표현이긴 하지만, 한문학의 근대적 전도를 극명하게 드러낸 말이다. 근대학문의 분과로 출발한 국문학은 선구자들의 진지

1 김태준 『조선한문학사』(조선어문학총서 1), 조선어문학회 1931, 4면.
2 조윤제 「조선문학과 한문과의 관계」, 『동아일보』 1929.2.23.

하고도 훌륭한 학문적 노고로 건설되었는데, 일국주의적 한계와 근대주의적 편견을 넘어서기 어려웠음을 보여주고 있다.

요컨대 근대학문에서 한문학은 입지가 없었으며, 한문기록의 방대한 유산은 매몰된 채 관심권 밖에 있었다. 이 상태에서 벗어나기까지는 더 오래 기다려야 했다.

3. 1975년 이후 한문학의 학적 성립

20세기 벽두 근대계몽기에 신지식·신학문을 수용함에 따라 구지식·구학문을 구축하는 형세가 자못 조성되었지만 이내 주권 상실로 인해 신학문의 맹아는 위축, 왜곡되고 말았다. 피식민지의 열악한 조건에서 사상·학술의 움직임은 부단히 견제와 탄압을 받아 발양하기 어려웠다. 1930년대의 조선학운동 또한 군국주의의 광기에 짓밟혀서 제대로 펼쳐지지 못했다.

1945년 8월 15일은 이 땅에서 민족의 삶에 광복과 소생으로 다가왔는데, 그 해방적 의미는 다른 어디보다도 교육·학문 분야에서 활발하고도 실효성을 띠었다. 국립·사립대학이 속속 설립되고 출판이 활발해져서 학문의 사회적 수요와 학자의 설 자리가 창출되었다. 드디어 근대학문의 길이 활짝 열린 것이다. 그러나 한문학만은 사정이 달랐다. 앞에서 언급한 그대로 한문학은 근대학문의 분과 어디에도 소속이 되지 못한 나머지 대학의 제도에 참여하지 못했다. 뒷전으로 밀려난 한문학의 근대적 운명에는 아무런 변화가 없었다. 한국근대는 한문학을 '내부의 타자'로 돌려놓았다.

한문학이란 존재는 오직 국문학에서만 쟁점사안으로 되고 있었다. 처음부터 한문학을 배제하고 개념을 구성한 국문학은 실제 학문작업으로 들어갈수록 난관에 부딪치지 않을 수 없었다. 역사적 실상에 유리된 개념을 가지고 접근하다보니 우선 문학사를 체계화하기 곤란한 실정이었다. 그래서 한문학을 우리 문학의 범위에 포함시켜야 한다는 주장이 제기되어 하나의 쟁점사안이 된 것이다. 하지만 자격시비에 휘말려 있는 것에 대해서 본격적인 연구가 이루어질 수 있었겠는가. 설화를 포함한 한문소설류(예컨대 『삼국유사』 『금오신화』 「허생전」 등)와 그 작가들에 대해서는 예외적으로 관심을 가졌을 뿐이다. 이미 규정된 국문학 틀의 연장이었으니 국문학 스스로 논리적 모순을 범한 꼴이었다.

이런 근대 상황에서 한문기록의 제반 문헌·전적들이 방치된 상태로 정리·번역의 과제 또한 제대로 챙겨지지 못했으리라는 점은 불문가지의 사실이다. 산발적으로 번역, 출판된 사례가 간혹 있는 그런 정도였다. 그런데 한가지 주목할 사실은 1965년 민족문화추진회가 설립되면서 국가적 지원하에서 국역사업이 조직적으로 수행된 것이다(1974년부터는 그 산하에 국역연수원이 개설되어 한문 번역의 전문인력을 양성해왔으며, 최근 2008년에는 민족문화추진회가 한국고전번역원으로 확대 개편되었다). 한문학의 학적 출발에 10년 앞서 번역과제가 국가적 지원하에 수행될 수 있었던 배경에는 곡절이 없지 않을 터인데, 뒤에 다시 언급할 것이다.

여기서 한문학이 학적으로 성립한 시점을 1975년으로 잡은 근거는 그해 4월에 한국한문학연구회가 창립되고 『한국한문학연구(韓國漢文學研究)』라는 학회지를 발간한 데 있다. 하나의 학문영역의 탄생을 특정 학회의 공적으로 돌리려는 뜻이 아니고 그것이 결정적인 계기가 된 사실을 중시한 때문이다.

한문학연구회가 창립되기 2년 앞서 한문교육과가 전국의 몇개 대학에 신설되었다. 비록 중등과정의 한문교사 양성을 목적으로 설립된 것이지만 한국의 대학제도 속에 한문이란 지식영역이 편입된 시초였다. 이 한문교육과의 설립은 한국한문학연구회 창립에 직접적인 계기가 되었다. 이후 한문학과도 설립되었으며, 대학원에 한문학 전공의 석·박사 과정이 개설되었다. 이런 제도적 기반에서 한문학의 연구와 교육이 이루어져서, 한문학은 학문의 한 분과로서 위상을 갖추게 된 것이다.

그에 따라 한문학이 학적으로 출발한 당초에는 기껏 열 손가락을 넘지 않던 한문학 전공자가 비약적으로 증가해 어느덧 여러백명을 넘어선 것으로 알고 있다. 연구자들의 모임이 자꾸 생기고 학회지들이 많이 늘어났는데 비교적 연륜이 있는 것들을 들어보면, 부산에 거점을 둔 부산한문학회(학회지는 『부산한문학釜山漢文學』), 대구에 거점을 둔 대동한문학회(교남한문학회의 개칭, 학회지는 『대동한문학大東漢文學』), 한시 전문의 한시학회(학회지는 『한국한시연구韓國漢詩硏究』), 한문교육의 한국한문교육학회(학회지는 『한문교육연구漢文敎育硏究』) 등이 있다. 이밖에 국문학과 연합해서 운영하는 학회 및 학술지가 또 여럿인데 일일이 거명하지는 않겠다.

이처럼 한문학이 발전함에 따라 가시적 성과로서 한문학 전공의 논문 및 관련 저술이 양산되고 있음이 물론이다. 지난 20세기에 한문학은 버려졌다가 끝자락의 25년으로 와서 그 학적 부활이 이루어진 형국이다. 이런 사실을 우리는 어떻게 설명할 것인가?

이 모두 한국의 20세기 현실을 반영한, 즉 근대 풍경의 단면이었음이 물론이다. 우리가 경험한 대로 통일적인 민족국가의 수립이라는 정치적 과제를 실현하지 못하고 피식민지의 과정을 통과했으며, 피식민지에서 벗어난 이후로는 남북이 분단된 상태에서 세계 냉전체제의 구도 속에 놓여 주체적 방향의 진로를 찾기 어려웠다. 그 대신에 '근대화'로 향한 발전, 그것이 주도적·지배적 논리였던바 '근대화'란 '서구화'에 다름 아니었다. 사회·문화 전반이 '서양 쫓아가기'로 편향하지 않을 수 없었으니, 이에 전통의 단절이 심각해진 것은 필지의 결과라고 하겠다. 한문학을 '내부의 타자'로 따돌린 요인은 바로 여기에 있었다.

그런데 지나칠 수 없는 사실은, 근대화를 추동한 발전논리가 효율적인 정치체제로서 독재권력을 불러들였다는 것이다. 1960년대에서 80년대로까지 이어진 한국의 정치사다. 군부엘리뜨를 주축으로 짜인 독재체제가 경제개발을 신속히 이룩한 성과를 평가할 수 있겠으나, 그에 따라 날로 고조된 모순과 질곡에 민중적·민주적 저항이 상승했으며, 민족적 자각이 싹트게 되었다. 밖으로 눈을 돌려서 70, 80년대로 가면서 일어난 세계 냉전체제의 변화·해체가 우리의 현실과 사고를 바꾸어놓은 점도 아울러 고려할 필요가 있다. 바로 이 시점에 민주화운동이 아래로 확산되면서 민중문화운동이 활발해졌다. 민족문화에 대한 인식과 태도에 큰 변화가 일어난 것이다.

지금까지 살펴본 상황은 분단의 남쪽이다. 남북은 체제를 달리한 만큼 서로 사정이 달랐는데, 양측이 날카롭게 대립한 만큼 서로 상대를 민감하게 의식하고 있었다. 특히 한문학을 포함한 민족문화유산에 대한 태도로 말하면 북조선은 "조선민족의 우수한 문화전통을 존중하며 그것을 정당하게 계승·발전"시켜야 할 것으로 일찍이 방침을 정해서[3] 여

3 「북조선로동당 중앙위원회 상임위원회 제29차 결정서」, 1947.

러 중요한 한문문헌들이 속속 번역되었고, 학문연구도 제법 볼 만했다. 이런 사실을 접한 남한의 정치권력은 정통성의 문제점으로 인식하지 않을 수 없었을 것이다. 민족문화추진회가 관 주도로 설립된 배경에는 이런 사정이 있었다.

물론 민족문화추진회의 설립으로 정부 지원하에 시작된 한문문헌의 정리·번역사업이 발전적으로 계속된 사실을 처음부터 끝까지 남북 대결구도로 설명할 수는 없다. 그것이 배경적 요인이 되긴 했으나, 그 사업이 지속적으로 추진될 수 있었던 데는 여러가지 내적 요인이 있었다. 우선 명분이 뚜렷한 일이라는 점과, 남한 사회의 민족문화에 대한 인식과 태도의 변화가 맞물려서 상승작용이 일어났으며, 또한 차츰 전문 인력들이 배출되어 뒷받침이 되었기에 가능했다. 이를 통해 한문학의 학적 성립과 발전이 이루어졌음이 물론이다.

4. 한문학 35년의 성과와 앞으로의 과제

한문학은 이제 35년의 역사를 기록하고 있다. 그 사이에 한문학은 외형적으로 보면 가속도라도 붙은 듯 신장해 어엿이 근대학문의 한 분과로서 자리잡았다. 2008년 한해 동안 학술지에 발표된 논문이 파악된 것만 해도 191편이었다(분야별로는 이론·비평 기타 16편, 한시 99편, 산문 66편으로 나뉜다). 한문학 관련의 단행본 저서, 편역서들이 매년 쏟아져나오고 있다. 전국의 여러 대학에서는 봄학기와 가을학기마다 한문학 전공의 석·박사들을 배출해서 연구인력이 계속 증가하는 추세다. 한문학 또한 현대적 양산체제에 들어가 있다고 하겠다.

그런데 한문학의 이와 같은 양적 성장이 질적 향상으로 이어지고 있는 것일까? 오히려 외형적인 비대가 내면적 부실을 초래하고 있다는 자성의 목소리가 높이 들려온다. 부실화 경향은 한문학만의 문제가 아니다. 학계 전반에서 빚어지는 현상인데, 근래 도입된 평가제도가 오히려 부실화를 부추기는 것이 아닌가도 싶다. 한문학의 경우를 들어서 말하면 본디 자료가 무궁무진한데다가 후발 학문의 이점까지 누리고 있다. 그래서 자료학 수준에서 소재주의에 머무는 연구물들이 다수를 차지하고 있다. 한문학 논문들은 펼치는 논의가 소박하고 분석이 평면적이며, 특히 문학적 이해를 결여하고 있다는 등의 지적을 곧잘 받는다. 한문학의 주체들은 이런 충고를 겸허하게 받아들이고 스스로 반성하는 자세가 바람직하다고 본다.

그런 한편으로, 한문학이 그 사이에 이룩한 학문적 성과들은 꼼꼼히 따져서 비판할 것은 비판하고 챙길 것은 챙겨야 할 것이다. 이 글의 서두에서 한문학의 영역으로 설정한 '한국한문학'과 '한문고전학' 두 방면으로 35년의 성과를 간략히 평가하면서 문제점을 적시해두고자 한다.

한문학 연구의 대상은 한국의 한문학이었으니 한국문학의 한 부분이다. 다시 말하면 한문학 연구는 한국문학학의 일환으로 진행된 것이다. 한문학 연구가 진행됨으로 해서 인생과 사회에 대한 체험과 사상을 담은 소중한 작품들이 그 작가와 함께 속속 우리 문학사에 등재되었으며, 한문학적 이해가 깊어짐으로써 우리 문학에 대한 미학적·비평적 인식의 독자적 길이 차츰 열리고 있다. 한국문학사는 한문학에 의해서 풍부하고도 체계적으로 재구될 수 있게 된 것이다. 최근 학계의 현황을 보면 국문학은 침체한 감이 들고 한문학 쪽이 활발하며, 일반 독서인들의 관심을 끌기도 한다.

이제 국문학과 한문학의 관계에서 발생하는 문제점에 대해 언급해보자. 양자는 각각 분거상태로 존립해 통합의 길은 멀어지고 한국문학 전체의 통합적 인식은 날로 어렵게 되어가는 실정이다. 그러면서 한편으로 국문학과에 한문학 전공이 끼어 있으며, 양자가 공서(共棲)하는 학술지도 더러 있다. 이런 혼선은 불가피한 것으로 보인다. 당초에 국문학이 한문학을 배제하고 학문을 구축한 데서 문제가 발단했으며, 다음 한문학의 학적 정립의 과정에서 한문학이 국문학과 분립했던 데서 문제가 돌이키기 어렵게 되었다. 고전국문학과 한문학, 그리고 현대문학을 하나의 한국문학으로 통합해서 인식할 수 있도록 하는 방향으로 제도화와 실천적 노력이 아울러 요망되는 것이다.

한문고전학은 실로 방대한 기록문화유산 전체를 포괄해서 한문학 연구자가 그 모두를 감당하기에는 일거리가 너무 방만하다. 앞에서 언급했듯 한문학의 학적 성립에 앞서 민족문화추진회가 결성되어 비교적 조직적으로 사업을 추진해왔거니와, 최근에 고전번역원으로 개편되어 이 과제를 수행하는 중심기구로서 위상이 확고하다. 그렇지만 한문학 연구자로서도 이 방면의 역할을 소홀히 생각할 일은 아니다. 영문학자가 영문학의 번역을 해왔고 앞으로도 그럴 필요가 있는 것과 마찬가지다. 기왕에 한문학 연구자 단독, 혹은 협업으로 번역이 이루어진 사례들은 이루 다 헤아리기 어려울 정도이다. 그런 중에 충실한 교감과 주석, 훌륭한 번역문으로 호평을 받은 경우가 더러 있다. 그리고 한문문적의 산적한 더미에서 정화를 발굴, 편찬해 하나의 신고전으로 태어나게 한 노작도 없지 않다. 오직 한문학 연구자의 내공의 축적과 고도의 안목에 의해서 기대되는 성과이다. 그럼에도 이런 학술적이고 창조적인 작업에 대해 우리 학계의 평가는 의외로 인색한 편이었다. 권장하는 뜻에서라도 이 방면의 업적을 제대로 평가하고 창조적 가치를 인정해주는 학계의 관행과 제도적 장치가 따라주어야 할 것이다.

21세기의 달라진 환경에서 한문학 또한 출로를 모색하고 쇄신을 도모해야 하는바 필자가 특히 강조하는 두가지 점을 들어두는 것으로 이 글을 맺는다.

한문학의 문화론적 출로: 문화론이라고 해서 종래의 문학론적 접근과 전혀 다른 길로 가자는 것은 아니다. 문학론적으로 보다 시계를 넓게 잡는 것이 문화론적 보기라고 하겠다. 그렇다고 눈만 크게 뜨는 것이 다는 아닐 터다. 문화론적 인식은 근대적인 문학 개념에 대한 문제의식으로부터 출발하는 것이 바람직하다. 근대적 문학 개념의 틀은 한문학 유산에 맞추기에는 부적합한 것이다. 원론적으로도 문제점을 안고 있는 근대적 문학관의 해체와 함께 문화론적 인식이 요망되기에 이르렀다.

근대극복 및 문명사적 전환의 과제: 한문학이란 학적 존재는 근대주의에 대한 저항적 의미를 띠고 있다. 한문학이 근대학문으로 편입하기 위해서 근대적 문학 개념에 끼워맞춘 일은 한문학의 존재의미를 스스로 축소한 꼴이었다. 이 문제점은 문화론적 접근에 의해서 자동적으로 해소된다고 전망할 수 없다. 근대주의의 극복이 따라야 하며, 근본적으로는 문명사적 반성이 요망되는 것이다. 지금 21세기 문명사적 전환을 모색할 단계에 처해서 한문학 연구자는 응당 '문(文)에 기초한 문명'에 관심을 돌릴 필요가 있다. '문의 문명'을 그대로 복원할 수야 없겠으나, 그 내용을 해석하고 활용하는 데 따라서 인문적 가치를 되살릴 수 있고 '지속가능한 발전'으로 사유의 전환도 가능해질 수 있지 않을까 한다.

| 제6부 |

한국의 오늘, 학문하기

제1장

전통적 인문 개념과 문심혜두

정약용의 공부법

우리 역사에 학문저술로 위대한 발자취를 남긴 다산 정약용의 공부법은 어땠을까? 물음 자체가 흥미를 자아내기에 충분하지만 21세기로 넘어와 10년을 경과한 지금 특히나 제기해볼 필요가 있는 주제로 생각된다.

요즘 인문교양을 강조하고 인문학의 부활을 외치는 소리가 학계의 범위를 넘어서 사회적 관심사로 떠올라 있다. 영국의 저명한 문학비평가 테리 이글턴(T. Eagleton)이 인문학의 위기와 관련한 질문을 받고 "자본주의가 발전된 사회에서 인문학의 위기를 해결할 출구는 없다"고 답한 인터뷰 기사를 최근에 읽었다.[1] 이글턴의 이 진단은 정곡을 찌른 것으로 보인다. 인문학은 서구주도의 근대, 자본주의체제하에서 주변화되었고 더욱이 시장만능의 자유주의 행보로 인해 폐기될 위기에 놓

1 「대담: 인문학 위기, 영국도 마찬가지지만 출구는 없다」, 『교수신문』 2010.9.13.

인 것이 사실이다. 그런데 인문학으로 쏠린 관심은 어떻게 설명할 것인가?

당초 인문학 분야에 속하는 당사자들이 인문학의 위기를 호소하자 사회적으로 큰 반향이 일었다. 하지만 이런 현상적 사실로 그 원인이 설명되지는 못한다. 인문학의 위기의식이 인류적 문제로 느껴져서 사회적 공감대를 형성한바, 이는 요컨대 '문명적 전환'의 시대를 반영한 정신현상이다. 그렇게 보면 인문학의 존망은 실로 문명사적 과제와 직결된다고 하겠다.

지금 우리가 다시 찾는 인문학이란 과연 어떤 인문학일까? '두개의 문화'(two cultures) 중 하나, 즉 과학과 인문학으로 분리된 상태의 인문학을 뜻하는가? 월러스틴은 "과학과 인문학 간의 인식론적 차이를 확고히함으로써, 보편적 진리는 인문학자가 아니라 과학자가 제시한 것"이라고 근대 지식구조의 특징을 지적한 바 있다.[2] 과학이 되지 못하는 인문학은 학문으로서 자격미달인 셈인데, 이런 인문학의 위상을 그대로 감수할 것인가. '문명적 전환'이라면 서구주도의 자본주의적 근대로부터 획기적인 방향 전환을 의미할 터다. 21세기에 새로 불러일으키는 인문학이라면 학문의 중심적·주도적 지위를 자연과학에 넘겨주고 사회과학에도 밀려난 처지로 존속하는 식이어서는 큰 의의를 갖지 못한다. 그렇다면 르네상스 시대의 고전적 인문주의로 복귀하자는 뜻인가. 인문학과 과학이 분리되기 이전의 인문정신 회복을 기대하는 바지만, 역사의 시간을 되돌리기는 불가능하겠거니와, 유럽적 보편주의의 극복

---

2 이매뉴얼 월러스틴 지음, 김재오 옮김 『유럽적 보편주의: 권력의 레토릭』, 창비 2008, 134면.

이라는 주요 과제가 간과되기 마련이다. 우리가 생각하는 방향은 동서고금을 회통한 '제2 르네상스'라고 표현할 수 있을 것 같다.

이런 문제의식으로 나는 '전통적인 인문 개념과 문심혜두(文心慧竇)'라는 제목을 잡아보았다. 동양 전래의 인문 개념은 다산의 공부법이 나온 곳이기도 하다. 이 인문 개념은 서구주도의 근대세계로 편입되면서 동아시아 전통체제와 함께 실종되었다. 다산의 공부법 역시 현실적 의미를 상실하고 말았다. 이 '역사의 미아'를 굳이 찾는 뜻은 서구문명의 대립항으로서, 혹은 그 대안으로서 동양문명과 전통적 인문학을 불러오겠다는 것이 아니다. 사고의 발본적 전환으로 인문학의 새로운 패러다임을 고민해보자는 취지다. 학문이란 어디까지나 자료를 읽고 머리로 사고해서 글로 엮어내는 작업인데, 거기엔 주체의 창의적 활력이 필수요소다. 다산의 공부법이 이 고뇌에 찬 작업의 실천에 참조되기를 희망한다.

1. 동양 전래의 문명과 인문의 개념

아득한 옛날 중국에서 성립해 동아시아의 한자문명권에서 보편적으로 통용된 문명(文明)이란 술어는 인문(人文)이라는 말과도 상통하는 개념이었다.

본디 문명은 개념의 중심이 '문'에 있었다. '문'이 본체이고 '명'은 그 발현태에 해당하는 셈이다. 즉 태양의 광채가 지상을 밝게 비추듯 세상이 개명해지는 형국이니 문이 고도로 실현된 상태, 그것이 다름 아닌 문명이다. 따라서 중국적 문명의 특성은 '문의 문명'이라고 말해도 좋다.

문이란 과연 무엇을 의미하는가? 이는 인문이라는 개념과도 직접 관련되는 물음이다.

'문'이라는 한 글자가 포괄하는 범위는 천지와 만물·만사에 걸쳐 더 없이 넓고 의미 또한 중층적이다. 얼른 떠오르는 뜻이라면 문자, 즉 한자가 잡히고 이는 글 혹은 문학으로 연계된다. 문은 원래 사물이 어울린 모습이나 무늬, 결〔紋〕을 지칭했다. 그래서 아름다운 상태를 문채(文采)라 이른다. 천연으로 조화를 이뤄 아름다운 문도 있고 인공이 가해져서 아름답게 된 문도 있다. 후자는 질(質, 바탕)의 반대말로 문식(文飾, 꾸밈)이라 한다. 질과 문이 적절히 어울린 상태를 미학적 이상으로 여겨서 그것을 문장(文章)이라고 일컬었다.

이와는 차원을 달리해서, 문은 예악제도(禮樂制度)를 뜻하기도 했다. 『논어』에서 공자가 "문왕(文王)이 이미 세상에 계시지 않으니 문(文)은 여기에 있지 않느냐"라고 말한 대목에, 주희는 "도(道)가 표현된 상태를 일러 문이라 하는데 대개 예악제도를 가리키는 것이다"라고 풀이했다.[3] 이 풀이에서 도와 문의 관계도 뚜렷이 드러난다. 도와 문은 둘이면서 하나다. 그런데 예악제도가 목적하는 바는 경세(經世), 즉 세상을 다스리는 것이다. 경세를 우주적 차원으로 연계시키면 경위천지(經緯天地)라는 말이 된다. 천하의 질서를 세운다는 경위천지는 문의 의미 중 최상급에 위치한 것이다. 예로부터 공자를 칭송할 때 문이란 글자를 사용했던바 바로 이 뜻이다.

이렇듯 문의 의미망은 글자 하나하나를 가리키는 데서부터 우주적

---

3 『논어』「자한(子罕)」편에 공자가 광(匡)이란 곳에서 신상이 위기에 처했을 때 부르짖은 말로 기록되어 있다. 원문은 "子畏於匡, 曰: '文王旣沒, 文不在玆乎?'"이다. 이 구절의 의미를 주자는 "道之顯者謂之文, 蓋禮樂制度之謂"라고 풀이한 것이다.

차원에 이르기까지 실로 중층적인데다 딱히 경계를 구분짓기도 모호하다. 그 다층구조는 분리된 것이 아니고 상통, 상관되어 있기 때문이다. 여기서는 문명과 관련해서 문제의 인문이란 개념이 도입된 경위를 살펴보자.

인문의 가장 이른 용례는 『주역』의 「비괘(賁卦, ䷕)」에 보인다. "문명이 그쳐 있으니 인문이라(文明以止, 人文也)" 한 것이다. 비괘는 그 괘상 자체가 불(☲)이 산(☶) 아래 있는 형국이어서 『주역』 64괘 중에 문명과 결부된 것이라 한다. 불은 문명을 표상하는바 그 불이 산 아래 그쳐 펼쳐지니 곧 인문이라고 이 구절은 해석된다. 인문에 대응하는 개념이 천문(天文)과 지문(地文)이다. 천상에 빛나는 태양을 비롯해 달과 별들의 찬란한 형상이 천문이고, 지상에 수놓인 산천과 초목이며 금수의 형형색색으로 어울린 형상이 지문이다. 천문·지문·인문에 공통으로 들어 있는 '문'은 사물의 어울린 모습이나 무늬를 가리킨다. 천문과 지문의 경우 그야말로 천지자연의 현상을 뜻하지만 인문은 인간의 작위(作爲), 즉 인공이 가해진 문이다. 인문을 천문·지문과 일단 구분하면서도 관련짓고 있다. 그래서 앞서 지적했듯 문과 질이 조화롭게 어울린 상태를 최상의 경지로 생각했던 것이다.

> 천문을 관찰해서 사시의 변화를 살피고 인문을 관찰해서 천하를 화성(化成)한다.[4]

비괘의 "문명이 그쳐 있으니 인문이라"고 한 그 구절에 바로 이어지

---

4 "觀乎天文, 以察時變, 觀乎人文, 化成天下"(『周易·賁卦』).

는 말이다. 천문을 관찰하고 인문을 관찰하는 주체는 성인일 터다. 아득한 옛날 복희씨(伏羲氏)가 위로 천상(天象, 天文)을, 아래로 지법(地法, 地文)을 살피고 본떠서 팔괘를 그렸다고 한 경우다. 『문심조룡』은 이 일을 인문의 첫 출발로 인정했다.[5] 인문의 목적인 천하를 교화하고 양성한다는 '화성천하(化成天下)'는 '경위천지'와 통한다. 문명화를 뜻한다고 봐도 좋을 것이다. 이는 천·지·인을 하나로, 통합적으로 사고하는 삼재(三才)의 논리구조에서 나온 것이다.

그러므로 인문은 미학적 개념이면서 정치적 개념임을 알 수 있다. 인문이란 '인간의 문명'을 지칭한다고 할 수 있으니 결국 문명과 일치하는 개념이다. 그런데 천문은 빛나는 태양과 반짝이는 별들에서 그 구체적인 형상을 눈으로 살펴볼 수 있지만 인문은 대체 무엇으로 인지할 수 있는 것일까? 옛사람들은 대개 시서예악(詩書禮樂)을 인문의 정수로 생각했다. 시서예악은 성인의 정신이 담긴 것이므로 도이며, 그 표현형식이 문, 다름 아닌 인문이다. 이는 '도본문말(道本文末)'이라는 논리구조다. 이 의미를 도가 근본임에 대해 문은 부수적이라고 간주하기 쉬우나, 양자는 경중으로 따질 관계가 아니다.

여기서 다시 '문장'이란 개념을 거론하기로 한다. 인문의 미학적 이상형을 일러 문장이라 칭했음을 앞서 언급했다. 『문심조룡』에서는 요순(堯舜)을 찬미해 "당우(唐虞)의 문장은 비로소 거룩하게 빛났다(唐虞文章 煥乎始盛)"고 말하고 있다. 인류 역사상 복희씨에서 발원한 인문이 요순의 단계로 와서 크게 열렸다는 의미일 것이다. 이 구절에서 문장은

---

5 "인문의 으뜸은 태극에서 시발되었다. 심오하게 신명을 밝히되 오직 역상이 우선인데 포희는 처음에 팔괘를 그렸고 공자는 나중에 십익(十翼)을 지은 것이다(人文之元, 肇自太極, 幽贊神明, 易象惟先. 庖羲畫其始, 仲尼翼其終)"(『文心雕龍·原道』).

종래 삼분(三墳) 오전(五典)을 가리키는 것으로 풀이했다.[6] 이때 문장이란 고전, 즉 경전을 의미한다. 문명-인문의 문은 어원적으로 글 혹은 글자를 뜻한 것이 아니지만 결국 글로 돌아온 셈이다. "도는 성인을 따라 문을 드리우고 성인은 문을 가지고 도를 밝힌다(道沿聖以垂文 聖因文以明道)"고 『문심조룡』은 천명한 것이다. 『문심조룡』이 「원도(原道)」편을 첫머리에 놓은 데는 깊은 뜻이 있다. 문학 내지 글쓰기는 근본을 도에 두어야 한다는 논법이다. 다시 『문심조룡』의 한 구절을 인용해본다.

〔인간주체의 내면에〕 문심(文心)이 발동해서 '입언(立言)'을 하며, 입언을 해서 천하에 문명을 이룬다.[7]

천지와 더불어 삼재(三才)의 하나로 참여한 인간은 만물 가운데 가장 빼어난 존재이기에 인간의 마음은 곧 천지의 마음이라고 여긴 것이다. '문심조룡'이라고 책이름에 올라 있듯, 문심은 글을 짓기 위해 움직이는 마음이다. 인문 창조에 다름 아니다.

이상에서 정리한 '문명(인문)→문심'의 도식은 다시금 '문심→문명(인문)'으로 확장되는 구조로 그려볼 수 있겠다. 과거의 문명을 학습, 체득해서 미래의 문명을 창조한다는 뜻의 말이 계왕개래(繼往開來)인데, 이 계왕개래의 연결고리에 해당하는 개념이 다름 아닌 문심이다.

---

6 『문심조룡』의 「종경(宗經)」에는 "皇世三墳, 帝代五典"이라고 해서 삼분(三墳)은 삼황(三皇) 때의 문적이고 오전(五典)은 오제(五帝) 때의 문적을 가리키는 것으로 표현한다. 후세에 '삼분 오전'은 전적류 일반을 지칭하는 의미로 쓰였다.

7 "心生而立言, 立言而文明"(『文心雕龍·原道』).

2. 한국 전통사회 지식층의 문명의식과 정약용

한반도는 비교적 이른 시기부터 중국에서 발원한 문명의 영향을 지속적으로 받아왔다. 그래서 알려진 바와 같이 한자문명권에 속하게 되었다.

그런데 여기에 분명히 해둘 점이 있다. 중국적 문명이 한반도에 이입되어 정착하고 발전한 것은 물이 위에서 아래로 흐르듯 저절로, 아니면 약자가 강자에게 눌리듯 피동적으로 이뤄진 결과물이 아니라는 것이다. 중국 주변의 동서남북으로 광막한 지역 가운데서 동방의 한반도와 일본열도, 그리고 동남방의 베트남에 한정해서 한자문명권이 형성된 현상을 보면 쉽게 확인되는 사실이다. 요컨대 수용자측의 능동적인 자세와 창조적인 노력에 의해서 이루어진 것이다.

중국과 한국의 전통사회에서 지식인이라면 사대부, 즉 문인관료층이다. 사대부라면 정신적 기초로 고전을 학습했고 문학은 그네들의 필수교양이었다. 이들은 속성상 문명의식을 소유하는 것이 당위였으며, 문명의식은 역사발전과 문화창조의 원동력이었다고 말해도 좋다.

한국 실학을 집대성한 것으로 평가되는 정약용에게 입력돼 있던 문명의식은 과연 어떤 성격이었을까? 이를 논하기에 앞서 성호 이익의 문명관을 거론해본다. 성호는 학계에서 공인하다시피 반계 유형원을 이어 한국 실학을 확립한 존재이며, 다산은 성호학의 적통이다. 이익의 주저인 『성호사설』에 「동방인문(東方人文)」이라는 글이 있다. 제목이 의미하듯이, 짧지만 한국문명사에 해당하는 내용이다.

> 단군의 세상은 아직 홍몽(鴻濛)하여 미개한 상태였다. 천여년을 경과해서 기자(箕子)가 동토에 봉(封)을 받음에 이르러 비로소 파천황(破天荒)이 되었다. 그러나 한강 이남으로는 미치지 못했다. 다시 9백여년을 경과해 삼한에 이르러 지기(地紀, 지상의 질서)가 열리고 이어 삼국의 영역으로 되었다. 또다시 천여년을 경과해 성조(聖朝, 자기가 속한 왕조를 지칭하는 말)가 개국함으로 해서 인문이 비로소 천명되었다. 중엽 이후로 퇴계(退溪)는 소백산 아래서 태어나고 남명(南冥)은 두류산(頭流山, 지리산) 동쪽에서 태어났으니 모두 영남 지역이다. 〔영남의〕 상도는 인(仁)을 숭상하고 하도는 의(義)를 위주로 해서 유화(儒化)가 바다처럼 펼쳐지고 기절(氣節)이 산처럼 높았다. 이에 문명의 지극한 경지에 도달한 것이다.

자국의 4천년 역사를 요약하고 있다. 인문-문명을 주요 개념으로 직접 쓰고 있으며 '홍몽'이니 '파천황'이니 하는 말도 문명론적인 어휘다. 그래서 이 글을 한국문명사의 골격을 잡은 내용이라고 본 것이다. 단군조선→기자조선→삼한→삼국→고려→조선으로 계통을 세웠는데 조선조에 이르러 인문이 활짝 열렸다고 말한다. 성호 자신이 속한 왕조이기 때문에 미화한 것이라기보다 유가적인 문명관을 취하는 경우 당연한 결론이라 하겠다. 고려를 대체한 조선은 사대부국가로서 '문명의식과 동인(東人)의식의 혼성형식'으로 출범한 터였다.

그런데 성호는 조선왕조 중엽에 퇴계(退溪) 이황(李滉)과 남명(南冥) 조식(曺植)이 나옴으로써 동방의 인문이 드디어 정상에 오른 것으로 평가하고 있다. 이 문명론적 한국사 인식체계는 동양의 보편적인 문명의식에 기초하면서 성호 특유의 입장으로 구도를 잡은 것이다. 문명사의 정점에 영남의 퇴계와 남명을 위치시킨 점이 매우 특이하다. 당시 보편적인 문명이라면 유교를 떠나서 생각할 수 없고, 영남은 한반도에서 최상급의 유자(儒者)인 퇴계와 남명을 배출한 지역이기에 '문명향'으로 상정한 것이다. 이는 성호적 관점이다. 그렇다면 정약용은 문명을 어떻게 사고하고 있었는지 본인의 발언을 직접 들어보자.

> 중국은 문명이 습속을 이루어 아무리 먼 시골구석이라도 성인이 되고 현인이 되는 데 방해될 것이 없다. 우리나라는 그렇지 못해서 서울 도성의 십리만 벗어나도 벌써 홍황세계(鴻荒世界)다. 하물며 먼 시골이야 말할 것 있겠느냐![8]

우리의 현실을 중국에 견주어 형편없이 미개한 상태로 치부하고 있다. 성호와 다산은 문명론에서 관점차를 현저히 드러낸 것이다. 성호는 한반도 최상의 문명을 영남 땅에서 발견하는 데 반해 다산은 서울 도성을 벗어난 전역을 싸잡아 '홍황세계'(야만지대)라고 말한다. 성호가 '문명의 이상향'으로 동경한 영남 역시 '홍황세계'에서 제외하지 않은 것이다.

다산은 성호의 재전제자(再傳弟子, 제자의 제자)이다. 문명관에 있어서 성호와 다산 사이에는 공통분모와 함께 서로 다른 점도 있다. 공통분모는 유가적 상고주의다. 저 고대에 성인들이 등장해서 창조한 문명-인문은 인류의 보편적 가치요, 돌아가야 할 원형으로 사고했다. 원형으로 돌아가자는 것이 복제품을 만들어내자는 뜻이 아닐 터이므로, 길은 거기

8 「示二兒家誡」, 『與猶堂全書』 詩文集 권18.

서부터 시작이다. 성호는 농촌공동체적 사회상을 동경했으며, 따라서 퇴계와 남명을 이상형으로 상정한 것이다. 다산은 예컨대 국가개조의 마스터플랜이라 할 『경세유표』에서 '장인영국도(匠人營國圖)'를 제시하는바 이는 수도 서울의 설계도다. 그 자신 『주례』에 근거한 것이라고 말하고 있으나 치밀한 기획으로 신도시를 구상한 것이다.[9] 다산은 성호와 달리 발전론적으로 사고해 기획도시에서 문명의 상(像)을 설정하고 있다. 양자는 '유가적 상고주의'를 공통분모로 지니고 있음에도 지향점은 이처럼 판이했다.

문명이라는 개념 자체가 성인의 사업과 직결해서 성립한 것이었다. 성인이란 요순이나 문왕 같은 고대의 제왕에 해당하는바 그 위대한 승계자로서 성인 공자가 탄생할 수 있었다. 이들 성인의 존재를 다산은 특이하게 해석하고 있다. "내 보건대 분발흥작(奮發興作)해서 천하의 사람들을 흔들어 일으켜 줄곧 노동하고 역사해서 한시도 편안히 있지 못하도록 한 것이 요순이었다."[10] 대단히 강렬한 논조다. 그야말로 '분발흥작'해 문명 건설을 향해 일로매진하도록 한 것이 성인의 성인다움이었다는 주장이다. 명색 유교국가로서 4백년을 지내오면서 침체와 고식으로 떨어진 국가체계, 나태와 안일에 빠진 사회분위기를 진작하고 혁신

9 『경세유표』의 「천관(天官)」 편에서 전도사(典堵司)의 업무와 관련해 영국(營國, 수도의 건설·경영)의 문제를 논하고(『經世遺表』 권2 장38~39), 따로 또 장인영국도의 치밀한 설계를 제시하고 있다(같은 책, 권3 장24~33). 안병직(安秉直)은 「다산과 체국경야(體國經野)」(『다산학』 4, 2003)에서 장인영국도를 다룬 바 있다.

10 정약용은 『경세유표』 서문에서 "以余觀之, 奮發興作, 使天下之人, 騷騷搖搖勞勞役役, 曾不能謀一息之安者, 堯舜是已. 以余觀之, 精密嚴酷, 使天下之人, 夔夔遫遫瞿瞿悚悚, 曾不敢飾一毫之詐者, 堯舜是已"라고 강조한 다음, 그럼에도 성인의 형상을 정반대로 마치 무위(無爲)로 다스렸다거나 철저하고 치밀하지 않았던 것처럼 왜곡시켜 혁신의 길을 가로막아 천하가 침체와 부패에서 빠져나오지 못하는 원인이 되고 있다고 변파(辨破)했다.

하자는 다산 자신의 염원이 그의 성인관에 투영된 것이다.

다산의 한 세대 선배인 연암 박지원은 지상에 문명을 건설하는 과제를 '독서지사(讀書之士)', 즉 지식인의 본업으로 자부했다.[11] 다산 또한 "인간된 본분은 스스로 범상한 것이 아니"라는 전제하에 "우주간의 일이 곧 나의 일이요, 나 자신의 일이 곧 우주간의 일"임을 천명한 바 있다.[12] 자아를 우주적 차원에서 확립하고자 하는 의지로 읽힌다. 일찍이 맹자는 "사람은 누구나 요순이 될 수 있다"고 설파했거니와,[13] 하늘과 땅과 함께 삼재의 하나로 참여한 인간 본연의 임무를 각성한 것으로 볼 수 있겠다. 여기서 주목할 점이 있다. 연암도 문명 건설을 '독서지사'의 임무로 확인했지만, 다산은 주체의 실현을 위해 독서의 방법론, 즉 학문을 설계한 것이다.

3. 다산이 제기한 문심혜두와 공부법

다산의 방대한 저작은 근대적 분류 개념으로 볼 때 문학과 인문학, 사회과학에서 의학 등의 기술학에 이르기까지 여러 분야에 걸쳐 있는데, 이것은 하나의 체계로 구성된 전체이니 그 자체가 학문의 방법론, 즉 공부법이라고 할 수 있다. 그러니 다산의 공부법을 낱낱이 파악해서 그 전모를 이해하자면 역시 방대하고 지난한 작업이 될 터이다. 여기서는 당시 교육현장에서 통용되던 기초교재들에 대해 다산이 비평한 글 세편,

11 「原士」, 『燕巖集』 권10 장12.
12 「示二兒家誡」, 『與猶堂全書』 詩文集 권18.
13 "人皆可以爲堯舜"(『孟子』 권12 告子).

그리고 유배지에서 두 아들에게 보낸 편지를 대상으로 삼으려 한다. 내용이 바로 공부법으로서 워낙 핍진하기 때문에 다산 공부법의 진면목으로 들어가는 입구 내지 첩경이지 싶다.

다산은 교육의 단계로서 '동치독서(童穉讀書)'라는 과정을 설정한다.[14] 8세에서 16세에 이르는 기간을 지칭하는바 오늘의 교육제도로는 초등학교에서 중학교에 해당하는 시기다. 이 단계를 다산은 인간 정신의 성장·발육기로 보아 각별히 유의한 것이다. '독서'는 책을 읽는다는 본뜻에서 나아가 현대 중국어에서는 한국어의 '공부'에 대응하는 말로 쓰이는데, 다산의 '동치독서' 또한 공부의 의미로 읽힌다. 당시 조선사회는 일반적으로 주흥사(周興嗣)의 『천자문(千字文)』과 『사략(史略)』『통감절요(通鑑節要)』를 필수 교과서처럼 가르쳤다. 이에 다산은 「천문평(千文評)」「사략평(史略評)」「통감절요평(通鑑節要評)」의 연작을 써서 문제제기를 한 것이다.

이 세편의 교육평론은 대상이 되는 책을 겨냥해서 그것들이 각기 교재로서 왜 부적합한지를 통렬하게 지적한다. 종래에도 이들 책에 대한 부정적 평가는 없지 않았다.[15] 다산은 차원이 다르다. 세편의 글에는 인문교육을 위한 방법론적 고민이 깃들어 있다. 물론 다산의 평론은 각각의 책에 대한 구체적인 비판으로 논리를 끌어가기 때문에 내용이 서로 다를 수밖에 없지만, 세편을 관류하는 요지는 하나로 모아진다. 다름 아

14 "童穉讀書, 概用九年, 自八歲至十六歲是也"(「通鑑節要評」, 『與猶堂全書』 詩文集 권22 장 29).

15 『통감절요』와 『사략』 및 주흥사 『천자문』에 대해 서술하고 그 문제점을 적시한 것으로 홍한주(洪翰周)의 『지수염필(智水拈筆)』 중 「사략·통감」조와 「주씨천문(周氏千文)」조를 들 수 있다.

닌 '문심혜두' 네 글자다.

'아동을 깨우치는 방법(牖蒙之法)'은 그 스스로 지식을 개발하는 데 있다. 지식이 미치는 곳에는 한 글자 한 구절 다 족히 문심혜두를 여는 열쇠가 될 수 있는 것이다. 지식이 활발하게 나가지 못하면 아무리 다섯 수레에 실은 만권의 책을 독파하더라도 읽지 않은 것이나 마찬가지다.[16]

아이들이 글자를 하나둘 익혀가고 글을 한두 구절 알아가는 그 자체가 곧 문심혜두를 열어가는 과정이라는 논법이다. 그렇게 되지 못하면 아무리 만권의 책을 독파하더라도 무의미하다고 본다. 공부의 요체는 문심혜두로, 즉 공부란 '문심의 슬기구멍'을 뚫는 열쇠가 되어야 한다는 주장이다. 또한 누가 열어주는 것도 밖에서 들어오는 것도 아니요 "자신의 내면에서 저절로 개발되어, 문자활동에서 진진한 즐거움이 생겨나도록 해야 할 것이다"라고[17] 자율적 창발성이 문심혜두의 요령임을 밝혀두고 있다.

공부의 제일 묘방이 문심혜두라는 관점에서 평가할 때 그 세가지를 교재로 가르치는 당시의 방식은 매우 좋지 않다는 것이 다산의 지론이다. 한자를 학습하는 첫걸음인 『천자문』의 경우 사물을 유추하고 체계적으로 인식하는 능력을 배양할 수 있도록 짜여 있지 않으며, 인류 역사를 접하는 처음인 『사략』의 경우 내용이 허황하고 괴탄(怪誕)해서 합리

16 「史略評」, 『與猶堂全書』 詩文集 권22.
17 같은 글.

성이 결여된 것이며, 『통감절요』의 경우 특히 한문의 문리를 터득하도록 한다는 취지에서 몇년을 두고 계속 읽히는데 지루하기 짝이 없어 활발한 기상을 잃게 만든다는 것이다.

'문심'은 당초 『문심조룡』에서 표방했듯 인문전통을 계승하고 새로운 인문을 열어가는 연결고리에 해당하는 개념이다. 인간 내면의 창발성이 다름 아닌 문심이다. 다산은 이 '문심'을 호출하고 거기에 '혜두'를 붙여서 공부법의 요체로 삼았다. '문심혜두'의 용례는 중국의 그 수많은 문헌에서 잡히지 않으며, 한국의 전적에서는 오직 다산의 이 용례가 확인될 뿐이다. 필자가 조사한 바로는 다산이 처음으로 쓴 것으로 보인다. 그런데 '문심' 두 글자를 다산에 앞서 뜻깊게 호출한 사례를 연암에서 만난다. 연암은 글쓰기라는 행위가 원초의 생생한 감동을 잃어버린 현상을 탄식해 "슬프다! 포희씨(庖羲氏, 복희씨)가 세상을 떠난 이후로 문장이 흩어진 지 오래다"라고 말했다. 그럼에도 "곤충의 더듬이, 꽃술, 석록(石綠), 비취(翡翠)에 그 문심은 변치 않고 그대로다"라고 덧붙인다.[18] 연암이 촉구한 뜻은 우주의 삼라만상을 인식해서 기호로 표현한 저 인류 초유의 창조적 감동을 우리의 글쓰기에서 회복하는 데 있었다. 문심혜두를 들고 나온 다산 또한 문자 창조의 처음으로 돌아가서 사고한 점은 마찬가지인데, 인간의 정신활동의 능력을 좀더 폭넓게, 과학적이고 구조적으로 개발하려는 의도를 담았다고 여겨진다.

다산이 두 아들에게 보낸 서한집은 오늘날 『유배지에서 보낸 편지』라는 이름으로 번역, 발간되어 국민적 교양서처럼 읽히고 있다.[19] 귀양

18 朴趾源 「鍾北小選序」, 『燕巖集』 권7. 필자는 「박지원의 인식론과 미의식」, 『한국한문학연구』 11, 1988에서 이 글을 인용해 그 인식론적 함의를 논한 바 있다(『실사구시의 한국학』에 재수록).

살이를 하면서 멀리 있는 두 아들을 편지로 가르치고 깨우친 것으로, 그 내용이 워낙 곡진하고도 적확해서 지금도 독자들의 심금을 울린다. 이 내용을 공부법으로 볼 때 당시 그의 두 아들은 청장년이었으므로 '동치독서'에서 단계가 훨씬 높아진, 말하자면 박사과정이나 연구과정 쯤에 해당하는 셈이다.

다산은 자기 가문을 폐족(廢族)이라고 표현한다. 그도 그럴 것이 이단자로 낙인찍혀 네 형제 중 셋째형은 사형을 당했고 둘째형과 자신은 유배형에 처해져 언제 집으로 돌아갈지 아득했다. 이런 상태에 대처하는 최선의 방도는 독서라는 것이다. "독서는 인간세상에서 제일의 맑은 일"(讀書是人間第一件淸事)임을 다산은 두 아들에게 강조하고 있다.[20] 옛말에 "책 가운데 만종(萬鍾)의 녹(祿)이 담겨 있다"고 일렀듯 종래 공부의 목적은 오로지 과거시험을 통과해서 벼슬을 하는 데 있었다. 벼슬할 가망이 없는 처지에서 공부에 매진하라고 역설한 그 뜻은 음미해볼 소지가 있다. 출세주의와는 다른, 순수한 학문의 길을 개척하는 의미를 갖는다.

이 서한집의 내용은 독서지도뿐 아니라 가정사를 언급한다든지 생활을 지도하는 등이 포함되어 있다. 다산의 공부법은 생활지도와 독서지도를 아우른 개념이다. 다만 독서지도에 해당하는 쪽이 비중이 크고 자상하다. 독서지도는 참으로 자상해서 그때그때 읽어야 할 책의 목록이며 읽는 방법까지 꼼꼼히 제시한다. 지금 대학원에서 교수가 박사과정 학생에게 이런 식으로 논문지도를 하면 얼마나 좋을까 하는 생각이 들

19 박석무 편역 『유배지에서 보낸 편지』, 개정2판, 창비 2009. 초판은 시인사에서 1979년에 나왔는데 1991년부터 창작과비평사에서 출간되면서 개역·증보작업을 거듭해왔다.

20 「寄二兒」, 『與猶堂全書』 詩文集 권21 장3.

정도다. 특히 주목할 점은 저술을 권장해서 주제를 제시하고 목차까지 잡아주는 것이다. 문심혜두에서 출발한 공부법이 진전해 학문연구로 구체화되고 있다 하겠다. 다음에 이 서한집을 공부법으로 읽을 때 긴요하고 절실하고 유익한 내용 몇가지를 표제로 잡아 소개한다.

1) 공부법의 총체

앞서 다산이 남긴 저술은 여러 분야에 걸쳐서 하나의 세계를 형성하고 있다고 말했거니와, 그가 제기한 공부법 또한 총체적이다.

> 반드시 먼저 경학(經學)으로 기반을 확고히 한 다음, 전대의 역사서를 두루 읽어서 득실(得失)·치란(治亂)의 근원을 알아본다. 또한 모름지기 '실용학'에 유의하되 고인들의 '경국제세의 문자(經濟文字)'를 즐겨 보아, 마음을 항시 만민에 은택이 미치고 만물을 양육하는 데 두어야 할 것이다. 그래야만 바야흐로 '독서군자'가 될 수 있다. 이와 같이 한 연후에 가다가 안개 낀 아침, 달 뜨는 저녁을 만나거나 짙은 녹음에 비가 살짝 뿌려 발랄한 마음이 일고 표연히 생각이 닿아, 자연스럽게 읊고 자연스럽게 이뤄지면 천뢰(天籟)가 맑게 울리는 격이라. 이야말로 '시인의 활발한 경지(詩家活潑門地)'라 하겠다. 내 말을 오활(迂闊)하다고 여기지 말라.[21]

주체 확립의 공부는 경학을 근본으로 강조하면서 동시에 사학(史學)을 필수로 삼는다. 경경위사(經經緯史, 경학을 날줄로 사학을 씨줄로 한다는 의

---

21 같은 글.

미)의 방법론을 채용한 것이다. 앞의 문맥에서 '실용학'이란 "만민에 은택이 미치고 만물을 양육하는 데" 유의하는 학문, 경세학에 다름 아니다. 곧 당시 발흥한 실학과 통하는 개념이다. 다산의 학문체계는 경학(주체의 이론적 정립)과 경세학(經世學, 주체의 사회적 실천)으로 구축되어 있는바, 공부법을 이미 그 두 방향으로 잡고 있음을 알 수 있다. 눈여겨볼 대목은 '시인의 활발한 경지'를 공부법에서 챙겨놓은 점이다. 시 창작은 학문과 구분지으면서도 주체의 내면에서 통일을 이룬다. 곧 총체적 공부법에 의해 문학까지 아우르는 통합적 형태의 인문학 그것이다. 당시는 아직 지식의 분화를 거치기 전이었으므로 재통합이란 표현은 당치 않지만 그렇다고 미분화 상태의 연장이라고 할 것도 아니다. 다산의 입장에서 하나의 학문으로 틀을 세우고 있다고 보아야 할 것이다.

2) 지식의 보편성과 자국에 대한 관심

다산학의 기반은 경학에 있다. 경학을 보편적 진리 내지 원론으로 접수한 것이다. 가령 『목민심서』는 중국의 사례를 많이 원용해 나열한다. 자국의 지방행정을 다루면서 왜 굳이 그랬는지 의아한 느낌도 든다. 이런 부분들은 북한에서 펴낸 번역본에는 대개 빠져 있다. 다산은 지식의 보편성을 매우 중시했으며, 어떤 문제건 원리원칙에 입각해서 해법을 찾았다. 그렇다고 자국의 문헌이나 역사를 소홀히 취급한 것은 결코 아니었다. "금년 겨울부터 내년 봄까지는 『상서(尙書)』와 『좌전(左傳)』을 읽어라." 이처럼 경전 공부를 당부하고 한편으로는 『고려사(高麗史)』 『반계수록』 『서애집(西厓集)』 『징비록(懲毖錄)』 『성호사설』 등 자국의 문헌도 살펴보라면서 "그중에서 요긴한 부분을 초록(抄錄)하는 작업은 그만두어서는 안 될 일이다"라고 덧붙이길 잊지 않는다.[22]

요즘 수십년 이래로 일종의 괴이한 의론이 있다. 동방문학을 몹시 배척해 선현들의 문집에 눈을 붙이려고도 하지 않으니 이는 큰 병통이다. 사대부 자제들이 국조고사(國朝故事)를 알지 못하고 선대 학자들의 의론을 보지 않는다면 그의 학문은 고금을 관통하더라도 거친 것이 될 수밖에 없다.[23]

실학을 규정짓는 특징의 하나로 자아인식을 드는데, 다산은 제 나라의 구체적 실정을 잘 알지 못하면 제대로 된 학문을 이룰 수 없다고 강조어법으로 일깨운 것이다.

3) 비판적 지식 추구의 길

공부란 학습하는 행위요, 독서는 지식을 확충하는 과정임은 말할 것도 없다. 다산은 이를 전제하고 나아가 '비판적 독서'의 시범을 보인다. "옹담계(翁覃溪, 옹방강翁方綱)의 경설을 한두편 읽어보았는데 성글고 명료하지 못해 보인다. 그의 제자인 섭동경(葉東卿)은 학문이 또한 고거(考據)를 위주로 하는바 (…) 해박하기로 말하면 모서하(毛西河, 모기령毛奇齡)에 못지않고 정밀한 연구로 말하면 그보다 윗길이다."[24] 자기와 동시대 중국 학자들을 거론해 평가한 것이다. 그뿐 아니라 존경해 마지않는 선배학자의 업적인 고염무의 『일지록(日知錄)』과 이익의 『성호사설』을 놓고도 비판적인 논의를 주저하지 않는다. 『일지록』은 "사전(史傳)

22 「寄淵兒」, 같은 책 권21 장9.
23 「寄二兒」, 같은 책 권21 장4.
24 「示二兒」, 같은 책 권21 장10.

중의 말을 초록한 것과 자기가 입론(立論)한 말을 뒤섞어서 내용이 견실하지 못하고 거칠다"고 비판한 다음, "나는 일찍이 『성호사설』은 후세에 전할 정본이 되기에는 만족스럽지 못한 것으로 여겼다. 고인들의 기왕의 문장과 자기의 의론을 뒤섞어 책을 만들어 의례(義例)를 갖추지 못한 때문이다. 지금 『일지록』 또한 바로 이와 같은데다가 예론(禮論)은 특히 오류가 많다"고 지적한다.[25] 존경하는 학자의 위대한 저술을 두고도 자신의 안목으로 비판할 부분은 비판하고 있다. 그리고 일본 쪽의 학술동향에도 비상한 관심을 둔다. "일본은 요즘 큰 학자들이 배출되는데 모노노베 나베마쯔(物部雙柏, 오규우 소라이의 본명) 같은 이는 해동부자(海東夫子)로 일컬어지고 있다. (…) 강소(江蘇)·절강(浙江) 지역으로 직접 교류하고부터는 중국의 좋은 서적을 온통 구입해가는데다가 과거제도의 폐단이 없다. 이제 저들의 문학은 우리나라보다 월등히 앞섰다. 심히 부끄럽다."[26] 다산은 일본 학자의 저술에 대해서도 비판을 아끼지 않았지만 높이 평하기를 주저하지 않았다.

무릇 우리가 추구하는 학문은 회의와 비판에서 시작된다. 그런 의미에서 다산은 학문의 진로를 엄정하고도 개방적인 방향으로 안내하고 있었다고 말할 수 있다. 여기에 특히 비판적 지식 추구가 동아시아의 발견으로 통하는 점이 주목된다. 우리가 알다시피 전통적인 동아시아는 중국중심의 세계를 형성하고 있었다. 조선은 은근히 '소중화(小中華)'라고 자부하면서 문명의 중심부에 대해 객관적이고 비판적인 안목을 결여한 상태였다. 반면 중심부로부터 먼 일본을 다분히 야만시했다. 지

25 「寄二兒」, 같은 책 권21 장6.
26 「示二兒」, 같은 책 권21 장10.

금 다산의 글에서 일본의 학술 수준에 대한 평가, 중국의 당대 학자들에 대한 비판적 언급을 보면 그의 머릿속에서는 동아시아의 새로운 그림이 그려지고 있었던 것 같다.

4) 실용적 공부에 대한 착안

여기서 '실용적'이란, 오늘날 쓰이는 뜻처럼 인간의 삶에 직접 유익한 일을 도모하는 것을 가리킨다. 다산의 공부법은 '생활지도'의 측면까지 포함하고 있음을 앞서 지적했거니와, 가족의 삶을 향상시키고 풍요롭게 가꾸기 위한 방안을 종종 적어 보냈다. 양계를 권유하면서 한 말을 들어보자.

> 양계 경험을 얻은 다음에 모름지기 백가(百家)의 서적에서 닭에 관한 설(說)들을 발췌, 편찬해 육우(陸羽)의 『다경(茶經)』이나 유혜풍(柳惠風, 유득공)의 『연경(煙經)』처럼, 『계경』과 같은 책을 저술하면 아주 좋은 일이다. 속무(俗務)에 임해서 맑은 취향을 띠는 이런 방식, 모름지기 매사에 이것으로 준칙을 삼아야 할 것이다.[27]

이처럼 다산은 생계를 위해 닭을 키우되 경험을 살려서 양계에 관련한 저술을 하도록 지도한 것이다. 이를 "속무에 임해서 맑은 취향을 띠는" 방식으로 규정지어, 그 방식을 준례로 삼아야 할 것이라고 일반화를 시도하고 있다. 이른바 '속무'는 인간이 먹고사는 문제다. 이 문제가 중차대하기 때문에 응당 실용·실리를 소홀히 할 수 없는 노릇이지만 거

27 「寄游兒」, 같은 책 권21 장21.

기에 빠져서 속물이 되는 것은 바람직하지 못하다고 여겼음이 분명하다. 또한 원예농업이나 약초 재배 등을 해볼 만한 일이라고 말하면서도 "정방형으로 구획해서 〔작물을〕 반듯반듯 배치해야 자라기도 잘 자라고 보기에도 좋다"고 가르친다.[28] 생산성 증대와 미학적 고려를 함께 하고 있다. 이러한 다산 특유의 사고의 논리는 그야말로 과학적이며 기술을 중시하는 것이라고 말할 수 있겠다. '문의 문명'은 실용적 측면이나 과학기술 쪽에 소홀해지는 경향이 없지 않았다. 다산 특유의 실용성에 대한 착안은 실학의 실천적 측면인데, 그 의미를 문명론으로 평가할 수 있을 것이다.

4. 인문학의 총체성 회복의 길

인문학의 총체성은 '하나의 인문학'을 의미하는바 이를 굳이 요망하는 이유는 무엇인가? 우리가 진정 주체적 자세로 현실에 대처하는 학문을 하면 총체성은 따라오기 마련이다. 총체성은 인문학에서 특별한 무엇이 아니고 본래적 속성이다. 하지만 인문학 본연의 총체성 회복이 가능하냐고 묻는다면 어려운 과제라고 답하는 편이 현재 상황에 맞는 것 같다.

지난 세기말 이래 상황을 주도하고 우리의 삶을 바꿔놓은 것은 신기술의 놀라운 발전이다. 근래 진행되는 대학제도의 강도 높은 개혁이나 지식체계의 개편 또한 그 진원지는 바로 여기다. 신기술과 신산업이 어

28 "園圃·桑麻·蔬果·花卉·藥草之植, 位置正正, 陰翳可悅"(「寄兩兒」, 같은 책 권21 장6).

우러진 가운데 학문이 참여한 것이다. 과학기술의 발전이 지식생산의 변화를 가져온 것으로 여겨진다. 학문이 신기술·신산업과 융합하는 여러 유형에서 전통적 인문학은 별로 긴치 않게 여겨지는 부분에 속하는데, 이런 국면에서는 문화콘텐츠로서 기여하는 방안이 그나마 최선이 아닐까 싶다. 설령 인문학의 보호·육성책이 효과를 발휘하더라도 '반인문적 인문학'으로 전락할 우려를 떨칠 수 없다. 더욱 난감한 것은 이런 상황 자체가 되돌리기 어려운 형세라는 점이다.

나는 이 대목에서 학문의 운동성(비판성)을 거론하려 한다. 창조적 학문은 운동성에서 비롯된다고 보아도 좋다. 우리의 학술사가 증언하는 바다. 조선 후기 실학은 재야학자들의 학술운동이었으며, 1930년대 식민지하의 위기상황에서 일어난 조선학운동은 우리 근대학문의 본격적인 출발이 되었다. 21세기 인문학의 활로는 운동성을 떠나서는 열리기 어렵다. 제도권에서 수행하는 학문이라도 운동성 내지 비판성을 상실하면 이내 '죽은 학문'이 되고 말 것이다.

다산 공부법의 결과물이라 할 수 있는 다산학은 경학과 경세학으로 체계를 세운 모습이다. 그런데 다산 경학의 내용은 도덕적 자아 확립에서 그치지 않고 사회적 실천(경세학)의 이론적 근거로서의 의미를 구체적으로 갖고 있다. 경학의 기초 위에 세워진 경세학은 국가제도 및 국방·강역(疆域)·의학 등등 그야말로 지식의 총화이다. 다산학은 하나의 자기완결적인 형태의 학문세계로 보아야 할 것이다. 그것을 근대학문에 맞춰보자면 경학은 인문학(철학)에, 경세학은 사회과학에 해당한다고 할 수 있겠으나, 분할된 성격이 아니고 총체적인 하나의 세계임은 말할 나위 없다. 한국 학술사에서 '하나의 인문학'을 일찍이 성취한 모범 사례로 다산학을 들 수 있을 것이다. 그야말로 사회인문학이다.

개별 저술 또한 각기 총체성을 지향하고 있다. 예컨대 앞서 거론했던 『경세유표』를 보면 국가개조의 이론적 기반을 『주례』의 해석을 통해 도출하고 제반 제도와 국정 운영 및 수도 건설, 국토 구획 등의 세부까지 기획하고 있다. 국가 개조의 마스터플랜인 셈이다. 그 자신 "낡은 이 나라를 새롭게 만들겠다"는 일념으로 연구하고 저술한 것이다.[29] '문명국가 건설'이라는 열정적인 저술의식이 총체성을 가능케 했다고 하겠다.

『경세유표』에서 이를 가능케 한 방도는 '주제적 집중'에 있었다. '주제적 집중'은 다산 공부법의 요령이다. 그런데 우리가 학문의 총체성을 추구한다 해서 전문적 심화와 수련을 소홀히 할 수 없음은 물론이다. 이 문제와 관련해서는 잠깐 추사 김정희의 말을 경청해보자. 추사는 실사구시의 방법론을 수립한 학자이자 우리나라 최고의 문화가치를 창출한 예술가다. 그는 5천권의 책을 독파한 인문교양과 함께 금강역사의 쇠몽둥이 같은 필력의 연마가 필수임을 역설했다. 그러면서도 한폭의 난을 그리더라도 전심하공(專心下工, 마음을 오롯이 해서 공력을 들임)이 있어야 한다면서 이 또한 격물치지(格物致知)의 학이라고 보았다. "군자의 일거수일투족 어딘들 도(道) 아닌 것이 없다"는 주장이다. 각고의 노력과 고도의 진정성, 그 과정상에 도는 자재(自在)한다는 생각이다.[30] 추사의 이 논법은 본말(本末)의 논리를 세워 도와 기(器/技)로 이원화한 전통적인 패러다임을 해체하는 웅대한 의미를 담고 있다고 해석할 수 있겠거니와, 공부법으로서도 요긴하다. '전심하공'은 우리말로 곧 공부다.

한가지 덧붙이자면, 지금 통용되는 인문학 개념은 서구에서 유래한

29 "經世者何也? (…) 不拘時用, 立經陳紀, 思以新我之舊邦也"(「自撰墓誌銘 集中本」, 같은 책 권16 장18).

30 임형택 「한국실학사에서 김정희와 그의 미의식」, 『추사연구』 4, 2006.

것이다. 문명이 'civilization'의 번역어인 것과 같다. 동양 전래의 '문명'이나 '인문'과 문자 표현은 동일하지만 의미 내용은 다르다고 할 수 있다. 현상적으로 보면 그렇다. 동서양의 역사과정이 상이했던 만큼이나 문명 개념도 동서가 상이했다. 위로 그리스·로마에 뿌리를 두고 근대라는 시대조건에서 성립한 서양의 문명 개념에서는 중국 고대의 성인과 연계된 문명 개념에서 중심을 이룬 문(文)의 의미는 어디 붙여보기조차 어려운 것 같다. 그럼에도 상통하는 측면이 없지 않다. 문명이 야만의 반대 개념이라는 점에서는 동서양이 마찬가진데, 인류의 지향이 다름 아닌 문명이다. 동서에 상통하는 문명 개념에서 인류적 보편성을 읽을 수 있지 않은가 한다.

한국에서 지난 20세기 전후는 신구 문명이 교차한 시점이었다. 그로부터 백여년이 경과한 지금 다시 문명적 전환의 시점에 서 있다. 나는 이 시점에서도 문명-인문을 서구적인 개념으로만 인정하고 동양 전래의 개념과는 무관하다고 사고하는 태도 자체에 문제가 있음을 지적하고 싶다. 서구중심주의의 근대문명을 극복하면서 새로운 문명의 틀을 어떻게 짜나갈 것인가는 인류사적 과제다. 이 인류사적 과제 앞에서 전통적인 인문 개념을 호출할 필요가 있다. 인문은 '인간적 문명'을 의미했다. 인간을 소외시키고 인류를 위협하는 문명을 '인간적 문명'으로 되돌리기 위해서는 전통적인 인문 개념이 유효하다. 그런 의미에서 나는 다산이 중시했던 '문심혜두'를 오늘의 인문교육의 키워드로 제의한다.

제2장

한국근대의 전통 표상

왕인과 장보고의 경우

1. 근대와 전통

전통이란 근대가 과거를 기억하는 방식으로서 성립한 것이다. 우리가 전통시대, 전통사회라고 말하면 대개 근대 이전을 가리키는 것은 이 때문이다.

물론 근대 이전에도 과거를 기억하는 방식들이 있었다. 옛날을 전범으로 여겨 돌아가고 싶어하는 경향이 있었기에 복고주의 혹은 의고주의(擬古主義)라는 말이 붙여졌거니와, 공자는 과거를 계승하는 원칙으로서 '손익(損益)'이란 개념을 제시하기도 했다. 오늘날 손익이라 하면 상거래에서 손해와 이익을 따지는 것을 뜻하지만 공자에 있어서 손익은 버릴 건 버리고 보탤 건 보탠다는 의미이다. 전대의 제도나 문화를 손익, 즉 적절히 빼고 보태고 하는 방식으로 계승해나간다는 그런 사고이다. 또 가령 실학을 위주로 한 학자들을 보면 '계왕계래(繼往啓來)'를 중요하게 제기했다. 과거의 성인을 이어받아 미래의 학문을 열겠다는 취지이다. 박지원의 경우 특히 문예창작과 관련해서 '법고창신(法古創新)'을 방법론으로 제시한 바 있다.

지금 돌아볼 때 손익은 분명히 개혁적이며, 계왕계래의 지향점은 과거가 아닌 미래다. 법고창신 역시 목적은 창신에 있다. 이렇듯 대개 변화를 도모하지만 원형의 틀(모형模型)은 현재에서 찾는 것이 아니요, 어디까지나 과거에 두고 있다. 다분히 상고적이다. 근대 이전의 전통담론은 비록 변화를 추구하는 입장이라 해도 기본 성격으로 말하면 상고적인 것이었다.

그런데 '근대'라는 시대가 도래하자 상황은 전적으로 달라졌다. 문물제도와 더불어 지식체계가 재편되었으며, 가치관의 전도가 일어난 것이다. 정신상의 지각 변동으로 인한 문화적 단층이 형성되기에 이르렀다. 제구포신(除舊布新)이라는 말 그대로 근대는 전통의 단절로부터 출발했다고 보아도 좋다. 비서구 지역의 근대는 이런 경향이 현저했다. 그렇긴 하지만, 근대가 과거를 망각하거나 방치한 것은 아니었다. 근대적 지식체계에 의해서 과거가 전면적으로 파악, 재구성이 되었다고 말해야 맞다.

필자가 전공하는 문학의 경우를 사례로 들어보겠다. 우리가 잘 알다시피 근대적 지식체계의 하나로서 '국문학'이 탄생했다. 이 국문학의 탄생에 잠깐 시선을 돌려보자. 근대는 문학의 개념부터 다시 규정하고 들어갔다. 근대적 문학 개념에 의거한 학문으로서 국문학이라는 신종 학문이 성립하고 국문학사가 출현했다. 이 학적 공작의 과정에서 그 이전에 오래도록 문학으로 향유하고 우대를 받았던 한문학은 퇴출당하고, 문학으로 인정받지 못했던 '언문'자료들을 발굴, 문학 정전(正典)의 지위에 올려놓은 것이다. 실로 놀라운 문화적 가치의 전도현상이다.

미술의 경우는 어떠했을까? 미술은 문학과 달리 전에 들어보지도 못한 생소한 용어이다. 미술이란 신조의 개념으로 전통을 창조한 것이다. 박물관에 가보라. 인간의 시간이 남겨놓은 각종 미술품들이 진열장의 폐쇄된 공간에 체계적으로 배열되어 있다. 그대로 잘 엮으면 미술사를 구성할 수 있으며, 이는 전통담론을 꾸며내는 재료임이 물론이다. 그중에 어떤 것들은 땅속에서 나왔고, 어떤 것들은 어느 집의 벽장에서 나왔고, 또 어떤 것들은 생활용구로 쓰던 물건이었을 터다. 지금 이들은 각기 고유한 미적 가치로 존재하는바, 그 가치는 절대적이고 탈실용적이면서도 놀라운 환금성을 자랑하고 있다. 뿐만 아니라 문화재로서, 자국의 문화적 정체성을 증명하는 것으로서 더없이 자랑스럽게 여겨지고 있지 않은가.

요컨대 전통은 근대라는 시대의 요구에 의거해서, 근대인의 취향을 추수해서 편집되고 연출되는 그런 것이다. 전통은 물론 전근대에 근원을 둔 것이지만, 기실 근대적인 산물이다. 거기에 근대주의가 개입해서 작동하는 것은 불가피하며, 국가주의 혹은 자민족중심적으로 편향하는 현상을 종종 노출하기도 했다. 그런 한편, 일국사적 경계를 넘어 지구 각처의 과거를 세계적 혹은 아시아적 차원에서 문화라는 개념으로 장악하기도 했던바, 이는 제국주의적 행태로서 국가주의와 양면성을 띤 것이었다.

근대와 전통의 관계는 대략 이와 같이 정리해볼 수 있지 않은가 한다. 우리가 지난 20세기에 경험한 바 한국근대는 앞의 시기를 식민지로 통과하고 바로 이어진 시기에는 동서대립의 냉전체제하에서 남북분단의 상태에 놓이게 되었다. 지구적 차원에서 냉전체제는 해체되었음에도 한반도의 현실은 남북분단이 나름의 체제를 형성해 오늘에 이르고 있다. 이러한 한국의 근대 상황은 자기의 전통을 수립하고 전통담론을 구성하는 데 여러모로 지대한 영향을 미쳤음이 물론이다. 우리의 전통담론 역시 근대적 보편성을 떠나서 있는 것은 아니므로, 그것이 형성된 구체적 조건을 고려할 필요가 있다.

식민지 시기에 전통 문제는 민족의 존망과 직결된 사안이었다. 일제는 조선의 현재뿐 아니라 과거와 과거의 문화도 아울러 지배했다. 유적의 발굴, 문헌 정리, 민속 조사 등등의 사업을 일제는 근대학문의 방법론으로 무장하고 지배권력을 동원해 속속 진행하였으며 그 성과들을 대단하게 현시했다. 이에 영향과 자극을 받고 민족적 위기감이 고조되어 학적 대응으로 조선학(국학)을 추구하면서 동시에 전통에 관심을 가지게 된 것이다. 일제가 파시즘으로 치닫던 1930년대에 일어난 현상이다. 이때 전통담론의 성격은 민족적 색채가 강하면서 제국주의적 공세에 대항해 수세적이 될 수밖에 없었다. 또한 당시 전통담론은 식민지배자의 성과에 많은 부분을 기대지 않을 수 없었거니와, 그 성향 자체도 싸우면서 닮는다는 말처럼 역설적으로 제국주의 담론을 닮아가고 있었다.

그에 이은 분단상태에서 남쪽의 한국은 미국과 군사적·정치적·경제적으로, 그리고 문화적으로도 긴밀한 관계를 유지하고 있다. 때문에 서구편향으로 급진하게 되었는데, 거기에 대한 역반응 내지 보상심리로서 회고적 향수가 짙어지는 현상도 부분적으로 나타났다. 서구와 근대를 사고의 중심에 놓고 그 대립항으로 동양을 바라보고 전통을 생각하는 그런 형태이다. 이는 서구중심적인 전통담론이라고 규정해도 좋을 것이다. 한편으로 대치국면의 남과 북은 응당 정통성 경쟁을 벌이게 되었다. 1960년대 중반 이후 대한민국이 계속 관심을 두어 추진했던 민족문화에 관련한 제반 사업들은 그 배경에 북에 대해서 문화적 정통성을 확보하기 위한 측면이 있었던 것이다.

지난 20세기의 4분기로 와서 한국은 경제적으로 고속성장을 이루었다. 곧이어 닥친 세계화와 지식정보화로의 변화에 한국은 지나치다 싶도록 민감하게 반응하고 있다. 이것이 새 천년에 진입한 한국사회의 현주소가 아닌가 한다.

나는 이 글에서 한국근대가 세운 전통의 표상으로서 왕인(王仁)이라는 역사상의 인물을 주목해보고자 한다. 왕인은 대략 1600년 전에 일본열도로 건너가 귀화한 사람이다. 그는 이후 고려에서 조선에 이르는 1600년 동안 내내 잊혀진 인물이었다. 그러다가 근대로 와서 떠오른 것이다. 그의 이름은 교과서에까지 올라 있으니, 국민적 지식이 된 셈이다. 최근 지방자치제가 실시된 이래 지방마다 경쟁적으로 축제행사를 벌이는데, 대개 해당 지역에 연고를 가진 어떤 역사상의 인물, 심지어는 소설 속의 허상을 끌어와서 전통의 아이콘으로 삼는 경우가 허다하다. 왕인은 전라남도 영암군이 기념물을 거대하게 조성하고 축제에서 내세우는 존재가 되었다.

그런데 그는 한국의 여러 전통 표상들 중에서 특별히 대표성을 갖는 존재도 아니며, 명성이 대단히 높다고 말할 수도 없다. 다만 경우가 특이하다. 기나긴 시간의 지층에 파묻혀 있다가 근대에 와서 발굴, 부각이 된 존재이다. 이런 사실을 어떻게 해석할 것인가? 특정 지역에 연계되어 전통 표상으로 내세워지고 있는바 그 경위를 냉철하게 들여다볼 필요를 느낀다.

장보고(張保皐)란 인물은 왕인과 경우가 흡사하기에 결론으로 가서 호출해볼까 한다. 근대와 전통의 문제를 구체적으로 살피기 위한 사례로 거론하는 터인데, 한국근대에 대한 하나의 성찰이 되기를 희망한다.

2. 백제에서 일본으로 건너간 왕인

왕인은 백제인으로 4세기 무렵에 일본으로 건너가서 활동했다는 인물이다. 백제 조정이 일본 조정의 요청을 받아 박사 직함의 왕인을 공식적으로 파견한 것이다. 식민지 시기 조선총독부 간행의 『조선인명사서(朝鮮人名辭書)』에 왕인이 올라 있는데, 그 기재사항을 번역해서 여기에 인용한다. 이 글은 왕인 자체를 연구하는 것이 목적은 아니지만, 그가 어떤 경력을 가진 인물인가 먼저 알아둘 필요가 있다고 생각해서다.

> 왕인은 백제 사람이다. 『일본서기(日本書紀)』에는 와니(王仁)로, 『고사기(古事記)』에는 와니 키시(和邇吉師)로 나와 있다. 키시(吉師)는 아직길사(阿直吉師)의 길사(吉師)와 같은 호칭이다. 그의 이름은 조선의 역사에는 전혀 보이지 않는다. 『속일본기(續日本紀)』에서 이르기를, 왕인은 그 조부를 구(狗)로, 구의 윗대는 란(鸞)이라 하며 한(漢)의 고조에서 시작되었다. 구가 처음에 백제에 다다라 그로부터 집안을 이루었다. 그가 우리나라〔일본〕에 내조(來朝)하게 된 것은, 백제의 근구수왕(近仇首王)이, 우리 조정에서 아라따와께(荒田別) 등을 그 나라 조정에 파견해 문학의 사(士)를 구한 데 응해, 국왕의 손자인 진손왕(辰孫王, 이명 지종왕智宗王)과 함께 보낸 것이다. 바로 오진(應神) 천황의 치세(治世)에 해당한다. 왕인이 널리 경적(經籍)에 통달하

니 천황은 흡족하게 여기고, 특별히 어여삐 여겨 명(命)을 더하여 태자 와끼이라쯔꼬(稚郎子)의 스승을 삼았다. 이에 처음으로 서적을 전해 유풍(儒風)을 크게 천명했다. 우리나라 문교(文敎)가 일어남이 실로 여기에 있다고 한다. 앞의 글(『속일본기』)에 의하면 왕인의 내조는 아지기(阿知岐, 阿直吉師와 동일인)가 조정에 들어온 근초고왕(近肖古王) 때보다 뒤가 되는데, 『일본서기』에는 양쪽 다 아화왕(阿花王, 백제의 아신왕阿莘王) 때여서, 오진 천황 15년 16년에 연달아 기록됨은 구전(口傳)이 잘못된 것이다. 『고사기』에는 이때 와니 키시가 『논어(論語)』 10권과 『천자문(千字文)』 1권을 바쳤다고 되어 있다. 왕인과 함께 온 손진왕(孫辰王, 진손왕辰孫王의 오기인 듯)의 일은 기기(記紀, 『고사기』와 『일본서기』)에 모두 빠져 있다. 왕인은 그후에 닌또꾸(仁德) 천황이 즉위함에 미쳐 와까(和歌)를 지어 축하해 가로되 "나니와쯔(難波津)에 피었네, 나무의 꽃, 겨울엔 꼼짝 않고 있다가 지금을 춘변(春邊)이라고 피누나, 나무의 꽃"이라고 읊었다. 세상에서 이것을 무쯔 우네메(陸娛釆女)의 천향산가(淺香山歌)와 나란히 칭하기를 와까의 부모라고 하기는 하나, 나니와즈노우따(難波津歌)는 왕인의 작이 아니라는 설이 있다. 리쭈우(履中) 천황 때 궁정에 창고를 짓고 물건들을 수집해, 왕인과 아지사주(阿知使主, 한씨漢氏의 조祖—원주)를 시켜 그 출납을 기록하게 하여, 처음으로 장부(藏部)를 정해주었다. 왕인의 자손은 대대로 카와찌(河內)에 살아서 그를 카와찌노후비또베(西史部)라고 일컫고, 아지사주의 자손은 대대로 야마또(大和)에 살았으니 그를 야마또노후비또베(東史部)로 칭해, 어느 쪽이나 문사(文事)로써 세습함을 업으로 해 조정에 봉사하고 우리나라의 문운(文運)에 많은 공헌을 하였다.[1]

앞의 내용은 사전적 서술이지만 왕인의 사적을 일본측의 여러 문헌에 의거해서 비교적 충실히 정리한 것으로 보인다. 그가 일본으로 간 연도는 기록에 따라 시차를 보이는데, 기록 자체에 혼선이 빚어져 있기 때문이다. 왕인이란 인물은 일본측의 입장에서 보면 백제 도래인(渡來人), 즉 귀화인이었던 셈이다. 그런 그가 일본에서 국가적으로 중용되고 일본문화에서 역할이 컸던 것은 인용문을 통해서 짐작할 수 있다. 흥미로운 점 하나는 "유풍을 크게 천명했다"고 한, 바꾸어 말하면 일본에 한자문명을 전파한 사실이며, 다른 하나는 일본문학의 전통인 '와까의 부모'였다는 사실이다. 이 두가지는 일본 학술사 내지 문학사에서 중시하지 않을 수 없는 사안인데, 나 또한 그냥 지나치기 어려워서 사전에 원용되지 않은 문헌에서 얻은 지식을 약간 덧붙여두기로 한다.

일본 에도시대 고학파의 대학자인 오규우 소라이는 왕인에 대해 "옛날 상고에 있어서 우리 동방의 나라(일본을 가리킴)는 몽매해 지각이 열리지를 않았는데 왕인 씨(氏)가 있어 백성들이 비로소 글자를 알게 되었다"고 말한 바 있다. 일본 문명사에서 왕인의 위상을 개창자로 평가한 논법이다. 그런데 일본에서 왕인의 역할은 이에 그치지 않았던 모양이다. 왕인과 무쯔 우네메를 나란히 '와까의 부모'라 일컬으니 왕인은 와까의 아버지인 셈이다(이설이 있다는 말을 붙이긴 했지만). 이 대목에서 나는 의문점이 한둘이 아니다. 왕인이 어떻게 이방의 도래인으로 그곳의 노래를 지어 부를 수 있었을까? 한시가 아니라 와까를 말이다. 왕

1 「古事記」「日本書紀」「續日本紀」「古語拾遺」「古事記傳」, 『朝鮮人名辭書』, 朝鮮總督府 中樞院 1927.

인은 그 나라 왕자들에게 한문 원전을 가르쳤다. 언어 소통을 어떻게 했으며, 보다 기본적으로 한문을 중국의 원음으로 독해했을까, 아니면 백제의 음으로 독해했을까? 의문이 꼬리를 물고 일어난다. 마치 판도라의 상자처럼 덮어둔 것이 아닌가 하는 의혹까지 일어난다. 아주 흥미롭고도 중대한 사안이지만 지금 여기서는 문제를 던져보는 데 그친다.

다만 관련해서 한가지 사항을 짚고 넘어가려 한다. 앞의 인용문에서는 왕인이 와까를 닌또꾸 천황의 즉위를 축하해서 불렀다고 말하고 있다. 그런데 당시 왕위계승의 과정은 갈등이 일어나 순조롭지 못했다. 왕인이 가르친 왕자들 사이에서 문제가 발생했는데 『이칭일본전(異稱日本傳)』은 그 형제간에 양보의 미덕을 발휘한 것으로 전하고 있다. 왕인이 와까를 부른 것은 닌또꾸에게 즉위하도록 권하는 상황에서였다는 것이다. "이는 본조의 아름다운 일이다. 필시 왕인이 지도해서 그리 되도록 한 것이리라. 또한 백제에 인물이 있는 것을 보겠다. 그럼에도 삼한의 사람에 대해서는 적막해 들리지 않으니 아무리 이름다운 일이 있어도 알지 못함이 이와 같다"는 논평을 『이칭일본전』은 붙이고 있다.[2] 일본에서 왕인의 역할은 권력의 심장부에서까지 작동했음을 짐작게 하는 대목이다.

왕인은 일찍이 일본으로 건너가서 그 나라의 중심부에서 문화적·정치적으로 중요한 역할을 한 인물이다. 따라서 왕인이란 존재는 다뤄지더라도 일본 역사에서 다뤄지고 기림을 받더라도 일본의 문화전통에서 기림을 받는 것이 우선이고 사리에 타당하다고 보겠다.

왕인의 이름이 한국측의 역사서에는 전혀 보이지 않는다고 『조선인

2 松下見林 『異稱日本傳』, 1688.

명사서』는 지적하고 있는데 이는 사실이다. 『삼국사기』와 『삼국유사』 같은 기본 사서에서 왕인은 한번도 거명되지 않는다. 『조선왕조실록』이나 일반 문집에서도 왕인에 대한 언급은 찾을 수 없다. 일본에 건너가서 활동하다가 다시 돌아오지 않은 인물이므로, 고국에서는 기록에 남을 수 없었다고 보아야 할 것이다. 그러다가 18세기 초 신유한의 『해유록』을 비롯하여 19세기 후반 김기수(金綺秀)의 『일동기유(日東記游)』까지 일본사행의 기록류 및 이규경의 『오주연문장전산고(五洲衍文長箋散藁)』, 이덕무의 『청령국지(青蛉國誌)』, 이유원의 『임하필기(林下筆記)』 등에서 왕인에 대한 언급을 산견할 수 있다. 모두 일본사행이 현지에서 얻어온 정보로서 극히 단편적인 기록이다. 한국의 역사서로는 유일하게 한치윤의 『해동역사(海東繹史)』에 왕인에 관해 상당히 구비된 기록이 나오는데, 이 또한 일본측의 자료들을 옮겨놓은 것이다(『해동역사』는 본래 성격이 중국과 일본의 한국사 관계 자료들을 수합, 정리한 책이다). 왕인은 비록 고토가 한반도지만 이쪽에서는 까맣게 지워진 존재였다. 그러던 그가 18세기 이래 간혹 거명이 되고 실학의 한 성과로 평가되는 『해동역사』에 그에 대한 기록이 실리는바 이들 여러 문헌에 나오는 왕인은 하나같이 일본으로 건너간 왕인이었다.

3. 근대한국, 왕인을 호출하다

20세기 한국이 호명한 왕인은 18세기 이래 문헌에서 산견되는 왕인과는 의미를 전적으로 달리하고 있다. 통신사절의 일본기행이나 실학적 저술에 언급된 것은 요컨대 일본으로 건너간 그의 소식을 전하는, 일본에서의 왕인을 소개하는 데 그쳤다. 그나마 필사본의 특수한 자료들이어서 그의 이름은 극소수의 학인들에게만 알려졌을 뿐이다. 반면에 20세기가 호출한 왕인은 한국의 전통에 복귀한 왕인이며, 국민적 지명도를 갖게 된다.

한국으로 돌아온 왕인 또한 '일본으로 건너간 왕인'임은 말할 나위 없다. 아득한 옛날에 한반도에서 『천자문』 1권과 『논어』 10권을 가지고 일본열도로 건너간 왕인이란 존재가 '문화의 전파자'로서 근대적으로 부활한 셈이다. 그를 한국문화의 전통에 귀속시키면서 드러내고 싶어 한 것은 무엇이었을까? 요는 두가지다.

하나는 왕인을 통해서 백제의 문화를 유추해보는 것이다. 백제는 삼국 중에서도 기록과 고고학적 자료가 가장 빈곤하다. 일본으로 건너가서 유가 경전과 문학의 역량으로 우대를 받은 왕인의 지적 수준으로 당시 백제의 유학, 한문학의 수준을 가늠할 수 있을 것이다. 어떤 학자는 백제의 도교사상을 왕인을 통해서 엿보기도 했다.

다른 하나는 일본에 문화를 전파한 사실 자체이다. 한국사의 서술을 보면 삼국시대에 일본에 문화적 영향을 준 사실을 강조해서 다루는데 여기서 왕인이 중요한 존재이다. 한일 간의 문화적 관계에 있어서 한국은 영향의 발신자이고 일본은 그 수신자의 위치이다. 근대한국의 대표적 역사학자인 이병도(李丙燾) 선생은 "일본의 정신문명이며 물질문명에 〔백제가〕 얼마나 많은 이바지를 하였던가는 상상하기에 어렵지 않을 것이다. 특히 아스카(飛鳥)시대의 문화는 전혀 백제인의 사물(賜物, Gift)이요, 백제문명의 연장이라 하여도 과언이 아닐 것이다"라고 백제와 일본의 문화적 관계를 설명했다.[3] 일본에 대해 '문화 전파자'로서의 우월의식을 뚜렷이 드러내고 있다.

왕인의 지명도를 높이 끌어올린 것은 다른 무엇이 아니고 일본에 문화를 전파했다는 그 자체이다. 한국근대는 일본근대의 식민지로 전락해 근대문화 또한 일본을 경유해서 받아들였다. 일본에 대해 갖기 마련인 박탈감과 열등의식에 대한 보상심리로서 왕인의 '문화 전파자'로서의 표상을 클로즈업한 면이 확실히 있다. 그런데 '문화 전파자'로서의 왕인에 관한 근거는 전적으로 일본측 역사서에 의존한 것이다. 원기록을 검토해보면 도리어 일본측이 우월한 입장에서 불러들인 것처럼 되어 있다. 이는 일본 천하관에 의해서 변조된 것으로 간주해야 할 것이다. 어쨌건 이 원기록의 문제점에 대해 비평적 검토가 요망되는데, 여기에 대해서는 의외로 관심을 깊게 하지 못했다. 또 유의할 점이 있는데 왕인의 존재를 앞장서 부각시킨 것은 일본근대라는 것이다. 이 점은 뒤에 잠깐 언급할 예정이다.

여기까지가 한국근대가 호출한 왕인을 일반적 차원에서 범론한 것이라면, 지금부터는 차원을 달리해서 특정 지역에 연계된 왕인에 대해서 거론하려 한다. 지난 1970년경부터 왕인 박사 기념사업이 추진되더니 그의 이름이 붙은 유적이 전라남도 영암군에 조성되고 관련 책자가 여러 종 간행되었다.

한국으로 돌아온 왕인은 드디어 '영암의 왕인'이 되었다. 이렇게 된 근거는 오직 왕인의 영암 출생설에 말미암은 것이다. 백제 사람 왕인은 과연 어디서 태어났을까? 앞서 원용한 『조선인명사서』는 왕인의 출생지에 관해서는 일언반구도 비치지 않았다. 그의 가계가 한나라 고조의 후예라고 조부의 이름까지 적어놓았으므로 (물론 그대로 신빙하기 어

---

3 震檀學會 編 『韓國史: 古代篇』, 을유문화사 1959, 612면.

렵지만) 만약 그대로 따르면 왕인의 뿌리는 중국 땅의 어디가 된다. 한국사나 사전류 등 일반적인 차원의 저술에서는 왕인의 출생지를 밝혀 놓은 예를 찾아볼 수 없다. 이는 무엇을 뜻하는가? 왕인의 영암 출생설은 학계의 공인을 받지 못하고 있음을 의미하는 것이다. 그렇다면 왕인이 영암에서 태어났다는 말은 언제 어디서 나온 것일까? 『신증동국여지승람』을 비롯한 지방지들을 두루 훑어보아도 영암 고을에 왕인의 유적이 있다는 기록은 발견할 수 없다.

근대 이전에서 '영암의 왕인'을 입증할 문헌적 근거는 전무하다. 20세기로 와서, 그것도 1930년대에 이르러 비로소 왕인의 영암 출생설이 기록에 나오는 것이다. 문건 두가지가 있는데, 하나는 『조선환여승람(朝鮮寰與勝覽) 영암편』이며, 다른 하나는 영산포 본원사(本願寺)의 주지로 와 있던 일본인 승려 아오끼 케이쇼오(青木惠昇)가 왕인 박사의 동상을 건립하고자 쓴 취지문이다(영암과 영산포는 가까운 거리다). 전자는 영암의 명소로 구림(鳩林)의 성기동(聖基洞)을 소개하면서 "백제 고이왕(古爾王) 때 박사 왕인이 여기서 태어났다"고 적었으며, 후자는 왕인의 옛 땅인 영암의 구림에 동상을 세우자는 주장을 편 것이다. 비슷한 시점에 왕인의 영암 출생설이 제출된바, 어느 쪽이 먼저인가?

아오끼 케이쇼오의 동상 건립 취지문은 1932년에 작성된 것이다. 이는 이미 확인된 사실인데, 『조선환여승람 영암편』이 언제 간행되었는가는 관련 연구자들이 명확하게 제시하지 못하고 있다. 이번에 필자가 확인해본 바 이 책자는 "쇼오와12년 7월 10일(昭和十二年 七月 十日)", 즉 1937년에 발행한 것으로 나와 있다. 이 책에는 당시 영암 출신의 재벌이었던 현준호(玄俊鎬)가 발문을 썼는데 그 연도가 역시 정축(丁丑)으로 1937년이다. 왕인의 영암 출생설을 제시한 『조선환여승람 영암편』은 일본인 승려의 문건보다도 5년 후에 발간된 책이다. 『조선환여승람 영암편』은 왕인에 관한 기록을 명환(名宦)조에서 조금 더 자세히 하고 있다. 왕인이 일본으로 건너간 연도를 백제 고이왕 52년 을사(乙巳, 서기 285년)로 명기했고, 왕인의 "묘가 오오사까 북쪽 카와찌군(河內郡) 히라까따(枚方)에 있으며 그 아래 사당이 건립되어 있다"는 사실까지 덧붙여놓았다. 이들 기록의 내용이 일본 쪽에서 들어온 것임은 말할 나위 없다고 보겠다.

왕인 영암 출생설의 최초의 발설자는 영산포 본원사의 일본인 승려 아오끼 케이쇼오이다. 그는 도대체 무슨 근거를 가지고 발설을 했을까? 왕인의 유적지 구림에 동상을 건립하자는 뜬금없는 주장을 편 문제의 문건을 보면, 왕인이 일본으로 배를 타고 떠나는 장면을 자못 극적으로 묘사하고 있다. 식민지 조선에 나와 있던 일본인이 1600년 전의 일을 어디서 그렇게 잘도 알 수 있었을까? "박사의 구지(舊地) 영암군 구림리의 유적은 문헌이 전혀 없고, 구비(口碑)로 전해져 와 진실로 애통스럽다."[4] 이 언표에 의하면 왕인 영암 출생설은 오로지 현지의 구전에 근거한 것이 된다. 하지만 구림의 왕인 전설은, 필자 자신 고향이 영암이지만 고로들로부터 한번도 들어본 적이 없고, 이후로도 누가 분명히 기록해놓은 것이 없다. 있다면 유일하게 『조선환여승람 영암편』인데 이는 방금 지적한 대로 현지의 구전이 아니고 일본측 기록 및 일본인에게 얻어들은 내용이다.

이상에서 살펴본 바 왕인의 영암 출생설은 식민지 시기 조선에 나와

4 김병인(金秉仁) 「왕인의 '지역영웅화' 과정에 대한 문헌사적 검토」, 『한국사연구』 115, 2001, 189면에서 재인용.

있던 한 일본인 승려의 붓끝에서 나온 것이라는 결론에 도달하게 된다.

그런데 1970년대부터 지금 2000년대에 이르기까지 '영암의 왕인'을 기념하고 현창하는 사업은 계속되어왔다. 당대 한국에서 일어난 일이다. 대략 정리해보면 70년대에는 왕인 유적지 조성을 위한 여러가지 작업을 벌여서 80년대에는 왕인 박사의 사당을 비롯한 기념물이 대규모로 건립되었으며, 90년대 말로 와서부터 '왕인문화축제' 행사가 매년 개최되고 있다. 이 일련의 사업은 '왕인 영암 출생설'에 근거를 둔 것임이 물론이다. 일제 식민지하의 1930년대에 발단된 일이 대한민국의 1970,80년대에 계승되어 '왕인 박사 유적'으로 가시화한 셈이다. 전라남도 영암군이라는 단위지역에서 벌어진 일이다. 왕인 유적은 공식적으로 중앙정부 차원이 아닌 전라남도 기념물로 지정되었다. 하지만 영암 땅도 대한민국의 한 부분이며, '영암의 왕인'을 지역전통으로 내세운 사업은 근래 지자체들이 각기 벌이는 문화행사의 한 사례다.

이 대목에서 필히 짚고 넘어가야 할 사실이 있다. 영암에서 왕인과 도선(道詵, 827~898)의 관계 양상이다. 도선국사는 신라 말의 고승대덕으로 음양풍수에도 안목이 높았던 것으로 유명하다. 주몽이나 혁거세 같은 영웅의 탄생이 신화로 꾸며지듯 도선국사 또한 영암의 구림에 결부된 탄생신화가 예전부터 전해온다. 어느 처녀가 시냇물에 떠내려오는 오이를 먹고 잉태하여 아이를 낳았는데, 그 아이를 비둘기가 날아와서 보호해 후일 도선국사가 되었다는 이야기다. 사람들이 그 마을을 '구림(鳩林)', 그곳을 '성기동(聖基洞, 일명 聖起洞)'으로 일컬었다 한다. 영암의 전통으로 말하면 마땅히 도선국사를 첫손에 꼽아야 할 것이다. 『신증동국여지승람』 및 각종 지방지에 도선의 사적은 빠짐없이 특기되어 있고, 영암을 대표하는 사찰인 도갑사(道岬寺)는 도선이 창건한 것으로 전하고 있다. 그런데 20세기로 와서 도선국사가 왕인 박사로 대체된 꼴이다. 『조선환여승람 영암편』에서 도선의 앞에 왕인이 끼어들더니 근래 '영암의 왕인 만들기' 과정에서 도선의 유적이 지워지고 말았다.

왜 굳이 1600년 전에 사라진 왕인을 호명했을까? 왜 호명한 그를 자국의 전통에 복귀시키고, 뿐만 아니라 특정 지역의 전통 표상으로 만들기 위해 논리적 비약을 마구 범하고, 게다가 스스로 전통을 훼손하는 상식에 어긋나는 행위를 감행했을까? 이런 일련의 사태를 우리는 어떻게 해석할 것인가? 어쨌건 이 모두 한국근대의 현상임에는 틀림이 없다. 문제는 지난 20세기 한국이 처한 상황, 특히 일본과의 관계에서 성찰해야 할 것으로 보인다.

20세기 전반기에 한국과 일본은 식민 지배와 피지배 관계에 놓여 있었다. 문화적으로도 일본의 지배와 영향에서 벗어날 수 없었다. 그 후반기에 식민지적 관계로부터 벗어나긴 했지만 경제적으로 문화적으로 사실상 일본의 영향력이 압도적이었다. 그런 만큼 20세기 한국은 일본과의 관계가 어쨌건 긴밀하고 중요했다. 근대 이전에는 중국에 대한 관심이 지대했던 것처럼 근대 이후로 일본과의 관계에 관심이 확대된 것은 물이 아래로 흐르듯한 현상이라고 하겠다. 왕인의 존재를 내세우는 한국인의 의식의 저변에는 다분히 일본에 대한 문화적 우월의식이 깔려 있는 것으로 여겨진다. 거기에 '열등의식의 보상심리'가 작동하고 있음은 앞서 지적했던 터다.

다른 한편, 일본근대 역시 왕인을 내세웠다. 왕인을 통해서 일본근대는 무엇을 말하고 싶어했을까? 일본제국주의가 식민지배의 방식으로 동화정책을 썼던 것은 알려진 사실이다. 한반도를 식민지로 병합한 일본은 '동족동문(同族同文)'의 논리를 내세웠다. 왕인은 그 역사적 본보기로 삼기에 알맞았다. 영산포 본원사에 와 있던 한 일본인 승려가 영암 구림이 왕인의 유적지이니 이곳에 동상을 건립하자는 운동을 전개한 것 또한 비록 지방적 차원이긴 하지만 '내선일체'라는 일본제국의 정책방향에 부응하기 위한 나름의 행동으로 간주해야 할 것이다. 1970년대 이후 '영암의 왕인'으로 만들기 위한 작업은 당시 박정희 정권에서 전두환 정권으로 이어진 대한민국의 민족문화 현창사업의 일환이었다. 그 이면에는 '한일 친선'을 다지는 의미가 담겨 있었다.

한국근대는 계속해서 반일을 부르짖으면서 실상은 친일을 기조로 해왔다. 한국근대의 관념적 '반일'과 현실적 '친일'을 필자는 양면성으로 보고 있다. '반일'과 '친일'의 사이에서 '친일' 가까이에 왕인이 전통 표상의 하나로 세워진 것이다.

4. 한국 전통 표상의 또다른 사례: 장보고

한국근대가 세운 전통 표상으로서 왕인에 어울리는 짝으로 장보고를 들어볼 수 있다. 왕인이 일찍이 일본열도로 건너간 것에 비해 장보고는 중국대륙으로 건너가서 명성을 날렸다. 왕인의 경우 한번 떠난 후 돌아온 행적이 없으나 장보고는 신라로 돌아와 해상활동을 전개해서 '우리 역사상 유일한 해상 왕자'란 영웅적 칭호를 얻기에 이른다. 그의 행적을 차용한 드라마 「해신(海神)」이 2004~05년 방영되어 장보고라는 존재를 통해 한국인의 진취적 이미지를 새롭게 각인하기도 했다.

장보고는 당나라의 일류문사인 두목(杜牧, 803~853)이 일찍이 주목할 만한 기록을 남겨 『신당서(新唐書)』에도 특기되어 있다. 물론 『삼국사기』에 당당히 입전(立傳)이 되어 있으며, 근대 이전의 연대기적 역사서들에도 그의 행적이 실려 있다. 뿐만 아니라 일본의 고문헌에도 장보고란 존재가 등장한다. 이 점은 왕인의 경우와 현저히 다르다. 하지만 고려에서 조선조까지 천여년 동안을 완전히 관심권 밖에 있다가 근대에 의해 호출당한 점에서는 왕인과 마찬가지다. 장보고와 연계된 지역은 청해진(靑海鎭), 지금의 전라남도 완도다. 청해진이 완도에 있었다는 것은 이미 『삼국사기』에 밝혀져 있는, 의심의 여지가 없는 사실이다. 이러한 역사 사실에 근거해서 완도의 청해진에 관심이 쏠렸으며, 그에 따라 완도의 문화적 아이콘으로 장보고가 등장했다. 여기까지는 '영암의 왕인'과 달리 무리가 따를 것이 없다. 그런데 장보고라는 존재를 지역의 전통 표상으로 세우는 과정에서 문제점이 발생했다. 청해진의 정확한 위치는 알 수 없다. 완도 지역은 관 주도로 장보고를 전통 표상으로 삼아 유적을 조성하고 문화행사를 벌이고 있는데, 이 과정에서 완도 지역의 송 대장군, 송징(宋徵)이라는 민간영웅이 지워지고 만 것이다.

완도의 송징 역시 『신증동국여지승람』을 비롯한 지방지에 문헌적 근거가 나오는바 무예가 절륜해 특히 활을 잘 쏘았는데 무슨 사연인지 비극적 죽음을 당한 인물이다. '미적추(米賊酋)'로 일컬어졌던 것으로 미루어, 그는 해적의 우두머리였고 민간에서는 그를 의적으로 기억했던 모양이다. 송 대장군이라면 당신(堂神)으로 완도 일대의 곳곳에서 받드는 존재였으며, 그 지역의 민요나 민담에도 곧잘 등장해 채록된 바가 있다. 16세기의 시인 임억령(林億齡)은 「송대장군가(宋大將軍歌)」라는 제목의 장편 서사시로 그의 영웅적인 형상을 그려냈다.

나는 「송대장군가」를 읽고 송대장군이란 존재에 비상한 관심을 가지고 그의 현장을 찾아 내려간 적이 있다. 1987년 10월의 일이다. 완도군

장좌리(長佐里) 장도(將島)에 있는 당집은 본디 송 대장군을 모신 큰 신당이었다. 이 송 대장군 신당을 근래 관에서 장보고로 바꿔치기 한 사실을 그 마을 주민의 증언으로 확인할 수 있었다. 나는『이조시대 서사시』를 엮으면서 '국난과 애국의 형상' 편의 맨 앞머리에「송대장군가」를 수록한바, 거기에「송대장군 고증」을 붙여서 관련 사실 및 문제점을 정리해놓았다.[5]

오늘의 한국에서 완도군이 장보고를 들고 나오자 송 대장군은 완도에서 흔적도 찾을 수 없게 되었다. 영암에서 도선국사의 유적이 왕인으로 대치된 것과 꼭 닮은 사태가 벌어진 것이다. 송 대장군의 '대장군'이란 그 지방의 민중 사이에서 일컬어진 호칭이다. 그야말로 민중영웅으로 칭송하고 받들어왔다. 적어도 6,7백년 이상의 나이테로 형성된 자생적 전통이었다. 이 '자생적 전통'이 '신전통'에 의해서 폭력적으로 해체되면서 민중영웅은 마침내 사라지고 말았다. 완도의 전통 표상으로 '장보고 세우기'가 '영암의 왕인'처럼 황당한 처사는 아니라도 반전통적·반민중적이라는 심각한 문제점을 지적하지 않을 수 없는 것이다.

한국근대가 중세기의 지층에 매몰되었던 왕인과 장보고를 발굴, 부각시킨 그 자체를 잘못이라고 부정하는 것은 아니다. 문제는 이들을 추켜세운 논리의 이면이고 무리한 행태이다. 왕인의 경우 문화적 우월의식이 잠복해 있다. 따지고 보면 중국중심주의인데 이는 또한 서구중심주의의 역반응이다. 장보고의 경우 그가 취한 진취적 기상을 탓할 것은 전혀 아니겠으나 그의 활동을 과대포장하는 데서 대국주의를 느낄 수

5 임형택『이조시대 서사시』, 창작과비평사 1992. 이 책의 개정증보판을 2013년에 발간했는데,「송대장군가」와「송대장군 고증」은『이조시대 서사시』2, 17~32면에 수록되어 있다.

있다. 바로 이 연장선에 '선진국 진입'이라는 국가적 목표가 놓여 있는 것 같다.

이른바 세계화와 지식정보화로 일컬어지는 시대상황에서 지자체는 각기 활로를 찾아 관광과 축제에 매달리는 형편이다. 지역마다 전통 세우기에 열을 올린다. 그런 과정에서 근대와 전통의 관계에서 빚어진 문제점이 확대 심화되는 병리적 현상이 나타나고 있다. 나는 이 글에서 왕인과 함께 장보고를 살펴보았지만, 이에 못지않게 황당하고 웃어넘기지 못할 사례들이 종종 귀에 들려온다.

학계 일각에서 그런 문제점을 지적하고 비판한 일이 없었던 것은 아니다. 필자의 '완도의 장보고'에 대한 문제제기도 해당 지자체를 향해 시정을 요구하는 취지를 담은 것이었다. '영암의 왕인'의 경우 필자의 이 글보다 앞서 김병인의 「왕인의 '지역영웅화' 과정에 대한 문헌사적 검토」라는 논문은 실증적 연구를 통해 '영암의 왕인'이 얼마나 허위인가를 밝힌 내용인데, 결론에서 "현재 유행처럼 번지고 있는 지역축제가 보다 신중하고 진지한 논의를 거쳐서 진행되어야 한다"는 점을 일깨우고 있다. 이런 진실과 충정어린 목소리가 묵살되는 것이 오늘의 우리 현실이다.

여기에 거론한 문제점들은 대개 지방 차원에서 실시된 일이다. 지방 차원에서 야기되는 이런저런 문제점들은 한국근대의 일반적 차원과 무관하지 않은, 그것의 일부분이면서 대체로 더 악화된 양상을 연출하고 있다. 문제점이 확산일로에 있음을 방금 언급했거니와, 우리 당대에 이런 일들이 버젓이 벌어지고 있는 사실을 비판하는 것이 능사가 아니며, 부끄럽게 여기고 해법을 고민해야 할 노릇이다.

제3장
분단체제하의 한국에서 학문하기

1. 한반도의 분단상황

1945년에서 오늘에 이르는 우리 당대의 역사는 천여년을 이어온 공동체가 양분된 상태로 전개되었으니 분단시대라고 표현하는 것이 그 실상에 부합한다고 볼 수 있다.

우리가 경험했다시피 1945년 8월 15일 제2차 세계대전의 종결이 한반도상에서는 미소 양군의 분할점령으로 이어졌다. 그리하여 1948년에 남녘에는 대한민국, 북녘에는 조선민주주의인민공화국으로 체제를 달리하는 국가기구가 성립, 이 상태로 지금에 이르고 있다. 즉 일제 식민지로부터의 해방은 현실적으로 남북의 분리를 의미했다. 한반도의 현대사는 식민지 시대에서 남북국 시대로의 이행이라는 매우 특수한 양상을 그려낸 것이다.

한반도상에서 남과 북이 갈라선 국면은 적대관계로 발전했다. 서로의 존재를 부정한 나머지 상대를 철거되어야 마땅한 것으로 제각기 치부했다. 그리하여 양쪽에 '단독정부'가 들어서고 채 2년도 안 돼서 전면전이 일어나고 말았다. 1950년 6월 25일에 발발한 전쟁은 1953년 7월 27일을 기해서 남측의 연합군 총사령관, 북측의 조선인민군 최고사령관과 중국인민지원군 사령관이 조인한 정전협정으로 총성이 멎었다. 분명한 사실은 그건 전쟁의 종결이 아니고 휴전이었다는 점이다. 재발할 우려가 상존하는 상태다.

휴전으로 들어간 그 직전까지 싸운 경계를 기준선으로 삼아, 남과 북으로 각각 2km를 비무장지대(DMZ)로 설정했다. 비무장지대 4km를 폭으로 한반도를 가로지른 155마일의 경계선이 그어졌다. 다름 아닌 군사분계선(military demarcation line), 통상 휴전선이라고 부르는 것이다. 이 완충지대를 사이에 두고 남과 북이 군사적으로 대치하는 형국이 한반도의 정전상황이다. 이 대목에 덧붙일 사실이 있다. 최근에도 심각한 문제를 야기하는 해상 북방한계선(NLL)이다. 정전협정 당시 설정한 군사분계선은 육지에 국한되었을 뿐, 해역에 대해서는 합의된 경계선이 없었다. 그래서 추후로 남측이 해상 북방한계선을 그은 것이 곧 NLL이다. 북측은 북측대로 해상경계선을 따로 그어놓았다. 어느 것이건 상호합의사항이 아니기 때문에, 특히 서해의 백령도·연평도가 위치한 해역은 남북의 대치상황에서 가장 예민한 공간으로 되어왔다. 원천적으로 정전협정에서 애매하게 남겨두었던 까닭에 야기된, 한반도상의 정전협정이 뿌려놓은 분란의 씨앗이다.

한반도의 6·25전쟁은 도대체 어떤 의미를 갖는 것일까? 엄청난 인적·물적 파괴와 손실을 초래하면서 얻은 것은 무엇이란 말인가? 지도상에서 38선이 휴전선으로 경계가 바뀌었으며, 그렇게 개정된 남과 북으로 인력의 재배치가 이루어졌다. 그런 상태로 60년의 세월이 흘렀다. 결과론적으로 보면 6·25는 한반도의 분단이 장기화되기 위한 조정과정이었다. 거기에 다른 하나의 의미를 부여하자면 한반도상의 분단상태는 무력으로 통합이 이루어질 수 없음을 증명한 셈이다. 이는 실로 엄청난 댓가와 희생을 치르고 학습한 교훈이다.

이 군사분계선을 사이에 두고 남북이 각기 대규모의 병력과 가공할 무기를 배치해놓고 있다. 그 이남의 대한민국과 이북의 조선민주주의인민공화국이라는 두개의 국가가 여전히 상호 배타적으로 존립하며, 한반도의 주민들 모두가 예외없이 어느 한쪽의 정부에 속해서 삶을 영위하고 있다. 이것이 우리 한반도의 분단상황이다.

여기서 잠깐 필자가 직접 몸으로 겪었던 사실을 술회해볼까 한다. 벌써 반세기 가까운 1967년, 그해 초봄에서 이듬해 여름까지 나는 비무장지대에 있었다. 물론 특정 개인의 경험이지만 한반도상에서 분단시대에 삶을 영위했기에 겪어야만 했던 일이다. 오늘의 한국인으로서는 역사적이면서 보편적인 의미를 갖는 경험이다. 나는 대한민국의 국민으로서 의무를 이행하기 위해 입대했고 마침 전방사단에 배치되었기에, 군복무 2년차로 들어가는 해에 비무장지대 근무를 자원했던 터다. 비무장지대의 근무자는 '민정경찰'이란 마크를 달고 있는데, 비무장지대를 관리하는 제반 업무를 맡은 요원임을 뜻한다. 그래서 군인 신분이면서 명목상 경찰로 표시한 것이다. 실제로는 비무장지대에 민간인이란 생활하지 않기 때문에 경찰업무를 수행할 기회는 아예 생길 수 없었다.

'민정경찰'의 임무 중에 군사분계선 순찰이 들어 있었다. 엄밀하게 말해서 군사분계선은 비무장지대의 중앙선이다. 한반도를 남북으로 분리하는 이 중앙분계선은 현장에 직접 가보니 가시철선 두 줄이 쳐져 있을 뿐이었다. 휴전 이후 십수년이나 인적이 끊긴 상태였으므로 잡초만 우거져서 경계가 희미했다. 그런데 중앙분계선에서 2km 떨어진 남방한계선은 전혀 달랐다. 대략 남방한계선을 따라서 방어벽을 설치하고 밤낮 경계를 서는데 밤에 더 삼엄했다. 내가 처음 비무장지대에 들어갔을 적에는 방어벽이 목책이었는데 나올 무렵에는 철책으로 교체하는 공사가 진행되고 있었다. 그만큼 남북의 관계는 긴장이 고조되는 상황이었다.

1968년 1월에 북의 특공대원이 청와대를 기습하려다가 실패한 '1·21사태'(당시 북의 특공대원 31인 중에 생존자가 김신조 1인이었으므로 대개 사람들이 김신조란 이름을 기억하고 있다)와 북측이 미 정보함을 나포한 '푸에블로호 사건'이 연달았다. 또 그해 11월에는 '울진·삼척 무장공비 침투사건'이 일어났다. 세가지 사건은 각각 내용은 다르지만 다 놀랍고 엄중한 사태였다. 한반도상에는 일촉즉발의 전운이 감돌았다. 1968년 그해는 휴전 60년에서 아마도 최고도의 위기국면이었을 것이다. 무슨 이유로 이처럼 전쟁에 준하는 사태가 자꾸 일어나는 것일까? 휴전상황이 왜 이토록 악화되는지 나로서는 도무지 이해할 길이 없었다. 당시에는 도무지 풀리지 않던 의문점이었다. 후일에 여러가지 정황을 종합해서 내 나름으로 이렇게 설명해보았다. 당시 한국군은 최정예 전투부대로 보병 2개 사단과 해병대 1개 여단을 베트남전에 파견했던바 북측으로서는 남한이 증파를 못하도록 하기 위한 '발목 잡기' 전략이었으리라는 것이다. 미소가 관여된 분단국가인 한반도와 베트남 사이에는 보이지 않는 전선이 연계되어 있었다.

이렇듯 당시 한반도는 아슬아슬한 준전쟁상태에 놓여 있긴 했지만 다행히도 전면전으로 치닫지는 않았다. 이후에도 휴전선을 사이에 둔 남북의 대치상태는 위기가 일시 소강국면으로 들어갔다가 다시 고조되는 등 오르내림을 반복했다. 우리가 늘 절감해온 실상이다.

지난 20세기의 마지막 10년으로 접어들면서부터 세계 냉전체제의 해체와 함께 한반도의 분단상황은 현저히 달라지는 모양새였다. 1998년부터 금강산관광이 개시되고 2000년대로 넘어와 개성공단이 들어서고 남북정상이 만나서 민족의 상생(相生)·공영(共榮)을 위한 공동선언을 발표하기에 이르렀다. 남북관계는 화해협력의 계단으로 올라선 것처럼 보였다. 이는 되돌릴 수 없는 방향으로 여겨지기도 했다. 하지만 이명박 정부가 들어서며 남북의 화해분위기가 온통 흐트러지더니 마침내 천안함 사태(2010.3)에 이어 연평도 포격사건(2010.11)으로 위기상황이 고조되었다. 이어 박근혜 정부가 들어선 2013년 지금 남북관계는 장차 어떻게 전개될지 예측을 불허하는 상황이다.

분단시대의 한반도는 1953년에 성립한 정전체제로 유지되고 있다. 방금 회고해보았듯 그것은 매우 불안정하고 위태위태한 구조이다. 전쟁의 일보 전까지 접근한 경우도 한두번이 아니지만, 그렇다고 마지막 선을 넘어서지는 않았다. 거기에는 어떤 제어장치가 있는 것이다. 한반도 중심부를 가로지르는 155마일의 휴전선, 남북 4km의 띠가 완충작용을 큰 탈 없이 해낸 모양새다. 그러나 쌍방이 대규모 병력과 가공할 무기로 대치하고 있는 판에, 한낱 그 완충기능만으로 전쟁이 제어될 수 있었을까? 물론 완충기능의 효과도 상당했겠으나, 전적으로 그 때문에 제어되었다고 말하기는 어렵다. 정전체제의 파국을 원치 않는 힘이, 밖에서도 작용하고 안에서도 남북 공히 작용하는 때문이다. 한반도는 정전체제로 남북분단이 장기화하여 공고해지면서 나름으로 특수한 체제를 형성한 것이다. 곧 분단체제이다. 이런 한반도 상황의 인식에 분단체제란 개념을 도입했던 백낙청의 설명을 들어보자.

분단체제는 남북이 서로 적대적이고 단절된 사회이면서도 동일한 '체제'라고 말할 만큼 쌍방 기득권세력이 공생관계에 있고 양쪽이 나쁜 점을 서로 닮아가며 재생산되는 구조다. 동시에 엄밀한 의미의 사회체제는 아니고 세계체제가 한반도를 중심으로 작동하는 국지적 현실에 해당하는 것이기에, 애당초 남북분단을 주도한 현존 세계체제의 패권국을 포함해 수많은 외세가 개입해서 굴러가는 다소 느슨한 의미의 '체제'이다.[1]

이 글의 '분단체제하의 한국에서 학문하기'라는 제목은 한반도의 남녘에서 수행해온 학문행위를 전반적으로 살펴보려는 취지에서 붙인 것이다. 현대 한국 학술사에 대한 고찰에 다름 아니다. 그럼에도 '분단체제하'라는 규정적인 말을 굳이 붙인 까닭은 우리의 현대학문이 놓인 현실을 확실하게 인지하고 들어가자는 취지에서다. 그리고 또 우리의 학문하기가 분단체제와 어떻게 연계되어왔으며, 그 극복에 어떤 의미가 있고 어떤 기여를 할 수 있을까 살펴보려는 뜻도 포함되어 있다.

'분단체제하의 한국'은 학적 고찰의 대상이기 이전에 나 자신이 발을 딛고 숨 쉬는 지점이다. 나는 일제시대의 끝자락에 태어나 어린 시절에 6·25전쟁을 경험했고, 정전이 시작된 즈음에도 기억에 생생한 대목이 있다. 그리고 분단체제하의 남성에게 병역은 일종의 통과의례라고 할 수 있겠는데, 앞서 술회했듯 나는 군복무를 비무장지대에서 했다. 그 무

1 백낙청 『2013년 체제 만들기』, 창비 2012, 36면.

렵에 나는 이미 마음속으로 인생의 진로를 학문 쪽으로 정해놓고 있었다. 분단현실의 여러 국면들이 나의 학문의식 속에 각인되지 않을 수 없었다. 그리고 학문하기가 직업이 된 나는 생애의 대부분을 대학 캠퍼스에서 보냈다. 군부독재 시기에 대학가는 최루탄의 포연이 잦아들 날이 없어 전장을 방불케 했다. 당시 정권의 주적이라면 북쪽의 군대이기보다 남쪽의 대학생이었다고 보는 편이 그 실상이 아니었을까. 나는 계속 분단체제의 첨예한 현장에 있었던 셈이다.

나 자신 학적 사고에서 분단현실은 항시 뇌리에서 떠나지를 않았다. 처지가 그럴 수밖에 없었다. 이 글의 제목은 학문하기로 살아온 자신을 돌아보는 의미에서 붙인 것이다.

2. 분단체제와 학문의 관련 양상

분단체제는 남북의 주민들에게 삶의 기본조건으로 작용했다. 일종의 환경이었다. 물고기가 물속에 있는 것을 저는 모르고 살아가듯 비록 의식하지 못하더라도 누구나 예외일 수 없었다. 학문하기 역시 분단체제와 무관할 수 없었음이 물론이다.

혹자는 반문할 것이다. 학문은 학문으로서의 독자적 영역이 있거늘 굳이 학문 외적인 문제를 끌고 들어오느냐고. 상아탑 속에서 진리를 탐구하는 것이 학문인데 분단체제와 무슨 관계가 있느냐는 말이다. 학문의 독자성이라면 응당 지켜져야 할 보편적인 원칙이다. 그러나 사회현실, 민족현실과 격리된 학문의 공간을 상정하고 순수주의를 정당화하는 태도는 그 자체가 하나의 입장이다. 이런 '순수학문'의 입장은 본인이 의식했건 못했건 분단체제에 순종하는 태도에 다름 아니다. 분단체제하의 한국에서 주류적인 방향은 '순수학문'의 입장이었다고 봐도 맞을 것이다.

과연 순수한 학문의 공간이 어디에 있을까? 오히려 사회현실, 민족현실이야말로 학문이 고민하고 감당해야 할 몫이 아닌가? 이런 입장에 서게 되면 자연히 분단체제에 순종이 아닌 대항의 자세를 취하기 마련이다. 그래서 분단현실에 매몰되지 않고 그 질곡으로부터 벗어나려는 학적 사고를 하지 않을 수 없다. 지난 1960,70년대에 문학에서는 순수문학과 참여문학의 대립구도가 형성되었던바 학계를 여기에 비춰보면 (이런 용어가 학계에 등장하진 않았으나) '순수학문'의 주류적 형세에 '참여학문'이 두각을 드러낸 정도였다.

분단체제와 학문의 관련양상을 규명하는 작업은 결코 간단한 일이 아니다. 분단체제에 대한 입장차로 '순수학문'과 '참여학문'으로 양분해볼 수 있다 해도 뚜렷이 변별되는 것이 아니며, 각각의 내부에서도 성격이 단일할 수 없었다. 그리고 더욱 중시해야 할 점은 70년 세월의 경과에 따른 변화로 그 관련양상 또한 부단히 변모한 사실이다. 다음에 1945년으로부터 현재에 이르는 한국의 당대사를 분단체제의 추이를 고려해서 네 시기로 구분지어, 각 시기에 빚어진 양상 및 특성을 정리하면서 학문하기와 어떻게 관련되었던가를 간추려볼까 한다. 구분선을 획정하는 데 있어서는 당초 분단체제를 제기했던 백낙청의 견해를 준용했다.[2] 다룬 내용이 워낙 폭넓고 복잡하기 때문에 서설 수준을 면치 못할 것임을 미리 밝혀둔다.

---

2 백낙청 『한반도식 통일, 현재진행형』, 창비 2006, 45~48면.

그리고 또 이해를 구할 말이 있다. 나 자신 분단적 시각이 아닌 통일적 시각을 견지하려 하면서도 논의는 남을 위주로 전개하고 북에 대해 고려하는 방식을 취할 것이다. 현실적 입지가 남에 있는 자로서는 당연하고도 부득이한 일이 아닌가 싶다.

제1기 1945~53년: 분단시대의 개시

1945년 2차대전이 종결된 지점에서부터 1950~53년 한반도의 내전이 정전협정에 의해 휴지상태로 들어가기까지의 시간대이다. 분단시대의 초기에 해당하는 이 8년은 혼란과 시련이 중첩된 기간이었다.

1945년 8월 15일은 일제에 의한 식민지배가 종결되고 주권회복이 가능하게 되었다는 의미에서 해방 혹은 광복이란 개념으로 인식되었다. 하지만 객관적으로 보면 미소 양대 전승국에 의한 분할점령으로 한반도상에 군정체제가 들어선 시점이며, 그에 따라 분단시대가 개막된 것이다. 1948년 남과 북에 각기 따로 국가가 수립됨으로 해서 남북국시대가 성립하기에 이르렀다.

자유민주주의를 내세운 대한민국의 남과 공산주의에 기초한 조선민주주의인민공화국의 북은 상대방의 실체를 부정한데다 이념적으로 상호 불공대천(不共戴天)으로 여겼던 터이므로, 남북의 대립갈등은 물리적 충돌이 불가피한 노릇이었다. 그래서 '단독정부'가 수립되고 2년이 지나지 못해 이른바 6·25전쟁이란 내전이 발발한 것이다. 이 전쟁은 2차대전 이후로 형성된 동서 냉전체제를 배경으로 일어났고 실제로도 세계대전을 방불케 할 정도로 국제전의 양상을 띠었으나, 전장이 한반도상에 국한되었을 뿐 아니라 전쟁의 목적도 내부 문제의 해결을 표방했던 터이므로 내전이라고 호명한 것이다.

8·15에서 6·25까지 수순을 밟듯 진행된 이 기간은 1948년 단독정부 수립을 기준으로 이전의 미군정기와 이후의 대한민국 성립기, 그리고 1950년부터 3년의 내전기, 이렇게 다시 세개의 소시기로 나눠볼 수 있다. 1945~50년 사이를 통상 '해방정국' 혹은 '해방공간'으로 부르지만, 이 용어는 따지고 보면 실제에 부합하지 않고 다분히 현실인식을 흐릿하게 만드는 면이 있다. 미소 양군의 점령하에서 분단이 분단국가로 관철된 엄연한 사실을 호도하는 느낌이다.

학술사적으로 이 기간을 살펴보면 소시기를 따라서 크게 달라진 실태를 확인할 수 있다. 1945~48년의 짧은 기간은 식민지 경제구조가 무너지면서 극히 열악하고 혼란스럽긴 했지만, 그때만큼 역동적인 때가 과연 우리 역사상에 언제 있었을까. 초·중등학교와 함께 대학들이 우후죽순처럼 설립되면서 학술·문화운동이 활발하게 일어났던 것이다. 어떻게 그럴 수 있었을까? 나는 두가지 요인을 손꼽는데, 첫째는 일제에 억눌린 가운데 잠재, 축적되었던 연구의 결과와 창조력이 일시에 발양된 까닭이요, 둘째는 해방의 기쁨과 분단의 아픔이 뒤섞인 속에서 국가건설을 기획하고 민족의 진로를 모색하는 열정과 고뇌가 분출된 까닭이다. 방금 지적했듯 당시 현실은 미군정하에 놓인 것이 객관적 실상이지만 대다수의 사람들은 8·15를 식민지 억압에서 해방된 것처럼 의식하고 있었다. 일제 36년이 이 땅의 사사물물(事事物物)에 제약을 가하고 영향을 미쳤으므로, 그날은 이 땅에 존재하는 저마다에 해방과 광복의 의미를 갖도록 한 것이다.

이런 해방의 역동적인 분위기는 유감스럽게도 얼마 가지 못하고 단기로 끝났다. 대한민국을 주도한 정치권력이 반공이데올로기로 사상통제를 강화하면서 참신하고 진취적인 학술경향을 일체 불온시한 때문이다. 다수의 학자·지식인 들이 폭력적인 방식에 의해 제거되거나 위축되었고, 살아남기 위해서 소신을 굽히고 전향하기도 했으며, 혹은 분단의 다른 쪽을 선택하기도 했다. 반대로 북에서 남으로 내려온 경우도 적지 않았다. 남과 북의 두 점령군에 의해서 그어진 38선은 곧 국토와 민족의 분단을 의미했는데, 두개의 배타적인 국가가 출현함으로 해서 학계의 분단, 학문의 분단으로 연장되기에 이르렀다.

내전시기 3년은 남으로 낙동강, 북으로 압록강에 이르는 전국토가 거의 초토화되고 그에 따른 인적·물적 손실은 이루 다 말로 그려낼 수 없는 정도였다. 동족상잔이란 표현이 적절하다. 이 과정을 통해 38선이 휴전선으로 조정되어 인적 재배치가 함께 이뤄졌다. 학문분야가 입은 손상 역시 심대해서 학문이 일시 황폐화될 지경이었다. 이후로 학문은 분단체제로 개편, 순치되는 양상이 뚜렷하게 되었던바 이에 관해서는 다음에 언급할 것이다.

제2기 1953~61년: 분단체제 성립기

정전협정이 발효된 시점에서부터 1960년 4·19혁명으로 성립한 장면 정권이 이듬해 5·16군부쿠데타에 의해 전복되기까지의 기간이다.

남북의 단독정부가 대립하여 발발한 내전을 통한 조정과정을 거쳐 정전이 됨으로 해서 분단은 고착화의 길로 들어섰다. 그런 의미에서 이 기간은 분단체제 형성기에 해당한다. 한편으로 4·19혁명이 한국 현대사에서 갖는 의의를 생각하면 1960년을 구분선으로 설정하는 편이 타당하겠으나, 분단체제라는 관점에서 보면 1961년으로 내려잡지 않을 수 없다.

이승만 정권은 애당초 분단세력으로 민족적 지지기반이 허약했던데다가 '북진통일'을 호언장담하던 끝에 북의 선제공격에 형편없이 밀리고 국민에게 엄청난 재난을 입혔으니 더이상 버티기 어려웠다. 이에 반공이데올로기와 함께 북에 대해 원색적인 증오심을 불러일으키는 방향으로 국론을 몰아갔다. 그렇게 해서 패전과 거듭된 실정을 은폐하고 무마하려 했지만 국민적 신뢰를 회복하기는 어려웠다. 때문에 독재로 정권을 유지할 수밖에 없었다. 국민적 지지를 받지 못하면서 선거에 이겨야 했으므로 방법은 오직 부정선거였다. 마침내 부정선거가 국민적 분노를 사서 이승만 독재정권은 붕괴되었다. 하지만 4·19혁명으로 성립한 민주정부는 1년도 못 가서 군부세력에 의해 전복되고 말았다. 이 기간은 한국의 분단시대가 정전체제-분단체제-독재체제의 삼자 결합으로 작동한 첫 단계라고 할 것이다.

이 단계는 학문 역시 분단체제에 의해서 성격이 분명해진 시기이기도 하다. 남쪽에 출현한 분단국가가 반공주의로 부단히 억압, 재단(裁斷)을 가한데다가 전쟁의 피해가 막심해서 학문은 황폐해졌고 학계는 거의 공백상태가 되었다. 정전 이후 전후복구가 긴급한 사안이었듯, 학문 역시 신속히 수습하고 복원하지 않으면 안 되었다.

서울대학교가 1954년에 인문·사회과학과 자연과학으로 구분해서 '논문집(論文集)'이란 표제로 연구성과를 묶어 발간한 것은 그 첫 사례이다. 이어 유수한 대학들이 시차는 있지만 여러 전공분야에 걸친 연구성과들을 묶어서 유사한 형태로 논문집을 발간하였으며, 학회활동도 전공영역별로 살아나고 있었다. 특기할 점은 전쟁의 와중인 부산 피난시절에 국어국문학회와 역사학회를 비롯한 학술단체가 결성된 사실이다. 이 단계의 학술운동을 주도한 것은 해방 후에 등장한 '전후세대'였다. 분단국가가 출현, 대립·갈등을 거치는 과정에서 학계가 공백상태에 빠지자 당시로서는 신세대 학자군이 등장했던바 이들은 이후 한국 학계를 끌고 간 중심이 되었다.

방금 '복원'이란 표현을 썼다. 그러나 8·15 직후의 상황에 견줘보면 복원이란 당치 않으며, 어느 부분을 배제하고 어느 한 부분만 복구되었을 뿐이다. 역사학을 예로 들면, 해방기에 민족사학·실증사학·사회경제사학 등 학풍이 공존하여 제법 다양하고 활발한 모양새였는데, 어느덧 민족사학은 학맥이 끊기고 사회경제사학은 불온한 것으로 젖혀지고 오직 실증사학의 독무대가 된 것이다. 문헌고증적인 실증주의다. 김용섭(金容燮)은 이 무렵을 회고하는 글에서 "우리 학계는 일제시기의 식민주의 역사학을 충분히 검토·청산할 겨를도 없이, 그 유산을 그대로 물려받게 되었"다고 지적했다.[3] 그런 까닭에 일제시대 경성제국대학 교수로 있다가 돌아간 일본인 학자 타까하시 토오루(高橋亨)로부터 한국에서 동방학(東方學, 즉 한국학) 연구는 자기들이 깔아놓은 레일을 달리고 있다는 평을 들었던 것이다.[4]

역사학의 경우만 아니고 다른 여러 분야 역시 대체로 사정이 유사했다. 실증주의 내지 순수주의가 학문이란 이름으로 정당시되고 있었다. 이는 세계적 차원에서 냉전체제와 한반도적 차원에서 분단체제가 연관된 현상이었다. 자신이 처한 곳이 '자유진영'에 의해서 방어되는 한편 민족의 현재가 통일적으로 인식되지 못한 나머지 민족현실과 학문의식의 연계는 불필요한 감상쯤으로 여겨지고 말았다. '탈민족의식'은 '탈현실의식'으로 비약해서, 학문의 과학성을 강조한 결과 객관주의의 '순

3 김용섭 『역사의 오솔길을 가면서』, 지식산업사 2011, 534면.
4 타까하시의 논평은 『東方學志』 창간호에 대한 서평 형식으로 『朝鮮學報』 7, 1955에 수록된 것이었다.

수학문'에 집착하게 된 것이었다. 민족의식이라면 '분단적 민족의식', 현실의식이라면 '반공적 현실의식'이 있었다. 현실을 외면하도록 만든 학문의 순수주의는 반공반북을 국시로 하는 분단현실에 눈감도록 하는 성격을 내장한 것이었다.

탈사회·탈현실의 '순수학문'이라면 인문학이 전형적이다. 그런 한편 사회현실은 사회과학의 몫으로 돌려졌다. 물론 인문학과 사회과학, 자연과학으로 삼분된 구도는 근대학문의 일반적인 체계이다. 분단체제하의 한국에서는 사회경제사적 관점을 불온시한 때문에 인문학은 '순수학문'으로 편향하였으며, 사회과학 또한 서구중심주의에 함몰한 나머지 뿌리 없는 학문이 되어 관방학 내지 속류 실용학으로 경사하는 추세를 드러내고 있었다.

제3기 1961~87년: 군부독재 시기

이 기간은 4·19혁명이 5·16군부쿠데타로 반전된 시점에서 출발, 30년 가까이 지속되다가 1987년 6월민주항쟁으로 폐막된 시간대이다.

4·19혁명은 이승만 독재정부를 타도함으로써 그 운동이 종결된 것이 아니었다. 민주적인 장면 정부가 탄생하자 그 사이 억눌렸던 사회·정치적 의제들이 분출되었는데, 운동의 주방향은 민족 문제였다. "가자 북으로 오라 남으로"라는 당시 학생들의 구호가 극명하게 표출했듯 남북의 화해소통, 자주통일을 소리 높이 외치고 행동으로 밀고가는 움직임이 기운차게 일어났다. 분단체제에 대한 도전이었던 셈이며, 이에 좌시하지 않고 군부권력이 일어서 물리적 제동을 가한 것이 5·16쿠데타였다.

중간에 1979년 10·26사태로 박정희 독재가 종식된 다음, 앞서 4·19에서 5·16 사이 1년의 과도기처럼 10·26 이후 7개월의 과도기를 거쳐서 전두환 군부독재가 재등장했다. 이 28년은 그 앞과 중간에 짧은 과도기를 두고 군부독재가 지속된 상태였다. 그래서 군부독재 시기라는 표현을 썼으나, 민주화라는 각도에서 바라보면 4·19로 개시된 민주화운동의 시대이기도 했다.

반공독재라는 측면에서는 이승만 시대의 연장인데, 군부가 전면에 나선 점에서 더욱 강경한 독재체제라고 할 것이다. 그럼에도 민주화 요구는 계속 상승, 확장해서 지배권력은 물러나지 않으면 독재를 강화하는 수밖에 달리 도리가 없었다. 박정희 정권은 반공독재를 기조로 하면서 1972년에는 위기국면을 모면하기 위해 7·4남북공동성명을 발표하고 이내 강도를 높여 유신체제를 선포했다.

7·4남북공동성명은 (1) 자주적 해결, (2) 평화적 방법, (3) 민족대단결을 조국통일의 3원칙으로서 합의한 것이다. 민족의 통일염원을 담아낸 최초의 문건이라는 점에서 그야말로 역사적 의미를 갖는 내용이다. 그 당시 나는 TV 화면에서 이 성명서를 발표하는 장면을 보고 야! 하고 굉장히 놀랐다. 그러면서도 저건 '깜짝쇼'가 아닐까 하는 의구심을 마음 한구석에서 떨쳐버리지 못했다. 과연 그 역사적 선언의 메아리가 우리의 뇌리에서 사라지기도 전에 유야무야되고 이른바 '유신'의 철퇴가 떨어지면서 남북의 적대적 대치국면은 원상태로 돌아갔다. 앞뒤 경위를 뜯어보면 7·4성명은 어려운 국면에 처했던 박정희 독재권력을 연장하기 위한 정치공작이었다. 이 점은 부인할 수 없는 사실이다. 그렇다 해서 통일을 염원하는 민족의 의지를 담아낸 7·4성명의 획기적인 의의 자체가 소멸하는 것은 아니라고 봐야 할 듯싶다.

분단체제하에서 민주화운동과 독재체제가 상호 힐항(頡頏)작용을 하면서 동반상승한 이 28년 동안에 한국사회는 변모가 급속히 진행되고 있었다. 한국은 이 기간에 농업사회에서 산업사회로 이동하여 사람들의 삶의 양식이 전면적으로 변했고 그에 따라 의식구조 또한 크게 달라졌다. 이 글의 주제와 관련해서 괄목할 측면이 있다. 분단현실에 매몰되지 않고 각성한, 지배체제에 순응하지 않고 대응한 성격의 학술·문화의 움직임이 바로 이 단계에 대두한 것이다. 이때 시발한 학술·문화운동은 4·19가 원천적인 계기였거니와, 이후 박정희 정권이 밀어붙인 한일협정·삼선개헌·유신체제 등에 반대하는 정치투쟁, 이어 5·18광주민주화운동에 기맥이 통해서 차츰차츰 고양되기에 이르렀다.

이 진보적이고 비판적인 성격의 학문하기에서 제일의 열쇳말은 '현실'이다. "'지금' '이곳'의 현실을 여하히 인식, 어떻게 파악하느냐는 것은 오늘을 사는 이 땅의 역사학도에게 주어진 가장 절실한 과제다."[5] 당면한 모순·질곡의 현실을 어떻게 타개할 것인가? 이는 종래의 실증주의적 연구에서는 배제됐던 문제의식이었으며, 서구추수적 학문경향에서는 떠오를 수 없는 질문이었다. 한국의 당대를 분단시대로 규정한 것도 바로 이 문제의식의 소산이었다. '분단시대'란 개념을 정식으로 들고나온 것은 강만길(姜萬吉)인데 그것은 "20세기 후반기 즉 해방 후의 시대는 민족분단의 역사를 청산하고 민족통일국가의 수립을 민족사의 일차적 과제로 삼는 시대"임을 확고히 각성한 데서 나온 주장이었다.[6]

오늘의 현실을 역사적으로 사고하면서 가장 중요하게 제기한 의제는 이른바 식민주의 사관의 극복 문제였다. 우리가 과거에 걸어온 길을 내재적 발전의 과정으로 규명해냄으로써 정체성·타율성 이론으로 왜

5 이우성 「실학연구입문 서」, 역사학회 편 『실학연구입문』 일조각 1973.
6 강만길 「분단시대 사학의 성격」(1978), 『분단시대의 역사인식』, 창작과비평사 1982.

곡된 역사를 바로잡는 작업이었다. 이는 자국의 역사를 새롭게 체계화하는 의미와 함께 식민지 지배로부터 외세에 의한 분단의 질곡을 겪으면서 굳어진 민족적 패배의식과 자기모멸감을 벗어나도록 하는 의미가 있었다. 이렇듯 민족이 처한 현실에 주목하면서 민중을 발견하게도 되었다. 민족문학이란 개념이 중요하게 제기되는가 하면 민중을 역사의 주체로 인식하고 문학을 민중적 관점에서 해석하는 연구가 제출된 것이다. 그런 한편 기층민중의 문화에 속하는 탈춤·판소리·민요 등 민속적 연희형태에 대한 조사·연구가 활발하게 이루어지기도 했다.

1980년대, 5·18민중항쟁을 폭력적으로 제압하고 들어선 독재체제의 시간대는 또한 이에 항거하여 민주화운동이 과격하게 나간 시점으로, 학술문화운동 또한 급진적 변혁을 추구하고 있었다. 이때 사회구성체론이 쟁점으로 뜨거웠으며, 변혁운동에서 계급 문제를 우선시하느냐(PD) 민족 문제를 우선시하느냐(NL)로 노선갈등이 빚어지기도 했다. 민중예술운동 또한 놀이판과 민중미술에서 창조적 성과를 보여주었다. 학문하기로 반공이데올로기를 돌파하고 남북의 통일적 인식을 실현하기 위해 분단의 금기를 대담하게 깨뜨리고 나선 것도 이때 일어난 일이었다.

1980년대에 이른바 운동권 학문이 제출되면서 제도권 학문과의 대립구도가 형성되었다. 전에는 체제순응적 학문과 체제비판적 학문이 경향성의 차이를 드러낸 정도였는데, 이때 이르러 대립각이 세워지기 시작했다. 이 현상은 다음 단계에 더욱 선명하게 드러났으므로 뒤에 가서 언급할 것이다.

제4기 1987년~현재: 87년체제

1987년 6월항쟁의 성과로 독재체제를 합법화한 헌법이 개정되어 새 공화국이 출범한 시점으로부터 오늘에 이르는 시간대이다.

종전의 신군부 독재체제에서 2인자 역할을 하던 노태우가 대권을 잡으면서 당시 민주화를 열망하는 다수의 사람들은 큰 실망감을 맛보았다. 그것은 새로운 단계로 들어선 것이 아닌 군부독재의 연장처럼 비쳤다. 물론 그런 측면이 없지 않았으며, 그로 인해서 변혁의 발목 잡기가 되고 심지어 역주행하는 현상이 일어나기도 했다. 이는 우리가 이미 경험했던 사실일 뿐 아니라, 여태까지 극복하지 못하고 있는 한국사회의 질곡이자 현재적 난관이다. 비록 그렇지만, 오랫동안 우리를 짓누르고 있던 군부독재체제가 일단 해체되고 민주적 개혁이 진행된 획기적인 계기가 되었다. 이로부터 민주화의 길로 진입한 것이다. 때문에 이 기간을 우리는 87년체제라고 단계상의 구분을 짓고 있다.

이 시간대에는 지구적 차원에서나 동아시아적 차원에서나 상황이 급변하였고, 국내적으로도 정치·사회적으로 복잡다단했다. 이 제4기에 일어난 주요 사건들을 확인하는 취지에서 한반도 상황을 중심에 놓고 연표 형식으로 대략 정리해본다.

1987년 6월항쟁, 7·8월 노동자대투쟁

1988년 노태우 정부 등장, 북방정책 추진

1989년 베를린장벽 붕괴

1990년 소연방 해체, 동서 냉전체제 해체

1991년 남북 유엔 동시 가입, 남북기본합의서

1992년 한중수교

1994년 김일성 사망, 북한의 체제위기, 선군정치, 북핵위기

1998년 IMF사태, 김대중 정부 등장(수평적 정권교체 실현),
금강산 관광 개시

2000년 제1차 남북정상회담, 6·15선언

2003년 노무현 정부 등장, 개성공단 착공

2004년 북핵 문제, 6자회담

2005년 9·19공동성명

2007년 제2차 남북정상회담 10·4선언

2008년 이명박 정부 등장, 남북관계 악화

2010년 천안함 침몰사건, 5·24조치, 연평도 포격사건

2011년 김정일 사망, 김정은 등장

2013년 박근혜 정부 등장

여기 간추린 연대기에서 두가지 특징적인 양상을 짚어낼 수 있다. 87년체제와 연동된 현상인데, 하나는 지구적 차원에서 냉전체제의 해체에도 불구하고 한반도상의 분단체제는 지속되고 있다는 사실이다.

이미 누차 언급했듯 2차대전의 전후 처리과정에서 그어진 한반도상의 분단선은 미소 대립관계가 악화됨으로 해서 냉전체제의 민감한 접점이 되었으며, 그에 따라 한반도의 분단은 일종의 체제로서 고착화되었다. 즉 세계적 차원인 냉전체제의 하위구조로 한반도의 분단체제가 성립한 것이다. 따라서 냉전체제의 해체는 분단체제의 해체로 이어지는 것이 당연한 수순처럼 여겨졌다. 냉전체제 해체에 곧이어 동서독의 통합이 급속히 진행되었던 것처럼 말이다. 그런데 왜 한반도상의 분단체제는 녹지 않는 얼음골인 양 그대로 있는 것일까?

이 문제점과 관련해서 동아시아 상황에 눈을 돌릴 필요가 있다. 우리가 익히 보았듯 소연방이 분해되면서 동유럽의 사회주의국가들은 줄줄이 무너졌으나, 동아시아의 사회주의국가들은 끄떡없이 서 있는 것이 실상이다. 중국과 베트남은 시장경제를 도입하고 개방정책을 쓰는 등 변신을 거듭하면서 사회주의국가의 틀을 견지하고 있지 않은가. 조선민주주의인민공화국의 경우 그야말로 존망의 위기에 처했지만 중국이 시종 버팀목이 되어주었다. 눈을 안으로 돌려보자. 지난 1990년 이래 북의 위기상황이 얼마나 심각했던가. 북조선 권력은 위기 탈출의 극약 처방으로서 '선군정치'를 강행하고 핵무기 개발에 주력했다. 생존전략에 다름 아니다. 대외적으로 '벼랑 끝 전술'을 구사한 것 또한 이 때문이었다. 북 자체가 극한의 어려움을 겪었던 것은 불가피한 일이었겠는데, 나름으로 생존능력이 비상했다는 평가도 가능할 것 같다. 그런 생존전략이 주효했던 것은 분단체제 덕분이기도 했다. 한반도의 분단체제는 냉전체제의 하위구조로 그치지 않고 나름으로 독자성을 지닌 구조임이 증명되는 셈이다.

다른 하나는 한반도상의 특징적 양상으로 87년체제하에서 남북관계가 진전과 퇴보를 반복한 사실을 들 수 있다. 남북관계는 본디 심술궂은 날씨처럼 변덕이 무상하였거니와, 이 단계로 와서는 진전과 퇴보의 기복이 정점을 오가는 양상을 보였다.

1991년 말에 남북 사이에 화해와 불가침을 합의한 문서가 발표되었는데 그 제1조가 "남과 북은 서로 상대방의 체제를 인정하고 존중한다"는 것이었다. 남북이 서로 실체를 인정, 상호 공존으로 기본방향이 잡힌 것이다. 바로 통일은 아니라도 고질화된 적대적 관계를 청산하고 평화공존으로 나아갈 출구가 생긴 모양새였다. 2000년대로 들어와서는 제

1차 남북정상회담과 6·15선언으로 남북관계의 새로운 장이 열리게 되었으며, 다음 제2차 정상회담과 10·4선언으로 진일보하여 한반도의 평화체제는 가시권으로 들어오게 되었다.

그런데 이명박 정부가 들어섬으로써 남북관계는 대립·갈등의 구조로 급선회하여, 그 사이에 닦아놓았던 상생·공영의 틀이 온통 흐트러지고 말았다. 이명박 정부 5년을 경과하고 박근혜 정부로 이어지면서 민족의 자주와 통일의 방향에서 공들여 쌓아놓은 남북의 신뢰구도는 파탄지경으로 추락했다. '공든 탑이 무너지랴'는 옛말이 무색하게 '10년 공부 도로아미타불'이 된 것이다.

이 단계로 들어와서 학문하기는 어떤 양상을 나타냈던가? 당시의 복잡다단했던 상황에 맞물려서 학문분야 역시 복잡다단한 모양새였다. 한국 자본주의의 발전에 상응해서 학문도 외적인 확대성장을 이룩하였던바 분단체제하에서 바람직하게 여겨지던 순수학문이 실용성을 주장하는 논리에 밀려 주류학계에서까지 버림당하는 운명에 처한 것은 특기할 점이다. 다음에 진보적 경향을 중심으로 앞단계와 비교하는 관점에서 몇가지 점을 지적해둔다.

진보적 학술운동의 등장

제4기에는 진보적 경향의 학술운동이 여러 분야에 걸쳐서 활발하게 일어났던바, 대개 1980년대의 민주화운동 세대가 주도하는 양상이었다. 학자 개인이 양심과 성실성을 지켜내고자 했던 과거의 고립적 차원을 넘어 연구자집단을 형성하게 되었다. 그리하여 학계는 기존의 보수적 학문과 신세대의 진보적 학문, 제도권 학문과 운동권 학문으로 대립구도를 형성하기에 이르렀다. 이 대립구도는 분단체제하의 한국에서 전에 없었던 현상이다. 그렇다고 상호 빙탄불상용(氷炭不相容)으로 평행선을 그려나간 것은 아니었다. 시간을 경과하면서 진보적 학문이 차츰 제도권 학문으로 포섭·수용되고, 이에 따라 제도권 학문 자체에도 변화가 일어나게 된 것 또한 불가피했다. 큰 눈으로 보면 양자는 서로 대립하며 긴장관계를 가지면서도 주거니 받거니 하는 상보적 관계를 이루고 있다. 하지만 제도권 학문의 보수성은 체질이 되어서 시류를 좇아 변신을 거듭하면서도 진부한 구태를 털어내지 못한 것이 그 실상이 아닌가 싶다.

한편으로 우리가 진보적 학문을 한다 해서 곧 학문의 수준이 담보되는 것은 아니라는 사실을 새삼스럽지만 지적해둘 필요가 있다고 본다. 보이는, 보이지 않는 탄압과 불이익을 감수하면서 진보적 학문을 실천한 그 학자적 자세와 용기는 높이 평가해도 좋을 것이다. 그러나 논리적 치밀성과 방법론적인 정합성은 학문의 길에서 필수요건으로, 진보적이라 해서 예외로 취급될 수 없음이 물론이다. 이는 한낱 형식적인 요구사항으로 그치지 않는 일이다. 진보적 가치의 추구가 학문하기의 중심과제로 손꼽히는 이유는 그것이 다른 어디가 아니고 우리 인간의 삶의 문제요, 학문이 추구하는 진보는 곧 역사의 진보이기 때문이다.

'북한 바로알기'와 남북 학술교류의 열림

한국사회가 반북수구의 굴레를 벗어나자면 제일의 관건은 반공이념의 틀과 법제적인 속박을 돌파하는 데 있다. 그러기에 정치적 민주화투쟁이 진보적 학술운동으로 이어졌다.

분단 한국에서 휴전선 너머 북한땅은 그야말로 금단의 장벽일 뿐 아니라, 거기에 학지(學知)가 미치는 자체를 법으로 금기시, 불온시하였다. 아울러 북의 존재를 이데올로기적으로 도색하면서 남한사람들에게 부단히 왜곡된 인식을 갖도록 만들었다. 이에 저항하여 제출된 의제가 이른바 '북한 바로알기'였다. '북한 바로알기'운동은 대개 두 측면으로 진행되었다. 한 측면은 재북자·월북자 들의 작품과 저술을 출판 연구하는 일이다. 이때 비로소 홍명희의 『임꺽정(林巨正)』, 정지용의 시가 독자들에게 읽힐 수 있었다. 다른 한 측면은 분단 이후로 산출된 북쪽의 학문적 성과와 문학작품들을 소개하는가 하면 '좌경'서적 일반을 번역 출판하는 데로 확장되었다. 북에 가서 쓴 이기영의 『두만강』, 박태원의 『갑오농민전쟁』 등의 문학작품이나 김석형의 저작 및 『조선전사(朝鮮全史)』 등 역사학의 성과물을 접할 수 있게 된 것이다. '북한 바로알기'는 '분단적 인식'으로부터 '통일적 인식'을 지향하였으니 민족의 역사와 문학사를 복원하는 의미를 갖는다. 특기할 사실은 이를 계기로 군사정보 차원의 북한학과는 성격을 달리하는 북한학이 성립되었다는 것이다.

'북한 바로알기'는 남북의 학술교류사업으로 이어졌다. 전자가 민주화투쟁의 일환이었다면 후자는 남북관계가 화해국면으로 전환하면서 경제협력사업과 함께 진행되었다. 전자가 비합법적 방식으로 진행된 것임에 대해 후자는 합법적 방식(국내법과 남북이 합의한 국제법의 적용을 받으면서)으로 수행된 일이었다. 남북 학술교류는 당초 1992년에 발효된 남북기본합의서에 근거하여 시작되었던바 김대중 정부가 들어서서 6·15선언이 나오고 노무현 정부로 이어지는 과정에서 활성화되어 학술분야의 협력사업도 추진되었다. 그러다가 이명박 정부가 들어서자 학술교류와 협력사업 또한 급속히 냉각, 거의 단절상태에 이르고 말았다. 박근혜 정부로 이어지면서 남북의 학술교류는 회생할 기미가 좀처럼 보이지 않고 있다. 이런 현상 또한 87년체제의 성격으로 해석할 문제점이 아닌가 싶다. 즉 그것을 합법적으로 가능하게 만든 것은 87년체제이지만, 그것을 파탄지경에 빠트린 데서 87년체제는 한계를 여실히 드러냈다.

남북의 학적 만남에 당해서 갖춰야 할 기본자세라면 어떤 점을 들 수 있을까? 현재는 냉각상태이지만 머지않아서 필시 소강국면이 풀리고 학술교류도 재연될 것이기에 챙겨둘 필요가 있다고 생각한다. 나는 '북한 바로알기'운동이 전개되는 과정에서 「분단 반세기 남북의 문학연구 반성」이란 글을 발표한 바 있었다.[7] '실사구시의 관점에서'라는 부제를 붙였는데, 남북의 학적 만남에 있어서도 실사구시의 자세가 긴요하다고 보았기 때문이다. 어디까지나 학적 만남인 만큼 "감격과 이성의 울림"이 요망되는데 이때 "멸시가 아닌 충고, 비방이 아닌 비판을 서로 아끼지 말아야 할 것이다"라고 말했다. 우리의 동포이기 때문에 오히려 충고와 비판을 강조했던 터다. "서로의 존재를 인정하여 상호 존중하며 차이를 이해하려는 노력이 앞서야 하겠다. 그러면 북측의 입장에 동조하자는 말인가? 그렇지 않다. 고무찬양하는 법이 서슬 퍼래서가 아니요, 부화뇌동하며 남의 장단에 춤추는 모양으로 꼴사납게 되기 쉽기 때문이다."[8] 무엇보다도 주체적 인식이 요망되며, 그러자면 실사구시의 자세는 남쪽에서만 아니고 북에 대해서도 필히 요망된다고 생각한 것이다.

7 『민족문학사연구』 1집, 1991(『한국문학사의 논리와 체계』에 수록).
8 『한국문학사의 논리와 체계』 490면.

동아시아로 인식지평의 확대

이 단계로 와서 동아시아 국가들 사이의 상호 교류와 소통이 가능하게 됨에 따라 인식지평이 확대된 사실을 또 하나의 중요한 특성으로 들 수 있다.

냉전체제하에서 우리와 지리적으로 인접한 지역은 교류·소통이 불가능한 공간이 되었다. 중국대륙은 '죽(竹)의 장막'으로, 시베리아를 포함한 소연방은 '철의 장막'으로, 범접했다가는 큰일나는 위험지대였다. '접근불가'라는 현실적 제약은 인식론적 제약으로 작용했다. 냉전체제하에서 동아시아는 없었던 셈이니, 있었다면 우리 눈앞에는 대립·갈등의 동아시아가 있었을 뿐이다.

유라시아 대륙의 동쪽 끝에 위치한 한반도를 가로지른 분단선이 동아시아 대립·갈등의 핵심고리였다. 주지하다시피 한반도는 중국과 유사 이래 줄곧 역사적·문화적으로 긴밀한 관계를 맺고 있었다. 한자문명권이라고 일컫지 않는가. 중국과 현실적으로 인식론적으로 차단됨으로 해서 문명적 단절이 야기되는 것은 필연이었다. 현실적으로 바다 건너 멀리 미국과의 관계가 종속적으로 기울어졌거니와, 인식론적으로 유럽중심주의에 사로잡히게 된 것 또한 이상한 일이 아니었다. 그러다가 냉전체제의 해체에 이어 한중수교가 개시되고 이후 20여년을 경과하는 동안 한국과 중국 사이에는 우리가 체감하듯 인적·물적 교류가 놀랍게 빈번해졌으며, 동아시아에 대한 학지도 급증하는 상태이다. 이에 따라 동아시아적 시각이 열리게 되었고 동아시아 담론이 유행을 타는 추세다.

이 대목에서 또 지나칠 수 없는 문제점이 있다. 여전히 유럽중심주의의 틀을 벗어나지 못하고 동아시아의 역사·문화 전통을 진지하게 고려하지 않는 것이다. 심지어 중국과 정치적 관계의 발전을 통해 북한을 소외시키려는 속셈을 드러내기도 한다. 동서 냉전체제의 해체는 동아시아를 발견하도록 했으나, 한반도의 풀리지 않은 분단체제가 우리의 동아시아 인식에 장애인자로 남아 우리 시각을 부단히 굴절, 왜곡시키고 있다.

이상에서 거론한 ① 진보적 학술운동의 등장, ② '북한 바로알기'와 남북학술교류의 열림, ③ 동아시아로 인식지평의 확장, 이 세가지는 분단체제의 한국에서 그 학술사적 의의를 높이 평가할 수 있다. 그럼에도 이런저런 문제점들을 안고 있었으며, 학적으로 참신한 모색과 노력이 좌절하거나 중단되는 사례가 허다했다. 그 성과도 87년체제가 일궈낸 것이지만 그 한계도 87년체제가 배태한 것이다. 진작 극복해야 할 체제를 극복하지 못한 때문에 2008년을 지나면서 극도로 악화되고 이제 거의 한계수위에 다다른 것이 아닌가 싶다.

3. 분단체제 극복을 위한 학지와 민족경륜

내가 이 글을 어떻게 끝맺을까 고심하고 있는 시점이 마침 2013년 7월이다. 이달 27일이면 정전협정에 의해 한반도상의 전쟁이 휴지상태로 들어간 지 60주년이 된다. 정전 당시 국민학교(초등학교) 3학년의 소년이 어느덧 고희를 넘긴 늙은이가 되었다. 글의 서두에서 술회한 휴전선에서 나 자신이 직접 겪은 일도 이미 46년이 지났으니 다 옛날이야기다. 반세기를 훌쩍 넘겼음에도 남북의 대치상태는 여전하다.

지난해 말부터 올해로 와서 금방 터질 것만 같았던 위기상황이 있었다. 북의 3차 핵실험, 이에 대응하여 한미군사훈련이 강화되는 등으로 한반도의 긴장상태는 한껏 치솟았다. 그러다가 우여곡절을 거쳐서 소강국면으로 접어들었다. 남북관계가 소강국면으로 들어서기 바쁘게 남한의 정치권은 남남갈등에 휩싸이고 말았다. 노무현 전 대통령이 2007년 남북정상회담 당시 북측에 해상 북방한계선을 포기하는 발언을 했다는 것이 집권여당의 주장이며, 이에 대해 야당은 실상을 왜곡, 모함한 것이라고 발끈하였다. 국정원은 지난해 대선에 불법 개입한 사실이 들통나서 입장이 매우 곤혹스러워졌을 뿐 아니라, 박근혜 대통령의 당선에도 심각한 흠이 생기게 되었다. 이에 남북정상의 비공개 대화록을 국면전환용으로 폭로한 것이다. 드디어 일파만파로 나라 안이 소요하다. 국정원의 대선 불법개입이라는 민주제도의 근간에 저촉된 행위가 뒷전으로 밀리게 되었다. 직전에 고조되었던 남북 간 위기국면과 연동되어 남남갈등은 상승효과를 십분 발휘한 것이다.

이번 사태 역시 한반도상에 노상 연출되는 분단체제의 풍경화인데, 눈앞에 전개되는 양상을 목도하면서 나 자신 마음이 착잡한 가운데 특히 의아하게 느낀 점이 있다. 남측의 노무현 대통령과 북측의 김정일 국방위원장이 회담을 하고 합의해서 발표한 공식 문건이 10·4선언이다. 10·4선언의 문면을 보면 "남과 북은 해주 지역과 주변해역을 포괄하는 '서해평화협력 특별지대'를 설치하고 공동어로구역과 평화수역 설정, 경제특구 건설과 해주항 활용, 민간선박의 해주직항로 통과, 한강하구 공동이용 등을 적극 추진해나가기로 하였다"고 명시되어 있다. '서해평화협력 특별지대'를 설치하자는 이 문안은 NLL을 바로 적시하진 않았지만, 분쟁의 소지를 해소하려는 데 주안점을 두면서 거기에 그치지 않고 훨씬 나아가 남북의 '교류협력'과 '평화발전'을 통 크게 구상한 기획이다. '서해평화협력 특별지대'에 해주 지역이 포함되고 해주항 활용이 제시된 것을 보면 오히려 북측이 양보를 해도 많이 한 것 같다. 우리가 알고 있다시피 마침 노무현 정부의 막바지라서 거기에 관한 후속조치를 취할 기회가 없었다. 실로 민족적 차원에서 유감스런 일이다. 그리고 이명박 정부가 들어서 10·4선언은 통째로 사문화되기에 이르렀다.

비록 뒤이어 들어선 정권에 의해 부정되었더라도 선언문에 담긴 고유한 역사적 의미마저 소실되는 것은 아닐 터다. 비공개 대화록을 유출하여, 그나마 왜곡을 해가지고 국민의 시선을 호도하고 정쟁의 수단으로 삼는 행위가 몰상식의 해괴한 처사임은 더 말할 나위 없다. 이에 대응하는 야당의 방법론이나 관련하여 쏟아져나온 언설들에 대해서 나로서는 짚어볼 점이 있다고 여겨졌다. 민주당은 그런 발언을 언제 했느냐는 식의 수세적 대응으로 일관하여 말싸움으로 이전투구가 되었으며, 지식인들의 분분한 언설 역시 끝내 문제의 핵심으로 진입하지 못한 것이다. 현실정치에서 야당의 입장은 북이 워낙 '미운 깨를 친' 직후라서 적극적으로 대응할 수 없었다는 변명이 통할지 모르겠으나, 민족 문제에 대한 김대중·노무현 정부의 유업을 계승하겠다는 정치적 의지가 결여된 것으로 보인다. 지식인들의 경우 전후 맥락을 큰 틀에서 살피고 따지는 식견을 찾아보기 어려웠다. 나는 지금 손쉬운 양비론을 펼치려는 것이 아니다. 민족경륜이 무한히 아쉽게 여겨져서 지적하는 말이다.

한반도의 분단체제는 이미 오래 전에 청산되었어야 할 시대역행적인 것임이 물론이다. 북조선의 경우 이 체제를 고수하느라 얼마나 무리수를 두었고, 또 얼마나 난관에 봉착했던가. 국제적으로 고립되고 민중의 고통이 극심했던 사정은 '고난의 행군'이니 '선군정치'니 하는 저쪽의 구호가 담고 있는 그대로다. 반면 남한을 두고 말하면 경제발전에 이어 민주화도 상당한 수준으로 달성되었다. 남북 사이 국력의 격차는 수

십배로 벌어져서 비교도 안 될 정도가 되었다. 이처럼 한국이 발전한 데 있어 분단체제가 순기능을 한 일면도 없지 않다. 하지만 분단체제가 장기간에 걸쳐 확대재생산한 반공수구 세력이 폭넓게 주류를 형성하여, 민주주의의 발전을 저해해온 것은 물론 진정한 선진사회로 나가는 데도 발목 잡기를 하고 있다. 방금도 눈앞에 일어난 남남갈등에서 보듯이 말이다.

오늘의 시대에 제거해야 할 장애물이자 심각한 질곡이 되고 있는 것은 다른 무엇이 아니고 분단체제의 극복 문제이다. 그래서 이 글의 마지막 절의 표제를 '분단체제 극복을 위한 학지와 민족경륜'이라고 붙였다.

분단체제는 과연 어떻게 해야 극복될 것인가? 아마도 원인 제공자인 정전협정을 평화협정으로 바꾸는 일이 첫번째 수순일 것이다. 그렇게만 되면 자동적으로 한반도에 평화체제가 구축되고 남북통일로 직진한다고 단언할 수 있을까? 한반도 문제에 미국과 중국이 결정적인 작용을 해온 것은 엄연한 과거요 현실이다. 일본과 러시아의 존재 또한 예전에는 말할 것 없고 앞으로도 배제하기 어렵다. 동북아의 정세와 국제적인 관계 속에서 분단체제 극복의 방향과 방법론이 추진되어야 할 터다. 그렇지만 남북의 재결합은 한민족의 역사적 권리임을 망각해서는 안 될 일이다. 명백히 말해서 한반도의 남과 북이 주도적으로 해결해나가야 할 민족의 기본과제인데, 그 과정에서 남한이 주도권을 잡을 수밖에 없이 되었다. 왜냐하면 현실적으로 남한의 국력이 월등하게 우위에 놓여 있는데다가 다 같은 분단체제하에서도 4·19혁명, 5·18광주민주화운동, 6월항쟁에서 오늘에 이르는 남한의 민주역량이 통일과정에서도 활력을 불러일으킬 수 있을 것으로 판단하는 때문이다.

민족경륜이라면 정치가의 몫으로 생각되고 학문영역에서는 생소하게 들릴 것이다. 물론 분단극복의 과업은 고도의 정치적 사안이며, 정치지도자의 경륜에 의해서 해결될 문제이다. 그렇다고 현실정치의 구도 속에 맡겨두고 하대명년 바라만 보고 있을 일인가. 누차 역설하였듯 민족의 문제요, 그것도 역사적으로 중차대한 사안임은 더 말할 나위 없다. 이는 현실정치를 넘어선 그야말로 거족적인 의지와 실천의 과제인 동시에 학문적인 이론탐구와 창조적 예지가 요망되는 영역이다. 학문의 목적은 전통적인 용어를 빌리자면 치국평천하, 혹은 경세치용에 있었다. 요컨대 경륜인데, 분단체제의 극복이라는 민족 문제에다 학문의 주요 목적을 두기 때문에 굳이 민족경륜이라고 표현했다. 덧붙여 말하자면 보수와 진보 사이의 진영대립을 지양해보자는 의미도 내포되어 있다. 민족 문제는 냉철하게 생각하면 진영논리로 기를 쓰고 다툴 그런 자리가 아니기에 민족경륜이란 개념을 내세워 주장하는 것이다.

근대학문의 분과제도에서 이런 문제라면 으레 사회과학에 속한다고 하겠으나, 민족경륜이라면 사회과학에 그런 개념이 있는 것 같지도 않다.

근래 세계화와 함께 자유주의가 대세로 밀려드는 판국에서 연구자들은 너나없이 업적주의에 함몰된 상태이다. 이에 따라 인문학의 위기가 도래했는데, 학술당국이 인문학정책을 수립하고 매스컴에서도 인문학을 살려야 한다고 소리 높이 외치지만 그 대책이란 것이 반인문학적 인문학이다. 이런 상황에서 민족경륜을 들고 나선다고 과연 얼마나 먹혀들지 회의적인 생각이 들기도 한다. 하지만 상황의 심각성이 오히려 반전의 계기가 될 수도 있거니와, 낙관적으로 전망해볼 수 있는 측면이 없지 않은 것도 같다. 한국의 주체적 역량의 성장, 세계사적인 변동, 문명사적 위기의식 등이 그것이다.

분단체제의 한국에서 학문하기는 요컨대 민족경륜을 중심에 놓고 사고하는 것이 요망된다는 결론에 도달했다. 민족경륜을 다루는 학술분야가 따로 있다는 그런 의미가 아니며, 학문하기의 보편적 고려사항으로 학지의 기본이 되어야 한다는 생각이다. 이는 다분히 당위론을 강조하는 말처럼 들리지만, 당위론적 차원을 넘어서 구체적으로 실천해야 할 과제이다. 관련해서 몇가지 사항을 언급해둔다.

1) '지금' '이곳'은 삶의 현장이자 학문하기의 출발지점이다. 인식론적인 두 축, 시간과 공간을 배치함에 있어서 공간을 중심에 놓고 시간을 배려하는 것이 요령이다. 지금 강조하는 민족경륜은 이 인식의 구도에서 중요시되기 마련이다. 그러나 이에 그치지 않고 일국적으로 구획된 시공간에 갇혀 있는 근대학문의 구획을 해체하는 학적인 기획을 담으려 했다. 나는 이를 '지역적 인식'이란 말로 표현하고 있는바 우리가 수행하는 한국학 또한 동아시아 학지로 시야를 확장한 것이다.

2) '지역적 인식'은 기존의 여러 중심과 주변의 관계를 해체하고 상대적으로 보려는 입장이다. 이 인식논리를 관철하여 유럽중심주의를 극복하는 것이 일차적 과제요, 역사적인 중국중심주의에 대해서도 해석할 안목이 열릴 것이다. 현재적으로 동아시아 국가들 사이의 역사분쟁, 영토분쟁을 해소하는 방향도 잡힐 수 있지 않을까 한다.

3) 한반도상에 평화체제가 구축되고 통일로 이행해서 남북국 시대가 청산되는 역사적 과정은 결코 용이한 경로가 아니며, 상당한 시간이 걸린다고 보아야 할 것이다. 통일로 향해 가는 시간표는 지혜를 모으고 전략을 세워서 세목까지 정치하게 작성해야 할 터인데, 이런 일이야말로 민족경륜이다. 체제를 달리해온 남과 북이 결합하는 과정상에 어떤 효과적인 방법과 바람직한 제도를 고안해서 실천할 것인가. 목적하는 통일국가의 형태는 어떻게 설계할 것인가. 이것이 민족경륜의 핵심주제

일 것이다.

4) 통일의 과제는 '한민족의 역사적 권리'이자 우리가 주도적으로 수행해야 할 몫이다. 이 점을 명확히 각성하고 적극적으로 실천해야겠지만, 동시에 국제적 관계 속에서 풀어가야 할 사안이라는 사실도 유의할 필요가 있다. 그래서 동아시아 학지를 강조했거니와, 민족경륜은 곧 세계경륜이 되어야 하는 것이다.

| 수록글 출처 및 발표 경위 |

1부

1장 20세기 동아시아의 '국학': 동아시아적 시야를 열기 위한 반성 "'National Studies' in 20th Century East Asia: Reflections for an East Asian Perspective" (*Sungkyun Journal of East Asian Studies*, Vol.4, No.1, 2004)의 국문원고를 수정·보완한 것으로 『창작과비평』 124, 2004년 여름호에 실렸다.

2장 19세기 말 20세기 초 동아시아, 세계관적 전환과 동아시아 인식: 동아시아 근대 읽기의 방법론적 서설 '동아시아 근대지성의 동아시아 인식'을 주제로 한 학술회의 발제문(성균관대 대동문화연구원 2005년 1월 20일)으로 『대동문화연구』 50, 2005에 실렸다.

3장 1919년 동아시아, 3·1운동과 5·4운동: 동아시아 근대 읽기의 방법론적 서설 성균관대 동아시아학술원이 3·1운동 90주년을 기념하여 기획한 학술회의의 발제문으로 『대동문화연구』 66, 2009에 실렸다. 다시 『1919년 3월 1일에 묻다』(박헌호·류준필 엮음, 성균관대학교 출판부 2009)에 수록하면서 수정을 가했다.

2부

1장 17~19세기 동아시아 상황과 연행·연행록 2010년 10월 30일 한국실학학회와 실학박물관 공동주최 '연행의 문화사'라는 주제로 열린 학술회의의 기조강연문으로 『한국실학연구』 20, 2010에 실렸다.

2장 동아시아세계의 지식교류 양상 2009년 1월 31일 '17·19세기 동아시아, 지식정보의 유통과 네트워크'를 주제로 한 성균관대 동아시아학술원 주최의 국제학술회의 발제문. '17~19세기 동아시아, 한·중·일 간의 지식교류의 양상: '이성적 대화'의 열림을 주목해서'라는 제목으로 『대동문화연구』 68, 2009에 실렸다.

3장 동아시아 국가간의 '이성적 대화'에 관한 성찰 2012년 3월 17일 단국대 동양학연구소 주최 '동아시아 삼국 새로운 미래의 가능성'이란 주제의 학술회의 발제문. 『한문학보』 26, 2012에 수록되었다.

3부

1장 동아시아에서 유교문화의 의미: 동아시아학의 주체적 수립을 위한 모색 성균관대 동아시아학술원 개원기념 국제학술회의 발제논문. 먼저 영문으로 "The Meaning of East Asia and Confucian Culture: In Search of an Independent Approach to East Asian Studies" (*Sungkyun Journal of East Asian Studies*, Vol.1, No.1, 2011)로 발표되고 다시 『동아시아학의 모색과 지향』(성균관대학교 출판부 2005)에 실렸다.

2장 한국학과 호남학 2005년 11월 10일 열린 전남대 호남학술연구단 창립기획 학술회의 발제문이다.

3장 동아시아에 대한 지역적 인식논리 '지역적 인식논리와 새로운 동아시아학지'라는 제목으로 『동아시아 브리프』 3권 2호, 2008에 실렸다.

4장 20세기의 국학과 21세기의 한국학 '21세기 인문학의 창신과 대학'이란 주제로 열린 대동문화연구원 창립 50주년 기념학술회의에서 발제문. '20세기의 국학과 21세기의 한국학, 동아시아학'이란 제목으로 『대동문화연구』 63, 2008에 실렸다.

4부

1장 신채호와 변영만: 변영만을 통해 본 문학사의 한 풍경 2006년 6월 18일 『변영만 전집』 전3권의 출간을 기념해서 열린 학술회의의 기념강연문. 『대동문화연구』 55, 2006에 '변영만의 글쓰기 형식과 문학사상: 한국문학사 근대의 한 풍경'이란 제목으로 실렸다.

2장 한국근대의 '국문학'과 문학사: 1930년대 조윤제와 김태준의 조선문학연구 2010년 10월 5일 성균관대학교 비교문화연구소가 주최한 '문학사의 근대, 고전의 근대: 문학사의 이념과 20세기 한일사상'이라는 주제의 국제학술대회에서 한국측 기조발제 논문으로, 수정, 보완해서 『민족문학사연구』 46, 2011에 실었다.

3장 임화의 문학사 인식논리 임화문학연구회, 숙명여자대학교 한국어문화연구소 주최로 2012년 10월 12일 열린 제5회 임화문학심포지엄 '임화 시대의 지식인들'의 기조발제문을 조금 줄여 정리하면서 일부 보완하였다.

5부

1장 한국문학 연구의 동아시아적 시각과 세계적 지평 2002년 5월 25일 국어국문학회 주최 '국문학과 세계문학의 통합과 확산'이란 주제의 학술회의에서 발제문. 『국어국문학』 131, 2002에 실렸고, 국어국문학회 편 『세계화 시대의 국어국문학』(보고사 2012)에 재수록되었다.

2장 21세기 현실에서 한국문학 연구의 방향 재론 대구 한국어문학회의 2008년 전국학술발표대회에서 한 기조강연문으로 『어문학』 102,

2008에 실렸다.

3장 한문학, 그 학적 성립과 발전의 방향 '우리 학문 어디에 서 있는가'라는 연속기획에서 한문학 분야로 집필, 『지식의 지평』 7, 2009에 실었다. 원 제목은 '한문학, 그 학적 성립과 발전의 과정'이었다.

6부

1장 전통적 인문 개념과 문심혜두: 정약용의 공부법 이 글은 두 차례 개작을 거친 것이다. 처음 제목은 '동아시아 문명전통과 교양교육 문제'로 2009년 6월 11일 서울대 기초교육원이 주최한 국제학술대회 '아시아 대학 교양교육의 정체성과 방향을 묻는다'에서 기조발제를 했는데, 이를 고쳐서 '전통적인 인문개념과 정약용의 공부법'이란 제목으로 2010년 11월 11일 제7회 다산학 학술회의(전체 주제: '다산 정약용의 교육사상과 공부법')에서 발표하고 『다산학』 18호에 실었다. 이후 『창작과비평』 151, 2011년 봄호에 실으면서 다시 손질을 더했다.

2장 한국근대의 전통 표상: 왕인과 장보고의 경우 2009년 9월 11일 한국전통문화학교 전통문화연구소가 주최한 학술심포지엄 '전통담론 구성의 역사'의 발제문으로 이후 임형택·고미숙 외 『전통: 근대가 만들어낸 또 하나의 권력』(인물과사상사 2010)에 실었다.

3장 분단체제하의 한국에서 학문하기 성균관대 동아시아학술원 2012년 동계 워크샵 '한국근대학술사의 구도' 발제문을 2013년 보충, 수정하였다.

| 찾아보기 |

ㅇ

ㅋ·ㅌ·ㅍ

ㅎ

임형택 林熒澤, Lim, Hyung-taek
1943년 전라남도 영암에서 태어나 서울대학교 국어국문학과 및 동 대학원을 졸업했다. 1975년 성균관대학교 한문교육과 교수로 부임, 2009년에 정년을 맞았다. 1970년대 중반 한국한문학연구회 창립에 주도적 역할을 하고 후일 이 학회의 회장을 역임했으며, 1990년대에는 민족문학사연구소를 설립, 공동대표직을 수행했다. 성균관대학교에서는 대동문화연구원, 동아시아학술원 원장을 맡아 한국학의 진흥과 동아시아학의 수립에 힘썼다. 실학박물관 석좌교수를 지냈고, 현재 성균관대학교 명예교수이다. 저서로 『한국문학사의 시각』『실사구시의 한국학』『한국문학사의 논리와 체계』『우리 고전을 찾아서』『문명의식과 실학』『한문서사의 영토』『21세기에 실학을 읽는다』 등이 있으며, 편·역서로 『전환기의 동아시아 문학』(공편) 『이조한문단편집』(공편역) 『이조시대 서사시』(전2권) 『역주 백호전집』(공역) 『역주 매천야록』(공역) 등이 있다. 한국학중앙연구원에서 명예 문학박사학위를 받았으며(2005), 도남국문학상·만해문학상·단재상·다산학술상·인촌상(인문·사회·문학 부문)을 수상했다.

한국학의 동아시아적 지평

초판 1쇄 발행 / 2014년 3월 25일

지은이 / 임형택
펴낸이 / 강일우
책임편집 / 정편집실
펴낸곳 / (주)창비
등록 / 1986년 8월 5일 제85호
주소 / 413-120 경기도 파주시 회동길 184
전화 / 031-955-3333
팩시밀리 / 영업 031-955-3399 편집 031-955-3400
홈페이지 / www.changbi.com
전자우편 / human@changbi.com

ISBN 978-89-364-8340-1 93800

* 책값은 뒤표지에 표시되어 있습니다.